너라는 이름의 세계 2

너라는 이름의 세계 2

초판 1쇄 찍은 날 | 2018년 9월 5일
초판 1쇄 펴낸 날 | 2018년 9월 20일

지은이 | 밀밭
펴낸이 | 예경원

편집 | 박수희 · 주승아

펴낸곳 | 예원북스
등록번호 | 제396-2012-000132호
등록일자 | 2012. 7. 25
YRN | 제1-0230호

주소 | 경기도 고양시 일산동구 호수로 646-24 위너스 21-Ⅱ 206A호 (우) 10401
전화 | 031-819-9431 팩스 | 031-817-9432
http://cafe.naver.com/yewonromance
E-mail | yewonbooks@naver.com

© 밀밭, 2018

ISBN 979-11-89450-13-7 04810
ISBN 979-11-89450-11-3 (세트)

Goldline·Romance·Story

너라는 이름의
세계

2

밀밭 장편 소설

LINE

❖ C O N T E N T S ❖

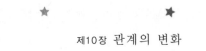

제10장 관계의 변화

라키어스가 퇴근하기 직전까지 잔 엘리제는 시티타워를 나설 즈음에서야 평소처럼 눈을 빛내기 시작했다. 저녁도 남기지 않고 싹 비웠다.

샤워를 하러 들어갔을 땐 쏟아지는 물소리 사이로 노래 흥얼거리는 소리를 들었다. 라키어스는 엘리제의 상태가 돌아온 것이 잠을 원하는 만큼 재웠기 때문인지, 아니면 다른 이유가 있는지 궁금했다.

드라이기 소리가 한참 이어지다가 끊겼다. 엘리제가 허벅지까지 내려오는 티셔츠 차림으로 등장했다. 아래엔 아무것도 입지 않은 것처럼 보였으나 실은 바지가 너무 짧았던 거였다.

머리카락 끝이 아직 촉촉하게 젖어 있었다.

어쩐지.

긴 머리를 말리기엔 드라이기 사용 시간이 짧다 싶었더니 거울 앞에 서 있는 그 시간을 못 견디고 중간에 나왔나 보다. 지루함을 못 참는 엘리제다웠다.

"아, 살 것 같다."

서재 책장 앞에 엘리제의 자리가 따로 있었다. 푹신한 일인용 소파에 털썩 앉은 그녀는 노트북을 켜더니 즉시 일에 집중했다. 대원들에게 보고를 받는 모양이었다.

한쪽에 펴 놓은 수첩이 금세 검은 글자로 빼곡해졌다. 미간을 찡그렸다가 입술을 삐죽거리는 걸 보고 있으니 시간 가는 줄을 모르겠다. 그러다가 잠깐 눈을 떼면 키보드를 치는 소리밖에 나지 않았다.

돌아볼 때마다 다른 얼굴을 하고 있는 엘리제.

서늘한 눈으로 모니터를 응시하는 모습을 보면 한때 어린 범죄자 집단이었던 전투대가 왜 그녀의 명을 따르는지 납득이 갔다. 엘리제에겐 리더만이 풍기는 분위기가 있었다.

라키어스의 범접할 수 없는 고귀함과는 달랐다. 그보다는 기꺼이 그녀 옆에 서서 전장으로 뛰어들게 만드는 힘에 가까웠다. 비록 잔혹한 죽음으로 짧은 생을 마감했지만, 대원들은 엘리제와 함께 한 3년간 최고로 행복했을 것이다.

라키어스는 감히 확신할 수 있었다.

"그렇게 사람을 빤히 보면 일은 언제 할 거야?"

엘리제가 모니터에서 눈을 떼지 않은 채 물었다.

"잠깐 보다 말겠지 했는데 도무지 시선을 안 거두네."

"신경 쓰였어?"

"말이라고 해? 하도 뚫어지게 봐서 구멍 나는 줄 알았어."

라키어스가 소리 죽여 웃었다. 곤히 자는 엘리제도 사랑스럽지만 역시 한 마디도 지지 않고 받아치는 엘리제가 좋았다. 혀 위에서 톡톡 튀는 팝핑 캔디를 머금는 기분이었다.

타타발루나 하샤즈가 들으면 눈을 뒤집으며 쓰러질 소리지만 말이다. 손가락 끝으로 마우스 휠을 굴리면서 딴생각을 하던 라키어스는, 어느 순간부터 키보드 소리가 들려오지 않음을 알아차렸다. 엘리제가 한쪽 다리를 꼰 자세로 라키어스를 쳐다보고 있었다.

검고 푸르고 하얀 나의 보석. 내 날개.

누구든 함부로 다가갔다간 그녀 안의 불길이 옮겨붙어 전신이 타들어 갈지도 모른다.

엘리제는 그만큼 중독적이었다.

"……언제부터였어?"

엘리제가 다리를 꼰 쪽으로 고개를 나른히 기울였다.

"나한테 집착하기 시작한 거."

라키어스가 다시 미소했다. 그렇지. 자신의 감정은 사랑이라기엔 어딘가가 비틀려 있었다. 스스로도 자각하는 바였다.

"난 기억이 안 나서 말이야. 분명 처음엔 그저 흥미로워하기만 했잖아? 네 눈엔 별것 아닌 녹턴을 위해 안간힘 쓰는 여자애. 대체 저 인간의 어디가 좋아서? 나한테 그런 질문을 한 건 기억이 나."

엘리제의 눈이 오래된 기억을 더듬느라 흐려졌다.

"근데 정신 차려 보니까 네가 내 주변을 맴돌고 있더라고. 그땐 진짜 미치는 줄 알았지……."

꼴도 보기 싫은 눈엣가시가 자꾸 말을 걸고 다정하게 대하고 더할 나위 없이 상냥한 웃음을 보냈다.

어디 그뿐인가.

바쁜 와중에도 엘리제의 모든 행사에 참석했다. 상대를 따라잡을 수 없는 좌절감에 흐느끼는 그녀를 일으켜 세운 다음 직접 훈련을 시켰다. 그럴수록 녹턴이 둘을 떼어 놓으려 하는 걸 알면서도.

"갑자기 궁금해졌어. 네가 아무리 제정신이 아니고, 내가 아무리 제멋대로의 아이콘이라지만…… 아홉 살에게 끌린 놈을 받아들인다고 생각하면 소름이 끼쳐서."

"아홉 살 땐 아니야."

라키어스도 자세를 편히 하며 답했다.

"나도 정확히 말할 순 없지만, 그보다는 뒤의 일이야."

"그럼 열 살? 이 범죄자."

"내가 너랑 네 살 차이인 건 알고 있지?"

엘리제가 코웃음을 쳤다.

"스물둘과 스물여섯은 문제없지. 하지만 열 살과 열네 살은 다른 이야 기라고. 열두 살과 열여섯 살도……."

엘리제가 돌연 말을 멈췄다.

"열두 살?"

"열두 살의 넌 무척 귀엽긴 했지. 필사적으로 아등바등하는 게 가여우 면서도 신기했어."

인상을 팍 쓰는 게 보였다. 자신은 죽을힘을 다해 노력한 건데 그걸 귀 엽게 봤다니 화가 치밀 만도 하다.

그때부터였나? 여전히 모르겠다. 하지만 분명한 건, 어느 순간부터 녹 턴을 거슬리는 존재로 인식했다는 점이다.

사고를 가장해 죽일까 하는 충동을 느꼈다는 것.

엘리제가 등장하는 꿈을 자주 꾸게 되었다는 것.

남김없이 털어놓으면 넌 어떤 표정을 지을 거지, 엘리제?

"좋아. 그럼 다른 걸 물을게."

엘리제가 다리를 바꿔 꼬았다.

"내 어떤 면이 널 끌어당긴 거야?"

라키어스가 책상 너머로 흥미로운 시선을 던졌다.

"가장 열렬한 추종자로부터 찬사를 듣고 싶은 밤인가?"

"그냥."

엘리제가 습관적으로 머리카락을 쓸어 넘겼다. 욕실 용품을 따로 사지 않고 라키어스 것을 같이 쓰다 보니까 몸에서 항상 그의 향기가 풍기는 느낌이었다.

라키어스는 엘리제의 향이 미묘하게 다르다고 했지만, 스스로는 그 차이점을 알아차릴 수 없었다. 그래서 이렇게, 머리카락을 쓸거나 턱을 괼 때마다 라키어스의 체향을 새삼 느끼게 되었다.

이전과 달리 불쾌하지 않았다.

오히려,

"내 쪽에선 한 번도 물어본 적 없는 것 같아서."

야릇한 기분에 취하고 만다 할까.

"유일한 세계니, 소중한 날개니. 많은 말을 들어 오긴 했지. 근데 대체 내 어떤 면이 널 수렁에 빠지게 한 건지 궁금해졌어."

입 밖으로 내뱉고 나니 조금 웃기게 들렸다. 엘리제는 굳이 웃음을 감추지 않았다.

"그래. 난 이제야 네가 궁금해지기 시작했어."

백열등 조명이 라키어스의 얼굴에 그림자를 만들었다. 그의 눈빛이 천천히 바뀌었다. 라키어스는 그게 무슨 뜻인지 알고 있느냐고 물었고, 엘리제는 시선을 피하지 않는 것으로 답을 대신했다.

그가 다시 입을 열기까지 약간의 시간이 걸렸다. 아까보다 목소리가 잠긴 듯 들리는 건 기분 탓이 아닐 터다. 단순한 기쁨과는 다른 종류의 감정이 라키어스의 고요한 얼굴을 스쳐 지나갔다.

"네가 날 질투하는 건 익히 알고 있었어. 첫 만남부터 대놓고 날 경계했으니까."

그의 말에 엘리제는 오래전 기억을 떠올렸다.

녹턴에게 구조되어 도시로 들어온 다음 날. 녹턴은 무슨 이유에선지 전날과 다르게 조금 쌀쌀한 태도를 보였다. 어린 엘리제는 이미 상대에게 매료된 시점이었기에 쓰라림이 더했다.

미안하지만 흥미가 식었어.

달처럼 차분한 연녹색 눈은 그런 말을 하고 있는 것 같았다.

「네가 엘리제니?」

그때 낯선 목소리가 들려왔다. 고개를 돌리자 문가에 서 있는 키 큰 소년이 보였다.

「반갑구나. 난 라키어스야.」

상냥한 목소리를 지닌 소년이 다가왔다.

「녹턴의 아들이지.」

소년을 본 순간 엘리제는 깨달았다. 자신이 무슨 짓을 해도 소년으로부터 녹턴을 빼앗을 수 없을 거란 사실을.

한여름 햇살과도 같은 금발.

시리도록 아름다운 하늘빛 눈동자.

이런 존재가 곁에 있는데, 녹턴이 까마귀 같은 자신을 봐 줄 리 없었다. 그리고 엘리제의 절망은 현실이 되었다.

「어디 있나 했더니.」

녹턴이 소년의 어깨를 감쌌다. 아들을 보는 눈빛은 엘리제를 향하던 것과는 비교도 안 되게 다정했다. 녹턴의 마음은 이미 소년에게 속해 있었다.

「라키어스, 가자. 엘리제는 피곤하단다.」

저 녀석이 있는 한 그를 가질 수 없어. 녹턴을 사로잡으려면 저 완벽한 존재를 꺾어야 해.

그런 생각에 입술 깨물었던 게 기억났다. 간신히 녹턴의 흥미를 끌어 저택에 눌러앉게 된 엘리제는 전력을 다해 라키어스를 이기려 애썼다.

라키어스의 이중성을 파악했을 땐, 남들 눈을 속이는 것에서조차 능가하지 못했음을 깨닫고 이를 갈았다.

아이러니하게도 라키어스는 엘리제의 그런 모습이 제 눈길을 끌었다고 말했다.

"모두가 내 앞에서 웃기만 했어. 좋은 말만 했고, 환심을 사려 애썼지. 넌 내가 녹턴의 자만심을 닮았다고 했지만, 그때의 난 오만하기보다 외로웠어."

라키어스의 목소리에서 쓸쓸함이 묻어났다.

"한데 네가 나타난 거야. 내 앞에서 부정적인 감정을 숨기지 않는 유일한 사람. 나는 별로 원치도 않는 녹턴의 애정을 간절히 바라는 게 신기했지."

한 사람을 그토록 원한다는 건 어떤 감정일까. 호기심은 관심으로 발전했고, 관심은 이내 병이 되었다. 라키어스는 엘리제를 앓기 시작했다.

"네가 바득바득 이를 갈며 내 기록을 깨고, 내가 얻은 트로피를 종목별로 휩쓸 때마다 짜릿했어. 엘리제, 내가 말했던가? 에데니카라는 이 세계에선 아무도 나를 이기려 하지 않아."

그가 엘리제를 응시했다.

"오직 너만이 저 어두운 밑바닥에서부터 내가 서 있는 정상을 노리며 질주해 왔어."

엘리제만이 그의 심장을 뛰게 했다. 엘리제와 함께 있을 때만이 비로소 살아 있다는 기분을 느낄 수 있었다.

행복, 질투, 광기, 분노, 설렘 그 어떤 것이라도 좋았다. 가장 끔찍한 감정까지도, 라키어스는 기꺼이 받아들였다.

"네 존재가 나를 완전하게 만들어."

반대로 엘리제가 없는 세상은 단 한 순간도 살고 싶지 않았다.

"이게 네가 내 세상인 이유야."

이야기가 끝날 때쯤 라키어스의 목소리는 탁하게 쉬어 있었다. 엘리제는 너무 몰입한 나머지 중간에 한 마디 끼어들 생각조차 하지 못했다. 긴 이야기를 한 쪽은 라키어스인데 어느새 제 호흡이 가빠진 걸 깨달았다.

이 얼마나 자기중심적이면서도 모든 것을 바치는 고백인가.

네가 있음으로 나는 완전해진다.

비로소 자유롭게 된다.

'그런 이유라면 정말 애절해질 수밖에 없잖아.'

엘리제가 속으로 쓴웃음을 삼켰다.

'지금에야 깨달은 바지만…… 나 역시 네 앞에선 어두운 밑바닥까지 드러낼 수 있어 숨통이 틔는 기분이었어. 스스로를 부정하지 않아도 되어서 기뻤어.'

라키어스가 왜 엘리제 자신에게 빠져들었는지 충분히 이해가 되었다.

"뭐라고 말 좀 해 봐."

라키어스가 엷게 웃으며 말했다.

"내 대답이 성에 차지 않았어?"

"그런 건 아니야."

"그럼?"

엘리제의 대답을 기다리며 손 푸는 동작을 하는데, 오늘따라 손가락이 단정하다는 생각이 들었다. 저 긴 손가락이 제 턱을 들어 올리고 아랫입술을 느리게 문지르는 장면이 머릿속을 맴돌았다.

아주 오래전부터 엘리제에게 열려 있는 몸과 마음이었다. 라키어스를 향한 제 감정이 변화를 거듭할 때도 이것만은 의심치 않았다.

내가 손을 뻗으면 라키어스는 밀어내지 않을 거야.

기쁘게 받아들일 거야.

무엇보다 바랐던 순간일 테지.

여태 그렇게 생각만 했지 그를 원하는 행동을 실행에 옮기지는 않은 엘리제였다. 한데 지금, 한 번도 겪어 보지 못한 감정이 제 안에 넘실거렸다.

실제로 그에게 손을 뻗으면 어떨까, 하고.

자리에서 일어나 그의 앞으로 다가가 라키어스를 원하는 몸짓을 하면…… 그는 어떻게 반응할까.

행동까지 안 가도 된다.

그저 딱 한 마디만 입 밖으로 내뱉으면 모든 게 바뀔 텐데.

「아주 야하고 못된 꿈을 꾸길. 밤새도록 쉼 없이. 밤새도록, 엘리제.」

저번에 소파에서 키스를 한 다음 라키어스가 속삭였던 말이 떠올랐다. 그날 밤 엘리제는 정말 입에 담기 힘들 만큼 엄청난 꿈을 꿨다. 라키어스가 말한 대로, 밤새도록.

갑자기 입안이 마르는 것 같았다.

"내가 그렇게 어려운 질문을 했던가? 무슨 생각 중이야, 엘?"

침묵이 너무 길었나 보다. 현실로 돌아오자 라키어스가 자신을 빤히 보고 있었다. 엘리제는 공연히 헛기침을 했다.

"별거 아냐."

"방금 전 네 눈빛이 굉장히 위험했는데."

"네 머릿속이 음흉한 거겠지."

"……그런가."

라키어스가 굳이 반박하지 않고 슬며시 웃었다. 괜히 허 찔린 기분이 된 엘리제는 키보드를 두들기기 시작했다. 대원들은 샤워를 한다, 일찍 눈을 붙인다는 등의 이유로 채팅창에 밤 인사를 띄운 다음이었다.

그래서 엘리제는 인터넷 검색창에다 되는대로 입력하는 중이었다. 요란한 타이핑 끝에 엔터를 치자 창이 바뀌었다.

『검색 결과를 찾을 수 없습니다.』

제 방으로 자릴 옮길 때가 된 것 같았다.

라키어스는 와인을 마시며 오늘 저녁 들어 네 번째로 시간을 확인했다. 하샤즈의 비위를 대충 맞추면서 티파티 정보를 듣는 날이었다. 장소는 하샤즈 쪽에서 정했다. 착석한 지 20여 분밖에 되지 않았는데 2시간은 족히 버틴 기분이었다.

이국적인 스타일의 파티션으로 나뉜 고급 식당.

다정히 에스코트해야 하는 약혼녀.

틀에 박힌 인사를 나누고 상대가 듣고 싶은 말을 적당히 들려주는 이 모든 행태가 지긋지긋했다. 와인 잔을 내려놓기 무섭게 다시 집어 들었음을 자각하고 있었다.

하샤즈는 한 모금씩 목을 축일 뿐인데 자신은 두 번째 잔을 시작했다. 전채요리를 내오는 데만도 한참이 걸렸다. 라키어스는 상대가 왜 이곳을 약속 장소로 정했는지 알 것 같았다.

제 인내심이 예전만 못하다는 사실을 실감하는 요즘이다.

엘리제를 잃을 뻔한 사고의 여파일까.

아니면 그녀와 보내는 시간이 늘어난 것이 오히려 조급함을 재촉하는 요소로 작용했을까.

어느 쪽이든, 라키어스 녹턴은 더 이상 남들 앞에서 거짓 미소를 짓고 싶지 않았다. 선량한 척하는 것도 지겹고 피곤했다. 다른 이들이 라키어스의 환심을 사려 노력했듯, 라키어스 또한 그들이 원하는 모습을 보여 주며 살아왔다.

속이는 것쯤이야 어려울 게 없다고 자신했다. 하지만 엘리제를 사랑하게 되면서부터 본래의 자신이 아닌 모습을 연기하는 게 얼마나 환멸을 불러일으키는 일인지 깨닫게 되었다. 보이지 않는 손이 목을 옥죄는 것처럼 갑갑했다.

한시라도 빨리 일체의 연극을 끝내고 엘리제 곁으로 돌아가고 싶었다.

"오늘도 약속을 연달아 잡으셨나요?"

하샤즈가 차분한 말투로 질문했다.

"일요일 저녁 7시 반이에요. 저와 식사를 마치고 또 누군가를 만나기엔 좀 빠듯한 시간인데요."

"다른 약속은 없습니다."

"그런가요? 제가 착각했나 보군요."

하샤즈가 가느다란 손잡이를 잡고 잔을 이리저리 기울였다. 밑바닥에 조금 남아 있는 붉은 와인이 바람에 기우뚱거리는 조각배처럼 움직였다.

"자꾸 시계를 확인하시는 것 같아서."

"요리가 나올 때가 됐는데…… 그런 생각 중이었어요."

너무하다 싶을 만큼 성의 없는 변명이었다. 라키어스 스스로도 알고 있었지만 이보다 더한 공을 들이고 싶지 않았다. 엘리제의 복수를 도우려면 상대를 좀 더 제대로 구워삶아야 할 텐데 큰일이었다.

무한한 줄만 알았던 인내심은 바닥을 드러낸 지 오래였다. 라키어스 자신도 깨닫지 못한 새 말이다. 은은한 불빛 아래 드러난 하샤즈의 얼굴이 조소로 일그러졌다.

어떤 면에서는 제 큰아버지보다 눈치가 빠르고 총명한 그녀였다. 라키어스의 태도 변화를 못 알아챘을 리 없었다. 마침 우아하게 플레이팅 된 전채요리가 나왔지만 어느 쪽도 먼저 손을 대지 않았다.

하샤즈는 말없이 약혼자를 응시하다가 새삼스레 이름을 불렀다. 무언가를 결심한 표정이라는 느낌이 왔다.

"절 약혼녀로 선택하신 이유에 대해 알아요. 몇 달 전엔 그저 기쁨에 눈이 멀었지만 지금은 아니죠. 저는 라키어스 님의 생각만큼 어리석지는 않아요."

하샤즈가 희미한 웃음을 베어 물었다.

"이 결정으로 따라올 이해관계를 숙지하고 있단 말이죠."

"그래서 하샤즈 양을 선택하길 잘했다는 생각을 요즘 자주 하고 있어요."

"후회하시는 게 아니라요?"

조금 더 이용하기 쉽고 멍청한 여자를 고를걸.

그런 생각 중이지 않나요?

하샤즈의 눈은 목소리가 다 담아내지 못한 말을 전해 오고 있었다. 라키어스가 이를 부인하려 했지만 하샤즈가 선수를 쳤다. 그녀는 자신의 말이 끝날 때까지 잠자코 기다려 주길 요구했다.

"라키어스 님이 절 여자로 보지 않는 걸 알아요. 언행이야 늘 부드럽고 정중하지만 미소가 눈까지 미치진 않는다는 것도요. 그래서 처음엔 누구에게도 마음을 주지 않는 분인 줄 알았어요. 하지만 제가 틀렸더군요."

하샤즈가 목소리의 톤을 달리했다.

"엘리제."

눈빛 또한 바뀌었다.

"사랑하고 계신 거죠?"

"……동생이니까요."

"이제 그 핑계는 접으세요. 더는 통하지 않아요."

하샤즈가 숨을 한 번 골랐다. 라키어스는 저 역시 가면을 오래 써 온 자로서, 그게 평정을 다스리기 위한 행동임을 알 수 있었다.

"지금 이 자리서 분명히 말씀드리죠."

하샤즈가 다시 입을 열었다.

"저는 개의치 않아요."

"……."

"애초에 저와 했던 약속. 그것만 지켜 주신다면 피가 섞이지 않은 동생과의 내연 관계쯤은 봐 드릴게요. 어쩌면 상류사회에서 흔히 볼 수 있는 부부의 모습일 테죠."

호흡 고르기가 효과적이었는지. 하샤즈의 표정에 차츰 자신감이 서려 갔다.

"외부에 들키지만 않으면 돼요. 그리고 저와 라키어스 님 사이에 아이는 꼭 있어야 하고요."

하샤즈는 이제 생긋 웃기까지 했다.

"이게 제가 두 사람 관계를 폭로하지 않는 조건이에요."

"……협박입니까?"

"라키어스 님을 원하는 저만의 방식이라 여겨 주세요."

"원한다라."

"네, 저는 이만큼이나…… 당신을 바라고 있어요."

툭.

뒤에서 작은 소리가 들렸다. 잔을 채우러 온 서버인 줄 알았지만, 그게 아님이 곧 밝혀졌다.

"아시겠어요, 엘리제 양?"

하샤즈가 라키어스의 뒤쪽을 향해 말했다. 뒤를 돌아보자 그곳엔 창백한 안색의 엘리제가 있었다.

여긴 어떻게 왔느냐는 질문 따윈 하지 않았다. 틀림없이 하샤즈의 짓이다. 그렇지 않고서야 전투대와 저녁을 보낸다던 엘리제가 지금 이 장소에 나타날 리 없었다.

하샤즈를 보던 엘리제의 시선이 라키어스에게로 옮겨 왔다. 새벽하늘을 닮은 감청색 눈동자 속에서 수십 가지 감정이 휘몰아치고 있었다. 라키어스는 아무 말도 하지 않았고, 상대 역시 그리했다.

문득 엘리제의 어깨가 살짝 젖어 있는 게 눈에 들어왔다. 검은 머리카락 사이사이로도 작은 물방울이 맺혀 있었다.

비가 오나 보다.

"제 각오는 이 정도예요."

또렷한 목소리가 둘 사이의 침묵을 갈랐다.

"그러니 엘리제 양도 결정해 주세요. 제 묵인하에 내연 관계를 이어 갈지, 남들에게도 떳떳할 수 있는 다른 사람을 만날지."

하샤즈가 와인을 한 모금 삼켰다.

"아니면 월요일 저녁 메인뉴스로 오를지."

엘리제의 눈가가 희미하게 떨렸다.

"저는 처음 제안도 나쁘지 않을 것 같은데……. 모르겠네요. 100%를 가지는 게 아니면 의미 없다고 여기는 엘리제 양에겐 별로일 수도 있겠어요. 저야 뭐."

하샤즈가 의미심장하게 말을 이었다.

"두 번째가 되는 것에 익숙해서."

양쪽으로 균형 있게 올라가는 입꼬리.

"어쩌겠어요? 기왕 여기까지 왔는데 한 마디라도 해 주세요. 그동안 열심히 부인하고 모른 척하고 저와 큰아버지에게 모욕을 일삼았으면서도 이 자리에 왔다는 건, 라키어스 님께 감정이……."

하샤즈의 말이 채 끝나기도 전에 엘리제가 자리를 떴다. 어찌나 차갑게 돌아섰는지 그녀가 있던 자리에 냉기가 고인 듯한 착각이 들 정도였다. 이에 하샤즈가 쓴웃음을 지었다.

"끝까지 사람 말을 듣지 않으시네."

일부러 조도를 낮추고 테이블마다 초를 피운 식당 내부.

하샤즈는 태연한 손길로 어깨까지 길게 드리워진 진주 귀고리를 만졌다. 라키어스가 준 보석이 촛불 방향에 따라 은밀한 광택을 흘렸다. 라키어스는 약혼녀의 얼굴을 정면으로 바라보았다.

하샤즈는 할 일을 다 했다는 듯 전채요리를 시작했고, 감미로운 음악이 두 사람 사이 빈틈을 메웠다. 조용히 움직이던 포크와 나이프가 상대의 목소리에 잠시 멈추었다.

"유감입니다."

낮고 그윽한 목소리는 엘리제에 비해 훨씬 침착했다. 솔직히 말하면 라키어스가 수세에 몰렸는지조차 의심스러웠다. 예상치 못한 상황과 맞닥뜨렸는데도 약혼자의 평정은 흐트러지지 않았다.

낯빛 하나 변하지 않았다. 엘리제를 돌아봤을 때 상대가 흔들린 것을 알 수 있었지만 그건 말 그대로 찰나에 불과했다.

라키어스는 언제 그랬냐는 듯 평상시로 돌아왔다.

그래서 조금 분했다.

높디높은 벽. 절대 무너지지 않는 벽. 오직 엘리제에게만 열리는 벽을 다시금 확인하고 만 것 같아서. 차라리 널 가만두지 않겠다고 이를 드러내기라도 했으면 지금처럼 분하진 않을 텐데.

그가 무너지는 모습을 보고 싶었다. 라키어스 녹턴도 하샤즈 아달람과 다를 바 없는 존재라는 것을 눈으로 보길 원했다.

이봐요. 지금 당신을 보세요. 배신감과 분노에 떠는 당신을 보라고요. 내게 화를 내고 있잖아요?

단 한 번도 남에게 얼굴을 일그러뜨린 적 없는 당신이.

내게, 이렇게.

하지만 라키어스는 끝까지 허락하지 않았다.

하샤즈가 벽 너머로 들어가는 것도. 자신이 밖으로 나오는 것도.

하샤즈는 자꾸 엇나가려는 표정을 추스르며 식사를 계속했다. 라키어스의 입에서 무슨 말이 나올지, 너무 신경을 곤두세우지 않으려 애쓰면서.

"하샤즈 양이 이보다는 똑똑한 줄 알았는데."

라키어스가 한숨을 내쉬었다.

"전 정말 하샤즈 양이 영리해서 좋았거든요. 이 결혼에 걸린 이해관계도 다 알고, 감정 상하는 일이 발생한다고 해도 섣불리 파국으로 치닫지 않을 것 같아서."

날 질책하는 걸까? 드디어 화를 내는 건가? 그렇다고 하기엔 어조가 지나치게 차분했다.

"한데 아니었군요."

"요리가 제법 괜찮아요. 라키어스 님은 안 드세요?"

"안 먹을 겁니다."

라키어스가 웃음을 보였다. 그것은 하샤즈가 한 번도 보지 못한 표정이었다.

"제 안에 남아 있던 마지막 성의가 방금 전 사라졌거든요. 더 이상 공들일 필요 없는 상대를 위해, 소중한 일요일 저녁을 허비할 순 없죠."

아름다운 얼굴과 아름다운 목소리로 가장 상처가 되는 말을 주저 없이 내뱉는다. 라키어스가 드디어 가면을 내려놓았다. 하나 자신이 그토록 원하던 벽 너머의 라키어스임에도, 하샤즈는 감히 기쁨을 느낄 수가 없었다.

엘리제는 그의 이런 면까지 보았단 말인가.

보았다면, 어떻게 견뎠지?

그는 당장이라도 제 심장을 도려낼 것 같은데.

정교한 메스 같은 시선이 테이블 너머로부터 날아들었다. 살아오면서 이 같은 살기를 느낀 적이 없었다. 다시 포크를 집어 들려던 하샤즈는 달군 쇠만큼이나 뜨거워진 물건에 놀라 손을 떼었다.

조만간 물집이 잡힐 듯 손끝이 아렸다.

"엘리제에 대한 감정이 들통 나는 순간을…… 내가 예상치 못했을 것 같습니까?"

라키어스의 웃음이 더욱 뚜렷해졌다.

"그렇게 미친 눈을 하고 있었는데?"

"……."

"그렇게나 오랫동안?"

하샤즈가 라키어스를 마주 보았다. 입안이 말랐지만 물을 마시려는 시도는 하지 않았다. 손을 뻗기 전, 잔 위로 아른거리는 수증기를 목격했기 때문이었다. 하샤즈는 그가 테이블을 통째로 불태워 버린다고 해도 놀랍지 않을 것 같았다.

얼어붙은 수면 아래 들끓는 불길.

라키어스의 분노를 묘사하자면 이런 표현이 될 터다.

"스스로를 똑똑하다고 여겼겠죠. 날 흔드는 건 힘들어 보이니까 엘리제를 공략하자고 생각했겠지. 전부가 아니면 가지지 않는 공주님. 난 그를 나눠 가질 수 있는데 넌 어때."

"틀렸나요? 전 제법 정중앙을 맞춘 것 같았는데."

"틀렸어요."

라키어스가 즉답했다.

"당신도 날 나눠 가질 수 없으면서 허세를 부리고 있잖아요."

하샤즈의 손이 떨렸다. 덜덜 떠는 모습을 보여 주고 싶지 않아서 테이블 아래로 손을 내렸다. 어차피 주변이 어두워서 아무도 모를 텐데도.

"그러니까 이런 짓을 계획했겠죠. 엘리제를 잘라 내려고. 나를 온전히 가지려고. 비록 껍데기뿐이겠지만."

"저는."

"한데 내가 이렇게 나올 줄은 몰랐을 겁니다."

라키어스가 고개를 슬쩍 틀었다.

"난 상관없어."

말문이 턱 막혔다.

"도시가 불에 타든, 당신이 눈앞에서 죽든, 내일 저녁뿐 아니라 다음 날과 그다음 날 뉴스 메인에 우리 관계가 나온다고 해도."

우리.

끼어들 틈을 주지 않는 말.

엘리제와 라키어스를 지칭하는 단어.

쿵쾅대는 심장 소리를 뚫고 내리꽂힌 단어가 하샤즈의 정신을 아득하게 만들었다.

"상관없습니다."

"하지만."

"엘이 신경 쓰니까 나도 그러는 것뿐."

모든 행동의 이유가 밝혀졌다. 라키어스 스스로 입 밖에 냈다. 차마 믿기지 않는 발언에 하샤즈가 극단적인 상황을 가정했다.

"엘리제 양이 죽으라고 하면 죽을 건가요?"

유치하다고 해도 어쩔 수 없었다. 자신은 아무리 발버둥 쳐도 마음 한 조각 얻지 못하는 그가 여자에게 전부를 걸다니.

고작 엘리제 녹턴 따위에.

그러나 다음에 이어진 라키어스의 대답은 하샤즈를 완전히 침몰시켰다.

"죽을 수 없죠."

온도 차가 분명한 미소였다.

"아직 사랑한다는 말도 못 들었는데."

라키어스가 남은 와인을 모조리 마셨다. 그는 냅킨으로 입을 닦은 뒤 목소리 톤을 바꾸어 말했다. 더 이상 공들이지 않겠다는 결정이 진심인 듯, 하샤즈를 향한 태도는 어느 때보다 사무적이었다.

"언론에 알리지 않는 편이 좋을 겁니다. 자신의 앞날도 생각해야죠. 물론 화가 났겠지만 평탄함이 보장된 미래와 개죽음을 맞바꾸는 말아요. 그러기엔 살날이 너무 오래 남았지 않습니까."

겨우 스물넷인데, 라고 덧붙이는 말투가 섬뜩하리만치 무심했다.

"대외적으로는 하샤즈 양이 파혼을 원했다고 말해요. 어떤 험담도 좋지만 엘리제가 연루되어선 안 돼. 타타발루 원로에게는, 알아서 하시죠."

라키어스가 자리에서 일어섰다.

"하샤즈 양과 내 관계는 여기서 끝입니다."

"······관계라고 할 만한 게 있었나요?"

생략된 한마디는 아마 이것일 터다.

우리 사이에.

라키어스는 마지막 순간까지 선을 철저히 그었다. 엘리제와 본인에게 허락된 단어를 나눠 주지 않았다. 하샤즈가 붉어진 눈으로 올려다보았다. 목소리에 힘이 실렸다.

"전 파혼하지 않을 거예요."

"하게 될 겁니다."

"안 해요. 절대로."

"죽은 약혼녀보다는 산 파혼녀가 낫죠."

"······정말 절 죽이실 거라고요?"

"그럼요."

라키어스가 담담히 말했다. 아까 전에 들은 것과 똑같은 내용이었으나, 느낌만은 완연히 달랐다.

"아직 사랑한다는 말도 못 들었다니까?"

하샤즈가 따라 일어서려 했지만 발이 엉켰다. 한번 주저앉고 나니 도무지 다리에 힘이 들어가지 않았다.

"당신에게 엘리제를 제외한 나머지는 아무 의미가 없군요? 대단하신 엘리제 녹턴만이 당신을 가질 수 있다 이거죠? 그 여자 앞에서만 다정하고 헌신적인 모습을 보여 주시나요? '진짜' 라키어스 님을? 엘리제에게만? 그래서 제게······ 이런 짓을 하시는 거예요?"

"또 틀렸습니다, 하샤즈 양."

라키어스의 입가가 비틀렸다.

"난 엘리제에게도 개자식이에요."

그 말을 끝으로 라키어스가 자리를 떴다. 멀리 떨어져 있기에 무슨 대화가 오가는지는 알 수 없지만 분위기가 심상치 않음을 알아챘을 터.

둘 중 한 명이 식당을 나가는데도 서버가 테이블로 오지 않았다. 결코 눈물만은 보이지 않겠다고 다짐했다. 눈물은 약한 자, 패배한 자, 버림받은 자에게나 어울리는 거니까.

하샤즈 아달람은 어느 쪽도 아니었다.

인정할 수 없었다.

❖

하샤즈와의 저녁을 위해 옷을 고르는 모습이 꼴 보기 싫었다. 시작은 거기부터였다. 드레스룸 중앙에 서 있는 라키어스가 벌써부터 지겨운 표정이란 건 눈에 들어오지 않았다. 그가 일요일 저녁을 하샤즈와 보내는 이유에 대해 누구보다 잘 알고 있음에도 속이 뒤틀렸다.

저녁을 만들어 놓겠다고 말하는 그에게 시큰둥하게 대꾸했다.

「나도 약속 있는데.」
「……왜 듣지 못했지?」
「내가 말 안 했으니까.」

라키어스의 손가락이 단단한 허벅지 위를 두드리며 지나갔다. 하얀 피아노 건반을 치듯 순서대로 나란히. 조금 빨라졌다가 다시 느린 속도로 바뀐다.

거슬리는 게 있을 때의 버릇이었다.

「누굴 만나는지 물어도 될까?」

「누구겠어? 전투대지.」

「전투대 누구?」

「그냥 전원.」

대화가 계속될수록 짜증만 나서 아무 옷이나 잡히는 대로 주워 입었다. 현관으로 향하던 중 드레스룸 문틈 새를 슬쩍 보니 아니나 다를까 근사한 슈트를 골라 놓았다. 표정이 저절로 구겨졌다.

싫어. 싫어. 완전 싫어. 목 늘어난 티셔츠 한 벌도 없는 드레스룸 따위 꺼져 버려라.

자연히 발소리가 커졌다. 현관문을 벌컥 열자 뒤에서 따라 나오는 소리가 들렸다.

별로 마음에 들지 않는다는 표정을 짓고 있겠지.

하지만 알 게 뭐야. 없는 약속을 지어내서 나가는 엘리제 녹턴 좀 보라고.

너무 싫다.

「새벽엔 들어올 거지?」

「봐서.」

「엘리제.」

「데이트 재밌게 해.」

마지막 말은 최악이었다.

멍청이. 왜 그 말을 붙였을까.

내뱉자마자 혀를 깨물고 싶은 심정이었지만 다행히 육중한 문이 자동으로 잠기는 소리가 났다. 엘리제는 행여 라키어스가 문을 열고 나올까 싶어 엘리베이터 버튼을 연달아 눌렀다. 바깥은 아직 밝았다. 계절이 바뀜에 따라 해 지는 시간도 늦어졌다.

무심코 메신저를 켰다가 도로 닫았다. 지금이라도 전투대에게 연락을 넣으면 하던 일도 멈추고 나올 것이다. 하나 엘리제는 그러는 대신 정처 없이 걷고 또 걸었다. 어차피 점심을 느지막이 먹어 배도 고프지 않았다.

중간에 솜사탕을 사 먹은 건 순전히 가판대 아저씨가 고돼 보여서였다.

'모처럼의 주말인데 부슬비가 오다니 안됐잖아.'

하지만 아저씨도 판을 접고 떠나고, 사람들도 저녁을 먹으러 흩어졌다. 엘리제 혼자 공원 벤치에 남았다 웬 청승인가 싶었다.

그때였다. 하샤즈로부터 메시지가 도착한 건.

"……가지 말자."

일부러 소리 내어 말했다.

"너무 빤하잖아. 낚이는 게 바보야."

한데 낚였다. 걸음이 저절로 그쪽으로 향했다. 가면 어떤 이야기를 들을지, 어떤 광경을 볼지 알면서도 스스로를 멈출 수가 없었다. 하샤즈의 한 마디 한 마디가 귀에 꽂혔다.

자신이 식당을 뛰쳐나가는 장면조차 예상대로의 수순이었다.

'진짜 싫어.'

그나마 연속극과 다른 점은 라키어스가 뒤쫓아 오지 않는다는 것이었다. 따라잡기엔 엘리제가 너무 빨리, 멀리 왔다. 빌어먹을 도시의 어디로 틀어박혀야 저 두 사람 얼굴을 안 볼 수 있을까. 마음 같아선 이대로 에데니카를 벗어나고 싶었다.

다음 순간, 누군가 엘리제의 앞을 막아섰다.

라키어스였다.

호흡이 조금도 흐트러지지 않은 그가 엘리제를 내려다보고 있었다. 부슬비가 내린 건 엘리제가 공원에 머물 때뿐이었을까. 아닌데. 식당에 들어가기 직전만 해도 안개 같은 빗방울이 엘리제의 뺨을 적셨다.

깨닫지 못한 새 비가 그쳤나 보다.

엘리제는 상대의 흠잡을 데 없이 완벽한 옷차림을 눈으로 훑었다. 검은 스트라이프 슈트에는 물 한 방울 맺혀 있지 않았다.

"그쪽이 물을 끼얹진 않았나 봐?"

목소리에 날이 서는 건 어쩔 수 없었다.

"하샤즈…… 그렇게 안 봤는데 생각보다 기백이 없네. 약혼녀 두고 나가는 남자한테 물 한 번 못 뿌리고."

"내가 맞고 있을 것 같아?"

"내가 하샤즈였으면 양쪽 다리를 분질렀어."

라키어스가 대답하려 했지만 엘리제가 더 빨랐다.

아, 하는 짧은 탄식 뒤에 비뚜름한 조소가 이어졌다.

"아니면 약혼녀를 잘 달래고 오는 길인가? 그러네. 그럴 수 있겠네. 네가 제일 잘하는 게 그거잖아. 너 좋다는 사람 구슬려서 혼 빼놓기. 네가 너무 좋은 나머지 내연 관계도 묵인하겠다는 상대인데 내가 경솔했어. 최대한 협조하겠다고 약속하고 자리 뜨는 경우를 깜빡했네."

"……잘하는 게 아닌 것 같은데."

"뭐?"

라키어스가 엘리제의 눈을 바라보며 말했다. 방금 본인이 한 말을 그대로 들려주는 게 얼마나 부끄러운 일인지 느끼게 하려는 모양이었다.

"나 좋다는 사람 구슬려서 혼 빼놓는 거. 특기가 아닌 것 같다고. 막상 따라잡아 놓고 말도 제대로 못 하잖아."

말뜻을 이해하기까지 몇 초가 걸렸다. 엘리제의 얼굴이 확 달아올랐다.

"누가 널 좋다고 했지? 혹시 식전 와인에 취했어? 헛소리하지 마."

라키어스를 밀치고 지나가려 했다. 하지만 상대가 번번이 엘리제 앞을 막아섰기 때문에 짜증만 더 치밀 따름이었다.

제발 좀 꺼져. 지금은 싫어. 지금은, 지금은…… 안 된단 말이야.

그렇잖아도 종일 기분이 이상했는데. 머리는 어지럽고 당장 오늘 밤 후회할 말이나 주절댈 것 같다고. 그러니까 더는 구석으로 몰아붙이지 마.

제발 혼자 내버려 둬. 네가 좋아 죽겠다는 상대가 저기 있잖아. 하샤즈한테나 가 버려.

겨우 빈틈을 발견해 벗어났다. 엘리제는 정면만 쳐다보며 걸음을 빨리 했다.

펜트하우스로 돌아가긴 글렀으니 오랫동안 비워 둔 자택으로 갈 참이었다. 이 상태로 라키어스와 한 지붕 아래 자는 건 불가능했다. 고급 상점과 식당가의 은은한 조명이 엘리제의 뒤로 멀어졌다. 상당히 빠른 속도였지만 성에 차지 않았다.

바이크가 간절한 순간이었다.

아쉬운 대로 택시라도 잡아탈까 싶었다.

감정이 가라앉을 때까지 걷고 싶어도 뒤에 따라오는 남자를 떨쳐 내는 게 급선무였다. 일단 집 안으로 들어가기만 하면 라키어스는 따라붙기를 멈출 것이다.

무슨 일이 있어도 집까지 침범하지는 않을 터.

그건 둘 사이 불문율이었다. 밤새 메시지를 보내는 건 휴대폰을 꺼 두면 그만인 일이다.

그래. 빨리 택시나 잡아서 휴즈가로 가자. 어떤 실수를 저지를지 모르는 이 위험한 상황에서 얼른 벗어나야 돼.

엘리제는 머리카락을 거칠게 쓸어 넘기며 차도로 내려섰다. 평소엔 고개를 두리번거리기도 전에 알아서 멈추던 택시가 오늘따라 한 대도 보이질 않았다. 맞은편에 세 대가 연달아 지나가는 것을 발견했지만 죄다 불이 꺼져 있었다.

가까스로 포착한 빈 택시는 엘리제가 손을 들기 무섭게 다른 손님을 태우고 사라졌다.

"엘."

익숙한 목소리가 등 뒤에서 들렸다.

"어딜 가려고?"

"네가 없는 곳."

여전히 눈을 마주치지 않은 채 엘리제가 내뱉었다.

"……무슨 동네가 이렇게 택시가 안 잡혀?"

신경질적으로 앞머리를 쓸어 넘긴 뒤 다시 걷기 시작했다. 얼마 지나지 않아 팔이 붙잡혔다. 정작 상대는 본래 힘의 1%도 쓰지 않았는데, 엘리제가 휘두른 것은 풀스윙이었다.

"손대지 마. 꼴도 보기 싫으니까."

"엘리제."

"건드리지 말라고 했어."

"나 좀 봐. 나랑 눈 좀 마주쳐 봐."

"네가 싫어."

드디어 마주친 시선 끝에 나온 한마디였다. 엘리제의 목소리가 떨렸다.

"여기 오면 어떤 말을 들을지 알면서도 왔어. 공원에서부터 여기까지 오는 길이 얼마나 먼 줄 알아? 멀어. 너무 멀었다고. 내 걸음으로 40분은 걸어야 됐어. 근데 왔어."

분함과 원망으로 얼굴이 일그러졌다.

"걷는 내내 나 자신을 탓하면서도 여기까지 왔다고. 펜트하우스를 나온 이후로 계속 걸었는데 또 걸었단 말이야. 멍청하게, 그딴 장면이나 보려고."

"공원부터 계속 걸었……."

라키어스가 이해되지 않는다는 표정을 지었다.

당연히 그럴 만했다.

"전투대를 만나는 게 아니었나?"

"거짓말했어."

엘리제가 픽 웃었다. 스스로를 향한 실소였다.

"네가 하샤즈 만나려고 준비하는 게 싫었거든. 넌 나가고, 난 남겠지. 망할 티파티 정보를 듣는답시고 잔을 기울이면서 속살대는 모습이 머릿속을 떠나지 않았어."

선량함을 연기할 때의 라키어스는 그에게 아무 감정이 없던 사람도 착각에 빠지게 할 만큼 친절하고 따스했다.

하샤즈에게 얼마나 부드럽게 웃어 줄까.

얼마나 다정한 목소리로 속삭일까.

그게 거짓이란 점은 중요하지 않았다. 미쳐 버릴 것 같았다.

"화가 나……. 도발하려는 속셈이란 걸 알면서도 거기까지 찾아간 내가 싫어. 하샤즈가 허튼소릴 지껄일 동안 입 다물고 가만히 듣던 너도 싫고, 지금 이렇게…… 내 감정을 스스로 통제 못 하는 것도 너무 끔찍해."

여기까지 말한 엘리제는 다시 걸음을 재촉하기 시작했다. 여전히 빈 택시는 보이지 않았다. 거기다 머릿속이 엉망이 된 탓에 방향감각마저 잃어버렸다. 어느 쪽에서 꺾어야 휴즈가로 가는 방향인지 기억이 안 났다.

아까 택시 잡으러 멈췄을 때의 옆 골목이었던가? 지나쳤나? 한참 더 가야 되나?

말 그대로 최악이었다. 이제 엘리제는 되는대로 걷고 있었다.

이렇게 걸어 봤자 에데니카 안이겠지.

빌어먹을 녹턴. 5년 전에 죽었지만 오늘 또 죽었으면 좋겠다.

왜 이따위 도시를 만들어서. 왜 나를 구해서. 왜 라키어스와 마주치게 했지?

터무니없는 소리란 걸 아는데도 망상은 멈춰지지 않았다. 엘리제는 집요하게 따라오는 남자를 피해 어두운 골목으로 방향을 홱 틀었다.

땅바닥을 내리찍는 듯한 엘리제의 발소리 뒤로 조용한 구둣발 소리가 들린다 싶더니 커다란 몸이 엘리제 앞을 막았다. 엘리제는 온 힘을 다해 상대를 밀었다. 당연하게도 라키어스는 미동조차 하지 않았다.

"엘리제, 아무리 생각해도 아까 그 말이 이해가 안 가는데……."

"이해가 안 돼? 왜 그럴까? 그 잘난 머리로 이해되지 않는 것도 있고. 세상이 참 재밌지, 안 그래?"

빈정거리던 엘리제는 돌연 입을 다물었다. 자신의 모습이 너무도 마음에 들지 않았다. 사실 간단한 일이었다.

라키어스를 납득시키려면 제 속내를 털어놓으면 된다.

계속 싫다고만 말하지 말고 무엇이, 왜 싫은지를 이야기하면 된다. 하지만 진실을 말하는 데엔 용기보다 더 큰 것이 필요한 법.

엘리제는 자신의 내면과 마주해야만 했다. 인정하고 싶지 않은 것을 인정하고, 밀어내기만 하던 것을 받아들여야 했다.

'……그다음에는?'

달콤함은 찰나에 불과하다는 사실을 이미 녹턴을 통해 알고 있었다. 무엇보다 엘리제는 그런 사랑을 하는 인물이 아니었다.

엘리제의 사랑이란,

"왜 너와 엮이면 이렇게 돼? 왜 나를 이렇게 만들어?"

끝을 생각하지 않고 뛰어든 다음 온몸을 활활 불사르는 것.

"다시 예전으로 돌아가고 싶어. 아주 오래전으로. 널 만나기 훨씬 전으로."

엘리제 스스로도 두려워서 자꾸만 도망치고 싶은 것.

"세상에 이런 감정이 있는 걸 모를 때로 돌아가고 싶어. 어리고 특별한 재주 하나 없었지만, 최소한 그땐 나 자신을 잃을 것 같은 위기감은 없었어."

전부를 바치고 전부를 받아들이는 것.

그게 엘리제가 누군가를 사랑하는 방식이었다.

"널 향한 증오를 그만두겠다고 말했을 때도 이런 걸 원한 게 아니었어. 이건 그냥 신경을 쓰는 정도가 아니잖아. 이건…… 진짜, 제정신 아닌 이 꼴 좀 봐!"

엘리제가 답답함을 이기지 못하고 소릴 질렀다. 바닥에 굴러다니던 빈 깡통이 거친 발길질에 골목 저편으로 날아갔다. 벽에 부딪치고 다시 바닥으로 떨어지는 소리가 어두운 골목 안을 요란히 울렸다.

숨을 몰아쉬던 엘리제는 제 손바닥에 얼굴을 파묻었다. 스스로가 한심해서 견딜 수 없었다.

"너는 날 알잖아. 그렇지, 라키어스? 네 눈으로 직접 봤잖아. 난 전부밖에 줄 수 없어. 한번 마음을 열면 자제가 안 된다고. 집착하고 질투하고 가슴 졸이는 거 녹턴으로 충분했는데."

고개를 들자 라키어스가 눈에 들어왔다. 하늘빛 눈동자엔 수많은 질문이 담겨 있었지만, 그것이 목소리의 형태를 띠고 나올 확률은 낮았다. 그는 도무지 이 상황을 받아들이지 못하는 것처럼 보였다. 우습게도 엘리제역시 마찬가지였다.

"그 끔찍한 걸 다시 시작하는 경우는 내 예상에 없었어……."

깊은 한숨이 새어 나왔다. 엘리제는 눈을 감았다. 부인하고 도망치는데 지쳤다. 라키어스에 대한 감정을 외면하는 것에 너무 많은 시간을 할애해 왔다.

녹턴의 죽음에 얽힌 비밀을 듣고 펜트하우스를 찾아갔을 때도 마지막선을 그은 까닭은 자존심이 아니라 두려움 때문이었다. 주인이 스스로의 감정을 인정하지 않은 순간에도 본능만은 알고 있었던 것이다. 라키어스와의 사랑은 지금까지와 비교할 수 없을 만큼 격정적이고 파괴적이리란 것을.

두려웠다. 무서웠다. 처음으로 끝에 대해 생각하게 됐다.

감정을 컨트롤하지 못하고 파국으로 치닫는 결말도 머릿속에서 몇 번이나 되풀이했는지 모른다.

'하지만……'

그 모든 것에도 불구하고 이제는 완전히 달라질 시간.

시야를 다시 열었을 때 엘리제의 눈은 이전과 다른 빛을 띠고 있었다. 그 차이를 알아차린 라키어스가 짧게 숨을 들이켰다.

"몸도 마음도 내게 속해 있다고 했잖아. 한데 왜 다른 곳을 봐?"

둘 사이 거리를 좁히자 슈트로 감싸인 몸이 움찔했다. 아직 손끝조차 닿지 않았는데.

그는 엘리제가 단추를 풀어헤치기라도 한 것처럼 반응했다.

"연기라도 싫어."

괴로운 듯 흐려진 눈빛이 라키어스를 옭아맸다.

"나만 봐."

귀를 의심케 하는 말에 라키어스가 석고상처럼 굳었다. 가슴팍이 오르내리지 않았다. 눈을 뜬 채로 숨이 멎은 것 같았다. 엘리제의 손가락이 실크 타이를 감아쥐었다. 그러고는 세상이 멈춘 양 천천히 아래로 잡아당겼다.

아까보다 가까워진 얼굴. 넥타이를 잡지 않은 손으로 그의 뺨을 어루만졌다. 가느다란 움직임이 깃털처럼 뺨을 간질였다.

"이젠 끝이야……"

도망의 끝.

그리고 새로운 관계의 시작.

엘리제의 숨결이 그의 입술에 닿았다. 잠시 코끝을 맞댄 채 입술만 살짝 움직여 비비다가 힘을 실어 눌렀다. 떨어져 나가는가 싶더니 다시 닿는다.

이번에는 아랫입술을 물고 한참 동안 놓지 않았다.

촉, 촉, 하고 귀를 파고드는 달콤한 소리.

엘리제가 넥타이를 놓는 대신 그의 슈트 위로 손을 움직였다. 묵직하면서도 빠르게 뛰는 심장이 손바닥에 느껴졌다. 차츰 올라간 손은 어느새 라키어스의 어깨를 더듬었고, 자연히 목 뒤로 돌아가 그를 끌어안는 모양새가 되었다.

여전히 미동조차 하지 않는 상대를 향해 엘리제가 희미한 불만을 표시했다. 잇새로 입술을 잘근 깨문 것이다. 한 번으로는 부족한 듯해서 연이어 깨물고는 일부러 진하게 빨아들였다.

그때까지도 라키어스는 눈을 감지 않았다. 선명한 시선을 느끼며 키스를 한다는 건 굉장히 기묘한 기분이었다.

이 정도로도 답이 안 되었나. 엘리제 자신이 뭘 한다고 생각 중인 걸까. 당연히 기뻐할 줄 알았는데 어째서.

다음 순간, 라키어스의 눈꺼풀이 가늘게 떨렸다.

"으읏……!"

그가 온몸으로 엘리제를 끌어안았다. 이미 닿아 있는데도 더 가까워지지 못해 안타까운 사람처럼 미친 듯이 그녀를 탐했다.

이전과 달라진 게 있다면 엘리제가 더 이상 밀어내지 않는다는 것.

"엘리제……. 제발…… 꿈이라고 말하지 말아 줘. 이게 꿈일 바에야 차라리…… 눈을 뜨기 전에 나를 죽여."

잠깐 입술이 떨어졌을 때, 그가 흐느끼듯 말했다. 거친 호흡 사이로 엘리제의 이름을 숱하게 되뇌었다. 다시금 겹쳐지는 입술에 시간도, 장소도 모두 잊어버렸다.

오로지 깊이 닿고 싶다는 생각뿐.

밤의 골목 어딘가에서.

두 사람은 서로에게 비처럼 내리고 있었다.

펜트하우스 문 잠기는 소리가 오늘처럼 위험하게 들린 적이 없었다. 엘리제는 한 손으로 벽을 짚은 채 워커의 지퍼를 내렸다. 신발을 벗는 다리에 힘이 들어가질 않았다.

얼핏 시계를 살피니 벌써 밤 10시에 가까운 시각이었다.

식당을 뛰쳐나올 때가 8시 10분.

뒤따라오는 라키어스에게 화내며 꽤 걸었던 것 같다. 그래도 20분 이상 소요되진 않았다. 골목에서 나와 택시를 탔고, 거기서 건물 로비까지 30분이 걸렸으니까.

'도대체가……'

그 어두운 골목에서 1시간 가까이 있었던 것이다.

택시 안에서 누구도 섣불리 입을 열지 않았다. 라키어스야 어떤지 몰라도 엘리제는 일단 목소리를 낼 수가 없었다. 그렇게 오랫동안 키스했는데도 해소되지 못한 열기가 몸 구석구석에 남아 엘리제를 괴롭혔다.

로비를 지날 때도 마찬가지.

정중하게 고개 숙이는 보안 요원들이 왠지 자신의 상태를 눈치챈 것 같아서 걸음걸이가 신경 쓰였다. 엘리베이터 안에서는 괜히 CCTV를 힐끔거렸다.

골목을 나온 뒤로 말 한 마디 나누지 않는 긴장감이 엘리제의 입안을 마르게 했다.

'라키어스는 아무렇지 않아 보이는데.'

키스는 두 사람이 함께 했는데, 왜 저 혼자 정신을 못 차리는 것 같은지.

조금 억울하기도 하고 분한 기분에 심사가 틀렸다. 얇은 점퍼 소매에서 팔을 뺀 엘리제는 라키어스를 보지 않은 채 말했다.

"저녁은 알아서 먹을게."

별다른 대꾸가 돌아오지 않았다.

"이렇게 늦은 줄 몰랐어. 일단 내일 출근도 해야 하고……."

아무리 그래도 옆에서 사람이 말하고 있는데 들은 기척은 내 줘야 되는 거 아닌가.

엘리제가 고개를 돌려 라키어스를 쳐다보았다. 뭔가 이상했다. 엘리제를 응시하는 눈에 초점이 없었다. 열병에 걸려 의식이 몽롱한 사람처럼, 탁한 눈동자가 엘리제에게 고정되어 있을 따름이었다.

"라키어스?"

저도 모르게 말끝이 약간 올라가고 만다.

"내 말 제대로 듣긴 한 거야?"

"엘."

그가 다가왔다. 재킷 단추를 푸는 손짓이 예사롭지 않게 보였다. 방금 전 자신도 별생각 없이 점퍼를 벗었다. 밖에서 집 안으로 들어왔으니까. 그뿐이었다.

왜 같은 행동을 하는 라키어스는 다르게 보일까.

마지막 이성의 끈을 놓아 버린 듯한 눈빛 때문에?

오랜 키스로 발갛게 부푼 입술 때문에?

아니면, 위험한 욕심으로 가라앉은 목소리 때문이려나.

"엘리제."

재킷이 바닥에 툭 떨어져 내렸다. 라키어스는 손을 멈추지 않았다. 이번엔 조끼 단추를 풀기 시작했고, 엘리제가 보는 앞에서 미련 없이 바닥에 떨어뜨렸다. 다음 순서는 넥타이였다. 매듭을 잡아당길 때 살짝 일그러지는 얼굴이 엘리제의 호흡을 앗아 갔다.

라키어스가 다가오는 걸음걸음마다 그의 옷가지가 허물처럼 남았다.

"어째서 내가 키스를 멈추고 그 골목을 나왔는지 알아?"

엘리제의 발꿈치가 하얀 벽에 닿았다. 저도 모르게 뒷걸음질을 쳤다는 사실을 깨달았다.

라키어스 때문이었다.

"왜 택시에서 입을 열지 않았는지. 왜 집 안에 들어올 때까지 일부러 몇 걸음 떨어져서 걸었는지."

혼탁한 하늘빛 눈동자가 엘리제를 내려다보았다.

등 뒤에는 벽, 앞에는 라키어스.

엘리제는 완전히 갇혔다.

"너는 알까."

두 사람의 시선이 맞부딪쳤다. 엘리제는 라키어스의 눈을 피하지 않았다. 피할 이유가 없었다. 애초에 자신이 해제한 봉인이었다. 그렇다고 해서 긴장이 되지 않는 건 아니었다.

라키어스는 오래도록 갈구하던 허락을 얻었고, 경계선 너머의 단맛까지 조금 맛본 다음이었다. 지금 이 순간에도 위험 수위가 착실히 올라가고 있었다.

범람이 가까웠다.

엘리제는 본능적으로 그것을 감지했다.

"너만 보라고 했지?"

라키어스가 한숨 쉬듯이 말했다.

"기꺼이."

그가 엘리제의 손을 잡아 제게로 이끌었다. 벨트 바로 위에 손을 올리게 되었다.

새하얀 와이셔츠의 촉감 뒤에 따라온 것은 열기.

엘리제의 손길에 촘촘하게 짜인 근육이 반응했다. 라키어스가 제 손을 엘리제의 손 위에 겹친 채, 무언가가 툭 터지는 듯한 탄식을 흘렸다.

"날 가져 줘."

라키어스가 애원했다.

"온전히. 남김없이. 전부 다……."

더운 숨결이 엘리제의 뺨을 스쳤다.

"그런 다음 내가 네게 속해 있다는 증거를 온밤 내내 새겨 줘."

"……어디에?"

엘리제가 물었다. 긴장 때문인지 아니면 놀리는 것인지. 의미를 가늠하기 어려운 웃음기가 입술 끝에 걸렸다. 라키어스와의 거리가 좀 더 좁혀졌다. 그가 엘리제의 입술 위에서 속삭였다.

"여기. 이 몸과 영혼에."

누가 먼저랄 것 없이 서로의 입술을 찾았다. 엘리제는 라키어스에게서 제 손을 빼냈다. 그러고는 자유로워진 팔을 그의 뒷목에 둘렀다.

등 뒤에는 벽. 눈앞에는 라키어스.

하나 갑갑하다는 느낌이 들지 않았다. 갇혔다는 느낌도 사라졌다. 이 순간을 바라 온 사람은 라키어스뿐만이 아니라는 생각이 머릿속을 스쳤다.

비로소 자유로워졌다.

도시 밖. 노을로 물든 시간. 하늘까지 닿을 듯 높디높은 빌딩 위에서 아래로 뛰어내릴 때.

가장 좋아하는 순간에 맞먹는 환희가 엘리제 안에 차올랐다. 그를 더욱 강하게 끌어안고 더 많은 것을 요구하면서, 엘리제 안의 빛은 밝기를 더해 갔다.

감은 눈꺼풀 너머의 세계가 쉴 새 없이 떨렸다.

❖

라키어스는 죽었다.

원래 이름은 '올햄퍼'지만 모두가 '올랭퍼'라고 발음하는 고급 상점 구역에서 브루드랜드가로 넘어가는 횡단보도 옆 골목.

최소한의 불빛만이 깔려 있는 그곳에서 숨을 거뒀다. 그리고는 다시 태어난 게 지금의 라키어스 녹턴이다. 엘리제의 위에 입술을 미끄러뜨리는 이 순간에도, 그녀가 골목에서 했던 말이 머릿속을 떠나지 않았다.

「나만 봐.」

넥타이를 잡아당기는 손길은 나비의 날갯짓만큼이나 부드러웠다. 자신을 밀쳐 낼 때와는 전혀 다른 강도였다. 엘리제는 알았던 것이다.

라키어스를 받아들일 때는 아무런 힘도 필요하지 않다는 것을.

그저 엘리제 본인의 뜻이 바뀌었음을 전달하기만 하면 되었다.

그것만으로도 라키어스는 무릎을 꿇고 감격에 젖어 흐느낄 테니. 하지만 엘리제는, 그의 사랑스러운 날개는 한 걸음 앞서 나갔다.

연락도 없이 펜트하우스에 들이닥쳐 더는 널 증오하지 않겠다고 선언할 때와는 비견할 수 없는 충격이 라키어스를 흔들었다.

「나만 봐.」

듣고 또 들어도 달콤한 명령이었다.

「그만두지 마. 멈추기만 해 봐.」

세상에 이보다 벅찬 위협이 있을까.

「내 거라고 말해. 전부 다…… 날 위한 거라고.」

「여전히 날 원하지?」

「그렇지?」

「넌 죽으면 안 돼. 무슨 일이 있어도 살아야 돼. 아픈 건, 괜찮아. 다치는 것까지도 봐줄 수 있어. 하지만, 하지만…… 사라지면 안 돼, 라키어스.」

「날 혼자 두지 마.」

다급한 키스였다. 너무 빨랐고 너무 절박했다. 모든 것에 능숙한 라키어스 녹턴은 단 하나, 엘리제에게만은 서툴렀다.

그토록 갈망하던 순간인데, 조금 더 소중히 맞이하고 싶었다.

엘리제의 숨결을 느끼면서.

촉촉하게 부딪혔다가 떨어져 나가는 간지러움이라든가, 서로의 입술 위에 흩뿌려지는 자잘한 웃음이라든가. 이따금 마주치는 시선을 다정하게 돌려주고 싶었다.

적어도.

훔치듯이 가졌던 첫 키스보다는 훨씬 잘하고 싶었다.

「라키어스…….」

「더는 못 서 있겠어.」

전력질주라도 한 것처럼 몰아쉬는 숨소리를 들었다. 물기를 머금은 채 흐려진 눈동자를 보았다. 엘리제가 가늘게 떨고 있는 것이 느껴졌다. 부슬비를 맞으며 오래 걸은 탓이라기엔 큰길에서부터 불어 들어오는 밤바람이 전혀 싸늘하지 않았다.

추위가 아니라 열기 때문이었다.

엘리제의 저 아래에서부터 끌어올라 온몸을 삼켜 버린 뜨거움.

라키어스는 자조했다. 너와의 키스가 여유로울 리 없다고. 절대 이것에 익숙해질 수 없을 거라고. 그러고는 엘리제를 천천히 떼어 냈다.

펜트하우스까지 오는 길이 정말 멀었다.

"라키어스……."

애달픈 음성이 고막을 파고들었다. 그저 이름을 부르는 것뿐인데 호흡이 가빠지고 몸이 뜨거워졌다. 어딘가를 잡고 버티려는 것일까. 엘리제가 허공으로 팔을 뻗었다가 등받이에 손을 대고 밀었다. 소파 위에서 몸을 틀어 봤자 피할 곳도 없다.

"잠깐……. 잠깐만, 떨어지겠어!"

"침대가 너무 멀어."

라키어스가 하얀 어깨에 얼굴을 묻었다. 엘리제의 향이 났다. 정신없이 키스를 이어 가다가 탐욕스럽게 향기를 들이마셨다. 아무리 마셔도 충분하지가 않았다. 오히려 목이 타들어 가는 갈증만 더해질 뿐이다.

자선 파티의 밤이 기억났다. 겨울바람이 부는 테라스에서 제 품에 쓰러지던 엘리제.

엘리제를 그렇게까지 밀어낸 사람은 라키어스 자신이었다. 어떤 협박을 하면 그녀가 파티에 참석할지 알고 있었다. 하샤즈와 타타발루가 어떤 기분일지도, 분개한 타타발루가 그녀에게 어떤 폭언을 퍼부을지도 다 알았다.

알면서도 오게 했다.

어디에도 기댈 이가 없는 그곳으로.

도망치듯 테라스로 향하는 뒷모습을 보면서 비틀린 미소를 머금었다. 모든 예상이 맞아떨어졌건만 기쁘지가 않았다.

이렇게밖에 널 얻을 수 없는 걸까.

그와 동시에 생각했다.

네가 벼랑 끝에 내몰린 것처럼 괴롭기를. 힘들기를. 금방이라도 숨이 끊어질 듯이 약해졌기를.

　그래야 내가 너를 잡을 수 있을 테니.

　하지만 젖은 눈망울을 마주한 순간 가슴이 또 한 번 내려앉은 쪽은 라키어스였다. 당시 짙은 흔적을 남겼던 바로 그곳에 대고 입술을 눌렀다. 엘리제가 고개를 뒤로 젖히며 눈을 질끈 감았다.

　"눈을 떠, 엘리제."

　라키어스의 손이 나긋한 허리 뒤로 향했다. 조금 거칠다시피 제게로 끌어당기자 모든 곳이 빠짐없이 밀착되었다.

　엘리제가 날카로운 숨을 들이쉬었지만 감은 눈을 뜨지는 않았다. 라키어스의 입가가 일그러졌다. 두 눈에 집요한 광기가 스쳤다.

　"날 봐."

　"굳이 눈을 떠야 할 필요는 없잖아."

　"아니. 눈을 떠. 똑바로 뜨고."

　라키어스가 엘리제의 등줄기를 따라 손바닥을 쓸어 올렸다.

　"네가 지금 누구와 함께 있는지 봐."

　"싫……."

　"사랑해."

　그는 주저 없이 하얀 가슴 위에 입술을 대었다. 자잘한 키스를 퍼붓다가 혀끝을 세워 정점을 건드리자 반응이 왔다. 뾰족하게 곤두선 돌기를 혀로 톡톡 튕기다가 입안 가득 머금고 깨물 듯이 빨았다.

　엘리제의 피부는 체향만큼이나 달았다. 상대를 홀리고 중독시키는 맛이었다. 어떻게 이럴 수 있을까. 이게 가능하기나 한 걸까. 꿀이나 과일에 비유할 수도 없는 게 아예 느낌 자체가 달랐다. 사람의 살이 달콤하게 느껴진다는 건 한 번도 들어 보지 못했다.

　그렇다면 이는 역시 자신이 엘리제에게 완전히 돌았다는 증거이려나. 없는 맛을 있다고 착각할 정도로 엘리제를 원하는 것이다. 하지만, 베어 물면 이렇게나 생생한데. 이윽고 그는 답 없는 질문을 흘려버리며 매끄러운 피부를 길게 핥았다.

"으흐읏……."

엘리제가 여전히 눈을 감은 채 신음했다. 단정한 손이 반대쪽 가슴을 주무르자 음색은 더욱 애절해졌다.

이러고도 눈을 뜨지 않는다는 거지?

고집쟁이.

라키어스는 속으로 웃음을 삼켰다. 어떻게 해야 짙푸른 눈이 자신을 직시할지 생각해 봤다. 이에 대한 답은 금방 나왔다.

그는 더 깊은 곳의 살갗이 궁금했다. 거기도 엘리제의 입술과 가슴처럼 단맛이 날지. 그곳을 빨아들이면 제 고집스러운 연인은 어떤 반응을 보일지. 떠올리는 것만으로도 아래가 욱신거렸다.

결국 라키어스의 입술이 울긋불긋해진 가슴을 지나 점점 밑으로 내려갔다. 납작한 배에 입 맞출 때만 해도 평온한 축에 속하던 엘리제의 호흡이 어지러이 뒤섞이기 시작했다.

"라키어스!"

엘리제가 끝내 비명처럼 그의 이름을 외쳤다. 두 손은 라키어스를 저지하기 위해 앞으로 뻗은 채였다.

"이것 좀 봐."

라키어스의 혀가 얇은 직물 위를 천천히 그어 내렸다. 갈라진 틈을 따라 움직였기에 그 부분만 살짝 안쪽으로 말려 들어갔다.

"젖었어."

"그야 네가 핥았으니까."

"고집에 거짓말까지."

눈매가 부드러이 휘었다.

"넌 이 순간에마저 너구나."

그게 무슨 헛소리냐며, 엘리제가 쏘아붙였다. 푸른 눈동자는 당혹감으로 커진 상태였다. 라키어스는 상대의 저지하는 손길에도 아랑곳 않고 입술을 꾹 눌렀다.

"난 지금 이게 꿈인지 현실인지 좀 자신 없는데."

"이런 짓을…… 해 놓고는."

"머릿속으로 너무 많이 반복해서 그런가 봐."

속옷 가장자리를 어루만지는 손가락에 끈적거리는 열망이 묻어났다.

순간 당황하긴 했어도, 엘리제는 지금 그가 무슨 짓을 하려는지 알고 있었다. 순진함과 무지는 엘리제에게 어울리는 단어가 아니었다. 그녀는 아주 예전부터 모든 것을 알고, 기어이 가져야 직성이 풀렸다.

집으로 남자를 끌어들이진 않았지만 이따금 차오르는 열기를 어떻게 해소해야 하는지는 알았다. 그리고 엘리제가 이불 아래에서 발꿈치를 들며 경련할 때마다 라키어스 또한 펜트하우스의 침대 위에서 거친 신음을 토했다.

늘 영상 속 33번지로 넘어가 이불 안에 머리를 파묻고 싶었건만.

드디어 엘리제의 수고를 덜어 주는 날이 오고야 말았다.

"궁금하지 않아?"

짧게 자른 그의 손톱에 엘리제의 속옷이 걸렸다. 일부러 긁듯이 끌어내리자 엘리제가 엉덩이를 들썩였다.

"넌 항상 호기심을 참지 못했지. 그런 네가 이 청을 거절하기란 어려울 거야."

엘리제, 하고 감미로운 이름을 속삭여 보았다.

"입으로 받는 기분은 어떨까?"

"그……."

"네가 만족할 때까지 해 줄게."

붉은 입술 사이로 간사한 혀가 반짝였다. 경험한 적 없는 쾌감을 약속

하는 듯한 광경에 엘리제가 아랫입술을 지그시 깨물었다. 본인 표현대로 '이런 짓까지 해 놓고는' 갈등 중인 것이다. 라키어스가 할 일은 잠시간 기다리는 것뿐이었다.

어차피 두 사람 다 알고 있다. 엘리제는 붉디붉은 과실을 맛보고 말 거란 사실을. 그는 검은 페디큐어를 칠한 발가락이 곱아드는 것을 힐끗 쳐다보았다.

"엘?"

방금 전까지 라키어스의 머리를 밀어내던 손이 방향을 바꾸었다. 엘리제의 허락이 떨어진 이상, 그가 지체할 이유는 없었다.

"······아!"

허벅지를 벌려 젖은 아래가 드러나게 했다. 복종할 준비를 마친 입술이 습윤한 점막을 빨아들이기 시작했다.

처음엔 그저 낯선 감각에 마구잡이로 움찔대던 엘리제도 제 몸에 차츰 귀를 기울였다. 어디를 어떻게 건드렸을 때 아래가 조여드는지, 라키어스는 절대 놓치지 않았다.

"웃, 잠깐, 응! 거기······ 라키어스, 흑!"

가는 손가락이 그의 머리카락을 다급하게 파고들었다. 가장 예민한 부분이 핥아진 까닭이다.

라키어스는 엘리제의 보챔을 달래듯 혀를 세워 살살 굴렸다. 입술 사이에 도톰한 정점을 물고 가볍게 빨 때마다 엘리제가 다리를 바르작댔다. 이쪽도 나쁘지 않지만 너무 부드러웠다. 쾌감이 쌓이기엔 역부족이었다.

그녀는 안달이 나 엉덩이를 흔드는 모습에 라키어스의 눈이 풀려가는 것도 모르고 빨리 약속을 지키라고 요구해 댔다.

찰박거리는 야한 소리가 끊이지 않고 이어졌다. 애태우듯 자극하던 라키어스는 어느 순간부터 입을 떼지 않았다.

엘리제가 원하던 것 이상의 쾌감이 온몸을 강타했다. 시야가 새하얗게 번지고 호흡이 멈추는 전율에 엘리제가 몸을 굳혔다. 라키어스는 그녀가 절정을 맞는 순간에도 움직임을 멈추지 않았다.

엉덩이를 들어 올린 채 바들바들 떨던 엘리제가 급기야 그를 밀쳐 내려 했다. 연이어 닥친 절정에 숨 쉬기도 버거운 모양이었다. 울음인지 비명인지 모를 소리가 엘리제에게서 터져 나왔다.

"이, 이제 됐어! 아…… 흐, 그만해. 제발!"

엘리제가 손톱으로 소파를 긁었다. 그러는 동안 또다시 쾌감이 차올랐다. 곧 라키어스의 입가를 엉망으로 만들 만큼 많은 체액이 울컥거리며 흘러나왔다.

"엘리제."

라키어스가 손등으로 제 입가를 아무렇게나 훔치며 올라왔다.

"엘."

집요한 부름이 엘리제를 감아 들었다.

"나를 받아 줘……."

고개 끄덕일 여력이 남아 있는 게 놀라울 지경이었나 보다. 엘리제가 실소 비슷한 한숨을 흩어 냈다.

라키어스는 집으로 오는 내내 발기되어 있던 중심을 꺼냈다. 엘리제를 탐하는 동안 한 번 갔음에도 불구하고 금세 다시 단단한 상태로 돌아가 있었다.

흠뻑 젖은 입구에 끝을 가만히 가져다 대자 하얀 허벅지가 떨렸다. 라키어스가 흐린 미소를 머금었다.

"아, 흐으읏!"

빡빡한 압박감이 엘리제의 안을 갈랐다. 입으로 풀어 놓은 덕분에 통증은 없지만, 안이 벌려지는 느낌은 상상 이상이었다.

갑자기 엘리제가 분한 얼굴을 했다. 네가 이 정도일 줄 몰랐다. 환한 곳에서 실물을 확인했어야 하는데. 조른다고 그냥 허락하는 게 아니었다. 뭔가 이해할 수 없는 말을 하며 라키어스를 흘겼다.

무엇이 잘못된 걸까.

"싫……어?"

뜨겁고 촉촉한 내벽에 의해 쥐어짜이는 쾌감을 억누르고 있던 그가 간신히 입술을 떼었다.

"참기 힘들면."

그때 엘리제가 자세를 고치려고 몸을 조금 움직였다. 라키어스는 말을 채 잇지 못하고 턱에 힘을 넣었다. 고통스러운 쾌감에 미간이 일그러졌다.

"하아……."

엘리제는 지금 상태가 익숙지 않은지 자꾸만 몸을 틀려 했다. 어떻게든 꼼지락거리면 좀 더 편한 상태를 찾을 수 있을 거라고 믿는 듯 보였다.

도저히, 안 되겠다.

그는 엘리제의 양팔을 잡아 머리 위에다 고정시켰다. 은근히 내리누르는 힘에 엘리제의 눈동자가 커졌다.

입구에 아슬아슬하게 걸릴 때까지 뽑았다가 단번에 안을 가르고 박았다.

"아!"

전율이 허리를 타고 흘렀다. 라키어스가 고개를 뒤로 젖히며 헐떡였다. 요동치는 감각이 가라앉기 전에 느리게 치받자 엘리제가 앓는 소리를 냈다.

서로의 둔덕이 연신 맞닿았다가 떨어졌다. 젖은 살끼리 미끄러지는 느낌이 라키어스를 한계로 몰아갔다. 움직임에 점점 속도가 붙었다. 짐승처럼 허리를 놀리는 자신이 낯설었다.

"라키어스……? 하, 윽."

오른손을 엘리제의 엉덩이 뒤로 넣었다. 그대로 힘을 주어 끌어당기자 더 이상 밀착될 수 없을 것 같던 두 몸이 더욱 깊게 붙었다. 라키어스는 한

동안 결합된 상태를 유지한 채 앞뒤로 흔들기만 했다.

안을 충실하게 쑤시던 것이 돌연 움직임을 멈추자 엘리제에게서 불만 어린 소리가 나왔다.

하지만 그것도 잠시. 봉긋한 둔덕이 꾹꾹 눌리며 제일 민감한 부분이 자극당하는 중임을 깨달았다. 밖이 건드려질 때마다 엘리제의 내벽이 조여들었다. 두 사람은 당장이라도 끝을 맞을 것 같은 동시에 이 순간을 지속시키고 싶기도 했다.

라키어스는 결국 절정 직전에 몸을 뺐다. 외부의 서늘한 공기가 페니스를 감싸자 또 다른 의미로 오싹한 느낌이 들었다.

심호흡을 두어 차례 한 뒤 다시 엘리제의 안을 찔렀다. 이번에야말로 끝까지 갈 작정이었다.

눈부신 금발이 이리저리 헝클어져 흔들렸다. 늘 일정한 온도로 쾌적하게 유지되는 실내임에도 불구하고 라키어스의 이마에 땀이 맺혔다. 괴로운 듯 눈가를 찡그리면서도 결코 엘리제에게서 시선을 떼지 않았다.

"사랑해. 사랑해, 엘……."

엘리제의 손가락 사이로 깍지를 꼈다. 마주 잡아 준 것이 제 손이 아닌 심장임을 엘리제는 알까.

놓지 말라고 애원했다. 버리지 말라고. 난 이제 돌아갈 수 없다고.

미쳐 버린 자신의 망상 속이 아니라 현실임을 네 목소리로 확인시켜 달라고 속삭였다. 이 이상 어떻게 확인시켜 주냐는 대구에 울듯이 웃었다. 등을 켜지 않은 대신 달빛이 거실을 은은히 비추었다. 덕분에 두 사람은 서로의 모습을 눈에 담을 수 있었다.

"……라키어스."

엘리제의 손끝이 단단한 등을 파고들었다. 라키어스가 바랐던 대로 그의 몸에 증거를 새겼다. 테라스 풀의 고요한 수면을 비추는 달은 하나뿐이었지만, 넓은 등에 새겨지는 초승달은 시간이 지날수록 그 수를 더해

갔다.

붉게, 붉게 늘어만 갔다.

【엘리제에게.

어제는 올해 첫눈이 내렸지. 퇴근하기 1시간 전부터 내리기 시작하더니 밤까지 계속 내리더라.

차가 제법 막혔는데도 사람들 얼굴이 밝았어.

수행원의 인사를 받고 몸을 돌리는데 어쩐지 발이 떨어지지 않았어. 창밖으로 떨어지는 눈송이를 본 순간부터 계속 네 생각이 났거든.

아직 기억하니, 엘? 네가 했던 말.

도시에 들어오고 나서 처음으로 맞은 겨울. 네가 창밖을 멍하니 쳐다보면서 말했잖아.

사람들이 좋아하네요⋯⋯?

아주 살짝 올라간 말끝에서 네가 의아해한다는 걸 알 수 있었어. 첫눈 때문이라고 대답해 준 건 운전하던 수행원이었을 거야. 두 남자는 제각기 하고 있는 일에 빠져 고개조차 제대로 들지 않았을 테니까.

몇 년 뒤, 어깨에서 사르르 날리던 네 머리카락이 등을 덮을 만큼 길었을 때 내가 다시 물었지.

사람들이 좋아하던 게 그리 신기했냐고.

이미 온몸으로 나를 증오하고 있던 네가 그때만은 담담한 눈을 했어.

도시 밖에서의 첫눈은 혹독한 겨울의 시작인데, 여기 사람들은 다들 환히 웃고 있어서 이상했다고.

그러고는 희미하게 웃었지, 엘리제.

네가 웃었어.

첫눈 오는 날 기도하면 소원이 이뤄진대, 라키어스. 아무도 진짜로 믿지 않는 바보 같은 말인데. 그런 이야기가 있는 곳이라서 좋았어.

처음으로 에데너카가 좋았던 순간이었어.

넌 정확히 5초 뒤에 갑자기 이딴 건 왜 묻느냐고 쏘아붙였지만 말이야.

그때부터 나도 달리 보이기 시작했어.

첫눈이 오면 네가 생각나. 네 눈빛, 네 웃음, 네 목소리, 네 온기…… 네 빈자리까지도.

이 편지는 아마 네게 닿지 않을 거야. 서랍에 들어 있는 수많은 편지들처럼.

언제쯤 널 안고 사랑한다고 말할 수 있을까.

언제쯤 넌 날 안아 주게 될까.

과연 그날이 오긴 할까?

어젠 첫눈이 내렸어, 엘리제.

……네가 보고 싶다.】

제11장 달콤한 시간

문이 열렸다.

새벽이 되어서야 간신히 잠든 엘리제는 누군가 이불을 고쳐 덮어 주는 기척에 흐릿한 시야를 열었다. 와이셔츠에 바지까지 입은 라키어스가 더없이 사랑스러운 눈으로 자신을 내려다보고 있었다. 잠에 취해 정신을 못 차리는 엘리제와 달리, 그는 출근 준비를 거의 마친 모습이었다.

넥타이를 매고 재킷만 걸치면 그대로 나가도 될 것 같았다. 라키어스가 몸을 가까이 기울이자 사늘한 숲 냄새가 났다. 그가 가지고 있는 향수 중에서 엘리제가 제일 마음에 들어 한 물건이었다. 시원하면서도 깨끗한 향이 공기 중에 연하게 떠다녔다.

엘리제가 몸을 바르작거리며 느린 숨을 들이마셨다. 다리에 친친 감긴 이불의 감촉이 좋았다.

"몇 시야?"

"7시 50분."

"흐응……."

블라인드 사이로 스며든 아침 햇살이 방바닥에 줄무늬를 만든 것이 보였다. 협탁 위의 시곗바늘이 진짜 7시 50분을 가리키고 있는 것도.

엘리제는 푹신한 거위 털 베개에 대고 뺨을 비볐다. 투정하는 듯 들리는 소리가 절로 새어 나왔다. 시티타워에 나가려면 지금쯤 일어나야 하지만 몸이 그야말로 천근만근이었다. 출근은 고사하고 손가락 하나 까딱하기 싫은 상태다. 정말이지 잠이 부족했다. 그리고 온몸의 근육이 비명을 지르고 있었다.

라키어스가 입가를 부드럽게 늘렸다.

"오늘은 나 혼자 갈게."

상당히 동하는 제안이었다.

"더 자."

"……아무래도 그래야겠어."

엘리제가 눈을 천천히 깜빡였다. 시티타워라니. 당치도 않는 생각을 잠깐 해 버렸다. 이대로 오후까지 자다가 욕조에 따뜻한 물을 받은 뒤 몸을 담그고 싶은 심정이었다.

그래, 쉬어야 돼. 오늘 쉴 타이밍을 놓치면 내일 몸져누울 게 분명해.

"잘 다녀와."

미리 인사를 건넸다. 자꾸만 아래로 내려오는 눈꺼풀을 감았다. 다시 잘 수 있다고 생각하니까 흐뭇한 표정이 나오는 듯했다. 침대 가장자리에 걸터앉아 있던 라키어스가 엘리제의 뺨에 입을 맞췄다.

쪽, 하는 소리가 났다.

따로 허락을 구하지 않았지만 이 정도는 모닝키스로 봐주자 싶었다. 엘리제는 베개를 고쳐 벤 다음 본격적으로 잘 준비를 했다. 한데 배웅 인사까지 나눈 자가 방을 나가지 않았다.

어디 안 나간다 뿐인가.

이불 밖으로 드러난 엘리제의 몸을 따라 피아노 건반을 두드리듯 손가락을 움직였다. 무시하고 잘 수 있을 줄 알았는데 묘하게 신경을 건드리는 손놀림이었다. 심지어 리듬을 타는 곡조가 경쾌하기까지 했다.

대체 이게 무슨 곡이지?

되는대로 두드리고 있는 게 아니란 건 확실했다.

"안 가?"

"가야지."

입과 손이 따로 놀았다. 달콤하게 잠긴 목소리를 들으면 오늘 해가 질 때까지 이 방을 나갈 뜻이 없는 것처럼 느껴지는데.

엘리제가 날벌레를 쫓듯 다소 무정한 손짓으로 라키어스를 털어 냈다.

"출근해."

"해야지."

"언제 할 건데."

"곧?"

라키어스의 검지가 다시 매끄러운 어깨 위로 내려앉았다. 팔뚝에서부터 쭉 긋기 시작한 선은 엘리제의 손등을 지나 옆구리에 다다랐다. 티셔츠가 말려 올라간 탓에 허리 부근 맨살이 드러나 있었다. 라키어스가 특정한 부분에 손가락을 댄 뒤 동그라미를 덧그렸다.

새벽까지 괴롭힌 걸로는 만족스럽지 않나 보다. 이젠 소중한 아침잠까지 빼앗아 가려는 걸까?

엘리제가 뒤척이며 자세를 바꿨다. 하지만 간지러운 감촉이 신경을 긁은 후였다.

"타투는 언제 새긴 거야?"

등 뒤로 라키어스의 질문이 들렸다. 방금 그가 건드린 부분이 정확히 타투가 있는 자리였기 때문에 별로 놀랍지 않은 물음이었다.

"열일곱 살 생일에."

"무슨 의미인지 물어도 될까."

"별 뜻 없어."

엘리제가 낮게 웃었다.

"그냥 화가 나 있었어. 저택을 나간 뒤로 줄곧 분노에 차 있었지. 게다가 예뻐 보였고."

충동적으로 새긴 것이었지만 시간이 꽤 지난 후에도 어쩐지 지우고 싶지 않았다. 라키어스가 이번엔 얇은 티셔츠 위로 손가락을 움직였다. 견갑골 부근을 톡톡 건드렸다. 어젯밤에 불을 거의 켜지 않았는데 그새 잘도 눈여겨봤다 싶었다.

"그럼 이건?"

"작년 연말."

"둘 다 글자가 아니라 그림이군."

"글자는…… 당시엔 멋지게 느껴질지 몰라도 시간이 지나면 유치해 보이는 경우가 많대서."

엘리제가 발가락을 꼼지락거렸다.

"사실, 몸에 새길 만큼 마음에 드는 문장 같은 거 없었어."

"그래서 고른 게 장미랑 날개인가?"

"흔하지."

상대가 무슨 뜻으로 하는 말인지 알겠다. 엘리제는 굳이 부정하지 않고 쿡쿡 웃었다.

"그래도 좋아."

하나 더 새긴다면 이번엔 제 이름은 어떠냐고 은근한 추천을 해 왔다.

저런, 꽃과 날개를 박았다고 해서 아무거나 그려도 되는 몸이 아니다. 게다가 연인의 이름이라니.

라키어스 녹턴이 이토록 빤한 아이디어를 낼 줄은 몰랐다. 엘리제가 가벼운 코웃음을 쳤다.

"약간…… 상표 같지 않을까? 넌 내가 옷을 벗을 때마다 내 몸에서 네 이름을 마주하고 싶어?"

나라면 진짜 이상한 기분일 것 같은데.

엘리제가 작게 중얼거렸다.

한데 자신의 말 중에 어떤 부분이 라키어스를 자극했을까.

조용히 엘리제의 몸 위를 유영하던 손가락이 점점 분명한 의도를 띠기 시작했다. 이야기를 하다 보니 잠이 달아난 탓도 컸다. 엘리제는 결국 라키어스를 향해 눈을 흘겼다.

"장난 어지간히 쳤으면 이만 출근하시죠, 라키어스 리더?"

"누가 장난이라고 했습니까."

라키어스가 말을 받았다.

"그리고 누가 끝이라고 했죠?"

"……너."

"빨리 보내려고 하지 마, 엘리제."

그가 이불 안을 파고들었다. 매달리는 듯한 목소리로 속삭이면서. 단단한 팔이 앞으로 넘어와 엘리제의 몸을 끌어안았다.

"난 지금 아무 말도 안 들리는 상태니까 뭐라고 해도 소용없어."

조금의 틈조차 견딜 수 없다는 듯 몸을 밀착했다. 셔츠와 바지에 주름이 질 것이다. 이럴 거면 애당초 왜 옷을 갈아입고 들어왔나 싶다.

"저기, 라키어스."

뭐라 말한들 본인은 안 들을 거라고 했으나, 엘리제 입장에선 묻지 않을 도리가 없었다.

"출근을 하긴 할 거지?"

"왜 리더 따윌 하고 있을까."

이런 대답이 돌아올 줄은 꿈에도 몰랐다. 진심이냐고 되물으려던 엘리제는 고개를 절레절레 내젓는 것으로 대신했다. 상대의 어조가 과히 진지

했다. 그냥 해 보는 말이 아닌 거다.

"처음부터 포지션을 잘못 잡았어. 성실하고 다정한 가면 따위 아무짝에
도 쓸모없는데. 이런 방법이 아니라도 인간들 조종하고 속이는 것쯤이야,
내겐 손바닥 뒤집기보다 쉬운데."

피곤하게만 됐다고 중얼거렸다. 이에 대해선 엘리제도 같은 의견이기
에 별다른 토를 달지 않았다.

"내가 돌아왔을 때도 계속 여기 있을 거지? 어젯밤은 꿈이 아니었다
고…… 거짓이 아니라고 다시 말해 줘, 엘."

"나도 어지간히 불안해하지만 너랑은 비교를 못 하겠어."

엘리제가 눈을 굴리며 기가 막힌다는 소릴 냈다.

"지금 내 상태 안 보여?"

"……많이 힘든가?"

그제야 말끝을 흐리는 라키어스다. 사람을 그리 못살게 괴롭혀 놓고 할
소린지 모르겠다. 하나도 미안해하지 않는 것 같은 사과가 등 뒤에서 전해
져 왔다.

여기서 엘리제가 궁금한 건 단 하나.

'앞으로 매일 아침마다 이 같은 배웅을 되풀이해야 할까?'

안타깝게도 엘리제의 우려는 현실이 되었다.

좋지 않은 예감은 맞아떨어지는 법.

늘 그렇다.

❖

평생 상냥함의 가면을 쓰고 살아온 것이 좋은 쪽으로 작용하는 경우도
있었다. 라키어스는 어제부터 그 효과를 만끽 중이었다. 실제로는 신경이
날카롭게 곤두서있을 때도, 초조함에 미칠 것 같을 때도, 화가 나거나 피

곤할 때도 부드러운 미소를 띠어 왔더니 가만히 있어도 웃음이 나올 때 애써 그 감정을 억누르지 않아도 되었다.

긴 시곗바늘이 12를 가리키자마자 집무실을 나섰다. 아직 모니터를 들여다보고 있던 비서가 제자리에서 일어났다.

"일찍 들어가시는군요."

그러다가 시간을 확인하고 말을 정정했다.

"아니네요. 제가 늦은 거군요."

사실 어느 쪽도 이르거나 늦지 않았다. 엄밀히 말하면 라키어스 쪽이 너무나 이 순간만을 기다렸다는 듯 집무실을 나선 거였다. 하지만 비서는 자신의 상관을 매우 존경하는 사람이었으므로 칼같이 지키는 퇴근 시간에 대해서 토를 달지 않았다.

오히려 요즘 상관의 야근이 준 것을 반기는 눈치였다. 라키어스가 스스로를 몰아붙일 땐 옆에서 보는 이가 안절부절못할 만큼 먹지도, 자지도 않고 일을 하기 때문에.

비서가 한결 밝아진 얼굴로 인사했다.

"그럼 내일 뵙겠습니다."

"감사합니다."

보통 이쯤에서 인사가 마무리되곤 하는데 라키어스가 참지 못하고 한 마디 덧붙였다.

"비서님도 어서 들어가시죠."

"……예? 아, 네. 그래야지요. 이것만 확인하고 끝내려던 참입니다. 5분 내에 끝날 것 같고요."

"늘 감사합니다."

"예에."

"그럼 즐거운 저녁 보내세요."

한마디가 아니었다. 결국 세 마디를 더 했다. 고개 숙이는 라키어스의 눈이 더없이 온화한 곡선을 그리고 있었다. 따지고 보면 크게 특별할 게 없는 말인데도 비서는 저도 모르게 주춤하고 말았다.

'기분 좋은 일이라도 있으신가……'

평소에도 따스한 분이지만 어제부턴 아주 태양처럼 빛나는 느낌이랄까.

'하긴 이유야 어찌 됐든 몸 상할 정도로 일에 매달리시는 것보다야 백배 낫지.'

한편 라키어스는 주차장이 위치한 지하 3층 버튼을 눌렀다. 수행원이 미리 갖다 놓은 스포츠카까지 걸어가는 내내 입매는 부드럽게 풀어진 채였다. 집무실 밖에선 재킷 단추조차 풀어 놓지 않는 그가 주차장을 가로지르며 넥타이를 끌러 풀었다.

수행원이 운전하는 세단 대신 직접 자신의 차를 몰고 가는 곳은 휴즈가.

바로 엘리제의 자택이었다.

오늘 아침 엘리제는 시티타워에 나가는 대신 집 청소를 하겠다고 말했다. 물건도 몇 가지 챙겨야 한다는 말이 지나치게 듣기 좋았다.

그건 라키어스의 영역, 즉 펜트하우스로 다시 돌아온다는 뜻이니까.

거침없이 주차장을 빠져나온 지 5분이 지날 때까지만 해도 라키어스는 엘리제와의 저녁을 생각하며 미소 짓고 있었다. 10분이 되었을 때 퇴근길 도로와 손목시계를 번갈아 보았다.

15분 뒤.

운전대를 잡고 있는 손에 힘이 들어갔다. 손등 위로 파르스름한 핏줄이 불거졌다.

20분 뒤.

이성이 끊기기 일보 직전에 처했다. 굳이 정시를 지킬 것 없이 몇 분이라도 빨리 나올 걸 그랬다. 평소에도 이렇게 막히는 길이던가.

'확 밀고 지나갈까.'

온갖 말도 안 되는 생각이 번갈아 떠올랐다. 정작 엘리제는 서두를 필요 없으니 천천히 오라는 메시지를 보냈는데도 라키어스 혼자서 분초를 다투고 있었다.

보고 싶다. 보고 싶어서 미치겠다.

솔직히 어제부터 무슨 정신으로 출근을 하고, 일을 했는지 모르겠다. 조금이라도 긴장을 풀면 어김없이 엘리제를 떠올리고 있었다.

나긋한 등을 끌어안고 잠드는 날이 올 줄 누가 알았을까. 한 침대에서 맞는 아침은 또 어떻고.

이제는 기억조차 나지 않는 순간부터 지독하게 바라 온 일이 현실이 되었다.

라키어스 녹턴이 제정신을 유지할 수 있을 리가 있나.

"느려 터져서……."

급기야 10년 전 면허를 취득한 이후 처음으로 클랙슨을 눌렀다. 신호가 바뀌었는데도 즉각 출발하지 않는 앞차와 그 앞차의 앞차 때문이었다. 당연한 일이었다. 그러라고 달아 놓은 물건 아닌가 말이다.

하지만 이 모든 초조함과 짜증도, 슬리퍼를 끌며 현관문을 나서는 엘리제를 본 순간 봄 눈 녹듯이 사라졌다. 어차피 집에서 집으로 이동한다고 생각했는지 깜찍하리만치 편한 차림이었다.

커다란 금색 별이 반짝이는 박스 티에 짧은 트레이닝 바지를 입은 엘리제가 느릿하게 진입로를 걸어 나왔다. 상대는 조수석 문을 닫으며 말했다.

"날아왔어? 무슨 짓을 하면 이 시간에 이렇게 빨리 올 수가 있지."

"미안. 기다리게 해서."

"너 무서울 만큼 빨리 왔다니깐? 난 당연히 1시간은 걸릴 줄 알고 눈 좀 붙이려 했는데."

눈 감자마자 일어난 기분이라고 구시렁거렸다. 오래 비운 집 청소를 하느라 피곤했나 보다. 그 말을 하자 툴툴대는 소리가 높아졌다.

"밤에 잠을 못 자서 그래. 잠이 부족해서."

"······그런 줄 몰랐는데."

"오늘부터는 알아줘."

가슴 앞으로 팔짱을 끼더니 다리를 꼬았다. 살짝 기운 고개. 시선은 정면을 향한 채다. 천천히 차를 출발시킨 라키어스는 엘리제의 말을 곱씹었다.

자신은 꿈조차 꾸지 않고 달게 잤다. 아주 달콤한······ 3시간의 숙면이었다.

항상 괴롭히던 악몽도 더는 나타나지 않았고, 눈을 뜨면 엘리제가 옆에서 새근새근 자고 있었다.

'잘 자는 줄 알았는데. 수면 시간이 부족했나?'

컨디션이 안 좋으면 청소업체를 부르지 그랬느냐고 하자 돌아오는 답이 이랬다.

"내 집은 내 손으로 치우고 싶었어. 혹시 알아? 업체 직원이랍시고 온 녀석 중에 매수당한 놈이 있을지."

엘리제가 눈을 가늘게 뜨며 코웃음을 쳤다.

"카메라라도 설치했어 봐. 눈알을 확 파 버릴 거니까."

왠지 운전대를 잡고 있는 라키어스의 손이 움찔했다. 그러나 엘리제는 눈치채지 못했다. 하늘색 눈이 슬쩍 조수석을 향하다가 다시 정면을 봤다.

"음악 틀까?"

엘리제가 고개를 도리도리 저었다.

"청소하는 내내 들었어. 귀를 쉬게 하고 싶어."

그러다가 엘리제도 라키어스를 힐끗 보았다. 본인 의견과 다를 경우를 깜빡한 게 미안한 듯, 오디오 쪽을 가리키며 다시 말했다.

"틀고 싶으면 틀어도 돼."

"아니, 나도 별로."

"크게만 안 틀면 괜찮은데."

라키어스가 잠깐 시간 차를 두었다가 대답했다.

"네 숨소리 들으려고."

엘리제가 갑자기 입을 다물더니 창밖으로 고개를 획 틀었다.

귀여운 엘. 그렇게 목을 꺾어 봤자 네 뺨이 발그레해진 게 이쪽에서 다 보이는걸.

게다가 넌 네가 어떤 모습인 줄 모르지?

인상 쓰고 있는 미간에 입을 맞춰 주고 싶은 것도, 삐죽 내밀고 있는 입술을 손끝으로 건드리고 싶은 것도 모를 거야. 만약 그리했다간 커다란 눈을 도르르 굴린 다음 말하겠지.

어처구니없다는 듯이. 한시도 날 가만두지 못하느냐고.

언제쯤이면 내 대답이 정해져 있다는 걸 네가 받아들일까.

알지, 엘리제? 사실 너도 알고 있잖아. 아는데도 어이없으니까 새삼 핀잔하는 거겠지.

다시 말하지만, 내가 널 가만두는 날은 오지 않을 거야. 드디어 네 곁에 있게 됐는데…….

라키어스는 보일 듯 말 듯 희미한 웃음을 삼켰다.

'내가 얌전히 있을 리 없어.'

한편으로 생각했다.

'미친놈 덫에 걸렸다고 생각하면 네 마음이 좀 편할지도.'

청소하느라 머리를 동그랗게 올려 묶은 탓에 말간 피부가 여느 때보다 환히 드러난 상태였다. 목선을 따라 자연스럽게 흘러내린 잔머리 몇 가닥이 자꾸만 눈길을 잡아끌었다.

"무슨 노래 대신 사람 숨소리를 들어. 변태야?"

투덜거리는 것까지 귀여워서 어쩌면 좋지.

"숨 완전 크게 쉬어야겠네. 무려 운전 중 듣는 노래를 대신한다는데."

일부러 크게 들이쉬었다가 후우우 하고 내쉬었다. 보란 듯이 과장된 연기에 미소가 절로 나왔다.

"지금도 나쁘지 않지만 내 취향은 좀 더 헐떡이는 호흡인데."

엘리제가 숨쉬기를 멈췄다.

"약간 울먹이는 것처럼 내 이름을 부르면서."

신호가 노랑에서 빨강으로 바뀌었다. 차들이 정지하고 사람들은 횡단보도를 건너기 시작했다.

안전벨트 풀리는 소리가 들렸다. 그와 동시에 조수석이 뒤로 젖혀졌다. 라키어스의 입술이 엘리제에게 닿았다.

보고 싶고 만지고 싶은 마음을 종일 억누른 자가 폭발할 기회를 잡으면 이렇게 된다는 듯.

짧지만 깊게 휘몰아치는 키스였다.

다시 신호가 바뀔 무렵, 라키어스가 엘리제의 뺨을 가볍게 쓸어 준 뒤 몸을 바로 했다. 태연하게 안전벨트를 매고 차를 출발시켰다.

"그래. 지금 이런 소리."

계속 직진하다가 오른쪽 길로 꺾었다. 가쁜 숨을 몰아쉬던 엘리제는 시간이 더 지나서야 조수석 등받이를 위로 세웠다. 라키어스를 흘겨본 눈이 이내 낯선 풍경에 두리번거렸다. 펜트하우스로 돌아가는 길이 아니란 걸 깨달았나 보다.

오랜만에 밖에서 저녁을 먹자고 했다. 그사이 스포츠카는 한적한 식당의 주차장으로 들어섰다. 차를 세우고 키를 뽑자마자 운전석이 뒤로 넘어간 건 전혀 예상 밖의 일이었다. 안전벨트 풀리는 둔탁한 소리가 그토록 자극적이게 들릴 줄은 꿈에도 몰랐다.

엘리제의 역습이었다.

시동마저 꺼진 조용한 차 안을 촉촉한 마찰음이 가득 채웠다.

아까 전, 신호 기다릴 때 당했던 것을 제대로 갚아 주고도 남는 키스였다. 가지런한 치열을 훑은 다음 혀를 얽는 움직임이 능숙했다. 돌기끼리 쓸리도록 비비다가 어느 순간 라키어스의 혀를 강하게 빨기도 했다. 이 모든 일이 일어나는 동안 라키어스는 미동조차 하지 못했다. 완전히 운전석으로 넘어왔던 엘리제가 그에게서 시선을 떼지 않은 채 도톰한 아랫입술을 지그시 깨물어 보이며 제자리로 돌아갔다.

"뭐 해, 안 내리고?"

조수석 문이 닫혔다.

아주 잠깐, 저녁 데이트고 뭐고 다 취소한 뒤 이대로 귀가할까 하는 충동이 라키어스 안에 일었다.

"타타발루는 어때?"

"별다른 반응은 없어. 하샤즈가 입을 잘 다물고 있나 보더군."

"널 찾아와서 그 난리를 피웠는데도 결국 아무것도 막지 못했잖아."

이고르는 다섯 가지 죄목에 대해 해명하지 못했다. 아달람 일가의 위세를 믿고 뒤처리를 안일하게 해 온 탓이 컸다. 제거하고자 한다면 뿌리째 뽑아낼 수 있는 인물이었다.

이제껏 추진한 사람이 없었을 뿐이다. 증거도 증인도 넘쳐나는 재판이었다. 법정은 이고르에게 징역 15년 형을 선고했다. 그것도 아달람 일가가 사방에서 연을 끌어다 댄 덕분이지, 일반인이었으면 20년은 가뿐히 넘겼을 터다. 하지만 타타발루에겐 눈곱만큼의 위안도 되지 않았을 것이다.

땅에 떨어진 체면. 배신감과 모욕감.

아직 폭발하지 않고 가만히 있는 게 수상했다.

"원로원 회의 때도 별소리 안 하고?"

"선고 다음 날부터 사흘간 병가를 쓰긴 했지만, 연장 없이 바로 복귀했고 계속 출근하고 있어."

전처럼 라키어스에게 살갑게 구는 것은 뚝 끊겼다고 한다. 말수도 티나게 줄긴 했다고.

엘리제가 고개를 갸웃하였다. 보이는 대로 믿을 수가 없었다. 의심은 점점 깊어져 갔다. 타타발루가 그 정도 화풀이로 만족하고 넘어갈 수 있는 인물인가.

타타발루의 행동만 놓고 보면 사촌이 재산을 몰수당하고 징역을 살게 되어서 분노한 건지, 라키어스가 가족끼리의 식사 초대를 거절해서 언짢은 건지 분간이 안 갈 수준이었다. 엄밀히 말하면 이고르와 별로 돈독한 사이도 아니었잖아.

그저 자기 집안사람이 푸대접 받는 경우를 봐주지 않아 온 거지. 타타발루 본인의 위신과 직결된 사안이라고 생각해서.

그럼 라키어스와의 연을 끊지는 않는 선에서 적당히 화난 척을 하는 걸까?

다음 단계를 위해 몸을 사리려고?

"……일단 그건 그렇다 치고."

조그만 스푼으로 셔벗을 뜨던 엘리제가 라키어스를 보며 물었다.

"어떻게 하샤즈 입을 막아 놓은 거야?"

"죽인다고 했거든."

대답하는 그 모습 참으로 아무렇지 않아 보여라.

"그래. 그랬겠지……. 내가 왜 물었을까."

애초에 답이 빤한 질문 아니었던가. 한편으로는 하샤즈가 충격 때문에 입을 다물 만하다는 생각이 들었다. 설마 자길 죽이겠다고 할 줄은 몰랐겠지.

다른 누구도 아닌 라키어스 녹턴이 말이다. 기껏해야 폭로하지 말아 달라, 이런 사람일 줄 몰랐다고 화내는 걸 예상하지 않았을까. 하지만 살해 위협이라니. 보나마나 지금처럼 눈 하나 깜짝하지 않는 얼굴로 말했을 터.

'그러게 왜 하필 이 도시에서 제일 미친놈을 좋아해서는.'

문득 엘리제 자신이 하샤즈에게 할 말은 아닌 것 같았다. 얌전히 셔벗을 입가로 가져가는데 라키어스가 다소 기분 상한 표정으로 말을 이었다.

하샤즈 생각은 그만하라고 했다.

기가 찼다. 이젠 하샤즈에게마저 질투를 느끼나 보다.

좋은 쪽으로든 나쁜 쪽으로든, 다른 사람이 엘리제의 머릿속을 차지하는 게 싫다는 거였다. 적어도 본인과 있을 땐 데이트에 집중해 달라고 요구해 왔다.

저기요. 자기 약혼녀에게 질투를 느끼는 경우는 또 어떤 건지 모르겠네요. 내가 타타발루와 하샤즈에게 관심 기울이는 이유를 빤히 아는 사람이 왜 이러실까나?

게다가 '진짜 문제'는 따로 있다는 걸 알고 계시는지?

엘리제가 스푼으로 연한 오렌지색 셔벗을 살살 긁었다. 다시 한 입 삼킨 다음 상대의 말에 대꾸했다.

"밖에 있을 때 많이 생각하고 이야기해 둬야지. 어차피 집에 가면 제대로 말할 시간도 안 줄 거잖아?"

잠잘 시간이나 충분히 확보하면 다행이다. 이대로라면 내일도 점심때쯤에나 눈을 뜰 게 분명했다. 유유자적 느긋한 일상을 좋아하는 건 맞지만 이런 식의 늦잠을 바라지는 않았다.

아까 운전 중에도 언질을 줬는데, 과연 상대가 귀담아들었을지 의문이었다.

'아니면 그냥 오늘부터 문을 잠그고 자는 수가 있어.'

시위의 목적은 메시지 전달이었다.

충격 받고 자제 좀 하라고.

한데 테이블 너머 하늘색 눈빛이 그윽하게 변했다. 라키어스 녹턴의 특기가 발동되었다는 생각이 머릿속을 스쳤다.

듣고 싶은 쪽으로 해석하기.

단, 엘리제에 한하여.

"잘했다는 소리가 아니거든?"

길게 늘어진 식탁보 안쪽. 엘리제의 슬리퍼 끝에 검은 구두코가 닿았다. 슬리퍼 가장자리를 따라 구두코가 느리게 움직였다. 의도가 다분한 행동에 엘리제의 눈이 가늘어졌다. 휘말려 줄 생각 따위 없었다. 엘리제는 일부러 디저트를 열심히 들여다보았다.

"엘."

라키어스의 목소리가 조금 탁해졌다.

"포장해 달라고 할까?"

"아니. 나 지금 먹고 있는 거 안 보여?"

"하나 더 포장해 달라고 하면……."

"두 개나 먹을 생각은 없어. 난 지금, 여기서, 이것만 먹을 거야."

스푼을 놀리는 움직임이 느렸다. 어째 아까보다 배는 느려진 것 같았다. 라키어스에게서 목 졸린 소리 비슷한 게 새어 나왔다. 초조한 눈으로 엘리제의 남은 셔벗과 무스 케이크를 응시하던 그가 돌연 희미한 웃음을 머금었다.

다음 순간, 엘리제의 귀에 들려온 전음.

《난 사실 여기라도 괜찮아. 상관없어. 네가 디저트를 먹을 동안 내가 테이

블 아래로 내려가는 건 어때? 너도 보다시피 여기 테이블보가 아주 길어.》

"……미쳤어?"

엘리제가 눈을 희게 떴다. 반면 라키어스의 웃음은 뚜렷해졌다.

"변태. 최악. 이 미친 자야."

라키어스가 샴페인을 마셨다. 왜 이런 생각을 일찌감치 하지 못했을까. 오직 그것만이 아쉽다는 얼굴로.

"네 그 능력은 이런 데 쓰라고 있는 거야? 기능이…… 이따위밖에 안 돼?"

"무슨 말을 하는 건지 모르겠네."

"여기 공공장소라고."

라키어스가 천진하게 눈을 깜빡였다.

세상에. '천진하게'라니. 잠깐 정신이 나간 나머지 가당치도 않은 표현을 갖다 썼다. 교활하고 사악하게. 이쪽이 맞다. 엘리제가 테이블 너머를 힘껏 노려보았다.

최소한의 윤리도덕도, 상식도 갖추지 못한 자를 어떻게 응징하면 좋을까.

예전부터 실용성이라곤 눈곱만치도 없는 능력이라 여겼지만, 이젠 진심으로 그 능력의 존재 가치를 모르겠어.

분한 점은, 엘리제 자신이 아무리 속으로 불을 뿜어 봤자 라키어스에겐 들리지 않는다는 것이었다.

그렇다. 망할 능력을 갖고 있는 사람은 라키어스지, 엘리제가 아니다.

'……웃어?'

이어서 들려온 두 번째 전음.

《셔벗이 녹아서 흐르지 않게 조심해, 엘리제.》

조금도 뉘우치지 않는 반응이 엘리제를 발끈하게 만들었다.

"혹시 더 필요한 게 있으십니까?"

그때 발소리조차 내지 않고 다가온 서버가 끼어들었다. 엘리제가 디저트 접시 위로 스푼을 떨어뜨렸다가 별일 아닌 척 주워 들었다. 괜히 헛기침이 나왔다.

"아뇨. 괜찮아요."

"식사는 만족스러우셨는지요."

"맛있었어요."

"다행입니다. 라키어스 님의 예약을 확인한 후부터 저희 주방이 줄곧 긴장 상태였거든요."

서버가 안도하는 표정을 지었다. 그는 라키어스에게 샴페인이 더 필요한지 물어보고는 묵례와 함께 자리를 떴다. 기다렸다는 듯, 세 번째 말이 들려왔다.

《나 역시 한 방울도…… 떨어뜨리지 않을게.》

라키어스는 이미 식사를 끝냈으니 그가 떨어뜨리지 않겠다는 '한 방울'은 엘리제의 경우처럼 디저트가 아니다. 집요하게 아래를 자극해서 젖도록 만들겠다는 뜻이었다.

손도 아닌 입으로.

그것도 사람들이 있는 레스토랑 안에서.

농담으로도 해선 안 될 소리였다. 라키어스라면 진짜 실행에 옮길 가능성이 있기 때문에 더더욱 소름이 끼쳤다. 결국 엘리제가 참지 못하고 상대의 발등을 콱 밟았다. 그래 봤자 이쪽은 말랑한 슬리퍼고 저쪽은 가죽구두라서 별로 아프지도 않을 듯했다.

스파이크 박힌 운동화를 신고 나오는 건데 그랬다. 밑창이 단단한 워커라든가.

"꼭꼭 씹어 먹으렴, 엘리제. 아까는 재촉해서 미안해."

시커먼 속내를 감춘 미소를 잘도 흩뿌렸다. 잔 바닥에 남은 샴페인이 라키어스가 움직이는 대로 반짝거렸다.

"문 잠글 거야."

엘리제가 재차 선언했다.

"잠그고 안 나올 거라고."

"별로 추천하고 싶지 않은 방식인데, 엘."

라키어스가 평온한 얼굴로 말을 받았다.

"일단 네 방 안에는 욕실이 없고."

"네가 출근할 때까지 계속 자면 돼."

"내가 가만히 둘 리가 없거든."

"잠들면 끝이라니까?"

문 너머에서 새벽 내내 말을 건다고 해도 일단 잠이 들면 된다. 잠들 때까지는 상당히 귀찮겠지만, 그 이후는 안전 구역이란 말이다. 거기다 오늘은 낮에도 몸을 움직였다. 단잠을 자기 충분한 조건이었다.

다만 마음에 걸리는 게 하나 있다면,

"……왜 그런 표정을 짓는 건데?"

"내 표정이 어때서?"

"되게, 귀엽다는 듯이."

미소.

"웃고 있잖아."

라키어스의 눈매가 둥글게 휘었다. 그가 입가를 닦으며 물었다.

언젠가부터 남에게 말하기 부끄러운 꿈을 꾸지 않았느냐고.

말뜻을 파악하는 데까지 시간이 다소간 필요했다. 엘리제의 얼굴이 서서히 붉어졌다.

'그럼, 이제까지 그게…… 다…….'

대체 그따위 능력이 존재하는 이유가 뭐란 말인가. 게다가 기회를 놓치지 않고 그 능력을 꼬박꼬박 발휘해 온 상대는 또 뭐고?

처음 몸을 겹친 날 이후로 두 사람은 쭉 같은 침대를 써 왔다. 숱한 밤을 함께 보냈으나 그 어떤 밤도 자신이 꿨던 꿈만큼 지독하진 않았다. 그 꿈은 입에도 담을 수 없을 만큼 음란하고 타락했기 때문에, 당시 엘리제는 스스로의 정신 상태를 진지하게 의심했을 정도였다.

근데 지금 그 꿈을 꾸도록 만든 게 라키어스 본인이라고 암시한 것이다. 모든 내용이 라키어스에 의해 진행되었다는 거다.

엘리제가 다시금 발을 내리찍었다. 이번에 라키어스는 재빨리 공격을 피했다.

전투대 회의실 분위기가 오랜만에 밝았다. 1조장 비안카가 퇴원했기 때문이다. 눈물 비슷한 것이라도 보일 시엔 그 즉시 명치를 찔러 주겠다는 반 협박에 웃음꽃이 피었다.

"오늘 저녁은 내가 내야겠네."

엘리제가 눈매를 곱게 접었다.

"우리 1조장의 귀환을 축하해야지."

"역시 대장."

비안카가 양쪽 눈을 번갈아 가며 윙크를 날렸다. 화기애애한 분위기는 본 회의까지 이어졌다. 의료센터에 있을 때부터 대략적인 내용을 전해 들었던 비안카는 바로 게이트 경비 뒷조사 작전에 합류했다.

다들 돌아가면서 자신이 조사한 바를 보고했다. 비안카는 핑크색 솜털 장식이 달린 볼펜을 빙글빙글 돌리다가 이따금 자신의 수첩에 무언가를 적어 넣었다. 별로 파고들 것도 없이 시시한 인물일 줄 알았는데, 좀처럼 꼬리가 밟히지 않는 자였다.

윗선에서 이자를 택한 이유를 알 것 같았다. 엘리제는 경비의 죽음을 확신했고, 나머지 대원들도 의견이 같았다. 어쨌든 최대한 양보해도 '자택 바닥에 핏자국을 남긴 뒤 행방불명' 되었다는 사실 자체엔 변함이 없는데 경찰은 찾아보려는 노력조차 하지 않았다.

아파트 근처 CCTV도 확인하지 않았다고 한다. 이전 직장에서도 근무 시간 중 이탈이 잦았다고, 별다른 연락 없이 파트타임을 그만둔 경우도 있었다고 했다.

그게 핏자국을 남긴 뒤 행방불명된 자를 찾아보지 않을 이유가 되나?

'인터넷 기록은 윔이 탈탈 털었을 테고……'

뒤늦게 합류한 만큼 확실한 결과물을 물어 오고 싶었다. 엘리제에게 더 많은 도움이 되고 싶었다. 머리 쓰는 것을 별로 좋아하지 않지만 이번만큼은 조사 방향을 제대로 잡아 보려는 비안카였다.

생각에 잠길 때 보드라운 솜털 장식을 뺨에 대고 문지르면 기분이 좋았다. 뭔가 마음이 안정되는 느낌이랄까.

그때 엘리제가 여름 점퍼 주머니에 손을 찔러 넣는 게 눈에 들어왔다. 대장은 휴대폰을 확인했다. 차단필름을 붙여 놓아서 무슨 내용인지는 보지 못했지만 아마 누군가로부터의 메시지인 듯하였다.

스팸은 아닌 게 확실했다. 엘리제의 입가에 미미한 웃음이 걸렸기 때문이다. 아주 찰나에 불과했으나 분명히 보았다. 비안카의 두 눈으로 똑똑히 보았다. 온몸에 화상을 입었지만 시력만은 멀쩡했다.

엘리제가 웃었다.

이제껏 한 번도 보지 못한 느낌으로.

수줍은 듯 장난스럽고, 귀여운 것 같다가도 달콤했다. 그녀는 충격 받은 비안카를 눈치채지 못한 채 휴대폰을 다시 주머니에 넣었다.

답장은 회의를 끝낸 이후에 보낼 셈인가 보다.

'대체 누구지? 누가 보낸 메시지야?'

비안카가 볼펜을 내려놓았다. 혹시 우리 중에 있나 싶어 대원들의 표정과 자세를 살폈다. 네 명 정도가 책상 아래로 손을 내리고 있었다.

쌍둥이 오빠 비하르트는 오른손을, 실바노는 왼손을 내린 상태.

한 명은 여자 대원이다.

유일하게 양손을 내리고 있던 휴이는 셔츠 아래로 삐져나온 실밥을 잡아당기는 중인 것 같았다.

물론 실밥은 눈속임일 수 있다. 짧은 메시지 한 통쯤이야 3초 만에 보낼 수 있을 것이다. 휴이는 비하르트만큼이나 손이 빨랐고 '당연히' 엘리제를 좋아했다.

우리 중에 엘리제를 좋아하지 않는 자가 어디 있을까.

"둘씩 다니는 거 잊지 마. 1시간마다 위치 보고하고. 우리 적은 뒷골목 패거리가 아니라 겉보기엔 무해해 보이는 최상급 실력자야. 어쩌면 이능력을 지닌 자와 맞닥뜨릴 수도 있어."

엘리제가 리더의 눈빛으로 돌아와 안전을 당부했다.

"조심히 돌아다니고, 저녁 때 보자고."

박수 소리가 경쾌했다.

"자, 해산."

누가 보낸 메시지냐고 물었을 것이다. 자신이 엘리제의 미소를 목격하지만 않았다면 말이다.

하나 비안카는 회의실을 나서는 순간까지도 섣불리 입을 열지 못했다. 말로 설명하기 힘든 기분에 휩싸인 채 그저 걸음을 옮길 따름이었다.

비안카의 손가락 사이로 핑크색 펜이 빙그르르 돌았다.

도저히 못 참겠다.

엘리제에겐 묻기가 좀 그렇다고 해도 같은 혈육에겐 물어볼 수 있는 거 아닐까.

비안카가 몇 걸음 앞서 걷고 있는 오빠를 노려보았다.

키? 훤칠한 편이다.

어깨? 적당히 각지고 넓다고 본다.

등짝? 어깨와 비슷하다.

엉덩이? 객관적으로 봐 줄 만하지.

얼굴? 천만다행으로 반반한 미모였다.

물론 비안카 눈에는 배움이 짧고, 지나치게 스스로를 꾸미며, 성숙하거나 진지한 맛이라고는 없는 날라리지만 엘리제에겐 나름 귀여운 녀석으로 보이는 것 같았다.

'대장 옆에 달고 다니면…… 크게 처질 얼굴은 아니지.'

참, 비위 맞춰 주기도 제법 잘한다. 이 얼마나 후한 평가란 말인가.

비안카는 머릿속으로 질문을 다듬은 뒤 혈육을 불러 세웠다. 채팅방에 위치 보고를 하던 비하르트가 뒤를 돌아보았다.

"너 아까 회의 시간에 대장한테 메시지 보냈어?"

"회의 시간?"

비하르트가 뜬금없이 그게 무슨 소리냐는 표정으로 반문했다.

"아니."

"이 쇠똥구리가."

비안카가 대번에 인상을 구겼다. 비하르트가 아니면 실바노나 휴이라는 소린데.

아닌가. 아예 전투대 밖에서 찾은 녀석일까.

비안카의 시름이 깊어졌다. 엘리제는 전투대 이외의 사람들과 자주 어울리는 편이 아니었다.

그럼 대체 누구지? 누가 그렇게 보들보들한 웃음을 대장에게서 끌어낸 거지?

비안카가 끙 소리를 냈다. 도무지 머리가 굴러가지 않았다. 별로 훌륭하지 않은 패임에도 불구하고 눈앞의 혈육에게 미련이 남았다. 슬며시 짜증도 치밀었다.

"우리 사이에 거짓말하기 없기야. 진짜 안 보냈어?"

"안 보냈다니깐."

"예약 발송일 수도 있잖아."

"……왜 내가 대장한테 메시지를 예약 발송해야 되는데?"

비하르트가 한쪽 눈썹을 치켜 올렸다.

"그것도 회의 시간에?"

"쓸데없이 입바른 소리 하지 말랬지."

마지막 수가 틀린 비안카는 기분이 썩 유쾌하지 않았다. 언제부터 당부하고 또 당부한 사안인데, 혈육은 아까운 시간을 헛되이 흘려보내고 있었다.

내가 놀이공원에서도 알려 주고, 응?

의료센터에서도 신신당부했는데, 응?

전신에 화상을 뒤집어쓴 상황에서도 오빠 놈을 대장과 엮어 보겠다고 그 난리를 피웠건만. 하, 차라리 내가 결혼하는 편이 빠르겠어. 이렇게 손발이 안 맞아서야 무슨 일을 하겠다는 건가.

"대장한테 아직 고백 안 했지?"

"상황이 별로."

"상황 같은 소리 하고 있네."

비안카가 화를 누르기 위해 주먹을 쥐었다 펴길 반복했다. 결론만 말하자면 전혀 도움이 되지 않았다.

"언제까지 기다릴 거야? 내년? 내후년? 에데니카가 멸망하고 난 다음에?"

뒷골목에 아무렇게나 나뒹구는 각목을 집어 던졌다.

"실바노는 남들 보는 앞에서 키스했다며! 넌 나이도 어린 게! 행동력도 딸려서 어쩔 거냐고!"

"뭘 봤는데 이러는 거야?"

여동생의 공격을 피하던 비하르트가 갑자기 우뚝 멈춰 섰다. 드디어 생각이란 걸 하기 시작했나 보다.

"대장한테 메시지 보낸 게 실바노야?"

망할, 그새 고백했나.

태평한 소리를 잘도 지껄였다. 비안카가 다시금 목소리를 높였다.

"몰라. 실바노인지 알 게 뭐야! 중요한 건 대장이 좋아했다는 거야. 이건 여자의 육감이라고."

보자마자 느낌이 팍 왔다. 비안카가 부들부들 떨었다.

"대, 대, 대장이…… 여, 연애, 연애를…… 안 돼. 우리 얼굴만 반반한 바보랑 이어져야 되는데……. 예쁜 이름 뒤에 뮬러 집안 성을 붙여 줘야 하는데."

"오늘부터라도 적극적으로 대시해야 하나……."

비안카의 눈꼬리가 하늘 끝까지 솟구쳤다. 선명한 초록색 눈동자에 광기가 어렸다.

"지금 와서 그게 할 소리냐고, 이 쥐좆같은 등신아!"

물건을 집어 던지는 걸로는 성에 차지 않았다. 비안카가 전력 질주했다. 비하르트도 가만히 있지 않고 내달렸다. 대낮부터 밀거래를 하던 패거리가 험악한 욕을 퍼부었지만, 개중에 비안카를 알아본 누군가가 나머지를 말렸다. 전투대 1조장을 잘못 건드렸다가 초주검이 된 전적이 있었다.

뒷골목을 마치 어린애들 놀이터처럼 질주하는 뮬러 남매였다. 먼저 큰
길로 빠져나온 비하르트가 여동생을 도발하기 위해 몸을 틀었다.

그 순간.

"넌 오늘 내 손에 죽었어. 제 구실도 못하는 멍청이 같으니."

"……잠깐만. 비안카."

비하르트가 여동생을 양팔로 감싸 안았다. 징그럽게 무슨 짓이냐고 반
항하던 비안카도, 오빠의 표정이 심상치 않음을 깨닫고 움직임을 멈추었
다.

"향수."

비하르트가 행인들을 살폈다. 점심시간이 지난 평일 낮이었다. 사람들
이 그리 많은 편은 아니었다.

"내가 납치됐을 때 맡았던 향수 냄새야. 그 여자가 뿌리고 있던……."

비하르트의 눈이 어딘가에 가 멎었다.

"저 사람이다."

횡단보도 앞에 서 있는 여자에게 다가갔다. 상대는 단화를 신고 있음에
도 비하르트만큼이나 키가 컸다. 검은 생머리에 섹시하게 그을린 갈색 피
부가 멋진 여자였다. 상대는 비하르트가 말을 걸자마자 한숨을 쉬더니 커
다란 선글라스 너머로 미소 지었다. 가방에서 펜을 꺼내 들고 사인을 하려
했다.

"아뇨. 전 그런 목적이 아니라."

"피비 매카시?"

여자를 알아본 쪽은 한발 늦게 따라온 비안카였다.

"모델이잖아. 이번에 드라마도 새로 찍었어."

여자가 자기를 알아봐 준 비안카에게 미소를 보냈다. 하지만 비하르트
의 관심사는 그런 게 아니었다.

"실례지만 지금 쓰신 향수 이름을 여쭤봐도 될까요?"

"향수요?"

"예. 지금 이 향기."

"조향사, 뭐 그런 직업인가요?"

"아닙니다. 그냥 궁금해서요."

"……."

"이전에 한 번 맡은 뒤로 계속 찾아다녔거든요."

여자가 비하르트를 빤히 쳐다보았다. 이 무슨 신종 수작인가, 의심하던 표정은 비하르트의 간절한 눈에 차츰 누그러져 갔다. 횡단보도 신호가 바뀌었지만 앞을 힐끔 볼 뿐, 건너려는 움직임은 보이지 않았다. 나중엔 싱긋 웃기까지 했다.

"취향이 괜찮네요."

향수 회사 대표가 성년이 된 첫째 딸을 위해 만든 특별한 제품으로, 올해 1월 1일에 단 10병만 오픈했다고 알려 주었다. 자기도 인맥을 동원한 끝에야 간신히 소분(小分)한 것을 구했다고 덧붙였다.

"반응이 좋아서 내년에 정식 출시 예정이래요. 그때 되면 아무나 다 뿌리고 다닐 테니까 다른 걸로 갈아타야죠."

유행을 앞서 나가는 모델다운 발언이었다. 여자가 가장 중요한 걸 깜빡할 뻔했다는 듯 제품명을 말해 주었다.

"하트니스요."

폰에 입력할 자세를 취하고 있던 비하르트가 다시 발음해 달라는 표정을 지었다.

"하트니스."

여자가 부연 설명을 했다.

"시몬 앤 하트니스(Simon and Heartness)의 바로 그 하트니스요."

"아, 대표 성을 땄군요."

"맞아요."

"감사합니다."

비하르트가 특유의 매력적인 미소를 머금었다.

"무례하게 느껴졌다면 미안해요. 정말 궁금하던 이름이었어요. 오늘 당신과 마주쳐서 다행이네요."

부디 좋은 하루 보내길 바란다는 인사까지 완벽했다. 비안카는 선글라스 너머의 눈빛이 살짝 바뀌는 것을 포착했다. 분명한 호감이 담긴 시선이 비하르트의 아래위를 훑었다. 지금이라도 비하르트가 연락처를 알려 준다면 거절하지 않을 것처럼 보였다. 사흘 내에 자연스러운 연락이 올 확률 99.999%

아, 통재라.

비안카는 깊이 탄식했다. 길 가다가 갑자기 말을 건 인기 모델도 혈육에게 관심을 보이는데, 어찌하여 이놈의 매력은 엘리제 녹턴에게만 통하지 않는 것일까.

귀엽게 보이는 것 정도로는 충분하지 않았다. 무릇 엘리제 정도의 '거물'을 사로잡으려면 위험한 섹시함이 필요했다. 그러니까 혈육이 이 여자, 저 여자에게 아낌없이 뿌려 대고 다니는 바로 그 매력 말이다.

'정작 결정적일 때 힘을 못 쓰는 게 말이 돼?'

쌍둥이가 제각기 상념에 빠진 동안, 여자는 아쉬운 입맛을 다시며 길을 건넜다. 대낮의 은인은 그렇게 멀어져 갔다.

"어쨌든 오랜 궁금증이 풀렸네? 축하해, 비하르트 뮬러."

비안카가 오빠의 등짝을 찰싹 때렸다.

"이제 밤에 잠 좀 제대로 자겠어."

"글쎄……."

"또 뭐가 문제야?"

모두가 별 의미 없는 일이라며 고개를 내저을 때도 끝까지 향수를 조사하고 다녔던 비하르트다. 전투대 습격을 당하기 며칠 전에도 혼자 백화점을 다녀왔었다. 그토록 원하던 이름을 알게 됐는데 어째서 쌍둥이의 표정이 개운치 않은 걸까.

"왜 묘하게 익숙한 것 같지……"

휴대폰 화면에서 고개를 들며 중얼거렸다. 이에 비안카가 되물었다.

"브랜드 이름이라며? TV 광고 아니면 길 걷다가 간판이라도 봤겠지."

"그런가?"

비하르트가 고개를 갸웃했다.

"그런 쪽은 아닌 것 같은데……"

이상하리만치 찜찜해하였다. 옆 사람의 영향 때문일까.

대수롭지 않게 여기던 비안카도 어느새 같은 질문을 곱씹고 있었다.

하트니스. 어디서 봤더라?

오늘도 칼 같은 정시 퇴근이었다. 비서가 흐뭇한 표정으로 라키어스를 배웅했다. 이번 주 내내 했던 말을 또 반복하며 고개를 숙였다.

"어서 들어가 보세요."

"예, 감사합니다. 주말 잘 보내시고요."

"비서님도요."

엘리베이터를 기다리며 휴대폰을 확인했다. 왜 사람들이 이 작은 물건을 손에서 놓지 못하는지 알 것 같았다. 진동 소리를 들었다고 생각했는데 버튼을 누르면 수신메시지가 없었다.

그러기를 온종일이었다. 자신이 시티타워에 있는 동안 엘리제가 연락을 삼간다는 사실을 알고 있었다.

알면 뭐 하나. 환청은 계속 들리는데.

픽 웃으며 그새 어두워진 화면을 터치했다. 이번엔 환청이 아니었다. 새로운 메시지 알림이 들어왔다.

'까악'으로부터의 메시지 2건.

「까악이 뭐야, 까악이?」

제 번호를 등록한 이름을 보고 엘리제가 입을 샐룩거리던 게 떠올랐다.

「까마귀야?」
「귀엽잖아.」

라키어스가 엷은 웃음을 베어 물었다. 한 갈래로 묶은 머리카락을 소중하게 그러쥔 뒤 보드라운 감촉을 느꼈다.

검푸른 나의 밤하늘. 새벽별. 내 소중한 날개.

유일한 세계.

개중에 최대한 얌전한 것으로 골랐는데도 상대는 썩 마음에 들지 않는 눈치였다.

「비밀스럽고.」
「아예 치킨으로 하지 그랬어.」
「치킨…….」
「까악, 이라니.」

깍깍도 아니고, 라며 투덜거렸다. 까악과 깍깍의 차이점에 대해서는 알려 주지 않았다.

「그럼 난 뭐라고 저장해 놨지?」

갑자기 궁금해져서 물어보니까 이제까지 테이블에 잘 놔두었던 폰을 제 엉덩이 근처로 옮겼다.

「휴대폰은 열에 약하대, 엘리제.」
「태우기만 해 봐.」
「뭐라고 저장해 놨는데?」

10분 정도 실랑이한 끝에야 답을 들을 수 있었다.

「메롱.」

약 오르게 만드는 데 선수라서 메롱이란다. 아무리 생각해도 '까악'과 크게 다르지 않은 것 같았다. 엘리제를 빤히 보던 그가 선선히 고개를 끄덕였다.

「내가 키스를 잘하긴 하지.」
「……변태로 바꿀 거야. 당장. 지금 당장 바꿀 거야. 어떻게 그거랑 이걸 연결시킬 수가 있어?」

기겁한 얼굴로 마구 째려보던 엘리제. 떠올리기만 해도 행복해지는 기억이었다. 이제 주말이니 이틀 내내 엘리제와 붙어 있을 수 있다. 그는 특별히 오늘 밤 호텔 라운지를 예약해 두었다. 야경이 예뻐서 인기가 좋은 자리였다.

저녁을 먹고 칵테일을 마시며 이야기하다 보면 놀이공원 폐장 시간에 맞춰 불꽃이 터질 것이다. 엘리제가 보낸 메시지를 확인하자마자 입가에 웃음이 번졌다.

[어디게?]

거울에 대고 찍은 사진 배경은 저녁 약속 장소인 호텔이었다. 안개꽃 무늬 흩날리는 청록색 여름 원피스가 산뜻했다. 얼른 만나고 싶다는 조급함이 라키어스 안에서 부피를 늘려 갔다.

그때 엘리베이터가 멈추었다. 두 사람이 타고 있었다. 라키어스는 가볍게 눈인사를 했고, 두 사람은 문이 열리기 전보다 한층 낮은 목소리로 대화를 이어 갔다. 저녁 메뉴에 대한 즐거운 잡담이었다. 엘리베이터는 이후로 세 번 더 멈추었다. 사람들이 제법 탔기 때문에 폰을 주머니에 넣었다. 답장은 차에 오른 이후 보내기로 했다.

"아, 다행이다……!"

누군가 안도의 한숨을 내쉬며 엘리베이터로 뛰어들었다. 라키어스는 그녀가 타타발루의 비서 중 한 명임을 알아보았다.

"45층에 여쭸더니 방금 전 내려가셨다고 하더라고요."

"예, 퇴근하는 길입니다."

"아……."

비서가 갑자기 죄송한 표정을 지었다. 왠지 예감이 좋지 않았다.

"점심 때 올려 보낸 보고서에 누락 사항이 있었습니다. 저도 발견한 지 얼마 안 되어서."

비서의 얼굴이 흐려졌다.

"정말 죄송합니다, 라키어스 님."

"괜찮습니다. 월요일 아침에 정정해서 올려 주세요."

"저, 그게…… 늦어도 오늘 밤 10시까지는 넘겨야 하는 사안입니다. 그래야 주말 동안 현장에서 준비를……."

라키어스가 지금 퇴근해서는 안 되는 이유가 구구절절 이어졌다. 주머니 속의 폰이 진동했다. 그는 메시지 수신 알람을 확인한 뒤 시간을 눈여겨보았다.

머릿속으로 빠르게 계산을 마쳤다. 약속보다 3, 40분쯤 늦을 것 같지만 그 정도라면 어떻게 해 볼 수 있을 듯했다. 집무실에 들어가는 즉시 엘리제에게 양해를 구하자.

"그럼 지금 바로 올라가서 보죠."

"감사합니다!"

비서가 가슴을 쓸어내렸다. 그러나 라키어스의 미소가 완전히 모양을 갖추기도 전에 다시 난처한 표정으로 돌아왔다. 아까보다 부담이 덜한 기색이란 것만은 확실했다. 라키어스를 올려다보는 눈매가 살짝 둥글게 휘었다.

그새 엘리베이터는 1층에 도착했다. 사람들이 우르르 내렸다. 타타발루의 집무실 층과 자신의 45층 버튼을 누른 라키어스는, 비서가 사람들을 따라 내리는 모습에 의아해했다.

"안 올라가세요?"

"저, 그게…… 동료가 어제부터 휴가 중이라."

열림 버튼을 누른 채 기다리려니 위로 올라가려는 사람들이 몇 명 탔다. 비서는 계속 밖에서 말을 할 낌새였다. 라키어스는 하는 수 없이 눌러놨던 층 버튼을 취소하고 엘리베이터 밖으로 나왔다. 기쁜 표정으로 퇴근하던 사람들이 라키어스에게 인사를 건넸다.

"타타발루 님 귀가 동행 업무를 제가 수행해야 해서요. 3분 뒤 내려오실 텐데, 미리 차에 가서 대기해야 합니다. 다녀오는 대로 올려 보내겠습니다."

"귀가 동행……."

입가에 간신히 걸려 있던 미소가 사라지려 했다. 타타발루가 모델 출신이라고 해도 믿길 만큼 늘씬한 미인 비서를 둘이나 두고 있는 건 이미 알고 있던 바.

한데 매일 상관의 집까지 따라가는 줄은 몰랐다.

정말이지 무의미한 일이 아닌가?

타타발루는 쉰둘의 성인이고, 운전기사와 고급 승용차가 제공되고 있다. 다른 리더인 라키어스의 퇴근을 늦추면서까지 귀가 동행 업무를 수행해야 하는 이유가 뭔가 말이다.

이쯤 되자 타타발루의 보복이 아닌가 싶어졌다.

귀가 동행.

열이 뒷목을 타고 올랐다가 싸늘하게 식었다. 기막힌 실소조차 새어 나오지 않았다. 그 와중에 폰이 진동했다. 라키어스는 굳은 얼굴로 메시지를 확인했다. 엘리제의 분위기가 발랄할수록 미간에 힘이 들어갔다. 갑자기 누군가에 의해 진창에 처박힌 기분이었다.

안 그래도 퇴근 시간이라 도로가 막힐 텐데.

타타발루의 저택이 위치한 상류층 밀집 거주 구역은 번화한 도심과 다소 거리가 있었다. 거기까지 갔다가 다시 돌아오려면 시간이 꽤 걸릴 것이다. 라운지 예약 시간을 늦추는 게 아니라, 예약 자체를 취소해야 할 판이었다.

"늦어도 10시까지는 전달해야 한다면서요."

저도 모르게 목소리가 차가워지는 걸 막을 수 없었다.

"제가 10시까지 다 본다는 보장이 있습니까?"

비서의 눈동자가 흔들렸다. 처음 보는 라키어스의 모습에 안절부절못하고 그저 맞잡은 손만 비볐다.

"왕복 2시간 15분. 집까지 동행시켜 인사를 받는 게 그리 중요한 일인지 회의가 드는군요."

"죄, 죄송합니다."

"비서님이 사과하실 일이 아니죠. 저는 단지, 의문이 드는 겁니다."

"죄송합니다……."

비서가 돌연 울음을 터뜨렸다. 립스틱이 묻어나는 것도 신경 쓰지 않고 손바닥으로 입을 틀어막았다. 굵은 눈물이 뺨을 타고 흘렀다. 흐느낌은 좀 처럼 수그러들 줄 몰랐다. 라키어스가 한숨을 쉬며 폰을 주머니에 넣었다.

울릴 의도는 아니었다.

한편으로 방금 전까지만 해도 애교 묻어나는 표정으로 난처함을 어필 하던 비서가 우는 이유를 짐작할 수 있었다. 타타발루는 늘 과한 요구를 당연하게 한다.

동료가 있을 땐 함께한다는 생각에 어떻게든 버틸 수 있었을 거다. 하 지만 부재중인 사람 몫까지 처리해야 하는 지금은 일분일초가 힘들 터였 다. 그러다 업무상 실수를 발견했고 마음이 급박해졌다. 동시에 상대가 라 키어스라서 다행이라고 여겼을 거다.

라키어스 님은 화내지 않을 테니까.

라키어스 님은 사정을 봐주실 거야.

그러나 라키어스는 기대와 달리 얼굴을 굳혔다. 비서를 탓하는 게 아니 라고 했지만 그의 행동 하나하나가 불편한 심기를 드러내고 있었다.

더는 버티기 힘들었을 것이다.

이해는 됐다. 라키어스는 타인의 감정에 개의치 않는다 뿐이지, 상대방 이 왜 그런 반응을 보이는지 모르는 건 아니었다. 오히려 지나치게 잘 파 악해서 피곤할 지경이었다.

'문제없는 생활'을 이어 가려면 어떤 식의 반응을 돌려줘야 되는지 알았다. 사람들이 제게 어떤 것을 기대하는지. 라키어스 자신이 어떤 행 동을 했을 때 좋아하는지. 다 너무 쉬웠다. 그래서 이제까진 엘리제가 혀를 내두를 정도로 능숙하게 해 왔다. 에데니카 전체가 깜빡 속아 넘어 갔다.

하지만.

곁눈으로 주변을 살피자 낯설어하는 얼굴들이 이쪽을 보고 있었다. 그와 눈이 마주치자 얼른 시선을 피했다. 금요일 퇴근 시간에 걸맞게 들떠 있던 1층 로비 분위기가 비서의 눈물을 기점으로 묘하게 가라앉았다.

어디선가 조용히 웅성거리는 소리가 들려왔다. 라키어스는 고개를 기울여 비서와 눈을 마주치려 했다. 얼음조각처럼 냉기를 발산하던 눈동자도, 딱딱하게 굳어 있던 입가 근육도 부드럽게 풀었다.

"울지 말아요."

아이러니하게도 울음소리가 더욱 커졌다. 라키어스는 쓴웃음을 지으며 비서의 어깨에 손을 올렸다. 가볍게 토닥여 주었다.

"미안해요. 순간 너무 무섭게 들렸죠. 안 그래도 어제부터 힘들었을 텐데."

"아니, 흑, 아니에요. 제가…… 제 잘못…….'"

"비서님 잘못이 아니에요. 바쁘면 충분히 그럴 수 있어요. 오히려 내 탓이 커요. 별일도 아닌데 왜 그랬는지 모르겠군요."

라키어스가 로비 왼편의 화장실을 눈으로 가리키며 말했다.

"매무새 정리하고 나가 보세요. 난 저녁 먹으면서 천천히 시간 보내고 있을 테니."

"죄송합니다…….'"

"그만 울고요."

온화한 목소리가 비서와 그 주변으로 내려앉았다. 비서가 코를 훌쩍이며 고개를 여러 번 숙였다. 한참 전에 3분이 지났다는 걸 깨닫고 화장실로 내달렸다. 아까보다는 주변 분위기가 확연히 나아졌다. 자신에게 와 닿는 시선으로 감지할 수 있었다.

개중에 라키어스를 치켜세우는 사람도 있었다. 비록 목소리가 좀 가라앉긴 했지만 자기 윗사람이었으면 절대 다독여 주지 않았을 거라고, 뭘 잘했다고 우냐고, 프로답게 굴라고 했을 거라며 코웃음을 쳤다.

"자기 보스가 피도 눈물도 없는 냉혈한이긴 하지."

"거들먹거리긴 좀 심해요? 완전 밥맛이라니깐."

"저번에도 왜 있잖아."

평범하게 상사를 욕하는 잡담이 멀어져 갔다. 사람들이 원래대로 움직이기 시작했다. 그럼에도 불구하고 라키어스는 오늘 선 하나를 넘었다는 것을 자각했다.

다시 자신의 집무실로 가기 위해 엘리베이터 앞에 섰다.

집어치우고 싶다는 생각이 들었다.

❖

등 뒤로 현관문 잠기는 소리가 났다. 철컹, 하고 묵직하게 닫히는 소리가 이보다 감미롭게 들린 적이 없었다.

외부와는 차단된 안전 구역. 엘리제가 있는 공간.

이곳에서는 누구의 비위를 맞출 필요도 없이 완전하게 자유롭다. 그제야 라키어스는 깊은 한숨을 내쉬며 눈을 감았다. 혼자 집무실에 있는 동안에도 내려놓지 못한 긴장과 압박이었다.

아무 문제 없는 줄만 알았는데. 오만함을 숨기지 않았던 녹턴에 비하면 훨씬 잘해 오고 있는 줄 알았는데. 사실 자신은 이다지도 무리하고 있던 거였나.

드레스룸으로 곧장 걸어가 문을 열었다. 가방을 내려놓고 재킷을 벗었다. 베스트와 넥타이, 셔츠를 차례로 벗는데 로비에 있던 사람들이 떠올랐다.

너무나 낯선 것을 대하듯 하던 눈길.

쑥덕거리던 음성.

실은 그때, 비틀린 쾌감과 함께 빈정대고 싶은 충동이 일었다.

신기한가? 재밌어? 뭘 그렇게 이상한 눈으로 보지? 나도 너희와 다르지 않다는 증거잖아.

심지어 나조차 몰랐던 부분이야. 아아, 그렇지. 너흰 한 번도 본 적 없군.

라키어스 녹턴이 화난 모습.

근데 당연하지 않을까? 날 화나게 만든 놈들은 하나같이 죽고 없거든.

아주 운 좋은 몇몇이 살아 있긴 한데 그것도 시한부일 뿐이야. 각자에게 어울리는 죽음을, 이미 머릿속으로 준비해 놨어.

콰당탕!

되는대로 주먹을 썼더니 드레스룸 행거가 무너졌다. 아무 생각도 하기 싫었다. 모든 게 다 끔찍했다. 라키어스는 눈가를 문지르다가 옷을 갈아입고 나왔다. 맨발에 닿는 시원한 바닥재의 감촉이 좋았다.

펜트하우스는 전반적으로 어둡고 조용했다. 조명이 켜진 곳은 뒤편 테라스뿐으로 유리문을 열자 여름밤에 어울리는 재즈가 들려왔다.

하얀 선베드(Sunbed)에 기대 책을 읽고 있던 엘리제가 고개를 돌렸다. 칵테일 잔에는 앙증맞은 우산 장식까지 꽂혀 있었다.

"왔어?"

그녀가 물었다. 민소매에 짧은 반바지. 커다란 목욕수건을 어깨에 두른 차림이었다. 엘리제가 책을 내려놓더니 1/3쯤 마신 칵테일을 쪽 빨았다.

망고와 복숭아일까? 아니면 오렌지와 파인애플?

무슨 맛인지 몰라도 노랑과 살구색의 조합이 달달해 보였다. 슬리퍼를 끌고 이쪽으로 걸어왔다.

"저녁은?"

"입맛 없어서."

"성질난다고 안 먹은 거야?"

가슴 앞으로 팔짱을 끼더니 쯧쯧 혀를 찼다.

"난 최소한 끼니는 안 걸러."

"······혼자 먹었나?"

"들어오는 길에 버섯 리소토랑 치킨 수프 포장해 와서 먹었지. 혹시 몰라서 네 것도 사 왔어. 냉장고에 넣어 뒀어."

라키어스의 표정이 의아해졌다. 집무실에 올라와 전화로 설명했더니 엘리제는 예약을 취소하지 말라고 했다. 주방에서 이미 준비를 마쳤을 텐데 예의에 어긋난다는 이유였다. 그래서 라키어스는 엘리제가 혼자서라도 요리를 먹고 귀가한 줄 알았다.

한데 상대는 호텔 코스 요리와 전혀 다른 메뉴를 언급했다. 라키어스의 뜻을 알아챈 엘리제가 생긋 웃었다.

"네 전화를 끊고 호텔을 나오는데 한 커플이 눈에 띄더라고. 차림새는 깔끔한데 어느 쪽도 여유 있어 보이진 않더라. 가장 예쁜 옷을 정성스레 다렸는데도 낡은 티가 나는 그런 느낌이었다 할까."

조심스레 다가가 물어보니 결혼기념일이랬다. 엘리제는 이따 호텔 라운지에서 식사를 하지 않겠냐고 물었다. 자기가 전화를 해 두겠다고 하면서.

"잘됐지. 호텔은 노쇼(No-show)를 피하고, 커플은 뜻밖의 저녁을 먹고, 너는 비서의 자살을 막고, 난······."

"너는."

"너랑 불꽃놀이 볼 기회를 지켰지, 라키어스."

엘리제가 태연하게 웃어 보였다. 순간 말문이 막혔다.

"물론 혼자 먹고 혼자 보고 왔을 수도 있지. 그래도 썩 나쁘진 않았을 거야. 하지만 넌 오늘 그곳에서 함께 보내는 저녁을 떠올리며 예약을 했을 거 아냐."

두근거리면서. 기대하면서.

엘리제가 어깨를 으쓱했다.

"네가 같이 보고 싶어 한 장면을, 나도 같이 보고 싶었을 뿐이야."

"……."

"그래서 그 기회를 세이브했고."

"……."

"보아하니 넌 좀 감동을 먹은 것 같네?"

키득거리는 웃음소리가 제법 장난스러웠다. 엘리제가 팔짱을 풀고 기지개를 켰다. 팔을 이리저리 돌리며 말을 이었다.

"그렇게 어쩔 줄 몰라 할 건 없어. 내가 말했잖아. 진짜, 이번 주 내내, 귀에 딱지가 앉을 만큼 반복해 줬잖아."

이제 우리 사이에 경계는 없다고.

별것 아닌 듯 툭 던지는 말이 라키어스의 가슴 깊이 묵직하게 내려앉았다.

"이게 엘리제 녹턴이야."

스스로에 대해 말하고 있는 중인데 어째 어린 소녀가 제일 좋아하는 장난감을 자랑하는 양 우쭐거리는 기색이 묻어났다.

"이래서 우리 애들이 대장한테 정신을 놓지……."

말이 끝나기가 무섭게 휙 끌려갔다. 라키어스가 엘리제를 당겨 안았다. 절박하게 힘을 주어 안던 두 팔은 시간이 조금 지날수록 느슨해져 갔다. 엘리제는 등을 토닥여 주지 않았다. 팔을 두르지도 않았다.

그저 가만히 있을 뿐이었지만 라키어스에겐 그걸로 충분했다. 이 순간이 너무 그리웠다. 너무도 필요했다. 그런데 필요로 하던 것보다 훨씬 많은 것을 안겨 주어서 숨이 막혔다.

무서웠다.

돌이켜 보면 엘리제가 저택을 떠난 날도 두려웠다. 사고를 당한 뒤 의식을 찾지 못하는 그녀 옆을 지킬 때도 두려워했다. 다시는 엘리제를 볼 수 없을 것 같은 두려움에 메말라 갔다. 하지만 당시의 두려움엔 뚜렷한 이유가 있었다.

지금 라키어스의 어깨가 떨리는 이유를 엘리제는 알까.

적어도 라키어스는 스스로를 이해할 수 없었다.

"……SNS에 떴어. 네가 타타발루 비서 울리는 영상."

엘리제의 목소리가 차분하게 바뀌었다.

"엘리베이터에서 내리고, 네 말에 비서가 울고, 네가 한숨 쉬면서 폰을 집어넣는 부분까지 올라왔어."

화질은 기막히게 좋은데 음소거 처리된 영상이었다고 했다. 이 장면 뒤에 라키어스가 다정하게 달래 줬다는 증언과 너무 의외라는 감상과 촬영자를 욕하는 말이 뒤섞였다. 비서를 두둔하는 사람도 있었고, 촬영자가 그리 심한 욕을 들을 만큼 잘못한 건 아니라는 의견도 있었다.

뭐가 됐든 금요일 밤 인터넷 게시판을 화끈 달아오르게 만들기에 충분한 불쏘시개였다.

"왜 '놈'이 지금까지 기다렸는지 알겠어. 우리가 가까워질 때까지 인내한 이유."

엘리제가 속삭였다.

"네 가면이 너무 빨리 벗겨지고 있어. 넌 그걸 컨트롤 못하고."

"못하는 게 아니야."

"하기 싫잖아."

바로 반박해 온다.

"지긋지긋하게 느껴지고, 의미 없는 겉치레 따위 다 끝냈으면 싶고."

"……."

"그냥 내 옆에만 있고 싶잖아. 계속."

똑똑한 엘리제. 그녀는 놀라울 만큼 영리했다. 어쩔 땐 라키어스보다 그 자신을 잘 들여다보았다.

"너, 약해지고 있어."

엘리제가 품을 벗어나려고 하기에 포옹을 풀었다. 잠깐 떨어지는 것조차 싫어지고 있었다.

"내가 너한테 이런 말을 하는 날이 올 줄은 몰랐는데."

입가가 조금 실룩거렸다. 웃음을 참는 거다.

"힘껏 속여, 라키어스."

시선이 마주쳤다.

"우리 아직 좀 더 남았어."

엘리제가 전투대의 복수를 마치고, 라키어스가 그녀를 다치게 한 놈에게 죗값을 묻는 시간.

처음보다 후보가 좁혀지긴 했어도 결말에 다다를 때까지 몇 달은 버텨야 할 거라고.

그녀가 일깨워 주었다.

라키어스가 입술을 마주 늘려 보였다. 확신 어린 미소는 아니었지만 알아들었다는 뜻을 전하기 위함이었다.

그래야지. 네 옆에서, 남은 힘을 내야지.

네가 원하는 식의 복수를 마치려면 아직 몇 걸음이 더 필요하니까.

"그리고……."

그를 보는 엘리제의 표정이 사뭇 달라졌다. 무슨 말을 하려고 뜸을 들이는 걸까.

"마침 네가 와서 하는 말인데."

저렇게 사람 심장을 조물거리는 고양이 같은 얼굴을 하고.

"수영장 물 좀 데워 줘."

"……하?"

"지금 너무 차갑단 말이야. 아무리 여름이라지만 에데니카가 그렇게 찌는 듯한 더위에 시달리는 곳도 아니고. 밤이라서 기온도 내려갔어."

일부러 말꼬리를 늘리며 라키어스의 쇄골을 따라 톡톡 두드린 적이 없다는 듯 말간 표정을 지었다.

그 짧은 시간 동안 벌써 불은 지펴졌는데.

라키어스가 맥 빠진 웃음을 픽 흘렸다.

정말 널 어쩌면 좋지.

"······온수 틀지 그랬어."

"틀었지. 누굴 바보로 알아? 근데 밸런스를 못 맞추겠단 말이야. 온수 좀 틀다 보면 너무 뜨겁고, 다시 냉수를 섞으면 소름 돋게 차가워지고."

엘리제가 입술을 삐죽였다.

"너 기다리다가 목 빠지는 줄 알았어."

"전언(傳言) 능력을 그렇게 폄하하더니. 훨씬 상급인 불 다루는 능력은······ 고작 수영장 물 데우는 데 쓰시겠다?"

"얼마나 유용해."

검지로 단단한 가슴팍을 꾹 눌렀다. 장난스러운 웃음이 다시금 앙큼한 입가에 번져 나갔다.

"도와줄 거야, 말 거야?"

라키어스에게서 눈을 떼지 않은 채 뒷걸음질을 치기 시작했다.

한 걸음. 두 걸음.

발끝에는 수영장 물보다 새파란 페디큐어가 발려 있었다.

"날 감기에 걸리게 할 건 아니지?"

저도 모르게 새어 나오는 웃음기를 참아 보려 했지만 애당초 불필요한 짓이었다. 어떤 것도 감출 필요가 없었다. 엘리제 앞에서는 무의미했다.

"답이 없네?"

"글쎄······."

"소중한 주말을 앓으면서 보내야 하다니. 내가 너무 가엾잖아."

세 걸음. 네 걸음. 다섯 걸음.

"이 정도 시간 줬으면 충분한 거 아냐?"

깜찍한 도발을 해 왔다.

"도시 하나 새로 세웠을 시간이네."

엘리제의 왼발이 테라스 바닥과 수영장의 경계에 다다랐다. 그대로 오른발을 디디면 물결 따라 환한 빛이 일렁이는 수영장에 빠지게 될 것이다.

"실력 좀 볼까."

엘리제가 천천히 뒤로 넘어갔다. 풍덩, 하는 소리가 났다. 물보라와 함께 잠긴 몸은 한동안 떠오르지 않았다. 수면 아래서 부드럽게 잠영한 그녀가 물 밖으로 나온 건 수영장을 절반이나 지난 지점이었다.

순간 물 위로 튀어 오른 상체가 라키어스의 망막에 그림처럼 맺혔다. 엘리제가 얼굴에 달라붙은 머리카락을 쓸어 올리며 밝게 웃었다.

"딱 적당해."

매우 만족스러운 표정이었다.

"리더 안 해도 먹고살 순 있겠어."

엘리제가 팔을 뻗어 물살을 갈랐다. 수영장에 들어온 직후엔 다소 차가운 듯 느껴졌으나 자맥질을 몇 번 하고 나자 이게 알맞은 온도란 걸 알 수 있었다. 팔다리에 감기는 시원함이 좋았다. 계속 팔을 저어 수영장 끝까지 갔다가 돌아오는 길이었다.

라키어스가 불쑥 수면 위로 솟아올랐다. 물에 들어오는 소리도 듣지 못했는데. 하여간 물 밖에서나 안에서나 조용히 움직이는 덴 도가 텄다.

웃으면서 넓은 어깨를 짚었다.

손바닥에 바로 닿는 살갗은 이해가 되지만.

'……어째 허전한 느낌이.'

엘리제는 아까 전까지 라키어스가 서 있던 자리를 내다보았다. 벗은 옷이 바닥에 이리저리 널브러져 있었다. 얇고 넉넉한 긴소매 셔츠는 그렇다 쳐도 왜 반바지와 드로어즈까지 저기 있는지.

"이래도 돼?"

엘리제의 시선을 알아챈 그가 나직하게 웃었다.

"뭐 어때."

줄곧 이러고 싶었다는 듯 입술을 훔쳤다. 점점이 이어진 키스는 뺨을 지나 귓불에 닿았고, 그윽한 목소리가 엘리제의 귓가를 울렸다.

"내 집인데."

탄탄한 나신이 엘리제를 감싸 안았다. 부드럽게 시작한 입맞춤의 농도 또한 짙어졌다. 엘리제의 허벅지를 쓸어 올리던 손바닥은 그에 멈추지 않고 바지 안을 파고들었다.

어느덧 수영장의 물소리와는 뚜렷하게 구별되는 신음이 라키어스의 어깨 위로 흩어졌다. 깨닫지 못한 새 은근슬쩍 음악 볼륨이 조절되어 있었다.

넓은 침대에 가로누워 천장을 올려다보았다. 호텔에서 돌아오는 길에 충동적으로 산 무드등이 어두운 천장에 자잘한 빛을 흐르게 했다. 따뜻한 느낌의 별들이 두 사람의 호흡만큼이나 느리게 돌아가고 있었다.

엘리제가 이불을 고쳐 덮었다. 나른함에 잠긴 채 그저 움직이는 빛을 보고 있는 순간이 좋았다. 라키어스가 원하는 생활이 어떤 형태인지 알 것 같았다. 엘리제도 이런 편안함이 싫지 않았다.

언젠가는 매일을 이렇게 보낼 것이다. 단물만 먹고 살면서 노닥거릴 터다. 귀찮고 번거로운 일 따위는 적성에 맞는 자들에게 맡겨 두고, 자신은 수영장에서 참방거리거나 전투대 녀석들과 스피드 경주를 하면서 하루하루를 보내리라고 생각해 두었다.

하지만 그것은 모두 미래의 한때.

지금은 아니었다.

"라키어스."

듣고 있다는 소리가 머리 위에서 들려왔다.

"생각해 봤는데 말이야. 다음 주부터는 각자 방에서 자는 게 어때? 매일 그러자는 건 아니고 한…… 일주일 중 사흘 정도."

대답이 돌아오지 않았다.

"대외적으로는 내가 아직 회복하지 못했고, 넌 그런 여동생을 정성껏 보살피고 있다지만 '놈'의 입장에서 보면 이것저것 들쑤신 게 많아. 난 경비대장 집에서 체포됐다. 그런 와중에 시티타워에 자꾸 들락거리지. 넌 이고르를 무일푼으로 만들고 감옥에 보냈지. 게다가 퇴원한 대원들이 게이트 경비 뒷조사도 하고 있어."

놈에게 눈과 귀가 있다면 지금쯤 대응 방법을 고심하고 있을 터였다.

다른 사람은 알아채기 힘들 만큼 제법 선을 지키면서 저항하고 있군. 너희는 내 의도를 파악했어. 순순히 당하고 있지는 않겠다는 것도 잘 알겠다. 여기서 내가 궁금한 건 딱 하나뿐.

어떤 수를 써야 너희가 연달아 추락할까.

놈이 머리 굴리는 소리가 동화책에 나오는 일요일 교회 종소리처럼 도시 어디에서도 들리는 기분이었다.

"당장은 막막해 보여도 우리가 애먼 방향을 휘젓고 있는 건 아니야."

엘리제가 고개를 들어 라키어스를 올려다보았다.

"곧 어떤 방식으로든 반응이 돌아올 거야."

"그거랑 각방이 무슨 상관이지."

"당연히 상관있지."

엘리제가 눈을 크게 뜨며 대꾸했다.

"체력 비축."

대답이 없다.

"수면 확보."

여전히 침묵을 지켰다.

"우리 이번 주 내내 붙어 잔 거 알아? 모를 리 없겠지? 인간적으로 모르는 척하면 안 되지. 차 타고 이동할 때 한 번 언급하기도 했었잖아."

어디서 꿍얼대는 소리가 들린 듯하다. 자기는 인간이 아니니 어쩌니. 순혈에 대천사 직계 기타 등등.

혈통을 따지잔 뜻이 아니었을 텐데?

"언제 어디서 어떤 반격을 당할지 몰라. 좋은 컨디션을 유지해야 돼."

"······죽이고 싶어."

"안 돼."

"정말 다 싹쓸이해 버리고 싶군."

"진범과 무고한 자가 한꺼번에 죽는 건 사양이야."

"솔직히 리더 놈들 중에 깨끗한 자는 한 명도 없어."

"그건 맞지만."

엘리제가 얼른 고개를 저었다.

"아무튼 사흘 정도는 따로 자는 편이 좋을 거야."

"이틀."

라키어스가 괴로운 목소리를 쥐어짜 냈다.

"그 이상은 안 돼."

"점점······ 이 도시가 내게 지고 있는 빚이 늘어나는 기분이야."

에데니카의 빛.

실은 라키어스가 아니라 자신이 누려야 하는 호칭이 아닐까.

혀를 차는 엘리제 위로 커다란 몸이 올라왔다. 그는 자신에게 주어진 시간을 조금도 낭비할 수 없다는 듯 짙은 키스를 퍼부었다. 시곗바늘이 12

를 지나기 전에 한 번만 더. 뚜렷한 의도가 느껴지는 손가락이 엘리제의
가슴을 부드러이 움켜쥐었다.

　역시 돌려받아야겠다는 생각이 들었다.

제12장 폭로

시작은 비안카였다.

회의를 하다가 말이 잠시 옆으로 샜는데, 그중엔 전투대 충원에 대한 이야기도 있었다.

우린 언제까지 쉴 수 있는 거냐. 수당이 나오는 건 다행이지만 이렇게 계속 자릴 비워도 되냐. 정찰을 안 나간 지 너무 오래되었다. 새 대원들 교육에도 시간이 걸릴 텐데 그건 어쩌느냐.

대충 이런 이야기가 오갔다. 언젠가부터 말을 하지 않고 다른 사람들 대화만 듣던 비안카가 허탈한 웃음을 흘렸다.

"나 갑자기 너무 머저리 같아."

365일 중 360일을 밝은 기분으로 사는 비안카였다. 나머지 날에도 이렇듯 자신을 비웃는 소리는 하지 않았다. 너무 드문 일이기도 하고 대화 맥락상 자조가 나올 타이밍이 아니었기 때문에 모두의 시선이 비안카에게 모였다.

"정찰 나가라면 나갔고, 도시 안에만 있으라면 있었어. 다른 조직에 비해 차별받는다는 불만이 있었지만 씹고 뜯을 뿐 뭔가 행동을 취해야겠다는 생각은 하지 않았어. 이전의 생활이 너무 엿 같아서. 그때에 비하면 전투대 들어오고부터는 천국이니까."

비안카의 목소리가 차츰 고조되었다.

"근데 이게 뭐야. 에데니카에 정말 전투대가 필요하긴 해? 매일 정찰 안 나가면 세상 무너질 것처럼 굴더니, 지금 우리가 얼마나 오랫동안 쉬고 있는지 보라고."

"그야 사고를 당했으니까……."

"당했지. 많이도 죽었어. 하지만 이전에도 우릴 이렇게 신경 써 줬냐고. 난 대장이 걷게 되자마자 인원 충원해서 정찰 나가라고 떠밀지 않을까 너무 걱정했단 말이야."

제 오빠의 말을 자른 비안카가 미간을 구겼다.

"한데 아무 문제가 없잖아."

그럼 우린 애초에 왜 나갔어야 하는 거냐고 물었다. 한 번도 이에 의문을 품은 적 없는 자신이 멍청하게 느껴진다고도 덧붙였다. 3년 전 손 내밀어 준 엘리제를 향한 고마움과는 별개였다.

의심해 본 적 없는 무언가가 송두리째 무너진 기분이라 너무 이상하고, 화가 난다고 했다. 다들 비안카의 말뜻을 알아들었다. 엘리제마저 침묵에 잠겼는데 윔이 왠지 북받친 목소리로 물었다.

"그래서 어쩌자는 건데? 사실은 우리가 에데니카에 필요 없었던 게 아니냐고? 목숨 걸고 헛짓한 게 아니냐고?"

윔이 날카로운 웃음을 터뜨렸다.

"언제는 우리가 되게 가치 있었던 것처럼 말하네."

"그런 소리가 아니잖아."

"정신 차려, 비안카 뮬러. 우리가 중요했던 적은 없었어. 단 한 번도 없었지. 우린 태어나자마자 쓰레기 취급을 받았고, 윗분들 눈엔 여전히 쓰고 버려도 되는 부속품일 뿐이야. 그리고 뭐? 정찰? 나가고 싶어서 안달 났나 본데, 누구랑 달리 총도 제대로 못 쏘는 나는 살아남은 것 자체가 기적이라 남은 평생 저 밖으로 나가고 싶지 않다고!"

"말 다 했어? 이 귓구멍 틀어 막힌 새끼야!"

그대로 테이블을 뛰어넘으려는 비안카를 조에가 붙잡았다. 휴이도 전력을 다해야 했다.

웜이 회의실 문을 쾅 닫고 나가는 것으로 상황은 일단락되었다.

지하실 문을 두드렸다. 들어오라는 소리가 들리지 않았다. 엘리제는 다시 한 번 두드렸고, 안에 있는 사람이 기척을 낼 때까지 끈기 있게 기다렸다. 엘리제가 그대로 가지 않을 거란 사실을 깨달았는지 맥 빠진 대꾸가 들렸다.

"왜."

"잠깐 안에 들어가도 될까?"

"1조장한테나 가 봐."

"비안카는 왜."

엘리제가 문에 기댄 채 말을 이었다.

"전하고 싶은 말이라도 있어?"

"못 알아들은 척하기는."

"비안카는 괜찮을 거야."

이미 비안카와 이야기를 나눴다는 사실까지 말할 필요는 없을 것이다. 웜이 자리를 뜨자마자 비안카만 남긴 뒤 10분 정도 이야기를 나누었다. 그런 다음 지하로 내려왔다.

웜은 타 대원들과는 조금 다른 접근이 필요했다.

"내가 얼굴 보러 온 건 넌데."

"뭔 간지러운 소리야. 아까까지 같이 있어 놓고……."

웜이 구시렁거리면서 말끝을 흐렸다. 문 두께에 비해 들리는 소리가 또렷했다. 육안으로 파악하기 힘들 만큼 작은 인터폰을 설치해 둔 덕분이었다.

"계속 거기 있을 거지?"

질문이 아니라 확신이었다. 엘리제는 굳이 대답하지 않았다. 이쪽에서 어떤 말을 할지 웜도 예상하고 있을 터다. 잠금 장치 풀리는 소리가 났다. 이어서 두 종류의 보안 장치가 해제되었고, 일명 '벙커'라고 불리는 웜의 공간에 발을 들일 수 있었다. 30평 공간은 오로지 웜에게만 허락된 곳이었다.

샤워부스 딸린 화장실과 침대가 한쪽 구석에 자리했다. 벙커 주인의 요구에 따라 조리 시설은 들여놓지 않았다. 커다란 개인 냉장고와 전자레인지면 충분하다고 했다.

엘리제는 마음대로 하라고 하다가 '그럼 다 먹고 난 접시는?' 같은 질문을 했었다.

아직도 기억한다. 웜의 대꾸는 이랬다.

「내가 설거지를 할 것 같아?」

몇 초간 눈을 깜빡이던 엘리제는 웃음을 터뜨린 뒤 한 칸짜리 개수대를 넣어 주었다.

「설거지 안 할 거라니까?」

「그릇 씻으라고 한 적 없어. 그래도 손은 씻어야지. 네가 매번 화장실까지

가지는 않을 것 같아서 그래.」

그런 이유로 벙커에는 주방세제가 없었다.

전자레인지용 일회용기가 박스째 쌓여 있고, 개수대 옆에는 파우더 향 물비누가 있을 뿐.

그럼 냉장고와 개수대, 더블 매트리스 침대, 샤워부스 딸린 화장실을 제외한 나머지 공간엔 뭐가 있느냐.

거기서 워플라토 펜지스의 연구 개발이 이뤄졌다. 법으로 금지한 드론을 조종하고, 최신 무기를 만들고, 외부 정찰에 도움될 기기를 설계하는 구역이었다.

물론 주인이 자리를 비운 순간에도 열심히 돌아가는 온라인 게임을 빼놓을 순 없었다. 강제 환기 장치 덕분인지 어디서 쥐 떼가 죽어 가는 냄새는 나지 않았다.

다행이지. 적어도 전투대 지하실에서 전염병이 발생하지는 않을 것 같으니.

엘리제는 커다란 테이블에 올려져 있는 물건들을 만지며 윔이 불안한 눈으로 힐끔거리기를 기다렸다.

"그거."

대장이 새 물건을 집어 들 때마다 안절부절못하던 그가 결국 소리를 냈다.

"안에 연두색 액체 보이지? 수평 유지한 채 그대로 내려놔."

"유지 안 하면?"

"……"

"나 집어 들면서 쪼끔 흔들렸는데?"

"……빨간 불 안 들어오는 거 보면 괜찮아. 그러니까 지금 들고 있는 상태 그대로 내려놓으면 돼."

엘리제는 웜의 말을 따랐다. 새삼 벙커 벽이나 천장에 뭔가를 덧대야 되는 게 아닌가 하는 생각이 들었다.

'애들 잘 때 건물이 통째로 날아간다든가 하지는 않겠지.'

웜이 벙커를 쓴 지 3년이 지났다. 걱정을 하려면 진즉 했어야 한다. 엘리제는 눈을 굴린 뒤 다음 물건에 시선을 주었다.

"안 돼."

이번엔 제지가 먼저 날아왔다. 엘리제는 눈앞에서 장난감을 빼앗긴 아이 같은 표정을 지었다.

"왜."

"방금 그거 던지려고 했지?"

"무슨 소리. 이게 어떤 위험물인 줄 알고 실내에서 막 던지겠어."

하지만 금세 짙푸른 눈이 초롱초롱 바뀌었다.

"던지는 방식이야?"

"……던지려고 했구먼."

"동그란 몸체에 육각별이 튀어나와 있잖아. 만화에 나오는 아이템 같으면서도 무광택 메탈 소재가 고급스러운 느낌."

엘리제가 웜을 보며 생긋 웃었다.

"게이트 바깥 놈들한테 던지기엔 너무 잘 빠졌다. 디자인이 아까워."

"그게 뭔지 알기나 하고?"

"모르지. 네가 설명 안 해 줬으니까."

엘리제가 느린 걸음으로 테이블 주위를 돌았다. 더 이상 물건을 만지지 않으려는지 느긋하게 뒷짐을 진 자세였다.

"뭐가 됐든 네가 만든 건데 대단하겠지."

순간 웜이 쓴웃음을 지었다. 엘리제가 익히 알고 있는 표정이었다. 뿌리 깊은 자학에서 나온 냉소다. 전투대에 들어오면서 비안카처럼 성격이 완전히 바뀐 대원도 있지만 웜은 그런 부류가 아니었다.

다함께 어울릴 땐 어울리더라도 끝까지 마음을 열지 않는 구석이 있었다. 엘리제는 웜에게 사교성을 키우라고 요구하지 않았다. 그 대신 사람들과 마주치지 않아도 되는 벙커를 주었다.

혼자 있는 게 편하다면 혼자 있으면 된다. 엘리제는 평소 생각대로 결정했을 뿐이었다.

웜이 뿔테 안경을 밀어 올리며 중얼거렸다.

"그렇게 무조건적인 믿음을 가진다는 건 어떤 느낌이지? 허울뿐인 말이 아니잖아. 진짜 믿으니까 하는 말 같은데. 대장이 그런 말할 때마다 우리가 껌뻑 죽는 거 알고 있지?"

헛웃음 소리가 새어 나왔다.

"자각하고 하는 건데도 거짓말처럼 들리지가 않아서 어이없다고."

짜증이 치민다고 했다. 울음 달래려고 사탕을 흔드는 꼴인데, 그 사탕을 입에 넣으면 얼마나 달고 맛있을지 알아서 거부할 수도 없는 기분을 아느냐고 중얼거렸다. 그러면서 자신은 누구에게도 엘리제처럼 말할 수 없을 거라고 했다.

엘리제는 별다른 대꾸를 하지 않았다. 하나 분위기가 아까 전과 달라졌음을 웜도 알았다.

제 탓이라고 여긴 걸까. 웜이 괜히 분주한 척하며 키보드를 두드렸다. 그래 놓고 실행시킨 건 고작 백신 프로그램이다. 스스로도 민망했는지 추가로 인터넷 창을 켰다.

"……육각별은 안으로 집어넣을 수 있어. 지금 그건 몸체 눌러서 튀어나온 거고."

"그래?"

"던져서 쓰는 거 맞아. 그냥 힘껏 집어 던지는 것보다 최장 세 배는 더 멀리 날아가."

"표창에서 모티브를 얻은 느낌이네. 거기에 날개를 달아 준 버전이랄까."

"뭐, 비슷해."

폭탄이라고 했다. 폭탄은 여러 무기 중에서도 웜이 가장 애착을 가지는 분야였다. 엘리제는 아마 총기나 도검류보다도 신체적인 기술을 요하지 않아서가 아닐까 하고 추측했다. 스위치 하나로 통제할 수 있다는 점도, 넓은 범위로 작용하는 파괴력도 웜의 마음을 사로잡은 이유 중 하나일 것이다.

그러다가 이제는 자신의 팔 힘을 보강할 수 있는 무기까지 개발한 거다.

'이건 웜뿐만 아니라 다른 대원들에게도 도움이 되겠는데?'

웜이 만들어 온 대부분의 무기처럼 말이다. 한데 당사자는 엘리제의 침묵을 달리 해석했는지 '그래, 또 폭탄이야. 지질한 새끼답게 또 폭탄이라고.' 라는 말을 중얼거리며 키보드를 거칠게 두드렸다.

"네 폭탄에 죽은 놈들이 그 말 들으면 억울하겠어."

엘리제가 문으로 향했다.

"하나도 안 지질해. 끝내주거든?"

문을 열고 나가려고 하자 오히려 당황한 쪽은 웜이었다. 엘리제를 불러 세우더니 눈을 이리저리 굴렸다.

"대화 끝이야? 이거 말하려고 내려온 거야?"

"뭐 더 해야 되나?"

엘리제가 상대를 빤히 쳐다보다가 산뜻한 웃음을 남기고 돌아섰다. 벙커 밖으로 몸이 완전히 빠져나간 순간, 망설이는 목소리가 들려왔다.

"우리 행복해도 돼?"

어쩐지 절박하게까지 들리는 물음이었다.

"걔넨 죽었고, 우린 살았잖아."

돌아본 그곳엔 진심으로 답을 갈구하는 눈이 있었다. 자신은 결코 입 밖에 내지 못할 말을 스스럼없이 하는 엘리제가 이번에도 답을 줄 듯 믿는 얼굴이었다.

"주말 밤에 TV 쇼 보다가 키득거리고 웃어. 피자 쿠폰 스탬프 다 모아 가는 걸 좋아해. 그런다고 해서 그 사고를 잊은 게 아닌데……."

웜의 어깨가 점점 움츠러들었다.

"아니. 말은 바로 해야지. 나, 실제로도 잊어 가고 있다고."

"……."

"이러면 안 되는 거 아니야?"

자책과 혼란으로 가득한 표정. 급기야 엘리제의 시선을 곧게 받아 내지 못하고 고개를 숙였다. 엘리제는 침묵이 길어지면 질책으로 받아들이는 웜을 떠올리고 입을 열었다.

"괜찮아."

자신의 뜻이 상대에게 온전히 전해지길 빌면서.

"안 그럼 우린 망가질 테니까."

웜의 시선을 다시 제게로 끌어왔다. 잠깐의 침묵이 둘 사이에 흘렀다.

"내 생각엔…… 단지 살기 위해 살아갈 때가 있는 것 같아. 소중한 사람이 죽었는데 난 왜 끼니를 거르지도 않을까. 어떻게 잠을 잘 수가 있을까. 여러 의문이 스스로를 괴롭히지만 그에 대한 대답은 내놓지 못하지. 근데, 의미는 나중에 찾아도 된다고 생각해. 좀 더 의연하게 모든 걸 받아들일 수 있을 때."

엘리제가 엷은 미소를 지었다. 이것도 단단해지는 과정이니 너무 자책 말라고는 안 하겠다는 말을 끝내자마자 첨언했다.

"그래도 너무 자책하진 마."

일부러 장난스럽게 코를 찡그려 보였다.

"어쨌든 공짜 피자는 먹어야지."

웜이 어이없다는 웃음을 흘리더니 올해부터 단골 피자집 스탬프 기준이 늘어났다고 말해 주었다. 원래는 10개였는데 18개로 바뀌었단다.

"눈치 보이는지 스무 개로 바꾸진 못했더라고."

"다 채워 가?"

"이제 두 개 남았어."

엘리제는 웜을 향해 손가락 총 쏘는 시늉을 했다.

"일단 그걸 향해 달려가라고."

그런 볼품없는 삶의 목적이 어디 있냐는 항의가 날아왔지만, 웜의 목소리는 아주 조금 밝아진 느낌이었다. 엘리제는 인사와 함께 벙커 문을 닫았다. 묵묵히 걸었다.

그런 다음 1층으로 올라가는 계단참에 멈춰 서서 흐르는 눈물을 닦아냈다.

삑.

검은색 SUV 잠금이 해제되었다. 도블락 랭커스터는 운전석에 몸을 밀어 넣었다. 절반 정도가 퇴근한 시간. 경비대 건물 주차장은 한산했다. 그는 일부러 대원들이 두어 차례 빠져나간 이 시간대를 택했다. 지금까지 퇴근하지 않은 자들은 동료들과 저녁을 먹거나 다른 약속 때문에 남은 것이다.

이렇게 애매한 시간에 나온 이는 도블락밖에 없었다. 조용한 주차장은 한동안 그의 소유였다. 도블락은 바로 시동을 거는 대신 느릿하게 눈가를 문지른 뒤 좌석에 머리를 기댔다.

온종일 몸을 옭아매고 있던 결박이 풀린 듯 깊은 한숨이 흘러나왔다. 오늘도 어제와 똑같은 일상의 반복이었다. 식은땀 범벅이 되어 맞이한 아침. 일찌감치 돌아가 버린 상대.

메시지 함에 가득 쌓인 분노의 문자를 전체 삭제하고, 시리얼과 커피를 먹는 둥 마는 둥 삼키면 아침 약을 털어 넣을 시간이 된다. 의사는 술이 도움되지 않을 거라고 했다. 오히려 증상을 악화시킬 뿐이니 정 참기 힘들면 비상약을 복용하라고 말했다.

하지만 의사의 말을 지키기란 쉽지 않았다. 약보다 술이 더 빠르고 파괴적인 효과를 보였다. 적어도 만취 상태에서는 현실을 신경 쓰지 않을 수 있었다. 물론 다음 날 아침에 끔찍한 대가를 치러야 하지만 말이다.

달력을 노려보면 뻘건 가위표가 눈에 들어왔다.

정기 상담을 미룬 게 몇 번째인지.

상담을 하고 나면 가슴 한구석이 조금이나마 후련해지지만, 한편으로는 무력감과 자기혐오가 밀려온다. 도블락 랭커스터가 남 앞에서 찡찡대다니. 심지어 눈물을 글썽이다니. 견딜 수 없었다. 그래서 도블락은 약과 술로 버티는 쪽을 택했다.

한데 매일 챙겨 먹지도 않은 약이 어느새 바닥나기 일보 직전이란 것을 오늘 아침 깨달았다. 어쨌거나 약을 다시 처방받으려면 의료센터를 찾아야 했다. 떠오르는 건 오로지 욕설뿐.

하지만 부하들은 이러한 사정을 짐작도 하지 못했다. 유니폼을 걸친 도블락의 몸은 여전히 우수하고, 입꼬리를 씩 밀어 올리는 '나쁜 미소'도 변함없기 때문에.

망할.

도블락은 다시금 손바닥 전체로 얼굴을 문질렀다. 겨울도 아닌데 까칠하게 튼 입술 각질이 느껴졌다. 시동을 걸고 운전을 하기까진 아직 약간의 시간이 더 필요했다. 그래서 외부에서 무슨 소리가 들렸을 때도 계속 눈을 감고 있었다.

누군가 제 예상보다 일찍 건물을 나왔나 보다고 생각하면서.

다음 순간 뒷좌석 문이 열린 것은 그의 예상에 없었다.

"꼴이 엉망이네."

상대가 혀를 찼다.

"아예 광고를 하고 다니지 그래. 내가 전투대 습격에 가담했다, 하고."

"……당신!"

"심했나."

상대가 눈을 천천히 깜빡였다. 애초에 도블락의 상태 따윈 개의치 않는 모습이었다.

"하긴."

고개를 끄덕이며 말을 이었다.

"가담한 정도가 아니지. 에데니카의 우수한 인재 도블락 랭커스터께서는."

도블락의 입술과는 비교도 안 되게 관리가 잘된 입술이 가로로 길게 늘어났다.

"전투대 습격을 성공리에 마무리했다고 플래카드를 걸어도 모자랄 판에."

"대체 왜 여기 온 거지?"

"겸사겸사 얼굴 보자는 거지."

이미 한배를 탄 사이인데 서운하게 내외하지 말라며 웃음을 터뜨렸다. 그러나 도블락은 웃을 수 없었다. 웃기는커녕 고개를 돌려 뒷좌석을 보는 것조차 힘들었다. 상대는 눈 하나 깜짝 않고 누군가의 목숨을 거두는 자였다.

증거를 남기지 않고. 너무나 손쉽게.

오늘 저녁 열 명을 죽인들 상대는 감옥에 가지 않을 터였다. 경찰이 체포를 꺼린다거나 하는 문제가 아니었다. 애당초 시신이 없을 것이기 때문이다. 도블락은 상대가 '본보기'를 어떻게 처리하는지 목격했고, 여기에 발을 들인 스스로를 책망했다.

상대의 비위를 거스르기 싫었다. 동시에 거짓 미소를 지으며 대화를 잇기도 싫었다. 도블락의 침묵이 이어지자 상대는 간만에 만났는데 재밌는 이야기를 좀 해 보라며 넉살 좋게 부추겼다.

독사가 생쥐에게 재롱을 부려 보라고 하는 꼴이었다. 도블락은 입도 뻥긋하고 싶지 않았다. 하나 아무 말도 하지 않으면 상대가 영원히 제 뒷좌석에 앉아 있을 것 같아서 최근 뉴스를 끄집어냈다.

라키어스의 입김이 들어간 게 확실한 사안.

이에 대한 상대의 생각을 알아 두고 싶었다.

"이고르가 감옥에 간 것 말인데……."

"아, 이고르."

말을 채 끝내기도 전에 상대가 고개를 내저었다. 지긋지긋하다는 표정이었다.

"항상 곁가지가 문제야. 안 그래? 도무지 멈춰야 할 때를 모른단 말이지."

뭐라 대꾸해야 할지 몰라 가만히 있었다.

"난 말이지, 도블락 랭커스터. 너저분한 일처리가 제일 싫어. 한데 슬프게도 몸은 하나뿐이니까 동시에 여러 곳에 있을 수가 없지. 모든 일을 직접 할 순 없단 말이야."

"……."

"업무도 보고, 학교에 폭탄도 설치하고, 한 몫 잡고 싶어 하는 놈도 매수하고, 문서를 바꿔치기했다가, 사교 모임에도 얼굴을 비췄다가, 몰래 키운 세력을 끌고 엘리제와 여든 명의 꼬마들을 손보기란 힘들다고."

손톱 다듬는 소리가 뒤에서 들렸다.

"그래서 어쩔 수 없이 타인의 손을 빌리는데 말이지. 기껏 엄선한 녀석이 실수를 해서 계획에 흠집을 낸다……."

도블락의 시선이 사이드미러로 향했다. 제 얼굴을 비추고 있는 거울에 서리가 끼기 시작했다.

"내 기분이 어떻겠어?"

"……."

"응?"

왼쪽 사이드미러가 깨졌다. 도블락이 있던 자리엔 검은 틀만 휑하게 남았다.

"그러니 이고르는 감옥에 가는 게 옳아. 집안 단물을 빨아먹었으면 뒤처리도 확실히 했어야지."

"하지만."

누가 목을 조르고 있는 것도 아닌데 그와 비슷한 소리가 도블락의 목에서 나왔다. 예전의 자신이라면 '계집애 같다'고 쿡쿡 비웃었을 목소리였다.

"라키어스를 찾아가 강력하게 반대했다고 들었는데."

"당연히 반대해야지. 녹턴 남매의 기대를 충족시키는 게 내 계획의 핵심이라고 말하지 않았던가?"

그날이 올 때까지는. 의미심장한 말이 덧붙었다.

"하고많은 이야기 중에 왜 하필 이고르를 꺼냈는지 모르겠지만."

상대의 입가에 다시 미소가 떠올랐다.

"문득 일처리라고 하니까 그날의 도블락 랭커스터가 떠오르는군. 전투대장을 겨누던 내 부하의 총부리를 밀친 건 몹시 인상적이랄까……."

허벅지 위에 올려 둔 손이 떨렸다. 힘을 주어 버티려 했지만 소용이 없었다. 상대는 별 뜻 없는 농담이었다며 웃음을 흘렸다. 도블락의 SUV 옆으로 평범하게 생긴 차 한 대가 슬며시 주차했다.

"마사지 예약해 뒀으니까 몸 좀 풀고 스파도 하라고. 아로마 테라피라던가? 그것도 받고. 아까도 말했지만 꼴이 말이 아니야."

드디어 뒷좌석 문이 열렸지만 도블락은 기뻐할 수 없었다.

"이제 와서 발 뺄 생각은 아니지? 그렇게까지 머리가 굳지는 않았길 빌겠네."

상대가 차를 갈아탔다. 어디서나 볼 수 있는 흰색 승용차가 주차장을 빠져나갔다. 이제껏 필사적으로 정면만을 응시하던 도블락이 거친 호흡을 터뜨렸다. 그야말로 남부러울 게 없는 삶이었는데. 어디서부터 잘못된 건지, 어떻게 돌이켜야 할지 알 수 없었다.

과연 돌이킬 기회가 있기나 한 것인지도.

"……빌어 처먹을."

쾅!

운전대를 힘껏 내리쳤다. 몇 번이고 내리쳐도 미칠 듯한 분노는 해소되지 않았다. 두 눈에 핏발이 설 무렵 새로운 메시지 알람이 울렸다. 스파숍에서 보낸 예약 안내였다.

"엠마 하트니스. 교사 책상을 뒤지는 건 학칙 위반만이 아니라 경찰서에 갈 일이야."

"역시 리오네 선생님. 입담 한번 살벌하셔라."

전혀 기죽지 않은 표정의 엠마가 리오네를 돌아보며 활짝 웃었다.

"선생님도 셰브릴 회원이세요? 까다로우신 하트니스가의 큰 영애께서 무려 다섯 번 옮겨 다닌 끝에 정착한 스파숍이 여긴데."

엠마의 손에는 고급 스파숍 홍보지가 들려 있었다. 거리에서 나눠 주는 낱장의 일반 전단지와 달리 연하장이나 청첩장을 연상케 하는 디자인이었다. 책상으로 돌아온 리오네가 제자의 손에서 홍보지를 낚아챘다.

원래 있던 자리에 돌려놓고는 여전히 생글거리는 엠마를 향해 눈을 흘겼다.

"선생님이 부재중이면 학생은 응당 연구실 밖에서 기다려야지."

"에이, 우리 사이에."

"요놈 봐라?"

"이번만 봐주세요."

엠마가 가슴 앞으로 두 손을 모았다.

"오전 내내 육상대회 연습했어요. 지금 제가 어떻게 서 있는지 스스로도 놀라울 지경이에요."

"엄살은."

"으어, 내 다리!"

"과제."

리오네가 손을 내밀었다. 이에 엠마가 크게 낙담한 표정으로 인쇄물을 내밀었다.

"……피도 눈물도 없으시지."

"혼잣말은 좀 더 조용히 해야 되는 거 아니니?"

"혼잣말이 아니었거든요."

"요놈이."

리오네가 꿀밤 먹이려는 시늉을 하자 엠마가 혀를 날름 빼물며 두어 걸음 달아났다. 그대로 인사하고 나가면 되겠건만 금세 선생님 곁으로 돌아오는 학생이다.

쉬는 시간이 3분밖에 안 남았는데.

이만 가라고 쫓으려던 리오네의 눈길이 엠마의 다리에 닿았다. 교복 치마 아래로 드러난 다리에는 테이프가 덕지덕지 붙여져 있었다.

"과학 올림피아드, 피아노, 토론…… 이제는 육상대회야?"

대회를 치르지 않고 보낸 달이 있던가. 적어도 리오네의 기억에는 없었다. 네 부모님은 널 차기 리더로 키우시려는 거냐는 물음에 엠마가 키득거렸다.

"리더의 아내가 아니라요? 역시 리오네 선생님. 진짜 리더의 따님이라 그런지 시야의 폭이 달라요."

"네가 그렇게 잘났는데 왜 굳이 아내가 되어야 하겠니."

"일리 있네요."

엠마가 입술을 아치형으로 만들며 고개를 끄덕였다.

"한데 어쩌죠. 전 리더도 되기 싫고, 리더의 아내도 되기 싫고, 언니랑 향수 회사 공동경영자가 되기도 싫거든요."

"그럼 우리 하트니스 양은 뭐가 되고 싶을까나."

"모르겠어요."

"아직 대학 과정이 남아 있으니까……."

"참, 그게 제일 큰 문제예요."

엠마가 머리카락 끝을 배배 꼬았다.

"대학도 가기 싫거든요."

리오네는 자녀의 학업 활동에 다소 과한 열의를 품고 있는 하트니스 부부를 떠올렸다. 엠마가 최대 난관을 자각하고 있어서 그나마 다행이었다.

"좀 가슴이 뛰는 일을 하고 싶은데."

"종 쳤다."

리오네가 문을 향해 눈짓을 했다.

"가슴이 뛰도록 교실까지 달려가 봐."

"진짜 쉬는 시간 너무 짧아."

오전 내내 뛰었는데 또 뛰어야 하는 거냐며 투덜거렸다. 그럼에도 불구하고 인사는 깍듯하다. 실수로라도 문을 세게 닫는 일은 없었다. 얼마 지나지 않아 학교 건물 전체가 조용해졌다. 수업이 끝나면 언제 그랬냐는 듯 시끌벅적하게 바뀔 테지만 말이다.

리오네는 소중한 여유를 만끽하며 아이스티 한 잔을 만들었다. 비밀번호를 입력하자 익숙한 배경화면이 떴다. 집에서든 직장에서든 모든 전자기기에 비밀번호를 걸어 두고 사용 중이었다.

아이스티를 홀짝이며 인터넷 아이콘을 클릭했다. 오전에 연달아 수업하느라 확인하지 못한 뉴스기사를 훑었다.

[톱모델 피비 매카시, "자신을 꾸밀 줄 아는 남자가 좋아."]
[내일 맑고 기온 올라…… 냉방병 주의해야―]
[친선경기 중 관중석 격투. 2명 병원 행, 경기엔 차질 없어…….]

덤덤한 눈으로 스크롤을 내리던 리오네는 이상하게 시선을 잡아끄는 제목을 발견했다.

메인뉴스는 아니었다. 그저께부터 모든 언론사 메인뉴스는 콘툴가에서 발생한 식중독이 차지하고 있었다. 여름철이면 늘 등장하는 뉴스였지만 이번에 문제가 터진 샌드위치 가게는 근처 소방서와 주민센터 직원들이 종종 이용하는 곳이라 이슈가 됐다.

시티타워에서 지원 인력을 배치했다는 것은 들었다. 하나 리오네의 관심은 그게 아니었다. 제목을 클릭하자 화면이 넘어갔다.

[17일 새벽 3시 40분경, 밀드레드가의 창고관리인 P씨가 자신이 소유한 냉동고에서 성인 남성의 시신을 발견하여 경찰에 신고했다.]

기사는 죽은 남성이 게이트 경비로, 평소 온라인게임에 푹 빠져 있었다고 설명했다. 또한 경찰 측은 그가 40여 일째 실종 상태인 동료의 죽음에 책임이 있을 것으로 보고 있다고도 밝혔다.

"죄책감 끝에 술을 마시고 만취 상태로 귀가하다가…… 자택이 창고 근처…… 저체온사(死) 결론."

리오네가 마우스에서 손을 떼고 등받이에 기대어 앉았다.

"집인 줄 알고 들어갔다……."

유리잔을 톡톡 건드리는 손놀림은 어찌 보면 경쾌하게 보이기도 했다.

"바로 종결 나겠네."

한 명은 불에 타 사라지고, 다른 한 명은 냉동고에서 죽었으니 결과만 놓고 보면 참 기이한 모양새다. 이토록 훌륭하고 깔끔한 뒤처리라니.

모니터에서 눈을 뗀 리오네는 엠마의 과제 첫 문장을 소리 내어 읽었다.

"……시체를 숨기기 제일 쉬운 곳은 전쟁터다."

단정한 손톱으로 재차 유리잔을 두드렸다. 순간 아이스티의 표면에 살얼음이 꼈다.

화창한 날씨였다. 눈을 비비며 창문을 열어젖힌 순간 알 수 있었다.

오늘은 1년 중 몇 안 되는 날이라는 걸.

아무리 걸어도 지치지 않고, 길에서 마주치는 사람마다 인사를 건네고 싶은 날. 모든 게 좋게만 느껴지는 날. 개운하게 샤워를 한 뒤 아침을 먹으러 나갔다.

오믈렛은 비안카가 딱 좋아하는 식감이었다. 소시지는 탄 부분 하나 없이 짭조름했다. 아침 손님들은 모조리 출근했고, 점심 손님이 오기엔 이른 시간이었다. 느긋하게 제 몫을 먹는데 가게 라디오에서 좋아하는 노래가 나왔다.

"잘 먹었어요!"

"감사합니다."

가게를 나오자 기분 좋은 바람이 주홍색 머리카락을 흩어 놓았다. 평소엔 꽁지머리로 묶곤 했지만 오늘만은 찰랑거리게 두어도 될 것 같았다. 길을 걷는 내내 작은 소리로 흥얼거렸다. 아까 라디오에서 들은 노래였다.

비안카는 여유로운 걸음으로 주차장에 들어섰다.

더없이 만족스러운 미소가 비안카의 입가에 걸렸다. 어제는 게이트 경비 뒷조사를 시작한 뒤로 첫 수확이라 할 만한 성과가 있었다. 조에와 말로리가 게이트 경비의 두 번째 휴대폰 번호를 알아낸 것이다.

여분의 폰이 있다는 사실조차 몰랐기에 번호까지 특정한 것은 확실히 도움이 되는 일이었다. 증언을 한 이는 경비가 두 번째 폰을 상당히 성가셔했다고 말했다. 뒷골목은 워낙 불법이 횡행하는 곳이라 서로의 사정을 깊이 캐묻지 않는 게 관례였다.

그래서 자기도 더 이상 묻지 않았고, 약이라도 공급받는 번호인가 했단다. 술기운에 떠벌인 쪽은 경비였다.

「계속 울리는 것 같은데.」

「……젠장.」

「안 받아도 돼?」

「됐어. 이따 또 걸겠지. 망할 새끼들. 아주 지들 멋대로야. 낮이고 밤이고.」

「뭔지 몰라도 귀찮겠네.」

「편하게 돈 좀 만질까 했더니 누굴 똥개로 알아. 망할.」

「저런.」

「그래도 이 짓도 사흘 뒤면 끝이야. 성공 보수 받으면 썩어 빠진 아파트부터 나와야지. 아, 당연히 차도 한 대 뽑고. 영화에서 본 것처럼 호텔 욕조에다가 샴페인도 콸콸 채우고.」

「……그만큼 수입이 짭짤한 일이면 보통 위험 부담도 크지 않나?」

「나도 그런 줄 알았는데 별일 아니더라고.」

술을 더 주문한 경비가 이죽거렸다.

「종이 하나 바꿔치기. 그게 다야.」

그리고 사흘 뒤, 전투대는 예상치 못한 습격에 전멸 위기를 겪었다. 경비의 두 번째 폰은 '놈'에게 지시를 받을 때 쓰이는 수단임이 분명했다. 폰 번호 하나만으로는 추적이 만만치 않겠지만 이들에겐 '벙커의 제왕' 웜이 있었다.

웜은 즉시 추적에 돌입하겠다고 했고, 엘리제는 소중한 성과에 기뻐하며 하루 휴식을 권했다. 말로리의 무릎 통증이 재발한 참이었다. 누군가는 의료센터에 가고 누군가는 늦잠을 잔다. 각자가 원하는 식으로 휴일을 보내고 있었다.

기분은 좋지만 멀리 외출할 생각은 없는 비안카였다. 쌍둥이의 방문을 열어 보니 그새 어디 나갔는지 보이지 않았다.

"뭘 하면서 시간을 보낸다……?"

몸을 움직이고 싶은데 그렇다고 해서 러닝머신을 달리긴 싫었다. 마침 그때 비안카의 눈에 들어온 것이 있었으니 복도를 굴러다니는 작은 먼지 뭉치였다.

"좋아!"

청소도구함을 향해 달려가는 발걸음이 가벼웠다.

"비안카 뮬러 님의 오늘 일정을 알려 드리겠습니다. 보람차고 뿌듯한 대청소, 대청소가 되겠습니다. 전투대 건물 구석구석을 깨끗이 만들어 주십시오."

로봇청소기를 꺼내 층마다 두 개씩 작동시킨 뒤, 자신은 밀대걸레를 짜기 시작했다. 배달음식을 받아서 방으로 가던 휴이가 아직 졸음기 가득한 눈으로 비안카를 쳐다보았다.

"씩씩하고 즐거운 아침!"

진짜 그 에너지 좀 나눠 받고 싶다는 뜻의 수화가 돌아왔다. 이윽고 비안카의 콧노래가 복도를 울렸다.

"대장은 이게 뭐가 좋을까?"

탕비실을 청소하던 비안카는 지극히 의심스러운 눈으로 찻잎이 든 틴 케이스를 집어 들었다. 엘리제 덕분에 상큼한 레몬티를 접하긴 했지만 그건 어엿한 차(Tea)였다. 그러니까 비안카가 납득할 수 있는 범위란 소리다.

상큼하고 달콤하고 향긋하면서도 따뜻해서 감기 기운이 있을 때 마시면 몸이 풀리는 음료.

나른한 오후에 마시면 좋은 음료.

그게 비안카가 생각하는 차였다. 아무리 엘리제를 따라 흉내 내려 해봐도 허브티란 물건에 익숙해질 수 없는 걸 보면, 이것도 어릴 때부터 마셔 버릇해야 하나 보다고 생각했다.

껌 우린 물. 또는 치약 섞은 맛.

비안카에겐 그 이상도 이하도 아니었다.

"하지만 대장이 종종 마시니까……."

틴 케이스를 다시 내려놓으려다가 아랫부분을 확인했다. 유통기한을 살피기 위함이었다. 하나 비안카가 접하는 보통의 통조림과 달리 유통기한이 적혀 있지 않았다. 어차피 깡통 안에 들었으니까 그거나 이거나 비슷하다고 생각했는데.

비안카는 1년 전으로 찍혀 있는 제조일자를 보며 입술을 실룩거렸다. 개봉 후 몇 달 내 마시는 게 좋다는 걸 정보 프로그램에서 봤다. 한데 늘 그렇듯이 가장 중요한 정보, 몇 달인지가 떠오르지 않았다.

"상하진 않았겠지?"

차가 그리 쉽게 상하는 물건이던가. 모르겠다.

비안카는 뚜껑을 열고 아직 찻잎이 반쯤 들어 있는 틴 케이스에 코를 박았다. 냄새만으로는 잘 분간이 안 갔다.

"이건 대장만 마시니까 빨리 줄어들지도 않아."

갸웃거리며 다시 한 번 냄새를 맡아 보는 비안카였다.

"⋯⋯이게 뭐지?"

좀 더 잘 보기 위해 형광등 조명에 대고 틴 케이스 안을 비춰 보았다. 말린 찻잎 곳곳에 하얀 이물질이 묻어 있었다. 제일 먼저 비안카의 머릿속을 스친 것은 곰팡이였다.

만일 곰팡이가 맞으면 큰일이다. 육안으로 곰팡이가 보일 때는 이미 온 음식에 균이 퍼진 다음이라고 했는데.

"대장, 어제도 이거 마셨단 말이야."

엘리제가 배탈이라도 난다면 비품 관리에 소홀했던 제 탓이라고 생각했다. 비안카는 울상이 되어 틴 케이스 안을 꼼꼼히 들여다보았다. 티스푼으로 잎을 뒤적여 보기도 했다.

보면 볼수록 곰팡이 같지는 않은데 왠지 모르게 찜찜했다. 이럴 경우 비안카 뮬러의 선택은 하나다.

"마셔 보자고."

어이없을 수도 있겠지만 이게 바로 비안카의 방식이었다. 직접 마셔 본 다음 조금이라도 이상하다 싶으면 이따 새것을 사 올 요량이었다.

"으."

한 모금 머금자마자 인상이 절로 찌푸려졌다.

"치약."

정정하자. 비안카는 딸기 맛 치약을 쓰고 있으니까 이건 치약 맛이랄 것도 못 된다.

"으."

후후 불고 한 모금 홀짝인 뒤 입맛을 다셨다. 뒷맛이 좀 떫은 것 같은데 변질 때문인지 원래 이런 맛인지 분명하지가 않았다.

"일단 우려 놓은 한 컵은 다 마셔 보지, 뭐."

머그잔을 들고 탕비실을 나섰다. 아직 1층과 현관 청소가 남았다.

대청소를 끝내고 나면 뭘 할까?

넉넉잡아도 30분 안에 끝날 것 같은데 아직 훤한 대낮이었다.

"……다하고 나서 생각하자고."

밀대걸레가 경쾌한 리듬을 타기 시작했다.

"다했다!"

비안카는 산꼭대기에라도 도착한 것처럼 기운차게 외쳤다. 아까 배달 음식을 들고 방으로 들어갔던 휴이가 다른 대원 둘과 함께 건물을 나왔다. 이제야 정신을 차리고 외출할 모양인지 다들 오전보다 힘을 준 차림이었다.

"1조장 진짜 혼자 다 한 거야?"

"당연하지."

"에너지 레벨이 다르다. 진심으로."

"오늘따라 기운이 쌩쌩하네!"

"오늘만의 일이 아닌 것 같은데……."

꿍얼거리는 대원의 뒤로 허공에다 주먹질을 해 보였다.

"잘 놀다 와!"

"같이 나갈래? 옷 갈아입을 거면 기다려 줄게."

"아니. 됐어."

비안카가 사양했다. 두 번 권유하는 말은 돌아오지 않았다. 녀석들은 비안카가 다른 계획이 있다고 여기는 모양이었지만.

"으으, 아침부터 너무 설쳤나."

비안카는 사실 졸렸다. 온몸이 뻐근하면서도 묵직한데 그래도 거의 끝나가는 일을 그만둘 수는 없어서 꾹 참고 마무리한 것이었다. 방까지 돌아가는 길이 너무 멀었다.

평소 엘리베이터를 기다리느니 그 시간에 3층을 두 번 오가겠다고 말하던 비안카였으나, 오늘만은 계단을 올라갈 수가 없었다.

복도에서 마주친 실바노에게 밀대걸레 좀 빨아서 제자리에 넣어 달라고 부탁했다. 로비에 널브러져 있을 거란 말에 실바노가 한쪽 눈썹을 치켜올렸다.

"나 너무 졸려서."

벌써 눈꺼풀이 반쯤 내려와 있었다. 비안카의 상태를 슥 훑어본 실바노가 별다른 반박 없이 그러마 하고 대답했다.

저 조신한 태도를 보라지.

비하르트 녀석이었으면 손이 없느냐 발이 없느냐 한 소리 했을 텐데.

대장, 내가 같은 성으로 묶어 두고 싶은 욕심에 쌍둥이 오빠를 들이밀었는데 말이야. 아무래도 실바노가 낫겠어. 그쪽이 편해. 대장이 이리저리 굴려 먹기가.

"하아암."

신발을 대충 벗어 던지고 침대에 몸을 던졌다. 습관적으로 알람을 맞추려다가 말았다.

어차피 휴일이다. 잠깐 낮잠을 잘 뿐인데 굳이 쿵쾅거리는 소리에 눈을 떠야 할까. 그냥 자자.

"히, 휴일 좋다……."

비안카가 베개에 얼굴을 묻었다. 곧 꿈도 꾸지 않는 깊은 잠에 빠져들었다.

❖

"어이."

익숙한 목소리가 들렸다.

"야, 일어나."

망할 놈의 비하르트 뮬러.

"아, 좀 일어나라고! 정신 차리라고!"

소리치는 걸로도 모자라 몸을 잡고 세게 흔들었다.

이게 드디어 정신이 나갔나. 미쳤나. 죽고 싶어 환장했지?

비안카가 얼굴을 찡그렸다. 한참 잘 자고 있는데 이 무슨 방해인가 싶었다.

"진짜······. 잠 좀 자자, 멍청아."

실눈 새로 보이는 비하르트의 얼굴을 밀어 버리기 위해 손을 휘둘렀다.

"저녁 먹을 때 불러. 맛있는 거 딱 차려 놓고."

"저녁이라니 웬 헛소리야."

비하르트가 자꾸 감기려는 혈육의 한쪽 눈을 손가락으로 벌리면서 말했다.

"지금 12시거든?"

"······뭐? 벌써 그렇게 됐어?"

비안카가 손등으로 눈을 비볐다. 누운 채로 기지개를 켜자 전신이 비명을 질렀다. 힘을 잘못 넣었는지 종아리 근육에 경련이 일었다. 발가락 하나 까딱하지 못하고 그저 이불을 틀어쥐며 이 순간이 지나가기를 견디는 수밖에 없었다.

괜히 돕는답시고 비하르트가 다리를 주무르기라도 하면 머리카락을 다 뽑아 놓을 작정이었다. 다행히 비하르트는 아무 조치도 취하지 않았다. 이상한 눈으로 여동생을 쳐다볼 뿐.

"아, 죽을 뻔했네."

고비를 넘긴 비안카가 상체를 일으켜 침대헤드에 기대었다. 어쩐지 눈을 뜨자마자 배고프더라니 시간이 벌써 그렇게나 흐른 거였다.

"잠은 깨웠어야지."

목을 긁으며 투덜거렸다.

"가게 문 다 닫았을 거 아냐. 편의점에서 사 먹긴 싫은데."

"너 계속 무슨 소릴 하는 거야……."

비하르트가 다소 불안한 어투로 말했다.

"12시라고 했잖아."

"그래, 들었어. 12시."

"정오 12시라고."

"……."

잠깐 상황 파악이 되지 않았다. 멍하니 오빠를 쳐다보던 비안카는 눈을 찌푸리며 창문 쪽으로 고개를 돌렸다. 이제껏 비하르트가 불을 켜 놓은 줄 알았는데, 창문 너머 햇살이 들어오는 거였다.

정오의 햇살이 눈부시게 내리쬐고 있었다. 블라인드 내리기도 귀찮아서 그대로 침대에 누웠던 게 기억났다. 알람을 따로 설정하지 않았던 것도.

손을 더듬어 베개 밑에 들어가 있는 폰을 찾아냈다. 비하르트는 거짓말을 하지 않았다. 정말 날짜가 바뀌어 있었다. 정오 12시 7분이라는 숫자가 비안카의 머리를 띵하게 만들었다.

"비안카."

쌍둥이 오빠가 이름을 불러 왔다.

"너 22시간 동안 잤어."

비하르트가 입에 달고 사는 말이 있었다.

바보는 튼튼하다더니.

들을 때마다 발끈했지만 영 틀린 말은 아니었다. 영양 공급 부실하던 유년기에도 감기에 잘 걸리지 않았다. 전투대에 들어온 이후론 말 그대로 날아다녔다.

정기 검진 결과를 알려 주던 의사가 그랬다. 건강 하나는 타고났다고.

옆에서 비하르트가 '어쩐지 내가 어릴 때 너무 자주 아프고 허약하다고 했어. 이제 보니 내 쌍둥이 동생이 좋은 유전자를 다 뽑아 간 거군.' 구시 렁대던 게 떠올랐다. 어쨌든 밤낮으로 전투 치를 때도 엘리제 못지않게 씩 씩했던 비안카다.

고작 대청소를 혼자 했다고 기절하는 건 말이 안 됐다.

"열은 없는데."

비하르트가 걱정스레 이마를 짚었다. 금속 반지의 차가운 촉감이 느껴졌다. 문득 무언가가 비안카의 눈길을 잡아끌었다. 어제 책상 위에 올려 둔 머그잔이었다.

맛없다고 투덜대면서도 먼지 때문에 목이 칼칼할 때마다 들이켰다. 그 렇게 한 잔을 다 마셨다.

찻잎에 묻어 있던 하얀 가루.

언제부터였을까.

"비안카?"

더는 비하르트의 부름이 들리지 않았다. 비안카는 제 안에서 무서운 속 도로 부풀기 시작한 의혹에 아무런 대꾸도 하지 못했다.

1부 공연이 끝났다. 2부가 시작되기 전까지 중간 휴식 시간이 있었다. 관객들이 들뜬 목소리로 감상을 나누며 공연장을 빠져나갔다. 화장실로 향하거나 간단히 음료를 마시기 위해 공연장 밖 카페를 찾는 사람이 많았 다.

어수선한 중앙 객석과 달리 그가 앉아 있는 박스석은 조용한 분위기였다. 공연은 썩 괜찮았다. 요즘 인기 있는 뮤지컬이라고 해서 막연히 시끄러울 줄 알았는데, 생각보다 볼만하였다.

객석이 2/3 가까이 비었을 무렵, 박스석 문이 열렸다. 안으로 들어온 상대는 그의 옆자리에 앉는 대신 커튼 너머에 서 있기를 택했다. 반대편 박스석에서도 얼굴이 보이지 않을 위치였다.

적당한 소음. 차후 평계를 대기 좋은 장소. 평범한 옷차림까지.

여러모로 신경을 쓴 것 같아 기분이 좋아졌다. 영리한 자를 곁에 두는 건 기꺼운 일이다. 그는 차를 한 모금 마신 뒤 프로그램 북을 집어 들었다. 시선을 천천히 내리며 커튼 너머를 향해 말을 건넸다.

"갑자기 밖에서 보자니. 무슨 일이냐? 나야 오랜만에 눈요기도 하고 좋다만."

커튼 너머의 상대에게서 머뭇거림이 느껴졌다. 그는 느긋한 미소를 지으며 상대의 이름을 불렀다.

"하샤즈?"

"……네."

"집에서 봐도 되는데 말이다."

"이쪽이 더 좋을 것 같았어요. 아무래도 집은 고용인이나 다른 가족들 눈도 있고 해서."

"흥미롭구나."

그가 프로그램 북 모서리를 매만졌다.

"그래서…… 이렇게 비밀리에 보자고 한 이유가 뭐지?"

또다시 침묵이 이어졌다. 이번에는 상대를 재촉하지 않았다. 하샤즈가 자신을 찾은 이유에 대해선 어렴풋이 짐작하고 있었다. 스스로 입을 열고 각오를 보여 줘야 한다.

도블락 랭커스터든, 하샤즈 아달람이든 공평하게 적용되는 부분이었다. 그는 하샤즈가 직접 목소리를 내는 순간을 차분히 기다렸다.

"제가…… 봤어요."

드디어 하샤즈가 이야기를 시작했다.

"처음엔 제가 보고 있는 게 무슨 상황인지 몰랐는데. 여쭈지 않기를 잘했어요. 곧 알게 됐으니까."

하샤즈의 숨소리가 조금 커졌다.

"얼마나 많은 이들이 가담하고 있는 건가요?"

"무슨 뜻인지 모르겠구나."

"봤어요. 그날 밤. 의료센터 옆 호텔에서 퇴임 축하 파티가 있었거든요. 전 과음 때문에 머리가 좀 아팠고 발음도 꼬였죠. 콜택시를 불렀는데 눈 떠 보니 택시 기사가 반대 방향으로 가고 있더라고요. 목적지를 다시 말해 주다가 속이 울렁여서 내렸어요. 그냥 요금을 지불한 뒤 보냈고요."

"흐음."

"시원한 공기를 쐬고 있으니 살 것 같았어요. 걸으면 더 좋을 듯했죠."

치안이 나쁜 동네는 아니었다. 두어 번 와 본 적 있는 곳이라 하샤즈는 별생각 없이 취기를 쫓는 데 집중했다고 했다.

"그러다가 본 거예요. 수십 대의 차량이 이동하는 모습을. 그냥 평범한 차도 아니었죠. 흡사…… 전투대나 쓸 법한 모양새였어요. 실제로 측면부엔 전투대 마크가 찍혀 있었고요. 깊은 새벽이라 거리에 사람은 없었지만, 만약 그 광경을 목격한 이가 있었어도 그저 전투대의 이동이라 생각했을 거예요."

하샤즈의 목소리가 한층 낮아졌다.

"처음에 제가 생각했듯이."

"흠."

"한데 거기 계시면 안 되는 분이 그들 중 누군가에게 지시를 내리고 있더군요. 멀리서 본 뒷모습만으로도 체격 좋은 남자란 걸 알 수 있었어요."

1층 중앙 객석에서 큰 웃음소리가 터졌다. 하샤즈는 소음이 잦아들기를 기다렸다가 다시 말했다.

"그러고 난 다음 날 오후…… 피투성이가 된 전투대 대원들이 의료센터 응급실로 이송되었고요."

어둠 속에서 하샤즈의 눈이 선명하게 빛났다.

"경비대장이 정신과를 드나들더군요."

"쯧."

그가 처음으로 마땅찮은 소리를 냈다.

"나약해 빠져 가지고."

도블락을 향한 비난이었다. 쏠쏠하게 써먹긴 했는데, 한 번 써먹은 것 치곤 사후 관리가 너무 수고스럽다며 한숨을 쉬기도 했다. 하샤즈는 이 모든 반응이 끝날 때까지 잠자코 기다렸다.

"그때 제가 봤던 남자가 경비대장이죠?"

"다 아는 걸 새삼스레 묻는구나."

"……이제 와서 말씀드리자면, 전 당시 라키어스 님을 찾아가 제가 본 걸 전하려 했어요."

찻잔이 딸그락거렸다. 하마터면 홍차를 조금 쏟을 뻔했다.

녹턴 남매를 향한 하샤즈의 원망이 점점 커지는 중이란 건 이미 알고 있던 바. 밖에서 만나자고 요청해 왔을 때 의아해하지 않은 이유도 이에 있었다.

때가 왔구나 싶었다. 그러나 하샤즈가 당일 새벽에 결정적인 장면을 목격한 줄은 몰랐다. 라키어스에게 쪼르르 달려가 일러바치려 했다는 것도 몰랐다. 일어나지 않은 일임에도 불구하고 간담이 서늘해졌다.

만약 당시 하샤즈가 한 마디라도 떠들었다면, 자신은 지금 이 자리에 앉아 있을 수 없었을 것이다. 상식과 순서를 운운하며 라키어스를 막아설 엘리제가 의식불명이었던 시기다.

눈 돌아간 라키어스 녹턴이 시티타워로 쳐들어와 다짜고짜 자신을 죽이는 광경이 머릿속에 그려졌다. 물론 자신도 가만히 당하고 있지만은 않았을 테지만.

"네가 젊은 리더를 깊이 사랑하고 있는 건 알고 있단다."

그는 일부러 너그러운 투로 상대를 다독였다.

"에데니카에서 그 사실을 모를 자가 과연 존재하기나 하겠니."

"말씀드리려…… 했는데……."

하샤즈의 호흡이 불안정하게 변했다.

"그분은 절 신경도 쓰지 않으셨어요. 제 존재가 너무 하찮아졌어요. 그분의 눈엔 오직 엘리제뿐이었고……."

하샤즈가 눈을 질끈 감았다가 떨리는 한숨과 함께 시야를 열었다.

"오로지 엘리제뿐이에요."

"그렇지……."

"저와 큰아버지를 엘리제만큼 존중해 달라는 건 바라지도 않아요. 처음부터 감히 꿈꾸지도 않았어요. 하지만 그분이 선택하셨잖아요? 절 선택하셨으면, 최소한의 예의는 지켜야 하는 거잖아요?"

"라키어스에게 그건 불가능하단다."

그의 입술이 차갑게 비틀렸다.

"녹턴이 날 조금도 존중하지 않았던 것처럼. 녹턴의 아들도 똑같지."

피가 섞이지 않은 부자는 그 부분에서 소름 끼치게 서로를 닮았다.

"그들은 스스로를 제일 중요시할 뿐. 상대의 상처는 들여다보지 않는단다."

"엘리제를 사랑한다고 했어요."

치맛단을 틀어잡은 하샤즈의 손이 떨렸다.

"절 죽이겠다고 했어요……."

하샤즈가 끝내 울음을 터뜨렸다. 그는 이보다 가여운 아이를 보지 못했다는 듯 안타까운 표정을 지으며 손수건을 건넸다. 하샤즈가 떨리는 손으로 그것을 건네받았다. 감사를 표할 정신도 없어 보였다.

좋다. 슬픔과 분노와 원망으로 엉망이 된 젊은이보다 훌륭한 무기가 있던가.

냉정하게 말하자면 제 피를 받은 친딸도 아니다.

이용 도구.

그 이상도, 이하도 아닌 존재다.

"이토록 애절한 마음을 외면하다니. 라키어스는 뼈저리게 후회하게 될 거다. 그리고 엘리제 그 계집애도, 반드시 대가를 치르게 될 테지."

어느덧 중간 휴식 시간이 끝나가고 있었다. 관객들이 하나둘 자리로 돌아오기 시작했다. 그가 프로그램 북을 내려놓은 뒤 자세를 고쳐 앉았다. 아직 훌쩍이는 하샤즈를 돌아보며 물었다.

"……합류하겠느냐?"

"네."

"집안의 다른 사람들에게도 비밀을 지켜야 한다. 이건 우리 둘만의 연대인 게야."

하샤즈가 고개를 끄덕였다. 울음기가 채 가시지 않은 입매를 단단히 오므리고 있었다.

"그럼 가 보거라."

인사는 가벼운 묵례로 대신했다. 하샤즈가 박스석을 나갔다. 2부 시작을 알리는 소리가 들렸다. 그는 오랜만에 흐뭇한 얼굴로 차를 마셨다. 엘리제가 결국 라키어스를 허락한 모양이었다.

에데니카의 빛이자 모두의 사랑을 받는 젊은 리더는 요즘 행복에 취해 제정신이 아니었다. 빠른 속도로 자제력을 잃어 가는 게 그의 눈에도 보였다.

"그럼 불붙은 장작더미에 기름을 한번 들이부어 볼까?"

새 사람에게 어울리는 새 계획이 떠올랐다.

❖

굵은 사인펜으로 삐뚤빼뚤하게 쓴 '담배 있슴'이 눈길을 끌었다. 맞춤법이 거슬렸지만 몇 번의 지적에도 바뀌지 않는 걸 보면 뒷골목의 구멍가게 주인은 이를 고칠 생각이 없는 모양이었다.

야구 모자를 눌러쓰고 주머니에 한쪽 손을 찔러 넣은 손님이 불투명한 유리창을 두드렸다.

세 번 똑똑똑.

잠깐 간격을 뒀다가 한 번 똑.

"예에, 뭐가 필요하실……."

말소리가 뚝 끊겼다. 손님의 정체를 알아챈 주인이 욕설을 뇌까렸다. 이윽고 피할 수 없다는 사실을 깨달은 주인이 유리창을 열었다. 방금 전의 썩어 가던 얼굴과는 정반대의 표정을 지은 채.

"이게 누구야? 자긴 어쩜 볼 때마다 얼굴이 좋아져?"

"……뉴스 안 봐? 전신 화상에 의식불명에 죽다 살아난 거 못 들었어?"

"들었지. 들었지. 당연히 봤지."

"과일바구니도 하나 안 보내고, 좀 서운했어."

"아유, 같은 거리 출신이면서 왜 이래. 다른 곳도 아니고 제1의료센터에 있었잖아. 우리 같은 놈들에겐 천국만큼이나 먼 곳이라니깐."

주인이 비안카의 새로운 헤어스타일을 칭찬했다. 너무 잘 어울린다며 수선을 떨었다. 불에 타서 잘린 거라고 대꾸하자 혀라도 씹은 듯한 표정을 짓더니 돌연 한숨을 내쉬었다. 창밖으로 목을 빼고 한참을 두리번거렸다.

일단 행인이 없는 것에 안심한 눈치였다. 미어캣 뺨치는 경계심이 한풀 꺾였다.

"무슨 일인지 모르겠지만 제발 남의 영업장 앞에서 빨리 사라져 줄 수 없을까? 응? 저번에 깽판 친 것만 생각하면…… 아오."

"그새 업종 변경한 거 아니지?"

안부인사 비슷하게 건넨 말이었는데 주인의 얼굴이 불안으로 새하얗게 질렸다.

"왜? 강제로 변경……시키게?"

"그런 건 아니고."

"그럼 뭔데?"

"의뢰하려고."

새로운 불안이 주인을 덮쳤다. 함정 수사 중이냐고 재차 물었다. 비안카는 도시 안의 일은 전투대 소관이 아니라고 답했고, 주인은 그럼 저번에 꼬투리 잡아서 손님들 줄행랑치게 만든 건 뭐냐고 되물었다.

그때 족히 한 달 동안 의뢰가 끊겼다고 덧붙였다. 비안카가 예쁜 초록색 눈을 깜빡였다.

"음."

주인이 대답을 들어 보자는 듯 가슴 앞으로 팔짱을 꼈다.

"기억 안 나는데?"

"미친."

"다시 말해 볼래?"

"저녁은 미스 치치에서 볶음국수 먹으려고. 거기 주방장 갈아치우더니 맛이 괜찮아졌어."

힘껏 변명하다가 또다시 비위 맞추기도 지친다는 표정으로 돌아왔다. 어차피 통하지 않는다는 걸 스스로도 잘 알고 있었다.

"아, 빨리빨리 하고 가."

"이거."

비안카가 주머니에서 지퍼백을 꺼냈다. 투명한 지퍼백 안에는 찻잎이

한 움큼 들어 있었다.

"여기 묻어 있는 하얀 가루 성분 검사 좀 해 줘."

"이건 또 무슨 야릇한 의뢰람."

"언제부터 '파란 문어'가 의뢰인한테 질문을 했지?"

"어머, 질문으로 들었나 봐? 혼잣말이었어."

파란 문어는 주인의 별칭이었다. 겉보기엔 껌이나 담배 따위를 파는 구멍가게처럼 보이지만, 사실 그가 운영하는 건 1인 중개업체에 가까웠다.

흥신소를 이용하기에도 껄끄러운 의뢰가 그의 손으로 넘어왔다. 그러면 파란 문어는 각 의뢰에 맞는 전문가에게 연락을 넣었다. 분야에는 제한이 없었다.

총기 밀거래, 도청, 서류 및 신분증 위조, 장물 처리부터 언제 어디서 누구를 은밀히 손봐 달라는 것도 가능했다. 이제껏 받아 본 적 없던 의뢰라도 충분한 돈만 지급한다면 어떻게든 전문가와 연결해 주었다.

수요가 있는 곳에 공급이 있다. 그게 파란 문어가 사업체를 운영하는 신조였다.

그가 포스트잇을 지퍼백에 붙이더니 의뢰 내용을 적었다. 사인펜 뚜껑을 잇새에 문 채 비안카를 향해 말했다.

"결과는 이틀 뒤에 나와. 가격은 수수료 포함해서 다섯 장."

"장난쳐?"

"이래 봬도 사업으로는 장난 안 해."

"너무 비싸잖아."

"물가상승률을 반영했어."

"……더 빨리 받아 볼 순 없어?"

"급한가 보네. 그럼 한 장 더 받고 오늘 새벽."

비안카가 지갑을 꺼내 의뢰비를 치렀다. 파란 문어의 중개는 비싸지만 결과가 항상 믿을 만했다.

"문자로 넣어 줘."

의뢰를 맡긴 찻잎은 탕비실의 허브티였다. 비안카의 휴일을 깡그리 날려 버린 바로 그것 말이다. 자신이 의심을 품었다는 사실을 범인이 알게 하기 싫어서 내용물을 바꾸지도 못했다. 크게 티 나지 않을 정도만 지퍼백에 담아 왔다.

그날 새벽 2시.

비안카의 폰이 울렸다. 문자를 기다리다가 깜빡 졸고 만 비안카는 진동 소리에 놀라 몸을 일으켰다. 분석 결과를 읽은 내내 비안카의 안색이 창백했다.

"매우 강력한 수면…… 신체활동이 급격히 저하……."

아무리 커피를 들이부어도 정신을 못 차리던 엘리제가 떠올랐다. 벌써 몸이 훅 가는 것 같다던 말도. 올해 들어 잦아진 부상도.

엘리제라 그 정도에 그친 거다. 비안카 자신은 22시간 동안 눈을 뜨지 못했다.

"대체 누구야……."

심장이 거세게 뛰어서 도무지 다시 잠들 수가 없었다.

주머니 속에서 폰이 진동했다. 메시지를 확인한 엘리제는 남몰래 웃음을 삼켰다. 짐짓 아무렇지 않은 표정을 지으며 손가락을 열심히 움직였다. 발송 버튼을 터치하기 무섭게 답장이 돌아왔다.

라키어스는 자신이 보낸 메시지를 읽긴 한 걸까. 읽고 나서 답장을 입력하는 데 드는 시간도 있지 않나.

처리 속도가 거의 로봇 수준이었다. 물론 메시지의 분위기는 차갑고 경직된 로봇과 전혀 다르지만.

[자꾸 업무 중에 메시지 보내고 그럼 돼, 안 돼?]

일부러 아이를 다그치는 어른 말투로 주의를 주자 정색하고 반문을 하였다.

[시티타워 일은 내가 다 하는 거 모릅니까?]

엘리제가 폰 화면을 향해 눈을 흘겼다. 상관과 부하직원 놀이를 하고 싶으시다?

[리더로 있는 6년 동안 남들의 6배는 일한 것 같으니 그 부분에 있어선 신경 끄시죠.]

이젠 은근히 나쁜 남자 흉내까지?

하마터면 풉, 하고 소리 내어 웃을 뻔했다. 라키어스 녹턴은 나쁜 남자가 아니다.

지금쯤 제1의료센터 복도를 걷고 있을 하샤즈가 들었다면 뒤로 나자빠질 말이지만, 일부러 파워 게임을 하며 상대를 쥐고 흔드는 나쁜 남자는 라키어스를 설명하기에 적합하지 않은 단어였다.

라키어스는 그저 엘리제밖에 중요하지 않은 미친놈일 뿐이다.

한데 오늘은 유능한 나쁜 남자 분위기를 풍기고 싶은 모양이었다. 참고로 어젯밤에는 선생님과 학생 포지션이었다. 엘리제가 선생님이었다는 게 반전이라면 반전이랄까.

덧붙이자면 라키어스 녹턴은 아주 나쁜 학생이었다. 아주, 아주 나빴다.

'진짜 이게 무슨 짓이지?'

기가 막힌 와중에도 충실하게 답장을 보내는 엘리제였다.

[본분을 잠깐 잊고 계신 것 같아서 일깨워 드렸을 뿐입니다.]

[행여 그렇다 해도 큰 문제는 없습니다. 금세 만회할 수 있으니까요.]

[지극히 오만하신 말씀이네요.]

[그래서 싫습니까?]

엘리제가 눈을 도르르 굴렸다. 대뜸 '좋냐, 싫냐'로 빠지는 맥락이 이상했다.

'근데 여기서 싫다고 대답하면 어쩔 거지?'

갑자기 엘리제 특유의 삐딱함이 고개를 내밀었다.

[네, 솔직히 별로군요.]

연달아 메시지를 보냈다.

[이전의 남자도 둘째가라면 서럽게 오만했거든요. 이젠 좀 겸손한 분을 만나고 싶습니다.]

충격이 큰지 답장이 오지 않았다. 5초만 더 기다려 주고 폰을 집어넣으리라고 생각했다. 그리고 아슬아슬하게 도착한 메시지 내용은 이랬다.

[거짓말.]

두 통을 보냈더니 답장도 두 개가 왔다.

[두 번 연속이면 취향인 거야, 엘.]

더는 참기 힘들었다. 입가에 웃음이 확 번지고 말았다. 겸손과는 거리가 멀고, 내가 잘난 것은 사실인데 왜 아닌 척, 모르는 척해야 하는지 납득하지 못하고, 그래서 타타발루 같은 이들의 심기를 긁어 버리는 녹턴가 사람들.

질투하고 증오하면서도 서로에게서 벗어나지 못했던 이유가 있었다.

[저녁에 봐.]

마지막 메시지를 보낸 뒤 폰을 주머니에 넣었다. 빈손으로 돌아가기엔 너무 오래 자리를 비운 터라 스무디 3개를 샀다.

"미안. 계산대 줄이 길더라고."

함께 온 일행에게 스무디를 건넸다. 실바노와 조에가 고맙게 받아 들었다. 웜의 생일이 일주일 뒤로 다가왔다. 태어난 것 가지고 좋은 소리 한 번 들은 적 없다는 이유로, 그는 매번 벙커에 처박혀 피자나 먹으면 충분하다고 투덜댔다. 하지만 엘리제는 알고 있었다.

윔이 축하 자리를 먼저 뜬 적은 없다는 사실을.

시큰둥해하면서도 모든 선물 포장을 뜯어보았다. 초콜릿 케이크는 너무 달다느니, 어쩌니 하면서도 제 몫의 접시를 깨끗이 비웠다. 이번 생일은 작년에 비해 축하 인원이 훨씬 적을 것이다.

그렇다고 해서 간소히 치르고 넘어갈 순 없다는 게 엘리제의 주장이었다. 윔의 생일선물도 고르고, 전투대 냉장고도 채울 겸 대형 쇼핑몰을 방문했다. 조에는 이미 화장품 매장에서 스킨로션 세트를 구입하였다.

"윔이 바를까?"

엘리제의 물음에 조에가 키득 웃었다.

"그 녀석 생각보다 주는 대로 잘 발라. 저번엔 비하르트 향수를 힐끔거리는 눈치기에 바디 미스트 선물해 줬더니 자주 뿌리더라고."

"그래?"

생각지도 못한 정보에 엘리제가 볼을 긁었다.

"실바노는 정했어?"

"안마기로 할까 생각 중입니다."

"안마기?"

"따로 운동도 안 하는데 깨어 있는 내내 모니터만 들여다보잖습니까. 당연히 근육이 뭉치지 않을까 해서."

"뭐야……."

엘리제가 입술을 샐룩였다.

"나 빼고 다들 훌륭한 선택인 것 같잖아."

"헉, 대장. 저 옷 완전 예뻐."

선물 고르기 미션을 끝내서 홀가분한 조에가 의류 매장으로 달려갔다. 행거에서 옷을 뺀 다음 엘리제에게 들어 보였다.

"예쁘지!"

"괜찮은데?"

"대장한테도 잘 어울리겠어. 여름엔 요런 걸 또 입어 줘야……."

문득 중앙 홀 방향이 시끄러운 것 같았다. 꺅꺅거리는 소리에 엘리제는 오늘 쇼핑몰에서 행사가 있던가, 하고 생각했다. 브랜드 입점을 맞아 배우 사인회를 여는 경우가 종종 있기 때문이었다.

"실바노, 이거 어때 보여?"

"나는 잘."

"대장이 입는다고 생각해 봐."

"……검은색보다는 보라색이 나은 것 같은데."

"보라색? 다른 색이 있었어?"

"그 뒤에."

조에가 보라색 제품을 발견했다. 관심 없는 척하더니 자기보다 열심히 보고 있었냐며 혀를 내둘렀다.

"역시 '대장이라면' 조건을 걸어야 작동한다니까."

두 사람이 대화를 하는 중에도 중앙 홀 쪽의 소음은 줄어들지 않았다. 오히려 점점 커지고 있었다. 게다가 단순히 커지기만 하는 게 아니라 가까워지는 느낌이었다.

"같은 층인가……."

엘리제가 중얼거렸다. 그와 동시에 총성이 울려 퍼졌다. 전투대는 본능적으로 자세를 낮췄다. 이상을 감지하고 있던 엘리제도, 대화를 나누던 두 사람도 속도 면에서 별반 차이가 없었다.

"머리 위로 손 올려!"

스키마스크를 뒤집어쓴 남자가 소리 질렀다.

"한 명이라도 신고하거나 도망칠 시엔 이 여자가 죽는다."

평일 대낮의 인질극이었다.

꺅꺅하던 소리는 손님들의 비명이었나 보다. 엘리제가 행거 너머로 목을 빼고 재빨리 적의 동태를 살폈다.

"몇 명입니까?"

"자동 소총으로 완전무장한 남자 다섯, 여자 하나."

다시 몸을 숙인 엘리제가 인상을 찡그렸다. 도망에 성공한 사람들이 벌써 신고를 넣었을 테지만, 조에가 문자로 상황을 설명하려 했다.

'쇼핑몰에서 괴한이 총을 쏜다.'는 신고와 '3층 동편 의류 매장 구역에서 자동 소총으로 무장한 남5, 여1이 인질극 중.'이라는 신고는 엄연히 달랐다.

그런데 조에의 표정이 이상하게 바뀌었다.

"대장, 문자가 안 가."

"……왜 그러지?"

"전화도 불통입니다."

실바노가 폰에서 귀를 떼더니 화면을 들여다보았다.

"신호 자체가 이상하군요."

"아까만 해도 메신저 쓰는 데 아무 문제 없었는데."

"저기, 실례지만 폰 좀 빌릴 수 있을까요?"

계산대 밑에 쪼그린 채 오들오들 떨던 직원이 조에를 황망한 눈으로 쳐다보았다.

"폰이요."

계산대를 가리키는 손가락이 사시나무처럼 떨리고 있었다. 조에가 금전등록기 옆에서 직원의 폰을 집었다.

"이분 것도 안 되네."

실례했습니다, 라며 폰 주인에게 돌려주었다. 물건을 넘겨받는 손이 땀 때문에 축축했다. 또다시 총성이 울렸다. 이번엔 허공에 대고 연달아 다섯 발을 쏘았다. 여기저기서 비명이 터졌다. 직원은 눈을 질끈 감은 채 흐느 낌을 참았다.

구역 내 모든 사람들이 겁에 질렸는데 오직 전투대 세 명만 침착했다. 심지어 엘리제는 넌더리를 내는 중이었다.

"어디서부터 잘못됐을까."

바닥에 퍼질러 앉은 채 멜론 스무디를 쪽 빨았다.

"여긴 게이트 밖도 아닌데……. 어쩌다 생일선물을 사고 장을 보는 것 조차 불가능한 인생이 되어 버렸을까."

"대장, 한탄도 좋지만 우선 여길 벗어나는 게 어때?"

"자동 소총은 또 어디서 구해 온 거야. 심지어 저건 최신형이잖아. 그냥 총도 아니고, 저걸 여섯 정이나……."

한숨이 터져 나오려는 것을 스무디로 막았다. 조에는 대장에게 아직 시 간이 필요한 것을 깨닫고 자신이 구입한 선물세트를 직원에게 부탁했다. 잠시 계산대 서랍 안에 보관해 달라고 요청하자 직원이 서둘러 종이가방 을 넘겨받았다. 얼른 반응하지 않으면 계속 소리 내어 말한다는 사실을 깨 달은 것이다.

다들 무장범의 주의를 끌지 않으려고 숨소리조차 조심하는 판에, 세 명 은 피크닉이라도 나온 듯 조잘대고 있었다.

"죽인다. 복수…… 한다. 더는 참지 않아……."

인질의 관자놀이에 총구를 댄 남자가 고래고래 고함을 질렀다.

"다 죽일 거라고!"

"으흐흑……."

인질로 잡힌 젊은 여자는 쉴 새 없이 눈물을 흘렸다. 무장범이 사람들 을 한곳으로 몰았다. 현실에서 총을 접할 일이 없던 사람들은 저항하거 나 도망칠 의지를 완전히 잃었다. 시선을 바닥으로 내린 채 복종할 따름이었다.

그때 피팅룸에 숨어 있던 남자가 끌려 나왔다. 본보기가 필요하다 싶었는지 무장범이 남자의 다리에 대고 총을 쏘았다.

"아아악!"

"꺅!"

"흡…… 흐흑…….."

총과 피가 불러온 효과는 확실했다. 용기를 짜내어 뒤편 창고로 숨으려던 직원이 모든 희망을 내려놓은 얼굴로 주저앉았다.

"거기 계산대!"

직원은 두 손을 머리 위로 올린 채 흐느꼈다.

"이리 나와!"

"네, 나갈게요……. 가요."

거의 기어 나가다시피 하는 그녀를 향해 조에가 엄지를 들어 보였다. 만일 무사히 풀려난다면 그녀는 일행을 희대의 미친 자로 기억할 것이다. 매장 밖으로 나가는 직원과 달리 세 사람은 안쪽으로 이동했다.

벽이 아닌 접이식 파티션으로 구역을 분리해 놓아서 옆 매장으로 넘어가는 게 가능했다. 물론 들키지 않는다는 전제하에 말이다. 그런 식으로 무장범들과 거리를 벌린 일행은 행거 뒤에 숨은 채 시간이 지나기를 기다렸다.

폰이 먹통이 되었다 한들 크게 걱정하진 않았다. 누군가는 밖으로 도망쳐서 도움을 청했을 것이고, CCTV로 상황을 목격한 중앙관리실 직원 또한 유선전화로 신고를 했을 터였다. 범인들이 전화선마저 끊어 놓았다면 선택지가 하나 날아가겠지만.

그래도 경찰과 경비대에 신고는 들어갔다. 일행은 확신했다. 남은 건 전문가의 출동을 기다리는 것뿐이다. 엘리제가 미간을 찌푸린 이유는 따로 있었다.

"쟤넨 왜 온 거야?"

무장범 리더의 말에 귀 기울이고 있던 실바노가 대답했다.

"너흰 거짓말을 했다는데요."

"거짓말이야 누구나 하지."

진실만 말하는 사람이 어디 있어. 그런 사람은 일찌감치 제거되고 없어. 남들 눈에 찍혀서.

엘리제가 구시렁댔다.

"에데니카에 들어오면 근심 없이 살 수 있을 줄 알았는데 여기도 똑같이 춥고 배고프고 힘들다는군요."

"도시 밖 출신인가……."

"사람을 사람 취급 안 하는 놈들 따위 다 죽이겠답니다."

"그럼 시티타워 가라 그래. 왜 애먼 쇼핑몰에 와서 저 난리냐고."

조에가 고개를 빼꼼 내밀어 무장범들의 모습을 좀 더 상세히 살폈다. 그 와중에도 엘리제는 투덜거림을 멈추지 않았다.

"대량살상을 하려면 오늘 같은 평일 대낮이 아니라 주말을 노렸어야지."

"등짝에 시뻘건 문구 붙여 놨어."

"그래? 인원수만 세고 그건 놓쳤네."

"협상은 없다, 는데?"

엘리제의 어깨가 실소로 들썩였다.

"제일 비싼 조건으로 협상하잔 소리네."

엘리제가 시계를 보며 손가락을 두드렸다. 진짜 사람을 죽이는 게 목적이면 총을 꺼낸 순간부터 죽였어야 한다. 비명을 지르며 사방으로 흩어질 틈도 주지 않고 침묵 속에서 방아쇠를 당겼을 것이다. 하지만 저들은 그리하지 않았다.

사인회 여는 배우처럼 사람들을 몰고 다녔다. 천장에 대고 총을 쏘며 위협했다. 살상이 목적이 아닌 거다. 저들은 오늘 '거래'를 하러 왔다.

『무장범들에게 알린다. 너희는 이중으로 포위되었다. 빠져나갈 곳이 없다고 단언할 수 있다.』

익숙한 목소리가 쇼핑몰 내 스피커를 통해 흘러나왔다.

『나는 경비대장 도블락 랭커스터고, 완전무장을 한 경비대 병력이 너희를 주시하고 있다. 우린 인질들의 안전을 원한다. 그게 우리의 최우선 사항이다.』

"대장, 경비대가 왔어."

조에가 밝은 얼굴로 속삭였다.

"이제 상황 종료만 기다리면 돼."

"늦어. 이 자식들."

엘리제가 현재 시각을 확인한 뒤 천장의 스피커를 째려보았다.

"경비대가 이만큼 나사 풀린 줄 몰랐는데."

『인질들만 무사히 보내 준다면 너희의 안전 또한 보장할 수 있다. 우선…….』

"도블락 랭커스터? 하! 뻔지르르한 상류층 놈 말은 안 들어."

무장범 리더가 보란 듯이 총을 들어 스피커 하나를 망가뜨렸다. 인질들이 비명을 삼키며 덜덜 떨었다.

"전투대장 엘리제 녹턴을 데려와. 난 그 여자랑 이야기할 거니까."

망할.

엘리제의 표정이 오늘 아침 눈을 뜬 이래 가장 형편없이 구겨졌다.

진심이냐고.

엘리제가 깊은 한숨을 내쉬며 이마를 짚었다. 벌써부터 머리가 지끈거리기 시작했다.

조에가 손가락으로 무장범 쪽을 가리켰다.

"대장 찾는데?"

"……들었어."

"대장 공식적으로 병가 중인데. 뉴스 안 보나 봐."

"하아……."

엘리제는 스무디를 마시려다가 옆이 허전하다는 것을 깨달았다.

아까 자리를 옮길 때 놔두고 왔나 보다.

또다시 한숨이 터져 나오려고 했다. 이도 저도 되는 게 없었다. 기껏 경비대 출동을 기다렸는데 무장범은 자신을 협상가로 지목했다.

경비대와 전투대.

도시 안과 도시 밖.

할 일 없어서 영역을 나눠 놓은 줄 아는 걸까.

무장범이 스피커를 망가뜨리긴 했지만 그 외의 스피커들은 기능이 멀쩡했다.

첫 번째 요구를 들은 도블락이 잠시 침묵했다가 말을 이었다.

『전투대장은 사고 때문에 요양 중이라 데려올 수 없다.』

무장범이 총을 쏘았다. 또 하나의 스피커가 망가졌다.

"다음에 날아가는 건 스피커가 아니라, 이 여자 머리가 될 거다."

그가 자신의 앞에 무릎 꿇려 놓은 인질을 겨누었다. 뒤통수에 닿는 총구의 감촉에 인질이 몸을 떨었다. 조만간 실신을 하지 않을까 싶을 정도로 심한 떨림이었다.

"그리고 방송국…… 빌어먹을 카메라와 기자들도 데려와. CCTV로 보고 있는 거 다 알아. 하나도 빠짐없이 나가게 해. 생중계를 하란 말이야."

『그건 들어줄 수 있다. 지금 바로 부르도록 하지.』

"좋아."

『……한데 굳이 병가 중인 전투대장을 요구하는 이유가 뭐지?』

"다음엔 이 여자 머리를 날린다고 말했을 텐데!"

『난 방송국 요구를 수용했다. 심지어 네 이름도 묻지 않았어. 네가 전투대장과 이야기를 하겠다고 했기 때문이지. 난 널 존중했어.』

웬일로 도블락이 일을 제대로 하는 듯했다.

『그리고 전투대장을 불러올 때 그쪽은 반드시 이유를 물을 거다.』

도블락의 말에 무장범이 주춤했다. 그의 머리 굴리는 소리가 여기까지 들리는 것 같았다. 이유를 말한 뒤 자신이 원하는 협상가를 얻느냐, 끝까지 이유를 감추면서 요구사항을 주장하느냐.

상황에 따라 이유를 말하는 순간 신상정보가 들통날 위험이 있기 때문에 무장범의 고민은 당연한 것이었다. 기껏 스키마스크를 뒤집어쓴 이유가 없어진다. 방송국은 생중계 화면에 그의 신분증 사진을 커다랗게 띄울 것이다. 이름, 나이, 직업, 가족관계는 물론이고 이웃집 사람의 코멘트도 따올 게 분명했다.

무장범이 동료들과 눈짓을 주고받았다. 그걸로 내부 협의가 끝났는지 무장범이 목소리를 높였다.

"카메라는 왔나? 지금 이 장면이 에데니카 곳곳에 생중계되고 있냐고."

거, 카메라가 되게 중요한 모양이네.

엘리제는 이처럼 미디어를 신경 쓰는 범인은 오랜만에 본다며 고개를 저었다. 과거에도 몇 명을 보긴 했지만 에데니카에서 흔한 케이스는 아니었다. 도블락이 방금 전 생중계가 시작되었다고 알려 주었다. 이에 무장범의 기가 살아났다.

"엘리제 녹턴! 넌 외부 정찰이라는 명분하에 나와 내 형제의 소중한 가족을 앗아 갔다. 차마 눈 뜨고 볼 수 없을 만큼 잔혹하게 훼손된 아버지의 시신 앞에서 난 그저 울음을 삼켜야 했어."

무장범이 주먹을 움켜쥔 채 부르르 떨었다.

"네게는 장갑차로 밟고 지나가면 그만인 목숨이었겠지만, 우리에겐 너 그러운 아버지이자 유쾌하면서도 다정한 가족이었다."

"조에."

엘리제가 팔꿈치를 긁으며 부하에게 물었다.

"우리한테 장갑차가 있었나?"

"아니."

"에데니카 공무원 중에 우리가 제일 거지였는데."

동시에 시민들의 관심에서 가장 멀리 떨어져 있었다. 시민들은 전투대
라는 단어에서 위험, 총, 싸움, 타투 같은 것들을 떠올렸다. 흙먼지 뒤집어
쓴 바이크와 험비도 그중 하나였다. 장갑차를 보유했는가 하고 물으면 열
에 일곱은 머리를 긁적이며 '있었나?' 기억을 되짚을 것이다.

그런 다음 대다수가 어깨를 으쓱하며 말할 것이다.

있겠지, 하고.

"넌 우리의 가족을 무참히 앗아 갔지만, 그럼에도 불구하고 우린 믿었
다. 에데니카는 마지막 지상낙원이라는 선전을. 굳건한 장벽 너머엔 두려
움 없이 살 수 있는 세계가 있다고 믿었어. 그래서 왔는데…… 거짓말이었
어."

무장범의 눈이 형형하게 빛났다.

"다 거짓말이었던 거야."

총성이 쇼핑몰 안에 울려 퍼졌다. 또 스피커를 쏜 줄 알고 움찔했던 인
질들은, 바닥에 쓰러진 여자를 보고 울음을 터뜨렸다. 방금 전까지 무릎을
꿇고 있던 여자였다. 붉은 피가 타일 바닥 위로 흘렀다.

"이제 우리가 되갚아 줄 차례다. 엘리제 녹턴! 당장 이곳으로 와서 팔로
마를 죽인 죗값을 치러라!"

인질의 죽음을 기점으로 표정이 굳었던 엘리제가 눈을 크게 떴다. 머리
가 이해를 거부했다.

팔로마?

아홉 살 소녀 손에 총을 쥐여 주고 단 한 발로 엄마의 목숨을 끊으라고
떠밀었던 그 팔로마?

제 구역에 사는 여자를 제 장난감으로 알던 그 팔로마 말인가?

다시 죽이라고 해도 몇 번이고 똑같이 해 줄 수 있는 악당이 너그럽고 유쾌한 아버지였다는 설명도 웃기지만.

"장갑차에 깔려 죽었다니."

엘리제가 장밋빛 입술을 일그러뜨렸다.

"12센티미터 단도 2개로 죽인 걸 온 세상 사람들이 알도록 타워 꼭대기에 박아 줬는데."

이 무슨 섭섭한 기억 조작이란 말인가. 하지만 놀라움은 거기서 그치지 않았다. 한참 동안 침묵을 지키던 도블락이 담담한 투로 수긍했다.

『그렇군.』

무장범이 약속을 지키지 않고 인질을 죽였으니, 어서 다음 대응책으로 넘어가야 할 때다. 엘리제는 도블락이 주의를 끄는 동안 사각지대로 침투해 들어올 경비대를 기대했다. 하나 스피커에서 흘러나온 낮은 목소리가 엘리제의 기대를 산산조각 냈다.

『그럼 직접 이야기해 봐. 전투대장은 지금 거기 있으니까.』

커다란 손이 엘리제의 팔을 잡았다. 실바노였다. 본능적으로 제 옆의 엘리제를 감싼 것이다. 조에의 표정 역시 엘리제 못지않았다. 그야말로 이해불가라는 얼굴.

"저 죽일 놈이 대장을 팔았어."

조에가 휘둥그레진 눈으로 스피커를 뚫어져라 쳐다보았다.

"도망칠 수 있는데 남은 거라고. 폭탄 터진 고등학교 때처럼. 어떻게든 도움을 줄 수 있을지 모르니까 남은 건데, 저 개자식이."

"명백한 책임 전가입니다."

실바노가 잇새로 말을 뱉었다.

"경비대에 협상 전문 팀이 있잖습니까. 아무리 범인이 대장을 원한다 해도 전문 팀과 말 한 번 맞추지 않은 사람을 현장에 내던지는 건……."

"나보고 알아서 처리하란 소리지."

엘리제가 싸늘하게 미소 지었다.

"처리 못 하는 건 아니지만 방식이 상당히 비열한데, 도블락 랭커스터."

한편 뜻밖의 정보를 듣게 된 무장범은 곧바로 흥분 상태에 빠졌다.

"엘리제 녹턴이 여기 있다고? 여기, 지금 여기에?"

뒤늦게 인질들의 얼굴을 확인하였다. 자신이 찾는 이가 거기 없는 것을 알게 되자 매장을 샅샅이 누비기 시작했다.

"나와!"

무차별 사격에 쇼윈도가 와장창 깨졌다.

"당장 나오라고!"

마네킹을 발길질하며 쓰러뜨렸다. 소리가 차츰 가까워지고 있었다. 다른 곳으로 자리를 피하거나 습격하거나. 무엇이 됐든 빠른 결정을 해야 할 순간이었다. 엘리제는 바닥에 떨어져 있는 스카프를 주워 머리를 한 갈래로 묶었다.

'저자와 어떤 이야기를 나눠야 하지?'

협상은 엘리제의 방식이 아니었다. 게이트 밖에서 맞닥뜨리는 수많은 상황이 대화가 아닌 총으로 해결되었다. 무장범들이 진짜 팔로마의 유족인가는 중요하지 않았다. 엘리제는 저들의 요구를 아직 듣지 못했지만, 그것을 수용한다고 해서 인질을 석방하지 않으리란 것만은 확신할 수 있었다.

"엘리제 녹턴! 당장 나오지 않으면 1분마다 인질 한 명을 죽이겠다!"

대화에 응할 것이다. 하지만 그건 협상이 아니라 범인들의 주의를 흩뜨리는 용도에 불과할 터다. 옆을 돌아보자 실바노가 행거를 반으로 부러뜨리고 있었다. 부러뜨리기 전에는 옷을 거는 봉에 불과하던 물건이, 거친 절단면을 자랑하는 무기로 탈바꿈하였다.

그가 엘리제에게 잘린 행거 네 토막을 보여 주었다. 고개를 끄덕임으로 칭찬을 대신했다.

"CCTV가 저기 보이긴 한데⋯⋯. 내가 대화하는 동안 조에가 방송 멈추라는 글자판을 들어 보이면 살인 생중계를 막을 수 있을까?"

실바노가 비관적인 표정을 지었다.

"변수가 너무 많습니다. 경비대장, 방송국 측, 밖에서 중계를 지켜보고 있을지도 모르는 공범."

"최악이네."

엘리제가 인상을 구겼다.

"내가 쌩쌩해졌다는 사실을 뒷골목 강아지도 알게 되겠어."

"괜찮겠습니까?"

무기를 든 남자치고는 몹시도 순정적인 눈빛이었다.

"몸이⋯⋯."

"나았어."

너무도 오래전에 나았지.

엘리제가 실바노의 어깨를 짚고 일어섰다. 일행이 있음을 들키지 않기 위해 일부러 대원들이 있는 매장에서 멀리 떨어졌다. 엘리제를 발견한 무장범의 눈이 뒤집혔다. 그의 총구가 즉시 엘리제를 향했다.

"손들고 가까이 와!"

"내가 왜?"

엘리제가 상대를 똑바로 응시하며 반문했다.

"여기서도 네 말 충분히 잘 들려."

엘리제 근처에 있는 장식용 화병이 박살 났다. 무장범이 이를 드러내며 다시금 위협했다.

"가까이 오랬지."

"성질이 더럽구나."

명백한 조소가 엘리제의 입가에 그림처럼 떠올랐다.

"팔로마의 자식다운 성질머리야."

"네가."

"근데 어쩌나. 네 아버지가 고자란 사실 몰랐어? 아무도 네게 말 안 해 준 거야?"

엘리제가 다른 무장범들을 하나하나 눈으로 짚었다. 붉은 입술 사이로 피식, 하는 소리가 새어 나왔다.

"그렇게 많은 여자들을 건드렸는데 아무도 임신을 안 했잖아. 도시 밖은 에데니카와 달리 내장 칩도 없는데 말이지."

엘리제가 팔짱을 낀 채 삐딱하게 섰다.

"너 몇 살이야?"

"뭔가 착각하고 있군. 네가 아무렇게나 나불대라고 불러낸 게 아니거든."

"내가 팔로마 그 개자식 밑에 있을 때 너 같은 아들을 본 적이 없는데."

"말조심해. 이 악랄한 살인자."

"어디서 어설픈 피해자 연기지?"

그거 내 거야. 타타발루가 뒷목 잡고 넘어가게 만드는 내 특기라고.

엘리제가 무장범과의 거리를 빠르게 좁혔다. 인질을 향하고 있던 다른 범인들의 총구가 일제히 엘리제에게로 옮겨 왔다.

팔로마의 아들이라고 주장하는 놈과의 거리는 고작 70센티미터.

놈의 정면에 두 발을 붙이고 선 엘리제가 목소리를 높였다.

"팔로마는 밥 먹듯이 사람을 죽이고 고문한 희대의 살인마고, 너 같은 아들을 둔 적이 없어. 넌 누구야? 저들은 누구지? 똑바로 말해."

"난 아버지의 복수를 하러 왔다!"

"오늘 내가 여기 올 거라는 사실을 알려 준 사람이 있나?"

그 순간 둘의 시선이 공중에서 부딪쳤다.

"너, 누가 보냈어?"

인질 중 누군가가 비명을 질렀다. 무장범 리더가 황급히 고개를 돌렸다. 범인의 어깨에 올라탄 조에가 행거를 꽂아 넣고 있었다. 반대편에서는 실바노가 또 다른 범인의 허리를 분지르는 중이었다. 엘리제는 놈의 총을 빼앗은 뒤 최대한 멀리 던졌다.

이어서 급소를 타격했다. 놈의 무릎이 휘청거리는 틈을 타 크게 회전하여 턱을 올려 찼다. 두둑, 하는 섬뜩한 소리가 나야 했다.

그게 정상 수순이었다.

하나 상대는 그새 자세를 바꾸어 엘리제의 공격을 피했다. 방탄조끼 주머니에서 꺼내 든 휴대용 나이프가 엘리제의 안면을 노리고 날아왔다. 피하고 막고 피하기를 여러 차례.

엘리제는 놈이 상당한 실력자임을 깨달았다. 마구 소리 지르며 흥분할 때는 무기를 믿고 나대는 자인 줄 알았는데, 직접 붙어 보니 전투대 못지않은 실력을 갖고 있었다. 상대는 일정 수준 이상의 살상 훈련을 받은 자였다. 자동 소총 갈기는 소리가 귀를 찢었다. 아직 살아 있는 한 명이 실바노와 조에를 향해 총을 쏘았다.

이미 죽은 범인의 손에서 총을 회수하던 조에가 짧은 비명과 함께 쓰러졌다. 총알이 종아리를 스친 모양이었다. 이에 실바노가 전시용 피아노를 들어 무장범에게 던졌다. 총을 아무리 쏘아 봤자 피아노를 박살 낼 순 없기에 무장범이 옆으로 몸을 피했다.

먼저 가서 기다리고 있던 실바노의 주먹이 복부로 날아들었다. 피를 울컥 토하며 쓰러지는 범인. 이것으로 남은 적은 단 한 명.

엘리제와 빠르게 시선을 교환한 실바노가 이번엔 행거를 창처럼 던졌다. 기둥을 밟고 올라 공중에 몸을 띄운 엘리제가 그대로 행거를 낚아채 놈의 목을 그었다. 붉은 피가 분수처럼 쏟아졌다. 범인의 몸이 바닥으로 넘어갔다.

상황 종료.

조에게 달려가려던 엘리제가 무장범 리더의 스키마스크를 벗겼다. 평범한 20대였다. 예상대로 처음 보는 얼굴이었다.

'초면…… 맞지?'

응급구조대와 경비대가 현장으로 쏟아져 들어왔다. 환청일까. 벌써부터 시끄러운 카메라 셔터 소리가 들리는 것만 같았다.

❖

쇼핑몰 사건으로부터 사흘이 지났다. 그동안 엘리제는 펜트하우스 밖으로 한 걸음도 나가지 않았다. 여자 인질이 죽는 장면은 그대로 방송을 탔고, 때마침 속보를 보고 있던 시민들은 충격을 받았다. 만 하루가 지나도 포털사이트 검색어 순위가 바뀌지 않았다.

시민들의 반응은 햄버거 패티를 굽는 철판보다도 뜨거웠다.

'전투대장은 병가 중이라더니.'

'완전 미친! 오늘부터 나 전투대 입대 준비하려고.'

'저렇게 피바다 만들고도 감옥 안 간다는 거지? 진정 최고 아니냐?'

'모두가 지켜보는 걸 알면서도 목을 긋다뇨……. 너무 끔찍했어요.'

'근데 팔로마 어쩌고 이야긴 뭐야? 엘리제 녹턴이 진짜 걔 아빠 죽인 거?'

'걔가 친아들이 아니라던데.'

'고자라며.'

'안 죽였다고도 안 했잖아.'

엘리제는 조의 문병을 가고 싶었지만 불가능한 일이었다. 전투대 주차장 입구며 의료센터 앞, 펜트하우스 근처까지 기자들이 쫙 깔렸다. 대원들은 식품저장고와 배달음식으로 식사를 해결하고 있었다.

어느 누구도 불개미 같은 기자들의 공격을 무릅쓰면서까지 밖으로 나갈 마음이 없었다. 엘리제가 샤워기를 껐다. 두툼한 수건으로 물기를 닦고 박스티를 걸치는데 노크 소리가 났다.

문이 열렸다.

"들어오란 말 안 했는데?"

"그래서 안 들어가잖아."

라키어스가 문가에 서서 뻔뻔하게 대꾸했다. 웃음이 새어 나오고 말았다.

"잠은 좀 잤어?"

"네가 안 건드린 덕분에 푹."

"적당한 운동은 숙면에 도움된다는 연구 결과가 있어."

"기자들도 알까. 에데니카의 고결한 빛께서 이토록……."

엘리제가 눈을 가느스름하게 좁혔다.

"야한 말을 밥 먹듯이 한다는 거."

평소라면 네게만 보이는 모습이라느니 당연히 때와 장소는 가린다느니 반박했을 텐데, 기자라는 말에 그의 얼굴이 어두워졌다. 목 끝까지 꼼꼼히 채운 단추와 주름 하나 없는 울새알빛 넥타이의 조화가 깨끗한 이미지를 더욱 단단하게 만들었다.

오늘도 참으로 청량하신 모습이었다. 그래서 여론이 더 뜨거운 건지도 모른다.

문제를 일으키기 일쑤인 여동생과 피가 섞이지 않은 그녀를 무조건적으로 감싸는 완벽한 오빠.

이 얼마나 물고 뜯기 좋은 이야깃거리인지. 수십 명의 대원을 잃은 데다 본인도 크게 다친 사건으로 인해 동정표를 샀던 엘리제였다. 시티타워는 전투대 충원을 연기하는 까닭을 전투대장의 회복이 급하기 때문이라고 발표했었다.

한데 일반 시민 눈에는 현란하기까지 한 기술로 무장범 목을 땄으니.

왜 건강을 되찾은 사실을 이제껏 숨겼는지부터 차례로 도마에 올랐다. 이에 대한 라키어스의 대처는 과보호였다.

언제라고 그가 과보호하지 않은 적이 있었느냐만, 이번은 차원이 달랐다. 희생자 가족을 찾아 위로의 뜻을 전하고 경비대장을 호출해 대처 방식을 엄밀히 문책하는 등, 누구보다 바쁜 행보를 이어 가면서도 엘리제 이야기만 나오면 노코멘트로 일관했다.

쇼핑몰 사건을 다룰 때 CCTV 자료 사용을 제한하는 지침도 내려보냈다. 펜트하우스 건물은 물론이고, 휴즈가에도 일정 거리 안으로 접근하지 말 것을 요구했다. 당연히 엄청난 반발이 터져 나왔다.

아무리 에데니카가 리더 중심으로 돌아가는 사회고, 언론이 시티타워의 영향을 강하게 받는다지만 규제에도 정도가 있었다. 일주일 내내 메인 뉴스로 다뤄 마땅할 사건을 보도조차 제대로 못하게 하니 여기저기서 불만이 잇따랐다.

상세한 후속 보도를 원했던 시민들도 이쯤 되면 전투대장이 직접 해명해 줘야 되는 게 아니냐며 목소리를 높였다. 엘리제는 이 모든 반응을 인터넷으로 접했다.

급기야 라키어스는 엘리제가 이 사건에 과도한 신경을 쓰는 것 같다며 인터넷 사용을 제한하려 했다. 물론 엘리제의 강한 반발로 무산되었지만 말이다.

"알지, 라키어스?"

엘리제가 거울 속에서 그와 시선을 맞추며 물었다.

"영원히 날 여기에 가둬 둘 순 없어."

"널 보호하는 거야."

"둘은 달라. 그리고 그건 내가 정해."

그의 입매가 딱딱하게 굳었다. 엘리제가 머리카락을 털던 수건을 내려 놓고 몸을 돌렸다. 라키어스의 앞까지 다가가자 슬픈 하늘색 눈이 그녀를 내려다보았다.

"네 마음은 알겠어. 하지만 지금 네 행동은 도움이 되지 않아."

오히려 일을 망치고 심각하게 만들 뿐이지. 네가 날 감쌀수록 사람들은 더 흥분할 거야.

돌연 라키어스가 쓴웃음을 머금었다.

"피하지 말고 맞닥뜨리라니. 일전에 네게 말한 대로 돌려받는군."

"뿌린 대로 거둔다잖아."

녹턴의 심장 약에 얽힌 비밀을 알려 줬을 때를 이르는 것이었다. 엘리제가 생긋 웃었다.

"날 굶주린 사자 굴에 던지는 기분이겠지만 그건 사실이 아니야. 일단 난 비난받는 상황에 익숙하거든."

그의 얼굴이 볼만하게 바뀌었다.

"어쨌든 실시간으로 사람이 죽는 걸 봤잖아. 희생자도 그렇고, 나와 대원들이 죽인 것도 그렇고. 우리가 좀 화끈하게 죽였어야지……. 하려던 말은 이게 아니라. 음, 당연히 전후 사정을 알고 싶을 거야."

여기서 중요한 건 기자들이 아니라는 점을 짚었다.

"왜 그때 무선 신호가 먹통이 됐을까? 현장을 나오면서 폰을 봤는데 거짓말처럼 멀쩡한 신호가 잡혔어."

"……그 때문에 내게 연락하지 못했지. 난 40분이 지나고 회의가 끝난 다음에야 보고를 받았고."

당시가 떠오른 걸까. 라키어스가 괴로운 얼굴을 했다.

"놈의 짓이야."

"놈의 짓이겠지."

"올해 들어 네가 크게 다치는 일이 너무 잦아. 마치 '이래도 흔들리지 않겠느냐'며 날 겨누는 것처럼."

"그게 놈의 목적일 테니까."

"순간 조에가 너인 줄 알았어."

라키어스가 더는 견디지 못하고 엘리제를 끌어안았다. 이러면 셔츠가 젖는다고 말해 봤자 그의 귀엔 들리지 않았다. 라키어스가 한숨처럼 속삭였다.

"네가 또 다친 줄 알았다고……."

엘리제가 팔을 뒤로 뻗어 그의 등을 부드럽게 쓸어내렸다. 젖은 머리카락 사이로 라키어스의 숨결이 느껴졌다.

그렇게 있기를 몇 분.

위로가 다소 길어진다 싶었더니 어느새 제 목덜미에 입술을 누르고 있었다. 즉시 그의 옆구리를 꼬집었다.

"1분만. 아니. 30초만 더."

"응석만 늘었어."

투덜대면서도 한 번 더 꼬집지는 않는 엘리제다. 사람들이 외출하기 전에 휴대폰을 충전하듯, 라키어스는 엘리제에게서 힘을 얻어야 했다. 엘리제 에너지라나 뭐라나.

사실 그가 원하는 건 24시간 엘리제에게 '접속' 해 있는 거겠지만, 그리하면 양쪽 다 기능을 잃기 십상이었다.

엘리제는 라키어스의 품에 안긴 채 뽀로통한 표정을 지었다.

'그놈들 죽인 건 후회하지 않아. 그냥 희생자가 나오기 전에 더 빨리 죽일 걸 싶은 것뿐이지.'

도블락 놈을 제대로 족칠걸, 하는 미련은 있었다. 라키어스의 수행원에 의해 너무 빨리 현장을 뜨느라 그럴 기회를 놓친 게 아쉽고 또 아쉬웠다. 엘리제가 라키어스를 제게서 떼어 냈다.

"도블락은 여전히 자기 판단이 옳았대? 심려를 끼쳤다면 죄송하다는 말 외에 다른 말은 없고?"

라키어스가 고개를 끄덕였다.

"그 자식 대처가 너무 수상했는데."

"재차 압박할 거야. 여의치 않으면 자가용이나 집 안에 도청기를 설치하는 수도 있어."

"하여튼 에데니카."

엘리제가 고개를 절레절레 내저었다.

"권력 있고 윤리도덕 없는 놈들 살기엔 최고로 좋지."

"굿바이 키스."

라키어스가 엘리제의 입술을 달콤히 머금었다. 촉, 하고 떨어져 나가는 입술이 아쉬운 여운을 남겼다.

"다녀올게."

엘리제가 문가에 기대선 채 손을 흔들었다. 잠시 뒤 현관문 닫히는 소리가 들렸다.

조에가 전투대 건물로 무사히 돌아왔다고 알렸다. 퇴원한 지 얼마 되었다고 또 입원했다며 툴툴거리는 것은 엘리제를 의식한 행동이었다. 이후엔 웜, 비하르트와 게이트 경비 이야기를 하다가 밥을 먹으라며 보냈다.

"벌써 시간이 이렇게 됐네."

자신도 뭔가를 먹어야 할 것 같았다. 냉장고를 열어 보고 랍스터 샌드위치와 과일 한 접시를 먹었다. 다시 일을 시작하려는데 폰이 울렸다.

비안카였다.

대원들은 평소 메시지를 먼저 보내서 통화가 가능한지 묻곤 했다. 이처럼 바로 전화를 걸어 오는 적은 드물었다. 게다가 비안카는 쇼핑몰 사건 당일 엘리제의 무사함을 확인한 뒤로는 연락이 없었기 때문에 더욱 의아하였다.

전화를 받자 비안카가 밝은 목소리로 안부를 물었다. 그러나 엘리제는 억지로 꾸며 낸 기색을 읽어 냈다. 비안카는 도통 성공적인 거짓말과 거리가 먼 타입이었다.

"본론을 말해, 비안카 뮬러. 빙빙 돌아가느라 애쓰지 말고."

상대가 말끝을 흐렸다. 하지만 머뭇거림도 잠시. 이윽고 무언가를 결심한 듯 말을 이었다.

— 탕비실에 있는 차는 대장이 직접 사 온 거잖아. 12월 초였던 걸로 기억해.

"정확히 기억은 안 나지만 아마 그럴걸."

— 여든한 명 중에 차를 마시는 건 대장뿐이었지. 청소할 때 빼고 탕비실에 들어간 대원이 없었어. 우린 자동판매기 탄산음료를 축내기 바빴으니까.

"그런데?"

— 대장, 언젠가부터 엄청 졸려서 정신을 못 차렸지 않아? 그거 때문에 반사속도가 느려져서 부상도 잦아졌지. 트릭시도 한 소리 했었잖아.

"그래. 벌써 몸이 훅 갔다고."

— 뜬금없는 소리로 들릴 수도 있겠지만 말이야. 비하르트가 실종됐던 거 기억나? 그때 대장은 괴생물체한테 끌려가고, 녀석은 생사확인조차 안 되어서 우리 모두 정신이 나갔었는데.

비안카가 선수 친 까닭이 있었다. 정말 뜬금없는 이야기였다. 탕비실 차와 잦아진 부상에서 돌연 비하르트의 실종으로 넘어가는 흐름에 의도를 짐작하기가 어려웠다.

그래도 조금만 더 들어 보자고 생각했다.

비안카의 목소리는 진중했고, 흡사 누군가에게 들키지 않으려는 듯 긴장을 한 상태처럼 느껴졌다. 그리고 보니 제 방에서 통화 중인 것도 아닌 듯하다.

야외인가.

수화기 너머로 아이들이 까르르 웃는 소리가 희미하게 들렸다.

— 며칠 뒤 녀석이 약에 취한 상태로 발견됐잖아.

"기억나. 근데 그게 탕비실이랑 무슨 상관이지?"

그 말을 입 밖에 낸 순간 팔뚝에 소름이 돋았다. 본능적인 깨달음이 머릿속을 스친 것이다. 별개인 줄 알았던 조각들이 하나의 타래로 엮이기 시작했다.

— 얼마 전 청소를 하다가 틴 케이스를 열어 봤어. 찻잎에 하얀 이물질이 묻어 있더라. 그래서 마셔 봤는데.

"그게 뭔 줄 알고 덜컥 마셔……."

— 22시간 동안 잤어. 거의 의식을 잃은 수준이었지.

그때 초인종이 울렸다. 엘리제는 폰을 귀에 댄 채 거실로 나갔다. 상대는 그새를 못 참고 버튼을 연달아 눌렀다.

— 성분 조사를 맡겼어. 그리고 아침이 되자마자 제3의료센터의 죽은 코마치 애인을 찾아가 빌었어. 비하르트가 중독됐던 약 이름을 알려 달라고.

찻잎의 하얀 가루와 비하르트를 정신 잃게 한 약물은 일치했다. 비안카는 거기서 그치지 않았다. 해당 약물이 거래된다고 알려진 클럽들을 돌았고, 한 딜러에게서 정보를 얻었다고 했다.

— 딜러들은 장부가 있어. 불법약물을 거래하는 주제에 기록을 남기는 건 우습지만, 그것도 일종의 사업이니까.

현관문 밖이 소란스러웠다. 엘리제는 인터폰 화면을 보았다. 보안 데스크의 연락 없이 올라온 무리는 하나같이 새하얀 방호복을 입고 있었다.

— 그중 퍼펙트라는 이름을 쓰는 딜러를 만났거든. 내가 그 딜러의 작년 12월 장부에서 뭘 발견했게.

"그건 아마도…… 내 이름?"

비안카가 당황했다.

— 어떻게……. 대장은 알고 있었어?

"아니. 네가 말하기 전까진 몰랐어. 방금 추리한 거야."

엘리제는 머리카락을 쓸어 올렸다.

"지금 내가 동정받는 이유가 그거잖아. 가족이나 다름없는 대원들을 끔찍한 사고로 잃은 거."

문을 두드리는 소리가 거세졌다.

"한데 그게 자업자득이었다면? 엘리제 녹턴은 사실 약물 중독자였고, 그날도 약에 취해 대원들을 제대로 통솔하지 못한 거라고 밝혀지면 어떻게 되겠어?"

— 대장이 그럴 리 없잖아.

"너야 그렇게 믿겠지만 아닌 사람이 훨씬 많아. 진범은 내 이름을 사칭해서 약물을 샀을 거야. 그러고는 스파이에게 넘겨줬겠지. 내가 진짜 약 기운에 실수를 하든 말든, 장부에 내 이름이 올라간 이상 언젠가는 잡혔을 꼬투리야."

엘리제는 비안카에게 잠깐 입을 다물고 있으라고 했다. 대신 수신 볼륨은 최대로 높이고.

인터폰 버튼을 누르자 방호복 무리가 신분을 밝혔다.

『질병통제예방본부입니다. 엘리제 님의 직접 감염이 의심되는 상황이므로 조사에 협조해 주십시오.』

"무슨 병에 대한 감염 의혹이죠?"

『저흰 임의로 A바이러스라 부르고 있습니다. 콘툴가에서 발생한 식중독 뉴스를 보셨을 테죠. 조사 결과, 식중독이 아니라 새로운 바이러스임이 밝혀졌습니다. 어제부로 환자 다섯 명이 사망했고, 오늘 아침 또 한 명이 숨을 거뒀습니다.』

막힘없는 설명이었다. 엘리제는 자신이 3월 이후론 콘툴가 근처에도 가지 않았음을 밝혔다. 직원이 엘리제의 착각을 바로잡았다.

『쇼핑몰 무장범의 자택을 찾았는데, 그가 이번 바이러스 살포를 계획했더군요. 본인이 감염자이기도 합니다. 그리고 엘리제 님은 그자의 피를 뒤집어쓰셨죠.』

어디 뒤집어썼다 뿐인가. 그 장면이 온 도시에 생중계되었다.

『당장 문을 여십시오. 격리가 시급합니다. 불응 시, 문을 부수고 진입하겠습니다.』

"이 집의 소유주는 라키어스예요. 자기 집 문을 부순다는 사실을 집주인이 알고 있나요?"

『공중보건은 리더의 특혜에 우선하는 개념입니다.』

사실 엘리제도 알고 있었다. 상대가 대답하는 동안 시간을 벌기 위해 아무 말이나 했을 뿐이다. 모든 것이 놈의 계획이었다.

딜러에게 접근해서 엘리제의 이름을 남긴 것, 하얀 가루, 잦은 부상, 대장을 찾기 전엔 무슨 일이 있어도 복귀하지 않았을 비하르트의 실종. 그리고 이제는 바이러스 감염으로 인한 격리까지.

쇼핑몰 사건이 터지기 한참 전부터 메인뉴스에서 내려가지 않았던 식중독 보도가 떠올랐다. 어쩐지 이상하리만치 오래 걸려 있다 싶었다. 그조차 놈이 깔아 놓은 포석이었을 줄은 몰랐다.

시민들은 매일 저녁 지겹도록 같은 뉴스를 접했고, 콘툴가의 식중독을 모르는 사람이 없게 되었다. 한데 이제 와서 그것이 여름철 흔한 식중독이 아니라 백신조차 개발되지 않은 바이러스임이 알려진다면?

"식중독 뉴스가 보도된 지 꽤 됐잖아요. 그동안 환자들 증상이 식중독과 비슷했다는 건데."

『주된 증상은 구토, 복통, 설사였습니다. 그런데 갑자기 어제 오전부터 몇몇 환자가 고열을 호소하더니 상태가 시시각각 악화되어 코와 귀에서 피를 흘리며 사망하였습니다.』

미치겠네. 보통 사람들이 가장 무서워하는 바이러스 증상 그 자체다. 엘리제가 통화 모드를 유지한 채 메신저를 켰다. 비안카에게 보낼 지시 사항을 입력하던 손이 느려졌다.

대원들이 퇴원하기 전, 엘리제는 전투대 건물의 보안을 강화했다. 전문 업체를 통해 건물 내 어떤 곳에도 CCTV 외의 감시카메라와 도청 장치가 없다는 확인을 마쳤다.

각 창문에 센서를 달았으며, 로비의 유리문을 떼고 매일 무작위로 정해지는 비밀번호 입력 방식의 출입문으로 바꾸었다.

적은 외부에 있다.

한 치의 의심도 없이 그렇게 믿고 행한 일이었는데.

'비안카에게 지시대로 하라고 한들 상대가 알아챘다면……'

다시 말하지만 비안카는 속마음을 숨기거나 거짓말을 하는 데 서툴렀다.

— 대장?

직원과의 대화를 모두 들었을 비안카가 잔뜩 긴장한 목소리로 엘리제를 불렀다. 그와 동시에 인터폰 너머의 직원이 더는 지체할 수 없음을 알렸다.

쾅, 하는 소리와 함께 묵직한 현관문이 열렸다.

엘리제는 폰을 손에 쥔 채 서재로 달렸다. 직원들이 우르르 진입했지만 복도를 지나 서재까지 오려면 몇 초가 소요될 터였다. 노트북은 서재를 나설 때와 똑같은 상태였다. 문을 잠그고 라키어스와의 대화창을 열었다.

서둘러 메시지를 발송했다. 수신을 확인할 때까지 기다릴 여유는 없었다.

"비안카, 난 끌려갈 텐데 폰을 가져가진 못할 거야."

— 이게 대체 무슨 일이야……. 도망치면 안 돼? 질병통제예방본부? 그

런 곳 직원들이라면 싸우지도 못할 테니까 다 밀치고 나오면.

"그러고 나면 온 도시에 수배가 뜨겠지."

— 미쳤어. 이건. 이건.

"라키어스에게 연락을 넣었어. 답답하고 불안하겠지만 넌 일단 가만히 있도록 해."

쿵쿵쿵, 문 두드리는 소리가 났다.

"곧 전투대에도 저들이 찾아갈 거야. 너희 모두 격리 시설에 갇히겠지."

— 근데…… 진짜 감염된 거면 어떡해?

겁에 질린 목소리가 돌아왔다.

고열, 피, 사망.

과연 죽은 환자들의 증세는 듣는 이의 주의를 끄는 데 특화되어 있었다.

"조작일 거야."

엘리제가 확고한 투로 말했다. 문을 두드리는 힘이 거세졌다. 엘리제는 서재의 문도 머지않아 열릴 것임을 알았다. 노트북을 강제종료한 뒤 책상의 비밀 공간에 넣었다.

"당분간 네가 아는 사실을 비하르트에게도 말하지 마."

힘들겠지만.

마지막이 생략된 말이었다. 비안카가 반쯤 울먹이는 소리로 알겠다고 답했다. 전원 끈 폰을 비밀 공간에 넣고 잠그기 무섭게 문이 부서졌다.

"갈게요."

작은 소동 따위는 일어나지 않았다는 듯 엘리제가 담담한 얼굴로 말했다.

❖

질병통제예방본부는 제1의료센터 옆에 붙어 있다. 하지만 분위기는 전혀 다르다. 모던하면서도 편안한 느낌으로 꾸민 제1의료센터와 달리, 엘리제가 도착한 그곳은 새하얀 복도와 금속 소재의 향연이었다.

사무직이 근무하는 구역은 또 어떨지 몰라도 격리병동은 코끝에 소독약 냄새가 아른거리는 착각이 들 만큼 철저하게 관리되고 있었다. 입고 온 옷은 이름 모를 직원 손에 넘어갔다. 아마 밀봉된 그대로 소각장에 던져질 것이다.

모든 과정이 신속하게 진행되었다. 엘리제는 아무 증세가 없고, 심지어 검사 결과가 나오기 전인데도 직원들은 감염을 확신하는 듯이 행동했다. 이들 모두가 매수당하지는 않았을 터다.

분명히 진심으로 신종 바이러스의 출현을 걱정하는 직원이 많을 것이다. 어쩌면 대다수일지도 모른다. 그러나 단 한 명이라도 스파이가 섞여 있다면. 그게 지금 제 앞에 서 있는 사람이라면.

엘리제의 일거수일투족이 고스란히 '놈'에게 전달될 거다.

"검사 결과는 보통 언제쯤 나오죠?"

"첫 사망자가 발생한 게 어제이기 때문에 현재로서는 몇 분 안에 감염 확인 가능한 키트가 없습니다. 따라서 시간이 꽤 소요될 겁니다."

질문에 대답해 주기는 한다. 연이은 초과 근무에 지친 표정과 방호복 너머 다소 불분명한 발음으로 들리는 목소리이긴 하지만.

어쨌든 대놓고 없는 사람 취급을 하진 않았다. 엘리제는 밀고당해도 큰 의심을 사지 않을 법한 질문을 골랐다.

"너무 갑작스레 여기로 왔는데, 가족과 지인에게 전화를 할 순 없을까요?"

"하시지 않았습니까?"

이번 대답은 뒤쪽에서 날아왔다. 엘리제가 뒤를 돌아보았다.

"네?"

"방으로 가서 문을 잠갔을 때 연락하신 줄 알았습니다만."

자세히 보니 아까 펜트하우스 진입할 때 들어온 사람 중 한 명이었다. 콧대의 진한 점으로 알아볼 수 있었다.

"너무 짧은 시간이었잖아요. 연락을 돌릴 겨를까진 없었어요."

"그렇습니까."

그럼 뭘 했느냐고 재차 물어보지는 않았다. 엘리제는 다시 고개를 바로 했다.

저자가 스파이일까?

모르겠다. 증거는커녕 심증조차 없는 상황이니.

단순히 전후 설명을 다 했는데도 불구하고 두 번이나 문을 부수게 한 엘리제가 마음에 들지 않는 것일 수도 있었다. 그러는 사이 엘리제는 앞으로 자신이 머물 병실에 도착했다.

'여기서 내가 문을 잠그고 죽으면 밀실 살인 사건이 되려나.'

6평쯤 되는 공간. 침대와 욕실, TV로 추측되는 모니터가 엘리제의 눈에 들어왔다. 작은 창문 하나 없는 곳이었다. 옷이 정해져 있다는 점과 밖으로 나갈 수 없다는 점도 감옥이랑 비슷한 특징이겠다. 안에 들어서기도 전에 벌써부터 숨이 콱 막혀 왔다.

"연락은……."

"내일 아침에 첫 대민보도가 나갈 겁니다. 사전 혼란 방지를 위해 자제 부탁드립니다."

"마지막으로 하나만 더요."

엘리제가 병실 문을 등지고 섰다.

"전 사흘 내내 펜트하우스를 벗어난 적이 없는데. 그럼 라키어스도 검사를 받게 될까요?"

"그건 다음에 말씀드리겠습니다."

다음이라면 언제를 말하는 거냐고 따지고 싶었지만, 그래 봤자 제대로 된 답은 나오지 않을 것 같았다. 엘리제는 입을 다물고 병실로 들어갔다.

이쯤 되면 라키어스가 메시지를 확인했을 시간인데.

'라키어스는 라키어스고, 나도 생각을 좀 해 봐야겠어.'

침대에 걸터앉았다. 매트리스가 영 딱딱했다. 가장자리에 손을 대자 차디찬 금속 프레임이 느껴졌다.

"도대체 누굴까……."

대원 중에 스파이가 있다. 동료를 죽이는 데 가담한 자가 있다. 가정만으로도 끔찍하지만, 냉정한 추론이 불가피한 일이었다.

다음 날 아침.

대민보도 시간을 듣지 못했기 때문에 언제쯤 일어나야 할지 난감했다. 대충 사람들이 출근하기 전, 아침 뉴스 시간이라고 예상했는데 문제는 알람 없이 일어나기였다. 벽걸이 시계엔 그런 기능이 없었고, TV 시간 예약은 일부 다른 기능과 마찬가지로 먹통이었다.

아무도 기기 고장에 대해 모르는 듯했다.

'하긴. 여긴 제1의료센터 격리병동보다도 높은 단계의 시설이니까.'

보통 여기까지 들어온 사람은 TV 보기는 고사하고, 욕실까지 제 발로 걸어가기도 힘들 것이다. 엘리제가 가물가물한 눈으로 전원을 켰을 땐 이미 3분 정도가 지난 다음이었다.

볼륨 버튼을 연달아 눌렀다. 질병통제예방본부장의 공식 발표가 이어졌다. 엘리제는 직원이 아니라 TV를 통해서 자신의 검사 결과가 양성임을 알게 되었다.

"얼씨구."

내 그럴 줄 알았다.

❖

컵을 쥔 손이 떨렸다. 얼음조각이 유리컵 안쪽에 닿아 잘각거리는 소리를 냈다. 라키어스는 얼음물을 단숨에 비웠다. 식도를 타고 깊숙이 내려가는 차가움이 24시간 넘게 공복 상태임을 일깨웠다.

그렇다.

라키어스는 또다시 스스로를 몰아붙이고 있었다. 먹지도 않고, 자지도 않으면서 사건 해결에 매달렸다.

신종 바이러스 감염이라니. 상대의 허를 찌르는 공격에 기가 막혔다. 동시에 탄복했다. 누군지 몰라도 리더 짓을 허투루 해 온 건 아닌 모양이다. 에데니카 시민들의 가장 큰 공포가 무엇인지 알고 있다는 거니까.

'놀라운 일이군. 원로원 회의 땐 다들 경쟁이라도 하듯 무능하더니.'

라키어스의 입매가 비틀렸다. 마음 같아서는 정말이지 모든 놈의 머리통을 날려 버리고 새롭게 시작하고 싶었다.

'그게 녹턴 당신이 바랐던 거 아닌가? 머리는 우수하지만 총 한 발 제대로 못 쏘는 설계자였지. 그래서 상급 순혈들에게 리더직을 나눠 주고, 그 멍청함을 견뎌야 했던 당신이야. 끊임없이 그들을 조롱하고 무시하면서도 리더직에서 끌어내리지는 못했어.'

저택에서 보낸 수많은 아침과 밤.

녹턴은 자신의 이상을 실현시켜 줄 후계자에게 시티타워에서 있었던 모든 일을 털어놓았다. 라키어스는 아주 오래전부터 녹턴이란 인물을 경멸했지만, 엘리제의 말대로 두 남자는 닮은 면이 많았다.

그 때문에 라키어스는 자신과 엘리제를 향한 위협을 감지한 순간부터 단 한 가지 충동에 사로잡혀 있었다. 매 순간 너무나 강렬하게 끌렸다.

'내겐 힘이 있는데, 왜 이걸 자제해야 하지?'

녹턴이라면. 녹턴이라면, 기꺼이 다 죽였을 텐데.

불순물이 사라진 땅에서 편안하고 기쁜 마음으로 새 시작을 했을 텐데.

적의 뿌리가 뽑힐 때까지 제거해 나가면 그만 아닌가. 하지만 엘리제가 고개를 저었다. 우린 녹턴이 아니라고 하였다. 그를 닮은 점이 있다 한들, 그게 녹턴과 똑같은 선택을 하게 만드는 힘을 가지지는 않는다고. 그렇게 흘러가도록 두어서는 안 된다고 했다.

「녹턴은 틀렸어, 라키어스.」

한때 모든 것을 바쳐 사랑했던 이를 똑바로 볼 수 있게 된 엘리제의 답이었다. 그리고 라키어스는 아직 거기까지 가지 못했다. 엘리제와 관련된 일이기만 하면 이성을 유지하기가 힘들었다.

외부에 즉흥적이며 제멋대로라고 알려진 엘리제가 실은 여러 면에서 자신보다 이성적이고, 라키어스 자신은 간신히 광기를 컨트롤하고 있는 것뿐이 아닐까 하는 생각이 들었다.

기관 방문을 마치고 차에 탔을 때, 메시지를 확인하자마자 심장이 곤두박질치는 줄 알았다. 저도 모르게 날카로운 숨을 들이쉬는 바람에 수행원이 놀라 무슨 일이시냐고 물어봤을 정도였다.

[질병통제예방본부에서 직원들이 왔어. 콘툴가 식중독이 치명적인 신종 바이러스로 밝혀졌대. 내가 죽인 무장범이 살포 계획자고. 감이 와? 다 놈이 꾸민 짓이야. 플러스. 전투대 내에 스파이가 있어.]

바이러스, 의학적 지식, 격리병동, 복지부, 그리고 제1의료센터 소속 하샤즈와 이고르의 아들.

모든 증거가 타타발루를 가리키고 있었다. 자신과 엘리제가 최근 상당한 압박을 가한 쪽도 타타발루였다. 하나 라키어스는 마지막 의심의 끈을 놓을 수가 없었다. 이건 녹턴과 똑같다는 엘리제의 지적에도 바뀌지 않는 부분이었다.

'정말 타타발루가 이 모든 것을 계획할 머리가 되나?'

의학적 지식 활용에는 조카들을 동원한다. 그럼 지금까지는 어떻게 해 왔는지 의문이었다. 만약 타타발루가 진범이라면, 그의 옆에는 대단한 책략가가 있음이 분명했다. 녹턴 남매 제거에 성공하면 타타발루와 함께 영광을 누리되, 실패할 경우 그와 무관함을 주장하며 꼬리를 감출 브레인.

노크 소리가 들렸다. 어두운 표정의 비서가 들어와 보고했다.

"질병통제예방본부에서 라키어스 님을 소환했습니다. 즉시 와서 검사를 받으라는 통보인데요. 저도 동행하라는 지시가 왔고, 전투대는 전원 격리되어 결과를 기다리는 중이라고 합니다."

메시지를 입력하느라 말을 하지 않자 비서가 재차 그를 불렀다.

"라키어스 님?"

"저흰 안 갑니다."

"……."

"그래도 지금 시티타워를 나가죠. 함께요."

엘리제가 격리된 곳으로 갈 것이다. 다만 '그들'이 원하는 시간대가 아닐 뿐이다.

머리가 비상하다는 건 확실히 유리한 조건이다. 남들이 몇 년간 공부해야 하는 것도 여름휴가가 끝나기 전에 해치울 수 있으니까.

뛰어난 신체 능력 역시 그 못지않게 유리한 조건이었다. 거기에 날개와 특별한 능력이 더해진다면 많은 것이 수월했다. 몇 시간 전 라키어스는 질병통제예방본부에 직접 전화를 걸어 양해를 구했다.

반드시 처리해야 하는 업무가 있다고. 미안하지만 저녁 7시경에 방문하겠다고 말하였다. 상대는 당연히 반발했다. 하지만 퇴근할 때까지 집무실을 나가지 않겠다는 약속과 해당 업무의 중요성을 거듭 강조하는 태도에 시간 엄수를 부탁드린다는 말과 함께 전화를 끊었다.

엘리제는 펜트하우스 문까지 부수고 끌고 갔다면서, 이렇게나 대응이 다르면 쓰나. 실소가 나오는 건 어쩔 수 없었다.

그리하여 현재 시각 저녁 7시 20분. 라키어스는 질병통제예방본부의 복도를 걷는 중이었다. 방호복을 착용한 채로. 코 중간부터는 큼직한 마스크에 가려져 얼굴이 노출되지 않는 점이 마음에 들었다.

"어이, 저녁 먹으러 간 줄 알았는데."

방호복 주인의 동료인 듯한 자가 이쪽을 보고 있었다. '진짜' 방호복 주인은 아까 전부터 승용차 뒷좌석에 쓰러져 있음을 까맣게 모르는 눈치였다. 리더와 비서가 올 테니 대기하고 있으라는 콜을 받았다고 하자, 상대의 눈가에 지겹다는 기색이 어렸다.

"부장이 보냈지? 하여간 사람 피곤하게 만드는 재주가 있다니깐."

온다고 했으니 오겠지 뭘 이렇게 극성이냐며 불만을 쏟아 냈다. 라키어스는 상대의 ID카드를 확인했다.

운이 좋았다. 일주일째 집에 가지 못하고 구내식당 결제 기록만 쌓여 가는 자였다. 부장과의 소소한 트러블 때문에 부서 이동 신청을 냈다가 막판에 취소한 전적도 있는 게 기억났다.

"한데 기껏 달려왔더니 아직 도착 전이라는군."

"그래? 아아……. 그래서 미친 듯이 전화 돌리더니 '쥐 잡이들' 보냈나. 5분 전에 우르르 출동하더라고."

상대가 은어를 쓰며 피식 웃었다. 상황이 예상대로 흘러가는 중임을 재확인한 라키어스는 이렇게 된 이상 미리 들어가 있겠다며 자리를 떴다.

"근데 잠깐."

뒤에서 붙잡는 상대의 말끝이 어쩐지 살짝 올라가 있었다.

"너 목소리가 좀 이상한데?"

"뭐가."

"아까랑 좀 다른데?"

의심이 깊어지기 전에 휙 걷어차는 것도 나쁘지 않았다. 엘리제가 주로 쓰는 방식이다.

"네 눈은 어떻고. 실핏줄 다 터져서 징그러워."

"제길."

상대가 욕설을 뇌까리며 멀어졌다. 연장 근무를 하면 면역력이 떨어진 다느니 어쩌니 하는 구시렁거림은 덤이었다. 방해물을 떨쳐 낸 라키어스는 즉시 방호복 주인의 컴퓨터로 향했다.

현재 격리 수용된 환자와 사망자들의 일지를 속독한 뒤, 엘리제의 검사 결과 보고서를 두 번에 걸쳐 읽었다. 전투대원들의 검사 결과 또한 확인하였다.

다음으로 방문한 곳은 샘플 보관실과 연구실이었다. 저녁을 먹거나 수면실에서 부족한 잠을 보충하거나 이대로 리더 일행이 오지 않을 경우의 후속 조치를 준비한다거나 하는 일로 건물 분위기가 어수선했다.

빈 곳은 비어 있고, 시끄러운 곳은 서로에게 세세한 신경을 쓸 여유가 없다. 정확히 라키어스가 노린 모습이었다. 그는 어제 엘리제의 메시지를 확인한 이후 경비대와 경찰 양쪽의 보고서를 모두 읽었다.

쇼핑몰 무장범들에 관한 보고서였는데, 라키어스가 주목한 부분은 따로 있었다.

당시 무장범 리더와 접촉한 사람들.

시신을 수습할 때 동원된 이들.

사후 조사를 위해 무장범 리더의 자택에 들어간 경찰들.

그때는 무장범 리더가 감염자인 줄 몰랐던 시기였다. 당연히 이들 모두가 소환되어 검사를 받았는데, 흥미로운 사실이 하나 밝혀졌다. 지금으로 서는 라키어스만 아는 사실이었다. 아무도 양쪽 보고서를 대조하지는 않앗으니까.

"과학조사 팀 사만다 요원은 출동 직전에 유진 요원과 당번을 바꿨는데."

그녀의 다섯 살 난 딸이 어린이집 미끄럼틀에서 떨어졌다는 연락을 받았기 때문이었다. 앞니가 빠지고 입술이 찢어지는 정도에 그쳐 다행이라면 다행이겠다. 그러나 아이 얼굴이 피범벅이 되어 응급실로 실려 갔다는 소식을 들은 부모가 제정신으로 출동할 수 있을 리 만무했다. 사만다 요원은 신입에게 사정을 설명했고, 쇼핑몰 현장이 아닌 의료센터로 달려갔다.

"신입이 보고 타이밍을 놓쳤지. 아이 부상이 생각보다 심각하지 않은 걸 확인한 사만다 요원은 남편과 교대한 뒤 직장으로 돌아왔고."

보고서상에는 사만다 요원이 정상 출동을 한 것으로 되어 있었다. 흥미로운 점은 실제 출동한 신입이 아니라, 사만다 요원이 감염자로 확인된 부분이었다. 막판에 샘플을 바꿔치기한 자는 미처 그 사실까지는 몰랐던 모양이다.

꼬마 아가씨의 상처를 봉합해 준 의사가 라키어스의 비서와 사촌지간일 줄도 몰랐을 터.

"하필 그 장소에 없었던 사람을 찍어서……. 그리고 전투대는 전원 확진시키고 말이지."

20분 후.

라키어스는 방호복을 원래 주인에게 돌려준 다음 유유히 본부장실로 향했다. 리더와 비서가 행방을 감췄다는 소식에 셔츠가 흥건히 젖도록 땀을 흘리던 본부장이 얼떨떨한 얼굴로 라키어스를 맞았다.

"이쪽으로 바로 오실 필요는, 아니, 그러시면 안 되는데 말입니다."

"바로 물어보죠. 매수당하신 게 본부장님입니까?"

"예?"

"감염자일지도 모르는 제가 같은 공간에 들어온 걸 이리도 겁내시니 아닌 쪽에 무게가 쏠립니다만."

"저는 도무지……. 매수라뇨?"

"이번 신종 바이러스의 검사 샘플 조작에 가담했는지 묻고 있는 겁니다."

방금 전 직원의 방호복을 입고 건물 안을 자유롭게 누볐다는 리더의 말에 본부장이 아연실색하였다. 하나 충격을 받기엔 일렀다. 그건 시작에 불과했다.

라키어스의 폰에 담겨 있는 증거는 자리를 보전하기 급급한 본부장의 눈에도 그 심각함이 보였다. 라키어스가 풀어 놓는 의학적 지식에 놀랄 여유조차 없었다. 치명적인 신종 바이러스인 줄 알았던 질병이 실은 기존에 백신을 보유한 바이러스이며, 특정인의 검사 샘플을 조작해서 혼란을 야기했다는 말을 들었으니 그럴 만도 했다.

리더가 설명을 마쳤을 때 상대는 그야말로 공황상태에 빠지고 말았다.

"그, 그럼 내일 아침에라도 정정 발표를 하고…… 신고를 해서 해당 직원을 체포하는 쪽으로."

"아뇨."

라키어스가 말을 잘랐다.

"발표를 하시되 백신을 찾아냈다는 내용으로 하시는 겁니다. 기적, 감사, 직원들의 노고. 이런 식으로요. 신고는 하지 마십시오."

"하지만…… 라키어스 님이 찾아낸 바에 따르면 이는 중죄 아닙니까? 사망자도 나왔습니다. 본인 지식을 악용해서 환자를 죽였는데."

"제게 따로 생각이 있습니다. 그러니 본부장님은 지금부터 내일 아침 발표문을 작성하시는 게 어떨지요."

대신 전투대 대원들은 부수적인 검사를 한다는 구실로 아침 일찍 깨운 뒤 밤 10시 이후에나 풀어 주라고 청하였다.

본부장이 지시를 거스를 이유는 없었다.

❖

그로부터 32시간 뒤인 이른 새벽.

온종일 별별 검사에 시달리다가 풀려난 전투대 대원들은 기숙사에 도착하자마자 곯아떨어졌다. 평소라면 해가 뜨고서야 자리에 눕는 윔마저 일찍 잠을 청했다. 정신없이 자던 그들을 깨운 건 엘리제였다.

"지금 바로 주차장으로 나와."

영문도 모르고 끌려 나온 대원들은 주머니에 손을 찔러 넣은 채 엘리제를 멀뚱멀뚱 보았다.

대장이 기별도 없이 무슨 일일까. 적어도 아침까지 기다릴 순 없었을까.

여러 가지 의문이 공기 중에 떠다녔다. 졸린 눈 열네 쌍이 엘리제를 향했다.

"무슨 일이야?"

머리카락이 사방으로 헝클어진 비안카가 팔을 긁으며 물었다.

"회의실에서 하면 안 돼?"

"아무래도 말이 밖으로 새는 것 같아서."

다들 엘리제의 말뜻을 알아듣지 못하고 눈을 껌뻑였다. 오직 비안카만이 표정을 달리했다. 내부 스파이 이야기임을 깨달은 것이다.

"건물 안에 도청 장치가 설치된 것 같거든. 그게 아니면 지금까지의 일을 설명할 수가 없어."

"도청 장치……?"

조에가 난생처음 듣는 단어라는 듯 엘리제의 말을 따라 했다. 푹 자고 난 다음 머리가 쌩쌩 돌아가는 낮 시간이었다면 달랐을 터. 하지만 동도

트지 않은 새벽에 주차장으로 끌려 나와 듣기엔 너무 거리감 느껴지는 단어였나 보다.

'조에일까?'

이 와중에 상대를 의심해야 한다는 사실이 괴로웠다.

졸음 가득한 얼굴은 꾸며 낸 것이고, 실은 자신을 떠보는 게 목적이라면.

그러나 조에는 문자 그대로 잠기운을 떨쳐 내지 못해 힘든 것처럼 보였다. 이들 중 스파이가 있다 해도 윗선과 마지막 연락을 취한 지 수 시간은 되었을 터다. 스파이 짓이고 뭐고, 일단 피곤한 몸을 쉬게 하는 게 우선일 것이다.

그게 바로 엘리제가 굳이 이 시간에 대원들을 찾아온 이유였다. 최대한 무방비한 상태로 새 소식을 듣게 하는 것.

엘리제 쪽이 뭔가 눈치챘다는 사실을 감지하게 하되, 도청 장치 운운하며 빠져나갈 구멍을 만들어 주는 것.

"라키어스가 닷새 뒤에 중대 발표를 할 예정이야. 온 도시가 충격에 빠질 텐데, 너희에겐 미리 알려 놓으려고."

민소매 차림의 휴이가 재채기를 했다.

"나와의 교제 사실 발표야."

잠기운에 취해 있는 대원들은 여전히 바로 알아듣지 못했다.

라키어스…… 대장의 오빠. 그 사람이 발표를 한대. 근데 그게 우리랑 무슨 상관이지?

모두 이런 표정이었다. 개중에 정신을 차렸던 비안카조차도 갑작스러운 소식에 다시 멍한 상태로 돌아갔다.

"……누구와의 교제라고요?"

그나마 실바노가 들은 것을 재확인했다.

"그러니까……"

"라키어스와 나."

"교제."

"그렇지."

대원들 사이에 당혹스러움이 차츰 퍼져 나갔다. 농담이냐고 되묻기엔 엘리제의 표정이 너무 진지했다. 그리고 이런 유의 농담을 하기 위해 새벽에 자던 사람을 불러내지는 않을 터였다.

공공연히 엘리제에게 애정을 드러내 온 두 사람의 낯빛이 눈에 띄게 어두워졌다. 비하르트가 매사 장난스러운 듯해도 자신을 향한 마음만은 진심인 것을 안다. 실바노가 보여 온 충성과 순정의 무게는 세상에 존재하는 어떤 저울로도 잴 수 없을 것이다.

그들에게 이런 식의 통보는 상처가 되겠지만, 만약 두 사람 중에 스파이가 있다면 어쩔 것인가. 그들이 결백하다고 해서 이야기가 달라지는 건 아니었다.

실바노가 아니라 말로리가 스파이라면 가슴이 덜 아플까? 월이라면? 휴이라고 밝혀진다 해서 무슨 차이가 있을까.

우린 이미 그토록 많은 동료를 잃었고, 살아남은 죄책감에 몸부림쳤는데.

복수를 위해 함께 움직이고 있는 지금까지도 가면을 쓴 채 적을 위해 움직이는 자가 있다. 그 어떤 진실도 이보다 충격적이지는 않을 것이다.

"라키어스 리더……와 대장?"

조에가 멍하니 중얼거렸다.

"둘이 남매 아니었나?"

월이 누구에게랄 것 없이 말했다.

"엄밀히 말해서 친남매는 아니지."

"엄밀히, 까지 안 가도 돼. 그냥 설계자가 따로 입양한 거야."

"근데 녹턴 성이."

"갔네."

"괜찮은 건가?"

"둘 사이 나쁜 거 아니었어?"

"이 자식은 언제 적 이야길 하는 거야……."

혼란의 도가니였다. 엘리제는 회의 시간에 곧잘 그래 왔듯 조용히 손을 들었다. 웅성거리던 소리가 단번에 잦아들었다.

"사이가 나빴던 것도 사실이고, 지금까지 너희에게 숨겨 온 것도 사실이야. 그리 오래되진 않았어. 어쨌든 다른 사람들보다는 너희가 먼저 아는 게 옳다고 생각했어."

이만 들어가 보라는 말로 갑작스러운 통보를 마쳤다. 해산을 알리는 것마저 뜬금없었다. 다들 저마다의 혼돈에 빠진 채 건물 안으로 주춤주춤 들어갔다.

끝까지 자리를 뜨지 않는 자가 있어 엘리제가 먼저 등을 돌렸다. 주차장을 완전히 벗어날 때까지 제게서 떨어지지 않는 두 시선이 느껴졌다. 그들은 엘리제의 선언을 들은 이후로 한 마디도 하지 못했다.

엘리제는 숨을 크게 들이쉬고 내쉬었다. 애초에 누구에게도 상처 주지 않으려면 라키어스의 손을 잡지 말았어야 했다. 그리고 누구에게도 상처 주지 않는 방법이 있다 한들, 엘리제 자신이 그걸 실행할 수 있을지도 의문이었다.

"말했어?"

조수석 문을 닫자마자 라키어스가 물었다.

"반응이 어때?"

"당연히 충격 받았지. 그러라고 한 건데."

"잔인한 엘리제."

"헛소리 마."

엘리제가 안전벨트를 찰칵 채웠다.

"네가 CDCP(질병통제예방본부)에 잠입한다. 허점 잡아낸다. 애들 풀려난
다. 다들 몽롱한 상태일 때 내가 거짓 정보를 흘린다. 네가 미리 수배해 놓
은 감시 팀이 각 대원에게 붙는다……. 내가 내부 스파이 운용했을 때, 우
린 이미 같은 생각하고 있던 거 아냐? 근데 이제 와서 나보고 잔인하다?"

엘리제가 가볍게 코웃음을 쳤다.

"출발."

그와의 관계를 평생 숨길 생각은 없었다. 언젠가는 알릴 일이었다. 다
만 목적을 위한 수단으로 사용하게 될 줄은 몰랐을 뿐이다.

5일.

엘리제가 내건 시간이었다. 스파이는 전투대 내부 사정을 가감 없이 알
려야 하니, 적의 귀에도 곧 거짓 발표 날짜가 들어가게 될 것이다. 그리고
엘리제의 예상은 맞아떨어졌다.

3일 뒤, 하샤즈가 기자 회견을 열었다. 라키어스와의 약혼을 파한다는
내용이었다.

기자회견장의 하샤즈는 품위 있는 모습이었다. 장식 없이 단순한 칼라
의 흰 블라우스가 깨끗하면서도 성숙한 분위기를 만들어 주었다. 뒷목 부
근에서 한 갈래로 묶은 머리 스타일도 차분하였다. 다소 그늘진 눈가만이
오늘의 발표가 기쁘지 않음을 전하고 있었다.

"나라면 로켓이나 공작 깃털 브로치 정도는 달았을 텐데. 하긴……. 파
혼 발표하는 자리에는 좀 안 어울리려나."

엘리제가 어깨를 으쓱하였다. 기자회견장은 타타발루 저택의 정원이었
다. 평일 대낮이기 때문에 원래대로라면 시티타워에 있어야 할 타타발루
가 가족들과 함께 서 있었다. 조카의 결정에 대한 지지를 보여 주기 위함
이었다.

정시가 되었다.

하샤즈가 혼자 스탠딩 데스크 앞으로 나와 가볍게 고개를 숙였다. 기자들이 벌써부터 사진을 찍기 시작했다.

엘리제는 다시 한 번 상대의 언론을 다루는 법에 감탄하였다. 오전 9시에 신문사와 방송국으로 '결혼 관련 중대 발표' 소식을 보내 기대감을 고조시킨 다음, 기자들이 회견장에 도착하고 나서야 실은 파혼 발표임을 알리다니.

충격적인 이야기를 들은 기자들은 서둘러 뉴스를 업데이트했다. 왼쪽 화면 상단과 하단 전체에 깔려 있던 '하샤즈 아달람, 결혼 관련 중대 발표' 자막이 '[속보]하샤즈 아달람, 파혼 전격 발표'로 바뀌었다.

게다가 때마침 직장인들의 점심시간이다. 오전 내내 중대 발표가 무엇일지에 대해 옆 사람과 수군거리던 이들은 지금쯤 TV에서 눈을 떼지 못하고 있을 터였다.

하샤즈가 시선을 아래로 내리깐 채 담담히 발표문을 읽었다.

"저 하샤즈 아달람은 이 시간을 기점으로 리더 라키어스 녹턴 님과의 약혼을 파하는 바입니다. 이미 라키어스 님의 동의를 얻었으며 파혼 사유는……."

하샤즈가 돌연 말을 멈추더니 심호흡을 하였다. 회견장은 자연히 침묵에 빠졌다. 작은 소리도 놓치지 않는 마이크가 그녀의 떨리는 숨소리를 생생히 담아냈다.

"사유는."

조금 잠긴 목소리. 데스크 위에 올린 주먹을 가볍게 그러쥐었다. 언뜻 불안이 비치는 시선이 타타발루를 향했다. 원로는 조카와 눈을 마주치며 고개를 끄덕였다.

"제 심신 상태가 영예로운 자리를 수행하기에 부적절하다는 판단 때문입니다."

이제껏 조용하던 회견장이 일시에 들썩였다. 자막이 빠른 속도로 교체

되었고, 사진 찍는 횟수가 늘어났다. 기자들은 거의 초 단위로 하샤즈의 얼굴을 담아내고 있었다.

"아시다시피 리더의 옆자리는 많은 기대를 받는 자리고, 저는 라키어스 님 곁에 설 수 있게 되어 매우 기뻤습니다."

하샤즈가 엷은 한숨을 흘어 냈다.

"그러나 제 개인의 만족보다는 차후 라키어스 님께 도움되는 길을 택하기로 했습니다. 이에 오늘 파혼을 발표합니다."

이미 하샤즈의 이름을 외치며 질문하려는 기자들이 등장했다. 하지만 어렴풋한 슬픔이 느껴지는 낭독을 마저 들으려면 성량을 줄여야만 했다. 타사 기자들이 눈치를 주었다. 덕분에 하샤즈는 목소리를 더 크게 높이지 않고, 처음의 우아한 모습 그대로 발표를 마칠 수 있었다.

"시민 여러분께서 기대하시던 아름다운 소식이 아니라 저 스스로도 매우 죄송하고 유감스럽습니다. 아울러 저의 결정을 끝까지 지지해 주신 큰아버지와 가족에게 깊은 감사를 보냅니다. 감사합니다."

하샤즈가 데스크에서 한 걸음 물러나 고개를 숙이기 무섭게 질문이 빗발치기 시작했다.

"하샤즈 양! 하샤즈 양!"

"부적절한 심신 상태란 정확히 무슨 뜻입니까?"

"의료센터에서의 직무 수행에는 아무 문제가 없지 않습니까?"

"왜 라키어스 님이 발표하지 않으신 겁니까?"

"평소 두 분 사이에 트러블이 있었나요?"

침잠한 얼굴의 하샤즈가 자리를 떴다. 타타발루가 조카의 어깨를 감싸고 토닥여 주었다. 타타발루의 수행원 중 한 명이 데스크로 와서 질문을 받지 않겠다고 알렸다. 기자들이 더더욱 벌 떼처럼 들고 일어났다.

엘리제가 볼륨을 낮췄다. 하샤즈는 이제 기자회견장에서 완전히 모습을 감추었다.

"무슨 일이 있어도 절대 파혼하지 않겠다고 했다던데……."

두 사람을 뒤로하고 식당을 뛰쳐나갔던 날.

라키어스는 엘리제가 나가고 난 뒤 상대와 어떤 대화를 나누었는지 알려 주었다. 그때 하샤즈는 눈가를 붉게 물들이면서도 끝까지 파혼을 선언하지 않겠다고 했단다. 엘리제는 그게 하샤즈의 마지막 몸부림이라고 생각했다. 라키어스도 비슷한 의견이었다.

"이제 와서 말을 번복하다니. 놈이 설득했나?

네게 상처 준 라키어스를 무너뜨릴 방법이 있다고?

"어쨌든 이로써 하샤즈는 확정이긴 한데."

라키어스는 애초에 중대 발표를 할 계획이 없었다. 그리고 엘리제는 깊은 새벽 공터에서 전투대 대원들에게만 날짜를 전달했다.

5일 후 발표라는 첩보에 놈은 발 빠른 조치를 취해야 했을 터.

라키어스의 능란한 화술과 호소력이라면 남매가 연인이 되었다는 이슈조차도 그럴듯하게 설득시킬 위험이 있었다. 강력한 무기를 두 눈 뜨고 빼앗길 수야 있나. 그래서 하샤즈를 내세워 선수 치게 한 거다. 단 한 명도 납득할 수 없는 발표문으로.

"부적절한 심신 상태? 의혹만 부추기는 단어잖아. 표현을 골라도 어쩜."

폰이 진동했다. 엘리제는 발신자를 확인한 뒤 바로 전화를 받았다.

"축하해. 전 약혼녀가 적진에 스카웃 됐네."

— ……내부 스파이의 존재를 재확인한 것도 축하하지.

"망할."

엘리제가 욕을 짓씹었다. 라키어스가 짧게 사과했다. 그럴 거면 처음부터 말을 하지 말았으면 싶었다. 하여간 녹턴과 라키어스도 닮은 구석이 많지만, 엘리제와 라키어스도 영 다르지만은 않았다.

이미 서로를 낱낱이 아는 줄 알았는데. 갈수록 비슷한 점을 더 발견하게 되어 소름이 돋는 기분이랄까.

"근데 좀 싱겁지 않아?"

— 확실히.

라키어스가 동의했다.

— 죽어도 자기 쪽에서 먼저 파혼 안 할 거라던 하샤즈를 돌려세웠으니 이 정도로 끝내진 않겠지.

"두 번째 파도는 언제 오려나."

딱히 질문으로 던진 말은 아니었다.

"그걸 봐야 다음 행보를 정할 텐데."

— 시기는 예측 불가지만, 적들이 무엇을 던질지는 대강 알 수 있어.

연인 관계를 밝힌다는 말에 서둘러 파혼 발표를 준비했다.

다음은 뭐가 될까. 어차피 이쯤 되면 엘리제와 라키어스가 스파이의 존재를 알아챘다는 것을 놈도 짐작할 터였다.

도청 장치 밑밥을 깔았으나 거기에 매달리는 건 스파이뿐.

오랜 시간 라키어스 제거를 계획해 온 자는 일개 스파이보다 훨씬 다양한 경우를 대비해야 했다.

"우리 관계를 먼저 터뜨릴 거야."

역시 그것뿐인가.

엘리제가 한숨을 길게 쉬며 이마를 짚었다. 몸이 저절로 소파에 축 늘어졌다. 앓는 소리가 흘러나왔다.

지금 충격과 흥분에 사로잡힌 회견장의 저 무리가 죄다 내게 몰려온다는 거잖아. 겨우 조용하게 보내나 싶었더니 며칠을 못 가는군.

예상 못 한 바는 아니지만 생각만으로도 머리가 지끈거렸다. 문득 라키어스가 탄식했다.

— 방금 그 소리.

"무슨 소리?"

— 네가 낸 소리. 아찔했어.

엘리제가 천장을 쳐다보았다. 라키어스 녹턴이 이럴 때마다 갑자기 모든 것이 의미 없어지는 기분이었다.

"두 번째 공격 기다릴 필요 없이, 그냥 지금 저기 가서 바지를 내리는 게 어때?"

— 나쁘지 않은데.

뚝.

엘리제가 종료 버튼을 눌렀다. 몇 초 뒤에 폰이 다시 진동했다.

라키어스였다.

— 물론 옷을 벗지 않고도 다양한 방법이.

뚝.

가차 없이 종료 버튼을 눌렀다. 무음 모드로 바꾼 뒤 옆으로 집어 던졌다. 라키어스의 낮은 웃음소리가 여기까지 들리는 것만 같았다. 엘리제는 TV로 시선을 돌렸다.

15분 뒤.

서재로 가려고 일어나면서 별생각 없이 홈 버튼을 눌렀다. 알람을 터치하자마자 후회했다.

"변태 자식……."

이번엔 사진이 도착해 있었다.

놈은 하루 하고 한나절 동안 아무 움직임을 보이지 않았다. 불판을 달구는 데 필요한 시간이었다. 과연 사람들은 갑작스러운 파혼 발표에 저마다의 추측을 더하며 입방아를 찧었다.

일부 타블로이드는 재빠르게 다음 약혼녀 후보 기사를 내기도 했다. 라키어스와 하샤즈의 관계는 조건을 최우선으로 한 약혼이었지만, 지난 몇 달간 매우 로맨틱하게 포장되었기 때문에 사람들의 충격은 이만저만이 아니었다. 증거를 댈 수 없는 온갖 루머가 양산되었다.

아무래도 리더 쪽에서 마음이 식지 않았겠느냐.

듣자하니 하샤즈 아달람에게 심각한 문제가 있다더라.

어떤 문제인지는 정확히 알려지지 않았지만 리더의 부인으로 삼기엔 치명적이라던데.

여자 쪽 체면을 살려 주려고 라키어스 님이 배려를 한 게 아닐지.

파혼 발표 직후만 해도 양쪽에 공평하던 여론이었다. 한데 하루 하고 한나절이라는 짧은 시간 동안 급격히 하샤즈를 탓하는 쪽으로 추가 기울었다. 어쩜 이토록 악의적일 수 있을까 싶은 글들이 인터넷 게시판을 점령했고, 사람들은 점점 그에 동조하였다.

마치 누군가 작정하고 하샤즈에 대한 나쁜 말을 퍼뜨리는 것 같았다. 엘리제는 라키어스와의 관계가 폭로되면 지금 하샤즈를 향하는 것의 몇 배에 달하는 비난이 제게 돌아올 것을 알았다.

사람이란 게 그랬다.

자기가 신나게 깎아내린 쪽이 실은 무고하다는 걸 깨달으면 민망하고 당황스러워진다. 오해였구나. 내가 잘못했구나. 절대 이 정도 선에서 그치는 법이 없다. 칼날을 시퍼렇게 갈아세운 후, 이제까지 여론의 그늘에 숨어 있던 상대방을 응징하고자 맹렬히 달려들었다. 그렇게 하면 마음의 부채가 덜어지기라도 하듯이.

'정확히 놈이 노리는 반응이겠지.'

엘리제가 벽시계를 보았다. 라키어스는 욕실에서 샤워 중이었다. 저녁 식사를 마친 지 다소간의 시간이 지났다. 에데니카의 다른 집들도 비슷한 시간을 보내고 있을 터다.

'곧 뉴스 할 시간이네.'

엘리제는 그런 생각을 하며 서재로 향했다. 하샤즈가 메인뉴스를 특별히 좋아하는 듯해서 기자회견 이후부터는 TV를 계속 틀어 두고 있다.

라키어스가 나오면 딱 시작될 거다. 그전에 알아 놓고 싶은 게 있었다.

서재로 들어간 엘리제는 라키어스의 폰을 집어 들었다. 주저 없이 패턴을 그어 잠금을 해제하였다. 그가 전투대 전원에게 잠복 조사 팀을 붙였으며, 매일 각 팀으로부터 보고받는 것을 알고 있었다.

14개의 다른 번호.

이 중 엘리제가 필요로 하는 번호는 하나뿐이었다.

"엘?"

거실 쪽에서 라키어스의 목소리가 들렸다. 약간 올라간 말끝. 그는 엘리제가 어디 있는지 궁금해하는 게 아니었다. 자신에게 오라는 뜻임을 알아들었다. 엘리제는 얼른 제 폰에 해당 번호를 입력한 뒤 서재 밖으로 나갔다.

TV를 보자마자 라키어스가 불러낸 이유를 대번에 깨달았다.

지금도 생생히 떠오르는 순간.

누군가 어두운 골목 끝에 숨어 촬영한 영상이 화면을 가득 채웠다.

『나만 봐.』

너무 짧고 쉬운 문장이라 눈이 보이는 사람이라면 엘리제의 입술을 읽을 수 있을 터였다. 하지만 영상 제공자는 거기서 더 큰 친절을 베풀어 하단부에 자막을 달아 놓았다. 이후에 이어질 내용이 무엇인지 안다.

엘리제가 괴로운 듯 흐린 눈으로 라키어스를 올려다보고, 그의 실크 타이를 천천히 감아쥐고, 자신에게로 끌어당기는 것이다. 먼저 매달리고 유혹하는 모습 위로 자막이 깔렸다.

『그 여잔 버려.』

실제로 엘리제가 한 말은 '이젠 끝이야.'였지만 촬영 각도상 입술이 정확히 보이지 않았다. 어떤 자막을 입혀도 길이만 비슷하면 그럴듯할 판이었다.

순간, 이와 굉장히 유사한 경험이 엘리제의 머릿속을 스쳐 지나갔다.

실바노와의 키스 스캔들.

실제로는 상대와 키스하지 않았으나 그 사진을 찍은 사람은 절묘한 각도를 찾아내 보는 이가 껌뻑 속을 자료를 만들어 냈다.

"지금 이거."

엘리제가 화면에서 눈을 떼지 않은 채 물었다.

"뉴스 자료 영상으로 나오고 있는 거 아니지?"

"앵커들이 인사말을 마치자마자 대뜸 나왔어. 정식 자료도 보통 이렇게 오래 보여 주진 않아."

영상은 미친 듯이 엘리제를 탐하는 라키어스의 모습으로 끝을 맺었다. 예고 없이 바뀐 화면에 앵커들의 당황한 얼굴이 그대로 전파를 탔다. 스튜디오는 우선 방송 사고로 처리하기로 한 모양이었다. 앵커의 간단한 사과 이후 원래 준비했던 뉴스가 이어졌다.

라키어스가 음소거 버튼을 눌렀다.

"예상은 했지만…… 저 장면을 터뜨릴 줄은 몰랐군."

그날 밤.

엘리제는 저녁에 입력한 번호를 한참 들여다보았다. 영상을 보면서 든 기시감은 엘리제가 종일 품고 있던 의혹에 힘을 실어 주었다. 시간이 더 흐르기 전에 결정해야 했다.

결국 엘리제는 메시지 작성 창을 열었다.

[다음 사항을 확인해 주세요.]

잠시 후, 메시지를 발송하였다.

에데니카가 폭발했다.

폭발.

그런 단어로밖에 설명할 수가 없었다. 하샤즈의 치명적인 결함을 의심했던 사람들은 무기를 재정비한 뒤 곧장 엘리제에게 달려들었다. 정확히 엘리제가 예상한 대로였다. 어마어마한 반응은 모니터를 뚫고 길거리까지 쏟아져 나왔다. 한밤중에 엘리제의 휴즈가 자택 앞에 쓰레기를 쏟아 놓고 가는가 하면, 벽에다 스프레이 페인트로 욕을 쓰기도 했다.

남매의 '다정한' 한때를 기억한다는 제보자가 숱하게 등장했다. 그중엔 열다섯 살 엘리제의 남달랐던 매력에 대해 증언한 사람도 있었다. 완벽주의자 녹턴과 후계자 수업에 여념 없던 라키어스. 두 남자의 정신을 쏙 빼놓는 요부 기질이 그때부터 대단했다는 발언이었다.

이에 대한 엘리제의 반응은 단순했다.

'요부라니. 요즘도 저 단어 쓰는 사람이 있나?'

그러고는 기가 찬 듯 웃었다.

'진짜 녹턴을 홀렸으면 억울하지나 않지.'

그걸로 끝이었다. 시민들의 분노는 라키어스가 걱정한 것보다 엘리제에게 큰 영향을 주지 않았다. 오히려 영향을 받은 쪽은 라키어스였다.

오늘 출근만 해도 그랬다.

수행원은 시티타워 정문에서 내리는 것보다 지하주차장으로 들어가 엘리베이터를 이용하는 쪽을 조심스레 추천했다. 정문 맞은편에 대거 포진하고 있는 기자단을 피하기 위함이었다. 하지만 라키어스가 엘리베이터를 기다리고 있을 때, 기자 한 무리와 피켓을 든 시위대가 우르르 등장했다.

번쩍번쩍 터지는 플래시 사이로 수많은 질문이 쏟아졌다.

엘리제가 파혼에 개입했는지. 두 사람의 관계를 생전에 녹턴도 알고 있었는지.

입장을 정리해서 차후 공식 발표를 하겠다는 말은 그들을 만족시켜 주지 못했다. 마침 엘리베이터가 도착했고 라키어스는 안으로 들어섰다. 그때 누군가가 머리 위로 높이 든 피켓이 눈에 들어왔다.

[세금 약탈자 창녀를 도시 밖으로 추방하라!]

자제할 수가 없었다. 엘리제 곁에 있을 땐 제대로 작동하던 이성이 일시에 마비되었다. 엘리베이터 문이 닫히기 직전 시위자의 비명을 들었다. 다들 순식간에 타들어 간 피켓에 놀라며 시위자에게서 떨어졌다. 라키어스는 열림 버튼을 누르지 않았다.

당연했다. 자신이 저지른 짓이니까. 몸까지 태워 버리려던 살의를 그나마 피켓에서 멈춘 것이다.

'쓰레기 같은 말을 지껄이고도 살아서 집에 돌아갈 수 있는 걸 감사히 여겨야지.'

도시 안에서, 그것도 모두가 보는 앞에서 능력을 쓴 것은 지난날 경비대장 도블락의 산소통을 막은 이후로 처음이었다. 그리고 그땐 미리 계획을 했다.

오늘 아침처럼 충동적으로 능력을 발산한 적은 없었다.

단 한 번도.

「너, 약해지고 있어.」

엘리제의 말이 떠올랐다. 라키어스는 손목시계를 슬쩍 확인한 뒤 자세를 고쳐 앉았다. 타타발루가 맞은편에서 의미심장한 눈길을 던지더니 자딘의 발화 도중에 끼어들었다.

"맨 마지막 안건을 지금 논의하고 싶네."

자딘이 다소 곤란한 표정으로 라키어스를 일별했다. 라키어스도 마지막 안건이 무엇인지 알고 있었다.

회의 시작 전 나눠 준 종이에 떡하니 적혀 있으니까.

엘리제의 이름이 시야에 또렷이 박혔다.

"어제 회의 때 다루지 않은 건 자네에게 시간을 주려는 뜻이었네. 그 망측한 영상이 터진 당일 밤 전화를 걸 수도 있었지만 난 애써 눌러 참았고."

타타발루의 입가가 분노로 실룩였다.

"한데 지금 자네는 너무 태연해 보이는군. 내가 알던 사람이 맞나 의심스러울 지경이야."

"몇몇 원로와 이야기를 나눴는데."

신도시 개발이 좌절된 바 있는 말론의 등판이었다.

"백 번 천 번 양보해서 두 사람을 인정한다 치세. 어쨌든 둘 다 성인이고 엄밀히 말해 피가 안 섞인 사이니까. 유전자로만 보면 남남이지. 하지만 사회의 풍토라는 게 있네. 사람들의 배신감은 둘째 치더라도 법에 저촉되는 건 어쩔 건가? 응?"

"법적으로 여동생인 상대와의 부적절한 관계라니. 리더로서의 명예 실추는 물론이고……."

"아무리 자네라도 이건 안 되지. 혹시라도 결혼을 염두에 두고 있다면 어림없다고 말하고 싶네만."

보수파의 총공세였다. 평소 엘리제를 눈엣가시로 여겼던 자들이다. 생전 녹턴을 그리 좋아하지 않았던 주제에 '설계자의 뜻'을 운운하며 불순한 결합을 반대하는 게 퍽 인상적이었다.

불순하다. 불순하다라. 우리 관계가 불순했던가?

라키어스는 기다렸다는 듯 퍼붓는 항의를 한 귀로 흘리며 생각했다.

'나는 약해지지 않았어, 엘리제. 이제야 겨우 숨이 틔는 기분인걸. 아침에 눈을 뜨는 게 괴롭지 않고, 더는 잠드는 게 두렵지 않지. 모든 게 의미를 찾고 있어. 이전보다 자주 웃기도 하잖아.'

타타발루가 엘리제의 열등한 점을 나열했다. 일부일처를 시행하고 있는 에데니카 규정상 엘리제에게서 결실을 얻을 수밖에 없는데, 그리하면 라키어스의 혈통을 제대로 보존하지 못한다고 성토하였다.

'이토록 다 좋아졌는데, 내가 어떻게 약해질 수 있겠어.'

보수파는 녹턴이 이런 결말을 위해 위험을 무릅쓰고 도시 밖을 누비지는 않았을 거라고 덧붙였다.

에데니카를 향한 그의 희생과 노력을 헛되이 해서는 안 된다고.

다른 누구도 아닌 라키어스 자네가 그래서는 안 된다고.

돌아가신 아버지를 배신하지 말라고.

'엘, 이것 봐. 저들이 살아 있는 게 내가 약해지지 않은 증거야. 아침에 불태워 버린 피켓처럼 값비싼 가죽 의자째로 불살라 버릴 수 있는데 그러지 않고 있잖아. 듣고 있잖아.'

라키어스는 펜트하우스에 있을 소중한 날개를 향해 속삭였다.

'나 정말 최선을 다하고 있다고.'

라키어스가 서류 파일을 소리 나게 닫았다. 회의실이 울리도록 질책하던 자들이 일시에 입을 다물었다.

"그래서 여러분이 제게 바라시는 게 뭡니까."

라키어스가 한 명 한 명에게 시선을 맞추며 말을 이었다.

"시민들께 사과하고 엘리제를 정리하는 것?"

"……그리한다고 해도 이미 실추된 명예는."

"되돌릴 수 없겠죠."

라키어스가 자연스럽게 말을 받았다.

"영상을 공개한 자도 아마 그런 판단하에 일을 저질렀을 겁니다."

갑자기 화살 끝이 다른 방향으로 돌아갔다.

이제껏 아무도 궁금해하지 않고, 문제 삼지 않았던 제보자.

정식으로 파일을 보내지 않고 일종의 방송 사고를 일으킨 자를 제대로 추적하려는 움직임이 전무했다. 다들 제보자보다는 남매의 부적절한 관계를 들쑤시기에 바빴다.

라키어스는 이 점을 환기시킨 거였다.

"물론 저 역시 되돌릴 생각은 없습니다. 언젠가는 공개할 일이었고요."

회의실 안이 또다시 시끄러워졌다. 아까 보수파가 언성을 높이는 동안 입을 다물고 있던 자딘마저 말을 보탰다. 라키어스가 손을 들어 정숙을 요했다.

"일부 조작된 영상이 공개되었습니다. 저희 둘의 관계가 밝혀졌고요. 이 상황에서 제가 엘리제를 정리한다면, 사람들의 비난에 떠밀려 사건을 수습하는 모양새가 될 겁니다."

"하지만."

"역시 가장 큰 문제는 법적 관계겠죠. 안 그렇습니까?"

라키어스가 자세를 바로 했다. 다음에 이어질 선언은 이 자리에 앉아 있을 놈의 기분을 한껏 고조시킬 터였다.

"이 시간부로 엘리제를 녹턴의 가족관계명부에서 제하겠습니다. 대다수의 도시 외부 출신이 그렇듯 성이 따로 없으니, 그녀 어머니 이름을 따서 엘리제 샤론이라고 하죠. 이는 당사자의 동의를 거친 결정입니다."

모두가 침묵에 잠겼다. 리더에겐 자신의 가족관계명부를 정리할 특권이 있었다. 라키어스는 이를 사용해 엘리제를 남매가 아닌 별개의 인물로 만들었다.

다시 말하자면, 이제 엘리제는 더 이상 리더의 가족이 아니었다. 리더

가족으로서의 특혜 또한 받을 수 없다. 엘리제가 제일 쏠쏠하게 사용해 왔던 게 바로 면책권이었다.

사회질서를 심각하게 저해하는 중범죄가 아닌 이상 벌금 정도에 그치게 하는 특혜 조항.

더는 누릴 수 없게 되었다. 엘리제를 지켜 주던 가장 튼튼한 보호막이 해제됐다.

라키어스가 결혼으로써 그녀를 다시 안전 구역에 들여놓기 전까지는.

'무방비한 엘리제 녹턴. 아니, 엘리제 샤론.'

충격을 가장한 침묵 너머에서 '그'는 잠자코 웃음을 삼켰다. 상대가 이 길밖에 택할 수 없으리라 예상했다.

'이론적으로야 가능하지. 엘리제를 더 이상 여동생이 아니게 만든 다음, 결혼으로 다시 녹턴의 힘을 누리게 하는 것. 한데 어쩌나, 라키어스. 네 결혼은 네 맘대로 진행할 수 없을 것인데.'

무려 에데니카의 빛이 아니신가.

'그'는 라키어스가 질병통제예방본부에 직접 잠입해서 해결한 최근 사건을 떠올렸다. 음모라고 밝힐 수 있었던 일을 조용히 넘겼다. 상대가 무슨 생각으로 그리 처리했는지 짐작이 되었다.

'네가 날뛸수록 좋다. 결과적으로 내겐 몹시 유리한 방향이야.'

자꾸만 흡족한 미소가 새어 나오려는 것을 눌러 참았다.

'더 무도하게 굴어라. 한시가 급하다는 듯 혼인신고까지 마쳐 버려. 그럴수록 너의 적은 늘어나고, 나의 무기는 강해질 테니.'

이후 라키어스를 제거하는 데 정당성을 부여하는 또 하나의 증거가 될 것이다. 평소의 부드러운 미소를 완전히 지워 버린 라키어스가 회의실 안을 둘러보았다. 이런 식으로 원로원을 놀라게 만들어 유감이라는 말과 함께 엘리제와의 관계에 대한 결의를 내비쳤다.

"자네도 알겠지만 쉽지가 않네……."

자딘이 한숨을 쉬었다. 보수파는 남은 회의 시간 동안 라키어스에게 말을 걸지 않는 것으로 불만을 표출했다. 시티타워 회의실에 그 어느 때보다도 날카로운 냉기가 감돌았다.

'그'는 다시 한 번 은밀하게 만족스러운 웃음을 지었다.

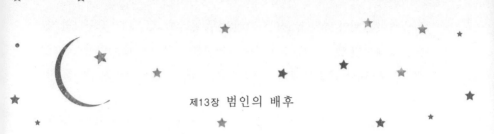

제13장 범인의 배후

근처에서 클랙슨 소리가 울려 퍼졌다. 멍청한 차가 길을 가로막고 있는지, 서로 양보하기 싫은 운전자끼리 기 싸움 중인지는 몰라도 각기 다른 종류의 클랙슨이 빵빵거리는 게 시끄러웠다.

욕이 저절로 튀어나왔다. 다른 대원들이 봤으면 웃음을 터뜨릴 장면이었다. 어제 알을 깨고 나온 병아리도 아닌데 뭐 이리 신경질적으로 반응하느냐, 한마디씩 거들었을 것이다.

스파이는 재차 욕을 뇌까리며 걸음을 재촉했다.

시티타워가 바로 코앞이었다.

불안. 초조. 공포.

스파이 짓을 시작한 뒤로 늘 가슴 한구석을 차지하고 있던 감정들이다. 하지만 일상생활이 힘들 만큼 심해진 것은 역시 엘리제의 새벽 호출 이후부터였다. 에데니카 곳곳에 눈을 심어 둔 '그'는 엘리제가 대원들을 불러내는 광경을 보았다며 그 자리에서 들은 내용에 대해 물었다.

스파이는 힘이 없었다. 돌아가기엔 너무 멀리 왔고, '그'가 요구하면 자신은 응해야만 했다. 엘리제가 도청을 의심한다. 뭔가 낌새를 알아차린 게 틀림없다. 내 신원 보호에도 최소한의 신경을 써 달라. 그렇게 간곡히 청했건만.

'바로 사흘 뒤에 터뜨리면 어떡하느냐고. 도청을 의심해서 일부러 새벽에 공터로 불러냈는데. 그걸 바로 써먹어 버리면 내부 스파이가 있다고 광고하는 꼴밖에 더 돼?'

불안에 떠는 건 저 혼자뿐이었다.

'그'는 더없이 여유로운 목소리로 모든 것이 계획대로 흘러가고 있다고 말했다. 그러면서 마지막으로 하나만 더 협조하면 대열에서 빠지게 해 주겠다고 했다. 성공이 가까워진 만큼 자기도 신중을 기하고 싶다고, 외부 상황에 흔들리지 않는 정예 멤버로 진행해야겠다고 말이다.

의심스러운 한편 너무도 반가운 발언이었다. 반년 넘도록 계속된 지긋지긋한 괴롭힘에서 벗어날 수 있다니 꿈만 같았다. 그래서 스파이는 오늘 이 시각 모두가 퇴근한 시티타워로 찾아왔다.

'그'가 미리 손써 둔 대로 후문이 열려 있었다. 스파이는 엘리베이터를 타고 약속 장소로 이동했다. 경비들이 야간 순찰을 돌긴 하지만 철저하게 매뉴얼대로 움직이기 때문에 특정 시간의 특정 장소만 피하면 마주치지 않는 것이 가능했다.

약속 장소에 도착한 스파이 눈에 들어온 것은 구형 폰과 이어마이크였다. 착용하자마자 전화가 왔다. 통화 버튼을 눌렀다.

"여기까지 불러 놓고 전화질인가? 어차피 대면도 안 할 거라면 그냥 음성메시지나 보내지 그랬어."

『발 뺄 타이밍만 궁리하는 너와 달리 나는 만전을 기해야 하기 때문이지.』

"……됐어. 빨리 지시 사항이나 말해."

'그'가 혀를 찼다. 지금 이 순간에도 가슴이 쿵쾅대는 자신과 달리 끝까지 여유만발이었다.

그때 누군가 이쪽으로 다가왔다. 스파이의 촉각이 일시에 곤두섰다. 경비라기엔 지나치게 가벼운 발걸음이었다. 발각될 경우를 대비해 핑계를 마련해 뒀지만 상대가 누구냐에 따라 달라질 터다.

준비한 걸 써먹을 수 있을지 아닐지 상대를 봐야……

다음 순간 스파이의 동공이 커다랗게 열렸다. 전혀 예상치 못한 인물의 등장이었다.

"대장?"

엘리제가 고개를 까닥 기울였다.

"대장이 웬일이야?"

사실 엘리제가 여기 있는 것보다 자신이 여기 있는 게 이상해 보인다. 누가 봐도 그럴 것이다. 스스로도 알고 있었다. 하지만 너무 놀란 나머지 엘리제에게 멍청한 질문을 던지고 말았다.

엘리제가 어깨를 가볍게 으쓱했다.

"라키어스가 은밀히 빼돌릴 자료가 있대서 따라왔어. 아무래도 밤에 움직이는 게 낫잖아? 요즘 분위기도 장난 아니고."

"지금 여기 있어?"

엘리제로도 정신이 혼미한데 라키어스 녹턴이라니. 화들짝 놀라는 자신과 달리 엘리제는 그저 코를 찡긋거릴 뿐이었다.

"차 빼놓는다고 내려갔어. 난 화장실 좀 쓰느라 늦었지."

"아……."

"그러는 넌 여기 무슨 일이야?"

핑계를 마련해 두긴 했지만 그건 경비와 마주칠 경우에나 유용한 것이었다. 자신에 대해 잘 모르는 상대 말이다.

엘리제는 예외였다.

"웜?"

엘리제가 말끝을 살짝 올리며 이름을 불렀다.

"괜찮아? 안색이 안 좋은데."

"……또 배가 아프네. 망할 저녁. 냄새는 멀쩡했는데."

아닌 게 아니라 실제로 웜의 이마에선 식은땀이 배어 나오고 있었다. 그는 손바닥으로 배를 문지르며 인상을 찌푸렸다.

"나도 화장실 좀."

"그래, 갔다 와."

"대장은 먼저 갈 거지? 동행이 기다리고 있다며."

"응, 가야지."

엘리제가 어서 가 보라는 듯 손짓했다. 웜이 주저할 이유는 없었다. 일단 자리를 피하는 게 우선이었다. 허둥지둥 화장실로 달려가 문을 잠그고 변기 위에 앉았다.

온몸이 떨렸다. 머릿속이 백지장처럼 새하얗게 변했다. 입을 벌리고 있으려니 이가 딱딱 부딪치는 소리가 나서 턱에 힘을 넣어야 했다.

이런 빌어먹을 불운이 닥치다니.

경비에게 들키지 않고 순조로이 약속 장소에 도착하면서 잠시나마 들떴던 기분이 나락으로 처박혔다. 그와 동시에 자신이 아직 이어마이크를 끼고 있다는 사실이 떠올랐다.

주머니에 넣어 둔 폰은 여전히 통화 중 상태다. 갑자기 화가 치밀었다.

『무슨 일을 이따위로 어설프게 해.』

웜이 낮은 목소리로 상대를 윽박질렀다.

"당신도 들었지? 못 들을 리가 없지. 아무리 늙었어도 귀까지 틀어 막힌 건 아니니까."

『저런.』

"대장이 여기 와 있다니까! 그것도 제 오빠랑 같이!"

『우선 흥분을 가라앉히라고. 네가 그 계집애를 상대할 동안 알아봤는데, 감시 팀이 몇 초 차이로 녀석들을 놓쳤더군. 그것도 내가 말하고서야 깨달은 모양이야.』

욕이 튀어나왔다. 어떤 상황에서도 태연함을 잃지 않는 상대를 죽이고 싶었다.

그래, 당신은 여기 없다 이거지? 언제나 그랬듯이 안전한 곳에서 입만 나불대고 있겠지. 증오스러운 라키어스 녹턴에게서 몇 킬로미터나 떨어져서는 말이야.

난 발도 들이지 못한 저택의 호화로운 가죽 의자에 앉아 있나? 값비싼 시가를 빨아들이면서?

문 밖에선 실크 파자마를 입은 가족들이 하하호호 웃고 있을 테지. 제 남편과 아비가 무슨 일을 벌이고 있는지 꿈에도 모를 작자들.

뭐, 안다 한들 딱히 달라질 게 있겠어? 어차피 당신 가족도 풍요로운 생활이 지속되기만 하면 그만일 텐데.

당신 눈엔 나 같은 피라미가 발발 떠는 게 우스워 보이겠지. 돈도, 권력도, 심복도 넘쳐나는 주제에 지금보다 더 가지려고 발악하는 당신 따위의 눈에 드는 게 아니었는데.

함정에 빠지는 게 아니었는데.

"젠장. 젠장. 젠장!"

웜이 분을 이기지 못하고 주먹으로 화장실 벽을 마구 쳐 댔다.

『기껏 자리를 잘 피해 놓고는 자기 상태가 멀쩡하다고 광고하고 있구먼. 도시 반대편까지 다 들리겠어.』

"당신이 뭘 알아, 응? 당신 따위가 뭘 아느냐고."

『네가 곤경에 처한 것 정도는 알지.』

재차 욕을 뱉는 웜에게 상대가 지시했다. 준비해 온 소형 폭탄을 라키어스 비서의 책상 서랍에 설치한 뒤 귀가하라고. 차후 엘리제가 오늘 밤에

201

대해 묻거든 협박을 받았다고 털어놓으라 하였다.

"……지금 자수를 하란 말이야?"

『좀 다른데. 자수라기보단 자백이니까. 엘리제 녹턴에게 수사권이나 체포권이 없다는 건 너도 알 텐데.』

"미친. 이제 날 버리는 거야? 응? 다 써먹었다고 쓰레기처럼."

『네 대장이 널 죽일 것 같은가?』

웜이 입을 다물었다. 상대가 단언했다.

『그 계집앤 널 죽이지 못해. 죽는 게 너무 무서워서 그랬다며 질질 우는 널, 과연 죽일 수 있을 것 같나?』

"……."

『장담컨대 주먹질 몇 번으로 끝날 거다. 전투대 제명을 시킬 순 있겠지. 하지만 경찰에 넘기지는 못할걸?』

"……."

『지금으로선 이게 최선이야. 오히려 이 기회에 전투대를 빠져나온다 생각하라고. 곧 무너질 집단에서 이토록 깨끗하게 발 빼기가 어디 쉬운 줄 아나?』

대단한 시혜라도 베푸는 양 우쭐대는 목소리가 듣기 싫었다. 웜은 화장실 칸을 나와 세면대 앞에 섰다. 찬물로 목덜미까지 씻자 정신이 조금이나마 돌아오는 기분이었다.

거울 속 자신을 쳐다보며 심호흡을 했다. 이쯤 됐으면 엘리제가 돌아갔겠지 싶었다. 조심스럽게 목을 빼고 내다본 복도는 텅 비어 있었다.

얼른 설치하고 가자. 벙커로 돌아가 푹신한 침대에 눕는 거다. 놈이 재수 없긴 하지만 완전히 틀린 말을 한 건 아니다.

엘리제는 웜을 죽이지 못한다.

그러니 내일 일은 내일 생각하면 된다고 되뇌며 엘리베이터 버튼을 눌렀다. 45층에 내린 웜은 어두운 복도를 지나 비서의 집무실에 다다랐다.

불 꺼진 건물 자체가 어둡기도 하거니와 어차피 시티타워 보안탑에 접속해서 CCTV 영상을 조작할 생각이었기 때문에 얼굴을 가리지 않았다.

복면을 뒤집어쓴 채 경비와 마주치면 번거로움만 더해질 뿐이다. 현장에 쓸데없는 지문을 남기지 않을 얇은 라텍스 장갑이면 충분했다. 막 집무실로 들어서려는 참이었다.

엘리베이터 문이 열리더니 집으로 돌아간 줄만 알았던 엘리제가 내렸다. 웜은 문고리를 잡은 채 그대로 얼어붙고 말았다.

"배는 좀 괜찮아?"

"……어어."

집에 간 줄 알았다고 대꾸하지 않길 잘했다. 다음 순간 그럴싸한 핑계가 떠올랐기 때문이다.

"한데 여긴 왜 온 거야, 웜?"

"자료 빼돌린다지 않았어? 아직 안 갔으면 혹시라도 내가 도울 일은 없나 싶어서."

"기특하네."

엘리제가 씩 웃었다.

"근데 거긴 비서님 집무실이야."

"아, 그래?"

다소 과장되게 투덜대며 아래위로 문을 훑었다. 옆에 있는 라키어스의 집무실과 번갈아 보기도 했다.

"가는 길에 전투대 앞에 내려 줄까? 차 태워 줄게."

"나야 고맙지."

안 되겠다. 두 번이나 들킨 마당에 끝까지 남기를 고집할 수가 없었다. 적어도 웜의 머리로는 새 핑계를 짜내는 게 불가능했다. 다시 오는 한이 있더라도 지금은 이 자리를 뜨는 게 나을 것 같았다. 웜은 문고리에서 미련 없이 손을 뗐다. 후드 주머니에 두 손을 푹 질러 넣고 엘리제 쪽으로 걸었다.

"웜."

"응?"

"아까 화장실에서 왜 화를 낸 거야?"

엘리제에게 다가가던 걸음이 저절로 멈추었다.

"지금 장갑은 왜 낀 거고?"

혀가 돌덩이처럼 굳어 버렸다.

"워믈라토."

엘리제의 웃음기 없는 시선이 정면으로 닿았다.

"우리가 두 번이나 마주친 게 우연일까."

아무것도 생각나지 않았다. 주머니에 질러 넣은 두 손이 부들부들 떨렸다. 여길 벗어나야 한다. 도망쳐야 한다. 본능이 그렇게 외치고 있었다. 엘리제가 가장 가까운 엘리베이터를 막듯이 서 있는 까닭에 그쪽은 이용할 수가 없었다.

엘리베이터가 8개나 되는데도 쓸 수 없다니 기가 찰 노릇이다.

'그럼 아래층에 가서 누르자. 바로 위에 있으니까 곧 오겠지.'

웜은 몸을 돌려 계단으로 달리기 시작했다. 하지만 숨이 턱 끝까지 차오르도록 내달린 보람도 없게, 모든 엘리베이터가 지금 있는 층에서 멀리 떨어져 있었다. 엘리제가 방금 전 내리면서 다른 층을 누른 모양이다.

'썅!'

남은 44층을 계단으로 내려가야 하다니 끔찍했다. 반드시 중간에 따라잡히고 말 것이다.

'제일 가까운 층이 37층.'

44층을 다 내려가는 건 무리지만 7층 정도는 가능하지 않을까?

도망친 다음 어떻게 할 것인지는 생각하지 않았다. 웜은 계단으로 뛰었다.

"……헉, 허억. 으으……."

사력을 다해 뛰는데도 37층은 요원한 듯했다. 빠르게 바닥나는 건 자신의 체력뿐.

결국 웜은 두 층을 남겨 두고 기나긴 복도로 방향을 틀었다. 시티타워는 큰 규모의 빌딩답게 양쪽으로 계단이 나 있었다. 반대편 계단을 이용하려는 생각이었다.

정확히 3분 뒤.

웜은 엘리제에게 따라잡혔다. 자신은 금방이라도 구역질을 할 것 같은데 엘리제는 너무나 멀쩡해 보였다. 바닥으로 쓰러지지 않기 위해 벽을 짚었다. 눈앞이 빙글빙글 돌았다.

"전투대 내부에 스파이가 있다니, 믿고 싶지 않았어. 웜. 난 정말 믿을 수가 없었어."

엘리제가 침체된 목소리로 말했다.

"하지만 무시하기 힘든 정황 증거가 나왔고…… 난 감시 팀에게 하나만 확인해 달라고 했지."

"감시 팀?"

"라키어스가 전투대 열네 명에게 각각 팀을 붙였어. 내가 너흴 주차장으로 불러낸 새벽부터."

웜이 눈을 질끈 감았다. '그'는 녹턴 남매를 감시하기 위해 사람을 붙였다.

엘리제와 라키어스라고 그러지 말란 법이 있을까?

"정보를 흘리고 사흘 뒤에 파혼 발표가 터졌지. 스파이 존재가 확실해지긴 했지만, 그래도 그땐 인물을 특정하지 못했어."

"……."

"감시 팀도 이렇다 할 성과를 내지 못했기 때문에 난 처음으로 돌아갔어."

"처음······이라면."

"제1고등학교 연쇄 폭탄 테러 사건."

엘리제가 가슴 앞으로 팔짱을 끼며 한숨을 내쉬었다.

"처음부터 의심해야 했던 거야. 진짜, 기본적인 것부터."

엘리제는 추가 요청한 사항에 대한 감시 팀의 보고를 떠올렸다. 벙커의 보안은 에데니카 최고 수준이라 깊은 접근이 불가능하다고 했다. 해킹으로 정보를 빼내는 건 있을 수 없었다. 그래도 외부 접속 여부 정도는 파악이 가능했다.

보고 문자는 간단명료했다.

[1월 10일, 외부 접속 기록이 없습니다.]

엘리제의 표정이 슬픈 듯이 일그러졌다.

"그때 기억나? 첫 폭탄이 터지고 다들 사색이 되었지. 난 너한테, 관련 프로그램을 실행하라고 했어."

윔이 눈을 내리깔았다.

"네 활약 덕분에 폭탄의 위치와 개수와 종류를 다 알 수 있었어."

"······."

"그날 네가 했던 말들 기억나?"

안경을 치켜 올리며 짜증 내던 윔. 다들 여학생을 구한 엘리제에게 찬사를 보냈지만, 엘리제는 윔이야말로 그날의 진짜 영웅이라 생각해 왔다.

「원래 가지고 다니던 기계를 두고 왔다고. 학교에서 폭탄이 터질 줄 알았겠어? 그냥 게임이나 하고 음악 들을 용도로 가져온 저사양이란 말이야.」

「······기숙사 컴퓨터를 우회하고 있어. 좀 기다려.」

「지금 이 건물 안에만 폭탄이 세 개가 더 있다고.」

「폭탄이 7층 동편에서 잡히는데.」

「결과 도출 과정에 오류가 났어.」

정말 눈부신 활약을 보여 주었건만.

1월 10일, 워믈라토 펜지스는 애당초 벙커 컴퓨터에 접속한 적이 없었다.

그렇다면 폭탄의 위치와 종류와 개수는 어떻게 알아낸 것일까?

프로그램을 사용하지 않고서 그런 정보를 알 수 있는 방법은 단 하나.

"미리 알고 있었던 거지?"

엘리제가 웜에게서 눈을 떼지 않은 채 말했다.

"네 손으로 설치했을 테니."

사건 당일 오전.

학교 난방 시설에 갑자기 문제가 생겨 수리 기사가 다녀갔다는 사실을 뒤늦게 알게 되었다. 세 명이 방문했는데 조사 결과 그중 둘이 현재 행방불명이었다.

나머지 한 명이 웜일 것이다. 남다른 기억력의 행정실장이 묘사한 생김새가 웜과 거의 일치했다니까.

"······무엇 때문이었어?"

엘리제가 팔짱을 풀고 웜과의 거리를 좁혔다. 그가 주춤거리며 물러났다.

"놈이 협박했나? 가담하지 않으면 죽이겠다고. 그래서 씨씨가 죽고, 폭스테일이 죽고, 마하와 트릭시가 무참하게 죽어 나가는데도 네 살길만 보고 도망쳤어?"

"나······ 나도 그때는······."

"내 눈 똑바로 보고 말해, 워믈라토 펜지스!"

엘리제의 고함에 웜이 흐느꼈다. 누적된 불안과 죄책감은 눈물이 되어 흘러내렸다.

"주, 중고 거래를 하러 나갔는데 거래자가 시체가 되어 있었어. 가격 조정 때문에 오간 험한 말이 기록으로 남아 있고…… 뜬금없이 등장한 상대는 그걸 물고 늘어졌어. 그때만 해도 '악질한테 걸렸구나.' 했지. 대장도 알겠지만 난 시체를 보고 놀랐을 뿐 겁을 먹진 않았다고. 내가 3년간 대장 따라다니면서 본 게 있잖아…… 근데 협박범 뒤에 '놈'이 있었어. 시킨 대로 안 하면 쥐도 새도 모르게 F 구역에 버려 주겠다고 했어."

모든 전투대원이 그렇듯이 웜도 F 구역까지 가 봤다. 웜 본인이 개발한 장비와 2개조에 달하는 동료의 비호를 받는 상황이었다.

이후로도 몇 번이나 F 구역을 방문했지만 웜은 매번 긴장을 풀지 못했다. 장비의 배터리가 바닥나면 자신의 목숨도 끝이라며 신경을 극도로 곤두세웠다. 그런 웜에게 연락 수단 하나 없는 F 구역은 말 그대로 죽음의 땅인 것이다.

어쩌면 빠른 죽음이 차라리 나을 정도로 고통스러운 곳이다. 그곳엔 정말 아무것도 없다. 폐허가 된 건물도, 생명체도, 물도 없다. 몸을 던져 생을 끝낼 수 있는 낭떠러지조차 없다.

오로지 한없이 이어진 붉은 황무지.

"딱 하나만 처리해 달라고 했어. 딱 하나만. 그런데 요구 사항이 점점 늘어났고……. 씹, 처음엔 전투대 문 닫게 하는 게 목적이라고 해서 그런 줄만 알았지. 진짜 나도 이렇게까지 될 줄은……. 난, 그저……."

순간 웜이 흠칫했다. 주머니의 손을 움직였지만 엘리제는 웜이 무기를 꺼내 들 거라고 생각하지 않았다.

과연 웜은 그러지 않았다.

뭔가를 행동에 옮길 시간조차 없었으니까.

"대, 대장……."

창백한 얼굴이 공포에 질렸다. 엘리제를 향해 손을 뻗으며 간신히 입술을 움직였다.

"살려 줘."

그게 웜의 유언이었다.

엘리제가 이상함을 깨닫고 다가서려는 순간 그의 몸이 폭발했다.

눈을 떴다.

무슨 일이 일어났지? 왜 내가 바닥에 쓰러져 있지?

몸을 일으키려 해 보지만 팔에 힘이 잘 들어가지 않았다. 코와 목이 따가웠다. 기침이 나오기도 했다. 그래도 계속 바닥에 엎드려 있을 순 없는 노릇이니 팔에 힘을 주어 상체를 일으켰다.

엘리제는 일부가 무너지고 불이 붙은 벽과 이를 꺼뜨리려고 쏟아지는 천장의 스프링클러 물줄기를 멍하니 쳐다보았다.

여긴 시티타워다. 난 웜과 대화 중이었고.

여기까지 상황 파악을 마친 엘리제는 웜이 서 있던 자리를 눈으로 더듬었다.

피가 보였다.

사방에 튄 피가 보이는데.

사람은 보이지 않았다.

"……으……으윽."

두 다리로 일어서자 신음이 절로 흘러나왔다. 당장이라도 쓰러질 듯 전신이 욱신거렸다. 자꾸만 무릎이 꺾였다.

웜이 어디로 갔지?

살려 줘, 라고 말했던 것 같은데 그러고 나서는.

엘리제는 앞을 향해 휘청휘청 걸었다. 전투대가 습격당했던 날이 떠올랐다. 속수무책으로 쓰러지던 대원들. 몇 초 전까지 멀쩡하게 총을 쏘던 녀석들이 펑 소리와 함께 사라지곤 했다.

부둥켜안고 울 수 있는 몸조차 남기지 않은 채.

하지만 그건 게이트 밖이었잖아.

여긴 에데니카인데.

슬럼가도 아닌 시티타워 안인데.

방금 제1고등학교 이야기를 하고 있었으면서, 도시 안에서도 폭탄이 터질 수 있다는 사실을 잠시 잊은 엘리제였다. 그만큼 폭발의 충격이 컸다.

또 눈앞에서 대원을 잃고 말았다.

"웜……."

엘리제가 공허한 눈으로 웜의 흔적을 찾아 헤맸다.

한쪽에 끼고 있던 이어마이크. 그게 문제였을까? 아니면 이어마이크와 연결되어 있던 무전기나 휴대폰이 방아쇠가 된 걸까?

웜의 표정이 심상치 않게 굳었을 때 엘리제가 먼저 조치를 취했어야 했다.

웜은 신체 반응이 느리고, 엘리제는 빠르니까.

웜이 빠른 건 컴퓨터를 다룰 때다. 해킹을 할 때고, 무기를 연구하고 개발할 때다.

그게 웜의 전문 분야다.

몸을 움직이는 데엔 젬병인 워플라토.

공격은커녕 기본적인 호신술도 익히지 못했다. 하다못해 상대의 얼굴에 주먹 한 번 제대로 먹일 수 없었다. 녀석이 스스로를 지킬 수 있는 무기를 따로 만들 때까진 대원들이 돌아가며 보호해 줬던 게 떠올랐다.

그러니까 빨리 움직일 수 있는 내가 폭탄을 치워 줬어야 하는 건데.

그게 내 일인데.

눈 안쪽에서 용암이라도 솟구치는 것 같았다. 엘리제는 자신이 울고 있다는 사실조차 깨닫지 못했다.

웜이 사라졌다.

'놈'이 웜을 죽였다.

스파이의 정체를 알게 된 직후, 숨도 제대로 못 쉴 만큼 화가 났지만 한편으론 왜 놈이 웜을 택했는지 이해되었다. 그래서 라키어스에게는 말하지 않고 혼자 온 거다.

라키어스는 딱 거기까지 이해할 테니까.

왜 나한테 말하지 않았냐고. 넌 3년이나 같이 있었으면서 네 대장을 못 믿느냐고.

무슨 짓이라도 해서 널 지켰을 텐데, 왜 개자식한테 약점을 잡혀서 고통받고 있었느냐고.

그 형을 죽게 해 놓고 말로리가 사다 준 음료수가 목구멍에 넘어가더냐고.

멱살을 잡고 묻고 싶었다.

그러면 웜은 다리에 힘이 풀려 주저앉았을 테고, 자기도 무서웠다고 울었겠지.

비겁한 변명을 늘어놓았을 거다. 비안카나 비하르트라면 그 자리에서 반죽음을 만들었을 만큼 처절하고 조악하고 비겁한 이야기였을 것이다. 과연 웜이 방금 전 줄줄 분 이야기는 엘리제의 예상과 일치했다.

그걸 듣고 싶었다.

예상 가능한 이야기. 빤한 이야기.

그걸 웜의 입으로 듣고 때리고 울고 서로를 향해 소리 지르고 싶었다.

바보 같은 자식.

내가 널 죽일 수 있을 리 없잖아.

'놈'은 그게 가능하고.

그래서 '놈'의 협박이 네게 먹힌 거지?

"그럼 끝까지 의심했어야 되는 거 아니냐고, 이 멍청아⋯⋯."

죽은 웜에게만 향하는 말이 아니었다. 엘리제 스스로에게도 던지는 질책이었다. 스파이 색출 과정에서 상대에게 드러난 패가 제거당하는 결과를 좀 더 염두에 뒀어야 했다.

어떻게든.

널 살렸어야 했는데.

엘리제는 피 묻은 벽을 잡고 울었다. 손이 더러워지는 것은 조금도 개의치 않았다. 이렇게 우는 건 그날이 마지막일 줄 알았다. 의료센터를 빠져나와 전투대 로비에 주저앉아 오열하던 날.

그때가 정말, 마지막일 줄 알았다.

그 순간 갑자기 누군가에게 양팔을 잡혀 일으켜졌다. 눈물로 일그러진 시야 너머 경찰 마크가 보였다. 황망히 둘러보니 경비대의 검은 유니폼도 보였다. 그들은 총으로 무장하고 있고, 총구는 어째서인지 엘리제를 겨누고 있었다.

양팔을 잡은 경찰이 엘리제에게 무언가를 길게 설명하는데 상대의 목소리가 들리지 않았다. 입만 벙긋거리는 것 같았다. 그제야 엘리제는 폭발의 충격으로 자신의 청력이 손상되었음을 깨달았다.

"아……."

목소리를 내 봤다. 제 귀엔 들리지 않지만 상대에겐 들리는 듯하였다. 이 와중에도 경찰은 말을 멈추지 않았다. 엘리제는 낮게 잠겨서 거의 쉰소리밖에 나지 않는 음성에 힘을 넣었다.

"귀가 안 들려."

경찰이 말을 멈췄다. 그러다가 다시 입을 열었다.

"안 들려요."

곤란한 표정을 짓더니 주머니를 더듬어 본인의 휴대폰을 꺼냈다. 뭔가를 입력한 다음, 엘리제에게 액정화면을 보여 주었다.

[엘리제 샤론. 당신을 워믈라토 펜지스 살해혐의로 체포합니다. 당신은 변호인을 선임할 수 있으며, 당신의 모든 발언은 법정에서 불리하게 작용될 수 있

음을 알리는 바입니다.]

❖

신문을 받기에 앞서 의사의 검진을 거쳤다. 청력 손상 등을 핑계로 진술을 연기하거나 조사 과정에 문제가 있었다고 트집 잡는 것을 방지하기 위함이었다. 의사는 외부 충격으로 인한 일시적 손상이니 충분한 휴식을 취하라는 소견을 전했다.

시간이 지나면 괜찮아질 거라는 말에 경찰은 지체 없이 엘리제를 경찰청으로 이송했다. 손목의 수갑도, 어딜 가든 양옆에 붙어 있는 경찰도 낯설었다. 모든 것이 붕 뜬 기분이었다. 아직 윔이 죽었다는 게 실감 나지 않는데, 자신을 제외한 모든 이가 그것을 기정사실로 받아들인 것 같았다.

저도 모르는 새 윔의 장례식까지 치러 버린 듯 행동하고 있었다. 멍한 와중에 생각했다. 아직 대원들의 장례를 치르지 않았다. 거기에 이름 하나가 더 추가되게 생겼구나. 어쩜 시신이 남지 않은 것까지 똑같지. 그런 것까지 따라갈 필요는 없었는데.

청사로 들어서자 익숙한 얼굴이 보였다. 굳은 표정을 하고 이야기를 나누던 라키어스가 빠른 걸음으로 달려와 엘리제를 품에 안았다. 주변 시선 따윈 신경도 쓰지 않는 태도였다.

사실 라키어스는 늘 그랬다. 엘리제가 자신을 증오할 땐 차마 끌어안지 못했던 거였고, 자신을 받아들였을 때부턴 감정을 숨기지 않았다. 그저 두 사람을 보는 타인들의 눈길이 달라진 거다.

어제의 남매가 오늘의 연인이 되었다.

그것도 사랑스럽고 온화하고 이상적인 아가씨, 라키어스가 비난을 감수하고 선택할 만한 아가씨가 아니라 공식 트러블메이커가 그 상대다.

라키어스의 유일한 오점이던 엘리제. 결국 오빠에게까지 손을 뻗어서 타락시켜 버렸군.

사방에서 송곳 같은 비난이 쏟아지는 것만 같았다. 문득 귓가에 속삭이는 숨결이 느껴졌다. 엘리제가 조용히 말했다.

"나 지금 귀가 안 들려."

즉시 돌아오는 음성.

《미안. 의료센터 다녀오는 길이지? 일시적인 현상이란 건 들었어.》

심각한 상황만 아니었다면 피식 웃었을 텐데.

공공장소에서 남들 몰래 야한 말이나 던지는 능력인 줄 알았다. 엘리제 자신을 곤란하게 만드는 데 특화된 기능이라고 생각했다.

'이런 식으로 쓰일 줄은 몰랐네.'

《변호사를 불렀어. 곧 도착할 테니까 그때까진 아무 말도 하지 마. 넌 지금 리더의 여동생이 아니라 엘리제 샤론이라 면책 대상자가 아니야.》

그 말을 듣자 웜의 살해혐의를 뒤집어씌우는 것까지, 모조리 놈의 계획일 수 있겠다는 생각이 들었다. 안개가 낀 듯 뿌옇던 머릿속이 서서히 맑아지기 시작했다. 어쩐지 경찰이 들이닥친 속도가 너무 빠르다 싶었다.

경찰만 왔다 뿐인가.

완전무장한 경비대가 출동해 엘리제를 겨눴다. 아무리 관리실에 돌아온 경비들이 CCTV로 추격전을 봤다 하더라도 경찰을 부르는 데서 그쳤어야 한다. 엘리제와 웜은 무기를 소지하지 않았는데 경비대까지 부르는 건 이상했다.

"내가 얼마나 오랫동안 기절했는지는 모르겠어."

엘리제가 라키어스의 품에 대고 속삭였다.

"근데 경찰은 이미 나와 웜을 알고 있었어. 경비가 보고 있다가 말해 준 걸까? 나야 얼굴이 알려졌다 쳐도, 다른 안경으로 바꾸고 모자 눌러쓴 웜은 어떻게 알아보고?"

정찰 나갈 때는 험비 안에 얌전히 앉아 있고, 에데니카에 들어오면 모든 활동을 지하 벙커에서 해결하는 웜이었다.

"정확하게 워믈라토 펜지스 살해혐의로 체포한다고 고지했어."

엘리제는 아랫입술을 지그시 깨물었다.

"웜이 착용하고 있던 기기에 폭탄을 설치했나 본데…… 아주 편리하게도 증거가 싹 날아갔지 뭐야. 웜도, 증거도 다 같이 터졌어."

빌어먹을 새끼가 손가락 하나 남기지 않았다.

망할 자식. 절대 곱게 죽게 두지 않을 거야. 보나마나 웜과 내 대화를 듣고 있었겠지. 어쩌면 CCTV 회로에 접속해서 모든 광경을 보고 있었을지도 모르지.

죽여 버릴 거야. 내가 반드시, 내 손으로 네놈 목을 따 버릴 거니까.

《그 점을 변호사가 지적해야지. 정말 웜을 죽이려고 했다면 왜 굳이 시티 타워에 왔겠냐고. 실시간 녹화 중인 걸 빤히 아는데 말이지.》

"……라키어스."

엘리제가 나직하게 이름을 불렀다.

"너한테 말 안 하고 나간 거, 나중에 설명해도 되지?"

아까와 달리 대답이 바로 돌아오지 않았다. 엘리제의 등을 쓸어내리던 손이 잠시 멈추었다.

《안 하고 나간 게 아니잖아.》

그가 반박했다.

《비안카 뮬러를 만난다고 했어, 넌.》

거짓말을 했다. 머리 식히러 혼자 산책을 나간다느니 하는 말은 믿지 않을 것 같아서 비안카를 팔았다. 침묵하는 엘리제를 가만히 보던 라키어스가 연한 한숨을 내쉬었다.

《나한테 숨긴 이유 알고 있으니까. 지나치게 잘 이해하니까.》

어쩐지 조금 화를 눌러 참는 듯한 목소리.

《따로 설명할 필요 없어.》

그의 입술이 이마에 닿았다. 쓸데없이 부드럽고 다정하다. 아직 청력은 돌아오지 않았지만 여기저기서 헉 하고 경악의 소리가 터지는 느낌이었다. 엘리제가 살짝 고개를 돌렸다.

"라키어스."

《이번엔 왜?》

"설마 불렀다던 변호사가 저치는 아니지?"

라키어스가 엘리제와 같은 방향을 보았다. 가죽가방을 든 변호사가 막 청사 안으로 들어서고 있었다. 늦은 밤 호출임에도 불구하고 완벽하게 차려입은 슈트가 눈길을 끌었다.

"타타발루 아들이잖아."

대형 로펌의 파트너 변호사로 재직 중인 타타발루의 장남이 경찰들에게 목례를 하였다. 라키어스의 몸에 힘이 들어가는 게 느껴졌다.

《놈을 부르지 않았어.》

"한데 어째……."

《저놈이 온 것 같군.》

경찰들과 인사를 마친 상대가 라키어스와 엘리제 앞에 바로 섰다. 싱긋 웃는 얼굴이 소름 끼치게 제 아버지를 닮았다.

상황이 좋지 않았다. 엘리제는 당연히 변호사 교체를 요구했고, 이에 경찰 측은 보란 듯이 얼굴을 구겼다. 그럼 진술하지 않아도 좋으니 새 변호사가 올 때까지 자신들의 신문을 듣기만 하라고 했다. 엘리제가 볼 수 있게 모니터를 돌린 뒤 질문을 타이핑해 주겠다고 했다.

라키어스가 거절했으나 엘리제가 고개를 끄덕였다. 경찰 쪽이 무슨 말을 하는지 알아 두고 싶었다. 하지만 이미 라키어스의 거절로 심사가 틀어졌을까.

엘리제가 잠깐 화장실을 이용하고 싶다며 복도로 나왔을 때, 청사 계단에서 웅성거리던 기자단이 와르르 몰려들었다. 경찰 두어 명이 나와 출입을 통제하긴 했지만 그리 열심인 태도는 아니었다. 선임을 희망한 변호사가 도착할 즈음은 이미 동이 트고 난 다음이었다.

라키어스는 출근을 해야 했다. 하루 휴가를 쓰겠다는 그를 돌려보낸 건 엘리제였다.

"녹화 영상이 벌써 조작됐을지도 몰라. 넌 밖에서 할 수 있는 일을 해. 그리고 언론도 보듬어야지."

순간 수려한 얼굴에 환멸이 스쳐 지나갔다. 엘리제가 쓰게 웃었다. 이건 전언이 아니어도 알겠다.

"나 쓰러지지 않을 거야."

라키어스의 셔츠 깃을 꼭 틀어쥐었다.

"너도 잘 버텨야 돼. 알겠지?"

그렇게 말하면 달리 반박할 수가 없다. 엘리제가 그런 눈으로 쳐다보면 언제나 목이 메곤 했다.

라키어스는 하룻밤 새 까칠해진 뺨을 쓸어 주곤 청사를 나섰다. 시위대 인원이 며칠 전에 비해 부쩍 늘어난 기분이었다. 피켓 문구도 한층 과격해졌다. 엘리제를 향한 에데니카의 분노가 몸집을 부풀리고 있었다.

변호사의 메시지가 도착한 건 오후 2시를 조금 지날 무렵이었다. 빠져나갈 구멍이 없다고 하였다. 시나리오부터 증거까지 너무 완벽해서 옴짝달싹도 할 수가 없다고.

구치소에 수감되었다는 문장이 라키어스의 시선을 붙들었다. 위험도를 고려한 이중 격리 독실이라고 했다.

놈이 이때만을 기다려 왔다는 생각이 들었다. 엘리제가 녹턴의 울타리 밖으로 나오는 순간. 엘리제와 라키어스 두 사람이 언젠가는 거쳐야 했을 이 순간을 말이다.

그런 다음 기회가 오자마자 놓치지 않고 움켜잡았다. 효용가치를 다한 스파이를 제거함과 동시에 그 혐의를 엘리제에게 뒤집어씌우면서.

솔직히 놈이 펜트하우스에 감시를 붙였을 거라고 예상했다. 면책 범위를 벗어난 엘리제가 타깃이 될 거라는 것도 알고 있었다. 엘리제 본인부터가 알고 진행한 일이다.

문제는 그게 워믈라토 펜지스의 죽음으로 귀결될 줄은 몰랐다는 거다. 이 부분은 라키어스가 인정해야 했다.

놈의 성공이자 라키어스의 패배였다. 놈은 엘리제가 어떻게 행동할지를 모조리 예측했다.

라키어스에게 알리지 않고 스파이와 단둘이 만날 것도, 단칼에 응징하기는커녕 울먹이며 늘어놓는 이야기를 다 들어 줄 것도 알았다. 라키어스보다 한발 앞서 엘리제를 파악한 셈이다.

그 결과, 엘리제는 미리 짜 놓은 듯 맞아떨어지는 증거에 구치소까지 떠밀려 가 버렸다. 에데니카 구치소의 이중 격리 시설이 어떤 구조인지 알고 있다.

피의자가 능력을 써서 탈출하는 경우를 막기 위해, 박격포를 맞아도 10회까지 버틸 수 있는 특수 장벽과 강한 전류가 흐르는 창살로 막아 놓은 곳이다. 사고 때문에 1년간 날개를 쓰지 못하는 데다 능력도 없는 엘리제에겐 과도한 처우였다.

'엘의 정신과 상담 이력을 그딴 식으로 엮다니.'

각본가가 누군지 몰라도 시나리오에 제법 공을 들였다는 건 알 수 있었다. 경찰은 전투대 사고를 시발점으로 삼았다. 평소 친동기처럼 지내던 대원들을 잃게 한 사고가 엘리제의 심신에 큰 상처를 남겼을 거라고 했다.

모두에게 날을 세운 엘리제가 유독 전투대만 아꼈던 점, 단순한 대장 이상의 책임감을 보여 온 점이 죄다 근거가 되었다. 최연소 대원 마하의 이름도 언급했다. 그들은 엘리제가 죄책감을 느낀 나머지 외부로 의심의 화살을 돌렸다고 주장했다.

3년 동안 전원이 무사했는데 갑자기 이런 일이 벌어질 린 없어. 분명히 누군가의 입김이 작용한 결과야. 눈엣가시인 우릴 제거하려고 수를 쓴 거야. 하지만 외부 사람이 전투대 동선을 파악하기란 쉬운 일이 아닐 텐데.

그렇지. 꾐에 넘어간 스파이가 있구나.

변절자. 자기만 살겠다고 형제들의 목숨을 팔아넘긴 자. 용서할 수 없는 자.

후속 상담이 필요할 것 같은데 퇴원 이후로 의료센터를 찾은 적 없다는 전문의의 우려가 또 하나의 근거로 붙었다. 행방불명된 게이트 경비의 뒷조사를 하는 대원들의 행적도, 어딘가 홀린 표정으로 향수 가게를 방문하고 다니는 비하르트도 죄다 엮어 들었다.

향수 이야기가 나왔을 때 누군가 쿡쿡 웃었다고 했다. 엘리제는 듣지 못했겠지만 변호사의 귀는 멀쩡했기 때문에 소리가 난 쪽으로 시선을 주었다.

손가락을 머리 옆에 대고 원을 그리는 행동이 눈에 들어왔단다.

대놓고 이지를 상실한 취급을 하고 있었다. 엘리제의 말과 달리 녹화 영상은 조작되지 않았다. 조심스럽게 윔의 뒤를 밟는 엘리제, 화장실에 들어간 윔이 나올 때까지 몸을 숨기고 있는 엘리제, 도착 층을 확인하고 45층으로 이동하는 엘리제부터 도망치는 윔을 맹렬하게 추격하는 엘리제까지 모든 장면이 고스란히 남아 있었다.

두려움에 질린 윔의 표정과 살려 달라는 입술 모양이 경찰 눈에 들어갔다. 왜 굳이 시티타워를 택했겠냐는 반박은 알리바이를 위해서라는 말에 힘을 잃었다.

「어쨌든 난 손을 대지 않았다. 추격을 했을 뿐 죽이진 않았다. 이런 변명을 하기 위해서죠.」

「뭐, 술은 마셨지만 음주운전은 아니다. 그런 건가.」

뒤에서 또 조롱의 말이 따라붙었다. 라키어스는 뻑뻑해진 눈가를 문질렀다. 흰자위에 핏발이 섰다.

사건 발생 후 이틀째 되는 오후였다. 당연히 한숨도 자지 못했다.

이대로 원로원 회의에 들어갔더니 안타깝게 여기는 눈빛과 거 보라는 듯 뻐기는 눈빛이 이리저리 섞여서 날아들었다. 알뷔시는 폭발 때문에 기술부의 벽이 무너져서 직원들 불편이 상당하다는 말을 괜히 덧붙였다가 자딘의 눈총을 받았다.

수면 부족과 스트레스 때문에 머리가 지끈거렸다.

엘리제가 옆에 있어야 하는데. 그럼 모든 게 괜찮아질 텐데.

이틀 떨어져 있는 것만으로도 이렇게 미칠 지경이 되니 큰일이었다.

'넌 잘 버티고 있을 텐데……. 그렇지?'

갑자기 가슴이 먹먹해져서 휴대폰 바탕화면을 들여다보았다. 신년 화보를 위한 거짓웃음을 짓는 수년 전 사진 대신 최근 사진으로 바꾼 지 오래다. 라키어스를 향해 환히 웃는 엘리제가 화면을 가득 채웠다.

이 웃음은 진짜였다. 보고 있는 것만으로도 그날 아침의 행복한 기억을 떠올리게 만들었다. 라키어스의 입가에 슬픈 미소가 어리려는 순간, 비서가 문을 두드리고 들어와 양해를 구했다.

15분 남짓 자리를 비웠다.

일을 처리하고 돌아온 라키어스는 책상 위의 물건을 보고 멈춰 섰다. 아까 집무실을 나갈 때까지만 해도 없던 물건이 작은 공간을 가만히 차지하고 있었다.

위험한 물건은 아님을 본능적으로 깨달았다.

기다란 흰 봉투.

각양각색의 예쁜 봉투가 많은 요즘, 이걸로 편지를 부쳤다간 좀 구식이라는 평을 들을 만큼 민무늬가 머쓱해 보이는 봉투였다. 달리 말하면 추적조차 불가하도록 특징 없는 봉투이기도 했다.

봉투 안에는 편지 대신 얇은 메모리 칩 하나가 들어 있었다. 본체에 꽂기 전 비서에게 그동안 집무실을 드나든 사람이 있는지 물어보았다. '아마 없을 것'이라는 대답에 질문을 바꿨다.

"혹시 자리를 비우셨습니까?"

— 아…….. 신입 직원이 층을 잘못 내려서 헤매기에 어느 부서를 찾아가야 되는지 안내해 줬습니다만.

정말 찰나에 불과했다며 그게 문제가 될 줄은 몰랐다고 말했다. 괜찮다는 말과 함께 수화기를 내려놓았다. 어쨌든 비서가 잠깐 한눈을 판 순간은 있다는 거다.

'용케 그 틈을 공략했군.'

안에 든 파일이 무엇인지는 직접 확인해야 한다. 고민의 시간은 짧았다. 라키어스는 본체에 메모리 칩을 꽂았다. 그 안에는 수십 개의 녹음 파일이 들어 있었다.

맨 첫 번째 파일부터 재생시킨 그는 곧 익숙한 목소리를 듣게 되었다.

이어폰을 뺐다. 아까 자리에 앉은 이후 한 번도 일어나지 않았다. 창밖은 일찌감치 어둑어둑하게 변했다. 비서가 걱정 어린 얼굴로 퇴근을 권했지만 1시간만 더 있겠다는 말과 함께 먼저 돌려보냈다.

전신의 근육이 뻐근하게 뭉쳐 있었다. 잠을 거른 탓도 클 것이다. 하지만 라키어스의 표정은 몇 시간 전과 확연하게 달랐다. 날카로우면서도 단단한 빛이 하늘색 눈동자에 돌아와 있었다.

누가 메모리 칩을 보냈을까.

이것을 녹음하고 편집한 다음, 나와 비서가 동시에 자리 비울 때를 노려 책상 위에 두고 갈 수 있는 자가 누굴까.

녹음 파일을 듣는 내내 라키어스를 사로잡았던 의문이 다시금 고개를 치켜들었다. 파일 개수는 수십에 달했지만 등장하는 인물은 단 세 명뿐이었다.

녹턴, 자딘, 그리고 타타발루.

5년 전에 죽은 녹턴의 목소리가 귀를 울렸을 땐 저도 모르게 주먹을 그러쥐었다. 세 명이 함께 이야기를 나누는 파일도 있고, 둘씩 이야기를 나누는 파일도 있었다. 전화로 지시 중인지 이쪽 말소리는 들리는데 상대방은 조용한 경우도 있었다.

중요한 건 이들 중 어느 누구도 대화가 녹음되고 있다는 사실을 몰랐다는 점이었다. 라키어스는 이 부분에서 감히 녹음을 계획한 자에게 감탄했다.

그냥 시시한 일반인들이 아니다. 무려 녹턴, 자딘, 타타발루다.

에데니카를 이끄는 최고 권력자들.

녹턴의 철두철미함이나 어떤 상황에서도 평정을 잃지 않는 자딘을 떠올리면 이는 거의 불가능에 가까웠다. 타타발루는 또 어떤가. 마냥 달콤한 아부를 좋아하는 것 같으면서도 수시로 트집을 잡아 상대의 인내심을 시험하는 자다. 어느 하나 여간내기가 아니었다.

셋은 고사하고, 이 중에 한 명을 제대로 속이기도 어려웠을 텐데.

정체를 알 수 없는 상대는 이들의 대화를 줄곧 녹음해 온 것이다. 적어도 6년 전부터.

그 집요함과 대담함이 인상적이었다. 한편으로 상대의 의도가 궁금해졌다. 이토록 오랫동안 물밑에 숨어 있다가 자신에게 접근한 이유가 무엇인지. 과연 상대를 조력자라고 불러도 될지.

많은 것이 궁금했다.

'지금이라도 뒤를 추적해 보면…….'

그런 생각을 할 무렵이었다. 라키어스의 휴대폰이 울렸다. 발신자는 모르는 번호였다. 뜬금없이 엘리제가 떠올랐다. 누군가 자신을 지켜보는 듯한 기분이 얼마나 설레고 두근거리는 줄 아느냐며 라키어스도 언젠가 한 번쯤은 경험해 보았으면 좋겠다는 말을 했었다.

'뼈 있는 말이었지. 드디어 나도 부메랑을 맞는 순간이 온 걸까, 엘?'

전화를 건 사람과 파일을 보낸 사람은 동일인물이다. 라키어스의 직감은 그런 말을 하고 있었다. 개인번호는 어떻게 알아냈는지에 대한 질문은 구석으로 미뤄 두었다. 라키어스는 수신 버튼을 눌렀다.

— 녹음 파일은 다 들었나?

사람 목소리 대신 기계음이 들렸다. 라키어스는 입력한 내용을 기계가 대신 읽어 주는 기능을 떠올렸다. 음성변조보다 훨씬 좋은 방법이었다. 이쪽은 말버릇이나 억양까지 완전히 지워 버릴 수 있으니까.

그렇다고 대답하자 상대는 자신이 파일을 넘겨준 까닭을 잘 알 거라며, 이제부턴 라키어스가 알아서 하라는 식으로 대꾸하였다.

"잠깐."

이대로 전화를 끊으려는 것 같아서 다소 급하게 상대를 잡았다.

"날 돕는 이유가 뭐지?"

— ……뭐야. 모르고 있네.

그런 말까지 건조한 기계음으로 전하자 어쩐지 기이하게 들렸다. 라키어스가 연달아 질문했다.

"이 대화가 조작되지 않았음을 어떻게 믿을 수 있지?"

— 하여튼.

휴대폰 너머로 한숨 소리가 들리는 것도 같았다.

— 리더 놈들 의심하는 거 넌더리 나.

"이제 와서 갑자기 조력자라니. 의심할 법도 하지 않나."

— 당신이 무너지면 그자가 올라갈 테니까.

상대가 말하는 '그자'의 얼굴이 머릿속에 떠올랐다. 이제 라키어스는 이 거대한 음모의 주모자가 누군지 알게 되었다. 녹음 파일을 듣다 보니 자연히 알 수 있었다.

단순히 주모자 이름을 가르쳐 주는 데 그칠 수도 있었는데, 상대는 객관적으로 입증 가능한 증거까지 갖다 주었다. 이는 그저 그런 조력이 아니었다.

상대는 '놈'의 패배를 원하는 것이다.

"적의 적은 나의 친구다, 이건가."

— 사실 그거 자주 틀려.

상대가 바로잡았다.

— 지금만 봐도 그래. 당신과 난 친구가 아니잖아. 난 당신 같은 친구 둔 적 없고, 앞으로도 두기 싫어.

"일시적인 협조라는 건 알겠다만."

— 당신에겐 엘리제뿐이잖아.

상대가 잠시 시간 차를 두었다가 말을 이었다.

— 당신에게 에데니카는 딱 그 정도 의미겠지. 엘리제를 만나게 한 장소. 엘리제에게 물질적 혜택을 누리게 하는 공간. 사실 구석구석 녹턴의 숨결이 배어 있어서 지겹기도 한 곳이랄까. 엘리제가 떠나길 원한다면 지금이라도 당장 게이트 밖으로 나갈 수 있을 테고. 남은 사람들이 어떻게 되든 말든. 미련이라곤 없잖아.

아까부터 계속 들리는 건 기계음인데도 왠지 그 이상의 감정을 실어 보내는 느낌이었다. 상대는 라키어스를 정확히 꿰뚫고 있었다. 엘리제와는 또 다른 의미로.

— 난 아니야.

상대가 굳게 선을 그었다.

— 그자는 탐욕스럽고, 비틀렸고, 망가졌어. 신의라곤 모르는 데다 제 목표를 위해 어떠한 희생도 아랑곳하지 않아. 지금껏 죽은 그 많은 사람들을 봐. 그자가 당신을 꺾고 권력을 차지하면…… 에데니카 시민들의 미래

는 불 보듯 빤하겠지.

"정의의 구현인가."

픽 웃는 소리가 들렸다. 이번에는 확실히 들었다.

— 되게 간지러운 표현이네.

찬사를 거절하는 방식이 엘리제와 비슷한 것 같으면서도 달랐다.

— 난 이곳이 좋아. 지키고 싶은 사람들이 여기 있으니까. 엘리제만 있다면 어디로든 떠나 버릴 수 있는 당신과 달리, 그들은 에데니카가 아닌 삶을 알지 못해. 그렇다면 내가 할 수 있는 최소한의 일을 해야지.

"겸손을 차리는군. 그쪽이 한 건 절대 '최소한' 정도가 아닌데."

— 예상보다 통화가 길어졌어.

상대가 돌연 대화를 마무리하려 들었다.

— 근시일 내 승부를 보는 게 좋을 거야. 즉 바쁘게 움직여야 할 거란 말이지. 내 뒤를 쫓는답시고 헛수고하지 말고 앞으로의 일에만 집중해.

"……새겨듣지."

— 성공을 빌어.

상대가 먼저 통화를 종료했다. 라키어스는 폰을 내려놓았다.

창밖을 보았다. 이 도시 어딘가에 자신의 성공을 비는 자가 있다. 단 한 번도 엘리제 이외의 인물에게 의미를 둬 본 적 없지만, 오늘만큼은 이름 모를 조력자의 존재가 기꺼웠다.

에데니카가 아주 조금 달라 보였다.

엘리제를 향한 비난이 날로 거세지긴 했다. 하지만 일단 당사자가 구치소에 수감되었다는 점과 라키어스의 공식 입장 발표일이 정해진 점이 사태가 극단으로 치닫는 것을 막아 주었다.

젊은 리더가 무슨 말을 하는지 한번 들어 보자는 여론이 형성되었다. 그동안 라키어스는 펜트하우스로 돌아가지 않은 채, 집무실에 딸린 사실에서 생활하였다. 비서는 또다시 휴식을 잊고 스스로를 몰아붙이는 상관을 걱정했다.

그러나 상관의 상태가 사흘 전에 비해 훨씬 좋아졌음을 반박할 순 없었다. 귀가하지 않는 점만 제외하면 라키어스는 충분히 먹고 자고 쉬는 것 같았다.

아무래도 신경 쓸 일이 연달아 터지다 보니 조금 말라서 턱 선이 두드러지긴 했지만, 달라진 건 그 정도뿐이었다.

「언제까지고 시름에 잠겨 있을 순 없죠. 그런 모습은 엘리제도 원치 않을 거고요. 길게 보고 힘을 내기로 했으니까, 비서님이 너무 걱정하실 필요는 없습니다.」

부드러우면서도 정중하게 선을 긋는 태도가 익숙했다. 펜트하우스에 가지 않는 이유는 출근할 때 기자단 및 시위대와의 충돌을 피하기 위해서라는 말도 일리 있었다. 그래서 비서는 상사를 향한 과한 우려를 줄이기로 했다.

"라키어스 님, 전 이만 퇴근합니다. 그럼 아무쪼록 편안한 주말 보내십시오."

"오늘도 수고 많으셨습니다. 조심히 가세요."

퇴근 인사를 하고 돌아서는 마음이 며칠 전보다는 한결 가벼웠다. 비서는 예약해 둔 식당까지 걸릴 시간을 가늠하며 동생으로부터 걸려 온 전화를 받았다. 그렇게 하나둘씩 시티타워를 빠져나갔다.

엘리제를 성토하는 글로 가득하던 인터넷 게시판도 금요일 밤을 맞아 분위기가 한층 누그러졌다. 주말 행사 이야기나 곧 개봉할 영화, 자신만의 맥주 안주 레시피 등이 더 자주 언급되었다.

종일 피켓을 흔들던 시위대도 저녁을 먹으러 떠났다. 그동안 통유리 앞에 서서 창밖을 내다보던 라키어스는 사실로 들어가 옷을 갈아입고 나왔다.

심호흡을 한 뒤 집무실을 나섰다.

D-day.

무사히 살아남게 된다면 오늘은 그런 이름으로 불릴 것이다.

엘리제는 공식적으로 면회가 불가능한 재소자였다. 면회는커녕 햇볕한 줌 들어오지 않은 4평의 공간에서 24시간 CCTV 감시를 받아야 했다. 양변기가 딸린 샤워부스는 어깨 아래로 반투명 처리가 된 유리 소재였다. 김이 서리면 어쩔까나 싶었더니 애초에 김이 서릴 만큼 따뜻한 물이 나오지 않았다. 이용 시간도 1회당 15분으로 딱 정해져 있었다. 몸을 씻을 때조차 눈밖에 두지 않겠다는 철저함에, 밖으로 탈출하려는 생각을 일찌감치 접었다.

여긴 안에서 밖으로 나갈 수 없는 곳이다. 대원을 잃은 슬픔과는 별개로 상황 판단이 빠른 그녀였다. 무기가 없다. 날개도 쓸 수 없다. 돌발 상황을 가장해 쓰러진다 해도, 그다음 이중 장벽을 해결할 방안이 떠오르지 않았다.

안에 들어온 의사를 인질로 삼으면 뭐 하나. 그는 힘이 없는 것을.

이를 지켜보던 통제실에서 수면가스를 살포해 기절시키지나 않으면 다행이었다. 바깥 사람의 도움 없이는 나갈 수 없음을 바로 받아들였다.

'전투대 분위기는 지옥 한복판 같겠지.'

내부 스파이가 있다는 사실만으로도 충격적인데, 그게 뭐이라니 얼마나 당혹스러울까.

거기다 녀석을 다그치고 화를 낼 기회조차 빼앗겨 버렸다. 하룻밤 사이 웜이 죽고, 엘리제가 살인 용의자로 잡혀 들어갔다. 뉴스를 보던 비안카가 리모컨을 집어 던지는 장면이 눈에 선했다. 그래서 엘리제는 조용히 대원 들의 접촉을 기다렸다. 어떻게든 대장과 연락하고 싶지만 면회를 거부당 한 이들이 택할 방법은 하나뿐이다.

직원 매수.

그리고 엘리제는 에데니카의 부패한 시스템을 굳게 믿었다.

"엘리제 샤론. 아침 배식!"

삐, 하는 소리와 함께 작은 식판이 겨우 드나들 만한 구멍이 열렸다. 팬 케이크와 수프, 바나나, 생수가 식판에 놓여 있었다. 둥글넓적한 팬케이크 아래에 꼬깃꼬깃 접은 쪽지가 보였다.

물어보고 싶은 게 많을 텐데.

짧은 문장에 담긴 무거운 뜻이 전해져 하마터면 아침부터 수상한 눈물 을 보일 뻔했다.

[무슨 도움이 필요해?]

엘리제는 팬케이크를 남겼다. 그 아래에 숨겨져 나간 쪽지엔 이런 질문 이 적혀 있었다.

[B. 향수 이름이 뭐였지?]

다음 날 아침 토스트 아래에 대답이 돌아왔다.

[하르니스.]

회사 대표의 성을 그대로 땄다는 부연 설명이 깨알 크기로 적혀 있었 다. 이에 엘리제는 생각에 잠겨 들었다.

두 번째 쪽지는 보내지 않았다.

어차피 향수 찾기는 비하르트의 개인 행동이었기 때문에 엘리제도 크 게 신경을 쓰지 않았다. 우연히 이름을 알아냈다는 정도로만 들어 두었다.

한데 경찰청에서 신문을 받던 날, 엘리제의 이상 행동을 뒷받침하는 증거로 언급된 향수가 자꾸 흐린 기억을 감질나게 자극했다.

어차피 감옥에서 남는 건 시간이라고 한다. 때가 되면 사람이 올 것이다.

그 '때'가 되기 전에 엘리제 나름의 답을 찾아 놓고 싶었다.

'하트니스. 향수. 딸. 한정판매. 비하르트. 납치. 약물. 탕비실. 스파이.'

모든 게 하나의 흐름으로 연결될 것만 같은데 결정적인 깨달음이 찾아오지 않았다.

'비하르트. 납치. 젊은 여자. 향수.'

아슬아슬하다. 조금만 더 손을 뻗으면 닿을 것 같다. 그러니까 여기서 아주 조금 더.

'갈색머리 가발.'

구치소에서는 재소자들에게 시간을 보내는 용도로 숫자퍼즐이나 색칠놀이 책을 제공하고 있었다. 색연필로 천사 날개를 칠하던 엘리제가 움직임을 멈췄다.

'사라진 게이트 경비. 보란 듯이 제거당한 웜.'

돌연 모종의 깨달음이 머릿속을 스쳐 지나갔다.

"이번엔 성공한 거구나……."

나에게 살인혐의를 뒤집어씌우는 거.

그리고 금요일 밤 9시.

구치소의 전력 공급이 일시에 중지되었다. 조명이 꺼짐과 동시에 대혼란이 찾아왔다.

엘리제는 방문객을 맞을 준비를 했다.

◆

일반 재소자들이 있는 방은 큰 문제가 아니었다. 전력과 관계없는 방식의 문이 달려 있기 때문이다. 소란을 피우면 엄벌하겠다는 경고만으로도 웅성거리는 분위기를 가라앉히기에 충분했다.

문제는 엘리제처럼 위험한 재소자의 격리시설 보안 수준이 저하된다는 점이었다. 게다가 구치소 전체를 한눈에 감시하는 CCTV 사용에도 제한이 걸린다. 상황을 해결할 때까지 예비 전력을 가동할 순 있지만, 지하실로 내려가 레버를 올리기까지 약 8분 정도가 소요되었다.

"이게 대체 무슨 일이야?"

머리 위의 조명이 켜지고 나서야 다들 약간이나마 긴장을 풀었다. 오늘 밤의 관리감독을 맡은 자가 부하직원들을 채근했다. 그중 한 명이 일시적인 사고 같다며 대로 건너편의 가게들도 모두 불이 나갔다고 보고했다.

"전력 공사에 전화해 봐!"

"금요일 밤이라 째깍 받는지 모르겠네요……."

"하여튼 제대로 하는 것들이 없지. 지금 예비 전력으론 3시간밖에 못 버티니까 빨리 해결하든지, 아니면 재소자들이 거리로 뛰쳐나가도 좋은지 알아서 하라고 해!"

자신의 담당 시간에 문제가 터져서 심기가 불편한 감독관이었다. 다행히 전력 공사와 바로 연결이 되었다. 필요한 지시를 내리던 감독관은 예비 전력을 가동시키러 내려간 부하직원이 눈에 띄지 않자 발칵 성을 냈다.

"존스는 땅굴이라도 파고 있나? 아직도 제자리에 돌아오지 않으면 어쩌자는 거야?"

"……존스요?"

한 직원이 수화기를 내려놓으며 의아한 표정을 지었다.

"존스는 6시에 퇴근했습니다만."

"무슨 소리야? 1층에서 마주쳐서 레버 올리라고 지하실로 보냈는데."

"잘못 보신 게 아닐까요?"

"내가 눈 감고 있던 것도 아니고, 비상 전등 켜진 복도였다니까? 좀 어둡긴 해도 사람을 잘못 볼 리가 있냐고."

"존스는 퇴근했습니다."

이 대화를 듣던 다른 직원이 자신의 휴대폰을 보여 주었다. 존스의 SNS 계정이 떠 있었다. 최근 업데이트 시간은 고작 5분 전.

"친구 생일파티라고 화장까지 하고 나갔는걸요."

링크 걸어 둔 친구들이 실시간으로 댓글을 달고 있었다. 존스가 도시 반대편 클럽에 있다는 사실엔 의심의 여지가 없어 보였다. 감독관의 얼굴이 굳었다. 짜증을 부리던 방금 전과는 180도 달라진 모습이었다. 온몸의 피가 식어 내리는 듯 보였다.

함께 있던 직원들의 분위기도 심상치 않게 변했다. 감독관이 눈을 부릅뜨고 CCTV 화면을 들여다보기 시작했다. 고위험군 재소자들의 방이 1순위였다.

"잠깐."

감독관의 손가락이 화면 하나를 가리켰다.

"저기가."

"엘리제 샤론 방입니다."

"확대해."

직원이 화면을 조작했다. 일반 모니터에 떠 있던 CCTV 영상이 40인치 중앙 모니터로 옮겨졌다. 책상엔 엘리제가 하루 종일 잡고 있던 색칠놀이 책이 펼쳐져 있었다. 하지만 정작 사람이 보이지 않았다.

무전기로 연락받은 직원이 황급히 격리실로 들어갔다. 아무도 없다는 보고가 돌아왔다. 문을 떼었다가 붙인 듯 이상한 흔적이 남아 있다는 보고가 추가되었다.

"시티타워에 연락해. 재소자 엘리제 샤론이 탈출했다고."

감독관의 목소리가 뒤집어졌다.

"빨리!"

진짜 혼란은 이제부터 시작이었다.

❖

"역시 바깥공기가 좋네."

뒷좌석에서 옷을 갈아입은 엘리제는 조수석으로 넘어오는 대신 창문을 내렸다. 여름밤의 달콤한 공기를 깊이 들이마셨다. 금요일 밤의 강변공원은 맥주를 마시고 폭죽놀이를 하는 사람들로 시끌벅적했다.

어디선가 재즈음악도 들려왔다. 다들 자신만의 흥에 취했기 때문에 녹음 우거진 주차장 구석의 검은 승용차를 신경 쓸 겨를이 없었다. 엘리제는 뒷좌석에 고개를 기댄 채 창밖을 가만히 내다보았다. 지금쯤이면 구치소가 뒤집어졌을 것이다. 12인의 리더에게 메시지가 전해질 거다.

음, 정정하자. 라키어스에게도 메시지가 올지는 장담할 수 없겠다.

어쨌든 '그'는 엘리제의 탈출과 라키어스를 곧장 연결시킬 터다. 겉으로는 놀란 척할지 몰라도 뒤돌아서서 만족스러운 웃음을 지을 게 분명했다. 자신이 바랐던 대로 라키어스가 폭주하는 듯 보이니까.

저 멀리 노천 테이블에 앉아 있던 무리가 웃음을 터뜨렸다. 내기에서 졌는지 무리 중 한 명이 지갑을 들고 일어섰다. 이때다 싶어 부족한 술과 안주를 다다다 주문하는 자가 있었다. 터무니없는 요구엔 등짝 때리기로 응수하고 적당히 주문을 추려서 푸드 트럭으로 걸어갔다. 보는 것만으로도 평온한 풍경이었다. 전투대도 종종 저렇게 놀곤 했다. 이제 죽은 이들에 대한 미련은 많이 흘려보냈다.

다른 방식으로 행동했더라면 한 명이라도 더 살 수 있었을지 모르는데.

이런 질문은 그만하기로 했다. 무엇 하나 실제로 달라지는 것 없이 스스로를 갉아먹어 갈 뿐이었다. 하지만 대원들과 함께할 수 있는 딱 1시간이 주어진다는 상상은 여전히 내려놓기가 아쉬웠다.

만약 그런 기회가 온다면 시원한 맥주를 한 병씩 돌리고 싶었다. 엘리제 자신은 아무것도 하지 않을 생각이었다. 그저 대원들이 웃고 떠들고 장난치는 것을 지켜보면서, 그들에 대한 마지막 기억을 좀 더 따스한 색으로 물들이고 싶었다. 그럴 수만 있다면 얼마나 좋을까.

엘리제는 창밖의 풍경에서 눈을 떼지 않은 채 말했다.

"날 구하러 왔다는 건, 너도 뭔가 답을 찾았다는 소리지?"

라키어스가 옅게 웃었다. 그 역시 엘리제가 만끽하고 있는 분위기에 젖어 든 듯 시선을 앞으로 향하고 있었다.

"가끔은 말이야."

라키어스가 나직하게 말했다.

"왜 네가 날 그토록 믿는지 궁금해."

"······."

"어쩜 그렇게 완전히 믿을 수 있는지. 심지어 날 증오하는 순간에도 날 믿었잖아. 내가 네게 해를 끼칠 리 없다고. 위험에 빠지면 반드시 구해 줄 거라고."

"답을 알아냈냐고 물었더니 영 엉뚱한 소릴 하고 있네······."

엘리제가 투덜거렸다. 그러면서도 몇 마디 덧붙이는 그녀였다.

"그냥 자각하기도 전에 믿고 있어. 가끔은 나조차 당황스러울 정도야."

라키어스가 그 대답을 조용히 곱씹었다.

"라키어스 녹턴."

"응."

"알아냈어?"

"······확실히."

"증거도 있고?"

"응."

"뭐야. 난 증거까진 없는데."

엘리제는 진범의 이름을 동시에 말해 보자고 제안했다.

하나 둘 셋, 카운트가 끝나자마자 두 사람의 입에서 같은 이름이 나왔다.

"난 뜻밖의 도움을 받았다 쳐도, 넌 어떻게 알았지?"

"구멍 숭숭 난 직감 정도로 해 둬."

엘리제가 상체를 바로 세웠다. 타타발루에게 메시지를 보냈냐고 물었다. 라키어스는 지금 보내겠다고 대답했고, 엘리제는 창문을 올린 다음 조수석으로 넘어왔다.

"한 군데만 들렀다 가자."

엘리제가 익숙한 건물명을 댔다. 이윽고 승용차가 주차장을 빠져나갔다.

시티타워 전체에 적막이 감돌았다. 엘리제와 라키어스는 회의실이 위치한 최상층에 발을 내딛었다. 문을 열자 타타발루의 뒷모습이 보였다. 아무에게도 알리지 말고 이곳에서 삼자대면하자는 메시지를 보낸 결과였다.

엘리제는 최고급 가죽 의자의 목 받침을 손끝으로 두드렸다. 피아노 건반을 두드리듯. 라키어스의 습관을 따라한 거였다. 그 사소한 장난을 알아본 라키어스가 말없이 입매를 늘렸다.

《옆방에 실탄 장전된 총이 최소 40정은 있어.》

쌍권총을 든 게 아니라면 사람도 최소 사십 명은 있다는 뜻이다. 엘리제는 문득 진범의 설득 방식이 궁금해졌다. 과연 어떤 말로 그 많은 이들을 꾀었을까.

전투대 습격만 떠올려도 그랬다. 전투대가 일방적인 피해를 입은 것처럼 보여도, 되짚어 보면 상대편 또한 숱한 이가 죽었다.

게이트 경비, 같이 입막음당한 그의 동료, 웜, 하샤즈, 객관적인 증거는 없지만 알리바이나 심증만으로는 확실한 도블락. 그것만으로 그치지 않고 옆방에는 최소 사십 명의 무장병력이 있다고 한다.

웜의 경우 죽임을 당할까 두려워서 동조한 것이지만, 모든 이들이 공포심 때문에 움직인 건 아닐 터다.

'오늘 진범을 잡는다고 끝이 아니야.'

그와 같은 꿈을 꾸는 자들이 에데니카 곳곳에 남아 있다. 지난한 싸움이 될 것이다. 하지만 그것도 다 살아남은 이후의 일이다.

엘리제가 타타발루를 향해 천천히 걸어갔다. 라키어스는 테이블 맞은편에서 걸었다.

"긴 시간이었어요. 그렇죠?"

엘리제가 오른손을 주머니에 넣으며 말했다.

"그토록 녹턴에게 무시당하며 굴욕적인 나날을 보낸 당신에게 설계자의 죽음은 깜짝 선물 같았겠죠. 그런데 기쁨을 누릴 새도 없이 그를 빼닮은…… 어떤 면에서는 그보다 뛰어난 후계자가 냉큼 그의 자리를 이어받았단 말이죠. 에데니카의 빛. 완전무결한 라키어스. 모두가 그를 좋아하고 숭배해요. 당신의 입지는 점점 줄어들고요."

이제 타타발루와의 거리는 얼마 남지 않았다. 엘리제가 목소리 톤을 달리했다.

"그러던 당신은 발견한 거예요. 녹턴의 수첩. 열두 명의 리더로 시작했지만 결국은 라키어스 독주체제로 만들려고 했던 그의 계획이 거기 담겨 있었죠. 유사 시 라키어스가 보도록 잘 숨겨 놓았지만 어쩐 일인지 수첩은 당신 손으로 넘어갔어요."

엘리제가 걸음을 멈추었다.

"녹턴이 너무 꼼꼼하게 숨긴 탓이기도 했고."

타타발루가 고개를 약간 움직였다.

"저택을 기념관으로 처분할 당시 라키어스는 좀 제정신이 아니었거든요."

타타발루와 눈이 마주쳤다. 언제나 엘리제를 향한 경멸이 넘쳐흐르던 눈동자가 오늘따라 황폐해 보였다.

"녹턴 기념관 내부 수리가 작년 가을쯤 시행된 걸로 기억해요."

엘리제가 고개를 돌렸다.

"문화부 담당이었죠."

어느새 회의실로 들어온 사람이 있었다.

"자딘 원로."

아이보리색 슈트를 갖춰 입은 자딘이 문가에서 엘리제를 바라보았다. 행사에 참석하다 온 것인지 가슴께에 자줏빛 부토니에가 멋들어지게 꽂혀 있었다. 평소 자딘은 꾸밈새에 신경 쓰는 편이 아니었다.

부를 과시하듯 디자이너 맞춤 슈트를 즐겨 착용하는 쪽은 타타발루였다. 그는 젊은 라키어스에게 뒤지지 않을 만큼 화려한 색상과 장신구를 택하곤 했다. 그에 비해 자딘은 수수하면서도 단정한 스타일을 고수했다.

모두에게 늘 온화한 미소를 돌리며. 타인의 시선이 닿지 않는 곳에서는 녹턴 일가를 향한 맹렬한 살의를 불태웠다.

"어디 좋은 데라도 다녀오시는 길인가 봐요?"

"다녀오는 길은 아니고……. 현장으로 바로 왔지."

자딘이 평소와 다를 바 없는 미소를 지었다.

"모든 장례식이 슬프기만 한 자리는 아니란다."

다음 순간 자딘의 뒤로 완전무장한 경비대가 들이닥쳤다. 곧이어 수십 개의 붉은 레이저 포인트가 엘리제의 미간을 겨누었다.

경비대 유니폼을 입고 있지만 면면을 자세히 뜯어보면 정식 대원이 아니었다. 뺨을 크게 가로지르는 상처의 남자는 전투대 습격 날 게이트 밖에서 본 기억이 났다. 근접전 당시 서로의 얼굴을 똑바로 볼만한 거리에 있었다.

이 중 진짜 경비대 소속은 대열 중앙의 도블락 랭커스터뿐이었다.

'결국 이런 식으로 마주하는군.'

엘리제는 서늘한 조롱이 담긴 눈으로 경비대장을 직시하였다.

"정말 먼 길을 돌아왔지. 젊은 네놈들이 기억하는 것보다 훨씬 멀고 먼 길이었다."

자딘이 한숨과 함께 고개를 내저었다.

"녹턴을 얻었을 때 우린 신이 우리의 기도를 들어주신 줄 알았지. 스무 살도 안 된 청년이 무엇 하나 모르는 게 없었는데……. 아직도 그와의 첫 만남을 생생히 기억한단다."

자딘의 눈이 추억을 더듬듯 애틋한 빛을 띠었다. 그러나 그것은 오래가지 않았다.

"눈부신 속도로 발전하는 도시를 보며 매일의 모욕을 참아 넘겼다. 이 정도 권력과 부를 누리게 됐으니까 놈의 오만함쯤은 무시하자고. 견디자고. 그렇게 생각했지. 별로 좋아 보이지 않는 그의 건강도, 약간이나마 화를 누그러뜨리는 계기가 됐어."

천재는 종종 단명한다지, 라며 말을 잇는 자딘이었다.

"지금 돌이켜 보면 후계자 운운했을 때부터 녹턴의 머리통을 날렸어야 해."

줄곧 엘리제에게 머물러 있던 자딘의 시선이 라키어스에게 옮겨 갔다. 라키어스의 가슴팍에도 레이저 포인트가 겨눠진 상태였다.

"널 찾아내게 하는 게 아니었는데."

당시 라키어스는 매우 어렸다. 여러모로 뛰어나긴 해도 원로들이 위기감을 느끼게 할 정도는 아니었다. 그렇다고 해서 녹턴을 제거하기엔 아직 그에게 의지하는 부분이 너무 컸다.

이러지도 저러지도 못하는 애매한 상태로 수년이 지났다.

"깨달았을 땐 이미 늦은 거라고들 하지. 내가 세를 불리는 동안 녹턴의 후계자는 몇 배속으로 빠르게 성장했어. 한데 녹턴이, 그 지긋지긋한 놈이 죽은 게다. 거기다 네놈들 사이도 틀어졌어. 내가 얼마나 기뻤을지 상상이 나 가느냐?"

자딘 원로가 상심한 나머지 매일 밤 술의 힘을 빌려 잠을 청한다는 소문이 돌았다. 사실 그건 축배였다며 자딘이 정정했다.

"이후로 잠깐은 참을 만했다. 희망이 보인다고 착각했거든. 1, 2년을 그렇게 버티고 나니 슬슬 한계가 오더구나."

시간이 갈수록 라키어스는 죽은 녹턴을 떠올리게 만들었다. 녹턴과 다른 점이라면 늘 부드러운 미소를 띠고 있다는 것이었는데, 나중엔 그조차 꼴 보기 싫어졌다. 제 아비보다 더한 놈이었다. 절대 자딘을 진심으로 존중한 적 없는 주제에, 좋은 평가와 시민들의 존경을 독차지했다.

"뭔가 수를 써야 한다고 생각했지만 그저 생각에 그칠 뿐이었어. 그러다가 작년 가을, 놈의 기념관 보수 공사가 있었지."

"그때 당신한테 수첩을 가져다준 인부가 죽은 게이트 경비의 동료였죠? 만취 상태로 냉동고 들어갔다가 시신으로 발견된 남자."

"빌어먹을 쥐새끼."

여기서 자딘의 능력이 물을 다루는 것임을 짚고 넘어갈 필요가 있었다. 라키어스가 쇳덩이를 녹이고 사람의 움직임을 통제하듯이 자딘은 물체를 자유자재로 얼리고 부수었다. 아이스링크 만들 때나 도움될 능력이라며 녹턴이 실소하던 게 기억났다. 자딘이 녹턴의 피를 얼리지 않은 게 새삼 놀랍다고나 할까.

"한낱 공사장 인부 따위가 거래를 제시했다. 하! 수첩 내용을 읽어 봤다고 하더군. 녹턴이 후계자에게 남긴 각 원로들을 제거하는 방법. 어디에 이 정보를 가장 비싸게 팔 수 있을지 고민했겠지.”

인부의 선택은 자딘이었다. 달리 조언 구할 곳이 없었던 인부는 본인이 아는 범위 내에서 가장 머리 좋은 사람의 설명을 참고했다.

바로 수첩을 남긴 당사자, 녹턴 말이다.

인부는 자딘을 찾아가 그의 앞에서 수첩 내용을 낭독했다.

【자딘 프리메이어는 아군으로 이용하다가 최후에 무너뜨려라. 열두 갈래로 나뉜 권력을 둘이서 나눠 갖자고 설득하면 다른 리더들이 죽어 나가건 말건 개의치 않을 거다. 잠깐의 모멸감보다는 장기적 이득을 앞세우는 자라 중간 이탈 확률도 적을 터.】

자딘은 이다음에 인부가 지었던 표정을 잊지 못한다고 말했다.

【거기다 제 위선이 들통나지 않았다고 믿을 만큼 아둔하지. 썩 훌륭한 패가 될 거다.】

자딘이 손뼉 친 다음 두 손을 비볐다. 아무렇지 않은 듯 호기로운 웃음을 지었지만 엘리제 눈에는 보였다. 원로의 입가가 신경질적으로 떨리고 있었다. 기회만 주어진다면 죽은 녹턴과 인부를 몇 번이라도 다시 찢어 죽일 분노였다.

“너희 양부는 죽어서까지 날 욕보였다. 애초에 리더들을 모은 건 나였는데. 장벽으로 둘러싸인 안전한 도시를 만들자고 설득했었는데……. 어디서 굴러먹다 왔는지도 모를 뜨내기의 협박을 받는 데까지 추락시키다니.”

“인부는 그때 죽일 수도 있었을 텐데요.”

"오, 물론! 네 발로 바닥을 기면서 용서를 빌게 만들까 고민했었다."

자딘의 눈이 선득하게 빛났다.

"한데 이게 기회일 수도 있겠다는 생각이 들더라고. 처음으로 녹턴의 예측을 깨부수고 놈의 잔여물들을 처리할 수 있는 기회."

그가 엘리제를 보며 얼굴 근육을 일그러뜨렸다. 웃는지 우는지 화를 내는지 기뻐하는 건지 알 수 없는 표정이었다. 마치 자딘의 일생을 압축시킨 표정이라는 생각이 들었다.

자신의 감정을 지나치게 오래도록 숨기다가 어느 순간 임계점을 넘으면 저런 얼굴을 하게 되는 걸까.

기분 나빠 하는 것 같다니요. 오해입니다. 보세요. 각도에 따라 조금 다르게 보일 뿐 웃고 있지 않습니까.

해명을 들으면 그런가 싶지만 사실 첫 번째 느낌이 맞을 거다. 어딘지 모르게 기괴한 느낌.

엘리제도, 라키어스도 남들 눈에 비치는 모습을 꾸며 낼 때가 있었다.

숨 막히는 답답함을 느꼈지만 실제로 가면을 벗어던진 건 꽤 오랜 시간이 지난 후였다. 엘리제는 녹턴의 죽음을 기점으로 모든 노력의 의미를 잃었고, 라키어스는 최근에야 자유로워지기 시작했다.

혼잣말처럼 중얼거리던 라키어스의 목소리가 떠올랐다. 어떻게 그토록 오랜 시간을 버텨 왔는지 모르겠다고. 다시 예전처럼 웃는 인형으로 살라고 하면 저답게 살 수 있는 곳으로 떠날 거라 하였다.

「물론 그 전에 상대를 죽여야겠지. 날 지옥으로 돌려보내려는 놈을 살려 둘 순 없으니까.」

뻔뻔스럽게 덧붙이는 얼굴은 라키어스 그 자체였다. 엘리제는 그때 라키어스의 표정과 지금 자딘의 표정을 번갈아 떠올렸다. 그런 다음 생각했다.

우리가 걸어온 길을 계속 걸었더라면 우리도 언젠가 자딘처럼 되었을까? 가면을 너무 오래 쓰고 산 나머지, 가면과 피부가 붙어 버린 사람 말이야.

무시해도 되는 말을 무시하지 못하고, 나에 대한 타인의 평가를 진짜 내 모습이라고 믿는 거지. 그럼 매 순간이 모욕감으로 채워져 살의와 광분에 휩싸이게 돼. 기껏 좋았던 기분이 타인의 조소 한 번에 시궁창으로 처박힐 거라고.

너도 보고 있겠지만, 라키어스.

지금 자딘의 얼굴은 괴물 같아. 에데니카에서 가장 선량한 사람이 다가와 가장 따뜻한 말을 건네도 부르르 떨며 진의를 의심할 것처럼 보여. 거기서 그치지 않고 그 사람을 잔혹하게 죽일 듯이 보인다고.

왜 그랬느냐고 물으면 자길 욕보였다고 대답하겠지. 실은 본인이 줄곧 그런 삶을 살아왔기 때문일 거야. 세상이 그런 식으로밖에 보이지 않는 거지.

하지만 다섯 살의 어린 자딘도 지금 같았을까? 여섯 살, 일곱 살, 여덟 살 때의 자딘은 어땠을 거라 생각해? 새로 사귄 친구가 수줍게 내민 과자를 강아지에게 먼저 먹여 보면서 독이 발려져 있나 확인했을까?

아마 처음부터 그러진 않았겠지. 웃으면서 과자를 받아 든 소년과 이백 명에 가까운 희생보다 제가 받은 모욕감을 중시하는 원로 사이엔 뚜렷한 간극이 있을 거야.

도중에 벗어던질 기회가 있었을 테지만 무시하고 달린 결과가 지금 우리 눈앞에 있어.

왠지 기분이 이상해, 라키어스.

저게 우리 모습일 수도 있었을까.

"그래서…… 오늘 당신의 계획이 뭐죠?"

"내 말을 귀담아듣지 않는 건 여전하구나. 이렇게 설명을 해 줬는데도 다시 묻다니."

자딘이 벽장을 열어 버튼을 조작했다. 시티타워 최상층 외부엔 5미터쯤 길쭉하게 돌출된 유선형 장식이 있는데, 그곳으로 나가는 유리문을 연 거였다.

저 문은 이제 안 열리는 줄 알았는데.

"넌 구치소 탈출 후 타타발루 원로를 살해하려다가 죽게 되지. 공황에 빠진 나머지 저 밖으로 뛰어내려서."

상대는 엘리제가 날개를 못 쓴다는 사실을 알고 있었다.

"그리고 라키어스, 미리 말해 두지만 네놈이 능력 쓰는 시늉이라도 하는 즉시 저년의 머리에 구멍을 뚫어 줄 테니 그리 알아라."

자딘의 입가가 괴이하게 비틀렸다.

"우릴 죽일 순 있겠지. 하지만 이미 총구를 떠난 총탄 수십 발까지 네가 막을 수 있을까?"

엘리제는 타타발루에게로 고개를 돌렸다. 원로는 자딘이 본인 이야기를 할 동안 침묵을 지키며 테이블에서 시선을 떼지 않았다. 그는 엘리제의 부름에 흠칫 놀랐다.

"타타발루 원로는 우리가 도착하기 전 자딘 원로로부터 이야기를 들었겠죠?"

그가 마른침을 삼켰다.

"이제 소속을 정해야할 때예요. 자딘이냐, 우리냐. 부디 옳은 판단 내리길 바라요."

타타발루의 눈동자가 흔들렸다. 호흡이 다소 거칠어졌다. 여전히 문 쪽에 서 있는 자딘이 동료를 불렀다. 녹턴의 망령을 떨쳐 내야 한다고. 저들만 없어지면 모든 게 달라진다고 말했다. 이고르와 하샤즈가 당한 모욕을 잊어선 안 된다고도 덧붙였다.

녹턴 일가는 그를 조금도 존중하지 않는데, 어째서 아달람 일가는 영원한 충성을 바쳐야 하는 것인지 스스로에게 물어보라고 하였다. 이에 타타발루가 느린 걸음으로 움직였다.

원로의 선택은 자딘이었다. 자딘의 입가가 흐뭇하게 누그러졌다.

"제대로 된 결정을 내린 걸세."

타타발루의 어깨를 두드렸다. 엘리제는 자신의 예상을 조금도 빗나가지 않는 전개에 눈을 굴렸다. 한편으로 타타발루가 저쪽으로 가서 다행이라는 생각이 들었다. 머리에 총도 맞지 않았는데 이쪽으로 오면 어쩌나 싶었다.

왜, 사람이 살다 보면 한 번씩 제정신이 돌아온다고 하지 않나. 열등감과 욕망으로 수놓인 길을 일관성 있게 걸어오던 타타발루가 갑자기 엘리제 옆으로 왔다면 몹시 당혹스러웠을 것이다. 하지만 원로는 끝까지 자신이 걸어온 길을 고수했다. 자딘의 눈을 돌아가게 한 모욕감이 타타발루에게도 영향을 미쳤다. 자딘 옆에 선다는 건 그가 희생시킨 목숨들을 외면한다는 뜻이다.

그건 엘리제와 양립할 수 없는 가치관이며, 엘리제에겐 그런 자들에게까지 관심을 나눠 줄 여유가 없었다.

내가 왜 마하를 죽인 놈을 용서해 줘야 하지?

착하게 산 걸로 따지면 원로들보다 폭스테일이 더 나았다. 엘리제는 원로들을 보며 차가운 미소를 머금었다. 당신들이 이 날을 기다려 왔듯이 나 또한 오늘을 손꼽아 기다렸다.

"쓸모를 다한 놈은 죽이는 게 당신 방식이잖아요. 게이트 경비도 그래서 죽였죠. 그러고는 알뜰하게 시체를 활용하려 했어요. 바로 내가 시체의 최초 발견자가 되도록 하는 거."

엘리제는 게이트 경비의 뒤를 쫓고 있었다. 살아 있는 경비와 맞닥뜨렸으면 진실을 토해 낼 때까지 물고문이라도 할 기세였으니 착실하게 시체

발견 신고를 했다 한들 꼬투리가 잡혔을 것이다.

시체를 은밀히 처리하려 했다면 자딘의 하수인에 의해 초 단위로 기록이 남았을 테고.

상대의 목적은 하나였다. 엘리제에게 살인혐의를 뒤집어씌우는 것.

그러나 시체가 남아 있지 않아 실패했다. 엘리제는 영문을 모른 채 아파트를 나서야 했다.

"날 중범죄자로 만들고, 이 때문에 라키어스가 법을 어기게 하기. 당신은 이 계획이 너무 아까웠나 봐요. 소중히 간직해 뒀다가 웜을 제거할 때 재활용한 걸 보면 말이에요."

웜은 소형 폭탄을 갖고 시티타워에 올 때만 해도 그게 자기에게 쓰일 줄 몰랐을 터다.

"폭발은 두 번이었어. 그땐 경황이 없었지만 이젠 확실히 기억나."

엘리제의 말투가 달라졌다.

"웜이 귀에 꽂고 있던 이어마이크."

"아."

"당신이랑 통화 중이었지?"

자딘이 기억을 더듬는 시늉을 했다. 눈을 가늘게 뜨고 먼 곳에 시선을 두었다.

"주머니에 손을 넣기에 뭘 하나 싶었더니, 당신에게 걸려 온 전화를 받았던 거야."

"두 번째 전화를 받고 10초 뒤."

자딘이 손뼉을 쳤다.

"콰쾅!"

립밤을 발라 자연스러운 혈색이 도는 입술이 가로로 길게 벌어졌다.

"이번에야말로 널 잡았지."

"내가 궁금한 건, 당신이 첫 번째 실패를 좀 더 파헤쳐 보지 않은 이유야."

엘리제가 고개를 갸웃했다.

"시체가 다시 살아난 것도 아닌데 어떻게 흔적도 없이 사라졌을까."

"……그건."

"조사하다가 막다른 골목에 부딪쳤나? 그래서 찜찜하긴 해도 일단 다음 단계로 넘어가자고 생각한 거야? 근데 자딘 프리메이어. 내가 겪어 봤는데, 치명적인 실수는 대부분 그런 데서 나오더라고."

엘리제의 얼굴에 쓰디쓴 자조가 어렸다.

"그날 아침. 내가 공문 내용이 이상하다고 생각하면서도 시티타워에 전화를 거는 대신 그냥 출동했던 것처럼."

자딘의 표정이 비로소 굳기 시작했다.

"당신은 이쪽에 웜을 심었잖아. 한데 당신 쪽에도 누군가 있었어."

만족감으로 빛나던 호박색 눈이 초점을 잃고 흔들렸다. 아무도 믿지 못하는 눈. 뿌리 깊은 불신이 자딘을 뒤흔들고 있었다.

"누굴까?"

엘리제가 아랫입술을 지그시 깨물었다.

"타타발루일까?"

자딘의 고개가 옆으로 홱 돌아갔다.

"아니면 당신 뒤의 도블락?"

그럴 리 없다는 얼굴로 도블락을 돌아보며 부르르 떨었다.

"혹은…… 하샤즈일 수도 있지. 스파이를 자처할 만큼 라키어스를 사랑했던 거야. 그렇게 하면 라키어스를 되찾을 수 있을 줄 알고."

"아니. 아니야."

자딘이 속지 않겠다는 듯 고개를 흔들었다. 엘리제를 노려보는 눈에 핏발이 섰다. 종잇장보다 얇은 여유가 사라진 얼굴은 자딘의 모습을 한 다른 사람 같았다.

"불을 썼다는 것까진 안다. 그걸로 시체를 없앴지."

자딘의 입가가 제멋대로 실룩였다.

"타타발루, 도블락, 하샤즈. 이 중에 불을 쓰는 자는 없어. 타타발루의 능력은 외부 충격으로부터 사람들을 보호하는 거고, 나머지 둘은 능력이 없는데."

"당신은 물을 다루지."

엘리제가 상대의 말을 끊었다.

"그럼 프리메이어 부인은?"

"무슨 얼토당토않은 헛소리냐. 쿠키 굽고 자선 모임에나 나가는 그 사람이 뭘 안다고."

"아니, 지금 부인 말고."

엘리제가 상대와 시선을 맞춘 채 말했다.

"당신이 도시 밖에 버리고 온 사람."

"……."

"당신을 먹여 주고, 재워 주고, 가르친 이의 딸."

"……."

"전 부인이 무슨 능력을 가졌었는지 기억나?"

자딘이 고개를 천천히 내저었다. 그러다가 돌연 얼굴을 일그러뜨렸고, 또다시 웃는지 우는지 모를 표정을 지었다. 그에게서 목소리가 나오기까지 약간의 시간이 걸렸다.

"불을 다뤘지. 그 사람은."

실소를 흘렸다. 옆에 서 있던 타타발루가 당황할 정도로 음침한 소리를 내던 자딘이 손을 들어 올렸다. 그와 동시에 탄환 한 발이 엘리제의 어깨를 스치고 지나갔다.

라이더 재킷 위로 피가 배어 나왔다.

"네 말대로 치명적인 실수긴 하구나. 아주 놀라우리만치 감쪽같았어.

하지만 너와 내가 다른 점이 있지. 이미 죽은 네 대원들은 돌아올 수 없고."

자딘이 이를 드러냈다.

"난 오늘 너희를 없앤 뒤 실수를 바로잡을 거란 점."

열린 문 사이로 서늘한 바람이 불어 들었다. 엘리제의 잔머리가 흩날렸다. 자딘이 엘리제 뒤를 눈짓하며 재촉했다.

"뛰어내려라."

엘리제가 라키어스를 쳐다보자마자 자딘의 노성이 회의실에 쩌렁쩌렁 울려 퍼졌다.

"눈길 주고받지 말고 입도 뻥긋하지 말고 당장 뛰어내려!"

"우리가 이런 상황을 예상 못 하고 왔을 것 같아?"

엘리제는 타타발루에게 말을 걸기 전부터 줄곧 주머니에 넣고 있던 오른손을 빼냈다. 무언가가 손에 들려 있었다. 휴대폰이었다.

그 아래에 꽂은 건 고성능 증폭기로, 웜의 지하실에서 가져온 아이템이다. 엘리제가 스피커폰 모드로 바꾼 뒤 현장에 없는 사람에게 물었다.

"잘 들렸어?"

— 한 마디도 빠지지 않고 녹음됐어.

건너편에서 비안카가 말했다.

— 지금 모든 언론사와 인터넷 게시판에 업로드 중이야.

"잘했어."

엘리제가 통화를 종료했다. 자딘을 보며 웃었다. 순식간에 휴대폰이 얼어붙어서 손까지 얼기 전에 떨어뜨렸다. 바닥에 떨어진 휴대폰은 산산조각이 났다.

《완료.》

라키어스의 음성은 이만 자리를 뜰 시간임을 뜻하는 알람이었다.

"뛰어내리라고 했지? 좋아. 당신이 원하는 대로 해 줄게."

어떤 심경의 변화일까. 엘리제가 즉시 몸을 돌려 달리기 시작했다. 회의실은 60층에 달하는 아찔한 높이였다. 도시에서 시티타워만큼 높은 건물이 없기에, 그야말로 아무것도 보이지 않는 허공에 몸을 던지는 기분일 터다.

라키어스가 꼼짝도 하지 않는 것을 본 자딘은 본능적으로 이상함을 알아차렸다. 가만히 있으라고 위협했다고 해서 정말 움직이지 않을 놈이 아니었다.

라키어스는 움직여야 했다. 당연히 그래야 했다. 라키어스가 엘리제를 구하려고 등을 보이는 데까지가 모두 자딘의 계획에 포함되어 있었다. 한데 날개도 못 쓰는 몸으로 뛰어내리는 엘리제를 가만히 보고만 있다는 게 수상했다.

자딘이 발포 명령을 내렸다.

사십 명의 수하가 일제히 방아쇠를 당겼으나 단 한 발도 발사되지 않았다.

다음 순간, 허공 높이 몸을 띄운 엘리제가 왼쪽 주머니에서 무언가를 꺼내 던졌다.

동그란 몸체에 육각별 모양 테두리.

엄청난 속도로 날아든 그것은 자딘과 타타발루 사이를 가르고 지나가 회의실 벽 중앙에 꽂혔다. 몸체 전체가 붉게 깜빡였다. 보는 순간 직감했다.

폭탄이다.

자딘은 그것을 통째로 얼리려 했지만 메탈 표면에 맺힌 얼음결정은 폭탄의 절반도 뒤덮지 못한 채 사라졌다. 녹아서 물방울이 된 것조차 아니었다. 그대로 증발하여 사라졌다.

순간의 열기에 의해서.

그제야 라키어스가 엘리제를 따라 뛰어내리지 않은 이유를 알 수 있었다.

녀석은 스위치를 누르기 위해 남은 것이다.

쾅!

굉음과 함께 폭탄이 터졌다.

회의실에 있는 어느 누구도 몸을 피할 여유 따윈 없었다.

❖

엘리제는 빠른 속도로 떨어지는 몸을 늘어뜨리며 생각했다. 자딘은 모르는 게 너무 많다고.

그는 라키어스가 녹턴을 닮았다며 증오했지만, 녹턴과 다른 점이 무엇인지에 대해서는 알지 못했다.

그는 엘리제가 라키어스를 충동질할 수단이라고만 여겼다. 대원들을 잃은 엘리제가 온 도시를 들쑤실 줄 알았겠지만, 엘리제는 그날을 기점으로 다시 태어났다. 증거를 모으는 법. 때를 기다리는 법. 참는 법을 배웠다.

그는 자신의 딸이 아비를 용서하지 않을 거란 사실을 알았다. 하지만 그게 전부라고만 생각했다.

엘리제의 머릿속에 아련히 스쳐 지나가는 얼굴이 있었다.

'비겁한 놈이라고만 여겼겠지. 피해의식에 절어서 발버둥 치는, 배짱 하나 없는 뒷골목 시궁쥐.'

그리고 오늘, 저들은 웜의 폭탄으로 대가를 치른다. 불길 속에서 뛰어내리는 누군가가 있었다.

익숙한 형체. 새하얀 날개.

엘리제가 웃으며 팔을 뻗었다. 점점 더 가까워진 라키어스가 결국 엘리제를 강하게 끌어안았다. 손바닥에 묻어나는 피에 그가 미간을 구겼다. 아까 회의실에서 경고 조로 총을 맞은 곳이다. 라키어스가 총을 못 쓰게 만들기 전에 발생한 일이라 어쩔 수 없었다. 굳은 얼굴에서 언짢음이 배어 나왔다.

"관통한 것도 아니고 살짝 스쳤어. 그렇게 얼굴 구길 정도는 아니야."

"피가 나잖아."

"우리 다시 올라가진 않을 거지? 네 표정 보면 죽은 사람 도로 살려내서 또 죽일 것 같거든."

"일단 치료부터 하고."

"정말이지."

엘리제가 한숨을 쉬었다.

"과보호는 알아줘야 한다니까, 라키어스 녹턴."

두 사람은 맞은편 건물 옥상에 착지했다. 한 갈래로 높이 묶은 엘리제의 검은 머리카락과 라키어스의 날개깃이 밤바람에 살랑였다. 걱정과 달리 살아남아서 이렇게 서로를 보고 있다.

혹시라도 한 명이 다치거나 죽는다면, 그건 엘리제일 가능성이 높았는데.

무사한 상태로 라키어스를 올려다보는 그 존재가 너무도 감사했다. 믿기지 않을 만큼 소중했다. 제 능력으로는 눈앞의 인간들을 몰살할 수 있음에도 끝끝내 안심할 수가 없었다.

심장이 끔찍하게 조여들었던 기분을 다시는 느끼고 싶지 않았다. 라키어스가 애틋한 손길로 엘리제의 뺨을 쓸었다. 서서히 입술을 겹치고 온기를 나누자 비로소 모든 게 끝났다는 실감이 났다.

키스가 다소 거칠게 변했다. 도톰한 입술을 빨아들이며 안쪽을 강하게 문지르고 맛을 보았다. 호흡이 딸려 할딱이는 소리는 흘려 넘겼다.

네가 살아 있음을 느끼게 해 줘. 여전히 나와 함께 있다는 확신을 줘.

엘리제. 엘리제.

나의 유일한 세계.

겨우 입술을 떼고 흐릿하게 취한 눈으로 서로를 보았다. 경찰차와 앰뷸런스의 사이렌이 대로에 울려 퍼졌다. 옥상에서 내려다본 아래는 아수라장이었다. 근처에 있던 시민들이 웅성거렸고, 언제 도착했는지 감도 잡히지 않는 기자들이 고개를 한껏 젖히고 시티타워를 올려다보고 있었다.

엘리제 역시 시티타워로 눈길을 주었다. 밤하늘로 검게 피어오르는 연기를 보고 있으려니 단단한 팔이 허리를 감싸 안았다. 한동안 두 사람은 서로에게 닿은 채 거대한 불길에서 시선을 떼지 않았다.

제14장 에데니카의 아침

　도블락을 포함한 사십 명은 회의실과 함께 날아갔다. 하나 자딘과 타타발루는 살아남았다. 타타발루의 능력 덕분이었다.

　폭발, 지진, 해일 등 외부 위험으로부터 몸을 지키는 능력은 천 명 가까이 되는 사람들을 동시에 보호할 수 있었다. 전성기 때는 천오백 명까지도 가능했다고 한다.

　이 능력은 타타발루가 지금 자리까지 올라설 수 있게 한 기반이었다. 그리고 자딘이 굳이 타타발루를 동석시킨 이유이기도 했다.

　무슨 일이 일어날 경우, 보호능력의 덕을 보기 위해서.

　결과적으로 자딘의 판단은 옳았다. 타타발루는 위험을 감지한 즉시 능력을 발동하였고, 두 원로는 폐허 속에 쓰러진 채 발견되었다. 입원 닷새째부터 거동이 가능해졌다는 뉴스를 보았다.

　이번 주가 끝나기 전에 퇴원할 것이고, 그 둘은 법정에 서게 될 터다. 특히 자딘의 행위는 면책 범위를 벗어나는 중범죄기 때문에 징역을 피하

지 못하리란 전망이었다. 그리고 타타발루는 사십 명의 죽음에 대한 책임
을 물게 되었다.

'리더 자리에 계속 두기엔 위험한 인물이지.'

천 명을 보호할 수 있는 능력을 가졌으면서 자신과 자딘에게만 힘을 쓴
이유는 간단했다. 힘의 총량은 정해져 있기 때문이다. 인원수대로 나눌수
록 두 원로를 감싸는 힘은 약해질 게 뻔했다. 하지만 수백 명을 지켜야 하
는 것도 아니고 '고작' 사십 명일 뿐이었는데, 라는 반문은 넣어 두자.

타타발루 본인을 제외한 모두가 품고 있는 의문이니까. 재판정에서 검
사가 집중 공략할 부분이기도 했다. 타타발루가 당황할 모습이 그려졌다.
너무 순식간에 일어난 일이라 뒷사람까지 보살필 겨를이 없었다. 절대 고
의가 아니었다. 변호사는 이런 식으로 말하길 권하겠지.

엘리제는 정답을 알고 있다. 타타발루는 그냥 지켜야 할 필요를 못 느
낀 것뿐이다.

자딘은 살려야 하니까 살린 거고.

그뿐이었다.

엘리제는 선글라스를 벗은 뒤 벤치에 앉았다. 체육시간인지 잔디운동
장에 학생들이 있었다. 소프트볼 경기 중이었다. 체육복 위로 색깔이 다른
얇은 조끼를 걸쳐서 팀을 알아보게 했다. 누군가 연속해서 헛스윙을 하자
까르르 웃음이 터졌다. 그러다가 제대로 맞춰 날리는 볼에 다들 우왕좌왕
하였다.

높아지는 함성, 웃음소리, 승패는 뒷전이고 친구와 잡담하는 무리들.
반면 트랙에서 달리기 준비를 하는 이들의 눈빛은 좀 달랐다. 저쪽은 확실
히 대회에 나가는 팀인가 보다. 코치가 각 선수에게 개별적인 지시를 내리
고 있었다.

"저 학생이 하트니스죠?"

엘리제가 벤치 등받이에 팔을 길게 걸치며 물었다.

"엠마 하트니스."

"천사, 악마 혼혈인데 제 생각엔 아무래도 어머니께서 거짓말을 하신 것 같아요. 100% 악마예요. 의심의 여지없이 100%. 하필 선물을 줘도 극소량 한정판을 줄 게 뭐람."

벤치 끝에 앉아 있던 리오네가 곤란한 표정으로 고개를 저었다. 평소에도 제출 기한을 좀 늘려 달라는 등 온갖 청탁을 스스럼없이 하더니, 결국 이렇게 담임선생의 정체를 탄로 나게 만들지 않았냐며 조그만 입술을 삐죽였다.

자던을 닮은 밀빛 머리카락에 호박색 눈. 여기에 사뿐히 내려앉는 햇살이 더해지니 작은 카나리아처럼 보였다. 하나 그 아비는 카나리아에게 크게 한 방을 먹었다.

본인도 딴마음을 먹고 있었으면서, 본인의 딸이 그러지 않으리라고 믿었던 까닭은 뭘까.

한참 제자의 흉을 보던 리오네가 한숨을 푹 내쉬었다.

"사실 엠마를 탓할 일이 아니죠. 아버지를 보세요. 상급 천사의 순혈이란 자부심이 대단하던 작자였어요."

"친부를 이르는 표현치고는 신랄하네요."

"새끼라고 하긴 좀 그렇잖아요?"

그래도 제 직업이 교사인데. 문학교사. 태연하게 덧붙이는 목소리가 평온했다.

"천사니 악마니 순혈이니 혼혈이니. 속성을 논하는 건 이미 고루한 일이 되어 버린 것 같아요."

"리오네야 그렇게 생각하겠지만, 여전히 편견을 따르는 사람이 대부분이에요. 악마의 피는 못 속인다더니 욕심이 많다. 색을 밝힌다. 이런 소리가 아무 생각 없이 재생산된다니까요."

악마가 색을 밝힌다니. 시티타워에서 근무 중인 26세의 젊은 리더가 벌떡 일어날 소리다. 리오네가 키득키득 웃었다.

"뭐, 엠마 학생만 탓할 일도 아니에요. 이쪽엔 비하르트라는 미친 집착남이 있었으니까."

"아, 그 개코 분."

"신데렐라 구두 찾듯이 아주 온 도시를 뒤지고 다녔잖아요."

"들었어요. 나도 모르게 오싹하더라고요."

"그 집착이?"

리오네가 고개를 살래살래 저었다.

"아뇨. 도청기 설치하고, 수거하고, 변장한 상태로 돌아다닐 때 혹시라도 향수처럼 흔적을 남겼을까 해서요."

천만다행으로 들키지 않았다며 혀를 날름 빼무는 리오네였다. 선수들이 출발 자세를 잡았다. 코치가 호루라기를 불자마자 날렵하게 튀어 나가는 모습이 인상적이었다.

두 사람의 화제는 부드러이 불어오는 바람처럼 자연스럽게 집안 분위기로 넘어갔다. 유난히 아버지를 따랐던 장남은 현실을 부정 중이라고 하였다.

"존경하는 아버지가 그럴 리 없다는 거죠. 처음엔 엘리제가 녹음한 대화의 진위를 의심했는데 2차로 공개된 자료에 충격을 받았어요."

후자는 라키어스가 공개한 몇 년 치의 녹음 자료였다. 리오네 본인이 만든 것이다.

"다들 난리도 아니에요. 부인은 몸져누웠고, 장남은 날 배신자라 욕하고, 어린 여동생들은 울고만 있거든요."

"그들 입장에선 평화로운 일상이 붕괴된 거니 당연하겠죠."

"그래도 잠까지 못 자게 괴롭히는 건 나빠요. 새 학기가 시작됐단 말이에요. 겨울방학까지 다시 긴긴 시간을 견뎌야 한다는 생각에 한숨이 나올 지경인데, 방문 앞에서 고함이라니."

귀여운 얼굴이 일순간 찌푸려졌다.

"불로 지져 버릴 걸 그랬나."

"……."

"너무해요, 정말."

엘리제가 맞장구를 치지 않자 리오네가 옆 사람을 힐끔 살폈다.

"걱정 마세요. 장남은 무사하답니다. 대신 제가 집을 나왔어요. 그저께부터 기자 친구의 아파트에 쳐들어가 손님방을 점령했지요."

"기자 친구라면……."

"회의실 날아가고 난 다음 날 아침. 세련되게 아버지를 '까는' 기사가 나온 거 기억하세요? 제 협력자랍니다. 학교 졸업하고 어찌 사는지 궁금했는데 성인잡지에 칼럼을 쓰고 있지 않겠어요? 물론 칼럼은 재밌었지만 녀석의 필력을 그냥 두기가 아까웠거든요."

엘리제는 상대가 말하는 기사를 떠올렸다. 충격적이라는 표현만 반복하는 타 기사들과 달리, 제법 오랫동안 준비해 온 티가 났다. 초반 분위기를 선점하는 데 공이 큰 기사였다.

한데 요것도 리오네의 입김이 들어간 부분이라 한다. 엘리제가 묘한 미소를 머금었다.

"계기를 물어도 될까요?"

리오네가 무슨 뜻이냐는 듯 눈을 깜빡였다.

"라키어스에게 넘긴 자료. 오래전부터 준비했던데요. 꼬투리를 잡아 자딘을 끌어내리려면 훨씬 이전에도 가능했겠어요."

"근데 왜 지금이냐는 건가요?"

리오네가 말을 받았다. 엘리제는 침묵으로 긍정했고, 상대에게선 한동안 대답이 나오지 않았다. 두 사람이 앉아 있는 벤치는 조용했지만 스탠드 아래 운동장은 웃음과 함성으로 시끄러웠다. 소프트볼 경기가 후반으로 접어들고 있었다.

"······당신의 딸이 근무하는 곳에 폭탄을 터트렸죠. 전쟁이 나도 병원과 학교는 건드리지 않는 게 원칙이에요."

순간 리오네의 눈빛이 선득하게 달라졌다.

"카밀라는 아직도 큰 소리가 나면 몸이 굳어요. 겁에 질린 그 애의 얼굴을, 전 잊을 수 없어요."

엘리제의 머릿속을 스쳐 지나가는 영상이 있었다. 학생의 손을 꼭 잡고 있던 리오네였다. 인터뷰 내내 굳어 있던 단단한 얼굴.

「생명을 중시하지 않는 테러리스트의 엄벌을 강력히 요구하는 바입니다.」

결국 리오네는 스스로의 손으로 범인을 끌어내 사람들 앞에 세웠다.

세상은 참 재미있어.

엘리제는 머리카락을 쓸어 올리며 생각했다. 자딘에게서 리오네 같은 딸이 태어난다. 한편 대천사의 직계혈통인 라키어스는 엘리제를 위해서 모두를 죽일 수 있다.

리오네의 말처럼 출신을 따지는 게 고루한 일이 되는 때는 언제일까.

엘리제는 벤치를 잔뜩 의식하고 달리는 여학생을 보며 다리를 바꿔 꼬았다.

"라키어스가 지금 원로들과 회의 중이에요."

어느새 옆에서 콧노래가 들려오기 시작했다. 자기와는 상관없는 이야기란 거다. 두 사람 사이의 분위기도 한결 가벼워졌다.

"자딘, 타타발루가 일단 직무 정지 상태인데, 동시 파면에 대해 논의하고 있어요. 그와 동시에, 후임자도 거론하고 있고요."

엘리제의 폰이 진동했다.

"전원 찬성으로 통과래요. 당신은 더 이상 리더의 딸이 아니에요."

리오네가 흥겹게 고개를 까딱거렸다.

"차기 리더직. 생각 있어요?"

거짓말처럼 고갯짓이 멈추었다. 보란 듯이 얼굴을 일그러뜨리고는 이무슨 재미없는 농담이냐는 눈으로 엘리제를 쳐다보았다.

"소중한 이들을 위해 움직였다면서요. 아이들은 금방 졸업을 해요. 도시는 그 속도를 따라가지 못하고요."

"라키어스 리더는 이거에 대해 알아요? 아, 아니. 대답할 필요 없어요. 둘 사이에 모르는 일이 있을 거라 생각하다니. 잠깐이지만 저, 바보 같았네요."

일부러 요란스럽게 반응하며 위기를 넘기려는 게 눈에 보였다. 엘리제가 개의치 않고 방긋 웃었다.

"이런 선생님과 함께하는 학생들은 운이 좋다고 생각해요. 한데 리오네의 학생이 되지 못한 아이들에게도 행복해질 기회를 줄래요?"

"과연 고민할 가치가 있는지……."

"진지하게 생각해 봐요. 수락하자마자 시민 투표에 부칠 거니까."

엘리제가 벤치에서 일어났다. 기지개를 켜자 곧게 뻗은 손가락 사이로 햇살이 빠져나갔다. 원래 날씨가 좋은 계절이긴 하지만, 그걸 감안하더라도 드물게 완벽한 날이다.

천천히 교정을 빠져나가는 엘리제 뒤로 학생들의 웃음소리가 흩어졌다.

❖

엘리제는 거실 바닥에 아무렇게나 누워 숨을 골랐다. 터질 것 같은 심장을 가라앉히는 데엔 약간의 시간이 필요했다.

귀도 멍멍하고 팔다리는 여전히 가늘게 떨렸다. 다리 사이가 미끈대는 체액 때문에 엉망인 상태였으나 거기까지 신경 쓸 여력은 없었다. 엘리제는 눈을 감고 호흡을 되찾는 데 집중했다. 이윽고 온몸의 근육이 이완되며 나른한 상태에 접어들었다.

이대로 잠에 들어도 이상하지 않을 터다.

기껏 샤워하고 나온 보람이 없게 되었지만 한 뼘 열어 둔 테라스 문으로 조용히 들어오는 밤공기를 맞고 있자니 몸이 식는 기분이었다. 엘리제는 옆에 떨어진 샤워가운을 끌어다 몸을 덮었다.

"추워?"

탁한 목소리로 물어 오는 것까진 좋은데.

"좀 떨어지지?"

"매정하군."

나신으로 엉겨 붙는 까닭은 뭐란 말인가. 라키어스는 딱히 추위를 타지 않으니 이렇게 몸을 붙이는 이유는 하나뿐이었다.

"왜 넌 자제가 없어, 라키어스 녹턴?"

"방금 그건 26년 평생 들어 본 말 중에 가장 억울하고 당혹스러운 비난이었어."

"과장하긴."

한 살 때 들은 말을 누가 기억하느냐며 다소 유치한 공격을 했더니 자긴 다 기억한다는 답이 돌아왔다.

진짜 뻥도 정도껏 쳐야지.

"내가 자제력이 없다니, 엘. 그런 소릴 하면 곤란해. 내가 얼마나 하루하루를 힘껏 버티면서 사는데."

"이게 최선이야? 확실해? 왜 난 믿기지가 않지."

"정 그렇다면……."

라키어스가 엘리제의 어깨에 입을 맞추었다.

"오늘부터 비교 분석을 하게 해 줄게."

"그럴 것까진."

"자제력을 발휘하기 전과 후가 어떻게 다른지."

"왜 이런 것에만 열성적이야."

"보여 줄게."

손바닥이 맞닿았다. 느릿하게 손깍지를 낀 다음 힘을 주어 잡았다.

"확실히."

다섯 손가락이 엘리제의 손바닥을 문질렀다. 손톱을 세워 긁어내리자 잠깐 숨이 멎을 만큼 오싹했다. 라키어스의 손장난이 점점 짙어졌다.

안 된다. 이러다간 또 말려들고 만다.

떨쳐 내려고 휘젓는 손을 잡아 제 입으로 가져가는 라키어스였다. 맥이 뛰는 손목에 입술을 대고 비비는 모양새가 이미 작정한 듯 보였다. 더운 숨결을 흩뿌리며 조금씩 위로 타고 올라오는 것도.

지이잉.

소파에 올려 둔 엘리제의 폰이 진동했다. 몹시도 시기적절한 울림이었다.

"그냥 둬."

라키어스가 자잘한 키스를 멈추지 않은 채 말했다.

"이따 확인해."

"1시간 뒤에나 보라고? 중요한 문자면 어떡해."

엘리제가 상체를 일으켜 소파로 다가갔다. 유혹에 실패한 라키어스가 아쉬운 입맛을 다셨다.

"음……."

"기대만큼 중요한 내용인가?"

중요한, 에 힘이 실린 듯 들리는 건 기분 탓일 터다. 엘리제가 폰을 쥔 그대로 소파에 몸을 기댔다.

"리오네가 리더 직을 수락했어."

"아."

라키어스를 돌아보는 엘리제의 표정이 복잡 미묘했다.

"나도 수락하는 조건으로."

그제야 라키어스의 얼굴에 흥미라고 할 만한 기색이 어렸다.

전투대 옥상에서 익숙한 풍경을 내려다보던 엘리제는 주차장으로 들어서는 사람을 알아보고 손을 흔들었다. 실바노가 멈칫하더니 손을 들어 보였다. 올라오라는 사인을 보내고 조금 기다리자 옥상 문 열리는 소리가 났다. 그가 엘리제 옆으로 다가섰다.

"어디 갔다 오는 길이야?"

"투표했습니다."

"아하."

엘리제가 고개를 끄덕였다.

엘리제와 리오네는 각각 타타발루와 자딘의 공석을 채울 후보로 등록했다. 단일후보이기 때문에 찬성, 반대, 기권 세 가지 결과만 있다. 비좁은 칸에 도장을 찍는 방식이 아니라, 24인치 터치스크린으로 진행되므로 무효표는 존재하지 않았다.

한꺼번에 두 개 이상의 선택지를 터치하면 다음으로 넘어가지 않고 경고 창을 띄워서 미연의 실수를 방지했다. 자신의 선택을 보여 주고 재확인하게 하는 과정을 추가했더니 무효표가 생길 이유가 없었다. 이를 위해 엘리제는 전투대장직에서 물러났다. 대원들과 상의 끝에 1조장 비안카가 자리를 물려받기로 하였다.

대장이 12인의 리더가 된다니 기분이 너무 이상하다고 한마디씩들 하였다. 이제까지 전투대에서 시티타워를 언급할 때는 신랄하게 욕하는 경우가 대부분이었기 때문에 대원들이 그런 말을 하는 것도 이해가 갔다.

엘리제가 실바노를 힐끗 보았다.

"찬성했어?"

그가 엷게 웃었다.

"비밀투표 아니었습니까?"

"그렇긴 한데."

"찬성했습니다."

엘리제가 눈을 흘길 차례였다. 줄곧 느낀 바지만 시간 차를 두고 밀고 당기는 건 실바노가 제일 잘하는 듯하다. 이 분야에 있어선 라키어스마저 약간 밀리는 느낌이랄까.

다음 생에도 고백은 엄두 못 낼 숙맥인 줄 알았는데 은근슬쩍 키스도 받아 가고 할 말은 다 해 왔다.

신실, 순정, 충성의 아이콘 실바노.

여기에 은근한 박력을 추가해야 될 것 같다.

"처음부터 말해 주면 어디 덧나?"

"이제 제가 할 수 있는 건 이런 농담 따먹기뿐일 텐데. 이거라도 잡고 매달려야죠."

그가 시선을 멀리 둔 채 말했다.

"대장으로만 부르고 싶지 않았습니다. 한데 일이 묘한 방향으로 흘러가더군요. 대장이 더 이상 대장이 아니게 되었는데, 전 당신을 엘리제라고 부를 수 없으니 말입니다."

단순하게 이름을 부르는 문제라면 흔쾌히 허락할 터. 하지만 실바노의 말은 그런 뜻이 아니었다. 엘리제는 이어지는 말을 잠자코 들었다.

"왜 리더에 대한 당신의 변화를 알아채지 못했나 자책했습니다. 지난 시간을 곰곰이 돌이켜 보기도 했고요. 언제 알아챘으면 그나마 승산이 높았을까. 이런 부질없는 생각을 하면서 마음을 정리했습니다."

읊조리듯이 말하던 실바노가 쓴웃음과 함께 고개를 숙였다.

"아무래도…… 방금 말은 취소해야겠군요."

그가 엘리제를 응시했다.

"아직 정리 못 했으니까."

"내가 좀."

"심각한 매력이 있죠."

"여운이 꽤 오래갈 거야."

"감내해야지 않겠습니까."

주거니 받거니 하다가 어느 순간 둘 다 웃음을 터뜨렸다. 쓸쓸한 듯 가벼운 웃음소리가 허공에 퍼져 나갔다.

"이러다 낙선하면 모양새가 우습게 되는데. 기껏 거창하게 작별인사하고 인수인계했더니 낙선."

"약한 소리 마세요. 시민 투표 반영률은 50%죠. 리더들은 전원 찬성했다면서요."

"진짜 불합리한 조항 같지 않아? 저쪽은 열두 명밖에 안 되는데 절반에 해당되는 결정권을 갖고 있어. 아주 내가 리더 되기만 해 봐. 이거부터 뜯어고칠 테니까."

엘리제가 벼르는 시늉을 해 보였다. 이에 실바노의 눈매가 휘었다.

"비록 전 대장을 빼앗기지만 에데니카 입장에선 좋을 일이군요."

"그런가."

엘리제가 머리카락 끝을 손가락에 감았다.

"라키어스는 별로 안 좋아하는 눈치던데."

"그분은 에데니카가 아니니까요. 게다가 당신을 오래 지켜봐 온 사람으로서 당신에 대해 잘 알겠죠."

실바노가 손을 내밀었다. 엘리제는 단단한 손을 마주 잡았다. 악수하듯 가볍게 흔드는데 어느새 몸이 딸려가 넓은 품에 안겼다.

"너무 혹사하지 마세요."

"종종 들를게."

실바노의 입술이 이마 위로 내려앉았다가 떨어졌다. 옥상에서 내려온 엘리제는 비하르트 찾기를 포기하고 건물을 나섰다. 주차장을 빠져나갈 즈음, 폰이 울렸다.

[난 누구랑 달리 아련하고 어른스러운 작별 못 해. 그러니까 잡아서 대화할 생각 말고 심심할 때나 연락 줘.]

비하르트의 메시지였다.

엘리제는 폰을 집어넣은 뒤 천천히 걷기 시작했다.

라키어스는 엘리제의 자택 뒷마당으로 돌아갔다. 사람들을 시켜 정리하게 한 덕분에 벽을 가득 채웠던 욕이 말끔히 지워져 있고, 진입로 또한 깨끗했다. 에데니카 시민들과 엘리제는 지금 미묘한 관계였다.

그토록 신나게 욕을 해댄 상대가 실은 '진짜' 피해자로 밝혀졌다. 어디 그뿐인가. 도시를 위기로 몰아간 범인 검거에 큰 몫을 하였다. 사과를 하기도 이상하고, 애매하다.

한데 이 얼떨떨한 와중에 엘리제가 차기 리더 후보로 나섰다. 엘리제는 시민 투표를 통과할 것이다. 라키어스는 확신했다.

그리고 그는 벌써부터 리더 업무에 엘리제를 빼앗겨야 한다는 사실이 마음에 들지 않았다.

녹턴 일가는 기본적으로 워커홀릭이다. 엘리제는 본인의 속성을 베짱이라고 표현했지만, 어쨌든 일을 맡았다 하면 투덜거리면서도 훌륭하게 해냈다. 자각하지 못한 새 몰입해 버리는 거다. 게다가 일을 벌여 놓은 채 찜찜하게 놔두는 것을 견디지 못했다.

이러면 사람이 딱히 일을 찾아다니지 않아도 일이 저절로 사람에게 따라붙는다.

리더의 업무는 방대하다. 전임자가 타타발루이니 과거의 오류를 바로 잡는 데만 해도 한참이 걸릴 터.

욕을 하면서도 집무실에서 밤을 새울 엘리제가 눈에 선했다. 펜트하우스에도 일감을 가져오겠지. 오붓한 데이트를 하다가도, 함께 샤워를 하다가도, 침대에 누워 나른한 여유를 즐기다가도 이야기가 자연스럽게 그쪽으로 흐를 거다.

'싫은데.'

라탄 의자에 늘어진 채 상그리아를 마시던 엘리제가 알은척을 했다. 라키어스는 넥타이를 느슨하게 잡아당기며 옆 의자에 앉았다. 의자 사이 둥근 테이블엔 라키어스의 몫이 올려져 있었다. 잔을 들자 얼음이 맞부딪치며 잘각거리는 소리가 났다.

혀끝에 달콤하게 퍼져 나가는 와인. 입안으로 굴러들어 온 블루베리를 씹자 과즙이 툭 하고 터졌다. 때마침 노을이 지고 있었다.

"남자들 정리는 다 하고 왔어?"

평온한 분위기에 취해 하늘을 쳐다보던 엘리제가 사레에 걸렸다. 하필 음료를 삼키던 도중이었다. 타이밍이 좋지 않았다.

라키어스는 등을 두드려 주는 대신 날 선 눈으로 엘리제를 바라보았다. 기침이 잦아들기를 기다렸다.

"넌 그날 새벽 주차장에서 놈들에게 상처를 줬고, 이후 스파이가 아니란 사실을 알게 됐으니."

라키어스가 차가운 상그리아를 씹듯이 삼켰다.

"모든 게 정리된 지금 다독여 줘야겠지."

"그냥 인사한 거야."

"안았나?"

"어."

"작별키스?"

대답이 돌아오지 않았다. 라키어스는 엘리제에게서 시선을 떼지 않은 채 고개를 느리게 기울였다. 엘리제의 짙푸른 눈이 순간 몹쓸 장난기로 반짝였다. 도톰하고 요염한 입술이 벌어지며 웃음을 베어 물었다.

'마음에 들지 않아.'

라키어스의 한쪽 눈썹이 위로 올라갔다. 경고 사인에도 엘리제는 장난을 거두지 않았다.

'그럼 이게 장난이 아니라 진짜란 소린데.'

저절로 얼굴이 굳었다. 새삼 제 능력의 한계를 시험해 보고 싶어졌다.

여기서 전투대까지 거리가 얼마나 되더라. 시야에 잡히지 않는 상대의 몸통도 터뜨릴 수 있을까. 그런 호기심이 술렁였다.

"엘, 아직 되돌릴 수 있는 기회가 남아 있거든. 놓치지 마."

"……되돌려야 해?"

그렇게 천진하게 눈을 깜빡이면.

"누구지."

라키어스의 목소리가 더없이 낮게 깔렸다.

"실바노 데이?"

엘리제가 소리 나게 입맛을 다셨다. 냠냠대는 입 사이로 말캉한 혀가 보였다. 뒷목이 뻐근하게 당겨 왔다.

"비하르트 뮬러?"

푸른 두 눈이 무언가를 회상하듯 흐려졌다. 그 눈보다 신경 쓰이는 건 입술 선을 더듬는 손가락이었다.

왜 그렇게 부드럽게 문지르는 건데.

연기는 오래가지 않았다. 사람 심장을 시꺼멓게 죽여 놓고 웃음을 터뜨리는 엘리제였다.

"인상 좀 펴, 라키어스. 녀석들이랑 안 했으니까."

"그럼 누구?"

"아무와도 안 했네요. 질투에 눈먼 리더님."

엘리제가 딱하다는 듯 혀를 찼다. 의자가 가까이 붙어 있었으면 라키어스의 머리카락이라도 흩트려 놓았을 기세였다.

"걱정이야. 이렇게 별거 아닌 자극에도 넘어가면 어떡해."

"별것 아니라고?"

라키어스의 표정은 여전히 누그러지지 않은 채였다.

"별게 아닌 게 아니거든?"

"이 독점욕. 알아줘야 해."

"다시 한 번 말하지만 엘리제. 이건 내 특별한 독점욕이 아니라 연인 간에 당연히 지켜야 할 사항이야."

"흐으음."

"내가 하샤즈의 신뢰를 얻기 위해 키스라도 했다고 생각해 봐."

전 약혼녀를 들먹였지만 기대만큼의 타격이 가지 않은 듯했다. 예상한 바다.

아는 사실을 재확인했을 뿐인데 왠지 모르게 입맛이 썼다.

다른 사람은 보지 말라고, 나만 보라고, 자신의 세계를 완전히 뒤흔들게 한 강렬한 눈빛을 다신 볼 수 없는 걸까. 하샤즈와의 데이트에 공들이는 모습을 보일 때마다 사나워지던 태도는 정말 귀여웠는데.

누군가는 이렇게 말할지도 모른다. 라키어스가 하샤즈로 충동질하는 건 되고, 반대로 엘리제가 제 추종자들과 다정한 시간을 갖는 건 안 되는 거냐고.

하나 전투대원과 하샤즈가 갖는 무게는 달랐다.

엘리제는 은근히 선이 불분명해서 실바노 데이가 추억을 운운하며 정중한 키스를 해 오면 매몰차게 밀어내진 않을 타입이었다.

'생각하다 보니 열이 더 뻗치잖아.'

평화로운 주변 풍경과 달리 라키어스 근처엔 검은 기운이 가득했다. 사실 엘리제가 전투대에 인사하러 간다고 말했을 때부터 내내 저기압이었다. 엘리제가 라키어스의 자리로 건너왔다. 허벅지에 걸터앉아 그를 마주보았다. 양팔은 그의 목 뒤로 둘러 교차시킨 자세였다.

"미안."

눈앞의 사람을 녹여 버릴 작정인 듯 사르르 웃음 지었다.

"내 영향력을 시험하는 건 언제나 재미있어서 말이야."

"시험."

장난도 아니고 시험.

물론 어느 쪽이든 치솟은 열을 가라앉히기엔 턱없이 부족한 핑계였다.

"그리고 네 반응은 항상 내 기대를 벗어나지 않거든."

"놀아난다, 이건가."

"놀아나서 좋아."

엘리제의 웃음에 노을보다 발그레한 유혹이 스며들었다.

"너도 알다시피 난 통제 불능인 건 별로야. 아침잠을 깨우는 갑작스런 전화. 멋대로 틀어지는 스케줄. 마구 끌려가기만 하는 감정. 다 싫어."

엘리제가 점점 가까이 다가왔다. 또렷하던 목소리도 속삭이는 것처럼 작아졌다.

"그래서 널 받아들인 뒤로 좀 편해졌어. 내 손에 잡힌 넌 순순하니까. 최소한, 날 무너뜨리려고 온갖 짓을 다하던 너보다는 예상 반경 안에 있어."

"날뛰는 편이 좋다면 언제든지 응할게."

라키어스가 새벽하늘을 닮은 감청색 눈동자를 들여다보며 말했다.

"저번에도 말했지만 난 요즘 온갖 짓을 다하고 싶은 충동에 자주 사로잡히거든."

"가령…… 키스라든가?"

엘리제가 몸을 꼬았다. 고개를 어깨 쪽으로 당기는 작은 유혹일 뿐인데도 파장이 대단했다. 헛웃음이 새어 나왔다.

미치겠다.

라키어스가 엘리제의 머리카락에 손을 파묻었다. 조급한 손길로 끌어오자 기다렸다는 듯 달라붙었다. 과일 향 나는 와인 맛이 혀끝에서 뭉개졌다.

엘리제가 흘리는 숨결까지 모조리 빨아들인 라키어스는 입술을 맞댄 채 속삭였다.

"다른 사람과는 안 돼."

"알았다니깐."

"리더와 기념사진 찍겠다며 뺨에 입술 들이미는 놈들은."

라키어스가 소유권을 주장하듯 아랫입술을 강하게 물었다.

"잡아 뜯어 버려."

"그 전에 네가 죽일 것 같은걸⋯⋯."

"그야 당연하지만."

엘리제가 상체를 젖혀 둘 사이 거리를 확보했다. 라키어스를 바라보는 눈빛이 퍽 애잔했다.

"녹턴이 틀렸어. 역시 내가 이 도시의 구원자인 거야. 널 가만히 뒀다간 도시가 하루아침에 망할 수도 있으니, 하늘이 날 내려 보낸 거지."

빨리 녹턴 기념관 사진 내리고 자기 사진을 걸어야겠다고 한다. 라키어스는 등받이에 기대고 있던 몸을 일으켜 엘리제를 끌어안았다. 이야기 때문에 중단되었던 키스가 다시 이어졌다.

키스만으로 끝나지 않을 듯한 예감이 들 무렵, 엘리제가 라키어스의 입술을 앙 깨물었다. 이쯤에서 스톱이라는 뜻이었을 텐데 정반대의 결과를 초래하고 말았다.

그날 두 사람은 새벽이 되어서야 펜트하우스로 돌아갔다. 엘리제를 업고 도란도란 걷는 길이 따스하게 느껴졌다.

❖

구치소 면회실은 처음 보는 공간이었다. 이전에 갇혔을 때 엘리제는 면회가 금지된 재소자였으므로 입소 후 곧장 격리시설로 향했다. 그 뒤로 라키어스가 빼 줄 때까진 방 밖으로 한 걸음도 나가지 못했다.

딱히 구경거리는 없는 곳이었다. 어슬렁거리며 돌아다니던 엘리제는 면회실로 들어서는 사람에게 눈길을 돌렸다.

하샤즈였다.

그녀가 자리에 앉자 동행한 직원들이 수갑을 풀어 주었다. 엘리제는 맞은편 의자에 앉으며 연두색 수감복이 얼굴에 잘 받는다고 칭찬하였다.

하샤즈가 싸늘하게 웃었다.

"어차피 1시간 후면 주황색으로 바뀔 텐데."

"그 색도 잘 받을 거야. 같은 형광색 라인이잖아. 당신은 선명한 색이 잘 받는 것 같더라고."

누구도 존대를 하지 않았다. 가식을 떨 마지막 이유마저 사라진 마당에, 굳이 서로에게 예의를 차릴 필요는 없었다. 엘리제는 조금도 기가 꺾이지 않아 보이는 상대를 응시하였다.

하샤즈는 이고르의 아들과 더불어 신종 바이러스 사건 조작 혐의로 징역 3년형을 받았다. 오늘 오후에 감옥으로 이송된다. 엘리제는 그녀가 감옥으로 떠나기 전 면회를 신청했다.

3년.

실은 이보다 훨씬 무거운 형을 받아야 하지만, 환자들 사망에 직접적으로 개입했다는 증거를 찾지 못했다. 친부의 일거수일투족을 고스란히 도청 자료로 남긴 리오네도 하샤즈까지 커버하기란 힘들었다.

'게다가 누군가의 입김이 들어갔단 말이지.'

오늘 엘리제가 구치소를 찾은 것도 이 때문이었다. 같은 죄목으로 잡힌 이고르의 아들은 8년 형을 선고받았다. 한데 하샤즈는 3년이다. 합쳐서 진행될 줄 알았던 재판은 어느 순간 분리되어 따로따로 이루어졌다.

이고르의 아들이 주범으로 지목됐다. 하샤즈는 실연의 상처로 괴로워하다가 친척 오빠의 설득에 넘어간 가련한 아가씨를 훌륭하게 연기했다.

'피 토하며 죽어 간 환자들이 들었으면 뒷목 잡을 소리네.'

엘리제는 맞은편의 상대를 쳐다보며 한쪽 입꼬리를 끌어 올렸다.

"리더가 됐다지."

하샤즈가 새로운 뉴스를 언급했다.

"이로써 넌 다 가지게 됐어. 라키어스 님의 사랑, 그에 따라오는 지위와 부유함, 리더로서 받는 시민들의 존경. 모두 다."

하샤즈의 눈이 날카로운 빛을 띠었다.

"불공평해."

"왜 이래, 하샤즈 아달람. 인생은 원래 불공평해. 그러니까 보호소 아이들한테 피자 사 주던 열여섯 살이 함정에 빠져 죽지. 걘 그냥 자기 대장을 졸졸 따라다니던 착한 애였을 뿐인데. 리더 놈 명령에 비명 한 번 못 지르고 죽었어."

엘리제가 테이블 위로 깍지 낀 손을 올리며 말을 이었다.

"그리고 네 큰아버지가 담당 부서를 열심히 말아먹은 덕분에, 난 내년이 되도록 집에 못 들어갈 것 같은 예감이야. 지금 과로사 확정인데 존경이 무슨 소용이야."

"내가…… 얼마나 라키어스 님을 사랑했는데."

"표창장이라도 줘?"

"너보다 내가 더 오래 사랑했어. 그분을 위해 헌신했어. 그분에게 어울리는 상대가 되기 위해 얼마나……."

엘리제가 숨을 크게 들이쉬었다가 내쉬었다. 끝없이 깊은 한숨이었다.

"내가 보기에 당신은 라키어스가 아니라 라키어스를 위해 헌신하는 자신에게 도취된 것 같은데."

"감히 날 평가할 생각 마."

하샤즈가 바르르 떨었다.

너 따위가 뭘 안다고. 멋대로 굴어도 주변에서 과분한 애정이 쏟아지는 네가 입을 놀릴 자격이나 있어?

난 원치 않는 자들의 비위를 맞추고 죽을 만큼 발버둥 쳐야 겨우 얻을 수 있는 것들을, 넌 고마움도 모른 채 누리잖아. 기분 나쁘다는 핑계로 걷어찬 적도 숱하게 많았지.

심지어 출발선은 내가 더 앞서 있었는데.

하샤즈의 눈시울이 붉게 물들었다. 도도하게 유지하던 평정이 무너지고 있었다. 하지만 엘리제는 아랑곳 않고 이야기를 계속했다.

"뭐, 스스로에게 도취될 순 있겠지. 가지고 싶은 건 가져야 한다. 그렇게 생각할 수도 있어. 그럼 행동에 앞서 상대가 어떤 유형에 끌리는지 알아봤어야지."

엘리제가 깍지 낀 손가락으로 손등을 두드렸다. 경쾌한 소품곡을 연주하듯 리듬감 있게. 그러다가 점점 여리게, 여리게 잦아들었다.

"라키어스는 부족한 게 없어. 에데니카에 들어온 순간부터 모두가 그의 발밑에 무릎을 꿇었잖아. 모두가 그를 기쁘게 해 주려 노력해. 그에게 사람들의 헌신은 당연한 거야. 심지어 좀 지루하기까지 한 일상."

"상류계급에겐 당연한 애티튜드야."

"그는 보통 상류계급이 아니거든. 녹턴이 에데니카에서 가장 높은 자리를 그에게 주었지. 라키어스는 독보적인 존재야."

엘리제가 손을 가볍게 내저었다.

"그 녀석에겐 백날 '내가 당신을 위해 이러이러한 것을 했다.'고 말해 봤자 씨알도 안 먹혀. 그래서 어쩌라는 거지? 이럴 놈이거든. 태생적으로 고마움을 모른단 소리야. 그렇다면 우린 여기서 반대로 생각해 볼 수 있지."

"……."

"라키어스의 비위를 맞추지 않는 거."

실제로 라키어스가 엘리제에게 관심을 갖기 시작한 계기도 그거였다. 자신의 기록을 벽에 붙이고 연습하는 엘리제.

그게 선망이 아니라 불타는 경쟁심에서 비롯했음을 알았을 때, 라키어스는 소녀에게 강렬한 흥미를 느꼈다. 이윽고 엘리제를 주시하기 시작했다.

하샤즈가 믿을 수 없다는 듯한 표정을 지었다.

"뺨이라도 때렸어야 한다는 거야?"

"흠."

엘리제가 볼에 바람을 집어넣었다. 공기가 입술 사이로 새어 나오는 동안 무언가를 생각하듯 눈을 굴렸다.

"그랬으면 확실히 관심은 끌었겠지."

역시 답은 정해져 있으려나.

"고백이 끝나자마자 죽었겠지만."

하샤즈가 기가 찬 듯 헛웃음을 흘렸다. 엘리제는 비위를 맞추지 말란 말에 곧장 뺨을 때리는 쪽으로 점프하는 사고방식에 의아해하며 시계를 확인했다. 잡담은 이 정도로 충분한 것 같다. 이제는 본론으로 들어갈 시간이었다.

엘리제가 자세를 고쳐 앉았다. 순수한 적대감으로 가득 찬 시선이 테이블 건너편에서 날아들었다.

"단도직입적으로 물을게."

어디 한번 말해 보란 얼굴을 하는 상대였다.

"어떤 라인으로 갈아탄 거야?"

"……무슨 소린지 모르겠네."

"이고르의 아들은 8년인데, 당신은 3년이야. 초반 진술에서 당신 친척 오빠는 분명히 말했어. 신종 바이러스는 당신 아이디어였다고. 당신이 먼저 생각해 내서 자던에게 제안했다고 했어."

엘리제가 눈을 가늘게 좁혔다.

"한데 진술을 번복하더니 하샤즈는 본인 말에 따른 잘못밖에 없다고 했지. 백 보 양보해서 이 모든 걸 고려하더라도, 당신이 3년 형밖에 받지 않은 건 말이 안 돼."

타타발루의 아들들이 소속된 로펌은 의뢰가 뚝 끊기고 처가 상황도 안 좋아졌다. 하샤즈는 의사 면허를 박탈당했다. 그야말로 몸 비빌 데 하나 없는 처지인데 어째서 선처를 받았느냐는 거다.

답은 하나다. 하샤즈는 누구보다 빠르게 라인을 갈아탄 것이다.

엘리제는 그 뒷배가 궁금하였다.

"누구야, 하샤즈 아달람?"

"……."

"어떤 자냐고."

면회실에 들어선 이후 처음으로 하샤즈가 부드러운 미소를 지었다. 그녀가 손을 목 가까이 가져갔다. 재빠르고 갑작스러운 움직임은 직원들의 제지를 받기 때문에 몹시도 느린 몸짓이었다.

수감복 아래 감춰져 있던 얇은 백금 체인이 드러났다. 체인 끝에는 커다란 핑크 다이아몬드 반지가 걸려 있었다.

맑고 투명하고 어여쁜 5캐럿 보석.

"이런 상황에 알리게 되어서 조금 민망하지만 별수 없지. 내 성은 곧 바뀌어. 아달람에서 패딩턴으로."

하샤즈 패딩턴.

하샤즈는 새 조합이 썩 마음에 든다며 방긋이 웃었다. 엘리제의 입이 천천히 벌어졌다.

"말론을 꾀었어?"

신도시 프로젝트를 추진한 말론 패딩턴. 원로는 내년에 예순으로 접어든다. 그리고 30년을 같이 산 부인이 있다. 별로 화목한 사이는 아니지만.

이쪽도 부인이 상당한 재력가 출신이기에 마음이 식었다는 이유만으로 이혼을 하진 못했다. 또한 말론은 여자보다는 가문의 세력을 확장하는 것에 흥미를 느끼는 타입이었다.

'그런 말론을 어떻게 잡았지? 아니, 아무리 급하다고 해도 예순 살과 약혼할 수 있는 거야? 당신은 스물넷인데?'

엘리제의 머릿속에 수많은 의문이 비눗방울처럼 연달아 떠올랐다. 이에 하샤즈가 큰 웃음을 터뜨렸다.

"원로가 아니라 아들 쪽이야."

"아들."

"노회한 늙은이를 잡아서 뭐 하게? 이미 부인이 있는 원로를 꾀기도 어렵거니와, 성사시켜 봤자 그 혜택을 얼마나 누리겠어?"

"말론의 아들이라면……."

엘리제의 표정이 구겨졌다.

"그 파티광?"

"젊고 잘생긴 철부지지. 아버지를 노인네라고 부르지만, 응급상황에서 도움 준 여자를 운명이라 믿는 순정파이기도 해."

"왜 난 그 '응급상황'에서 조작의 냄새를 느낄까?"

하샤즈가 여유로운 미소를 지었다.

"말론은 내가 망나니 아들을 바른 길로 이끌어 줄 거라 기대해. 내 우아한 태도가 자기 아들에게 영향을 미치리라 믿지. 내가 감옥에 가는 건 내 약혼자에게 하등 중요한 일이 아니야."

오히려, 하고 말을 이었다.

"감정이 더 애틋해질 뿐이지."

"여기서 잠깐."

엘리제가 하샤즈의 설명을 중단시켰다.

"리더 가족의 면책권은 며느리에게까지 적용되지 않아. 배우자와 자녀에게만 해당된다고."

"그런데?"

"그런데, 라니. 말론이 결혼 상대로는 늙었대도 겨우 예순 살이고, 앞으로 최소 20년은 살 텐데."

엘리제가 순간 입을 다물었다. 머릿속을 스치고 지나가는 깨달음이 있었다.

"하."

실소가 나왔다. 왜 그 생각을 못 했을까. 엘리제는 온화한 표정을 짓고 있는 하샤즈를 응시하였다.

"말론에게 경고해 줘야겠어."

하샤즈가 무슨 뜻인지 모르겠다는 양 눈을 깜빡였다.

"며느리가 언제 당신 암살할지 모르니까 조심하라고."

"재밌는 소릴 하네."

상대는 태연히 말을 받았다.

"원로는 널 싫어해. 이제 매일 아침 네 얼굴을 봐야 하는 것도 끔찍할 걸. 그런 원로가 네 말을 들을 것 같아? 밑도 끝도 없는 모함이라며 화를 낼 게 분명해."

"나도 딱히 말론이 걱정돼서 이러는 건 아니야."

엘리제가 등받이에 몸을 턱 기댔다.

"아들 부부보다는 말론이 덜 엿 같을 듯해서 그래."

"그이가 리더가 되면."

하샤즈의 눈이 은은하게 반짝였다.

"난 너와 동등한 권리를 누릴 수 있어."

"중범죄는 제외야. 자딘과 타타발루를 보라고."

"다음번엔…… 더 잘해야지."

엘리제는 다시 한 번 시계를 확인했다. 면회를 마무리할 시간이 다가오고 있었다. 손을 들자 문가에 서 있던 직원들이 다가왔다. 하샤즈는 순순히 수갑을 찼다. 떠나는 그녀의 뒤로 엘리제가 말했다.

"리더 세습제는 폐지될 거야."

하샤즈가 딱하다는 눈으로 돌아봤다.

"그게 가능할 거라 생각해? 따지고 보면 리오네도 제 아버지 뒤를 이은 거고, 넌 녹턴의 양녀였어. 가능할 리 없어. 나머지 원로들이 널 가만두지 않을 거야."

"원로들은 별로 좋아하지 않겠지. 근데 내 생각엔, 의외로 상류계급에서 반길 것 같거든. 끝내 넘을 수 없었던 마지막 문이 열리는 거니까."

"……."

"어쨌든 3년간 잘 지내, 하샤즈. 가석방은 꿈도 꾸지 말고."

하샤즈의 눈이 매섭게 변했다. 엘리제는 그녀를 제치고 먼저 면회실을 나섰다.

"리오네 리더."

― 어머, 엘리제 리더.

수화기 너머의 상대가 발랄한 목소리로 응답했다. 리오네가 이런 식으로 말할 때면, 반강제로 어린이집에 끌려 들어가 의자에 앉혀지는 기분이었다.

— 듣자하니 근무 중에 탈주하셨다면서요? 우리 할 일이 산더미입니다!

"아, 그게."

— 행복한 교사 생활을 하던 저를 이토록 따분한 시티타워에 가뒀으면 최소한 괴로움을 나눠져야지요. 안 그런가요?

"전 비서에게."

— 물론!

리오네가 손가락을 딱 튕겼다.

— 비서님께 들었어요. 구치소에 가셨다죠?

"……다시 학교로 돌아갈래요?"

— 어머, 그래도 되나요?

"아뇨. 안 돼."

— 치.

리오네가 김빠진 소릴 냈다. 그제야 전화를 건 이유를 물어본다. 하샤즈와 대화하며 날카롭게 벼려졌던 정신이 무지갯빛 나라로 날아가려다가 돌아왔다.

"아뇨. 그냥, 좋은 거 가르쳐 줘서 고맙다는 말하려고요."

— 좋은 거요? 제가 리더에게 뭘 가르쳐 드렸더라.

엘리제가 슈트 재킷에 달고 있던 브로치를 떼어 냈다. 녹음 기능이 있는 소형카메라다. 마이크로 칩 내용을 컴퓨터로 옮기기만 하면 짜잔! 중요 자료가 완성된다.

"그런 게 있어요."

— 뭔지 모르겠지만 감사 인사를 할 정도면 꽤 중요한 것 같은데……. 이렇게 입 닦아도 되나요?

"시티타워에서 보죠."

통화 종료 버튼을 눌렀다. 들어갈 때 케이크라도 사 갈까 싶었다. 라키어스가 알면 질투가 하늘을 찌를 예정이기 때문에 그와 함께 먹을 것도 사기로 했다.

"진짜 리더 해 먹기 힘드네."

엘리제를 실은 검은 세단이 출발했다.

❖

리더에겐 특권이 있다. 그중에서도 면책권은 리더 본인과 부모, 배우자 및 자녀에게 두루 적용되는 대표 조항이다.

물론 중범죄의 경우 제외.

잘못을 저지른 자가 며느리, 사위, 사촌 등일 경우도 제외된다. 그럼에도 눈에 보이지 않는 '입김'이란 것을 무시할 수가 없어서, 당사자들은 똑같은 죄를 저지른 타 계급 시민들에 비해 가벼운 벌을 받곤 했다.

자딘의 가족이 리오네에게 통사정을 한 까닭도 이 때문이었다. 조금은 관심을 기울여 달라는 거다.

「그래도 네 친아버지잖니. 여동생들을 생각해 보렴. 걔들을 봐서라도 넌지시 이야기를 흘려 주면 안 되겠니?」

프리메이어 부인은 파리하게 마른 얼굴로 거듭 호소하였다. 눈물을 쏟았다. 리오네가 원하는 건 무엇이든 따르겠다고. 설령 그게 자딘과의 이혼이더라도 감수하겠다며 고개를 숙였다. 반면 프리메이어가의 장남은 달랐다.

「누나가 힘을 쓴다고 해도 최소 20년 형은 받으실 텐데. 그럼 감옥에서 나오면 여든이셔. 그만하면 죗값으로 충분하지 않아?」

아버지를 존경하고 라키어스와 함께 일하길 원했던 장남이었다.

3주 전, 소원대로 알뷔시가 담당하는 기술부 직원이 되었지만 기껏 일을 시작한 직장에 아버지는 존재하지 않았다. 리오네의 이복남동생이란 것은 방패가 되어 주지 못했다. 그 스스로가 자딘의 장남 자리를 더 원했기 때문이다.

그는 담담한 얼굴로 차를 홀짝이는 누나를 향해 분노를 쏟아부었다.

「솔직히 누나에게 배신감마저 느껴. 아버지 말씀은 들어 봤어? 그분을 이해해 보려고 노력은 해 봤어? 누난 항상 선을 긋고 가족들이 못 넘어오게 하기 바빴잖아. 막내는 지금 큰언니가 아버지를 감옥에 보낸다는 사실에 앓아누웠어. 그 애가 가엾지도 않아?」

마지막 말은 거의 절규에 가까웠다.

「끝내 우리 가족을 무너뜨릴 작정이야?」

여동생들로부터 길고 긴 메일을 받았다. 보수파 원로들은 물론이고, 자딘과 교분이 깊었던 온건파 원로 몇몇까지 리오네의 집무실을 방문했다.

최종 선고일이 이틀 앞으로 다가왔다. 리오네는 직접 보도 자료를 작성해 각 언론사로 보냈다. 당연히 실시간 인터넷 기사가 떴고, 그날 밤 메인 뉴스로 다뤄졌다.

리오네가 리더로서 사용한 첫 번째 특권은 바로,

『전(前) 문화부 리더이자 4건의 살인을 비롯하여 살인교사, 방화 등에 대한 혐의를 받고 있는 자딘 프리메이어. 그의 최종 선고일이 이틀 남은 오늘 오후, 현 문화부 리더 리오네 프리메이어가 친부를 공식적으로 가족 관계명부에서 제한다고 밝혔습니다.』

자딘을 공식 문서에서 삭제시키는 것이었다. 이로써 리오네가 자딘을 구할 뜻이 없음을 온 도시가 알게 되었다. 이틀 뒤, 자딘은 도시의 안녕을 심각하게 저해하는 위험 인물로 일컬어졌다.

기자들의 촉각이 곤두섰다. 타이핑을 멈추고 귀를 기울였다. 모두가 판결문 결과에 집중하는 순간이었다.

곧이어 자딘 프리메이어에게 추방형이 선고되었다.

에데니카엔 사형이 없다. 최고형은 추방형이다.

도시 안에서 문명의 혜택을 누리며 자란 사람이 게이트 밖으로 나가 생존할 확률은 0%에 가까웠다. 언제 죽을지 가늠할 수조차 없는 미지의 공포.

그 때문인지 사형보다 추방형에서 더 큰 두려움을 느끼는 시민도 있었다. 설계자 녹턴은 바로 그 점을 이용해 법의 기틀을 잡았다. 시민들에겐 두려움과 경각심을 불러일으키고, 도시는 사형 실시에 따르는 비용을 절감할 수 있다. 여러모로 효율적인 선택이었다.

「녹턴 네놈이 이 형법조항을 들먹인 자리에 나도 동석하고 있었는데.」

자딘은 도시에서의 마지막 식사를 하며 기묘한 표정을 지었다. 풍성한 식사였다. 마치 사형제를 실시했던 옛날처럼 원하는 메뉴를 청할 수 있었다. 그러나 자딘은 메뉴를 따로 말하지 않았기 때문에 기본 식단이 제공되었다.

육즙 가득한 티본스테이크를 절반쯤 남겼다. 입맛이 없었다. 그는 냅킨으로 입을 닦은 뒤 커피 잔을 들었다. 식후 커피만은 늘 챙기는 자딘이었다.

"리오네. 네가 결국 아비 발목을 잡는구나."

자딘은 TV 속 딸을 쳐다보며 중얼거렸다. 오늘 내내 재판 이야기를 할 게 분명한 뉴스 채널은 리오네에게서 딴 짧은 인터뷰를 반복 재생 중이었다.

머리카락, 눈동자, 부드럽게 번져 나가는 웃음.

어느 하나 자딘을 안 닮은 부분이 없는 리오네가 에데니카의 기강을 바르게 세우겠다고 다짐하였다. 라키어스와 엘리제, 리오네 자신이 만들어 나갈 젊은 에데니카를 기대해 달라고 말했다.

한때 교육계에 몸담았던 사람으로서, 안심하고 미래를 꿈꿀 만한 환경을 만들겠다고 하였다. 벌써부터 리오네의 지지층이 생긴 모양이다. 틈틈이 나온 길거리 인터뷰에서 리오네를 응원하는 시민들이 다수 보였다. 그들은 '리더의 결단'을 환영하고 있었다.

"다른 상황이었다면 널 자랑스러워할 수도 있었을 텐데. 아주…… 상황이 얄궂게 되었지."

어쩌면 자신은 이 순간을 예상했을지도 모른다.

그날 회의실에서 엘리제가 스파이의 존재를 언급했을 때. 자딘은 등골이 서늘했고 자신이 놓친 부분이 무엇인지 떠올리려 애를 썼다. 하지만 그게 리오네임을 알게 된 순간, 놀라울 정도로 빠르게 흥분이 식었다.

그래, 달리 누가 있겠나. 아비를 대면하기도 전부터 분노와 원망으로 가득하던 아이였는데 말이지.

문득 아주 오래전 리오네와 나눈 대화가 떠올랐다.

「왜 어머니께 기다리라고 하셨어요? 차라리 헤어지고 떠났으면 괴로움도 덜했을 텐데. 왜 직접 데리러 올 때까지 기다려 달라고 하셨죠?」

「으음, 그때 네 엄마는 널 가져서 운신이 불편했고…….」

「거짓말.」

싸늘하게 말을 자르던 리오네.

「헤어지자고 하면 매달릴 게 걱정되고, 그냥 떠났다간 물어물어 찾아오지 않을까 싶었던 거죠?」
「리오네.」
「아무래도 저와 남동생과의 나이 차가 신경 쓰여서요.」
「그건.」
「됐어요. 잊으세요. 그냥 해 본 소리니까.」

이후로 리오네는 두 번 다시 친모 이야기를 꺼내지 않았다.
그때 자신의 과오를 인정했더라면 딸의 마음을 조금이나마 돌릴 수 있었을까?
아마 아닐 것이다.
자딘은 다 마신 커피 잔을 식판 위에 내려놓았다. 빈 그릇을 수거하러 온 구치소 직원이 자딘의 앞에 서더니 혐오스러운 시선으로 그를 내려다보았다.
퉤!
무슨 일이 일어나고 있는지 깨닫지도 못한 새 얼굴에 침을 맞았다.
"너 때문에 삼촌이 쇼핑몰에서 죽을 뻔했어. 다리에 피를 너무 많이 흘려서 의식 불명 상태까지 가셨다고."
직원이 거친 손길로 자딘을 일으켜 세웠다. 거의 멱살을 잡은 거나 다를 바 없었다. 생전 한 번도 당해 보지 않은 푸대접에 자딘은 어안이 벙벙해졌다. 이제껏 녹턴의 조롱이 그가 겪은 가장 큰 모욕이었는데, 이런 식으로 마구 등을 떠밀고 욕을 퍼붓는 폭력은 처음이었다.

'감히 구치소 직원 따위가!'

분노로 부들부들 떠는 자딘의 눈앞이 어느 순간 새하얗게 번졌다. 어쩐지 아까부터 계속 어지럽더라니, 결국 정신을 잃는 모양이었다.

❖

누군가 어깨를 수차례 흔들었다. 그럼에도 자딘이 눈을 뜨지 않자 옆구리를 걷어찼다. 조금만 더 힘을 넣었으면 갈비뼈가 부러질 공격이었다. 당연히 극심한 통증이 느껴져야 했지만 생각보다 아프지 않았다. 그는 자꾸 감기는 눈을 뜨려 애썼다. 온몸이 끈적끈적한 늪으로 빨려 들어가는 기분이었다.

"여긴……."

상황 판단이 잘 되지 않았다. 자신이 쓰러져 있는 곳은 고층빌딩이 늘어선 대로 한복판이었다. 눈을 비비고 다시 보니 이상한 점이 한둘이 아니었다.

빌딩의 유리창은 죄다 박살 나 있고, 지나다니는 사람은커녕 흔한 비둘기 한 마리조차 보이지 않았다. 몹시도 스산한 분위기였다. 정신을 잃었을 땐 구치소 안이었는데, 이게 무슨 영문인가 싶었다.

그때 어디선가 노랫소리가 들려왔다. 사람이 직접 부르는 건 아니고 스피커를 통해 울려 퍼지는 음원이었다. 햇살 좋은 주말 오후의 나무 그늘 아래와 어울릴 노래 같았다.

너무 시끄럽지 않으면서 적당히 흥겨운 연주. 밝은 느낌의 가사.

이는 기괴한 폐허와 부조화를 일으키기 충분했다. 자딘이 일어났다. 후들거리는 다리로 몸을 지탱하는 게 이토록 힘든 일인 줄 몰랐다. 그제야 제 주변을 둘러싼 이들이 눈에 들어왔다.

자동차 보닛에 올라앉아 병맥주를 마시던 엘리제가 알은척을 하였다.

"좀 정신이 들어?"

열네 명의 시선이 동시에 자딘에게 꽂혀 들었다.

그의 계략에 희생된 웜과 제1의료센터에 누워 있는 곤을 제외한 생존자들.

엘리제는 이곳이 도시 밖 B9 구역임을 알려 주었다. 그 설명에 자딘이 입가를 일그러뜨렸다.

"복수냐?"

킬킬거리는 웃음소리가 흘러나왔다.

"동료가 죽어 간 땅에 내 피를 바치겠다고? 뭐, 나쁘지 않지. 리더의 몸으로 먼 곳까지 납시었으니 오히려 이쪽에서 황송해야 마땅하겠지."

자딘이 전투대원들과 눈을 마주쳤다. 엘리제의 뒤를 이어 전투대장이 됐다는 비안카 뮬러가 다 마신 맥주병을 집어 던졌다. 병은 자딘의 발치에서 산산조각 났다.

엘리제가 그 모습을 보며 맥주를 한 모금 들이켰다. 자딘이 코웃음을 쳤다.

"잘못을 비는 짓 따윈 하지 않겠다. 딸자식 단속 제대로 못 한 것 빼고는 일말의 후회도 없으니까. 다시 과거로 돌아간다고 해도 네놈들을 죽일 것이다. 더 철저히, 더 확실하게 죽이면 죽였지, 애매하게 여지를 남기는 일 따윈 없을 것이야."

이를 듣는 엘리제의 얼굴엔 감정이 드러나지 않았다. 그녀는 자딘의 말보다 남은 맥주 양에 훨씬 관심을 쏟는 것처럼 보였다. 어차피 자신을 죽일 거면 시티타워 회의실에서 끝장내지 왜 타타발루까지 불러 살게 했느냐고 이죽거리자 비로소 엘리제가 맥주병을 내려놓았다.

탁 트인 하늘을 쳐다보며 숨을 들이쉬었다.

"나도 그 생각을 안 한 건 아니야. 하지만 깨끗이 보내 주기가 아쉽더라고."

엘리제가 보닛에서 내려왔다. 자딘은 자신에게 천천히 다가오는 상대를 노려보았다.

"타타발루는 리더가 된 후로 본인 능력을 쓴 적이 없어. 얼마나 낡게 방치했으면 연초에 라키어스가 엘리베이터를 추락시켰을 때 앰뷸런스에 실려 갔을 정도야. 날개도 있고, 능력도 있는 자가 한 주 내내 목발을 짚고 다녔다고."

엘리제가 자딘의 주변을 느리게 돌며 말을 이었다.

"그때 깨달았지. 타타발루의 게으름이 그의 능력을 많이 쇠퇴시켰다는 사실을."

"안전한 도시 안에서 리더로 사는데 굳이 능력을 쓸 필요는 없잖느냐."

"방금 내 말 못 들었어? 그걸 게으름이라고 한다니까. 더 정확히 표현하자면 직무유기."

엘리제의 표정이 바뀌었다. 투명한 수족관에 퍼져 나가는 검은 물감처럼. 무표정으로 일관하던 얼굴이 차게 굳었다.

"능력을 쓸 일이 왜 없어. 수많은 시민 중에 그 능력을 가진 건 타타발루 저 하나뿐이잖아. 고등학교에 폭탄이 설치됐다는 소식을 들었으면 누구보다 빨리 달려왔어야지. 하지만 그자의 선택은 자딘 당신이 말한 대로."

엘리제가 맨땅을 찼다. 가죽워커가 아스팔트 바닥을 긁는 투박한 소리가 났다.

"그냥 손 놓고 있는 거였어. 애초에 본인이 리더로 뽑힌 이유를 잊었나 봐."

다음 순간 엘리제가 자딘의 무릎 뒤를 걷어찼다. 다리가 푹 꺾이며 땅바닥에 무릎을 꿇은 자세가 됐다.

"날개가 회복 불가라는 말을 들을 때 기분이 어땠어?"

엘리제가 생긋 미소를 띠었다.

"의사로부터 능력을 잃었다는 말을 들었을 때."

고개를 요염하게 기울였다.

"기분이 어땠냐고."

"······네년이."

"이것 봐, 자딘. 지금 당신 꼴을 봐. 도블락을 겁주려고 멀쩡한 사람을 얼려 죽이던 당신은 이제 초라하고 무능한 범죄자일 뿐이야."

엘리제의 웃음이 깊어졌다.

"초췌한 몰골로 법정에 서고, 시민들의 손가락질을 당하고, 친딸에게 공공연히 버림받았지."

자딘의 얼굴 근육이 멋대로 실룩이기 시작했다. 엘리제가 뺨을 툭툭 치는데 제대로 반격조차 하지 못했다.

"왜 회의실에서 죽이지 않았느냐고? 이게 내가 말하는 '끝장'이거든."

치욕에 떨던 모습을 고스란히 기억하겠다고 하였다. 엘리제가 멀어졌다. 딸각, 하는 소리가 자딘의 입안을 마르게 했다. 엘리제가 그를 향해 총을 겨누고 있었다.

제각기 서 있던 이들이 모두 굳은 얼굴로 잠금장치를 해제했다.

열네 개의 총, 열네 개의 시선, 그 이상의 분노.

"스러져 간 목숨들을 위해."

방아쇠가 당겨졌다. 총성이 텅 빈 대로에 울려 퍼졌다. 목숨을 끊는 데엔 한 발로 충분하지만 다들 탄창이 빌 때까지 방아쇠를 당겼다. 마지막 총알이 총구를 떠난 지 얼마 되지 않아, 형체를 알아보기 힘든 자딘의 몸이 풀썩 엎어졌다.

엘리제는 말없이 푸르디푸른 하늘을 올려다보았다.

스피커에서 나오는 노랫소리가 고요해진 빈자리를 채워 갔다.

전투대가 충원되었다.

모집 기간은 단 3일.

모집 인원은 60명.

월급은 기존에 비해 10% 인상, 이지만 역시 쥐꼬리.

기숙사 제공에 남녀불문 혹독한 트레이닝 필수.

전혀 동할 만한 조건이 아니라고 생각했다. 심지어 사설 보험 가입도 불가능하고, 언제 죽을지 모른다. 도시 안에서 교통사고로 죽으나 도시 밖에서 전투 중에 사망하나 어차피 죽는 거 비슷하지 않나.

그런 말을 하는 자도 있겠지만 경험자들의 대답은 한결같다.

전혀, 전혀, 전혀 비슷하지 않다고.

일단 도시 안에서 다치면 앰뷸런스를 호출할 수라도 있지만, 밖에서 다치면 게이트를 통과할 때까지 목숨 줄을 붙잡고 있어야 한다. 겨우 의료센터 응급실까지 살아서 갔다고 해도 그동안 세균감염이 되면 말짱 꽝.

3년 전, 엘리제가 감옥과 구치소에서 쓸 만한 녀석들을 뽑은 까닭도 이 때문이었다. 그만큼 나락에 떨어진 인간들이 아니면 전투대에 들어올 이유가 없었다.

한데 이게 웬일일까.

모집 첫날부터 지원서가 밀려들었다. 하위계급이 많이 지원하긴 했으나 눈이 번쩍 뜨일 만큼 상위에 속한 자들도 꽤 있었다.

"얘네 뭐 잘못 본 거 아냐?"

비하르트가 뻐딱하게 한쪽 다리를 짚고 선 채 회의실 테이블 위를 노려보았다.

산더미처럼 쌓인 입대 지원서. 1차 경쟁률이 무려 20:1이었다.

"우리랑 모집 기간 겹치는 조직 없어? 거기 넣어야 되는데 뭔가 착각한 거 아니냐고."

"착각이라기엔…… 우리 건물 로비에서 접수받았는데."

조에가 말을 받았다.

"아무리 덜떨어진 녀석이라도 주차장을 가로질러 오는 동안 알아채지 않았을까? 여기는 전투대라는 걸?"

"대체 이게 뭔 일이야……."

비하르트가 중얼거렸다.

"에데니카에 죽지 못해 안달인 놈들이 이렇게나 많았다니."

결국 3차 면접까지 본 다음 60명을 추려 냈다. 아무리 신체 능력이나 특기가 우수해도, 이렇게 빡빡하게 볼 필요가 있느냐며 불만을 제기하는 이들은 즉시 탈락시켰다. 장기적으로 보면 그게 녀석의 목숨을 구해 주는 길이니까.

그리고 오늘은 신입들이 전투대 건물에 들어오는 날이었다. 걸어서 온 자도 있고, 길 건너 버스 정류장에서 내리는 자도 있고, 택시에서 내리는 자도 있고, 시시한 아파트보다 훨씬 비싼 승용차를 몰고 들어오는 자도 있었다.

"아아아아주 다채롭구먼."

옥상에서 팔짱 끼고 내려다보던 비하르트가 풍선껌을 터뜨렸다. 휴이가 괜히 신입들 겁주지 말라는 뜻의 수화를 하고 내려갔다.

"잠깐……. 그 뒤에 한 말이."

비하르트가 자신의 수화 지식을 되새겼다.

너, 처음에, 리더한테, 훈련받을 때, 질질 짠 거…… 다 봤다?

"야! 휴이 르블랑! 너 이 자식, 이리 안 와? 죽었어, 이 자식!"

한편 엘리제는 오늘 휴가를 내고 전투대에 왔다. 새로운 대장인 비안카에게 힘을 실어 주려면 자신이 발길을 끊는 편이 좋겠지만, 오늘만큼은 신입들의 얼굴을 눈에 담고 싶었다.

특별히 안내해 주고 싶은 사람이 있기도 했다.

고급 SUV 트렁크에서 캐리어를 들고 내린 누군가가 현관으로 다가왔다. 흑갈색 피부 위 은빛 타투가 이목을 끌었다. 상대는 엘리제를 알아보고 선글라스를 벗었다. 엘리제도 상대를 기다리던 바였다.

"저번에 경비대에서 봤을 때보다 타투가 늘었네?"

엘리제가 알은체하자 브라이든이 씩 웃었다.

근육, 테스토스테론, 총, 고뇌에 찬 눈빛으로 가득한 홍보 영상을 보고 특별전형으로 경비대에 들어갔던 과학도였다. 라키어스가 도블락을 물에 빠뜨려 죽이기 전까지, 엘리제가 살살 꼬셔 보려 했던 인재이기도 했다.

'뭐랄까. 왠지 우리 쪽에 더 가까운 느낌이었다고나 할까.'

끝내 브라이든은 시티타워 회의실이 날아가는 장면의 유혹을 이기지 못하고 소속을 바꾸기로 결심하였다. 솔직히 좀 위험한 놈 아니냐고 중얼거리던 비하르트가 떠올랐다.

「그런 걸로 따지면 우리 중에 안 위험한 놈이 어디 있어?」

엘리제의 대꾸에도 불안한 눈으로 입대지원서를 내려다보던 표정도 선했다. 엘리제는 속으로 웃음을 삼켰다. 아무래도 전투대 2기는 재미있는 조합이 될 것 같다.

"바로 내려갈까?"

"그러죠."

브라이든은 웜의 공석에 지원했다. 벙커 안에서 무기를 개발하고 온라인 게임과 해커의 세계를 넘나들었다는 웜의 이야기에 매료되었다고 했다. 실제로는 그리 멋있는 모습이 아니었다는 말에 어깨를 으쓱하는 것도 좋았다.

"제1대학에도 쓰레기는 많아요. 이 근육 아니었으면 저도 연구실에 갇혀 두들겨 맞았을걸요."

만나지도 않은 상대에 이 정도 호감을 갖기도 어렵다. 브라이든은 웜에게 강렬한 동질감을 느끼고 있는 듯했다. 현실에서 두 사람이 만났더라면 웜은 부유한 집안에서 온갖 지원을 받고 자라난 브라이든을 싫어했을 것이다.

하지만 브라이든은 성격상 굴하지 않고 들이댔겠지.

욕을 짓씹으면서도 장비 개발 이야기는 브라이든만 알아듣는다며 투덜댔을 웜이 그려졌다.

가슴 한구석이 조금 촉촉해지는 기분이었다. 엘리제는 얼른 환한 웃음으로 여운을 몰아냈다.

"여기가 앞으로 네가 머물 장소야."

"벙커네요."

"그렇지."

브라이든이 휘파람을 불며 지하공간으로 들어섰다. 일곱 살 꼬마아이를 가장 좋아하는 장난감으로 가득 채운 방에 들여보내면 딱 이런 모습일까.

테이블 위 장비를 만지고 설계도를 들여다보느라 문간에 엘리제가 서 있다는 것도 까맣게 잊어버렸다. 엘리제는 헛기침을 한 뒤 벙커 여기저기를 손가락으로 가리켰다. 욕실과 침대 위치를 알려 준 다음, 이제 여긴 네 방이니까 마음대로 꾸며도 좋다고 하였다.

"훈련 시작일은 내일이죠?"

브라이든이 여전히 설계도에서 눈을 떼지 못한 채 물었다.

"내일 아침 9시부터라고 알고 있어."

"오늘 잠은 잘 수 있을까 모르겠네요. 여기는…… 와우."

브라이든이 짝 소리 나게 손바닥을 모은 뒤 손을 맞비볐다.

"마음에 들어?"

"최고예요."

엘리제가 방긋 웃었다. 이상하게 브라이든만은 직접 데려다주고 싶었다. 그러나 방 안내라는 게 으레 그렇듯 몇 분도 되지 않아 본론이 끝났다. 브라이든은 웜보다 사교적인 성격이지만, 지금 이 순간만큼은 엘리제와의 대화보다 전임자의 컴퓨터에 관심이 쏠려 있었다.

자리를 비켜 주어야 할 때다.

엘리제는 아무거나 만져서 폭발시키지 말라는 주의와 함께 문을 닫았다.

"와우."

브라이든은 당장 의자에 앉아 기기들을 실행시켰다. 잠금 걸린 계정 뚫기. 곳곳에 걸어 둔 지뢰 피하면서 기능 익히기. 신입에겐 모든 게 짜릿한 놀이였다.

"어디 있지……. 분명히 만들어 뒀을 텐데, 브로(Bro). 없을 리가 없는데."

식사도 잊은 채 탐색에 몰두했다. 몇 시간 뒤, 브라이든의 입가가 흥분으로 떨렸다. 찾던 것을 찾아낸 듯하다. 보안코드를 입력하고 파일을 실행시켰다.

모니터에 뜬 것은 웜의 영상이었다.

『보이나? 됐겠지?』

이런 녹화가 익숙지 않은 듯 머리를 벅벅 긁기도 하고 손 둘 데를 모르기도 했다.

뉴스에 뜬 사진보다 피폐한 몰골이었다. 녹화 일자를 보면 납득이 되는 게, 시티타워에서 죽기 일주일 전이었다. 한창 스트레스가 극도에 달했을 때다.

웜이 목을 몇 번 가다듬은 다음 말을 이었다.

『넌 내 후임이겠지. 일단 벙커에 온 걸 환영한다, 새끼야. 이 웜믈라토 님이 일군 세계를 이어받을 수 있다니 가문의 영광인 줄 알라고.』

한껏 허세가 들어간 말투와 달리 표정은 그다지 신나지 않았다.

『네가 이 영상을 보고 있다는 건 두 가지 뜻이겠지. 하난 내가 뒤졌다는
거고, 또 하난 네가 봐줄 만한 실력자란 거야. 젠장…… 내가 죽다니. 내
입으로 말하면서도 기분이 아주 엿 같네.』

웜이 안경을 고쳐 썼다. 카메라의 녹화 시간을 확인하더니 심호흡을 했
다. 이다음에 나온 목소리는 한결 차분해진 느낌이었다.

『뭐, 이걸 볼 때쯤이면 진상이 밝혀졌겠지만. 범인은 자딘이야. 망할 새
끼. 대장이 그놈 몸통에 박격포를 쏴 줬길 바란다. 진짜…… 죽기 싫은데.
죽기 싫은데…….』

웜이 시선을 피하더니 거칠게 눈가를 문질렀다.

『나도 살고 녀석들도 살고 대장도 사는 법을 모르겠다고. 내 머리는 무
기 만들 때나 돌아가지 평소엔 깡통이거든. 알아, 좆같지.』

여기까지 말한 웜이 짜증 난다는 듯 손을 휘저었다.

『됐어. 집어치워. 죽으면 죽고, 살면 사는 거지. 내 손으로 자딘 새끼 이
마에 총알 박아 주지 못하는 게 아쉬울 뿐이다. 뭐…… 됐고.』

웜은 아무에게도 알리지 말라며 후임에게만 극비사항을 전하겠다고 덧
붙였다. 브라이든은 저도 모르게 모니터 쪽으로 상체를 기울였다.

『수납장 왼쪽 맨 위 칸에.』

웜의 목소리가 잦아들었다. 브라이든의 촉각이 완전히 곤두섰다.

『피자 쿠폰 다 모은 거 있거든.』

"……에이, 씨."

『크크크큭. 방금 욕했지? 야, 이 자식아. 저 도장 다 찍으려고 얼마나
고생했는데, 새끼가 황공한 줄도 모르고.』

브라이든이 등받이에 몸을 털썩 기댔다. 비로소 웜이 카메라를 제대로
응시했다.

『죽은 것도 억울한데 후임 끼니까지 해결해 주고 있다. 웜 님이 이렇게 대단하신 분이다. 그럼 피자 맛있게 먹고.』

웜이 손을 들었다.

『대장한텐 이거 봤다고 말하지 마라.』

THE END.

건드리지도 않았는데 창이 꺼지더니 영상 파일이 삭제되었다. 1회 재생이 끝나면 지워지도록 되어 있었나 보다.

"……우린 진짜 쿨한 팀이 될 수 있었을 텐데."

모니터를 쳐다보며 중얼거린 브라이든은 곧 자리에서 일어났다. 수납장 왼쪽 맨 위 칸을 열자, 보라색 도장 18개가 찍힌 쿠폰이 있었다.

피식 웃음이 나왔다. 그는 폰을 꺼내 든 다음 피자집 번호를 입력하기 시작했다.

❖

"대장! 아직 안 갔어?"

비안카가 쪼르르 달려왔다. 엘리제가 호칭을 정정해 주자 그제야 '아.' 한다. 브라이든과의 대화로 웜이 떠오른 엘리제는 멍하니 훈련장을 쳐다보던 중이었다. 저곳에서 정말 많은 추억을 쌓았다.

"비안카."

"응, 대…… 리더."

"웜은 진짜 한 순간도 기쁘지 않았을까? 우리랑 같이 지내는 내내 불행했을까?"

자꾸만 이 생각이 멈춰지지가 않았다. 죽은 다른 대원들보다 웜을 특별히 오래 추모하는 듯 보일지라도 별수 없었다.

살아 있을 적, 다른 대원들은 자주 즐거운 모습을 보였다. 비안카는 3년 전의 자신에게 손을 내밀어 주어 고맙다는 말을 할 정도였다. 그때의 삶과 지금은 비교도 할 수 없으며 정말 행복하다고 말했다.

비안카의 만족도가 다른 이들에 비해 월등히 높은 거라 치자. 아무리 그렇다고 해도 웜은 단 한 번도 '좋다'는 말을 한 적이 없었다. 남들과 거리를 두는 건 웜의 성격이라고 여겨서 서로 어울리는 자리를 굳이 강요하지 않았는데.

혹시 웜은 그게 자기를 밀어낸다고 오해한 게 아닐까.

엘리제가 옅은 한숨을 내쉬었다.

"한편으론 이런 생각도 들어. 녀석에게 무르게 군 게 잘못이었을까 하는."

"무르게 굴다니?"

"내가 처벌하지 않을 거라 믿고 그런 거잖아. 자딘이 무서운 동시에 난 그렇게까지 겁나지 않았던 거야."

"흐응······."

"뭘 어떻게 해야 했든, 웜이 전투대에 들어온 내내 불행한 기분이었다면····· 난 좀 많이 슬플 것 같아."

비안카의 표정이 엘리제를 따라 흐려졌다. 그러더니 순간 뭔가 떠올랐다는 듯 자리를 박차고 일어섰다. 잠깐만 기다려 보라며 달려가기 무섭게 커다란 액자를 들고 돌아왔다.

"이 날 기억나?"

보자마자 입가가 누그러졌다.

당연히 기억한다. 어떻게 잊을 수 있을까.

이 날은 대원들이 처음으로 괴생물체를 퇴치한 날이었다. 죽은 괴생물체 앞에서 다 같이 기념사진을 찍었다. 가장 발이 빠른 엘리제가 타이머를 담당했다.

「깜빡인다! 깜빡인다!」

「빨간 불 보여!」

「대장, 빨리 와!」

다다다 뛰어간 엘리제. 대체 언제 준비했는지 모를 깃발을 치켜든 녀석
도 있고, 팔을 벌린 채 환호하는 녀석도 있었다. 비안카가 손끝으로 웜을
가리켰다.

"이 웃음은 진짜야."

의기양양한 얼굴로 활짝 웃는 웜. 그가 새로 개발한 무기가 결정적 한
방이었던 게 떠올랐다.

"그렇구나. 이게 있었네."

엘리제가 미소를 띤 채 사진을 내려다보았다. 아무도 부정할 수 없을
터다. 이 순간 웜은 세상을 다 가진 기분이란 걸.

'네게 이런 순간이 있어서 정말 다행이야.'

그리고 네가 이토록 기뻤던 순간에 내가 함께할 수 있어서 정말 행운이
었다고.

"이 액자, 집무실에 걸어 놓으려고 해. 갑자기 녀석들에게 미안한 마음
이 들 때면 언제든 이곳으로 와. 대장."

비안카가 밝게 웃었다. 마지막에 붙인 말은 실수가 아니었다. 엘리제는
고개를 끄덕인 다음 시선을 돌렸다. 신입 몇 명이 훈련장을 구경하고 있었
다.

안녕, 병아리들. 오래오래 살아남으렴.

속으로 조용히 인사를 보내는 엘리제였다.

❖

매일 아침 리더들의 회의가 열린다. 최상층 회의실이 화끈하게 날아간 이후로 4층 아래의 공실을 임시 회의실로 이용하고 있었다.

시곗바늘이 9시 5분을 가리켰다. 열두 명이 앉아 있어야 할 넓은 테이블엔 어쩐 일인지 열한 명뿐이었다.

"크흐음."

알뷔시가 괜히 목을 가다듬으며 빈자리를 응시했다. 보수파 원로들의 표정이 하나같이 좋지 않았다.

"이러면 전체 업무 시간이 뒤로 밀린단 말이네."

"언제까지 기다려야 할지……."

"이게 처음도 아니지. 리더가 된 이후로 대체 몇 번째인가?"

종이학을 접던 리오네가 고개를 들었다.

"두 번째요."

원로들의 시선이 리오네에게 모였다. 뭐가 문제인지 모르겠다는 양 말간 눈을 깜빡이자 불편한 헛기침이 여기저기서 이어졌다.

"아니, 내 말은…… 도시 끝에서 출근하는 것도 아니고, 요 바로 아래 자기 집무실에서 올라오는 거잖나."

말론의 불만스러운 말이 끝나기 무섭게 회의실 문이 열렸다. 새하얀 드레스 셔츠에 회색 슬랙스를 입은 엘리제가 퉁한 얼굴로 걸어 들어왔다. 머리를 말릴 시간까지는 부족했는지, 허리까지 오는 머리카락 끝이 조금 젖어 있었다.

"늦었습니다. 죄송합니다아."

말끝이 길게 늘어지는 게 포인트였다. 라키어스의 눈매가 곡선을 그리며 아래로 쳐졌다. 리오네가 활짝 웃으며 반겨 주었다.

"어제도 집에 못 들어가신 건가요, 엘리제 리더?"

"넵."

"집무실에 딸린 방은 쓸 만한가요? 잠은 자면서 일하셔야 할 텐데요."

휴즈가에 있는 자택만큼 편하다고 답했다. 사실 침대에 누울 즈음엔 여기가 길바닥이든 대리석바닥이든 아무 상관이 없고, 그저 누울 수 있다는 것에 감사할 만큼 졸린 상태라고 덧붙이자 리오네가 안쓰러운 표정을 지었다.

어째서인지 질문자보다 라키어스 쪽에서 더 큰 한숨 소리가 나왔다. 원래 회의 진행은 문화부 리더가 맡아 왔다. 그러나 리오네는 자신의 미숙함을 이유로 들며 다른 사람에게 자릴 양보했다. 특별히 나서는 이가 없기에 연장자가 맡기로 되었다.

자딘이 사라짐으로써 리더 중 최고 연장자가 된 말론이 잡담은 그 정도로 해 두라며 대화를 끊었다.

"거참, 생색은. 누군 일을 안 하는 것처럼 말이야."

혼잣말이라기엔 목소리가 너무 크고 발음이 지나치게 또렷하다. 알뷔시가 혀를 차며 보고서의 첫 장을 넘겼다.

아직 잠이 덜 깬 얼굴로 리오네의 질문에 답하던 엘리제. 몽롱하던 두 눈이 돌연 선명해졌다.

"생색낼 의도는 아니었습니다. 여기 계신 분들 모두 밤낮으로 도시 걱정에 잠 못 이루시는걸요. 제가 알지요."

엘리제가 가죽 의자 등받이에 몸을 기대며 다리를 꼬았다. 손에 쥐고 있는 펜이 천천히 돌아갔다.

"근데 제 전임자는 아니라서요."

"……."

"감옥으로 튀면 단가. 망할 놈이 아주 일을 쓰레기같이 해 났더라니까요."

"……."

"그러고도 여태껏 리더 봉급을 받아갔겠다……. 30년 동안 노역 제대로 해야 할 겁니다."

알뷔시는 이제 엘리제 쪽을 보지 않았다. 아예 몸을 반쯤 틀고 애꿎은 보고서만 뒤적이고 있었다. 엘리제가 말론을 쳐다보며 방긋 웃었다.

"회의 시작하죠?"

타타발루의 조카를 며느리로 들일 예정인 그 또한 편한 얼굴은 아니었다. 말론이 떨떠름한 목소리로 회의 시작을 알렸다.

타타발루 아래 혹사당하던 가여운 두 비서는 본인들의 뜻을 고려해 일반 직원으로 돌려 주었다. 눈물을 훔치며 행복해하던 그녀들이 떠올라 마음이 짠했다.

그럼 빈자리엔 누굴 채울까.

혹시 심중에 둔 인물이 있느냐는 인사 팀의 질문에 엘리제는 이렇게 답했었다.

「시티타워에서 일처리가 제일 칼 같으면서도 일이 좋아 몸부림치는 워커홀릭으로 주세요.」

앞으로 할 일이 산더미이니 직언도 서슴지 않을 똘똘이가 필요했다.

소름 돋게도, 인사 팀은 기대 이상의 인물을 찾아내 엘리제의 비서 자리에 꽂아 넣었다.

새 비서는 트릭시를 연상케 하는 진실의 입에 비안카의 추진력, 10대의 엘리제가 발산한 에너지를 동시에 갖춘 인물이었다. 비서는 타타발루가 저지른 과거의 오류들을 찾아내는 데 전율을 느끼곤 했다.

'단순히 뒤처리할 게 많아서 화가 난 게 아니라…… 분노 반, 희열 반인 것 같아.'

엘리제는 비서에 대한 감상을 조용히 집어삼켰다.

'무서워.'

회의에 들어가긴 하지만 폰을 무음으로 돌려놓을 테니 중요한 보고가 있으면 거리낌 없이 메시지를 보내라고 했다. 그랬더니 돌아온 결과가 이거였다.

[엘리제 님. 어제 오후에 말씀하신 자료, 책상 위에 올려 두었습니다.]

[엘리제 님. 제1보호소에서 빠른 시일 내 면담을 요청하였습니다. 상의코자 하는 주요 사항을 정리해 책상 위에 올려 두었습니다.]

[엘리제 님. 여성 복지 세미나 일정이 변경되었습니다. 주최 측이 보낸 새 공지문을 책상 위에 올려 두었습니다.]

집무실로 돌아가면 책상 위에 갓 잡은 연어도 올려져 있지 않을까?

순록 썰매와 크리스마스트리와 수선 맡겼던 드레스와 먹다 남긴 햄 샌드위치도 올려져 있을 것 같다.

어쩌면.

에데니카 시민들이 모조리 책상 위로 올라가 탭댄스를 추고 있을지도 모른다.

'비서님이 여기 올라가 있으라고 했는데요? 이러면서 말이지.'

엘리제는 OK라고 짤막한 답장을 보냈다.

리더님이 내 보고를 읽으셨어! 내 메시지를 보셨어! 기뻐할 비서의 얼굴이 눈에 선했다. 한편 엘리제는 원로들이 말하는 사항을 보고서 공백에 필기했다. 환경부 리더 그레이가 헛소리를 하기에 방금 필기한 옆에다 '멍청이'라고 적는 중이었다.

《너무해, 엘. 이번 주 내내 안 들어오고.》

멍청이의 '이' 글자가 찌그러졌다.

《점심 먹을 때 같이 있는 거 제외하면 함께 보내는 시간이 없어.》

엘리제가 라키어스를 쳐다보았다. 재무부 리더 자리는 테이블 건너편이었다. 본격 '눈으로 말해요' 시간이다. 엘리제는 테이블을 눈짓했다.

《지금 설마 회의 시간까지 데이트로 치자는 건 아니겠지?》

뭐 딱히 그런 뜻은 아니었지만. 그래도 한 공간에서 얼굴 마주하는 의미 정도는 되지 않나 싶었다. 라키어스의 눈이 새치름해졌다. 이 무슨 열네 살 소녀에게 어울리는 표현인가 해도 이것보다 적합한 말이 없었다.

《네가 없는 펜트하우스가 얼마나 넓은 줄 알아?》

거기서 5년간 혼자 살았잖아. 나랑 지낸 지 얼마나 됐다고.

《얼마나 쓸쓸한지.》

이건 인정.

《얼마나 외로운지.》

방금 거랑 똑같은 뜻 아닌가.

엘리제가 공백에다 별을 그리기 시작했다.

《새벽마다 몸이 뜨거워서 괴로워.》

열나면 해열제 먹으라고.

그게 그 뜻이 아닌 줄 알면서도 괜히 모른 척하는 엘리제였다.

정말이지 모른 척하고 싶었다. 라키어스는 요즘 엘리제와 눈만 마주치면 위험한 기운을 발산하곤 했다. 이제 둘의 관계를 시민들도 알겠다. 엘리제도 당당한 리더 신분이 되었겠다. 거리낄 게 없다 이건가.

마치 이성을 붙들고 있던 마지막 잠금장치가 풀린 것 같았다.

《고개 들어 볼래?》

애처롭게까지 느껴지는 목소리가 들렸다.

《나 좀 봐 줘, 엘리제.》

내 손을 놓지 말아 달라고, 버리지 말라고, 제발 다시 돌아와 달라 흐느끼던 5년 전 녹음을 떠오르게 만드는 간절함이었다. 저절로 엷은 한숨이 나왔다.

그냥 얼굴 좀 보자고 하면 될 것을 저토록 애타게 청할 필요가 있나. 게다가 몇 년 못 본 사이도 아니고 말이야.

엘리제가 고개를 들었다. 회의실로 들어온 순간부터 제게서 한시도 떨어지지 않은 하늘색 눈동자와 마주했다. 라키어스가 연한 웃음을 머금더니 입을 열었다. 목소리를 내지 않고 입술로만 말하기에 전언 능력도 있는 사람이 왜 이러나 했다.

도대체 뭐 그리 중요한 말을 전하려고.

"……미."

저도 모르게 소리를 낼 뻔한 엘리제는 얼른 입을 다물고 고개를 숙였다.

얼굴이 달아오른 건 아니겠지?

부디 멀쩡한 상태이길 빌었다. 애써 태연한 척하며 테이블 분위기를 살폈다. 다른 사람들은 라키어스를 보지 못한 모양이었다. 그나마 다행이라고 생각하며 고개를 옆으로 돌린 순간.

시선 끝에 리오네가 들어왔다.

정확히 말하면 라키어스를 뚫어지게 보고 있는 리오네.

동그란 호박색 눈이 유령이라도 목격한 듯 크게 확장되어 있었다. 리오네의 고개가 삐걱삐걱 움직였다. 기름칠이 필요한 마리오네트 인형 같았다.

리오네와 눈이 마주치기 전에 보고서로 시선을 돌리려 했지만, 이미 물은 엎질러진 뒤였다. 커다란 호박색 눈이 엘리제를 보았다. 그리고는 라키어스를 쳐다봤다가 다시 엘리제를 보았다.

여기 봤다가 저기 봤다가. 그러기를 반복했다.

'아, 소멸되고 싶다…….'

엘리제는 눈을 감았다.

저 역시 라키어스에게 대담하게 굴기도 하고, 종종 못된 장난을 치기도 하지만 그건 둘만 있을 때 한정이었다. 저번에 레스토랑 데이트 땐 그나마 전언으로 하더니 이젠 그 정도로 참을 수 없는 모양이었다. 다음엔 시티타워 꼭대기에서 확성기에 대고 외치지 않을까.

엘리제는 눈을 뜨고 진행자 말론에게 시선을 고정시켰다. 회의가 끝날 때까지 라키어스 쪽도, 리오네 쪽도 보지 않았다. 말론이 자꾸 손깍지를 바꿔 꼈다.

그 역시 특정인의 불꽃같은 시선이 부담스러운 모양이었다.

회의가 끝났다. 각자의 집무실로 내려가기 위해 엘리베이터를 기다리고 있었다.

두 대가 연달아 도착해서 모두 여유롭게 탈 수 있는 상황이었다. 연장자라고 달리 우대하지 않는 엘리제가 먼저 탔다. 그러자 라키어스가 뒤따라 탔고, 원로들에게 방긋방긋 인사하던 리오네가 몸을 움직이려 했다.

아무도 손을 대지 않았는데 닫힘 버튼에 불이 들어왔다. 연속해서 누르는 것처럼 주황색 불이 깜박였다. 갑자기 양옆으로 닫히는 엘리베이터 문에 리오네가 깜짝 놀라 물러났다.

문틈 사이로 비친 리오네의 표정은 아까 라키어스의 입술을 읽었을 때와 똑같았다.

엘리제가 땅이 꺼져라 한숨을 내쉬었다.

"엘, 네가 그리워."

라키어스가 엘리제의 허리를 친친 감았다. 부둥켜안고 놓아주지 않았다. 머리카락에 코를 묻고 샴푸 향기를 흠뻑 들이마시기도 했다.

엘리제는 천장 귀퉁이의 CCTV를 올려다보았다. 라키어스에게 경고할까 하다가 이내 생각을 접었다. 사람들이 빤히 이야기 중인 회의실에서도 장소에 구애받지 않았던 라키어스다. 통제실에서 볼지도 모른다고 말하는 게 소용이나 있을까.

어차피 라키어스의 집무실은 45층이다. 금방 내린다. 엘리제는 밀착하지 않은 부분이 없을 정도로 자신을 꼭 끌어안은 라키어스가 짧은 기쁨을 누리도록 가만히 두었다.

"저, 라키어스 리더."

가만히 두려던 거 취소다.

보자 보자 하니까, 어디로 손을 넣는 거야.

엘리제가 시선을 정면에 둔 채 라키어스의 포옹을 풀려고 했다. 그러나 상대는 어지간한 힘으로는 꿈쩍도 하지 않았다.

"좋은 말로 할 때 그만두시죠."

"좋은 말로 하지 마."

라키어스가 속삭였다.

"행동으로 보여 줘. 그게 더 자극적일 것 같으니까."

"이 발정 난 변태."

"행동으로, 엘리제."

45층 언제 도착하지. 숫자판을 올려다본 순간 반가운 소리가 들렸다.

기계음이 해당 층에 도착했음을 알렸다. 그러나 이번에도 '보이지 않는 손'의 활약으로 문이 열리기 전 비상 정지 버튼에 불이 들어왔다.

환한 조명이 일시에 꺼지고 비상 정지 모드에 해당하는 붉은 조명이 켜졌다.

여러 대의 엘리베이터 중 두 사람이 탄 것은 마침 외부가 보이지 않는 폐쇄형이었기 때문에, 갇혔다는 기분이 확실히 들었다.

"이럴 때 쓰라고 만든 기능이 아닐 텐데?"

"주요기능은 아니지. 하지만 부차적인 기능인 것 같긴 해."

"통제실에서 CCTV로 확인할 거야."

"그러면 보게 되겠지."

라키어스가 엘리제를 끌어당기며 자세를 바꾸었다.

엘리베이터 벽에 등이 닿았다. 특유의 냉기가 얇은 드레스 셔츠를 지나 피부까지 스미는 느낌이었다.

"리더들이 뭘 하고 있는지."

"보란 듯이 자랑할 게…… 아니잖아."

라키어스의 입술이 귓불에 닿았다. 말랑한 귓불을 스치다가 깨물기를 반복했다. 엘리제가 눈가를 찡그렸다.

"최소한 방해하지는 않을 거야."

라키어스가 말할 때마다 입술 사이로 흘러나오는 숨결이 엘리제를 간지럽게 만들었다.

"가여운 엘. 일하느라 마른 것 좀 봐."

"그렇게까지는."

"여기도."

라키어스의 입술이 닿았다.

"까슬까슬해졌고."

그가 엘리제의 손에 깍지를 꼈다.

"그리고 여기도……."

엘리제가 눈을 질끈 감았다. 맞잡은 손에 힘이 들어갔다.

소리가 새어 나오기 직전에 입술을 뗀 라키어스가 해사한 미소를 지었다.

"오늘은 집에 들어오는 거야."

알겠다는 답을 주고서야 풀려날 수 있었다.

❖

"브라이든."

엘리제가 벙커에 얼굴을 쏙 들이밀었다.

"혹시 시간 괜찮으면 내 노트북 좀 봐 줄 수 있을까?"

"설마 그걸 부탁하려고 전투대 전원에게 케사디야 돌린 건 아니죠?"

"에이, 그건 아니지."

엘리제가 품에 노트북을 안은 채 벙커 안으로 발을 들이밀었다.

"그냥 다들 어찌 지내나 궁금해서 지나가던 길에 들른 거야."

브라이든이 눈썹을 치켜 올렸다.

"지나가던 길인 것치고는 노트북 들고 온 게 의심스럽긴 한데요."

손가락을 까닥거렸다.

"들어오세요. 봐 드릴게."

엘리제가 냉큼 브라이든 곁으로 다가갔다. 노트북을 열고 도움이 필요한 상황에 대해 설명했다.

브라이든은 대충 무엇이 문제인지 알겠다며 이야기를 늘어놓았는데, 이는 정확히 웜에게 부탁했을 때와 비슷한 느낌이었다.

"나한테 설명해 줘도 뭔 말인지 몰라."

엘리제가 배시시 웃으며 노트북 화면을 가리켰다.

"그냥 해결해 줘."

"이전에 웜은 어떻게 했는데요?"

"뭘 어떻게 해?"

"설명이요."

한숨을 쉬며 눈을 굴린 뒤 모든 문제가 해결될 때까지 자기 할 일만 했다고 말하자 브라이든이 씩 웃었다.

"전 상대방이 듣거나 말거나 끝까지 설명하는 타입이라서."

"……만만치 않은 인물인 줄 내 진작 알아봤지."

"자, 지금 이 경우엔 말이죠."

엘리제는 물리 수업 시간에 그랬던 것처럼 귀는 열어 둔 채 고개를 돌렸다. 거주하는 사람이 달라지면 확실히 방의 느낌도 달라지는구나 싶었다.

새 벙커 주인은 경비대의 테스토스테론 넘치는 홍보 영상에 반해 지원을 결심한 전적이 있었다. 그의 특징이 고스란히 드러나는 공간이었다.

일단 빈 공간에 들여놓은 세 가지의 운동기구와 프로테인 파우더 박스가 눈길을 끌었다. 좋아하는 액세서리는 선글라스인 걸 한눈에 알겠다. 선글라스만 따로 모아 둔 보관함 크기가 거의 웬만한 장식장 수준이었다.

"구경 다 했어요?"

브라이든이 웃음 띤 얼굴로 커피를 마셨다. 그렇지. 이것도 웜이 있을 때와 다른 부분이었다. 웜은 탄산음료를 달고 살았다. 부족한 카페인은 에너지음료로 보충했다. 커피는 '똥 맛'이라며 질색했다.

'자꾸 웜 생각 하면 안 되는데.'

왠지 브라이든에게도 실례인 것 같았다. 하지만 당사자는 별생각이 없는지 자신이 방금 해결한 문제에 대해 설명했다. 노트북의 전반적인 상태를 추가로 봐 주겠다는 제안을 엘리제가 거절할 리 없었다.

"응? 이게 왜 연결되어 있지."

브라이든이 엘리제를 불렀다.

"좀 이상한 걸 발견했는데요."

"뭔데?"

"내장카메라를 실행시킬 수 있는 권한을 가진 외부 네트워크가 있거든요."

"……."

"그러니까 제 말은."

브라이든은 정말 설명을 좋아하는 대원이었다. 계속 경비대에 남아 있었으면 100퍼센트 따돌림을 당하지 않았을까 싶을 정도로.

상류계급이긴 하지만 어차피 경비대는 잘난 녀석들이 가는 거니까. 거기선 집안 후광도 별 도움이 되지 못했을 거다.

"그러니까 네 말은, 내 노트북이 켜져 있기만 하면 그 외부 사용자가 날 볼 수 있단 말이지? 나 몰래 내장카메라를 실행시켜서?"

"그렇죠."

"마이크도 켜져 있어?"

"……버라이어티 패키지네요."

엘리제가 침묵에 잠기자 브라이든이 눈치를 봤다.

"웜이 그랬다고 하기엔 날짜가 안 맞아. 내가 마지막으로 노트북 봐 달라고 한 게 작년 여름이란 말이야."

"웜이라면 이 정도 보안은 충분히 뚫을 수 있어요. 매수당한 뒤에도 가능해요. 근데 웜이 문제가 아니에요."

엘리제가 입을 열려 했으나 이번엔 브라이든이 한발 빨랐다. 그가 엘리제를 잠깐 기다리게 하더니 자신의 컴퓨터에 무언가를 입력했다. 이윽고 커다란 모니터에 지도가 떴다.

에데니카 지도였다.

특정 건물 위에 빨간 핀이 찍히더니 일종의 숫자로 된 주소가 떴다.

"제가 지금 함부로 연결을 끊지 못하는 이유가……."

엘리제의 시선이 모니터에 박혔다.

"해당 네트워크 사용자 주소가 여기로 뜨거든요."

"……"

"처음엔 리더가 해 놓은 건 줄 알았는데 아무래도 본인은 모르시는 듯하고. 그렇다면……."

브라이든이 엘리제를 힐끗 올려다보더니 다시 커피를 홀짝였다.

빨간 핀이 찍힌 장소는 고급 주거 건물.

펜트하우스가 있는 곳이었다.

엘리제가 조용히 서성이기 시작했다. 심호흡을 하였다. TV에서 본 대로 마음의 안정을 도모하기 위해.

쾅!

주먹을 힘껏 휘두르자 단단하던 벽 한가운데가 패었다. 미안하다고 사과한 뒤 내일 바로 수리공을 불러 주겠다고 하였다. 브라이든이 눈을 동그랗게 뜬 채 고개를 도리도리 저었다가 이내 느리게 끄덕였다.

"라키어스 녹턴, 이 변태 새끼……. 죽일 놈의 범죄자. 내가 분명 눈알을 파 버린다고 했었는데!"

본의 아니게 작은 공을 쏘아 올리고 만 브라이든은, 있지도 않은 커피 자국을 지우는 척했다. 물티슈를 뽑아서 엘리제의 노트북을 닦기도 하였다.

"하……. 침착하자. 침착해."

엘리제는 내면의 평화를 되찾기 위해 주먹을 쥐었다 펴길 반복했다. 그러다가 문득 눈을 반짝였다.

브라이든은 이때 리더의 눈에서 새파란 살기를 엿보았다고 느꼈다. 그 대상이 자신이 아닌 게 매우 다행일 뿐이었다. 엘리제가 그의 어깨에 손을 올리며 음험한 미소를 지었다.

"내가 제안 하나 할게."

다음 날.

라키어스는 금융계 행사에 귀빈으로 참석했고, 축사할 차례가 되어 연단으로 나아갔다. 정중하고도 온화한 목소리로 첫 문장을 읽은 순간.

뒤쪽에 설치되어 있던 롤스크린 화면이 바뀌더니 총천연색 영상이 나오기 시작했다. 행사장과 어울리지 않는 록 음악은 덤이었다.

『놀라지 마세요! 여러분을 위해 준비했습니다!』

이럴 필요가 있나 싶을 정도로 발랄한 기계음 멘트.

『바로 바로 바로, 라키어스 녹턴의 올 누드 대 방출!』

웅성거림이 퍼져 나갔다. 주최 측은 크게 당황하여 기술 팀을 닦달했다. 그러나 영상은 그들을 기다려 주지 않았다.

『지금 바로 공개합니다! 저장! 저장하세요! 날이면 날마다 오는 기회가 아니야!』

이후로 3분 동안 엄청난 살색 타임이 이어졌다. 다들 입을 다물지 못했다. 그와 동시에 집단세뇌를 당한 사람들처럼 휴대폰을 꺼내 들었다.

기술 팀도 해결 못한다는 말에 주최 측은 아예 스크린 전원을 끄려 했다. 어째서인지 이제껏 잘 일하던 인턴이 전원을 찾을 수 없다며 허둥거렸다.

대체 왜 그걸 못 찾느냐고, 얼른 끄라고 윽박질렀으나 이미 인턴은 초고속 연사에 들어간 뒤였고 그녀의 귀에는 어떤 소리도 들리지 않았다. 연단에 올라 있지만 사람들의 관심은 죄다 스크린 영상에 쏠렸다. 라키어스의 폰이 진동했다. 엘리제로부터의 메시지였다.

[사람들은 내 복수가 마음에 든대?]

연달아 도착한 메시지.

[아, 오타였어. 복지.]

[복수라니. 그럴 리가 없잖아. 세상에 이렇게 점잖은 복수가 어디 있어.]

[그치? 이 변태 멍멍아.]

[한 달간 접근 금지야. 말 걸지 마.]

라키어스의 시름이 깊어졌다. 행사고 뭐고 용서를 빌러 가야 하는 게 아닌가 하는 생각이 들었다.

한 달이라니, 엘리제. 누굴 말려 죽이려고.

다시금 폰이 울렸다. 아직 답장을 보내기 전인데 엘리제는 모든 것을 꿰뚫어보는 양 마지막 메시지를 보내왔다.

[이게 다 누구 잘못이다? 너야 너.]

시티타워까지 무릎으로 기어가야 하려나.

제15장 너와 함께

녹턴 기념관을 올려다보는 엘리제 뒤로 수행원이 먼저 출발했다. 해가 지고 난 저녁이었다. 직원들도 퇴근한 기념관 일대는 매우 조용했다. 이곳을 찾은 것은 실로 오랜만이었다. 라키어스에 대한 배신감에 치를 떨며 뛰쳐나간 뒤로 단 한 번도 방문하지 않았다.

그런 장소를, 라키어스의 초대로 방문했다는 건 스스로도 흥미로운 변화였다. 무려 리더의 신분이 되어서 말이다.

'녹턴, 상상이나 했어요? 당신이 증오하고 견제하면서도 늘 곁에 두었던 양녀가 리더가 될 줄은 꿈에도 몰랐을 거예요. 근데 돌이켜 보면 난 라키어스가 배운 것은 모두 따라 배웠으니…… 나도 차기 리더 수업을 받은 거나 다를 바 없더라고요.'

엘리제가 산책로를 따라 걸었다. 직원들이 외부 조명을 켜 놓고 퇴근해서 밤길을 걷는 데 무리가 없었다.

오히려 나름대로 은은한 분위기가 좋았다. 하얀 대리석 조각상들이 조명을 받아 우아하게 빛났다. 라키어스에게 접근 금지 선언을 한 지 4일째로 접어드는 밤.

무슨 변명을 하나 어디 한번 들어 보자.

반쯤 괘씸한 마음에 응한 초대였는데, 장소 선정부터 제법 공을 들인 티가 났다. 에데니카에서 이보다 로맨틱하면서 두 사람에게 의미 깊은 곳을 찾기란 어려울 것이다.

라키어스가 만남의 장소로 지정한 곳은 후원이었다. 몸이 기억하는 대로 익숙한 길을 걸어간 엘리제는 후원에 들어선 순간 우뚝 멈춰 서고 말았다.

7개의 대리석 기둥이 진녹색 돔형 지붕을 받치고 있는 파빌리온은 탐스러운 백장미로 가득했다. 따로 조명을 켜지 않아도 테이블 위의 초가 제 몫을 다하는 중이었다.

그곳에 라키어스가 있었다. 기포가 보글보글 올라오는 샴페인과 과일, 한입 크기의 케이크가 하얀 테이블보 위에 차려진 상태였다.

엘리제는 어이없는 웃음을 흘리면서 감옥에 갇혀 있는 하샤즈와 그 밖에 수많은 영혼들에게 심심한 위로를 표했다.

리더 수업에 '완벽한 데이트 방법' 같은 건 없었을 텐데 이 남자는 어떻게 정석 답안을 아는 걸까.

파빌리온 가까이로 다가갈수록 신선한 장미 향기가 더욱 그윽해졌다. 엘리제는 우선 라키어스를 흘겨 주었다.

"이걸로 퉁치고 넘어갈 수 있을 거라 착각하지 마. 나 화 안 풀렸어. 오늘은 그냥 무슨 말을 하나 들어 보려 온 거야."

"알고 있어."

"초대에 응했다 해서 바로 용서해 주는 거 아니라고."

"알았어."

라키어스가 샴페인을 따라 건넸다. 엘리제는 여전히 곱지 않은 눈으로 잔을 건네받았다. 차갑고 달콤한 술을 삼키자 만족스러운 나머지 하마터면 미소를 지을 뻔했다.

엘리제는 얼른 잔을 기울여 입가를 감추었다. 라키어스가 엘리제의 옷차림을 보더니 말했다.

"퇴근하고 바로 왔나 봐."

"덕분에 슈트 차림이야. 드레스를 입고 오면 네 마음이 훨씬 흡족했을까?"

"아니, 상관없어."

라키어스가 화사한 웃음을 머금었다.

"네가 알몸으로 춤추며 걸어들어 왔어도 난 좋았을 거야."

"풉!"

엘리제가 미처 삼키지 못한 샴페인을 뿜었다. 이 와중에 기가 막힌 건, 상대는 정말 진지하게 대답했다는 점이다.

이런 데서 성실하게 답하지 말라고.

겨우 콜록거림이 가라앉았다. 엘리제는 멜론 조각을 입으로 가져가며 라키어스를 다시 한 번 흘겼다.

"그래서, 오늘 날 부른 이유가 뭐야?"

"때가 되지 않았나 싶어서."

"무슨 때."

"……하긴 나 혼자만의 착각일 수도 있지."

라키어스가 의미 모를 말을 하며 저택 쪽으로 시선을 옮겼다. 두 사람이 떠나고 난 다음에도 저택은 훌륭한 상태로 유지되었다. 생전 녹턴이 좋아했던 고풍스러운 아름다움이 물씬 풍기는 건축물이었다.

라키어스가 엷은 한숨을 쉬었다.

"기억나, 엘? 네 등에서 처음으로 날개가 펼쳐졌던 날. 눈부시게 웃으면서 후원을 날아다니던 넌 정말 예뻤어. 가슴이 저릴 만큼 자랑스러웠지."

하늘빛 눈이 추억으로 젖어 들었다.

"그날 밤 악몽을 꿨어. 네가 그 검고 튼튼한 날개로 훨훨 날아가 버리는 꿈. 아무리 애원해도 넌 일말의 미련 없이 게이트 밖으로 사라졌지. 이상하게도 꿈속이라 그런지, 난 따라잡을 수가 없었어."

아마 그때부터였을 거야, 라며 라키어스가 읊조리듯 말을 이었다.

"네 날개를 꺾어 내 곁에 묶어야겠다고 생각한 게."

전투대를 새로 결성해 아예 도시 안팎을 드나들겠다고 했을 땐 아찔했다. 연초만 해도 다친 엘리제 발목에 구속구를 채워 집 안에 가두기도 했다.

"말로는 너 스스로 원해서 다가오길 기다리겠다고 했지만, 실제론 그런 기적 따위 일어나지 않을 거라며 널 밀어붙였어."

"부인하진 않을게."

"한데 이후로 네가 거리를 좁혀 온 매 순간은…… 내가 진실을 말할 때였지."

라키어스가 테이블 너머로 복잡한 표정을 지었다.

"네 날개를 꺾으려는 마음을 지운 순간, 넌 어느 때보다 가까이 다가왔어."

그가 자리에서 일어나 걸어왔다. 의자에 앉는 대신 몸을 낮추고 엘리제와 시선을 마주했다. 단정한 입술 사이로 흘러나오는 목소리가 조금 탁했다.

"언제든 날아가도 돼. 날 잊지 않고 돌아와 주기만 하면 괜찮아. 너에 대한 내 마음은 변치 않을 테니까. 영원히 처음 그대로일 테니까. 그 점만은 안심해도 좋아."

작은 벨벳 상자가 열렸다.

그 안에 들어 있는 것은 핏빛보다 붉은 루비 반지.

웃음 짓는 입매가 가늘게 떨렸다.

"엘리제. 이게 내 청혼이야."

❖

이틀 뒤.

시티타워 전체가 묘하게 술렁였다. 모든 것은 그날 아침 한 직원으로부터 시작됐다.

직원은 로비에 들어선 엘리제를 먼저 올려 보낸 다음, '역시⋯⋯.' 라는 탄식과 함께 은근슬쩍 동료에게 질문을 던졌다.

"들었어요?"

"⋯⋯뭘요?"

"그저께 밤 라키어스 님이 엘리제 님께 프러포즈를 하셨는데."

"네?"

"쉿!"

너무 큰 소리에 주변을 힐끔거리며 단속했지만 이미 엘리베이터를 기다리던 모두가 귀를 기울이고 있었다.

"프러포즈를 하셨는데⋯⋯ 라키어스 님이⋯⋯ 차였대요."

"네?"

"뭐라고? 진짜요? 아니, 어떻게?"

"왜!"

출근길 엘리베이터 앞이 흡사 기자 회견장처럼 변했다. 남녀노소를 불문하고 다들 이 놀라운 소식을 그냥 지나치지 못했고, 처음 입을 연 자는 궁금증 유발한 책임을 져야 했다.

"어머니 친구분이 보석 공방을 하시는데 지난주에 라키어스 님이 홀연히 등장해서 반지를 주문하셨대요. 한데 고르는 모습만 봐도 너무 프러포즈 반지인 거지."

"그래서요?"

"그러고는 그저께 오후에 비서를 통해 받아 가셨다고 했거든요. 비서님이 공방을 나서면서 전화를 받으시는데, 이따 장미꽃 시들지 않게 잘 부탁한다는 당부를 듣고 감 잡으신 거죠. 아, 오늘이 디데이구나."

"오오."

직원의 이야기는 차츰 클라이맥스로 향했다.

"그야말로 세기의 사랑 아니겠어요? 본인 공방에서 프러포즈 반지가 만들어졌으니 대단한 행운이라 생각하셨겠죠."

이제 공방 주인이 할 일은 단 하나.

다음 날 대서특필될 약혼 소식을 기다리는 것뿐이었다. 엘리제의 왼손에 자리한 프러포즈 반지가 무한히 클로즈업될 것이다. 따로 홍보를 하지 않아도 내년 이맘때까지의 주문이 가득 찰 터였다. 그리하여 공방 주인의 마음은 기대로 부풀어 올랐다.

"한데 아무 소식이 없는 거예요. 엘리제 님이 참석하신 행사가 어제 저녁 뉴스에 나왔는데, 두 눈을 크게 뜨고 손가락을 봤더니."

"없었다?"

"없었지."

직원이 엘리베이터를 턱짓하며 덧붙였다.

"아까 못 봤어요? 아무 반지도 안 껴서 매끈매끈한 손가락."

"그나저나 대단하시네. 어떻게 라키어스 님의 프러포즈를 거절하지?"

"라키어스 님이 잘못하신 거라도 있나……."

다들 상상조차 안 간다는 표정을 지었다. 라키어스와 잘못이라는 단어를 동일선상에 올리기 힘든 이들이었다.

"그런 게 아니면 진짜 다른 이유가 없지 않아요? 이미 같이 살고 계신데다 위기랄 것도 다 넘겼는데."

"모를 일이지……. 에이, 애초에 라키어스 님 프러포즈 거절하는 속을 우리 같은 범인이 어떻게 알겠어요."

"그것도 맞는 말이네."

이렇게 된 것이었다. 그리고 그날 오후가 되기 전에 대부분의 시티타워 직원이 알게 되었다. 당사자들을 제외한 열 명의 리더도 '대부분'에 포함 되었다.

"그 난리를 쳐 놓고 결혼은 왜 안 한대?"

기막힌 노성이 몇몇 집무실 바깥까지 터져 나왔다고 한다.

이에 관한 답을 아는 사람은 아무도 없었다.

"엘리제 리더."

복도 저편에서 라키어스가 걸어왔다.

"나 좀 보죠."

정작 이름이 불린 사람은 아무 감흥 없는 얼굴인데, 함께 엘리베이터 기다리던 직원들이 어쩔 줄 몰라 하며 자리를 피했다. 대화 소리를 들을 수 있게. 딱 그 정도 거리를 둔 채 멀어졌다.

"말씀하세요. 듣고 있으니까."

엘리베이터가 도착했다. 문이 열렸다. 이미 타고 있던 사람들이 두 리더의 얼굴을 확인한 뒤 극도로 당황하는 모습을 보였다. 어느 누구도 자연스러운 인사를 건네지 못하고 폰을 꺼내거나 매무새를 고치기 바빴다.

엘리제가 무덤덤한 얼굴로 탑승했다.

빠른 걸음으로 쫓아온 라키어스가 엘리베이터 문을 쾅 잡고서는 물었다.

"왜 날 피해?"

어디선가 짧고 급하게 숨 들이켜는 소리가 났다. 다들 폰이 없었으면 어쩔 뻔했나. 아예 벽을 보고 돌아선 사람도 있었다.

"딱히 피한 적은 없는데."

"넌 그저께 밤에 헤어지고 나서 휴즈가로 갔지. 어젠 집무실에서 밤을 보냈고. 점심 식사는 나와 엇갈린 시간에. 집무실로 찾아갔더니 비서가 부재중임을 알리더군."

"무시하고 쳐들어왔다는 소식은 전해 들었어. 그때 난 진짜 밖에 나가 있었거든."

"결혼하기 싫은 이유가 뭐지?"

폰을 두드리는 사람들의 손길이 더욱 빨라졌다. 하나같이 고개를 들 엄두도 내지 못했다. 엘리제는 엷은 한숨을 쉬며 사람들을 고갯짓했다.

"무슨 민폐야. 빨리 그 손 놔."

"……아닙니다! 저흰, 저, 저흰 괜찮습니다."

"예, 그렇게 급한 일도 없고."

"모쪼록 두 분은 하시던 이야기를 계속."

엘리제가 천장을 한 번 쳐다본 뒤 엘리베이터에서 내렸다. 당연히 라키어스는 문을 잡고 있던 손을 뗐다. 안에 타고 있던 사람들의 표정이 짜기라도 한 것처럼 안타깝게 흐려졌다.

할 수만 있다면 엘리제를 따라 내리고 싶은 얼굴들이었다. 반면 다른 엘리베이터 앞으로 자릴 피했던 무리는 VIP 관람석을 지키게 되어 신난 표정이었다. 엘리제가 계단을 택함으로써 그 기쁨도 오래가지 못했지만 말이다.

"그날 말했잖아. 한 달간 접근 금지는 아직 유효하다고. 그리고 난, 화난 상태로 결혼할 생각 없거든."

라키어스가 엘리제 앞을 막아섰다. 다리가 긴 덕분인지 계단 몇 칸쯤은 금방 앞지르는 그였다.

"그럼 화가 풀리고 난 다음에는?"

무표정의 엘리제가 라키어스를 응시했다. 상대의 눈빛이 더욱 간절해졌다.

"화가 풀리면, 응?"

"그땐 뭐⋯⋯."

엘리제가 고개를 갸웃했다.

"결혼할지도?"

"엘."

"나도 하나만 물을게, 라키어스 녹턴. 예물은 네 눈깔이야?"

엘리제의 표정이 순식간에 바뀌었다. 아무리 생각해도 괘씸하다. 가까이 있는 리오네에게 지인 이야기인 척 조언을 구했더니 피를 바싹 말려 죽이라는 말이 나왔다.

'괜찮은데?'

그것으로 라키어스의 운명은 결정되었다.

"미안해, 엘. 잘못했어."

라키어스가 애틋한 목소리로 속삭였다. 지나쳐서 가려고 해도 여기가 엘리제에게 호소할 수 있는 마지막 장소인 양 따라붙는 상대 때문에 계단을 내려갈 수가 없었다. 체격 차는 또 얼마나 나는지.

엘리제가 인상을 찡그리며 다시 계단을 올라가려다가 발을 헛디뎠다. 넓은 품이 기다렸다는 듯 그녀의 몸을 받아 주었다.

"⋯⋯나한테 힘쓰지 말랬지."

"미안."

"사과만 하면 단 줄 알아? 팔 풀어."

"매일 네게 진심으로 사과하면 언젠가 화가 누그러질까."

자신을 끌어안은 팔을 찰싹찰싹 때리던 엘리제가 코웃음을 쳤다.

그래, 라고 대답한 까닭은 다음에 이어질 말 때문이었다.

100년쯤 지나면 조금 괜찮아질지도.

하지만 라키어스는 엘리제가 뒷말을 잇기 전에 그녀를 더욱 힘주어 안았다. 엘리제의 어깨에 얼굴을 파묻고는 세상에서 가장 다정하면서도 지독한 목소리로 애원했다.

"매일 아침 잘못을 빌게 해 줘."

"난 그런 뜻으로."

"매일 새벽. 해가 뜨기 전. 햇살이 스며들 때. 따스한 오후에. 저녁에. 그리고 밤에. 앞으로 너와 함께하는 매 순간 미안하다고 말할게."

"……벌써부터 질리는걸."

"사랑해, 엘."

"또 얼렁뚱땅 넘어가지?"

"사랑해."

라키어스가 자잘한 키스를 퍼부었다. 엘리제가 밀어내지 않을 만큼만 가볍게. 쪽쪽 간지러운 소리가 났다.

"날 얼마든지 괴롭혀도 돼."

"진짜?"

"결혼하고 나서."

마치 고양이가 애정표현을 하듯 볼을 비벼 오는 터라 고개를 돌릴 수조차 없었다.

흠, 너무 귀여운 비유를 들어 버렸나.

확실히 라키어스는 고양이에 빗대기엔 너무 크고 너무 위협적이며 압도적이었다.

그럼 고양잇과 맹수 정도?

"엘리제."

"왜."

"결혼."

"결혼 승낙을 이렇게 보채서 받아가는 게 어디 있어?"

"그새 잊었나 본데 난 정식으로 프러포즈했어."

엘리제가 힘을 뺐다. 몸을 완전히 늘어뜨렸다. 고개가 젖혀지며 환히 드러난 목덜미를 라키어스가 가만둘 리 없었다.

한번 닿은 입술은 아까 전의 버드키스보다 좀 더 길게 머물렀다.

빨갛게 터진 자국을 만들게 내버려둘쏘냐. 엘리제가 머리를 콩 들이박았다.

"결혼하고 나서 괴롭혀라?"

하늘색 눈동자에 선명한 이채가 돌았다. 엘리제의 바뀐 어조를 알아차린 것이다.

"원하는 만큼? 얼마든지?"

"네 성에 찰 때까지."

"라키어스 녹턴. 당장의 성취를 위해 미래를 저당 잡히는 건 정말 아니라고 생각해. 새삼 에데니카가 걱정되네."

엘리제가 몸을 돌렸다. 계단 높이 때문에 둘의 눈높이가 엇비슷했다. 장밋빛으로 도톰한 입술이 부드러운 곡선을 그렸다.

"네 입으로 약속한 거니까……. 그럼 얼마나 버티는지 두고 볼까."

다음 날 아침 뉴스는 복지부 리더 엘리제의 지난밤 퇴근길로 도배되었다. 왼손 약지의 프러포즈 링과 더불어 두 리더의 어린 시절 사진이 연대기처럼 이어졌다. 도시 모처의 공방 주인이 유난히 기뻐했다는 소식이 시티타워 안에서만 잠깐 돌았다. 물론 몇몇 집무실에선 다음과 같은 노성이 터져 나오기도 했다.

"이리 빨리 받아 줄 것 같으면 왜 거절을 했다느냐!"

이에 대한 엘리제의 코멘트는 간단명료했다고 전해진다. 승낙하건 말건 애당초 제 마음이란 거다.

사실 그게 정답이었다.

❖

예식은 녹턴 기념관 후원에서 진행되었다.

원래 엘리제가 원했던 건 면사포도 쓰지 않은 웨딩 슈트 차림으로 시티 타워에서 혼인신고만 마치는 것이었다. 하나 곰곰이 생각해 보더니 원성을 듣지 않으려면 드레스 입고 식을 올리는 게 좋겠다고 하였다.

"앞으로 내가 뿌리까지 뽑을 게 한둘이 아닌데 괜히 미운털 박혀서 좋을 일 없잖아? 정치인은 액션을 해야지. 열심히 환심 사서 지지층 많이 만들어 놓을래."

"리더로서 훌륭한 자세긴 한데."

라키어스가 상처 받은 얼굴로 말했다.

"아무래도 결혼 상대자에겐 불필요한 정보 같거든."

"왜? 우리 사이엔 어떤 비밀도 없었으면 한다며."

"방금 생각이 바뀌었어."

엘리제가 소리 죽여 웃었다. 그녀의 예상대로 시민들은 모처럼의 들뜬 기분을 몇 주간 즐겼다. 에데니카에 존재하는 거의 모든 디자이너가 신부 드레스 선정에 참여했다 해도 과언이 아니었다.

엘리제는 이 모든 과정을 큰 힘 들이지 않고 해냈다. 녹턴가 공주님으로 지낼 때의 경험이 많은 도움이 되었다.

다만 중간에 한 가지 거대한 난관이 있었는데, 바로 신부 친구들과 함께하는 브라이덜 샤워였다.

"친구가 없엉."

B5 구역 지도자 호슈아를 데려올 수도 없다. 학교 동창은 죄다 얼굴도 기억나지 않거나 흠씬 때려눕힌 상대들이다.

결국 비안카, 조에, 리오네, 그리고 워커홀릭 비서를 데려다 화기애애한 장면을 연출했다.

사진사가 엄지를 치켜들었으니 이것도 무사히 패스.

한 명이 과도한 의욕을 보였다만, 어쨌든 잘 넘긴 데 의의를 두기로 했다.

그리하여 드디어 결혼식 당일.

손등을 덮는 긴 레이스 소매가 눈길을 끌었다.

깊게 팬 브이넥의 웨딩드레스는 바닥까지 끌리는 면사포와 아름다운 조화를 이루었다. 인도자 없이 각자 식장에 들어선 두 사람은 서로에 대한 서약을 낭독한 뒤 반지를 교환했다.

키스를 하기 위해 면사포를 걷은 순간, 엘리제는 자신의 귀에만 울리는 목소리를 들었다.

《엄숙하게 할까, 호흡이 달릴 때까지?》

"도대체가…… 결혼식장에서도 전언이야?"

엘리제는 최대한 입술을 움직이지 않은 채 상대를 을렀다.

"간단히 끝내. 응?"

《하지만 그 골목길 영상을 안 본 사람이 없는데. 시민들의 기대를 충족시켜 주는 게 리더의 본분 아닐까?》

"지금 복수하는 거야? 몇 주 전에 한 말 때문에?"

《아니, 엘리제. 난 그렇게까지 옹졸하진 않아.》

다가오는 눈빛이 위험했다.

《눈 감아.》

결과만 말하자면 그는 일부 하객들을 흥분케 했고, 또 다른 부류의 하객들은 민망함에 얼굴이 붉어지도록 만들었다.

엘리제는 제3유형에 속했다.

무슨 일이 일어났는지 기억을 잃은 척 하는 무리 말이다..

'라키어스 녹턴. 이 더러운 변태 멍청이. 전투대 전원이 보고 있다고!'

결혼식 하이라이트가 신랑신부의 키스였다면, 누구도 예상 못 한 이벤트는 부케를 던질 때 일어났다. 전투대장 출신인 신부 특성상 일반적인 경우보다 파워풀한 스윙이 이뤄졌다. 달리 생각하면 누구보다 정확한 조준이 가능할 법했다.

그러나 신부가 부케를 누가 받을지 궁금해하지 않기 때문에 '적당히' 뒤쪽으로 던지는 일이 일어났다.

"으어아아아!"

"아악!"

남녀가 뒤엉켜 쓰러졌다. 겨우 몸을 일으킨 사람들은 누가 부케를 쥐고 있는지 두리번거렸다. 웬 여학생이 난감한 웃음을 헤실헤실 흘렸다.

"저…… 아직 미성년잔데요."

"엠마?"

리오네가 눈을 동그랗게 뜨고 옛 제자의 이름을 외쳤다.

『아무래도 침대에서 휴가를 다 쓰지 않을까요.』

라키어스는 올해 초 인터뷰에서 어떤 신혼여행을 꿈꾸는지에 대한 질문에 저렇게 대답했다. 당시 엘리제는 황당해하고 어이없어했다.

어쨌든 당시는 라키어스가 일방적으로 애정을 쏟을 때였고, 엘리제는 그의 말이 현실이 될 거라 생각하지 않았다.

내가 라키어스와 결혼하다니.

나, 엘리제가.

저, 라키어스와.

도무지 믿기지가 않았다.

엘리제는 식장으로 걸어 들어가는 내내 너무도 이상한 기분에 휩싸여야 했다. 정작 결혼 준비는 업무를 처리하듯 덤덤하게 해 놓고 말이다.

신부대기실로 찾아오는 이들을 맞이하면서도, 이게 적의 눈을 속이기위한 위장결혼인지 진짜 현실인지 실감이 안 났다. 항상 적에게 신경 곤두세우는 생활을 해 온 영향인 것 같았다.

그렇게 구름 위를 떠다니는 듯 반쯤 멍한 상태로 식장에 들어갔다.

이후 엘리제와 라키어스 두 사람은 결혼 휴가를 냈고, 외곽지대에 위치한 펜션으로 신혼여행을 떠났다.

울창한 숲은 짙은 가을빛으로 덧입혀져 있었다. 낙엽을 모아 모닥불을 피웠다. 담요로 몸을 감싼 채 타오르는 불 속에 나뭇가지를 던져 넣으며새벽까지 이야기를 나눴다.

바비큐를 해 먹었다. 감자를 굽기도 했다.

라키어스가 행하는 다양한 버전의 사과를 평가하면서 하루하루를 보냈다. 그는 과거 인터뷰에서 말한 내용을 충실히 지키려 노력했고, 엘리제는신혼여행이 일주일이라서 다행이라고 여겼다.

'넉넉하게 한 달이라도 됐어 봐. 둘 중 어느 하나가 죽었을걸. 내가 힘이 부쳐 죽든지. 아니면 내가 죽기 전에 먼저 손을 썼든지.'

어제 새벽이라고 다르지 않았다.

모레부터 출근임을 잊지 말라는 엘리제에게 남은 일분일초를 더욱 소중히 보내야겠다며 입술을 겹쳤다.

'그러고 보니 라키어스가 펜션에 온 이후로 옷을 입고 다녔던가? 그러니까 거실에 짐을 내려놓은 첫날부터?'

엘리제가 시선을 먼 곳에 둔 채 기억을 되짚었다. 숲에서 모닥불 피울때나 요리할 땐 옷을 입고 있었던 것 같다. 한데 두 사람이 묵는 펜션 안에서는……

엘리제의 눈이 의혹으로 흐려졌다.

'확신이 없네.'

가벼운 키스. 조르는 듯한 키스. 포옹. 옷 위로 간지럼 태우기.

그러다가 몸을 겹치며 쾌감에 취한 소리를 흘어 내는 것.

이상의 행동이 펜션에 온 후 주로 한 것들이었다. 거의 매일 반복한 일상이었다.

'이렇게 나열하고 보니까 역시⋯⋯.'

몸이 물 먹은 솜처럼 묵직해진 이유를 알겠다 싶었다. 엘리제는 목을 축이려고 침대를 빠져나왔다가 내친 김에 반신욕을 했다. 나른한 기분을 만끽하며 물기를 닦을 무렵, 콘솔 위에 올려 둔 휴대폰이 진동했다.

비안카였다.

휴가 중인 엘리제에게 한 통의 메시지도 보내지 않는 자제력을 발휘했던 전투대장이 무슨 일로 전화를 건 걸까. 순간 온갖 상상이 머릿속을 스쳤다.

엘리제는 주저 없이 수신 버튼을 눌렀다. 수화기 너머로 잔뜩 흥분한 목소리가 터져 나왔다.

— 대장! 찾았어! 봤어!

"일단 진정해. 비안카, 무슨 사고가 난 건 아니지?"

— 사고? 사고라면 사고지! 그것도 완전 대형 사고!

"⋯⋯나쁜 의미에서의 사고야?"

— 아, 고건 아니고!

엘리제가 한숨을 내쉬었다. 최악의 사태는 아니란 거다. 게다가 비안카의 목소리를 좀 더 들어 보니 발랄한 느낌마저 있었다.

비안카와 대화를 안 한 지 너무 오래됐나 보다. 기분 좋게 흥분한 것과 당황한 나머지 말을 마구 쏟아 내는 경우를 헷갈렸으니 말이다.

엘리제는 먼저 사실관계부터 바로잡기로 했다.

"비안카 뮬러. 현재 전투대장은 너야. 복지부 리더인 엘리제 녹턴이 아니라."

— 아, 그렇지.

좋다. 이젠 다음 단계로 넘어가 보자.

엘리제는 상대가 운전 중이 아님을 확인했다. 비안카가 공터에 두 발 딛고 서 있음을 재차 확답받은 뒤 무엇을 찾았느냐고 물었다. 이어진 대답은 가히 충격적이었다. 비안카가 이토록 소리를 내지르는 게 당연할 만큼.

— 방금 정찰 나갔다 왔는데, 트릭시 사인이 그려진 깃발을 봤어!

잠깐 동안 귀로 흘러들어 온 정보를 머리로 받아들일 수가 없었다. 엘리제의 사고가 정지한 것처럼 멍해졌다. 되묻는 목소리가 희미하게 떨렸다.

"진짜, 트릭시 사인이었어?"

— 내가 그걸 잘못 볼 리 없지.

"날개 달린 원 안에 마름모. 그 위로 십자 표시 크게 되어 있는 거? 정확해?"

— 그렇다니깐!

비안카가 소리 높여 웃더니 돌연 흐느끼기 시작했다. 감정이 북받친 모양이었다. 그 소리를 듣자 엘리제도 눈시울이 뜨거워졌다. 트릭시가 게이트 밖에다가 본인의 사인을 남기는 걸 보지 못했다.

적어도 엘리제 기억엔 없었다.

그 말뜻은, 트릭시가 살아 있다는 거다. 언젠가 게이트 밖으로 나올 생존 대원들이 자신을 찾아낼 수 있게 표시를 해 둔 것이다. 가슴이 두근거렸다. 갑자기 너무 빠르게 뛰어서 엘리제는 한 손으로 가슴께를 누른 채 숨을 골라야 했다.

— 대장, 더 놀라운 건 뭔 줄 알아? 트릭시 사인 밑에 별 다섯 개가 있었다는 거야.

"아······."

— 다섯 명이 더 살아 있어!

비안카가 또 자신을 대장이라 불렀는데, 엘리제에겐 잘못된 호칭을 잡아 줄 여유가 없었다. 상대의 재잘거리는 소리가 아니었다면 엘리제는 그자리에 주저앉아 펑펑 울었을 터였다. 트릭시 말고 누가 살았을까. 그리운 얼굴이 너무 많은데, 그중 누구일까. 다시 녀석들을 껴안을 수 있다니. 숨이 멎을 듯한 기쁨이었다.

하나 엘리제는 간신히 이성을 부여잡았다.

"비안카."

비안카가 흥분으로 단서를 하얗게 날리기 전에 최대한 자세한 정보를 끌어내야 했다.

"발견 장소가 어디였어?"

— C2. 의외지? 지리를 아는 트릭시가 오히려 도시 반대 방향으로 갔다는 게.

"그러네."

뭔가 사정이 있으리라 믿었다.

엘리제는 자딘에게 복수할 때 B9 구역을 찾았던 것을 언급했다. 비안카는 엘리제가 혼잣말처럼 흘리는 소리에 필요 이상의 반응을 보였다.

— 그때도 트릭시는 C2에 있었을까? 그보다 좀 더 가까이 있었다면 우리 총성 듣지 않았을까!

"아마 들었어도······ 적이라 생각했을걸."

— 그렇겠네.

얼른 수긍하는 비안카였다.

엘리제는 깃발의 낡은 정도를 물었고, 흙먼지가 묻긴 했지만 세워진 지 일주일은 넘지 않았을 거라는 답이 돌아왔다.

— 왜냐면 실바노가 정찰 나갔을 때 C2를 지나쳤거든. 못 봤다고 했어.

봤으면 분명히 기억할 거라고.

"깃발이 실바노가 지나친 길목에 있었어?"

— 응!

대답하는 목소리가 더없이 활기찼다.

— 대장. 대장. 트릭시가 오면 곤도 깨어나겠지? 왜 있잖아! 멀리서 고난과 역경을 헤치고 찾아온 왕자님. 그리고 그 왕자님의 키스로 눈 뜨는 공주님 이야기! 사랑하는 이의 키스로 깨어나곤 하잖아.

"그 말은, 곤이 공주님이란 소리야?"

엘리제가 낮게 웃었다. 비안카도 언제 울었냐는 듯 까르르 웃음을 터뜨렸다. 깃발을 보자마자 당장 귀환했다며 그 누구보다 엘리제에게 가장 먼저 알리고 싶었다고 했다.

— 내일부터 수색을 선순위에 둘 거야. 너무 좋지? 대장도 같이 가자!

같이 가자.

그 말에 몸이 반응했다. 지금 당장이라도 바이크를 몰고 게이트 밖으로 질주하고 싶었다. 하루라도 빨리 트릭시와 대원들을 구출했으면 했다. 하지만 엘리제는 거실 한복판에서 걸음을 멈췄다. 연한 웃음을 머금은 채, 비안카에게 말했다.

"흥분은 이해가 가지만 말이야. 비안카, 아까도 말했듯 이제 전투대장은 너야. 낙오한 대원들을 구출해 오는 임무는 네 책임인 거야."

비안카는 꽤 실망할 것이다. 서운한 마음도 들겠지.

예전에 그랬던 것처럼 엘리제와 함께 폐허를 달릴 생각에, 죽은 줄만 알았던 동료들을 찾아갈 생각에 한껏 신난 상태였을 텐데.

기분이 차츰 가라앉을 거였다. 하지만 이게 옳은 방식이라고, 엘리제는 생각했다.

"어떻게 해야 하는지는 알고 있지? 아직 익숙지 않은 신입이 많으니까 조심해야 한다는 것도 알 테고."

— 으응.

"난 너희가 트릭시를 데려올 때까지 이곳에서, 이 자리에서."

엘리제가 굳게 말했다.

"에데니카를 더 나은 곳으로 만들고 있을게."

이게 엘리제가 돌아올 대원들에게 해 줄 수 있는 일이었다.

그들이 겪은 부당하고 슬픈 일을 두 번 다시 일어나지 않게 만드는 것.

"수고해, 비안카."

— 응, 대장. 아, 아니…… 리더.

아까 전에 비해 확실히 기가 꺾인 비안카가 덧붙였다. 일찍 들어온 김에 곤을 보러 제1의료센터에 갈 거라고. 엘리제는 저 대신 곤에게 안부 전해 달라는 말로 전화를 끊었다.

가슴이 먹먹했다.

살아 있었구나. 너흴 폐허에 버려두고 온 게 견딜 수 없었는데.

엘리제가 눈을 감았다.

버텨 줘서 너무 고맙다고 말하고 싶었다.

대원들이 돌아오면 온기가 느껴지는 몸을 끌어안고 미안하다는 말을 수없이 되뇌고 싶었다.

한동안 그 자리에 서서 가을빛 완연한 창밖을 내다보던 엘리제는 천천히 침실로 돌아갔다.

이미 두 사람은 아침에 일어나 일과를 마친 뒤 낮잠을 자고 있던 참이었다.

신혼의 일과라고 해 봤자 소파에 몸을 겹친 채 TV 보기라든가, 둘만 재밌고 보는 사람은 어이없을 장난치기 정도지만.

어쨌든 시곗바늘은 벌써 오후 3시 30분을 지나고 있었다. 엘리제가 침대로 다가갔다. 라키어스는 여전히 단잠에 취한 상태였다. 새벽의 악몽을 운운하던 사람과 동일인이 맞나 싶다.

어느 순간부터 라키어스는 낮이건 밤이건 머리만 대면 깊은 잠을 자는 것 같다.

엘리제는 천사처럼 곤히 자는 상대를 가만히 내려다보다가, 헝클어진 앞머리를 손가락으로 쓸어 정리했다.

기척을 느꼈을까. 라키어스가 몸을 살짝 뒤척였다.

"슬슬 일어나. 내일부터 출근이잖아."

이윽고 라키어스의 입가에 나른한 미소가 번졌다. 엘리제는 달콤하게 흐려진 하늘색 눈동자가 자신을 가득 담는 것을 응시했다.

왠지 오늘따라 약 오를 만큼 아름다운 미모셨다. 뜻밖의 낭보에 술렁이던 가슴이 또 다른 의미로 세게 뛰었다.

'이래서 하샤즈가…….'

뒷말은 생략. 마저 듣지 않아도 라키어스를 본 사람들은 이해할 터였다. 말 그대로 악의 길로 접어들게 만드는 아름다움이니.

"눈을 뜨니까 네가 있어."

라키어스가 탁하게 잠긴 목소리로 말을 이었다.

"여기가 천국인가 봐, 엘리제."

"잠 덜 깨서 아무 말이나 하고 있지? 어서 일어나. 벌써 4시가 다 돼가."

"아무 말 아닌데."

라키어스가 엘리제를 향해 팔을 뻗으며 미소 지었다.

"모닝키스 해 줘야지."

"4시가 다 됐다니까 무슨 모닝이래."

"그럼 굿 애프터 눈 키스."

아무튼 키스를 해 주지 않으면 침대에서 안 일어나겠다는 기세였다. 볼에 가벼이 입을 맞췄더니 대번에 인상을 찡그리셨다.

'입술이 아니니까 키스로 안 친다는 뜻이지?'

펜션에 온 지 일주일이 다 되어 가는 지금, 그 정도는 파악한 엘리제였다. 라키어스의 애착에 익숙해졌다는 뜻이기도 했다.

부드럽게 마주 비비자 바로 이거라는 듯 아랫입술을 물어 왔다. 촉촉하게 머금는 사이로 느껴지는 딸기 맛.

'응?'

엘리제는 협탁을 쳐다봤다. 낮잠 자기 전 먹으려고 내놨다가 서로 불이 붙는 바람에 뒷전이 된 딸기 접시. 그중 생크림 묻힌 몇 개를 집어 먹은 모양이었다. 그 말은 엘리제가 비안카와 나눈 대화 내용을 들었을 수도 있다는 뜻이다.

엘리제는 키스를 멈추고 라키어스의 입술 위에다 속삭였다.

"놀라지 마. 대원들이 살아 있을 수도 있대. 비안카가 트릭시 사인이 그려진 깃발을 C2 구역에서 봤대."

"······그래?"

"응. 사인 밑에 별 다섯 개도 그려져 있더래. 그건 생존자 수거든."

지금 라키어스에게 전하는 순간에도 꿈만 같게 느껴지는 이야기였다. 사실 엘리제 자신은 라키어스 옆에서 줄곧 낮잠을 잔 게 아닐까.

하나 통화 목록에 남아 있는 비안카의 이름이 증거가 되어 주었다.

이건 현실이었다.

라키어스와의 결혼이 현실이듯, 트릭시 일행의 생존도 실제로 일어난 일이었다.

"축하해, 엘. 네게도, 내게도 잘된 일이야."

"너한테는······ 왜?"

"그때 내가 덜 안일하게 굴었더라면, 다른 건 몰라도 그 사건만큼은 막지 않았을까 하는 후회가 늘 여기 있었거든."

라키어스가 엘리제의 손을 끌어다 제 가슴에 놓았다.

그런 뜻이구나. 너도 나와 같은 후회를 하고 있었구나.

미처 생각지 못한 고백에 엘리제가 엷게 웃었다.

잠시 뒤, 라키어스는 키스가 중단되었음을 상기시키더니 제 위로 몸을 숙이고 있던 엘리제를 와락 끌어안았다.

꺅, 비명이 절로 나왔다.

달콤하고 행복한 키스가 이어졌다.

바스락 바스락. 햇살 닿은 이불 구겨지는 소리가 귓가에 부드러이 감겨 드는 어느 오후였다.

내일은 곤을 보러 가야지. 엘리제는 눈을 감으며 그렇게 다짐했다.

외전1 녹턴

무릎까지 오는 연보라색 모슬린 원피스는 소녀가 아끼던 옷이었다. 그 옷을 입고 머리에 제비꽃 무늬 리본을 묶으면 어깨가 으쓱해진다고 종종 말했다.

세상에서 제일, 까지는 아니어도 반경 10킬로미터 안에서는 자기가 제일 예쁜 사람인 것 같은 기분이 든다고.

소녀가 녹턴 자신을 만나러 올 때 모슬린 원피스를 자주 입는다는 사실을 알고 있었다. 웃을 때 왼쪽 덧니가 드러나지 않도록 고개를 살짝 돌린다는 것도 알았다. 하지만 그 모든 것을 기억하는 이유는 녹턴이 소녀를 특별하게 생각해서가 아니라 뛰어난 기억력을 타고났기 때문이었다.

이에 대해 말해 두었는데도 소녀는 내심 기대를 한 모양이었다.

근방에서 가장 아름답고 가장 명석한 소년 또한 자신을 좋아하는 게 아닐까 하고.

"네가 가져오는 파이를 몇 번 받아먹었다고 해서 널 좋아해야 하나?"

어느 날.

녹턴이 담담히 내뱉은 말에 소녀가 고개를 푹 숙였다. 얼굴이 새빨갛게 물들었다.

"난 널 좋아하지 않아."

"……알고 있어."

"아니. 모르는 것 같은데. 그러니 자꾸 눈치도 없이 찾아와서 내 일을 방해하지."

"……그, 그렇지만 넌 괜찮다고."

"거짓말이었어."

"……난."

"거짓말인 줄 몰랐다고? 그럼 더 최악이지."

소녀의 뺨을 타고 눈물이 흘러내렸다. 부끄러움과 원망, 실연의 상처가 뒤엉키며 소녀의 가슴을 갈기갈기 찢었다.

녹턴은 다소 성가신 표정을 한 채 눈앞의 상대를 보았다. 소녀의 어머니는 중간계급 천사의 혼혈이며, 아버지는 하급 중의 하급인 인간이었다. 소녀의 아버지가 훌륭한 인품과 생활력으로 공동체 내에서 요직을 차지하고 있다는 점은 녹턴에게 조금의 흥미도 주지 못했다.

공동체라 해 봤자 겨우 이백 명 남짓한 규모다. 그리고 저런 식으로 혈통을 섞으면 열등한 인자밖에 남지 않는다.

너희 어머닌 같은 계급에서 남편을 골랐어야 했어.

이렇게 말할 때마다 소녀는 애매한 미소를 지으며, 그래도 제 아빠만큼 좋은 사람은 없다고 답했다.

마을 놀이터의 그네, 시소, 미끄럼틀도 제 아빠가 만든 거라고. 혹시 아이들이 다칠까 봐 매일 놀이터를 걸으며 모래 속 유리조각 같은 쓰레기를 주우신다고 변명했다. 그러면서도 좋아하는 소년의 비위를 거스를까 봐 얼른 다른 화제로 넘어가고자 하였다.

이것 봐. 역시 열등하다니까.

그네, 시소, 미끄럼틀이라니. 한심한 능력에서 한심한 결과물이 나오지.

소녀는 절대 녹턴의 계획을 이해하지 못할 것이다. 소녀뿐만 아니라 공동체 내의 어느 누구도 이해하지 못할 터였다.

당신들이 뭘 알겠어. 강도단이 습격하지 않기만을 빌며 텃밭이나 가꾸는 인생들 따위. 내가 설명한들 그걸 상상에 옮겨 볼 수나 있겠냐고.

녹턴은 초연한 목소리로 말했다.

"난 이번 달 안에 여길 떠날 거야."

소녀가 화들짝 놀라 고개를 치켜들었다. 이번 달이라고 해 봤자 고작 보름도 남지 않았다.

"더 큰 곳으로 가야 돼. 날개로 몸을 띄우고 불을 다루고 강철을 휘게 만드는 순혈들이 필요해. 그들을 설득해서 이룰 계획이 있어."

"……나도 같이 가!"

녹턴이 실소했다.

드물게 흰 피부. 가지런한 눈썹을 덮은 연갈색 머리카락이 엷은 색소의 눈동자와 어울려 고요한 아름다움을 자아냈다. 소녀는 방금 전 차가운 거절을 당한 사실조차 망각한 채, 상대를 홀린 눈으로 바라보았다.

한때 제게 닿는 순간을 꿈꿨던 입술.

그 입술에서 나올 말이 자신의 상처를 헤집을 거라고는 예상치 못했다.

"왜 내가 널 데려가야 해? 넌 강도단과 마주쳤을 때 내 목숨 대신 가지라며 떠넘길 가치조차 없는데."

"그런……."

"네가 어떻게 생겼는지는 아침마다 거울 속에서 확인할 거 아냐."

소녀가 입술을 깨물었다. 하나 녹턴의 말은 다 끝난 게 아니었다.

"기억해. 아비가일. 나 같은 사람에게 너 같은 여자는 당치 않다는 사실을."

"……."

"너의 가치는 네 아버지가 낡은 트럭을 넘겨줬을 때 거기서 끝났어."

"……."

"트럭은 잘 쓸게."

소녀의 어깨가 들썩였다. 눈물이 원피스 앞섶을 적셨다. 녹턴이 간단한 식사를 마치고 온 다음에도 소녀는 그 자리에 그대로 서 있었다.

쫓아 버릴까. 제 풀에 지쳐 돌아가게 둘까. 고민하던 참이었다.

"왜 난 널 좋아해 버렸을까……."

소녀가 울먹이는 목소리로 말했다.

"넌 내 이름도 제대로 기억해 주지 않는데."

소녀는 제 이름이 아비가일이 아니라 아들라인이라고 거듭 외쳤다.

사실 녹턴은 원래 이름을 알고 있었다. 일부러 틀리게 호명했다. 이유 까지 설명해 줄 필요는 없을 것이다. 눈앞에서 흐느끼는 소녀가 바로 그 답이니까.

"넌 그토록 아름답게 생겨서 플라스틱 같은 심장을 갖고 있구나."

원망 어린 시선이 녹턴에게 닿았다.

"남에게 상처 주는 게 아무렇지 않지? 지금도 내게 약간의 미안함도 못 느끼지?"

"아비가일? 돌아가."

"……네가 꼭 사랑을 알게 됐으면 좋겠어. 모든 것을 바치고픈 사람을 만났는데 차디찬 경멸만이 돌아올 때."

소녀가 눈물을 훔쳤다.

"그때 어떤 기분이 드는지, 네가 겪었으면 해."

녹턴이 등을 돌렸다. 문을 닫고 집 안으로 들어갔다.

연구실에서 작업을 마치고 거실로 나왔을 땐 이미 해가 저물고 난 다음이었다. 창밖을 내다보자 소녀가 보이지 않았다.

이동수단 해결. 뒤처리까지 완료.

녹턴은 그것으로 소녀의 존재를 머릿속에서 지웠다. 소녀의 아버지는 딸이 말한 대로 '훌륭한' 인품의 사람이라 딸이 끔찍한 실연을 당해 운다 고 해서, 소년에게 트럭을 돌려 달라고 요구하지 않았다.

애당초 그런 것까지 파악한 뒤 행동에 옮겼지만 말이다.

짧은 눈길. 부드러운 미소. 잠깐 시간을 내어 상대의 시답잖은 이야기 를 들어 주는 것.

그거면 평범한 또래를 꾀기에 충분했다. 녹턴에게 작은 공동체의 삶은 경멸이 일 정도로 시시하고 초라했다.

❖

3년 뒤.

녹턴은 각자의 세력을 거느린 순혈들을 만났다. 녹턴이 나고 자란 공동 체와는 비교 불가한 집단의 수장들이었다.

그들은 녹턴과 같은 이상을 품은 채 모였고, 큰 강까지 확보했지만 이 다음으로 넘어가지 못하는 상태였다. 드디어 모든 패가 갖춰졌다. 열아홉 의 녹턴에겐 머뭇거릴 이유가 없었다.

그렇게 도시 에데니카(Edenika)는 경이로운 속도로 완성되었다.

녹턴은 설계자란 칭호를 얻었고, 스스로 12인의 리더 자리에 올랐다. 막대한 부를 축적했다. 시민들의 존경은 당연했다. 세상이 무너지기 전보 다 훨씬 오래전 옛 궁전을 닮은 저택의 주인이 되기도 했다.

그에겐 부족할 것이 없어 보였다.

단 하나.

이 모든 것을 이어받게 할 후계자를 제외하면.

아무리 최상의 순혈이라 하나, 인간의 몸뚱이는 한계가 있었다. 녹턴은 제 심장이 다른 사람보다 빠른 속도로 종착역을 향해 달리는 중임을 알았다. 심신이 허락하는 동안, 하루라도 빨리 후계자를 찾아야 했다.

자신이 죽은 다음에 멍청한 열한 명이 도시를 말아먹지 않도록 통제할 완벽한 누군가.

녹턴의 창조물 에데니카를 지키고, 다스리며, 더 훌륭한 모습으로 만들어 갈 아이.

그리고 녹턴은 라키어스를 만났다.

라키어스가 대천사의 직계 혈통임을 알리는 검사 결과지를 붙들고 온밤 내내 울었다. 안도와 감격이 파도처럼 녹턴의 몸을 덮쳤다.

"라키어스. 이제 넌 내 아들이란다."

그는 하늘빛 눈을 보며 속삭였다.

"네게 최고의 것만 주겠노라 약속하마. 이 에데니카에서 네가 가지지 못할 것은 없단다. 나중엔 에데니카 자체가 네 것이 될 거다."

나의 소중하고 또 소중한 이상. 나의 꿈. 나의 미래. 나의 모든 것.

"앞으로 네가 배울 과목들을 정리해 봤다. 자, 한번 보렴. 추가하고 싶은 사항이 있으면 말하고."

"다 배우고 싶어요."

햇살 같은 금발이 반짝였다. 어린 소년의 입술에서 나오는 말은 녹턴의 가슴을 떨리게 했다.

"전 모든 것을 원해요."

"……그래. 그래. 좋구나. 그래."

완벽한 아이는 대답마저 이상적이었다. 양자가 보이는 지식욕에 녹턴은 환한 미소를 지었다. 과연 라키어스는 엄청난 속도로 교육 과정을 수료했다.

열한 살이 되었을 때 녹턴과 대등한 토론을 나눌 정도였다.

열두 살이 되자 녹턴을 능가하기 시작했다.

더없이 기쁜 한편, 언젠가부터 가슴 한구석이 서늘했다.

라키어스가 순진하고 화사한 외모와 달리 타인의 감정에 신경 쓰지 않는다는 사실은 일찌감치 파악하고 있었다. 그것은 문제가 아니었다. 오히려 녹턴 자신을 닮았다며 흡족히 여겼다.

녹턴을 두렵게 하는 것은, 전부를 원한다던 라키어스가 실은 아무것도 원하지 않는다는 점이었다. 아이는 녹턴 자신이 시골 공동체를 보던 눈으로 에데니카를 보았다.

너무나 시시하고 하찮은.

능력 한 번이면 우르르 무너질 모래성 같은.

그런 무언가.

자신이 일생을 바쳐 세운 에데니카를, 라키어스는 그리 평가했다. 그리고 라키어스는 제 생각을 실행에 옮길 힘이 있었다.

녹턴의 가슴이 졸아붙었다. 숨 막힐 것처럼 행복하다가도 불현듯 괴로움에 빠졌다. 숭배하고 아껴 마지않는 완벽한 존재에게 자신의 창조물을 부정당했다는 슬픔이 그를 불안하게 만들었다.

문득 한 소녀의 말이 떠올랐다. 아주 오래전 기억 속에서 지워 버렸다고 생각한 아들라인의 목소리였다.

「……네가 꼭 사랑을 알게 됐으면 좋겠어. 모든 것을 바치고픈 사람을 만났는데 차디찬 경멸만이 돌아올 때. 그때 어떤 기분이 드는지, 네가 겪었으면 해.」

남녀 간의 감정만이 사랑은 아니었다. 게다가 녹턴은 라키어스를 향한 자신의 마음이 사랑 이상의 복합적인 것이라 여겨 왔다. 라키어스의 존재를 미처 몰랐던 순간에도 그 아이를 갈망해 왔다.

창조자와 후계자.

완벽에 가까운 인간과 완전무결 자체인 순혈의 아이.

둘은 공통의 이상을 꿈꿔야 했다.

매일 아침 떠오른 태양이 에데니카를 비출 때마다 자신들이 일군 성과를 보며 만족에 젖어야 했다. 그 이외의 경우는 상상할 수 없었다.

하지 않았다.

왜냐면 그건…… 그것은…….

'있을 수 없으니까.'

손이 떨렸다. 소중한 후계자가 도시를 무너뜨리는 망상에서 벗어나기 위해 녹턴은 다음 단계에 착수했다. 바로 라키어스에게 적합한 짝을 찾는 일이었다.

원로들은 이미 도시에 우수한 아이들이 충분하다며 은근슬쩍 본인의 자녀를 물망에 올렸다. 하나 게이트 밖에서 라키어스를 발견한 녹턴은 양자의 짝 역시 게이트 밖에 있을 거란 미련을 버리지 못했다.

그러던 어느 날이었다.

잇따른 실패에 지친 녹턴이 마지막임을 못 박고 게이트를 나선 날이었다.

웬 맹랑한 꼬마를 만났다. 여자애였다. 차가 지나다니는 길목에 빨간 모자를 걸어 시선을 끌게 한 점이 흥미로웠다. 오랜 굶주림에 몸이 마르긴 했지만 제대로 먹인다면 금방 튼튼해질 골격이었다. 눈빛이 어린 맹수처럼 날카롭게 살아 있는 것 또한 흡족하였다.

'이 아이일까?'

실로 오랜만에 가슴이 두근거렸다. 이름을 묻자 엘리제라는 답이 돌아왔다.

녹턴. 라키어스. 그리고 엘리제.

혀에 감기는 발음이 좋았다. 잠시나마 세 사람이 함께하는 미래를 꿈꾸었다. 그러나 검사 결과 엘리제는 부적합자로 드러났다. 상급은커녕 중급 혈통에도 해당하지 않았다.

그와 동시에 엘리제에 대한 흥미가 다했다. 아이는 다음 날 제3보호소로 보내질 것이다. 제 혈통에 어울리는 대로.

"저, 대회에 나가 보고 싶어요."

"다음번엔 트로피를 타 올게요."

"1등 해야죠. 1등이 아니면 의미가 없어요. 제가 이래 봬도 녹턴가 밥을 먹고 있잖아요."

영악한 새끼 까마귀 같은 아이였다. 고 반들거리는 눈으로 제 비위를 맞추려 애쓰는 게 같잖으면서도 귀여웠다. 저택 고용인들에게도 열심히 알랑거려서, 어느새 '엘리제 양' 소리를 듣고 있는 게 웃겼다.

하루가 이틀이 되더니, 2주가 한 달로 변했다. 이도 저도 아닌 위치의 엘리제가 저택에 머무르는 기간이 길어졌다.

엘리제의 재잘대는 소릴 듣고 있으면 자신과 라키어스의 관계가 무탈한 듯한 느낌이 들었다. 어차피 입 하나 거두는 것쯤은 녹턴에게 별문제도 아니다.

저택 분위기를 밝게 할 앵무새를 들이는 기분으로 엘리제를 입양했다. 라키어스는 녹턴의 결정에 의외라는 표정을 지었다가 금세 아무래도 좋다는 웃음을 띠었다.

그때까지만 해도 괜찮았다. 엘리제는 분수도 모르고 제 오빠를 질투했으며, 라키어스는 여동생에게 큰 관심을 두지 않았다. 한데 언제부터일까. 도무지 그 시작을 가늠치 못하겠다.

주변에서 엘리제가 참 예쁘다는 말이 들렸을 때부터인가? 대체 언제부터지?

라키어스가 엘리제 곁을 떠나지 않았다.

아주 기묘한 관계의 시작이었다.

❖

　녹턴은 저택의 지하 훈련장에서 한창 연극 연습 중인 엘리제를 응시하였다. 엘리제는 연극부 에이스였고, 다가올 학교 축제에서 흑조 오딜 역을 맡았다.

　아무리 제1중학교가 신체 능력 우수한 상류층 학생들이 다니는 곳이라고 해도 연극부가 무용까지 마스터할 이유는 없었다. 하지만 엘리제는 각본을 맡은 하급생과 오랜 이야기 끝에 원전을 뮤지컬로 바꾸었다.

　노래와 춤에 능한 부원들이 많아서 그걸 살려 보려 했다는 게 본인의 설명이었다.

　이를 들은 녹턴은 빤한 노림수라고 생각했다.

　32회전 푸에테(Fouette).

　발레 극에는 오딜이 뾰족하게 세운 한쪽 발로 신체를 지탱하고, 그것을 축으로 삼아 연속 회전하는 장면이 있다. 화려한 테크닉으로 관객을 압도하는 하이라이트다.

　엘리제가 사람들의 시선을 독차지할 기회를 놓칠 리 없다. 태생적 한계를 극복하고 날개를 가진 아이다. 제 오빠를 상대로 훈련을 하기도 했다.

　학교에서 엘리제만큼 우수한 신체능력을 가진 재학생도 드물 터.

　그런 아이에게 32회전 푸에테쯤은 어렵지 않을 것이다. 게다가 엘리제는 온갖 것을 섭렵한 전적이 있다. 발레도 그중 하나였다.

　2년 남짓 배우다 말았으나 이번 연습 기간 동안 선생님을 붙이자 대번에 유려한 선이 나왔다.

　연주가 점점 클라이맥스로 향했다. 엘리제는 몹시도 요염한 시선을 전면거울 쪽으로 던지더니 연속 회전을 하기 시작했다.

　'정말이지…… 지긋지긋한 계집애야.'

녹턴의 입가에 묘한 미소가 번져 나갔다.

엘리제의 푸에테는 완벽했다. 기술적으로도 흠잡을 데 하나 없는 데다, 바로 이어지는 감정 표현까지 훌륭했다. 본인도 그걸 알고 있는 것 같았다. 잠깐 숨을 돌릴 겸 멈춰 섰을 때의 표정은 희열 자체였다.

'천박한 아이.'

녹턴은 언제 웃었냐는 듯 입매를 일그러뜨렸다.

'넌 겸손이라고는 모르지. 어느 자리든 네가 주인공을 맡아야만 성이 풀려. 원래는 불가능한 것을, 악착같이 연습해서 결국 이뤄 내고 말지. 그러고는 나와 라키어스가 있는 곳에 한 걸음 더 다가섰다며 기뻐해.'

에데니카의 공주님. 녹턴가의 꽃. 모든 소녀가 동경하는 엘리제.

하나 그가 오늘이라도 저택 밖으로 쫓아내면 당장 잠잘 데도 마땅치 않은 처지였다. 저 자신이 오데트 자리를 노리는 오딜인 줄 착각하고 있지만, 애초에 엘리제는 흑조조차도 아니었다.

'볼품없고 탐욕스러운 까마귀 새끼.'

녹턴의 두 눈에 경멸이 일렁였다. 자신은 단 한 번도 엘리제를 소중히 여긴 적 없는데, 엘리제는 양부의 관심을 얻지 못해 안달인 현실이 우스웠다.

그렇다.

엘리제는 양부를 사랑한다. 어릴 땐 나이에 어울리는 귀여운 척을 하는 게 전부였다. 한데 언제인가부터 새침한 표정을 짓기도 했다.

녹턴의 생일날, 잘하지도 못하는 요리를 한답시고 부엌을 뒤집어 놓는가 하면 저택의 손님들을 맞이할 때 어설픈 안주인 흉내를 내었다. 그럴 때마다 녹턴의 안에서는 잔잔한 분노가 일었다.

네 주제를 알라고 일갈하고 싶었지만 화를 낸 적보다 참은 적이 더 많았다.

성가신 잡종 새를 내다 버리지 않는 이유는 딱 하나다. 깨닫지 못한 척

무시하기에 녹턴은 지나치게 영리했다. 예나 지금이나 이유는 같다. 그의 소중한 후계자 라키어스 때문이다.

'내가 어쩌다 너를 저택에 들여서.'

녹턴은 조명이 닿는 곳까지 천천히 걸어 나갔다.

'이딴 분노를 감내하고 있을까.'

물을 마시던 엘리제의 눈이 커다래졌다. 금세 환한 웃음이 걸렸다. 녹턴 앞으로 도도도 달려와 여긴 어쩐 일이냐고 물었다.

"줄 게 있어서."

짙푸른 눈이 의아함으로 깜빡였다.

"곧 네 생일이잖니."

열여섯 살 엘리제의 얼굴이 상기되었다. 방금 전 격렬한 연습으로 인한 것과는 다른 이유에서였다.

"여, 여기서요? 가져오셨어요?"

"아니. 네 방에 두고 오긴 했는데."

녹턴이 밤하늘에 고요히 걸린 눈썹달처럼 웃었다.

"같이 갈까?"

"……잠깐만요! 잠깐이면 돼요! 저, 땀을 너무 많이 흘려서. 수건으로 좀 닦기만 하고요."

엘리제가 허둥대며 물통을 내려 둔 의자로 달려갔다. 빨리 움직이지 않으면 녹턴이 사라져 버릴까 겁먹은 아이처럼 불안해하였다.

동시에 벅차오른 기대감으로 어쩔 줄 몰라 했다.

신체 능력으로만 따지면 이미 오래전에 녹턴을 뛰어넘어 버린 양녀.

녹턴은 눈앞의 소녀가 진심으로 증오스러웠다.

화장대 앞의 엘리제는 좀처럼 거울에서 눈을 떼지 못했다. 녹턴이 직접 선물을 걸어 주겠다고 했기 때문이다. 섬세한 검은 레이스 초커 중간에는 물방울 모양의 페리도트가 달려 있었다.

"당신 눈동자 색이네요."

엘리제가 속삭이듯 말했다. 양녀가 녹턴을 부르는 호칭은 세 가지였다.

라키어스가 동석한 자리에서 유난히 밀착하며 부르는 아빠.

엘리제를 엘리제라 부르듯 녹턴을 녹턴이라 부르는 게 뭐 어떠냐며 도발하듯 부르는 녹턴.

그리고 제 감정을 주체하지 못할 때 불러 버리는 당신.

녹턴은 온유한 미소만을 머금을 뿐 엘리제의 말실수를 지적하지 않았다. 초커가 얼굴 앞을 지나 목 부분에 닿았다. 잠금장치 끝을 잡은 녹턴의 손가락이 몇 가닥 흘러내린 잔머리를 스쳤다.

머리카락이 방해가 됐을까. 녹턴이 목덜미를 향해 바람을 두어 번 불었다. 그의 숨결이 닿을 때마다 엘리제가 어깨를 가냘프게 떨었다.

몇 차례의 시도 끝에 잠금장치가 제대로 걸렸다. 녹턴은 거울 속 엘리제와 눈을 마주치며 엷게 웃었다.

"마음에 드니?"

"정말 예뻐요……."

엘리제가 떨리는 목소리로 대답했다. 믿기지 않는다는 듯 손끝으로 페리도트를 더듬으며 애틋한 표정을 지었다.

참 쉬운 아이다.

타타발루 얼굴도 붉으락푸르락하게 만드는 맹랑한 계집애지만, 녹턴에게만큼은 이보다 다루기 쉬운 존재가 없었다. 별것 아닌 물건에 대충 의미를 담아 전해 주면 바로 행복에 젖어들곤 한다.

자신이 어떻게 하면 엘리제가 기뻐하는지 알고 있다.

가장 효과적으로 상처 입히는 방법도, 라키어스를 향한 분노에 파르르 떨게 하는 법도 안다.

'넌 이렇게 쉬워 빠졌는데…… 어째서 라키어스는 네게 흥미를 느낄까?'

녹턴은 정신없이 거울을 들여다보는 엘리제를 지그시 노려보았다.

저 가느다란 목을 부러뜨리는 건 역부족일 테지.

하지만 엘리제는 녹턴이 건네주는 음식을 아무 의심 없이 받아먹는다.

자신을 증오하는 양부의 속내를 알면서도, 단지 그가 주었다는 사실에 기뻐하며 초콜릿을 삼키고 주스를 마신다.

'죽일까.'

이 얼마나 유혹적인 충동인가.

엘리제는 라키어스의 앞을 가로막는 걸로도 모자라 녹턴이 후계자로부터 응당 받아야 할 것들을 앗아 갔다. 존중, 배려, 미래를 함께하고자 하는 의지 같은 것.

모조리 엘리제 차지였다. 정작 그 소중함을 모르는 계집애의 몫이었다.

녹턴은 이를 견딜 수 없었다. 평소에 잘 참는가 싶다가도 왈칵 신경질을 내서 엘리제가 눈물을 보이게 했다. 그럼 라키어스는 며칠 간 녹턴과 대화를 나누지 않았다.

이것은 마치 징벌의 연결고리 같았다.

"흰색으로 할 걸 그랬나? 매니저는 흰색을 권하긴 했거든. 검은색 초커는 아무래도 네 나이에 조금 부담스러워 보일 수 있다고."

"아뇨! 전 이게 좋아요. 제 머리카락이랑도 어울리고요."

엘리제가 황급히 손을 내젓더니 이내 애교 섞인 눈웃음을 지었다.

"전 오딜인걸요."

아니. 넌 주제도 모르고 파렴치한 까마귀라니까. 매일 아침 눈뜰 때마다 내가 무슨 생각을 하는지 아니? 고용인이 네 죽음을 알려 오는 거야. 간밤에 네가 죽었다고. 이유는 모르겠다고.

사라지는 건 곤란해. 그럼 라키어스가 널 찾아다닐 테니. 역시 죽는 쪽이 좋겠어.

녹턴은 양녀와 시선을 마주쳤다. 당신이 보기에도 잘 어울리는 것 같으냐고 물어 온다. 그의 입가에 달콤한 독약 같은 미소가 번져 나갔다.

다음 순간, 엘리제의 방문이 열렸다.

라키어스였다.

파스텔빛 구름 위를 날아다니는 듯했던 엘리제의 표정이 티 나게 굳었다.

"오빠. 다른 사람 방을 들어갈 때 노크는 기본이야. 그런 사소한 예의까지 일일이 가르쳐 줘야 되는 건 아니겠지?"

녹턴을 대하던 태도와는 완전히 다른 모습이었다. 호칭도 라키어스가 제일 싫어하는 것을 골라 썼다.

네까짓 게 도시의 후계자에게 무슨 무례냐며 엘리제를 바닥으로 밀어뜨리고픈 충동이 들었다. 동시에 라키어스에게 날을 세우는 엘리제의 태도가 만족스러웠다.

하여튼 이상하고 성가신 계집애였다. 감정에 휘둘리는 것을 저급하게 여기는 녹턴이 온갖 감정으로 정신을 못 차리게 하는 걸 보면 말이다. 방금 전까지 살의로 들끓다가 갑자기 흡족한 상태가 되는 건 정상이 아니었다.

"설마 벌써 퇴근하고 온 거야? 리더 해 먹기 되게 쉽구나. 오후 3시가 되기도 전에 집에 올 수 있는 걸 보면."

라키어스는 엘리제의 빈정거림에 아무 반응을 보이지 않았다. 그저 자신이 문을 열기 전, 방 안에 흐르던 공기를 감지하려는 듯 가만히 두 사람을 살필 뿐.

라키어스의 눈길이 하얀 목에 닿았다. 엘리제는 연습 때문에 머리를 틀어 올린 터라 초커의 존재감이 두드러졌다.

제 오빠 자극하는 법을 아는 소녀는 거울을 비스듬히 쳐다보며 미소 지었다. 자신의 목을 감싸고 있는 촘촘한 레이스를 손끝으로 더듬었다.

"예쁘지?"

고양이처럼 살짝 치켜 올라간 눈매가 유리가시처럼 반짝였다.

"아빠가 주셨어."

녹턴은 거울 속 엘리제와 눈을 마주했다. 소녀의 눈빛이 무슨 뜻을 전하는지 알 수 있었다.

녹턴과 엘리제.

두 사람은 동조자다. 아주 기괴한 협력 관계다. 그가 엘리제를 증오하면서도 버리지 못하는 이유가 이에 있었다.

"내 생일선물 미리 주시는 거래. 고마워요, 아빠. 다시 말하지만 마음에 쏙 들어요."

"……다행이구나."

연습복 위로 드러난 어깨에 손을 올렸다. 맨살끼리 닿았다. 미소를 띤 채 가볍게 두어 번 쓸어내렸다.

보는 사람에 따라 평범한 다독임처럼 느껴질 접촉이다. 하나 세 사람 사이에는 보통 사람들과 다른 공기가 흘렀다.

보렴. 라키어스.

간절한 눈으로 연기 상대가 되어 줄 것을 청하고, 내 수락에 기뻐하고, 지금 이 순간이 연기인 줄 알면서도 행복해하는 네 여동생을 보렴. 얼마나 애처롭고도 딱한 모습이란 말이냐.

이때만큼은 나도 이 아이에 대한 증오를 잠시나마 내려놓을 수 있단다.

너와 달리 내 손길 하나하나에 열렬히 반응하는 모습을 보면 기분이 묘해지곤 해.

이런 식으로 해 볼까? 저런 눈빛을 던져 볼까? 본래 뜻과 달리 자꾸 여러 가지를 시험해 보게 되지.

내게 이토록 가학적인 부분이 있음을 알려 준 것도 엘리제란다.

너도 잘 알다시피 원래 난 '그런 쪽'과는 거리가 멀어. 일부러 상대에게 상처 입히려고 움직인 적은 드물지. 그냥 내가 원하는 대로 행동해 왔을 뿐이야. 멍청한 원로들에게 핀잔주는 것처럼.

예외의 경우? 가능하지. 하지만 반드시 그로 인해 달성하는 목적이 있었어. 상처 입히는 것조차도 계획의 일부인 거야.

그러나 엘리제는…… 특별하단다. 난 이 아이가 우는 모습을 보기 위해 일부러 다정을 가장하기도 해.

기대로 부풀었던 눈이 시커멓게 가라앉는 와중에도 애써 상처 입지 않은 척 구는 까닭은 하나야.

우는 게 싫다고 그랬거든. 눈물은 약해 빠진 것들이나 보이는 거라고.

내가 그랬거든.

라키어스.

넌 신경조차 쓰지 않는 내 말을, 엘리제는 삶의 지표처럼 열심히 주워 섬겨. 날 기쁘게 하려 안달이지. 그걸 보고 있으면 참 짜릿하단다.

간신히 버티는 손을 자근자근 밟아서 결국 진창으로 떨어지게 만들 때는 또 어떻고.

아, 네가 그렇게 화난 눈을 하는 걸 보니 오늘도 우리 연기가 썩 괜찮았던 모양이구나.

포상의 뜻으로 엘리제가 좋아할 만한 걸 줘 볼까?

녹턴이 서서히 고개를 숙였다.

보란 듯이 뻐기는 미소를 짓고 있던 엘리제가 그대로 굳었다. 숨조차 제대로 쉬지 못했다.

녹턴의 입술이 눈 옆에 닿았다가 떨어져 나갔다. 소리조차 나지 않는 조용한 입맞춤이었다.

"너는 내 소중한 아이야."

녹턴이 거울 속 엘리제를 보며 말을 이었다.

"난 라키어스와 엘리제 너희를 위해 무엇이든 할 수 있단다. 내가 너희 남매를 얼마나 아끼는 줄 알지?"

엘리제의 감청색 눈이 주문에 걸린 듯 몽롱해졌다. 말 잘 듣는 기특한 아이는 인형처럼 고개를 끄덕였다.

"그러니 엘리제, 오빠에게 너무 모질게 굴지 말렴. 우린 가족이니까."

녹턴이 문가에 서 있는 라키어스에게 슬며시 시선을 흘렸다.

"에데니카에 녹턴은 우리 셋뿐이잖니."

라키어스가 굳게 말아 쥐었던 주먹을 폈다. 얼마나 힘을 넣었는지 손바닥이 하얗게 질린 상태였다.

녹턴은 제게로 향하는 강한 살의를 느꼈다. 이전에도 수십 번 감지한 살의다. 하지만 라키어스가 이를 실행에 옮긴 적은 없었다. 엘리제로부터 버림받을 것이 두렵기 때문이다.

사랑하는 소녀에게서 질투와 증오조차 받지 못한다면.

'유일한 빛이 꺼지는 기분이겠지.'

녹턴은 엘리제의 어깨를 다시금 토닥이며 생각했다.

세 사람 중 완전한 행복을 쟁취할 이는 없을 것 같았다. 아슬아슬한 관계의 끝도 보이지 않았다. 하나 모든 것이 그러하듯 어느새 끝이 다가오고 있었다.

오로지 녹턴에게만.

죽음이라는 이름으로.

"이미 상태가 악화될 대로 악화됐기 때문에, 극도로 조심하더라도 언제든……."

뒤에 앉아 있던 엘리제가 입을 틀어막았다. 의사가 조심스럽게 말했다.

"단 한 번의 쇼크로도 잘못될 수 있습니다. 수술을 시도한들 심장이 버텨 내지 못할 겁니다."

"시한부인가."

"그렇다고 할 수 있습니다."

약을 복용하며 일상 중 무리하지 않는 것만이 그가 내릴 수 있는 처방의 전부라고 하였다. 녹턴은 눈물을 흘리지 않았다. 슬프지도 않았다. 그저 분했을 뿐이다.

언젠가 이런 날이 올 줄 알고 있었다. 어릴 때부터 넌 몸이 약하다는 소리를 끊임없이 들어왔다. 그러니 뭐든 무리하지 말라고. 밤늦도록 책을 읽는 대신 충분히 자라고.

상급 순혈의 부모는 어린 녹턴을 다독였다.

그러면 뭐 하나.

부모든 자식이든 둘 다 인간인데 말이다. 인간의 몸은 한계가 분명했다.

아무리 훌륭한 출신의 부모도 사고 한 번에 목숨을 잃고, 황무지에서 도시를 일으킨 녹턴도 심장병으로 죽는 것이다.

제 손가락이 가리키는 대로 따르기만 하는 늙은이들은 시티타워에서 떨어져도 날개로 몸을 보호할 수 있건만. 심지어 제 뒤에 앉아 있는 엘리제마저 저보다 오래 살 수 있을 텐데 말이다.

너무도 불공평했다.

일단 녹턴은 알겠노라 대답한 뒤 약을 처방받아 저택으로 돌아왔다. 엘리제는 진료실에서부터 말이 없었다. 충격이 큰 모양이다.

라키어스 역시 말이 없었는데, 그 속내를 어찌 알겠느냐만 엘리제와는 다른 생각을 품고 있을 게 분명했다.

내 시한부 선고를 들은 감상이 어떤지 물어볼까.

그러면 너는 웃겠지. 아마 웃을 것이다. 해사하고도 은은한 미소를 띠며 의사 말을 따르면 괜찮을 거라고 용기를 북돋는 척할 것이다.

아버지 곁엔 저희가 있으니까요. 늘 말씀하셨듯이.

신경을 긁었던 말을 돌려줄 수 있어서 얼마나 흡족할까.

반면 엘리제는 울 터다. 벌써 눈자위가 불그스름했다. 지금은 그의 앞이라 애써 참는 것이다.

녹턴은 속으로 냉소를 삼켰다. 라키어스 외에도 자신의 죽음을 기쁘게 받아들일 몇몇을 알고 있다.

아니지. 지나치게 축소시켰나. 몇몇 정도가 아닐 게 뻔한데, 상대의 성품을 너무 후하게 평가했나 보다.

원로들은 기뻐하겠지. 입가에 번져 나가는 웃음을 주체하기 힘들 것이다. 상류층 중에서도 꽤 많을 거고, 그 이하의 계급엔 녹턴 스스로가 관심을 둔 적이 없었다.

결국 내 죽음을 슬피 여길 자는 너 하나인가.

녹턴의 시선이 엘리제에게 닿았다. 모두가 녹턴보다 라키어스를 더 좋아했다. 더 젊고 더 빛나며 더 아름답고 비교할 수 없을 만큼 예의 바른 라키어스는 에데니카의 희망이었다.

녹턴 자신의 손으로 라키어스를 그 자리에 올렸다. 라키어스에게 쏟아지는 사랑을 자신의 성취로 돌리며 뿌듯해하였다.

바꿔 말해, 라키어스는 자신의 라이벌이 아니었다.

폐허를 뒤져 찾아낸 소중한 후계자다. 사랑하면 사랑했지, 절대 그를 질투한 적 없었다.

후계자가 에데니카를 무가치하게 여기는 순간에도, 녹턴은 그가 아닌 인물을 염두에 두지 않았다. 언제나 라키어스와 같은 테두리 안에 있다고 생각했다.

한데 이상하게도, 시한부 선고를 받은 지금 제 곁엔 엘리제뿐인 듯하였다. 온 도시가 설계자의 죽음에 관심 없는데 엘리제만이 몸을 가누지 못할 정도로 울 것 같다.

테두리 안에 있는 이는 엘리제.

그리고 녹턴은 이 사실이 불쾌하지 않았다.

정말 이상하지. 항상 엘리제를 증오하고 경멸했는데 말이다.

저 하찮은 아이가 선을 넘어와 라키어스의 관심을 독차지할 때마다 얼마나 제 속이 뒤집어졌던가.

"저 휴학할래요."

엘리제가 저택에 들어오자마자 울먹이는 목소리로 선언했다.

"아빠 옆에서 간병할게요."

"본인이 아픈 것도 아니고, 부모를 돌보려고 제1중학교 졸업 두 달 전에 휴학하는 바보가 어디 있니."

"하지만……."

"난 그것보다도."

녹턴이 라키어스를 응시하였다.

"네 짝 찾기를 서둘러야겠다는 생각이 들더구나."

두 남자의 시선이 맞부딪쳤다. 라키어스는 엷은 미소를 지으려다 말았고, 녹턴은 그런 상대를 가만히 지켜봤다.

한참 뒤 나온 라키어스의 대답은 다음과 같았다.

"아직 리더직에 오른 지도 얼마 되지 않았죠. 결혼은…… 최소 3, 4년 뒤에 생각하고 싶습니다만."

녹턴의 입매가 의미심장한 호를 그렸다.

"3, 4년 뒤라. 내가 그때까지 살아 있을지 모르겠구나."

"살아 있을 거예요!"

엘리제가 끝내 감정을 이기지 못하고 녹턴의 허리를 끌어안았다. 그의 품에 얼굴을 묻고 필사적으로 되뇌었다. 미처 훔치지 못한 눈물방울이 대리석 바닥 위로 뚝 떨어졌다.

당신은 괜찮아요. 아무 일 없을 거예요.

그 순간, 처음으로 타인의 위로를 믿고 싶어졌다.

어리석은 아이가 스스로를 속이려고 반복하는 몇 마디 따위에 이토록 마음이 끌릴 줄은 몰랐다.

❖

두 달여가 흘렀다.

의사의 권고를 따르며 지내다 보니 시간은 훌쩍 지나 어느새 엘리제의 졸업식이었다.

녹턴이 당장이라도 죽을 것처럼 가슴 졸이던 엘리제도 별 탈 없이 두 달이 지나자 한결 마음을 놓은 눈치였다.

전 교과를 통틀어 최우수상을 받은 소녀는 귀빈석을 향해 환히 웃었다. 가지런히 자른 앞머리와 허리까지 내려오는 흑발이 카메라 플래시를 받아 빛났다. 녹턴을 보는 감청색 눈이 별처럼 반짝이고 있었다.

학생회장이기도 한 엘리제는 강당에 모인 전교생이 자신의 이름을 환호하는 와중에도 오로지 녹턴을 향해 손을 흔들었다.

그 맹목적인 애정이 녹턴의 입가를 누그러지게 만들었다.

"녹턴!"

행사가 끝났다. 셀 수 없이 많은 꽃다발을 품에 안은 엘리제가 그에게 뛰어왔다. 옆에 서 있던 수행원이 꽃다발을 대신 들어 주었다.

"아빠."

가까이 다가와서야 제대로 부른다. 아까보다 훨씬 작은 목소리였다. 녹턴은 스며나는 웃음을 참았다. 열일곱 살의 치기가 어이없으면서도 깜찍했다.

이곳은 저택 바깥.

엘리제는 사람들이 많은 곳에서 사랑하는 남자의 이름을 큰 소리로 부르고 싶었던 것이다. 한창 뽐내고 싶을 나이지. 우린 이토록 특별한 관계라고, 이렇게라도 티 내고 싶은 거지.

"보세요. 최우수상이에요. 3년 내내 일등이었어요."

엘리제는 벨벳 커버 씌운 상장을 활짝 펼쳐 보이며 웃었다.

녹턴이 이에 대꾸하려는 순간.

아직 학생과 내빈들로 가득한 행사장이 소란스러워졌다. 카메라가 한곳으로 모였다. 인파를 헤치고 나타난 이는 라키어스였다.

엘리제는 행사가 다 끝난 다음에 오는 게 무슨 소용이냐며 오빠를 타박했다. 라키어스는 일이 너무 많아서 어쩔 수 없다며 사과했다. 하지만 녹턴은 알고 있었다. 2층 귀빈석에 앉아 있을 때 이미 보았다. 30분 전에 도착한 라키어스가 사람들의 시선이 닿지 않는 으슥한 자리에서 단상을 지켜보는 모습을.

라키어스는 단 한 번도 엘리제에게서 눈을 떼지 않았고, 후계자의 표정은 세상에서 가장 달콤한 꿈을 꾸는 듯 부드럽게 풀려 있었다. 그 광경을 떠올린 순간 기묘한 충동이 일었다.

녹턴은 오빠에게 투덜대는 엘리제의 어깨를 천천히 감싸 안았다. 제게로 끌어당기자 검푸른 시선이 곧장 녹턴에게 돌아왔다.

살짝 놀란 눈길. 그러나 이내 뺨을 붉힌다.

수줍은 듯 미소를 눌러 참는 엘리제의 세계가 다시 녹턴으로 물들었다. 그것이 퍽 만족스러워 여린 어깨에서 손을 내리지 않았다. 기념으로 가족사진을 찍기 위해 스튜디오를 방문했을 때도 제 옆에 엘리제를 앉혔다.

"개인적으로 이 컷이 정말 귀엽네요."

사진사는 홈페이지에 B컷으로 공개해도 되겠냐고 물어왔다. 엘리제가 녹턴 몰래 장난을 치는 장면이었다. 그리고 별생각 없이 사진을 본 순간,

의사의 선고를 들었을 때보다 뚜렷한 충격이 녹턴을 덮쳤다.

자신은 두 아이의 싱그러운 생기와 너무도 대조적인 모습을 하고 있었다.

라키어스는 스물하나, 엘리제는 열일곱. 자신은 올해로 마흔다섯이 되었다.

자신이 또래에 비해 젊어 보인다는 건 알고 있다. 엘리제는 어제 저녁에도 '당신은 달밤에 들려오는 피아노 선율처럼 여전히 아름다워요.' 라는 말을 했었다. 하지만 그것과 노화는 별개다. 그리고 녹턴이 충격을 받은 이유는 후자 때문이 아니었다.

나이 들어 가고 있음은 인지했다. 하나 이토록 죽음이 제 가까이 다가온 줄은 깨닫지 못했다.

자신은 죽어 가고 있었다. 틀림없이, 확실하게, 그것도 제법 빠른 속도로 죽고 있었다. 음영이 졌다고 하기엔 지나치게 검푸른 눈가. 병색이 완연한 낯빛. 무엇보다 두 눈의 생기가 타고 남은 재처럼 꺼졌다.

괜찮을 거라는 엘리제의 말에 필요 이상으로 매달리고 있었나 보다.

그에 반해 천진하게 웃고 있는 엘리제의 뺨은 어찌나 발그레한지.

그 모습을 지켜보는 라키어스의 눈빛은 얼마나 애틋함으로 가득한지.

기분 탓이려나.

오늘 엘리제는 오빠가 그리 싫지 않은 표정이었다.

항상 라키어스를 향해 곤두세우고 있던 가시가 무뎌진 게 눈에 보였다. 사람들의 시선을 의식해서만은 아니었다.

언제 두 아이가 이리도 가까워졌던가, 하는 생각이 녹턴을 가만히 흔들었다. 늘 녹턴만을 좇던 검푸른 눈이 이따금 라키어스를 향했다. 졸업식장에서 엘리제의 주의를 독점하며 느꼈던 묘한 만족감이 빠른 속도로 옅어졌다.

왜 조금 더 일찍 알아차리지 못했나.

엘리제와 라키어스.

두 아이는 완벽하게 어울리는 한 쌍이었다. 어느새 그리되었다.

그날로 녹턴은 라키어스의 결혼을 더욱 서두르기 시작했다. 대체 자신이 집착하는 쪽은 누구인지 스스로도 헷갈리는 지경에 내몰린 채, 두 아이를 떼어 놓기 위한 단계를 차근차근 밟아 나갔다.

혹시 제게 무슨 일이 생겨도 그것을 계기로 녹턴 남매가 가까워지지 않도록 몇 가지 장치를 마련했다.

"왜 이따위 몸뚱이를 타고 나서……."

조만간 죽어야 한다는 사실을 받아들일 수 없는 밤이 늘어 갔다.

그저 엷은 미소를 짓는 것만으로도 5월의 신록 같은 생명력을 뿜어내는 남매를 볼 때마다 날카로운 무언가가 녹턴의 뱃속을 할퀴었다.

살고 싶었다.

살고 싶어서, 견딜 수가 없었다.

쥐어뜯기는 듯한 통증이 녹턴을 덮친 것은 그로부터 한 달 뒤였다.

라키어스는 시티타워에, 엘리제는 학교에 나가 있었다. 녹턴은 저택의 서재 한가운데서 쓰러졌다.

단 한 번의 쇼크로도 죽음에 이를 수 있다는 의사의 말은 사실이었다. 고용인을 호출할 여유조차 없었다.

이제 끝이라는 생각이 녹턴을 점령했다.

어째서 마지막으로 떠오른 얼굴은 라키어스가 아닌 엘리제일까.

그 아이의 검은 머릿결, 짙푸른 눈동자, 고양이처럼 새치름하게 올라간 눈매와 조화를 이루던 두 뺨, 제 앞에만 서면 긴장으로 떨리던 목소리가 차례로 떠올랐다.

「사랑해요. 사랑해요. 정말 모든 것을 다 바칠 수 있을 만큼 사랑해요.」

어버이날과 생일을 핑계 삼아 그의 목에 매달리며 열렬히 내보이던 감정.

엘리제를 만난 이후로 그 아이를 증오하지 않은 적이 드물었다. 하나 엘리제로 인해 웃은 순간도 분명 있었다.

다른 곳에서, 다른 모습으로, 다른 방식으로 만났더라면 네 사랑을 받아들일 수 있었을까.

내가 너와 비슷한 나이였더라면.

저 바깥을 지나다니는 수많은 사람처럼 평범한 꿈을 꾸는 자였다면.

우리 사이에 다른 결말이 있었을까.

'아마도.'

녹턴의 입매가 비틀렸다. 고통이 극에 달했다. 약병까지 가는 건 애초에 포기했다. 자신은 수 초 내로 죽을 것이다.

'그래도 이어지진 못했을 거다. 왜냐면 우리 사이에는……'

흔들리는 시선이 책상 위 액자에 가 닿았다. 녹턴가 사람들의 사진이 거기 있었다.

조금 더 젊었을 적의 녹턴과 라키어스가 함께한 사진. 그 옆에 외따로 떨어져 있는 엘리제의 독사진.

'우리 사이엔…… 라키어스가 있으니까.'

아닌가. 어쩌면 너희 사이에 내가 끼어든 것일까. 너희는 무슨 일이 있어도 만날 운명이었고, 내가 다리 역할을 했을 뿐이었나.

그간 외면하고자 했던 진실.

죽음에 이르러서야 간신히 직시할 수 있었다.

녹턴은 고통스러운 와중에 쓴웃음을 삼켰다. 자신이 저택에 숨겨 놓은 몇 가지 장치가 떠올랐다.

아, 살아서 그 모습을 지켜보지 못하는 게 안타까울 뿐이다.

엘리제.

넌 스스로를 용서할 수 없게 되겠지. 라키어스에게 조금이나마 물러졌던 스스로를 원망하면서, 날 죽인 네 오빠를 저주하게 될 거야.

서랍 속 약병에 든 것이 심장 약이 아님을 알아챘을 때, 넌 어떤 표정을 지을까.

상실과 배신감으로 분노할 네 모습은 얼마나 아름다울까.

그 넘치는 생기. 맹목적인 사랑. 한때는 끔찍했던 네 입맞춤을 지금 다시 받을 수만 있다면 기꺼이 영혼이라도 팔 텐데.

그럼 어디 한번, 기대해 볼까.

사랑스러운 엘리제.

부디 차가운 땅에 묻힌 내 관까지 닿도록 슬피 울려무나.

외전2 비안카

　항상 시작은 같다. 무채색으로 보이는 사물들. 일곱 살 꼬마의 작은 몸이 들어갈 수 있는 곳이라면 어디든 배경이 되었다.

　책상 아래, 침대 아래, 커튼 뒤, 벽장 구석, 창고 안.

　사고 위험이 높으니 절대 들어가선 안 된다고 알고 있는 세탁기 안에도 들어가 봤다. 축축한 빨랫감으로 몸을 덮은 채, 최대한 숨소리를 죽이고 시간이 지나기만을 기다렸다.

　오늘 숨은 곳은 벽장 안이었다.

　비하르트가 여윈 몸을 옹송그리고 울음을 참는 게 보였다. 비안카는 쌍둥이 오빠의 어깨를 꼭 감싸 안았다.

　"비하르트?"

　괴물이 아이들의 이름을 부르기 시작했다.

　"비안카?"

　참아야 한다. 눈 깜빡이는 소리조차 들려선 안 된다. 제발 퇴근길에 술을 사 왔기를 빌 뿐이다. 한참 쿵쾅거리며 집 안을 헤집고 다니던 괴물이 제품에 지쳐 술을 마시는 게 비안카가 가장 바라는 흐름이었다.

한번 술을 마시기 시작한 괴물은 곯아떨어질 때까지 거실 소파를 떠나지 않을 테니까.

괴물이 잠들고 나면 조심스럽게 까치발로 화장실도 다녀오고, 숨겨 둔 쿠키로 허기를 달랠 것이다.

한데 어쩐지 예감이 좋지 않았다.

"얘들아. 내가 뭘 사 왔는지 궁금하지 않니? 도넛을 사 왔단다. 아직도 따끈따끈한 게 아주 근사한 냄새가 나."

비하르트의 눈동자가 흔들렸다. 비안카는 오빠의 어깨에 올린 손에 힘을 줌으로써 괴물의 속임수에 넘어가선 안 된다고 경고했다.

"초콜릿 푸딩도 사 왔다고!"

1층을 누비던 목소리가 차츰 가까워졌다. 90킬로그램의 근육질 체중을 버티지 못한 나무계단이 삐걱거리는 소리를 냈다.

비하르트의 떨림이 심해졌다. 비안카는 지그시 입술을 깨물었다.

"얘들아?"

벽장 있는 방의 문이 열렸다. 제복 차림의 괴물이 안으로 들어섰다.

도넛과 푸딩을 사 왔다던 괴물의 손에는 근처 도넛 가게 박스 대신 단단한 경찰봉이 들려 있었다. 괴물의 손안에서 경찰봉이 빙그르르 돌았다. 비하르트는 아예 두 눈을 질끈 감았다.

"아빠랑 숨바꼭질하자는 거니?"

귀엽다는 듯한 질문 뒤에 이어진 것은 허공을 가르는 경찰봉의 위협적인 소리였다.

"어디에 숨었을까……."

괴물이 방을 나가려 했다. 그 순간 눈을 감고 있던 비하르트가 딸꾹질을 크게 하였다. 비안카가 얼른 오빠의 입을 틀어막았지만 끅, 하는 소리가 이미 벽장 안을 울린 다음이었다.

설마 들었을까. 그래도 구둣발 소리에 교묘하게 묻혔을지도 모르는데.

전혀 알아차리지 못한 듯 방문 손잡이에 손을 올리던 괴물이 멈춰 섰다. 그러다가 엄청난 기세로 달려와 벽장문을 왈칵 열었다.

"여기 있었네!"

비하르트는 차마 눈을 뜨지도 못하고 오들오들 떨었다. 평소에도 창백한 쌍둥이 오빠의 안색이 백짓장처럼 질려 갔다. 언제나 그랬듯이, 괴물을 정면으로 쳐다보는 쪽은 비안카였다.

악을 쓰고, 반항하고, 조그만 손에 잡히는 대로 물건을 던지고, 오빠를 가만히 두라며 소리를 질러 대는 것이 일곱 살 비안카가 할 수 있는 최선이었다.

지금도 어리긴 하지만 이보다 더 어릴 땐 경찰에 신고를 하겠다고 외쳤다.

부패 경찰의 집에도 TV는 있다. 괴물이 집에 돌아올 때까지 어린 비안카의 넋을 홀라당 빼앗아 가 버리는 만화에서는 주인공들에게 무슨 일이 생기면 경찰을 불렀다.

여보세요? 거기 경찰서죠? 여기 나쁜 사람이 있어요!

그럼 멋진 제복을 입은 경찰들이 삐용삐용 경찰차를 타고 달려와 나쁜 사람들을 잡아갔다. 경찰들이 물리치지 못하는 악당은 없었다.

그걸 떠올린 비안카가 제 손이 닿지 않는 높은 곳에 있는 전화기를 간신히 낚아채서 신고하겠다고 소리쳤을 때.

괴물의 입매가 가로로 길게 찢어졌다.

「우리 귀여운 비안카.」

정기적으로 스케일링을 받아 하얗고 튼튼하게 빛나는 치아는, 수족관의 상어를 떠올리게 했다.

「엄마가 사라지기 전에 했던 말 기억하니?」

「…….」

「그 계집이 너희에게 마지막으로 했던 말. 넌 기억하고 있을 거야. 우리 비안카는 똑똑하니까. 자, 그럼 어디 한번 소리 내어 말해 볼까? 엄마가 뭐라 그랬었지?」

「……더 이상은 안 되겠다.」

「그 뒤에 한마디 더 했잖니.」

「엄마가…… 경찰서에 직접 찾아가 볼게.」

「역시 똑똑하구나.」

그날로 엄마는 돌아오지 않았다. 경찰차가 달려오는 소리도 들리지 않았다.

다음 날 아침, 현관문으로 들어온 이는 엄마가 아니라 괴물이었다. 약 기운에 취한 괴물은 엄마가 도망쳤다고 했지만, 비안카는 그 말을 믿지 않았다.

괴물의 팔뚝에 난 이빨자국이 어린 비안카의 망막에 선명히 맺혔다. 엄마가 사라졌는데 아무도 엄마를 찾지 않는다. 비안카는 전화기를 제자리에 두었다.

그때 비안카를 칭찬하던 괴물의 웃음. 만족스럽게 벌어지던 입술. 너무 빽빽하고, 희게 빛나던 치아.

지금 괴물이 벽장 속 남매를 내려다보며 짓는 웃음은 예전 기억을 떠올리게 했다. 괴물이 입꼬리를 씩 밀어 올렸다.

"오랜만에 우리 딸 총 쏘는 실력 한번 확인해 볼까? 어때, 재밌겠지?"

반대편 벽에 서서 눈물을 흘릴 비하르트가 떠올랐다. 비안카는 고개를 숙이고 대답하지 않았다.

다음 순간, 바닥에 아무렇게나 구겨져 있는 무릎담요 밑으로 삐죽 나온 과도가 보였다. 왜 이곳에 과도가 있는지 따위는 중요하지 않았다.

비안카는 벽 쪽으로 붙어 앉는 척하며 조용히 무릎담요 아래로 손을 넣었다.

"대답해야지?"

비안카는 호흡을 멈췄다. 고개를 치켜들고 괴물의 눈을 똑바로 응시하며 손에 쥔 것을 휘둘렀다.

단번에, 신속하게 목을 그었다.

무채색이기만 하던 꿈속에서 그제야 처음으로 색깔을 가진 것이 나타났다.

새빨간 피가 분수처럼 솟구쳤다.

이제 어린 남매는 자유의 몸이었다.

비안카가 눈을 번쩍 떴다.

야광별 스티커를 붙인 익숙한 천장이 눈에 들어왔다. 점점 명료해지는 정신 너머로 좋아하는 음악이 들렸다. 폰 알람으로 설정해 둔 노래다.

머리맡으로 손을 뻗어 매트리스 위를 더듬었다. 알람을 끄고 시간을 확인했다. 정확히 첫 번째 알람에 맞춰 눈을 뜬 모양이다.

괴물 꿈을 꾼 날은 언제나 그랬다. 순식간에 정신이 또렷해졌다. 눈을 뜨자마자 심장이 쿵쿵 울리는 동시에 아드레날린이 솟구쳤다.

괴물 꿈을 꾸지 않은 날은 달랐다. 그런 아침을 위한 알람은 무려 여섯 번째까지 설정되어 있다.

비안카는 배 위에 폰을 올려 둔 채 심호흡을 했다.

"오늘도 놈을 죽이는 데 성공했군. 좋아. 멋져. 대단해. 비안카 뮬러, 최고야."

초록색 두 눈이 반짝이기 시작했다. 비안카의 뺨에 홍조가 돌았다. 입매가 뿌듯한 곡선을 그렸다.

"그럼 활기찬 하루를 시작해 볼까!"

벌떡 일어나 세수를 하고 옷을 갈아입었다. 공용 식당에 내려가 씩씩하게 토스트를 굽고, 베이컨과 달걀 프라이와 콘 샐러드까지 곁들였다. 비타민 젤리도 다섯 개나 까먹었다. 겨울이건 말건 물은 시원해야 한다는 주의라서 얼음조각 띄운 냉수를 쫙 들이켰다.

"캬!"

만족스런 소리가 절로 나온다. 졸린 눈을 비비며 식당에 들어오던 조에가 비안카의 그런 모습을 보며 얼굴을 일그러뜨렸다.

"안 차가워?"

"차갑지."

"으……."

"시원하고 좋잖아?"

"아침부터 빈속에……. 배 안 아파?"

"전혀?"

무슨 말을 하는지 모르겠다는 듯 눈을 깜빡이자 조에가 고개를 천천히 내저었다.

"내가 아직 잠이 덜 깼나 봐. 의미 없는 질문을 했네. 건강 체질 타고난 사람한테 뭐라고 한 거지."

대장은 빈속에 냉수가 아니라 얼음 1톤을 씹어 먹어도 괜찮을 거라 중얼거리는 조에였다.

'에이, 그래도 1톤이나 먹으면 문제가 될 것 같은데.'

양치까지 완료하자 비안카의 기분은 흥분의 정점을 찍었다.

괴물 처치에 성공한 아침이면 늘 기분이 좋지만, 오늘따라 유난히 흥이 넘쳤다.

'퇴근길에 복권이라도 사야 할까 봐.'

복도에서 마주치는 대원들에게 활짝 웃으며 인사했다.

"안녕!"

"좋은 아침!"

"오, 부스스한 머리 귀엽다! 응? 나흘째 안 감았다고? 이 깜찍한 쓰레기 자식! 소각장에 버리기 전에 당장 씻으러 뛰어가!"

그러다 마주친 게 비하르트였다.

각자의 방에서도 간단히 씻을 순 있지만 대부분의 대원이 공용 샤워실에서 시원하게 쏟아지는 물줄기를 맞는 편을 선호했다.

녀석은 오늘 정찰 당번도 아닌데 아침부터 웬일이람?

비안카가 어깨춤을 살랑거리며 혈육을 향해 다가갔다. 경쾌한 스텝 밟기는 기본이시다. 비하르트가 경계했다.

"건드리지 말고 지나가라."

"어머, 언제는 내가 함부로 건드렸다는 듯이 말하네."

"미친."

비하르트가 젖은 머리카락을 쓸어 넘겼다. 그러는 한편 허리에 두른 수건을 단속하는 데 주의했다.

"너 저번에도 이런 식으로 걸어와서 내 수건 벗겼잖아."

"아, 그랬었나?"

비안카가 눈을 굴렸다.

"정 신경 쓰이면 샤워가운이라도 마련하는 게 어때? 난 뭐, 복도 지나는 우리 대원들 눈요기라도 하라고 그런 거지만."

"어이가 없어서."

"솔직히 비하르트 뮬러만큼 탐스러운 엉덩이를 가진 녀석이 드물잖아?"

비하르트가 짧게 코웃음 쳤다. 근데 방금 전과는 약간 분위기가 다른 웃음이다. 안 그래도 선명한 복근에 힘이 들어가는 게 보였다. 날렵한 턱을 살짝 치켜들면서 한쪽 입꼬리를 슬며시 올리는 모습이,

'나이만 먹었지. 애야, 애.'

비안카는 실룩거리는 입가를 단속해야 했다.

"그럼 누님은 이만 도시 밖으로 떠나 볼게. 에데니카 최고의 엉덩이 미남은 오늘 하루도 즐겁게 보내고 계시라고."

"다녀오셔."

비안카가 손을 흔들며 쌍둥이 옆을 지나갔다.

근데 이를 어쩌지?

이 몹쓸 손! 몹쓸 손을 멈출 수가 없어요!

"야, 이……!"

"꺄하하하하!"

비안카의 손에서 커다란 수건이 깃발처럼 펄럭였다. 수건은 복도를 절반이나 질주하고서야 주인에게로 돌아갈 수 있었다.

주차장으로 나오자 무기개발담당 겸 2조장 브라이든이 손을 들어 보였다.

엘리제가 전투대장직에서 물러난 뒤로 비안카가 이를 물려받았고, 비하르트가 1조장, 브라이든이 2조장을 맡게 되었다. 실바노는 그대로 4조장을 맡았다. 트릭시와 곤의 부재는 조에와 말로리가 대신했다.

이것이 전투대 2기.

비안카 뮬러의 지휘하에 돌아가는 새로운 전투대의 모습이다.

"다들 준비됐어?"

비안카가 바이크 시동을 걸었다. 지축을 흔드는 배기음이 비안카의 가슴을 뛰게 만들었다.

오늘 정찰 목표는 어제와 같다.

C2 구역에서 트릭시의 사인을 확인한 순간부터 전투대의 목표는 단 하나였다.

생존자들을 구출하는 것.

"출발!"

최신형 험비와 전투용 바이크들이 주차장을 떠났다.

정말 복권이라도 사야 할까?

오늘따라 유난히 가슴이 설레었다.

설레기는 개뿔.

복권이고 뭐고 다 집어치우라지.

비안카가 이를 악문 채 탄창을 갈아 끼웠다. 주변은 이미 난장판이 된 후였다. 희한하게 보름이 넘도록 조용하다 싶었다. 별다른 충돌 없이 이번 달이 지나가려나 했다.

웬걸.

전투대가 점심을 때우기 위해 멈춰 선 지 10분 뒤, 무장범 무리가 기습을 감행했다. 절반도 채 먹지 못한 참치 샌드위치가 흙바닥을 나뒹굴었다.

그래서 비안카 언니는 엄청나게 화가 났어요. 신성한 식사 시간을 망치다니 용서할 수 없어요.

"다 죽여 버리겠어."

새빨간 틴트를 바른 입술이 분노로 떨렸다. 적들의 위치 확인은 끝냈다. 남은 건, 전투대에서 제일가는 사격 실력자 비안카 뮬러의 활약뿐이다.

"밋치! 줄리엣! 내 뒤로 붙어!"

이제껏 몸을 숨기고 있던 벽을 떠났다. 비안카가 적들의 머리를 날리기 시작했다.

한 꼬마, 두 꼬마, 세 꼬마 무장범.

비안카의 귀에만 들리는 노랫소리였다.

네 꼬마, 다섯 꼬마, 뒤돌아서 여섯 놈.

한 놈도 놓치지 않는다. 억울하게 유명을 달리한 참치 샌드위치의 복수를 해야만 한다.

어릴 적, 비하르트를 과녁 앞에 세워 놓고 방아쇠를 당겨야 했던 비안카에게 실수란 없었다. 0.5센티미터의 오차도 허용되지 않았다. 비안카에겐 실수지만, 비하르트에겐 목숨이니까.

그러니까 비안카의 사격은 완벽해야 했다.

"대장, 뒤에!"

아…… 이거 싸한데?

영화나 드라마를 보면 항상 이런 경고 다음에 안 좋은 일이 일어난다. 흔히 절체절명의 순간에 나오는 대사다.

뒤를 돌아보는 1초가 너무도 느리게 느껴졌다.

그리고 저 멀리 빌딩 5층에서 비안카를 겨누는 총구를 확인한 순간.

탕!

무장범이 총을 떨어뜨리며 흙바닥으로 떨어졌다.

"고맙다는 인사는 됐어, 아가씨."

놈을 죽인 이는 전투대원이 아니었다. 그렇다고 무장범 내부의 실수도 아니었다. 지나가던 제3자가 끼어든 것이다. 뺨을 가로지르는 상흔이 인상적인 남자였다. 그는 씩 웃으며 제 이름이 호슈아 델 콘나라고 밝혔다.

비안카는 전투 중인 것도 잠깐 잊은 채, 상대를 뚫어지게 쳐다보았다. 어찌 보면 첫눈에 매료된 것처럼 보일 수 있지만 실상은 달랐다.

'그쪽 이름 물은 적 없거든?'

재수 없다는 생각만이 머릿속에 가득했다.

❖

기습전은 전투대의 승리로 끝났다.

부상자가 나오긴 했지만 심각한 수준은 아니었다. 다들 욕을 내뱉으며 다친 부위에 응급처치를 했다.

스친 상처 하나 나지 않은 비안카는 갑자기 남의 전투에 끼어든 남자를 못마땅한 눈으로 쳐다보았다.

'재수가 없으려니 키도 크네.'

154센티미터인 비안카에 비해 30센티미터 가까이 더 큰 것 같았다.

사실 그 정도면 비하르트와 비슷한 수준이나, 남자는 쌍둥이 오빠에겐 없는 압도적인 분위기를 풍겼다.

뺨을 가로지르는 상흔은 도시 안의 시시껄렁한 뒷골목 무리가 팔뚝에 새기는 '건드리면 죽인다.' 따위의 타투 문구보다 훨씬 강렬한 인상을 주었다.

눈 하나 깜짝 않고 무장범을 쏘아 죽일 때부터 이미 알아보았다.

저 눈은 메마른 바닥을 찍은 자의 눈이다. 투지가 깃든 전투대원들의 눈과는 다르다.

잔혹함의 끝을 보고 온 눈. 온화하게 웃는 순간에도 마지막 경계를 내려놓지 않는 눈. 흡사 야생의 맹수를 떠올리게 하는 눈.

그리고 그 눈은 비안카와 같은 초록색이었다.

'어떻게 마음에 안 들려니까 눈깔까지 짜증 날 수가 있지?'

비안카가 얼굴을 구겼다. 반면 남자는 쪼그맣고 떽떽거리는 동물을 구경하는 눈으로 비안카를 내려다보았다. 간만에 흥미로운 대상을 발견했다는 양 말이다.

'무릎을 걷어차면 재수 없는 눈높이가 얼추 맞을 것 같은데.'

비안카가 고개를 삐딱하게 기울였다.

"고맙다는 말은 하지 않을게. 그쪽이 왜 남의 전투에 끼어들었는지에 대해서는 관심 없어. 그냥 가던 길 가셔."

"고맙다는 말을 해야 되는 거 아닌가……."

"내가 왜?"

비안카의 대꾸에 남자는 잠시 말을 잇지 못하다가 이내 재미있다는 듯 어깨를 떨며 웃었다.

뭐야. 왜 웃는데? 하나도 안 웃겨.

"그쪽이 먼저 말했잖아. 고맙다는 인사는 필요 없다고. 물론 그 말을 하지 않았어도 안 했을 거지만……. 저기, 언제까지 웃을 거야?"

여전히 쿡쿡대고 있다.

"미쳤어?"

"성질머리 장난 아닌 줄은 익히 알고 있었지만."

남자는 손가락으로 눈가를 훔쳤다.

비안카는 대체 자신의 어디가 그렇게 웃긴지 알 수가 없었다. 전투대의 어느 누구도 자신을 이리 대하지 않았다.

이제는 시티타워에서 일하지만 함께한 3년간 비안카를 믿고 귀여워해 주었던 엘리제.

제발 본인 없는 데서 사고 치지 말고, 본인이 있는 데서도 사고 치지 말라며 위험 분자 취급 하는 비하르트.

대장의 365일 분출되는 에너지에 혀를 내두르는 전투대원들.

이게 비안카가 접해 온 반응의 전부였다.

이상한 점은 그뿐이 아니었다. 남자는 비안카를 예전부터 알고 있었다는 듯이 말했다.

성질머리? 익히 알고 있었지만? 이게 무슨 개소리지.

"가까이서 말을 섞은 적은 이번이 처음이야. 예상했던 것보다 훨씬 재밌네, 꼬마."

대장과 이야기 나누는 제3자에게 별다른 관심을 두지 않고 제각기 휴식을 취하던 전투대원들이 순간 미어캣처럼 고개를 돌아보았다. 특정한 단어가 그들의 주의를 사로잡았다. 딱 그 단어 하나가 귀에 들어와 꽂혔다.

꼬마.

비안카가 실제로 전투대 최단신이란 사실은 중요하지 않았다.

꼬마. 귀여운 비안카. 우리 귀염둥이.

다 안 된다.

비안카를 그렇게 불러도 되는 사람은 엘리제뿐이다. 심지어 엘리제조차 비안카를 꼬마라고 부른 적이 없다. 근데 오늘 처음 보는 남자가 비안카를 그리 불렀다. 아가씨, 라는 호칭에서 이미 본인 점수를 999점 깎아먹은 줄도 모르고 말이다.

신입 대원 중 한 명이 동료에게 조용히 말을 걸었다.

"……어떡하지?"

"대장이 손쓰기 전에 우리가 죽이자. 인도적인 방식으로 보내 주자고."

"……꼭 그래야 되려나?"

"대장 손에 죽느니 깨끗하게 총 한 발로 가는 편이 낫지."

"……맞는 말이긴 한데."

좀 떨어진 곳에서는 이런 대화가 오가고 있었다.

비안카의 입가가 가늘게 떨렸다.

"꼬마?"

"가만있자. 네가 몇 살이더라. 엘로한테 들은 것 같기도 한데. 열여덟? 열아홉?"

"해가 바뀌었으니까 스무 살."

"아하, 스물이군."

"아하는 무슨 아하."

눈높이 때문에 몇 걸음 떨어져 있던 비안카가 둘 사이의 거리를 좁혔다.

"그리고 망할 엘로는 누구야? 누가 나에 대해서 지껄인 건데?"

"엘리제."

남자의 입에서 예상치 못한 이름이 나왔다.

"내 오랜…… 친구이자 네 대장."

엘리제가 도시 밖 출신인 건 알고 있었다. 하나 자신이 모르는 사이 바깥에서 친구를 만나고 있었다는 사실은 전혀 알지 못했다. 비안카에겐 작지 않은 충격이었다.

자신은 대장, 아니, 리더에게 마음을 연 이후로 그 어떤 것도 감추지 않았다.

엘리제도 제게 그래야 한다는 건 아니었다.

하지만 자신이 짐작치 못했던 엘리제의 비밀이 하나둘 공개될 때마다 정신이 멍해지는 걸 보면, 무의식중에 그런 기대를 하고 있었구나 하는 깨달음이 찾아왔다.

라키어스와의 관계에 대해 들었을 때 자신이 받은 충격은 비하르트나 실바노에 못지않았다.

돌이켜 보면 낯이 뜨거워지기도 했다. 결혼까지 결심할 상대가 있는 줄도 모르고 열심히 비하르트를 들이민 꼴이니까. 눈치 없이 굴었다며 주눅 드는 제게 엘리제는 희미하게 웃었다.

「넌 날 닮았어, 비안카. 마음을 연 상대에게 재고 따지는 일 없이 모두 다 허락해 버리는 모습이 날 떠올리게 해.」

「그래……? 난 리더의 반의반만 닮아도 좋겠다고 생각해 왔는데.」

「맹목적인 애정과 믿음. 그걸 알았기 때문에 내부 스파이 의혹이 터졌을 때도 너만은 의심하지 않았지.」

엘리제의 확신을 받았다는 말이 비안카를 잠시나마 춤추게 했다.

「그래서 좀 걱정이 돼.」

「응?」

「돌아올 여지를 남기지 않고 뛰어들어 버리니까. 상대의 감정이 너만큼 충실하지 않을 때, 네가 받을 상처 또한 남다를 거야.」

「나…… 난 괜찮아!」

리더가 내게 실망하지만 않으면 돼. 내가 리더를 믿고 따르는 만큼 돌려주지 않아도 괜찮아. 난 뭐든지 금방 회복하는 비안카 뮬러니까—

「힘들겠지만 말이야. 혼자 서는 연습을 해 봐야 돼, 비안카.」

「……..」

「유약한 오빠를 지켜야 한다는 다짐이 널 강하게 만들었지. 날 기쁘게 하고 싶다는 마음이 네게 힘을 주었어. 우리 모두가 서로에게 기대고, 기댐을 받으며 살아가는 건 사실이야. 그게 자연스러운 거고. 하지만 절대 피할 수 없는 순간이 있어.」

오롯이 홀로 맞이해야 하는 어둠.
자신이 애써 외면해 온 그것.

「네가 살아가는 의미의 전부를 타인에게 두지 마.」

엘리제는 비안카에게 더 이상 어둠을 피하지 말라고 말하고 있었다.
당장은 서운하게 들리더라도 어쩔 수 없다고, 내가 아니면 누가 네게 이런 말을 할 수 있겠냐고 했다. 말한들, 네가 듣긴 하겠냐고.
그 모든 말이 반박할 수 없는 진실이기에, 비안카는 그저 애매하게 웃었다.

「라키어스를 봐. 날 유일한 세계로 삼아 버리니까, 별 의미 없는 내 말 한 마디에 일희일비하잖아. 내가 옆에 없으면 바로 무너지기 시작해. 에데니카 안팎을 통틀어 최고로 강한 능력을 지녔어도 그래. 마치 엘리제 녹턴 하나만 으로 버티는 폭탄 같지.」

「으응.」

「그래서 난 항상 불안해. 내가 저 미친놈보다 하루라도 오래 살아야 할 텐데…….」

엘리제는 키득거리며 웃었지만, 비안카는 엘리제만큼 밝게 웃지 못했다.

엘리제는 비안카가 본인을 닮았다고 했다. 그러나 엘리제의 말을 들은 비안카는 자신이 오히려 라키어스와 비슷한 게 아닌가 하는 생각을 하였다.

혼자 서기 같은 걸 내가 할 수 있을까?

「한때는 더 강해지려고 발버둥 쳤지. 한 지붕 아래 엄청난 경쟁자가 있었거든. 당시엔 내 부족함을 스스로 견딜 수 없었어. 자꾸만 날 다그치고 몰아붙였어. 그러다가 엘리제 녹턴은 완벽하지 않다고, 이 세상에 완벽한 사람은 없다고, 내 삶을 타인의 손에 맡기지 않겠다고 결심한 순간…… 홀가분해졌어.」

「으음, 난 이대로도 괜찮을 것 같아. 그러니까 내 말은, 상처는 누구나 받는 거고. 어, 그렇다고 해서 내가 불쌍한 삶을 사는 건 아니니까.」

변명으로 들리지 않길 바랐다. 근데 자신이 없었다. 엘리제가 기껏 경험담을 공유하며 응원해 주고 있는데, 거기에 대고 초를 치는 기분이었다.

그래서였을까.

엘리제가 고개를 끄덕였을 때, 비안카는 먹먹함에 말을 이을 수 없었다.

「네 말이 맞아. 그래서 이건 내 욕심인 거야.」

짧아진 주홍색 머리카락을 쓸어 주던 손길.

「네가 덜 힘든 방법을 찾았으면 하는 욕심.」

눈물이 맺힐 것 같았다. 열심히 고개를 주억거리며 엘리제가 말한 대로 해 보겠다고 다짐했다.

그 후로 몇 달이 지나 어느덧 겨울도 끝자락에 이르렀건만, 자신은 처음 보는 남자가 내뱉는 말에 또다시 흔들리고 있었다.

도시 밖에 오랜 친구가 있었구나. 왜 내게 말해 주지 않았을까? 리더의 친구는 내 친구기도 한데. 뭐, 반드시 알려 줘야 할 의무가 있는 건 아니지만, 그래도.

비안카는 입술을 지그시 깨물었다.

"무슨 생각 중이기에 그렇게 울 것 같은 표정이야?"

남자가 비안카의 얼굴을 들여다보며 물었다.

"그리고 엘로는 왜 요즘 안 보이지?"

"도시의 리더가 됐거든."

"그으래?"

"결혼도 했고."

비안카를 보며 줄곧 흥미로운 표정을 지었던 남자였다. 방금 전까지 꼬마라는 둥, 금세 울 것 같다는 둥 신경 긁는 소리만 해 댔던 그였다.

그랬던 남자가 돌연 입을 다물었다. 다른 곳으로 시선을 돌린 뒤, 씁쓸한 미소를 삼켰다.

"어쩐지."

불어오는 바람에 이내 흩어져 버릴 듯한 감정.

"또 보러 온다더니."

비안카가 표정의 의미를 자세히 읽어 내기 전에 그가 원래 모습으로 돌아왔다. 감정을 지우는 데 능한 자였다. 제 것이 아니다 싶으면 흘려보낼 수 있는 사람이랄까.

비안카에겐 아직 어려운 숙제를, 상대는 너무도 익숙한 듯이 해냈다.

친구……이기만 했을까?

"결혼 상대는 역시 그 새끼인가. 뭐더라. 이름도 되게 밥맛이었는데. 라, 라, 라디오는 아니고."

"라키어스 녹턴."

"그래. 그거."

남자의 눈이 선득하게 빛났다. 그럴 줄 알았다는 양 실소했다.

"세상에 어떤 오빠가 여동생을 그딴 눈으로 보나 했네."

"……난 몰랐어."

"아까 시력은 멀쩡해 보이던데."

"다른 대원들도 몰랐다고."

"단체로 검진받아 봐. 왜, 도시 안에는 좋은 시설 많을 거 아냐."

조금 안됐다고 여기려던 거 취소다. 남자는 또다시 비안카의 신경을 건드리기 시작했다.

"실연당한 주제에."

"뭐……?"

남자가 어이없다는 웃음을 흘어 냈다.

흥, 허세는 접으시지.

이제 비안카가 되갚아 줄 차례였다.

"리더만 친구라고 생각하는 거고, 그쪽은 사실 좋아하고 있었던 거 아니냐?"

"무슨."

"첫사랑. 뭐 그런 거?"

"웃기지도 않은."

"맞네. 맞네. 좋아했던 거 맞네. 근데 고백도 못 하고 차였네. 아니지. 차일 기회조차 없었겠다. 왜냐? 애초에 고백도 못 했을 거니까!"

남자의 얼굴이 굳어 갔다. 반면 비안카의 기분은 좋아졌다. 역시 상대의 분노 포인트를 자극하는 데엔 평소 혈육과의 지속적인 트레이닝이 주효했다.

한창 실력 발휘를 하고 있는데, 당장이라도 반경 100킬로미터 내를 쑥대밭으로 만들 기세이던 남자가 피식 웃었다. 한없이 어리고 쪼그만 동물을 보는 눈길이 나왔다.

또, 그 눈빛이었다.

"신났네."

재잘대던 비안카가 대번에 입을 다물었다.

도대체 이 자식은 몇 살이기에 비안카 뮬러를 애 취급 하는 거지?

"너 뭐 하는 놈이야?"

"어디 보자……. 일단 B2 구역을 관리하고 있지? 얼마 전에 B3까지 영역을 넓혔고."

비안카가 미덥잖다는 눈으로 상대를 훑어보았다.

"그럼 이곳 지리, 우리보다 잘 알아?"

남자가 한숨 쉬며 눈썹을 긁적였다. 마치 비안카가 일 더하기 일은 뭐냐고 물어본 듯한 태도였다.

"꼬마야. 난 여기서 태어나고 자랐어. 어느 하수구에 쥐새끼가 몇 마리 사는지도 다 안다고."

호칭이 상당히 거슬리지만 이래 봬도 비안카는 2기 전투대장이다.

안주머니에 고이 넣어 둔 사진을 꺼내 상대에게 보여 주었다.

"트릭시 킨스키. 지난여름 B9에서 실종된 전투대원이야. C2에서 생존 사인을 확인해서 거길 중심으로 수색했는데, 한 달 전엔가 다시 B 구역으로 넘어온 걸 알게 됐어."

"갖고 가도 되나?"

남자가 사진을 가리키며 물었다.

"복사해서 우리 애들한테 돌리게."

"……복사기도 있어?"

남자가 고개를 절레절레 흔들었다.

"너흰 우릴 너무 무시해."

비안카는 남자에게 사진을 넘겨주었다. 재수 없는 녀석이긴 한데, 앞으로 왠지 도움이 될 것 같은 느낌이었다.

"비안카 뮬러. 2기 전투대장이야."

오른손을 내밀자 남자가 재미있다는 표정을 지었다.

"호슈아 델 콘나. 아까 말했듯이."

마주 잡아 오는 손바닥엔 비안카의 몸에 가득한 화상 흔적이 있었다.

순간, 묘한 기분이 들었다.

외전3 비하르트

"여, 비하르트. 오랜만이야."

"여전히 인사 스타일이 올드하네."

바텐더가 레몬 조각 띄운 물 잔을 앞으로 밀어 주었다.

앉자마자 한 모금 삼킨 뒤, 다리를 나른하게 꼬았다.

"바로 작업 들어가는 거야?"

"작업은 무슨."

"너 안 오는 동안 도대체 몇 명이나 날 찾아와서 물었는지 모른다고. 오늘 비하르트 안 왔어? 요즘 뭐 하고 다닌대? 소식 없어? 내가 네 비서도 아니고 말이야."

바텐더는 여자 손님들 흉내를 내면서 투덜거렸다.

"네 전화번호 아는 건 그쪽들일 텐데 왜 나한테 와서 물어보는지 모르겠어. 정작 난 네 번호 모르는데."

"안 받았거든."

"뭐?"

"내가 전화 안 받아서 그래."

"배불러 터진 자식."

비하르트가 픽 웃었다. 피어스와 타투로 가득한 몸이지만, 나긋한 곡선을 그리는 눈매가 고왔다.

예쁜 구석이 있는 남자랄까. 물론 곱상한 얼굴과 대조적인 몸매 또한 여자들의 눈길을 끄는 부분이었다.

그중에서도 가장 인기 있는 요소를 꼽으라면 역시 상냥한 화술.

비하르트 뮬러는 '난놈'이었다. 적어도 그가 출입하는 바와 클럽에서는 공인된 사실이다.

바텐더가 이상하게 여기는 건, 그런 인기에도 불구하고 비하르트는 제법 얌전하게 논다는 점이었다.

처음 보는 여자들과도 자연스럽게 말을 섞는다. 상대는 비하르트에게 호감을 보이고, 남자 쪽에서 말을 꺼내기도 전에 자신의 번호를 준다. 흥이 나면 대화로 그치지 않고 함께 춤을 추기도 한다.

춤은 또 얼마나 살랑거리며 잘 추는지 모른다.

쌍둥이 여동생 비안카가 무대를 장악하는 스타일이라면, 오빠인 비하르트는 몸을 많이 움직이지 않으면서도 리듬을 잘 타는 식이었다.

그러니 여자들의 연락이 끊기지 않을 수밖에.

한데 비하르트의 놀이는 거기까지다. 즐거운 시간을 보낸 상대와 끝까지 가는 법이 없다.

어쩌다 함께 바를 나서나 싶어도, 나중에 들어 보면 다른 가게에서 한 잔 더 마신 뒤 상대를 택시에 태워 보냈다고 하였다.

비하르트 뮬러와 공식적으로 사귄 사람은 단 한 명도 없었다. 연애까지 갈 것도 없다. 세 번 이상 데이트했다는 상대를 여태껏 보지 못했으니까.

'내가 저 인물이었으면 아주 에데니카를 휩쓸고 다녔을 텐데…… 하여

간 희한한 일이지.'

잠깐이나마 비하르트의 외양에 욕심을 내보는 바텐더였다.

"그래서 주문은?"

"늘 마시던 걸로."

"어이."

바텐더가 기가 막힌 듯 웃었다.

"네가 그런 게 어디 있어. 올 때마다 매번 다른 걸 마셨으면서."

"……그랬나?"

비하르트가 엷은 미소를 지었다.

"그럼 오늘은 네가 주고 싶은 걸로 줘."

"제일 비싼 걸로 준다."

"그러시든지."

"외상은 안 돼."

장난삼아 위협하는 줄 알았는데 상대는 진짜 비싼 술을 따더니 비하르
트 앞에 놓았다.

비하르트가 정색하자 바텐더가 어깨를 으쓱했다.

"난 시킨 대로 했을 뿐이야."

"교활한 놈."

투명한 호박색 액체가 비하르트의 목으로 사라졌다.

한 모금. 두 모금. 가게 내부를 휘둘러본 다음 한 모금 더.

급기야 바텐더가 천천히 마시라고 말하는 지경에 이르렀다.

"그 술을 그딴 식으로 마실 것 같으면 내려놔라. 나 일하다가 힘들면 한
모금씩 할 테니까."

"무슨 가게가 제일 비싼 술을 마셔 줘도 타박이야?"

"내 가게야. 내 술이고. 내 맘대로 할 거야."

"이거 내 술 아니었어?"

"너 아직 돈 안 냈잖아."

비하르트가 바텐더를 말없이 응시했다. 되게 참신한 사고방식이었다.

이거 어디 주인 눈치 보여서 제대로 마시겠냐며 대꾸할 즈음, 누군가 비하르트에게 달려왔다.

"자기, 얼굴 까먹을 뻔했어! 완전 오랜만이다!"

비하르트가 여자를 쳐다보았다.

3초 정도 빤히 보다가 고개를 갸웃거렸다. 언제 만난 상대인지, 이름이 뭐였는지조차 기억나지 않았다. 어두운 조명 때문만은 아니었다.

하지만 기억나지 않는다고 사실대로 말하면 따귀를 때릴 테지. 욕을 한 바탕 퍼부을지도 모른다.

오늘 비하르트는 그런 해프닝조차 겪고 싶지 않은 기분이었다. 그래서 남은 술을 단번에 들이켜고 자리에서 일어났다.

"온 지 얼마나 됐다고 벌써 가?"

바텐더가 다른 손님의 칵테일을 만들다 말고 눈을 휘둥그레 떴다.

비하르트는 빈 잔 옆에 술값을 내려놓았다. 컨디션이 별로라고 중얼거리며 여자를 향해 미안한 웃음을 지어 보였다.

"오늘은 미안."

"너무해. 나 피하는 거야?"

"아니. 몸이 정말 안 좋아서."

다음을 기약하는 의미 없는 인사를 던지고 가게를 나왔다. 차가운 바깥 공기를 들이마셔도 답답한 속은 풀리지 않았다.

바를 나온 뒤로 정처 없이 걸었다. 허전한 기분을 달랠 길이 없었다. 취하고 싶지도 않고, 떠들썩한 자리에 끼고 싶지도 않다. 그럼 도대체 어떻게 해야 되는 걸까.

스스로가 원하는 게 무엇인지조차 모르겠다.

발길 닿는 대로 걷다 보니 어느새 번화가였다. 지칠 때까지 걷다가 방에 들어갈까 싶었다. 외투 주머니에 아무렇게나 손을 찔러 넣은 채 걷던 그의 귀에 익숙한 목소리가 들려왔다.

저도 모르게 발길이 멈추는 목소리.

엘리제였다.

『아동학대가 빈곤층 가정에서만 벌어진다는 것은 편견입니다. 아주 그릇된 편견이죠. 지금 이 순간에도, 겉으로는 아무 문제가 없어 보이는 중상류층 가정에서 철저하고도 집요한 학대가 이뤄지고 있습니다.』

전자제품을 판매하는 매장의 쇼윈도에는 최신형 TV가 전시되어 있었다. 비하르트가 한 번도 본 적 없는 시사토론 쇼가 나오는 중이었다.

남녀노소 불문하고 슈트를 차려입고 나와 지루한 이야기를 늘어놓는 프로그램.

TV에 나와 떠든다고 해서 뭐가 달라지냐며 우습게 여겼던 토론회.

엘리제가 거기에 출연했다. 짙은 버건디색 재킷이 또렷한 인상과 잘 어울렸다.

다른 참가자가 엘리제의 말을 받아 의견을 냈고, 이에 진행자가 몇 마디 덧붙였다. 순서가 한 번 돌았다. 다시 엘리제가 말할 차례였다.

『이는 확실히 법무부와의 긴밀한 조율이 필요한 부분이에요. 학교와도 떼어 놓을 수 없는 문제고요. 따라서 저희 복지부는…….』

뿌듯한 한편으로 낯설었다. 작년까지만 해도 찢어진 민소매 셔츠에 라이더 재킷을 걸치고 전투대원들과 클럽을 누볐던 엘리제였는데. 지금 브라운관 속 엘리제는 리더가 되기 위해 평생을 준비해 온 사람처럼 보였다.

위화감이라곤 없었다. 비하르트는 영 이해되지 않는 법안이 다른 참가자 입에서 튀어나와도 엘리제는 모두 알아들었다. 알아듣다 뿐인가. 그에 대해 의견을 보태거나 반박하기까지 했다.

"우린 정말 다른 세상에서 살았구나……."

함께했던 3년 동안 서로에게 목숨을 맡겼지만, 사실 엘리제에겐 비하르트가 모르는 또 다른 영역이 있던 거였다.

그건 아마, 라키어스 녹턴과 공유하는 삶이겠지.

왠지 모르게 쓸쓸해졌다. 결혼식에서 라키어스의 키스를 받는 아름다운 엘리제를 볼 때도 이토록 기분이 저조하지는 않았는데, 어이없는 일이었다.

"어찌 됐든…… 에데니카 복지 하나는 좋아지겠네."

애써 웃음으로 흘려 보려 하면서 TV 앞을 떠났다.

겨울이 끝나 가고 있었다.

비안카는 여전히 씩씩하게 트릭시 일행을 찾으러 게이트 밖으로 나갔고, 웜 자리를 대신하는 2조장 브라이든은 새로운 무기 개발에 골몰 중이었다.

실바노와 최근 깊은 대화를 나눠 본 적은 없지만 제3보호소에 음식을 사 들고 방문하는 등 나름 본인만의 생활을 해 나가는 듯 보였다.

조에, 말로리, 휴이 모두 엘리제가 없는 생활에 어떻게든 적응한 것 같았다. 심지어 의료센터에 누워 있는 곤마저도 점점 혈색이 돌아오는 기분이었다.

비하르트만의 착각이 아닌 게, 얼마 전 회진에서 미미한 반응을 보였다고 담당의가 말해 주었다.

모두가 앞을 향해 나아가는 중이었다. 비하르트 뮬러만이 엘리제와 함께하던 과거의 어딘가에서 허우적대고 있다.

'한 명쯤은 머물러 있어도 나쁘지 않겠지.'

하지만 언제까지 쓸쓸한 그늘 아래 서 있어야 할까. 이곳은 꽤나 외로운데. 기한 없는 공허함을 내가 버틸 수 있을까.

흘러내린 앞머리를 쓸어 넘겼다. 조금은 괴로운 한숨이 새어 나왔다. 그러다가 돌아선 모퉁이에서 맞닥뜨린 방해물.

"저 이만 들어가 봐야 해서요. 시간도 너무 늦었고……."

"에이, 아직 10시밖에 안 됐는데?"

"같이 놀자. 딱 한 시간만 더 놀자고. 응?"

"빼지 말고."

"아뇨, 진짜 늦었어요. 이러다 아빠한테 혼나요. 정말 크게 혼나요."

여자애는 진심으로 곤혹스러워하는 중인데, 비싼 시계와 디자이너 브랜드 옷으로 휘감은 세 놈이 낄낄 웃어 댔다.

"들었냐? 아빠한테 혼난대."

"너 완전 귀엽다."

"다시 말해 봐. 아빠한테 혼나요. 한 번만 더 말해 봐."

"놔주세요."

비하르트의 표정이 구겨졌다.

이들이 실랑이를 벌이고 있는 장소는 고급 클럽 앞. 아무나 들어갈 수 없는 '격조 있는' 놀이터였다. 애초에 문 앞에서 검은 슈트를 입은 스태프가 손님을 가려 받는다.

비하르트가 단골 가게에서 마신 가장 비싼 술은 이곳에서 기본 서비스로 제공될 터다. 돈이 넘쳐나는 부유층 자제나 출입하는 곳. 그래서인지 곤란을 겪고 있는 여자애도 남자무리만큼이나 잘 차려입은 듯 보였다.

'비하르트 뮬러는 닿을 일 없는 그들만의 세상인 거지.'

안 그래도 기분이 별로인데 소란에 휘말리고 싶지 않았다.

정말이지, 휘말리고 싶지 않았다.

개자식들아.

"놔요."

여자애의 목소리가 한층 단호해졌다. 팔을 뿌리치면서 얼른 자리를 벗어나려 움직였다. 하나 10센티미터에 달하는 구두 굽이 걸음을 느리게 만들었다. 물론 여자애가 선수용 운동화를 신었다고 해도, 낄낄대는 세 놈을 동시에 피하기란 힘들었을 터.

아니나 다를까, 세 놈 중 제일 흉측하게 생긴 놈이 여자애 앞을 막아서
며 허리에 손을 댔다.

"놔, 이 자식아!"

"워! 들었어? 보기보다 성깔 있는데?"

"아니, 우리가 뭐 나쁜 짓 하자는 것도 아닌데, 기분이 좀 그렇다?"

"두 번 다시 내 몸에 손대지 마. 아귀같이 생긴 게."

"뭐?"

비하르트는 순간 터져 나오는 웃음을 참느라 어깨를 들썩일 수밖에 없
었다.

못생긴 놈에게 외모 공격이라니. 여자애의 말하는 방식이 마음에 들었
다. 그러나 세 놈은 비하르트만큼 여자애가 곱게 보이지 않는 모양이었다.

순순히 끌고 갈 수 있을 줄 알았던 상대가 신랄한 욕을 퍼붓기 시작하
자 놈들의 표정이 굳어져 갔다.

"이 계집애가 귀엽다, 귀엽다 해 줬더니."

"이걸 확 그냥!"

"놔! 이거 놓으라고!"

"네가 하트니스 딸이면 단 줄 알아? 그래 봤자 우리 집 위세에 비하면
별것도 아닌 게."

하트니스.

순간 비하르트의 귀에 꽂힌 그 이름이 정신을 번쩍 들게 했다.

어떻게 잊을 수 있을까. 내가 그 향수를 찾아서 온 에데니카를 헤집고
다녔는데.

그리고 보니 여자애의 얼굴이 낯익었다. 엘리제의 결혼식에서 본 기억
이 있다.

리오네 프리메이어의 옛 제자. 제 쪽으로 날아오는 부케를 얼떨결에 받
아 들고는 '저, 미성년잔데요.' 라며 머쓱한 웃음을 흘렸었지.

밤의 유흥가인 데다가 화장을 하고 있어서 몰라봤다.

여자애는 역시 꾸미면 다르구나.

일단 비하르트의 생각은 거기까지였다.

"하, 진짜……."

아주 깊은 곳에서부터 빠른 속도로 차오르는 짜증.

"조용히 보내고 싶은 밤이었는데."

멍청이들은 비하르트가 가까이 다가갈 때까지 정신을 차리지 못했다. 놈들의 몸에서 술 냄새가 났다. 담배 냄새도 났다. 비하르트가 질색하는 약 냄새도 났다. 이런 걸 두고 총체적 난관이라고 한다.

쓰레기들.

"거기."

비하르트가 눈가를 문지르며 말을 걸었다.

"걔 놔줘."

쓰레기들이 고개를 돌렸다. 비하르트를 쳐다봤다.

재밌는 일이지? 비하르트를 보는 놈들의 표정이 이해할 수 없다는 듯 일그러지기 시작했다. 웬 잡것이 방해하느냐는 투로 이죽거렸다.

"넌 또 뭐야?"

한숨이 나올 만큼 참으로 진부한 대사다. 문득 쌍둥이 여동생이 떠올랐다. 모든 TV 프로그램 편성 시간을 줄줄이 꿰는 그 아이가 들었으면 고개를 내저었을 것이다.

제 점수는요. 마이너스 100만 점. 그 대사를 치는 순간 네 운명은 정해진 거예요, 이 멍청종자야!

이 자리에 없는 혈육의 목소리가 들리는 것만 같았다. 그리고 지금 상황에 있어서만큼은 비하르트도 혈육의 말에 동감이었다.

그래, 어차피 이렇게 된 거…… 아예 비안카가 죽고 못 사는 드라마처럼 가 볼까?

"넌 뭐 하는 새끼냐고 묻고 있잖아!"

"나?"

비하르트의 눈이 여자애와 마주쳤다. 아이섀도와 마스카라를 듬뿍 바른 눈이 놀라움으로 질려 있었다.

"쟤 애인."

그렇잖아도 커다랬던 눈이 더, 더, 더 확장되었다.

이름이 엠마 하트니스였던가.

근데 다음 순간, 엠마의 입에서 나온 말은 그 어떤 드라마에서도 들을 수 없을 반문이었다.

그러니까 엠마 하트니스는 고개를 갸웃거리며 이렇게 말했다.

"제 애인 아니시잖아요."

갑자기 뒷골이 띵해졌다.

"자기 애인 아니라는데?"

"어디서 굴러먹다 온 벌레새끼가 끼어드는 거야."

"한 번만 봐줄 테니 꺼져라."

예상 밖의 상황에 세 놈이 신나서 떠들어 댔다.

누가 누굴 봐줘, 개자식들이.

실소가 나올 지경이지만, 놈들보다 어이없게 구는 누군가 때문에 비하르트는 아직 뒷골이 당기고 있었다.

척 보기에 자신을 도와줄 사람 같으면 적당히 말을 맞춰 가며 위기를 피하는 게 보통 아니던가? 굳이 바른 말로 반박할 건 뭐냐고.

한숨이 새어 나오려 했다.

그렇게 상황에 맞지 않는 반박으로 1차 탈출 기회를 날린 엠마가 지금 놈들을 잘 물리치고 있느냐면 그것도 아니다.

비하르트에게서 관심을 끈 세 놈은 더욱 함부로 손을 놀리고 있었다. 급기야 엠마가 아귀를 닮은 놈의 얼굴에 주먹을 날렸다.

'뺨을 칠 줄 알았는데 의외네.'

생각보다 제대로 가격했는지 아귀 남자가 코를 움켜쥐고 비명을 질렀다. 코는 부러지기 쉬운 부위다. 저 정도 힘으로 가격했다면 100퍼센트 코피가 터질 것이다.

아니나 다를까 아귀 남자가 네온사인 불빛에 손바닥을 들여다보더니 피가 난다고 울부짖었다.

"내 코! 내 코!"

의료센터 가면 금방 붙여 줄 텐데 어찌나 난리법석을 떠는지. 비하르트는 여자애를 도와주려던 처음 의도도 까먹은 채, 잠시 아귀 남자의 원맨쇼를 구경했다.

"피가 나잖아! 으어억, 내 코!"

잘하면 울겠는데?

아귀 남자의 눈이 희번덕였다. 원래 사람은 피를 보면 덜컥 겁을 먹거나 꼭지가 도는 법이다.

전자처럼 굴기엔 상대는 일행 하나 없는 여자애다. 그에 반해 제 패거리는 세 명이나 되니까 자연히 후자의 길을 걷는 거겠지.

비하르트의 한쪽 입꼬리가 비웃음을 담고 올라갔다. 엘리제를 만나 면담을 할 기회가 있다면, 저런 놈들을 제거하는 게 최고의 복지라고 말하고 싶었다.

"야, 이 계집애 잡아."

분위기가 단번에 험악해졌다. 놈들은 더 이상 엠마를 희롱할 생각이 없어 보였다. 진짜 여자애를 때릴 기세다. 고작 코피 터졌다고 태도를 홱 바꾸는 게 어이없었다.

애초에 3:1로 사람을 괴롭히기 시작한 게 어느 쪽인지조차 잊어먹은 모양이지.

세 놈이 위협적으로 몸을 쓰는 와중에 빈틈이 생겼다. 주먹 휘두를 때 이미 알아봤지만 우리의 엠마 아가씨께선 운동신경이 썩 괜찮은 편이었다.

아귀 남자가 휘두르는 팔 아래로 쏙 빠져나온 엠마가 10센티미터 구두굽의 어려움을 딛고 비하르트에게 달려왔다.

그렇게 전력을 다해 뛰어와 팔을 덥석 잡고 하는 말이 다음과 같았다.

"경찰에 신고해 주세요!"

비하르트가 엠마를 가만히 내려다보았다. 일종의 컬쳐쇼크 때문에 말이 바로 나오지 않았다.

"경찰?"

"네. 저 자식들…… 몇 시간 만에 귀가조치 되더라도 경찰서 의자에 앉혀 놔야 돼요. 적어도 변호사가 올 때까진 유치장에 가둬 버려야 한다고요."

분한 듯 씩씩거린다. 차라리 혼쭐내 달라는 부탁이었으면 이처럼 머리가 멍하지도 않았다.

3:1로 싸웠는데 남에게 말하기도 부끄러울 만큼 곤죽이 된다면, 놈들은 비하르트를 신고하지 않을 것이다. 돈으로 사람을 사서 보복하면 했지, 공식석상에서 비하르트를 지목하는 일은 없을 터다. 쓸데없는 자존심 때문이다. 저런 놈들의 행동 패턴쯤은 일찍이 파악한 비하르트였다.

한데 엠마는 생각지도 못한 선택지를 골랐다.

이 아가씨는 경찰을 부르면 경찰이 출동하는 환경에서 자랐나 보네. 어쨌건 나쁜 놈을 유치장에 넣어 둘 수 있는 세상에 두 발 딛고 있는 거군.

비하르트와 비안카는 태어나서 단 한 번도 경찰서에 먼저 전화를 걸어 본 적이 없었다. 그러니 엠마의 요청에 비하르트가 멍하게 구는 것도 이상한 일은 아니었다.

"혹시 폰 없으세요?"

비하르트가 자신을 말없이 쳐다보기만 하자 엠마의 표정이 흐려졌다.

"있어."

"다행이다. 그럼 빨리……."

"왜 본인 폰 쓰지 않고?"

"아, 술 취한 친구가 자기 폰인 줄 알고 제 것까지 들고 가 버렸어요. 오늘 걔 생일파티였거든요. 클럽 안이 워낙 정신없었고."

여기까지 또박또박 설명하던 엠마가 갑자기 현실로 돌아왔다. 이럴 때가 아님을 깨달은 것이다.

"신고요!"

"그래……."

비하르트가 여전히 납득 안 가는 표정으로 폰을 꺼내 들었다.

신호음이 딱 한 번 갔을 때, 상황 살피러 나온 스태프를 클럽 안으로 돌려보낸 놈들이 비하르트에게 달려들었다.

쯧, 몸 쓰는 것하고는.

우둔한 꼴을 눈 뜨고 봐 주기 힘들었다.

비하르트는 엠마에게 폰을 던짐과 동시에 제일 먼저 달려온 놈의 명치에 주먹을 꽂았다. 그다음엔 무릎 걷어차기. 비명을 지르며 무릎 꿇은 놈의 얼굴 한복판에 주먹 날리기.

"여, 여보세요? 여기 리들리가에 있는 클럽 로제 앞인데요. 술 취한 남자 세 명이 절 위협하고……."

다음 놈은 셋 중에서도 그나마 정신이 멀쩡한 축에 속했다. 적어도 첫 번째 놈처럼 헛스윙을 하진 않았다. 그래 봤자 목숨 건 전투가 일상인 비하르트에겐 애벌레의 움직임처럼 보이지만 말이다.

비하르트는 땅을 박차고 몸을 띄웠다. 놈의 머리를 휘돌려 찼다. 힘을 제대로 조절하지 않으면 목이 부러져 죽을 수 있는 공격이다. 놈은 운 좋게도, 힘 조절이 가능한 비하르트 님을 만났기에 정신을 잃는 정도에 그칠 수 있었다.

이제 한 놈만 남았다. 비하르트가 목을 좌우로 꺾으며 어깨를 풀었다.

"어…… 그러니까……. 예, 위협하고 절 때리려고 했는데요."

엠마의 눈이 분주해졌다. 바닥에 쓰러져 신음하는 놈과 사지 뻗고 기절한 놈을 번갈아 보더니 마지막 1:1 대치 상황을 걱정스레 주시했다.

"지금은 위험…… 하지는 않은 것 같고요. 어……."

비하르트의 10연타에 아귀 남자가 나가떨어졌다.

"생각해 보니 괜찮은 것 같아요. 도와준 분이 계셔서요. 죄송합니다. 감사합니다."

미리 써 둔 대본을 읽기라도 하듯 다다다 말한 엠마가 통화를 종료했다.

비하르트가 엠마에게 다가가 손을 내밀었다. 아가씨는 당황한 얼굴로 본인 손을 내밀어 오셨다.

"폰 돌려 달라고."

"아, 네."

엠마가 두 손으로 폰을 건네주었다. 비하르트는 고개를 짧게 저었다.

역시 다른 세상 사람이란 말이지.

"가자."

"네, 네……. 근데 어디를요?"

"집에 안 갈 거야?"

"집! 가야죠. 근데 누구 집이요?"

"……."

비하르트가 엠마를 빤히 쳐다보았다. 상대는 진심으로 이쪽 대답을 기다리고 있었다.

"넌 너의 집, 난 나의 집."

"아!"

"택시 타는 데까지 바래다줄게."

"감사합니다."

엠마가 클러치를 품에 안은 채 졸졸 따라왔다. 걱정스러운 눈으로 뒤를 힐끔거리기도 했다. 비하르트는 다시금 고개를 내저었다.

여러모로 컬쳐쇼크가 대단한 밤이었다.

다음 날.

타블로이드뿐만 아니라 일반신문에도 비하르트의 기사가 도배되었다. 전투대 1조장 비하르트 뮬러가 제 몸 가누기도 힘든 취객 세 명을 잔인하게 폭행했다는 내용이었다.

한 명은 제1대학교 학생이며, 두 명은 부모님 밑에서 '성실하게' 후계 수업 중인 청년이라고 보도되었다.

오랜만에 친구를 만난 기쁨에 다소 과음을 했고, 이 때문에 한 손님과 예상치 못한 언쟁을 벌이게 되었다고 하였다. 그리고 이를 오해한 전투대 1조장이 끼어들어 과도한 반응을 보였다. 심지어 정신 잃은 사람을 위한 앰뷸런스조차 부르지 않았다.

대충 이런 골자였다.

1조장의 폭행에 맹비난이 쏟아졌다.

변호사의 도움을 받은 세 놈은 하루아침에 근면 성실한 청년으로 탈바꿈하였다.

딸이 사람들의 입방아에 오르내리길 원치 않은 하트니스 대표는, 신변을 감추는 데에만 신경을 기울였다.

일단 딸에게 피해가 없는 점, 그리고 하필 도와준 상대가 전투대라는 점이 대표를 그런 결정으로 이끌었을 터다.

전투대는 애초에 언론과 가까운 관계가 아니었다.

비안카도, 비하르트도 이 사건에 별다른 관심을 보이지 않았다. 또 우리릴 달달 볶다가 어느 순간 내다 버리겠지, 하는 생각이 쌍둥이의 머릿속에 깔려 있었다.

근데 상황이 점점 심각하게 흘러갔다. 간만에 연락이 닿은 엘리제는 아무래도 전투대를 눈엣가시로 여기는 세력이 입김을 불어넣은 것 같다고 말했다.

"기자회견."

비안카가 따분한 얼굴로 머리카락 끝을 매만졌다.

"내가 잘할 수 있을까?"

"리더가 내용 다 써 줬다며."

"응, 내일 나가서 최대한 엄숙한 표정으로 읽으면 된대."

"쉽네."

결과부터 말하자면 전혀 쉽지 않았다. 생각보다 기자들이 많이 온 게 비안카의 심기를 불편하게 만들었다.

카메라는 또 얼마나 많은지. 다들 전투대에 트집을 잡으러 몰려온 것처럼 보였다. 비안카가 작은 실수라도 하면 눈에 불을 켜고 플래시를 터트릴 것 같았다.

기저에 깔린 적대적인 분위기가 비안카의 얼굴에 그대로 드러났다. 거기다 클럽 조명 아래 반짝반짝 빛날 듯한 화장이 사람들의 눈길을 끌었다.

엘리제가 당일 아침에 보내 준 슈트를 입고 나간 게 그나마 다행인 점이려나. 안 그랬으면 비안카는 평소대로 뷔스티에에 인조 모피 붙은 가죽 재킷을 걸치고 그물스타킹을 뽐내며 나갔을 것이다. 하긴 슈트를 입었어도 화장이나 태도에서 점수가 깎였지만 말이다.

엄숙함보다는 지루함에 가까운 표정으로 발표문을 읽어 나가던 비안카는, 이것보다 좀 더 제대로 된 사과는 하지 않을 거냐는 기자의 질문에 결국 뚜껑이 열렸다.

"위험에 빠진 사람을 구해 줘도 난리야! 그럼 비하르트가 그 상황에서 어떻게 했어야 한다는 건데? 머리에 든 건 없고, 돈만 썩어 나는 놈들이 여자애 끌고 가서 무슨 짓을 하려고 했을까, 응? 정중하게 말해 봤자 귓등으로도 안 들을 놈들을 후려치는 방법 말고 뭐가 있는데요? 지인짜 궁금하네. 아주 궁금해서 견딜 수가 없어!"

비안카가 자신을 비추는 카메라를 정면으로 노려보며 일갈했다.

"그 자리에 비하르트가 있었던 걸 다행으로 알아, 이 잡놈들아! 내가 있었으면 너희 배때지를…… 가죽을 확 그냥…… 내장으로 줄넘기를……!"

방송국에서는 급히 삐, 처리 음을 입히려 했으나 생방송이라 여러 가지 애로사항이 있었다.

앞뒤 돌아보지 않고 내지르는 전투대장께서는 자신의 발언 차례를 기다리고 있던 쌍둥이 오빠의 팔을 낚아채 회견장을 나갔다.

문제는 비하르트 역시 비안카의 행동에서 잘못된 점을 못 느꼈다는 것이었다.

전투대 건물로 돌아갔더니 조에가 허공에 주먹을 휘두르며 말 한번 속 시원히 잘하였다고 응원해 주었다.

같은 시각.

제1대학교의 빈 강의실에서 휴대폰으로 생방송을 지켜보던 언론학부 1학년 엠마 하트니스의 입이 서서히 아래로 떨어졌다.

"방금…… 내가 뭘 들은 거지?"

이제껏 자신이 알던 욕의 수준이 한 단계 업그레이드된 것 같았다. 동기들 중에서도 상스러운 소릴 입에 달고 사는 자들이 제법 있었으나, 전투대장처럼 생생하고도 적나라한 표현을 구사하는 자는 드물었다.

"이러면 상황이 어떻게 흘러갈지 불 보듯 뻔한데."

엠마의 표정이 먹구름 낀 하늘처럼 흐려지기 시작했다.

＊

— 너흴 어떻게 해야 좋을지 고민이야.

그렇게 말하는 엘리제 본인의 목소리도 별로 심각하지가 않았다. 엘리제 스스로가, 어릴 때부터 자신에 관한 온갖 루머를 보도한 언론에 대해 좋은 감정을 갖고 있지 않으니 별수 없는 일이었다.

리더가 된 지금이야 대외 관계 구축에 신경을 쏟고 있지만, 역시 전투대와 얽히면 엘리제 녹턴의 기준은 물러졌다.

— 새로 들어온 녀석들 중에 조금 차분한 스타일 없어?

"리더."

비하르트가 거울을 보며 옷매무시를 정돈했다.

"여기 전투대야. 출신은 상관없어. 중상류층이라도 개중에 제일 미친놈들이 들어왔다고. 브라이든 봐. 나 걔랑 같이 정찰 나갈 때마다 무서워."

엘리제가 킥킥 웃었다.

"진짜라니까? 전투 중에 보면 눈 초점이 좀 풀려 있어."

문이 벌컥 열렸다. 1조 대원이었다.

비하르트가 통화 중이라는 눈치를 주자 어이쿠, 하며 고개를 끄덕이더니 어깨 너머를 손가락질했다.

"누가 조장 찾아왔어."

"기자야?"

"아니, 웬 여자앤데."

대원이 목덜미를 긁적였다.

"입대하고 싶다는데?"

"……지금은 모집 기간도 아닌데?"

"몰라. 자기 합격 안 시켜 주면 큰 손해 보는 거래."

비하르트의 미간이 구겨졌다. 어디서 약을 파나 싶었다.

"들었지, 리더? 미쳤다니까."

― 누군지 모르겠지만 용기가 가상하네. 얼굴이나 보러 나가 봐.

"하……."

나중에 또 통화하자고 말한 뒤 전화를 끊었다. 비하르트는 천장을 올려다보며 긴 한숨을 내쉬었다.

"근데 왜 비안카가 아닌 날 찾는 거지?"

전투대장은 저쪽인데 말이다.

비하르트가 고개를 갸우뚱하며 로비를 향해 걷기 시작했다. 그리고 그곳에서 낯익은 얼굴과 마주쳤다.

외전4 리오네

　외할아버지는 천오백 명에 달하는 공동체의 수장이었다. 그에겐 아들 둘과 딸 하나가 있었으며, 리오네는 외할아버지의 사랑을 듬뿍 받으며 자랐다. 리오네가 제 어머니의 능력을 이어받은 것을 처음 발견한 사람도 외할아버지였다.

　"우리 리오네가 장차 큰일을 하겠구나!"

　어린 리오네는 외할아버지의 무릎 위에서 까르르 웃었다.

　"큰일이요?"

　"나와 네 어머니가 가진 능력은 아주 쓸모가 많단다. 아무리 추운 겨울밤도 활활 타는 모닥불과 함께라면 능히 견딜 수 있지. 날것으로 먹으면 탈이 나는 음식도 불에 익히면 안전해지거든. 훨씬 맛이 좋아지기도 하지."

　"그럼 전 요리사가 돼요?"

　어린 리오네가 뚱한 표정을 지었다.

"요리는 재미없는데."

"물론 요리사도 대단한 직업이지. 하지만 리오네, 할아비가 말하는 건 그보다 더 큰 책임을 지는 자리란다."

"더 큰 책임……."

"네 외삼촌들과 네 엄마가 하고 있는 것. 사람들을 지키는 일 말이다."

어린 리오네가 손뼉을 짝 쳤다.

"아빠 일이기도 하죠? 아빠도 그런 일을 하러 멀리 떠나신 거잖아요."

흐뭇한 얼굴로 이야기 나누던 외할아버지가 돌연 입을 다물었다. 갑자기 시선을 돌려 지평선을 바라보았다.

리오네의 아버지인 자딘은 외할아버지가 친아들처럼 키운 제자라고 하였다. 제자는 시간이 흘러 사위가 되었고, 소꿉친구였던 리오네의 어머니와 영원한 사랑을 약속했다.

어머니는 지금도 종종 결혼식 날의 기억을 떠올렸다. 마을 교회에서 올린 아름다운 예식을 잊지 못할 거라고 말했다.

외할머니가 손수 떠 준 웨딩드레스가 정말 예뻤다고 했다. 아버지가 마련해 온 반지엔 아주 깜찍한 다이아몬드가 콕 박혀 있었단다. 신부 들러리가 그걸 보더니 '솔직히 내 주근깨보다 작지만, 신랑이 잘생겼으니 봐주는 셈 치자.'는 농담을 던졌다는 것도 어머니의 오랜 레퍼토리였다.

남편에 대해 이야기하는 어머니는 확실히 행복해 보였다. 리오네에게 네 아버지는 정말 좋은 사람이라고 거듭 말했다. 그래서 리오네는 아버지가 보고 싶었다. 더 큰 이상을 찾아 떠난 아버지와 만날 날을 손꼽아 기다리며 하루하루를 보냈다.

하지만 리오네가 점점 커 갈수록, 어른들 사이에 도는 야릇한 분위기를 읽어 내게 되었다.

일단 외삼촌들.

그들은 단 한 번도 '자딘'에 대해 먼저 말을 꺼내지 않았다. 리오네가 아버지에 대해 물으면 그제야 애써 미소를 지으며 대답해 주었다.

리오네는 그들이 정말 기분 좋을 때 터뜨리는 웃음을 알고 있기 때문에, 그 미소가 씁쓸한 여운을 남긴다는 걸 알아차렸다.

그다음은 작년에 돌아가신 외할머니.

어릴 땐 몰랐는데 지금 생각해 보니 외할머니는 아예 '자딘'이라는 화제를 피했다.

다음은 공동체 사람들.

그들은 자신의 자녀에게 리오네 앞에서 아버지 이야길 하지 말라고 누누이 일렀다. 아이들이 고개를 갸웃거리면, 어른들은 자세한 이유를 알려 주는 대신 '안 된다.'를 반복하였다.

그리하여 남은 이는 외할아버지뿐이었다.

외할아버지마저 이 화제를 피한다면, 공동체에서 자딘 프리메이어에 대해 이야기하는 사람은 어머니 단 한 명이게 된다.

"외할아버지."

리오네가 상념에 잠긴 어른을 조용히 불렀다.

"아버지는 나쁜 사람인가요?"

"오…… 아니란다. 왜 그런 말을 하니?"

어디서 안 좋은 소리를 들었느냐고 물어 오는 외할아버지에게, 리오네가 조금 슬픈 표정을 지었다.

"왜냐면 어머니가 울잖아요."

"……."

"어렸을 땐 몰랐지만 이젠 알아요. 어머니는 행복한 얼굴로 아버지 이야길 하다가도 혼자 있을 때면 우세요. 그리고 가끔씩 절 아주, 아주 그리운 눈으로 봐요. 제가 아버지를 빼닮았대요."

"그래. 넌 네 아빠를 많이 닮았단다."

"아버지는 왜 안 오실까요?"

외할아버지가 다시 입을 다물었다. 쓸쓸한 손길로 리오네의 작은 머리를 쓰다듬었다.

"어머니가 아프다고 알려야 되는데, 전 아버지가 어디 사는지도 몰라요."

"리오네, 우리 아가……."

"외할아버지는 아세요? 아버지가 어디 계시는지?"

오늘이야말로 제대로 캐묻겠노라 결심한 리오네였다. 아무것도 모르는 척 자연스럽게 아버지로 화제를 돌린 이유도 그 때문이었다. 하지만 다음에 이어진 외할아버지의 말은 리오네의 기대 이상이었다.

사실 '기대' 라는 표현이 적합할지는 모르겠다.

"에데니카."

외할아버지가 한숨을 내쉬며 말했다.

"네 아빠가 사는 곳이다."

"……알고 계셨어요?"

어린 리오네의 눈이 믿을 수 없다는 듯 흔들렸다.

얼마 전, 학교에서 '배신' 이라는 개념에 대해 배웠다. 문학 선생님이 유난히 리오네 쪽을 의식하는 걸 모른 척해야 했다.

그리고 지금 이 순간, 리오네는 난생처음으로 외할아버지에게 배신감을 느꼈다.

어떻게 이토록 중요한 사실을 숨기셨을까? 어머니와 자신이 무엇보다 간절하게 원하는 정보인데 말이다.

"왜 이제야 알려 주세요? 어머니는 아세요? 어머니가 얼마나……."

"네 엄마도 안다."

"……."

"아가, 세상에는 돌아오지 않는 사람도 있는 법이란다."

하나 그게 자딘 프리메이어서는 안 되는 거였다. 기약 없는 기다림으로 한 사람의 생을 묶어 놓고, 자신은 스승의 재산 대부분을 가져가선 안 되는 거였다.

먼 길 떠나는 사람에게 많은 힘을 보태 주었다고, 외할아버지가 덧붙였다.

그때는 이런 결말을 맞을 줄 몰랐노라 하였다.

반년 뒤, 리오네의 어머니는 쇠약해진 몸을 견디지 못하고 눈을 감았다. 정정했던 외할아버지는 딸의 장례식 이후 혼자 지내는 시간이 늘어나더니 그해가 가기 전에 돌아가셨다.

나쁜 일은 연달아 닥친다고 했던가.

다음 해에 전염병이 공동체를 휩쓸었다. 순식간에 사람들이 죽어 나갔다.

"치료제만 있다면 금방 털어 낼 수 있을 텐데."

저택의 불이 꺼지고 나면 두 외삼촌 부부는 서재에 모여 안타까운 한숨을 쉬었다.

먼저 말을 꺼낸 건 작은외숙모였을까.

"에데니카엔 있지 않을까요?"

순간 절망보다 시커먼 침묵이 내려앉았다.

"있겠죠. 거기라면 뭐든 없을까."

큰외삼촌이 텅 빈 목소리로 제수의 말을 받았다.

"하지만 너무 멀어서……. 거기 다녀오고도 사람들이 남아 있을지 장담을 못 하겠군요. 더군다나 정확한 길을 아는 이도 없고."

"치료제가 있다 한들 우리에게 나눠 주겠어?"

좀 더 날카로운 목소리를 낸 이는 작은외삼촌이었다.

"난 솔직히 놈이 게이트를 열어 줄지도 의문이야. 네가 기다려 달라고 신신당부한 그 애가 결국 기다리다 지쳐 죽었다고 소리 지르지 않을 자신도 없어."

"목소리 낮추렴. 애들 깨겠다."

"놈이 재혼을 했대, 형."

작은외삼촌이 잇새로 내뱉었다. 사람은 느리지만, 소문은 빠르다.

어디선가 시작된 이야기는 공기를 타고 리오네의 외삼촌 귀에까지 흘러 들어왔다.

"여길 떠난 지 얼마 안 돼서 새 여자를 만났대. 우리보다 열 배는 큰 공동체의 딸이래."

"소문은……."

"그럴 거면 왜 기다리라고 한 거래? 내 말이 틀려? 애초에 헤어지고 갔으면 그 애가 말라 죽을 일도 없었을 텐데!"

동시에 스승의 지원을 받을 수도 없었을 것이다. 리오네의 어머니가 끝까지 매달렸을지도 모른다. 쇠약해지기 전의 어머니는 공동체 내에서도 손꼽히게 기운찬 사람이었다니까, 절대 못 보내 준다며 아버지를 잡았을 수도 있다.

자딘 프리메이어는 그래서 기다리라는 말을 남긴 거였다.

꼭 돌아오겠다는 약속은 보이지 않는 족쇄가 되어, 오랜 연인을 일정 구역 안에 묶어 버렸다.

혹시라도 고향을 떠났다가 길이 엇갈릴지도 모른다는 두려움.

어둠 속에 몸을 숨긴 채 어른들 말을 엿듣던 리오네는 빛바랜 커튼을 움켜쥐었다.

자딘이 보냈다는 남자 무리가 찾아온 것은 그로부터 일주일 뒤였다.

한때는 발코니마다 싱그러운 빛깔의 화분이 걸려 있고, 여름철 오후면 친구들과 분수대 주변을 뛰놀 수 있었던 저택은 어느새 쇠락한 건물로 변해 있었다.

남자들은 아주 먼 길을 왔음에도 불구하고 공동체의 어느 누구보다 단정한 차림새였다. 남자들이 영 찜찜한 표정으로 전염병이 도는 마을 쪽을 일별하더니 용건을 전달했다.

"원로께서 따님을 찾으십니다."

작은외삼촌이 차갑게 웃었다.

"이 집의 따님은 작년에 죽었고, 그 따님의 따님이 살아 있는데, 자딘 프리메이어가 찾는 분은 어느 쪽인지?"

뚜렷한 냉소가 묻어나는 말에도 남자들은 동요하지 않았다.

"리오네 양입니다."

"내 여동생은 만나고 싶지 않다던가? 제 부인이 살았는지 죽었는지 관심조차 없던 자가 왜 이제 와서 리오네를 찾는다는 거지? 어째서 리오네만 찾는 거냐고."

남자들이 서로 눈길을 주고받았다. 상대에게 어디까지 알려 줘야 하나 고민하는 눈치였다. 그러더니 죄송하지만 자신들은 돌아가신 부인에 관해 아무것도 듣지 못했다며, 원로께선 처음부터 리오네 양만 언급하셨다고 대답했다.

화를 참지 못한 작은외삼촌이 응접실을 나갔다. 남은 사람끼리 어떻게든 이야기를 계속해야 하는 상황이었다.

"무턱대고 어린 리오네를 보낼 순 없습니다. 걔가 거기서 어떤 대접을 받을지도 모르는데 말이죠. 매제가 우릴 떠난 지 너무 오래됐으니, 적어도 리오네를 데려가는 데엔 방금 말씀하신 것보다 자세한 설명이 필요합니다."

큰외삼촌이 한결 침착한 목소리로 말했다. 어느 하나 논리에 어긋나는 부분이 없으니, 상대도 그저 모르쇠로 일관하긴 어려웠다.

남자들 중 한 명이 손수건을 꺼내 이마의 땀을 훔쳤다. 반드시 리오네를 데려가야 하는 이유라도 있는 모양이다.

어른들은 상대의 긴장된 태도를 보고 그런 짐작을 하였다.

"실은 원로의 아드님께서 수술을 앞두고 계십니다."

남자가 고심 끝에 한 문장을 뽑아낸 순간, 이제까지 조용히 자리를 지키던 큰외숙모가 아직 뜨거운 차를 상대에게 힘껏 뿌렸다. 어쨌든 멀리서 온 손님이라는 이유로 아끼던 찻잎을 우려내 온 그녀였다.

남편 못지않게 차분한 성정의 안주인이 출입문을 가리키며 말했다.

"나가세요."

"저희는."

"더는 듣고 싶지 않아요. 세상에 역병보다 끔찍한 게 또 있었네요. 행여 아이들 귀에 들어갈까 무서우니 지금 당장, 떠나세요."

"리오네 양이 꼭 필요합니다."

"리오네는 물건이 아니에요! 싫으면 버렸다가, 필요해지면 취하는 그런 게 아니라고요! 어떻게 사람이…… 어쩜 그럴 수가 있죠?"

그제야 전 부인을 언급하지 않은 이유가 분명해졌다. 전 부인의 생존 여부는 자딘이 알 바 아니었던 거다.

아들의 수술에 필요한 쪽은 프리메이어의 피가 흐르는 리오네뿐이기에.

남자들이 쩔쩔매기 시작했다. 충분한 보상을 제공하겠다는 말은 저택 사람들의 분노에 불을 끼얹었다. 리오네를 데려가게 허락해 주면 지금 창궐하는 전염병 치료제뿐만 아니라 차후 필요할 백신들도 갖다 주겠다는 말까지 나왔다.

응접실에 고성이 오갔다.

뒤늦게 이유를 알게 된 작은외삼촌이 부지깽이를 휘두르며 남자들을 쫓아내는 지경에 이르렀다.

이때, 출입문 너머에서 모든 것을 듣고 있던 리오네가 어른들 앞에 나섰다.

"저 갈게요."

어른들이 일시에 움직임을 멈췄다.

"저 에데니카에 가고 싶어요."

어린 리오네의 눈동자에는 조금의 흔들림도 보이지 않았다.

지금 가면 다신 못 보는 거나 다름없다며 눈물 훔치는 어른들을 의젓하게 위로했다.

"씩씩하게 지낼게요."

"……부디 건강해야 한다."

"걱정 마세요. 전 드디어 아버질 만나요. 이곳 사람들에겐 꼭 필요하던 물건이 생기는 거죠. 모두에게 좋은 일이에요."

아직 병에 걸리지 않은 친구들이 집 앞으로 하나둘 배웅을 나왔다.

리오네는 최고급 가죽 시트로 단장한 방탄자동차 안에서 바깥을 향해 손을 흔들었다. 친구들이 치료제가 도착하기 전까지 버텨 주었으면 싶었다.

에데니카에 들어간 이후, 아버지의 사람들이 약속을 이행하는지 철저히 지켜볼 것이다.

"아가씨가 얌전해서 다행이야. 가는 내내 울기라도 하면 어쩌나 걱정했는데."

눈을 감고 새근대는 숨소리를 내면 이내 속는다. 리오네가 자는 줄 아는 남자가 운전석을 향해 말했다.

아무렴. 얌전하고말고.

자신은 아주 오랫동안 얌전할 예정이다. 거짓 미소와 거짓 순종으로 연막을 친 채, 열심히 힘을 키울 것이다.

사람들은 리오네가 에데니카로 향하는 이유가 자딘을 만나기 위해서라고 알고 있다. 하지만 실상은 다르다. 리오네 프리메이어는 복수를 하러 간다.

어머니를 죽음에 이르게 한 냉혈한, 자딘을 나락으로 떨어뜨리기 위해서.

"한 달 가까이 고생 많으셨습니다."

남자가 조금 뿌듯한 얼굴로 전방을 향해 손짓했다.

"에데니카에 오신 것을 환영합니다, 리오네 양."

땅에 발을 디딘 순간부터 이곳에 있는 모든 것들을 불태워 버리고 싶었다.

❖

사람이란 참 이상하다. 아무리 이해해 보려 노력해도 끝까지 납득되지 않는 부분들이 있다.

자딘 프리메이어도 그랬다. 돌아가신 어머니에게 사랑을 맹세하는 순간에는 진심이었을지 몰라도, 이후 그가 걸어온 행보를 이쪽이 빤히 알고 있는데.

자딘은 리오네에게 제법 상냥했다. 새 부인이 낳은 아이들과 별다르지 않은 대접을 리오네에게 해 주었다. 그러면서 내심 리오네가 자신을 너무 원망하지 않기를 바라는 것 같았다.

이것은 인간의 끝없는 이기심일까?

자신이 끔찍한 짓을 저지른 상대에게조차 미움받기 싫다는 뜻인가?

아무것도 모른 채 헤헤 웃기나 하는 저 아이들이 아버지에게 보이는 존경과 애정을, 제게서도 받고 싶다는 건가?

돌아가신 어머니가 다시 살아 돌아와서 저를 말린다 해도 복수를 포기할 생각이 없었다. 헛웃음도 나오지 않았다.

"자딘, 자딘, 자딘."

시간은 흘러 리오네도 어느덧 열일곱 살이 되었다. 프리메이어 저택의 큰아가씨는 청소 담당 고용인도 함부로 들어오지 않도록 못 박아 둔 제 방에서 녹음 파일을 정리했다.

"당신도 참 딱하네."

지금 듣고 있는 것은 서재의 장식품에 붙여 둔 초소형 녹음기 속 파일이었다.

"당신은 사실 타타발루 못지않은 권위주의자고, 스스로의 능력이 뛰어나다고 믿고 있지. 아닌 척하면서 욕심은 또 얼마나 많은지……. 덕망 높은 지도자라는 평판까지 갖고 싶어 해."

리오네의 분홍빛 입술이 사늘한 호를 그렸다.

"그런 당신이 이토록 모욕당하고 사는 줄 누가 짐작이나 하겠어?"

녹턴.

거대한 규모의 도시 에데니카를 머릿속으로 설계했다는 자는 자딘을 능가하는 오만함을 지니고 있었다.

설계자가 참으로 꾸준히, 다양한 방식으로 안겨 주는 모욕감에 자딘의 혈압이 높아졌다.

자딘은 녹턴 앞에서는 애써 웃음을 지어 보이다가도, 서재에 혼자 남게 되면 치미는 분노를 참지 못하고 벌벌 떨었다. 그 와중에 웃긴 건, 타타발루처럼 고함을 지르지도 못하고 흥분한 목소리가 새어 나갈까 몸을 사린 점이었다.

이유야 간단했다. 자딘은 다른 가족이나 고용인들에게 안 좋은 소리가 퍼지는 것을 두려워하기 때문이다. 누군가에게서 새어 나간 목격담이 입에서 입으로 전해져, 결국엔 모두가 자딘 프리메이어의 본모습을 알게 되는 게 싫기 때문이다.

재물, 성공, 권위, 존경, 찬탄.

이런 것들을 어느 누구보다 끈끈하게 탐하는 주제에, 속물이라는 소린

듣기 싫은 거다.

녹턴은 애당초 자딘의 본성을 꿰뚫어 보았다. 자딘 본인은 아직 모르나 본데, 열한 명의 리더를 우습게 보는 녹턴이 그중에서도 자딘을 특히 가소 로워하는 까닭도 이에 있었다.

"결국 당신도 별 볼 일 없는 존재인 거지, 뭐."

리오네가 귀에서 이어폰을 뺐다.

"그리고 당신은, 시시한 자딘 프리메이어를 세상에서 제일 소중히 대했 던 사람을 지독하게 배신한 거고."

친부를 빼닮은 리오네의 호박색 눈이 선연하게 빛났다.

"자신이 버린 딸의 손에 끝날 운명인 거야."

하나가 싫으면 그 외의 것들도 밉게 보인다고 했던가. 리오네의 분노는 자딘에 그치지 않고 에데니카 전체를 향해 번져 갔다. 이 도시는 가족, 스 승, 친우를 등진 자딘이 일말의 후회도 없이 선택한 결과물이었다.

자딘은 에데니카를 좋아했다. 그래서 리오네는 에데니카가 증오스러웠 다.

하나 사람의 마음이란 늘 생각대로 흘러가는 것만은 아니라서, 리오네 가 공원 벤치에서 보내는 시간이 늘어날수록 후자를 향한 감정은 누그러 져 갔다.

수요일 오후마다 엄마와 산책을 나오는 아기는 리오네의 고향 친구를 닮았다. 공원 관리인 아주머니를 향한 매점 아저씨의 눈길이 남다르다 싶 더니, 언젠가부터 아주머니의 약지에는 반지가 끼워져 있었다.

산책 코스에 공원이 포함된 강아지들의 외모와 특징을 외우게 되었다. 말티즈 모모, 래브라도 리트리버 핍시, 셰퍼드 크리미, 그리고 아무에게나 들이대는 비글 알렉산더.

저택의 숨 막히는 공기를 피해 도망치듯 나간 그곳에서 리오네는 많은 사람들을 만났다. 에데니카를 둘러싼 삼중 벽이 그들을 살아가게 했다. 내

일을 꿈꿀 수 있도록 만들어 주었다.

언제부터인지 딱 집어 말하기 어려운 순간부터, 리오네는 진로희망란에 교사를 적어 내기 시작했다.

그로부터 몇 년 후, 실제로 학생들 앞에 서게 되었을 때.

리오네의 가슴이 뻐근하게 뛰었다.

행복은 폭탄이 터지는 소리와 함께 날아갔다.

마침 엘리제 녹턴이 학교를 방문한 날이 아니었다면 어떻게 되었을지 상상도 하기 싫었다. 카밀라가 제 품에 안겨 엉엉 울던 순간을 잊을 수 없을 것이다.

아이는 엘리제 덕분에 부상을 피했지만, 끔찍한 사고로 인한 충격을 쉽사리 떨쳐 내지 못했다. 혼자 있는 편을 좋아하는 학생이었다. 수줍음이 많기도 했다.

몇 달 전, 카밀라의 부모와 상담을 할 기회가 있었다. 부모는 딸이 좀더 활달했으면 좋겠다고 토로했다. 그 나이 또래에 비해 지나치게 조용한 것 같다고 하면서도, 내향적인 성격에 비해 은근히 제 고집을 부릴 때가 있다고 한숨 쉬었다.

그때 리오네는 새삼 깨달았다. 부모라고 해서 당연히 자식을 위하는 건 아니란 사실을 말이다.

상대는 카밀라가 지금보다 활달해지길 바라는 동시에, 고집은 덜 부리면 좋겠다고 말하고 있었다.

'정말 본인들 편해지려고 아무 말이나 하시는군요? 카밀라는 이대로도 문제없어요. 앤더슨 씨 부부가 닦달하지만 않으시면, 그 애는 제 부모님보다 훨씬 훌륭한 어른으로 자랄 거라고요!'

물론 이렇게 말하지는 않았다. 자신의 목적은 학부모와 싸우는 게 아니라, 카밀라의 앞날에 조금이라도 보탬이 되는 거니까.

그날 저녁 카밀라와 저녁을 먹고, 한 지붕 아래 자고, 장차 아이의 대학 등록금을 댈 자가 눈앞의 부부임을 명심해야 했다.

부드러운 미소와 함께 상담을 마무리했다. 한편 카밀라에게 좀 더 깊은 관심을 기울이기 시작했다.

리오네는 진심으로 아이들이 좋았다. 아이들이 있는 학교가 좋았다.

프리메이어 저택에 있을 때의 리오네와 학교에서의 리오네는 완전히 다른 사람이었다. 그래서 더더욱 테러리스트를 용서할 수 없었다.

사고 이후 카밀라는 조그만 소리에도 깜짝 놀라 주저앉았고, 약해 빠진 스스로가 싫다며 리오네 앞에서 눈물을 보였다.

용서할 수 없었다. 전쟁 중에도 학교와 병원은 건드리지 않는 게 원칙이었다.

'누구야? 어떤 개자식이 이따위 짓을 저지른 거야? 대체, 무슨 목적으로?'

문득 짚이는 바가 있어 컴퓨터의 녹음 파일을 실행했다. 교직생활을 시작한 뒤로 자딘의 행적을 모으는 데에 다소 소홀했다.

주기적으로 녹음기를 회수해 파일을 저장해 두긴 했지만, 몇 개를 선별해 흘려듣기만 했을 뿐 예전처럼 신경을 곤두세우지 않았다.

누적된 파일 중에 제1고등학교와 관련된 지시 사항이 있었다.

자딘의 짓이었다.

이미 죽고 없는 녹턴에게 설욕하기 위해, 그리고 그의 후계자 라키어스를 무너뜨리기 위해.

자딘은 엘리제를 벼랑 끝에 몰아가기로 계획했다. 라키어스가 엘리제에게 상당한 애착을 지니고 있기 때문이었다.

"용서 못 해……."

리오네의 눈자위가 붉게 물들었다.

"절대 용서 안 해."

용의자를 검거했다는 뉴스를 믿지 않았다. 남자는 자딘이 연막으로 내세운 가짜 범인이었다. 적당한 놈을 구해 두라는 지시를 똑똑히 들었기에, 리오네는 용의자 탈출 속보를 보자마자 남자의 행방을 추적하기 시작했다.

"너, 너, 넌 누구야?"

남자는 잭나이프를 그대로 녹여 버린 리오네를 향해 떨리는 목소리로 물었다.

"당신을 필요로 하는 사람."

"그게 무슨 뜻인데?"

"당신이 범인 아닌 거 알아. 내가 궁금한 건 당신을 고용한 쪽이야. 물론 입 다무는 대가를 받았겠지. 하지만 법정에서 증언해 준다면, 난 그 세 배를 지불할게."

남자의 얼굴이 기괴하게 일그러졌다. 웃기지도 말라는 듯 코웃음을 쳤다.

"내 고용주가 누군지 몰라서 지껄이나 본데……."

여기까지 말한 남자가 옆에 있던 빈 음료수 박스를 리오네에게 집어 던지더니 도망치려 했다.

순순히 보낼 생각은 없었다. 엎치락뒤치락하는 몸싸움이 이어졌다. 직접 몸을 쓰는 건 리오네의 방식이 아니었다.

'어디 보자. 아, 저기. 웅덩이!'

얼음 못으로 남자의 손바닥이라도 뚫어서 제압할 요량이었다. 그때 리오네의 눈에 라키어스 녹턴이 들어왔다.

젊은 리더의 손엔 단말기가 들려 있었고, 누군가를 추적 중인 듯했다. 용의자가 탈출했다는 속보에 직접 거리로 나선 모양이었다.

'어떡하지? 모퉁이만 돌면 바로 마주치는데.'

리오네는 남자의 멱살을 잡은 채 조용하란 신호를 보냈다. 남자는 리오네가 눈짓한 쪽을 힐끗 내다보았다. 그도 라키어스를 알아보았다.

다음 순간, 라키어스의 휴대폰이 울렸고 두 남녀는 서로를 옭아맨 상태로 숨을 죽였다.

"전 잠시 밖에 나와 있습니다만."

라키어스의 목소리가 달라졌다.

"용의자를 발견했다고요?"

두 남녀의 시선이 마주쳤다.

"자살한 것 같단 말이죠……."

리오네의 표정도, 남자의 표정도 이상해졌다.

"그자가 확실합니까? ……예, 알겠습니다. 그럼 전 시티타워로 복귀하죠."

먼저 정신을 차린 쪽은 남자였다. 욕설을 낮게 짓씹은 남자가 리오네를 밀치고 도망쳤다. 달리기엔 자신이 없지만 증인을 놓칠 수 없기에 이 악물고 쫓아갔다. 팀멀리가 뒷골목에 이르러서야 간신히 남자를 따라잡았다. 심장이 터질 것 같았다.

"하, 아, 하아, 진짜…… 불덩이라도 날릴걸."

남자는 리오네를 따돌렸다고 생각했는지 안심하고 주머니에서 폰을 꺼내 들었다. 그리고 남자는 죽었다.

리오네의 호흡이 미처 진정되기도 전에 벌어진 일이었다. 갑자기 나타난 괴한 두 명이 남자의 목에 주사기를 찔러 넣었다. 숨이 끊어진 것을 확인한 쪽이 다른 쪽에게 지시했다.

"불에 태우라고 하셨어. 간신히 신원 파악만 가능할 정도로 활활."

"번거롭네."

"딴 놈한테 뒤집어씌우려면 어쩔 수 없지."

눈앞에서 증인을 잃은 리오네는 괴한들이 사라질 때까지 자리를 뜨지 못했다.

자딘은 라키어스가 불을 다룰 수 있다는 사실을 알고 있었다. 이 또한 자딘의 계획 중 하나일 것이다.

리오네는 여전히 사람을 쉽게 쓰고 버리는 친부의 습성에 치를 떨었다.

잠시 리오네 선생님으로 행복했던 기억을 넣어 둘 때가 되었다.

자딘을 잡으려면 지금보다 더 치밀하고 집요해져야 했다. 에데니카에 처음 왔을 적의 투지를 되살려야 했다. 그러다 보면 조금은 뿌듯한 일도 생기는 법이다. 가령, 친부 세력에게 납치된 비하르트 뮬러를 구해 주는 일 같은 것 말이다.

정찰 나간 엘리제가 괴생물체에게 끌려갔다. 엘리제의 신분이 특수한 만큼 원로원 회의가 소집되었다.

뜬금없게도, 사고 당일 아침 행방을 감춘 2조장이 의심받고 있다는 소식이 리오네 귀에 들어왔다.

리오네는 전투대 개개인에 관해 잘 알지 못하지만, 엘리제에게 표창장을 수여하던 파티에서 2조장이 제 대장에게 어떻게 행동하는지를 보았다.

깊이 조사할 필요도 없었다. 아주 조금만 수소문해 봐도 비하르트가 자신의 대장을 오랫동안 좋아해 왔다는 사실을 알 수 있었다.

뮬러 남매는 엘리제 녹턴에게 목숨을 건다. 달리 말하면 엘리제에게 무슨 일이 생길 시, 매뉴얼을 무시하고 현장으로 뛰어들 사람이란 거다.

"흔히 이런 걸…… 방해물이라고 하지?"

행방을 추적하는 것도, 환풍기에 문제를 일으켜 경계를 잠깐 허술하게 만드는 것도 쉬웠다. 솔직히 남자들과 맞붙게 됐어도 리오네에겐 그들을 제압할 능력이 있었다.

2조장을 구출할 때 가장 힘들었던 점은 다름 아닌 그의 체중이었다.

"이거, 곤란하게 됐네."

차라리 잔뜩 맞아서 곤죽이 됐더라도 제 발로 걸을 수 있었다면 얼마나 좋을까. 의식을 잃은 남자는 리오네의 의지를 시험할 만큼 무거웠다.

"난 어째서 물건 띄우는 능력 같은 건 없는 거야."

건물을 일시에 전소시킬 수 있으면 뭐 하나. 사람 백 명을 얼려 죽일 수 있어도 성인 남자 한 명 옮기는 다리가 후들거린다. 마지막엔 거의 질질 끌어다가 적당한 장소에 던져 버렸다.

자딘의 징벌을 두려워한 수하들이 존재조차 불분명한 조력자에 대해 입을 다문 건 리오네의 예상대로였다.

그 후로도 리오네 프리메이어는 도시 곳곳을 누비며 계획을 완성해 나갔다. 도중에 엘리제와 맞닥뜨리는 바람에 너무 빨리 정체가 들통날 위기를 맞기도 했으나, 다행히 이 이야기의 결말은 해피엔딩이었다.

추방형 선고를 들을 때 자딘의 표정을 두고두고 기억할 것이다.

그리고 리오네는, 공원에서 마주쳤던 이들의 앞날을 지키는 리더가 되었다.

알람 소리에 눈을 뜬 리오네는 침대 위에서 기지개를 켰다.

커튼을 열어젖히자 익숙한 풍경이 눈에 들어왔다. 리오네는 새집이 퍽 마음에 들었다.

영원히 기자 친구의 집에 신세질 수도 없고, 그럴 필요도 없어진 리오네는 프리메이어 저택으로 돌아가는 대신 아예 새로운 집 건축을 의뢰했다.

기억 속에 생생한 옛집을 모티브로 삼았다. 어린 리오네가 외가 사람들과 함께 살던 저택을 3분의 1 크기로 축소시켜 구현하였다. 정원 꾸밈새까지 똑같이 재현했기 때문에 리오네는 매일 아침마다 고향집에서 눈을 뜨는 기분으로 하루를 시작할 수 있었다.

「프리메이어 저택은 꼴도 보기 싫다 쳐. 그럼 라키어스 리더처럼 처분을 하든가.」

기자 친구가 펜 뚜껑을 잘근잘근 씹으며 물었다.

「남은 가족들 계속 살게 둘 거야?」

「그 사람들은 에데니카에 들어온 이후로 계속 그곳에 살았어. 거기가 집인 거지. 물론 프리메이어 부인은 애들 데리고 돌아갈 부유한 친정이 있긴 하지만, 굳이 쫓아낼 의미를 모르겠어서.」

「유류분 갖는 것도 거절했다며?」

리오네가 어깨를 으쓱했다.

「예의상 물어봤는데 1초도 안 돼서 거절하더라고.」

「하긴. 사정 모르는 쪽에선 네가 피도 눈물도 없는 괴물처럼 보이겠지. 네가 주는 건 공기 한 줌도 받고 싶지 않을걸?」

리오네의 입가에 사늘한 미소가 걸렸다.

피도 눈물도 없는 괴물이라. 재밌는 소리네. 과연 어느 쪽이 진짜 괴물일까.

하여튼 동정할 구석 없는 자딘의 삶에도, 그의 죽음을 슬퍼하는 사람들이 있다는 게 신기하게 느껴졌다.

친구는 이내 고개를 저으면서 자신이 쓸데없는 걱정을 했다고 덧붙였다.

「지금 프리메이어 저택이 대수겠어? 이제 네가 집안의 수장인데. 입이 떡 벌어질 만큼 대단한 재산, 다 네 차지 아냐?」

「그렇지.」

리오네가 생긋 웃었다.

「그게 바로 이 사건을 더 즐겁게 만들어 주는 요소랄까.」

저택을 제외한 프리메이어가의 재산이 모두 리오네 손으로 들어왔다. 이제 리오네는 에데니카에서도 손꼽히는 부의 소유자였다.

자딘이 오직 스스로를 위해 일군 재산이란 점이 리오네의 기쁨을 더해 주었다.

「좋오오은 데 잘 쓰겠습니다!」

그리고 그 첫 번째가 리오네만의 집을 짓는 것이었다.

예전 담임 선생님의 이사 소식을 접한 엠마가 친구들을 끌고 집들이 가도 되냐고 재잘거렸다. 선생님이 손에서 불을 뿜을 수 있는 사람인 줄 몰랐다며, 바비큐 파티 할 때 화력 조절은 걱정 없겠다고 종알댔다.

아주 귀여운 소리지만 스물다섯 명에 달하는 녀석들을 단장한 지 얼마 안 된 새집에 들이고 싶지 않았다. 밖에서 잠깐 보면 모를까.

"서운해하려나? 하지만 선생님은 언제나 단호하답니다!"

리오네는 잠시 엠마의 번호를 차단했다. 그러니까 약 한 달 정도. 그러자 집념의 옛 제자는 이메일 쪽을 공략했다. 하루가 멀다 하고 상담할 게 있다는 메일을 보내왔다.

자신이 리더직에 올랐다는 사실을 에데니카 시민 모두가 알고 있는데, 엠마 하트니스 양 혼자서만 망각한 것 같았다.

"도대체 그동안 몇 개를 보낸 거야?"

누적 개수를 확인하니 무려 40여 개에 이르렀다. 어쩔 땐 하루에 두 번 보내기도 했다. 도대체 뭐가 그리 급히 상담할 게 있는지 의아해졌다.

"집들이, 집들이, 집들이…… 정말 이 아가씨 집요함은 알아줘야 해. 아, 이제 좀 다른 게 나오네. 대학 입학했는데 못생긴 선배가 자꾸 치근거려요? 불로 지져 버린다고 해야지."

리오네가 혀를 찼다.

"선생님 밑에 있는 동안 헛배웠어?"

그러다가 눈에 들어온 게 굉장히 낯익은 이름이었다.

비하르트 뮬러.

구출 당시 잠깐 맡은 향수 냄새로 리오네를 코앞까지 추격해 온 남자였다.

그때 그렇게 온 도시를 헤집고 다녔다더니, 인연은 인연인 모양이다.

"세상에. 실제로는 클럽 앞에서 딱 한 번 도움 받았을 뿐인데, 요 아가씨가 아주 단단히 홀렸네?"

혼자 이름 점을 쳐 봤다는 둥, 꽃잎 점을 쳐 봤다는 둥 난리셨다.

거침없이 이어져 나가던 메일은 3주 전을 마지막으로 중단되었다. 마지막 메일 내용은 간단명료했다.

저, 입대해요.

"……요즘 아이들은 따라가기가 버겁다니깐."

이 정도 속도라면 얼마 안 돼서 눈부시게 새하얀 카드가 저택 우편함으로 날아오는 게 아닐까?

열어 보면 우아한 필체로 적혀 있는 거지.

저, 결혼해요.

"출근이나 하자."

리오네는 씩씩한 걸음으로 현관을 나섰다.

오늘은 일정 중에 언론 인터뷰가 있는 날이었다.

지난가을에 새로 취임한 문화부 리더 리오네는 복지부의 엘리제와 또 다른 이유로 인기가 좋았다. 질문의 자유도가 좀 더 높다 할까. 약간 짓궂은 질문도 거절하는 법 없이 받아 주었다.

그래서인지 꼭 인터뷰 말미가 되면 이런 질문이 하나둘씩 붙었다. 오늘은 어쩐 일로 묻지 않나 했더니, 그저 순서가 덜 된 것일 뿐이었나 보다.

"라키어스 님, 엘리제 님과 함께 일하신 지도 어느덧 몇 달이 되었는데요. 가까이서 느끼는 두 분에 대한 감상을 여쭤도 될까요?"

질문자의 눈이 아까 전보다 반짝이는 듯 보이는 건 기분 탓이겠지.

"신혼부부 둘만의 애정행각을 목격하신 적은 없나요?"

갑자기 날카로운 첫 엿봄의 추억이 리오네의 머릿속을 스쳐 지나갔다. 돌이켜 생각해 보니 그때는 두 사람이 결혼을 하기도 전이었다.

라키어스 녹턴이 엘리제에게서 한시도 떨어지고 싶어 하지 않는다는 걸 익히 알고 있었으나, 그토록 적나라한 방식으로 확인할 생각은 없었다.

지금 당장 테이블 위에서 널 갖고 싶다는 말을 회의 시간에 입모양으로 전달하다니.

그 말을 들은 엘리제의 눈이 커다래지는 건 당연했다.

리오네는 다시 떠올려도 아찔한 기억을 얼른 머릿속에서 치워 버렸다. 대신 적당한 대답을 들려주자 질문자가 만족스런 웃음을 지었다. 이어서 날아든 질문은 다음과 같았다.

"그럼 이쯤에서 조심스럽게 여쭤보겠습니다. 리오네 님은 향후 '좋은 분'을 만나실 생각이 없을까요?"

"어머, 자연스럽게 제 연애사로 넘어오나요?"

"저뿐만이 아니에요. 이에 대해 궁금해하는 분들이 많답니다."

"흐음."

리오네는 그다지 신지한 기색 없는 얼굴로 말을 이었다. 스스로도 놀라울 정도로, 이 사안에 관해 깊이 생각해 본 적이 없었다.

"아직은 일에 전념하고 싶어요. 다들 아시다시피 제가 리더가 된 게 겨우 지난가을인걸요. 새로운 자리에 적응하는 데만도 시간이 꽤 걸릴 것 같아요."

"다른 답변을 기대했던 저로서는 뭔가 아쉽기도 하네요. 그럼 마지막으로 하나만 더?"

아직 끝난 게 아니었나.

리오네가 고개를 끄덕이자, 상대는 리오네의 이상형에 대해 물었다.

"라키어스 님처럼 온화하고 다정한 타입은 어떠신가요?"

리오네의 표정이 묘하게 변했다. 라키어스의 실제 모습을 알게 된 다음에도, 질문자가 그를 '온화하고 다정하다' 고 여길지 의문이었다.

"라키어스 리더는 훌륭한 동료고요."

은근히 선을 긋는 리오네였다.

"저는…… 좀 더 제 말을 잘 듣는 분이 좋겠네요."

라키어스를 향한 엘리제의 한탄이 떠오른 까닭이었다.

대답을 하고 보니 제법 그럴듯하게 들려서, 리오네는 만족스러운 기분으로 인터뷰를 마무리할 수 있었다.

경쾌한 걸음걸이로 복도를 지나던 리오네가 우뚝 멈춰 섰다.

한 달에 한 번 전시나 영화를 관람하기도 어려운 학생들의 문화생활을 지원하는 방안을 논하려고 엘리제에게 가던 중이었다.

원래 약속시간보다 15분쯤 늦긴 했다. 하지만 상대의 집무실에 방문하기 전, 엘리제의 최강 워커홀릭 비서에게 먼저 양해를 구했다.

리더께선 점심시간 이후부터 집무실에 고이 들어앉아 계신다는 확답을 듣고 올라왔단 말이다. 한데 지금 휴게실에서 창밖을 내다보고 있는 이는 분명 엘리제 녹턴이었다.

그래, 이것까진 문제없지.

시티타워에서 가장 많은 업무를 처리하고 있는 복지부 리더도, 잠깐 기분 전환을 하러 나올 수 있다. 어쩌면 저를 마중 나왔다가 뻐근한 몸을 좀 움직일 겸 휴게실까지 간 것일지도 모른다. 심지어 그새 저와의 약속을 깜빡한 거라도 좋다! 괜찮다! 문제없다고!

문제는 엘리제가 울고 있다는 거였다. 창밖을 향해 돌린 몸이 흐느낌으로 떨리고 있었다. 어깨가 쉴 새 없이 들썩였다.

티슈를 챙길 정신조차 없던 것일까. 엘리제는 흐르는 눈물을 손등으로 훔치며 울었다. 숨죽인 울음소리가 휴게실 너머로 새어 나오고 있었다.

'안 돼⋯⋯. 그쪽이 울면 안 된다고요.'

리오네는 몹시 당황한 파수꾼처럼 고개를 획획 돌려 가며 주변을 살폈다. 시티타워의 모두가 오열해도 엘리제 녹턴만은 울면 안 됐다. 45층의 그분이 이를 알게 된다면 어떤 반응을 보일지 소름이 돋았다.

설마 싸웠나? 아닌데. 라키어스가 엘리제를 울릴 리 없는데. 자기가 엘리제를 울리는 건 '그럴' 때뿐이라고 뻔뻔한 낯짝으로 지껄인 걸 내가 분명히 기억하는데.

'이렇게 말하고 보니 내가 불타는 신혼부부와 함께 일하고 있다는 사실이 실감나는군.'

잠시 눈알을 데구르르 굴려 보는 리오네였다.

'그럼 내가 늦은 15분 사이 무슨 일이 있었던 거야?'

리오네는 에데니카의 비공식 '안전핀' 엘리제 녹턴을 위로하기 위해 휴게실 유리문을 열었다. 45층의 그분이 보시기 전에 엘리제를 어떻게든 달래야 했다.

"어, 나예요."

리오네가 휴게실 테이블 위에 비치된 티슈를 뽑아 상대에게 내밀었다.

"요게 도움이 될까요?"

고맙다는 인사도 제대로 하지 못한 채 티슈를 받아 들었다. 고개를 끄덕이는 동시에 눈물을 닦고 코를 풀었다. 리오네는 학교에서 아이들을 달래던 기억을 떠올렸다.

"무슨 일인지 물어봐도 될까요? 지금 당장 말할 필요는 없고요. 좀 진정되면요."

엘리제가 고개를 여러 번 끄덕였다.

몇 분 뒤, 엘리제가 흐트러진 호흡을 골랐다. 심호흡을 하자 상태가 조금 나아졌다.

"방금 전투대장의 전화를 받았어요. 생존자들을 발견했대요."

"아."

"여섯 명 모두 무사하다고⋯⋯. 게이트 안으로 들어오자마자 제일 먼저 제게 연락했다고 말했어요."

엘리제의 표정이 다시금 일그러졌다. 웃는 듯, 우는 듯 벅찬 감정을 억누르기 힘든 모습이었다.

"이게 꿈은 아니겠죠?"

그 말이 끝남과 동시에 엘리제의 등짝을 호쾌하게 때려 주었다. 선생님의 낭독을 자장가 삼아 꾸벅꾸벅 조는 녀석들을 매만져 주던 경험을 이런 식으로 써먹을 수 있다니, 새삼 뿌듯했다. 엘리제가 눈을 동그랗게 뜨고 리오네를 쳐다봤다.

이것 봐. 우는 아기 눈물도 뚝 그치고, 얼마나 효과가 좋아.

"아프죠?"

"네⋯⋯."

"꿈 아니죠?"

"네⋯⋯."

멍하니 대답하던 엘리제가 돌연 웃음을 터뜨렸다. 리오네도 따라 웃었다.

"뜬금없는 거 아는데 갑자기 생각나네요. 전투대 녀석들은 끝내주게 유치하거든요. 걔네가 방금 전의 절 봤으면 안 놀리곤 견딜 수 없었을 거예요. 울다가 웃으면."

"엉덩이에 뿔난다!"

엘리제가 고개를 갸우뚱했다.

"털 아니에요?"

"털이에요? 뿔인데. 제가 살던 곳에서는 줄곧 뿔이었는걸요."

"그럴 리가……. 이것도 동네마다 다른가."

너무 격한 감정을 겪고 난 다음이라 그런지, 엘리제는 진심으로 이상한 고민에 빠지려고 했다. 그래서 리오네는 손뼉을 크게 쳐 주었다.

"축하드려요. 전투대원들을 고통에 빠뜨린 작자의 딸로서도, 복수를 촘촘하게 계획했다고 자신했지만 정작 가장 큰 참사를 막지 못한 자로서도."

리오네가 부드럽게 웃었다.

"그분들이 무사하단 사실에 감사할 따름이에요."

"음, 리오네 리더가 녀석들에게 죄책감 가질 필요는 없다는 거 알고 있죠?"

"반사."

엘리제가 눈을 또다시 동그랗게 떴다. 그러다가 리오네의 뜻을 깨닫고 고개를 끄덕였다.

미소가 떠나지 않는 입가에서, 미처 숨길 수 없는 기쁨과 설렘이 느껴졌다.

"그럼 다들 의료센터로 이동 중이겠네요. 하루 동안 입원해서 종합검사를 받는 게 순서니까요."

리오네가 웃는 얼굴로 물었다.

"퇴근 안 하세요?"

"아…… 일은 끝내고 가려고요. 리오네 리더랑 논의할 사항도 있고."

"이건 내일 해도 괜찮아요. 아직 초안 단계니까. 하지만 기다리던 사람이 돌아온 날은 오늘 단 하루뿐이라고요!"

리오네의 응원에 엘리제가 휴게실을 나섰다. 더없이 밝은 얼굴로, 곧장 엘리베이터를 향해 뛰었다. 아무래도 워커홀릭 비서에게 상사의 조기 퇴근을 알리는 건 리오네의 몫인 듯하다.

그래도 괜찮다.

오늘은 누군가가 아주 오랫동안 애타게 기다려 온 사람들이 돌아온 날이니까.

"에데니카에 오신 것을 환영합니다."

리오네가 창밖을 보며 조용히 속삭였다. 고층에서 아래를 내려다보자 사람들이 장난감보다 조그맣게 보였다.

저마다 걸치고 있는 외투의 두께가 얇아 보였다. 목도리를 두른 사람은 적고, 장갑을 낀 사람은 더더욱 적었다.

'어쩐지 요즘 들어 햇살이 더 따사롭다 싶더라니.'

깨닫지 못한 새, 봄이 다가오고 있었다.

외전5 실바노

"실바노!"

한 손에는 동물 풍선, 다른 손에는 커다란 무지갯빛 솜사탕을 든 엘리제가 활짝 웃었다.

옷차림이 눈에 익었다. 예전에 비하르트, 비안카와 함께 놀이공원에 갔을 적 입었던 분홍색 후드였다.

무릎까지 오는 양말은 여전히 귀여웠다. 리본 달린 스니커즈도 그때 그대로다. 그리고 깨끗하게 비어 있는 왼손 약지도 기억 속의 그날과 같았다.

늘 끼고 다니는 결혼반지가 보이지 않았다.

꿈이구나.

실바노는 쓴웃음을 지었다.

꿈속에서 꿈임을 자각하는 걸 루시드 드림이라 부르던가. 엘리제가 결혼한 지가 언젠데, 자신은 아직도 미련 가득한 꿈이나 꾸고 있었다.

너저분하게 이게 무슨 꼴이람.

"비하르트랑 비안카는 먼저 돌아갔어. 간만의 데이트인데 둘이서 오붓한 시간을 보내라나? 흥, 그럼 이런 풍선이니 솜사탕이니 하는 것들도 본인들이 챙겨 가야 하는 거 아냐? 손이 분주해서 폰을 확인할 수도 없었어."

"이리 주세요."

"여기!"

기다렸다는 듯 냉큼 풍선을 건네주었다. 솜사탕도 달라고 했더니 그건 본인이 드시겠단다. 무지갯빛 구름을 베어 무는 엘리제의 옆모습은 말 그대로 그림 같았다.

실바노는 또다시 씁쓸한 미소를 띠었다. 현실에선 불가능한 꿈임을 알겠다. 꿈에서 깨고 난 다음에 얼마나 스스로를 우습게 여길지도 짐작이 간다.

그럼에도 불구하고 엘리제는 사랑스러웠다. 곱게 접히는 눈매를 보고 있노라니, 제 입가에서도 웃음이 떠나질 않았다.

어차피 이뤄지지 않을 꿈속이라면, 조금은 욕심을 부려 봐도 괜찮지 않을까.

"실바노, 무슨 생각해?"

엘리제가 두 눈을 가늘게 흘겨 떴다.

"방금 표정이 좀 이상했거든."

"별생각 안 했습니다."

"아닌데. 아주 찰나에 불과하긴 했지만."

"했지만?"

"되게…… 엉큼했단 말이야."

놀이공원에서 파는 풍선 끝에는 손가락에 걸고 다닐 수 있도록 고리가 달려 있었다. 하지만 남다른 체격의 실바노 데이에겐 소용없는 배려였다.

손가락 두께조차 평균 사이즈를 한참 벗어나는 남자는, 소꿉놀이 장난 감처럼 보이는 고리를 사용하는 대신 풍선 줄을 한 바퀴 감아 잡고 있었다.

엘리제의 직설적인 표현에 하마터면 풍선을 놓칠 뻔했다. 손에 감아 둔 줄이 풀리기 전에 얼른 힘을 주어 붙들었다.

"잘못 본 거겠죠."

"무슨 생각을 했기에 그렇게 음흉한 표정이 새어 나왔어?"

"엉큼에 이어 음흉입니까? 모함은 그만두세요."

"모함이 아니라니까 그러네."

엘리제가 의심스럽다는 눈으로 실바노의 아래위를 훑었다. 감청색 눈빛이 쓸고 지나가는 자리마다 왠지 간지럽고 따끔거리는 기분이었다.

어느새 몸 전체에 긴장이 들어가 있었다.

"어? 저기서 무슨 행사라도 하나 봐. 사람들이 몰려 있네."

"……과자 먹기 대회일 겁니다."

"그걸 어떻게 알아? 이쪽에선 현수막 같은 것도 안 보이는데."

"그냥 압니다."

실바노는 엘리제의 어깨를 감싼 뒤 제 몸 쪽으로 이끌었다.

"재미없을 거예요. 게다가 별로 유쾌하지 않은 기억이 떠오르려 하는군요. 우린 다른 데로 가죠."

방향을 튼 지 한참이 지난 후에도, 실바노는 엘리제의 어깨에서 손을 떼지 않았다. 꿈속의 엘리제는 실바노의 접촉에 너그러웠다. 그래서 자꾸만 더 많은 것을 바라게 됐다.

이 정도도 괜찮을까? 이렇게는? 아니면 이건 어떨까?

이대로 꿈이 계속되었으면 싶었다. 엘리제를 온전히 독점하는 시간은 그만큼 중독성이 강했다. 달콤하고 또 달콤한 주문과도 같았다.

"이벤트에 참가해 보세요!"

대형 초코과자가 갑자기 두 사람 앞으로 뛰어들었다. 인형 탈을 뒤집어 쓴 직원일 터다. 초코과자 몸체 밖으로 나온 팔다리를 열심히 움직이며 자사 브랜드를 홍보했다.

"푸짐한 상품이 걸려 있답니다! 지금 바로 참가하세요!"

"……자릴 옮길까요?"

하지만 초코과자의 등장은 거기서 끝나지 않았다. 놀이공원 어딜 가도 초코과자가 있었다. 벤치 뒤의 풀숲에서 튀어나오는 건 약과였다. 분수대 안에서 물귀신처럼 나오질 않나. 따가운 시선을 느끼고 고개 들어 보니 나무에 거꾸로 매달려 있질 않나.

당혹스럽기 그지없었다. 달콤하던 꿈이 어쩌다 초코과자의 집착 시리즈로 변질되고 있는 걸까?

"그냥 참가할까?"

엘리제가 애매하게 웃으며 실바노의 동의를 구했다.

"안 하고 버렸다간 꿈에서도 나올 것 같아."

지금 이미 꿈속인데요, 라고 말할 순 없었다.

실바노는 초코과자에게 다가가 이벤트 참가 의사를 밝혔다. 순간 초코과자가 섬뜩한 미소를 짓는 것처럼 보였다. 결국 참가시켰다는 만족 때문일까.

하나 실바노에게도 생각이 있었다.

그건 바로—

"준비하시고…… 시작!"

진행자가 스톱워치를 누름과 동시에, 실바노는 엘리제가 물고 있는 과자를 손날로 쳐 냈다. 휙 날아간 과자는 집념의 초코과자맨 발치에 떨어졌다.

"읏!"

입술을 겹쳤다. 달콤한 립밤 향기가 나는 입술이 실바노의 입술에 짓눌렸다. 현실에선 이루지 못한 격정적인 키스였다. 엘리제에게서 입술을 떼지 않은 채 고개를 틀었다.

슬며시 눈을 떴다. 조금 떨어진 곳에 서 있는 초코과자맨이 배신감으로 부들부들 떨고 있었다. 이에 실바노의 키스가 보란 듯이 깊어졌다.

저 아래에서부터 짜릿한 만족감이 번져 나갔다.

세차게 내리꽂히는 물줄기를 맞고 있자니 실소가 흘러나왔다. 도대체 이게 무슨 개꿈인가 싶었다. 배수 통로를 따라 떠내려가는 샴푸 거품을 보면서, 잡념도 거품처럼 씻겨 내려가면 좋겠다는 생각을 했다.

"4조장 외출?"

복도에서 마주친 비하르트가 말을 걸었다. 집에 간다고 하자 '아아.' 하는 소리를 내며 고개를 끄덕였다.

"요즘 자주 가는 것 같네."

"열흘에 한 번 정도. 막내는 더 자주 왔으면 좋겠다고 하더라고."

"큰오빠가 보고 싶은 모양이지. 귀여워라."

잘 다녀오라는 배웅을 받았다. 손을 들어 보이고는 전투대 건물을 나섰다.

바이크나 자동차를 몰고 가지 않는 이유는 단순했다. 집 앞에 주차할 공간이 마땅치 않기 때문이다. 개인 소유의 마당 한 뼘조차 없는 허름한 단층주택이, 실바노가 열두 살 때부터 '집'이라고 불러 온 곳이었다.

실바노 데이에겐 동생이 여섯 명이나 있다. 그중에 피가 섞인 녀석은 없다. 실바노 자신을 포함해서 총 일곱 명 모두 보호소 출신이다.

돌아가신 양부모님은 사랑이 넘치는 분들이셨다. 더 오래 사셨으면 좋았을 거라고, 가끔 생각해 본다.

그날 가게에 강도가 들지만 않았더라면. 아니면 아직 중학생에 불과했던 셋째 딸 대신 장남이 데이 부부 일손을 돕고 있었더라면, 하는 가정을 머릿속에서 떨치기까지 꽤나 오랜 시간이 걸렸다.

양부모님은 딸에게까지 손 뻗치려는 강도를 막으려다가 돌아가셨다. 강도는 총성을 들은 이웃들이 몰려드는 소리에 도망쳤다. 여동생이 다치지 않은 게 그나마 불행 중 다행이었다.

누군가에게 강렬한 살의를 느낀 건 그때가 처음이었다.

평범한 사람이 주먹을 휘두르면, 맞은 상대는 입술이 터지거나 코피가 나는 정도에 그칠 것이다. 그러나 실바노 데이가 주먹을 날리면 상대는 목숨을 잃는다. 실수로라도 발끈하는 일이 없어야 했다.

이 때문에 실바노는 웬만한 일에도 동요하지 않았다. 하나 양부모님에게 일어난 비극은 도저히 참고 넘길 수가 없었다.

집요한 추적 끝에 범인을 찾아냈다. 놈은 미안하다는 시늉조차 하지 않았다. 실바노의 덩치에 흠칫 놀라긴 했지만, 제 패거리가 열 명이 넘는다는 사실을 깨닫고 금세 우쭐해하기까지 했다.

한 시간 뒤.

실바노는 열세 명을 잔인하게 때려죽인 죄로 체포되었다. 칼 한 자루 들지 않았지만 무장범 취급을 받았다. 애초에 경찰이 아닌 경비대가 출동한 게 그 증거였다.

사람들은 2미터에 가까운 거구가 피를 흠뻑 뒤집어쓴 모습에 경악을 금치 못했다. 짐승이라는 둥 광인이라는 둥 수군거리는 소리가 들려왔다.

추방형을 선고받고서야 눈앞이 아득해졌다. 두고 온 동생들 생각이 났다. 그렇다고 해서 복수가 후회되지는 않았다.

목숨 걸고 탈옥이라도 해야 되나.

하루하루 피가 마를 즈음, 엘리제가 감옥을 찾아왔다. 거부할 수 없는 제안을 했다.

그렇게 된 거였다.

"오빠, 마침 잘 왔어!"

낡은 현관문을 열고 들어가자마자 데이 집안의 셋째가 달려와 보호자 동의서를 들이밀었다.

"여기 사인 좀 해 줘."

"이게 뭔데?"

"이번에 새로 실시되는 청소년 문화생활 지원 프로그램인데, 신청해 보려고."

"일부러 나 기다린 거야? 토니한테 해 달라고 하지."

둘째 오빠 이름이 나오자 웃기지도 않다는 듯 콧방귀를 뀌는 고교 2학년이셨다.

"자긴 동의할 수 없대. 큰오빠한테 부탁하지도 말래. 나 원, 어이가 없어서."

"형, 그거 해 주지 마."

엉망으로 뻗은 막내의 머리를 정돈해 주던 둘째가 끼어들었다. 실바노는 동의서에 따라온 프로그램 안내문을 읽는 중이었다.

"괜찮아 보이는데?"

"이 녀석이 왜 그거 신청하려는지 알아? 얌전히 영화 보고 음악회 가려는 게 아니라, 익스트림 스포츠 하고 싶어서 그러는 거야."

둘째가 쯧, 하고 혀를 찼다.

"비싸고 위험하지."

"그쪽이 상관할 바 아닙니다."

"오빠한테 말본새가 그게 뭐야?"

"토니 데이. 진짜 꽉 틀어 막혔어. 사사건건 간섭에 애늙은이가 따로 없지. 진심으로 걱정된다. 누가 너랑 결혼해 주겠냐?"

"갑자기 이야기가 왜 내 결혼으로 점프하는 건데?"

열흘 만에 들어온 집 분위기는 열흘 전과 똑같았다. 둘째와 셋째는 나이 차가 세 살이나 나는데도 하루가 멀다 하고 티격태격이었다.

여섯 살 난 막내가 한숨을 쉬더니 큰오빠에게 다가왔다. 머리 방울을 내밀고는 본인 머리를 가리켰다. 실바노는 사인을 마친 동의서를 셋째에게 넘겨주고, 막내의 머리를 만지기 시작했다.

잔디인형처럼 부푼 머리카락이 실바노의 커다란 손 안에서 앙증맞은 한 묶음이 되었다. 능숙하게 방울을 돌리던 실바노는 막내가 제일 좋아하는 방울의 수명이 얼마 남지 않았음을 깨달았다. 오렌지색 고무줄이 삭아 있었다.

"나탈리. 너 파트타임 하는 햄버거집 근처에 액세서리 가게 있지? 퇴근 길에 머리 방울 몇 개 사 오련?"

"우리 막내 거?"

둘째 오빠 앞에 대고 동의서를 흔들어 보이던 나탈리가 실바노 앞으로 와 두 손을 내밀었다.

"좀 보태 줘. 요번 달 월급 받으려면 아직 일주일은 있어야 되고, 모아 둔 돈은 난방비로 다 냈어."

"……올 겨울 난방비가 그렇게 많이 나왔나?"

"흐음, 사실 여섯 명이 사는 집에 그 정도 난방비는 평균이라고 생각해. 솔직히 펑펑 틀지도 않았다, 뭐. 집 안에서 감기 안 걸릴 정도로만 틀었다고."

나탈리의 표정이 조금 시무룩해졌다.

"그냥 우리가 돈이 없는 거야."

"어이, 원하던 거 얻어 냈으면 빨리 일하러 가 봐. 형한테 괜히 쓸데없는 소리 하지 말고."

나탈리가 입술을 삐죽거렸다. 실바노는 안주머니에서 지갑을 꺼냈다. 방울 한 박스를 사고도 남을 정도의 돈을 주자 둘째의 눈초리가 매섭게 변했다.

"그렇게 많이 주지 마!"

"실바노 오빠."

나탈리의 울적한 눈이 큰오빠의 홀쭉한 지갑에 머물러 있었다. 외투 안 주머니에 도로 넣자, 시선은 그곳까지 따라왔다.

"오빤 젊고, 키 크고, 체격 좋고, 힘세고, 성실하고, 잘생……겼다기보다 호불호가 갈리는 외모지만 그래도 내 눈엔 나쁘지 않은데, 오빠 좋다는 사람이 한 명도 없어?"

어째서인지 언니 치맛자락을 가지고 장난치던 막내까지 한숨을 쉬었다.

저기, 방금 전까지 머리 예쁘게 묶여서 만족했잖니?

"토니야 일찌감치 망했다고 쳐. 그래도 큰오빠는 진짜 없어?"

"글쎄다."

"아직도 그분…… 엘리제 님 좋아하는 거 아니지?"

연하게 웃으며 고개를 저었지만 상대는 큰오빠의 대답을 믿지 않았다.

"힘들겠지만 얼른 정리해! 안 되는 사람은 안 되는 거야. 결혼까지 한 사람은 빨리 보내 주고, 새사람 만나야지!"

"오늘따라 유난히 오빠들 결혼에 집착하는구나, 나탈리."

실바노의 한마디에 둘째가 거 보라는 표정을 지었다. 하지만 나탈리는 눈 하나 깜짝하지 않았다.

곤궁한 살림이 피려면 가장인 큰오빠가 지금보다 월급이 높은 곳으로 이직하든가, 여유 있는 집 아가씨와 결혼하든가 둘 중 하나를 택해야 되는데 전자를 고를 리 없으니 후자밖에 남지 않는다고 했다.

"하…… 옛날이라면 노예시장에서 제일 비싼 값에 팔렸을 텐데."

대체 얼마나 오랜 옛날까지 거슬러 올라가는 걸까.

실바노는 조금 어이없이 새어 나오는 웃음을 참아 눌렀다.

◆

"실바노!"

솜사탕과 풍선을 든 엘리제가 제자리에서 폴짝폴짝 뛰었다.

귀여운 분홍색 후드에 데님 스커트, 무릎까지 올라오는 양말, 그리고 리본 달린 스니커즈 차림이었다.

"놀랄 거 없어. 네가 늦은 거 아니니까. 비하르트랑 비안카는 간만에 오붓한 시간 보내라면서 먼저 갔어. 얼른……."

"잠깐만요."

실바노가 엘리제의 말을 끊었다. 다소 혼란스러운 기분으로 주변을 둘러보았다. 놀이공원이었다.

"왜 그래? 무슨 일 있어?"

엘리제가 이상하다는 듯이 쳐다보았다. 주변을 둘러보던 실바노는 다시 엘리제에게로 시선을 돌렸다. 말간 립밤 색깔까지 어젯밤 꿈과 똑같았다.

엘리제는 실바노의 대답을 기다리며 무지갯빛 솜사탕을 한 입 물었다.

엄청나게 귀여운 그림 같은—

"이상하군요. 꿈을 이어서 꾸는 경우에 대해서도 들어 봤지만, 이렇게까지 어제와 똑같을 일인가."

"응? 꿈? 무슨 꿈?"

"……아닙니다. 그럼 놀까요?"

엘리제가 활짝 웃더니 제일 먼저 하늘자전거를 가리켰다. 이것도 어제와 같은 선택이었다.

상당히 야릇한 기분으로 하늘자전거를 타고, 이어서 매표원에게 풍선을 맡긴 뒤 롤러코스터를 탔다.

엘리제가 세 번째 놀이기구로 바이킹 해적선을 가리켰을 때, 실바노는 들고 있던 풍선의 줄을 놓았다.

"풍선!"

"죄송합니다. 순간 손의 힘이 풀려서."

"실바노가……?"

엘리제가 매우 의심스럽다는 눈으로 실바노의 손과 날아간 풍선을 번갈아 보았다.

늘 힘이 과해서 문제였지, 한 번도 힘이 풀리거나 부족한 적 없던 그였기에 엘리제가 그런 표정을 짓는 건 당연했다.

"해적선도 좋지만 다른 건 어떻습니까? 예를 들면."

"이벤트에 참여하세요!"

초코과자가 불쑥 두 사람 사이에 끼어들었다. 실바노의 표정이 대번에 굳었다.

"푸짐한."

"상품도 드리겠지만 안 해."

"……"

초코과자가 팔다리를 부들부들 떨기 시작했다. 실바노는 엘리제의 손을 잡고 자리를 옮겼다.

"실바노, 이쪽은 출구 방향이잖아?"

"죄송하지만 아무래도 컨디션이 별로여서요. 놀이공원은 다음에 다시 와도 될까요?"

"그래? 얼굴은 괜찮아 보이는데…… 많이 불편해?"

"이벤트."

출구를 나서려는 순간 초코과자가 앞을 막았다.

"참가하세요."

"안 한다면?"

"이벤트, 이벤트, 이벤트, 이벤트."

"리더, 잠깐만요."

양해를 구한 뒤 엘리제의 손을 놓았다. 초코과자 앞으로 다가간 실바노는 인형 탈을 홱 벗겼다.

소름 끼치게도, 초코과자 안에는 조금 더 작은 사이즈의 초코과자가 있었다. 어떤 놈인지 면상을 확인하려고 했던 실바노는 예상 밖의 전개에 당황했다. 벗기고 또 벗겨도 안에는 초코과자가 있을 따름이었다.

뭐 이딴 게 다 있어. 개꿈도 정도껏 해야 되는 게 아닌가.

"지금부터 게임을 시작해 볼까?"

그토록 많은 인형 탈을 벗길 동안 반항 한 번 안 하던 초코과자가 돌연 음산한 목소리를 냈다.

"넌 동생의 한탄을 새겨듣지 않았지. 마음 정리를 하겠다고 했으면서도 계절이 두 번 바뀔 동안 유부녀에게 집착이나 하고 있어. 냉수 마시고 정신 차려. 네가 꿈속에서 헛짓하는 지금 이 순간에도, 네 가여운 동생들은 저임금의 노동시장에서 고생 중인 것을 잊으면 곤란하다. 심지어 꿈에서조차 일하고 있음을 잊지 말지니."

"나탈리?"

다음 순간, 초코과자가 펑 하고 사라졌다.

❖

"실바노!"

중형 세단이 도로가에 멈춰 섰다. 반쯤 내려간 유리창 너머로 엘리제가 반갑게 인사했다.

"어디 가?"

"기숙사요."

"태워다 줄게. 타!"

엘리제가 차 문을 열고 자신은 안쪽으로 자리를 옮겼다. 잠깐 머뭇거리던 실바노는 뒤차가 속도를 줄이는 걸 보고 세단에 몸을 실었다.

"갑자기 불러서 놀랐어? 방금 전 지은 표정이 좀 웃겼거든."

"그랬나요."

"응, 엄청 당황한 얼굴이었어."

실바노, 하고 부른 게 괴이한 꿈의 도입부를 떠올리게 만들었노라고 말할 순 없는 노릇이었다. 그러면 엘리제는 꿈에 대해 물을 것이고, 실바노는 솔직하게 대답한 걸 후회하게 될 터였다.

"요즘 생활은 어때?"

"늘 비슷하죠. 신입들도 이제 슬슬 적응한 분위기고요."

"동생들도 다 잘 지내고?"

"곧 막내 생일인데 뭘 사 줄지 고민이네요."

"혼자 고민하지 말고 동생한테 직접 물어봐. 분명 갖고 싶은 게 있을 거야. 안 물어보고 사 갔다가 교환해야 하는 수가 있어."

"듣고 보니 그렇군요."

실바노는 선선히 수긍했다.

"트릭시는 요즘 아예 곤 옆에 붙어산다더라. 푹 쉬라고 휴직시켜 줬더니 의료센터에 매일 출근한다며 비안카가 고개를 내저었어. 내 장담컨대 곤은 조만간 깨어날 거야. 어디 부담스러워서 계속 누워 있겠어?"

실바노가 낮게 웃었다.

동료의 대단한 순애보에 고개를 내저었다는 비안카는, 애타게 찾던 동료가 무사히 돌아왔는데도 정찰 활동에 열심이었다. 언젠가부터 당번 좀 바꿔 달라고 청하는 비하르트에게 화를 내지 않았다.

며칠 전에 미리 양해를 구해도 쌍둥이의 명치에 주먹을 날리던 비안카였건만. 출동 직전에 부탁해도 눈 한 번 흘기는 정도에 그쳤다.

실바노는 TV에서도, 며칠 전 꿈속에서도 엘리제를 보았지만 엘리제는 실바노를 보는 게 오랜만이었다. 그래서인지 신이 나는 모양이다. 상대는 밝은 얼굴로 이것저것 이야기를 늘어놓았다.

재잘대는 목소리를 듣고 있으려니 몇 달 전으로 돌아간 것 같은 착각에 빠졌다. 꿈에서 잡았던 가느다란 손가락을 보았다.

그러자 몇 달 전보다 더 오래전인, 처음 만났을 때가 떠올랐다.

"죄송하지만 이 앞에 세워 주시겠습니까? 잠깐 들를 데가 생각나서요."

볼일 보고 올 때까지 기다려 주겠다는 엘리제에게 미소를 지어 보였다. 그러고는 사양했다. 조심히 들어가라는 인사와 함께 차 문을 닫았다.

탁, 하고 닫히는 소리가 이상하리만치 개운하였다.

"오픈을 맞아 할인 이벤트 진행 중입니다! 구경하고 가세요! 전단지 쿠폰 가지고 오시면 10퍼센트 추가 할인 해 드려요. 감사합니다!"

곰돌이 귀 머리띠를 한 나탈리는 행인들에게 전단지를 나눠 주는 중이었다. 주3회 나가는 햄버거 가게 말고도 데이 집안 셋째가 하는 일은 다양했다.

전단지 배포, 행사 진행 도우미, 카드 문구 쓰기, 비즈 팔찌 제작.

방과 후와 주말에 짬짬이 할 수 있는 일이라면 업종을 가리지 않았다. 대신 그렇게 시간의 구애를 받다 보니 일회성의 단순노동이 대부분이었고, 당연하게도 어딘가에 소속된 정직원보다 수입이 낮았다.

겨우 고2인데 너무 무리하는 건 아닐까. 친구들과 한창 놀 나이인데.

안쓰러운 한편 가슴 한구석이 뿌듯하기도 했다. 양부모님의 장례식 때 몸을 제대로 가누지 못할 정도로 울던 아이가 어느새 저만큼 자랐다.

감옥에 가 있는 동안 가장 걱정스러웠던 아이였다. 막내보다도 더 염려 했었다.

하나 지금, 여동생에게선 슬픈 과거의 흔적이 조금도 느껴지지 않았다.

"난 전단지 말고 네 번호가 받고 싶은데."

"이거 언제 끝나? 이딴 시시한 거 하지 말고 우리랑 놀자."

"……더러운 면상 콱 구겨 버리기 전에 가던 길 가라?"

놀라울 만큼 씩씩해졌다고나 할까. 정말 여러모로 말이다.

방금 전까지 생글생글 웃던 여자애 입에서 험악한 거절이 나올 줄 몰랐는지 남자애들이 주춤거렸다. 못 들은 척 또 한 번 시도했으나 어림도 없었다.

"나탈리."

"오빠!"

여동생의 얼굴이 순식간에 밝아졌다. 이쪽으로 달려오다 말고 뒤를 돌아, 아직 그 자리에 서 있는 남자들을 향해 주먹을 들어 보였다. 남자들은 꽁무니가 빠져라 달아났다.

"여긴 어쩐 일이야? 집에 다녀간 지 얼마 안 됐잖아."

"근처 지나가다가 네 생각이 나서."

음료수를 넘겨주었더니 반가워하며 받아 마셨다. 목이 많이 말랐나 보다. 페트병 안의 녹차가 금세 줄어들었다.

"으어, 살 것 같다."

목구멍 찢어지는 줄 알았다며 한탄하던 나탈리는 얼굴 본 김에 새로운 소식을 알려 주겠다고 했다.

"나 저번에 신청한 프로그램에 합격했다? 이거 봐. 어제 1기 발대식도 했어. 평생 에데니카에 살았는데 시티타워는 처음 가 봤어."

나탈리가 치마 주머니에서 폰을 꺼내더니 어제 찍었다는 사진을 보여 주었다. 얘는 이름이 뭐고, 어디 살고, 관심사가 무엇인지 등의 정보가 줄줄이 이어졌다. 제법 귀여운 남자애도 있더라는 말을 서슴없이 하였다. 그럼 아까 쟤들은 안 귀여워서 거절했냐고 묻자, 진심이냐는 눈초리로 비난했다. 실바노가 쿡쿡 웃었다.

"맞다. 리오네 님도 오셨더라? 축사만 하고 금방 갈 줄 알았는데 의외로 오래 계셨어. 그래서 냉큼 사진 찍자고 부탁드렸지."

짜잔.

표정 바꿔 가며 세 장이나 찍어 주셨다고 좋아했다. 무려 도시의 리더와 셀피(Selfie)라니, 나탈리 데이 인생의 대박 사건이란다.

흥이 오른 여동생 얼굴을 보고 있는 게 좋았다. 실바노는 또 웃었다.

"엘리제 님도 얼굴 비추셨는데…… 사진은 리오네 님이랑만 찍었어."

"왜 그 말을 하면서 내 눈치를 보는 건데?"

"……나도 딱히 엘리제 님을 싫어하는 건 아니다, 뭐."

나탈리가 제 손톱을 들여다보며 꿍얼거렸다.

"꼼짝없이 추방될 뻔한 오빠를 감옥에서 빼 주고, 일자리도 줬지. 혹독하게 훈련시켜 준 덕분에 이제 게이트 밖에 낙오돼도 살아남을 수 있잖아. 그, 트릭시 언니처럼. 박봉이긴 해도 어쨌든 공무원이고, 믿음직한 동료들도 잔뜩 생겼지. 나도 그건 좋아. 정말 감사하게 생각해."

통굽 구두를 신은 발끝이 보도블록을 의미 없이 툭, 툭, 건드렸다.

"그래도 좀…… 그래. 오빠가 지갑 속의 사진을 간직하는 한, 계속 좀 그럴 것 같아."

며칠 전, 자신의 지갑을 쳐다보면서 울적한 눈을 했던 것도 그 때문이었나.

큰오빠의 홀쭉한 지갑 사정을 걱정하는 줄 알았는데, 나탈리가 줄곧 신경 쓴 건 다른 부분이었던 거다. 실바노가 여동생의 이마를 손끝으로 가볍게 튕겼다.

"아!"

"엄살은."

"순간 구멍 뚫리는 줄 알았다고."

"걱정 마."

여동생을 보는 실바노의 눈길은 따스함으로 가득했다.

"이제 네가 신경 쓸 일, 없을 테니까."

"……본인이 무슨 말을 하는 중인지는 알고 있는 거지?"

"알아."

"진짜? 진심? 정말로?"

"나탈리 데이."

실바노가 여동생의 눈을 똑바로 응시했다.

"정말로."

나탈리의 눈이 가늘어지는 것을 보았다. 이걸 믿어도 되나, 의심하던 눈초리가 점점 흐뭇하게 누그러져 갔다.

"좋아. 이제 진짜 미래를 향해 나아가는 거야!"

막내가 보는 만화에서나 나올 법한 대사를 치더니, 큰오빠의 등을 두드리기 시작했다.

"다시 일하러 안 가 봐도 돼?"

"참."

여동생은 오빠와 이야기하는 동안 옆에 내려 두었던 전단지 바구니를 다시 팔에 끼웠다. 원래 서 있던 곳으로 돌아가려던 나탈리가 문득 생각났다는 양 돌아보았다.

"근데 오빠, 혹시…… 2주 뒤에 시간 될까? 어제 발대식은 혼자 참석하는 거였는데, 2주 뒤의 모임은 보호자까지 초청하는 거거든. 토니한테 물어봤더니 자긴 그때 시간 빼기가 어려울 거래. 공장이 한창 바쁜가 봐."

여동생이 형의 시간을 너무 자주 뺏는다고 여기는 둘째는, 이번에도 나탈리에게 말하지 말라고 했을 게 분명했다. 나탈리는 그럼에도 불구하고 실바노의 의견을 묻는 거고.

데이 집안 돌아가는 게 이런 식이다.

실바노는 웃는 얼굴로 고개를 끄덕여 주었다.

"갈게."

"무슨 요일인지도 안 듣고? 목요일 저녁이야. 올 수 있겠어? 정찰 나가는 날이면 너무 피곤하잖아."

"당번 날이긴 한데, 다른 사람이랑 바꾸면 돼. 요즘 밖에 못 나가서 안달인 사람이 한 명 있어."

"진짜……?"

"어허, 언제부터 내 말에 이렇게 신용이 없었지?"

믿기지 않는다는 말투로 재차 질문하던 나탈리가 이 질문에만큼은 바로 대답했다. 얼떨떨하던 표정도 대번에 바뀌었다.

"아마 아련한 눈으로 TV 보는 걸 들켰을 때부터?"

"드라마 보는 중이었을 거야."

"드라마 보는 중 아니었거든요? 지루한 신년축사 중계방송이었거든요?"

"빨리 일하러 가."

"말 돌리기는."

메롱.

여동생은 혀를 쏙 내밀고 달아났다. 어린아이 같은 모습에 헛웃음이 픽 나왔다.

다시 전단지를 나눠 주는 나탈리를 지켜보다가 몸을 돌렸다. 횡단보도 신호등이 바뀌기를 기다리던 실바노는 낡은 지갑을 꺼내 안쪽 지퍼를 열었다.

단체사진에서 엘리제와 자신이 있는 부분만 잘라 낸 사진이 들어 있었다. 약간 색 바랜 그것을 들여다보던 실바노는, 기숙사에 돌아가는 대로 가장 먼저 할 일을 결심했다.

"그래…… 앞을 향해 나아가야지."

다음 순간 신호등이 초록색으로 바뀌었다.

외전6 신혼

결혼식을 올린 지 두 달이 지났다. 서로를 보는 눈길에 한창 꿀이 뚝뚝 떨어질 시기다.

그새 계절은 한 번 더 바뀌어서 어느덧 현관을 나서기 전 목도리와 장갑을 챙겨야 하는 겨울이 되었다. 바야흐로 크리스마스 시즌이 도래했다.

며칠만 지나면 신년을 맞이한다는 설렘에, 묘하게 들뜬 분위기가 도시 전역에 퍼져 있었다.

상점가는 대목을 맞이하여 분주해졌다. 크리스마스 케이크 예약 주문을 받는다는 안내판은 이미 몇 주 전부터 걸려 있었다. 인기 많은 베이커리는 벌써 예약을 종료했다. 호텔 라운지에서 로맨틱한 야경과 함께하는 저녁 코스 요리도 연일 매진 행렬이었다.

거리 곳곳에 귀여운 꼬마전구가 달리기 시작했다. 시티타워에서 얼마 떨어지지 않은 광장에는 대형 트리가 세워졌다. 가수들의 신곡과 이맘때면 항상 들리는 캐럴이 번갈아 흘러나왔다.

그 어느 때보다 사건사고가 많이 터졌던 한 해였다. 하지만 모든 것이 일단락된 지금, 에데니카는 기쁨으로 가득하였다.

엘리제와 라키어스 또한 오랜만에 한집에서 맞는 크리스마스에 들떠 있었다.

'……라는 상황이면 좋겠지.'

엘리제는 앞머리를 혹 불어 올렸다. 3일째 집에 들어가지 못했다.

리더들의 집무실에는 사실이 딸려 있는데, 그 안에는 침대, 전신거울, 갈아입을 옷이 걸린 행거, 몸을 씻을 수 있는 샤워부스 등이 있었다. 한마디로 업무 중 휴식을 돕는 편의시설이었다.

그리고 엘리제는 12인의 리더 중에 사실을 가장 자주 이용하는 이는 자신일 거라고 확신했다. 다른 원로들의 사실은 아마 창고 수준으로 방치되고 있지 않을까?

"어째서."

보고서에서 눈을 뗀 엘리제가 허공에 대고 멍하니 중얼거렸다.

"난 고생을 자처하고 있을까."

작년 크리스마스엔 뭘 했더라.

곰곰이 생각해 볼 필요도 없다. 휴즈가의 자택에서 느긋하게 시간을 죽이다가 이브부터 당일까지 전투대원들과 먹고 마시고 떠든 게 바로 떠올랐으니까.

얼마나 여유로운 시간이었는지.

"그리고 1년 뒤의 난 격무에 시달리는 리더가 되어 시티타워에 갇혀 있네……. 아무래도 리오네의 수에 넘어간 것 같아. 이 거지 같은 곳에서 혼자 일하기 아득하니까 날 끌어다 놓은 것 같은데."

다음 순간, 노크 소리가 들리기 무섭게 집무실 문이 열렸다.

"엘리제 님."

비서였다. 잔머리 한 올 흘러내리지 않게 단단히 묶은 머리는, 산더미처럼 쌓인 일도 이처럼 완벽히 처리하겠다는 의지의 발현이었다.

솔직히 말하자. 이제 엘리제는 자신의 비서가 좀 무서웠다.

시티타워에서 일 좋아하기로 제일가는 사람을 직속부하로 원하긴 했으나 모든 일에는 정도가 있는 법이다. 엘리제는 비서를 향해 말했다.

"제발 집에 가요……."

"검토하실 보고서 가져왔습니다."

상사를 바라보는 비서의 눈엔 묘한 이채마저 돌았다. 언제나 그렇듯 표정이 더없이 밝았다. 하나 아무리 강철의 비서라도 짙어진 다크 서클까지 감추는 것은 무리였다.

그녀가 엘리제의 비서가 된 지 100일 즈음 되었던가?

고작 100여 일을 함께했을 뿐인데 비서는 폭주기관차처럼 내달리고 있었다. 도무지 자제란 걸 모르는 이다.

엘리제는 진심으로 비서의 상태가 염려스러웠다. 당장 내일 죽은 채 발견된다 한들 놀랍지 않을 정도다. 정말이지 반강제로라도 돌려보내야 했다.

"여기 올려 두세요. 그리고 집에 가세요."

"아뇨. 엘리제 님이 사흘째 이곳에 계신데 제가 어찌 갈 수 있겠어요!"

"제발 가요, 제발."

이쯤 되면 거의 두 손 모아 싹싹 비는 수준이었다.

"내일부터 휴일이잖아요. 우리뿐 아니라 온 에데니카가 쉬죠. 그러니 얼른 퇴근해서 가족들과 함께 시간 보내요."

"엘리제 님이 가족을 운운하시다니, 굉장히 재미있네요!"

씨알도 안 먹힐 기세였다.

결국 30분 내 퇴근하지 않으면 보직 이동을 고려할 거라는 위협을 하고서야 워커홀릭 비서를 귀가시킬 수 있었다.

자, 과로사를 목전에 둔 부하직원은 살려 냈다. 그럼 이제 엘리제 녹턴은 뭘 해야 할까.

"대체 보고서가 몇 개야? 하나, 둘, 셋, 넷……. 우리 비서, 팔 힘도 좋지."

원래 연말연시엔 모두가 바쁘지만 그중에서도 복지부는 손꼽히게 바쁜 축에 속했다.

이토록 할 일이 많은데 타타발루는 어떻게 그리 여유로운 리더 생활을 했던 걸까.

답을 몰라서 묻는 게 아니다. 엘리제의 상식으로는 이해되지 않기에 기가 막히는 것뿐이다.

책상에 올라오는 보고서에 사인이나 하고, 외부 행사에 얼굴 비치는 재미로 살면 된다.

마주칠 때마다 타타발루 본인에게 모욕감을 느끼게 했던 녹턴. 그것과는 별개로 녹턴이 남긴 매뉴얼을 고스란히 답습하면서, 상황 변화를 반영한 새 프로그램 개발에 소홀하면 된다.

친인척의 공금 착복을 눈감아 주는 것에 그치지 않고, 한발 더 나아가 '잡음' 내는 내부 고발자를 조용히 처리하면 되는 것이다.

리더 해 먹기 참 쉽죠?

"안 쉬워……. 하나도 안 쉽다고."

엘리제는 새삼 분노에 떨었다.

떠오를 때마다 잘근잘근 씹게 되는 한 사람. 그 이름하야 타타발루 아달람.

매일 아침저녁으로 최고급 요리를 즐겼던 그가 스테인리스 식판에 나오는 강낭콩 수프를 대하고 어떤 얼굴을 할지 떠올리는 게 엘리제의 낙이었다.

에데니카가 세워지기 전에조차 궂은일 해 본 적 없는 그가 한겨울에도 땀을 흘리며 노역해야 하다니. 이 얼마나 합당한 결과인지. 분에 떨다가도 새삼 흐뭇해진다.

"으으, 두 개 처리했고."

의자에 앉은 채 기지개를 켜던 엘리제는 문득 창밖을 내다보고 놀란 숨을 삼켰다. 벌써 이렇게 어두워졌나.

시계를 확인하니 8시가 가까웠다. 사실 한여름만 아니면 대체로 어둠이 내려앉았을 시간이다. 시티타워 사람들은 전원 퇴근하였다. 라키어스 역시 마찬가지였다. 별 기대 없이 내선전화를 걸어 봤는데 뚜뚜, 신호음만 길게 이어졌다.

"폰으로 해 볼까."

정확히 다섯 번의 신호음이 울린 뒤에 라키어스가 전화를 받았다.

— 누구시죠?

"……."

— 대답 안 하시면 끊겠습니다.

"……누구시죠오?"

엘리제가 말끝을 길게 늘였다. 라키어스의 말투는 정중하지만 어딘가 건조한 느낌이 있었다. 폰 액정에 '까악'이 떴을 텐데도 이러는 덴 이유가 분명했다.

"토라졌어?"

— 무슨 소린지 모르겠군.

"오늘은 꼭 들어갈 거야. 비서도 집에 보냈어."

— ……언제 올 건데?

"그게."

엘리제가 뺨을 긁으며 모니터로 시선을 옮겼다. 서면 보고서는 쪼끔 미룰 수 있다고 해도, 당장 컴퓨터로 처리할 사안이 있었다. 남은 일의 양을 확인하는 동시에 시간이 어느 정도 걸릴지 머릿속으로 계산했다.

'최대한 빨리 본다고 가정해도…….'

그러는 새 대답이 너무 늦어졌나 보다. 라키어스가 대번에 알아차렸다.

— 지금 오진 않는다는 거네.

"제일 중요한 거. 요거만 끝내면."

— 30분? 1시간?

엘리제는 냉큼 선택지를 골라잡았다. 미끼인 줄도 모르고 말이다.

"30분 뒤에 출발할게!"

상대는 잠시 동안 말이 없었다. 엷은 한숨 소리를 듣고서야, 엘리제는 라키어스가 두 선택지 중 어느 것도 만족스러워하지 않는다는 점을 깨달았다.

후자보다는 전자가 나은 줄 알았는데 둘 다 함정이었다니.

— 엘.

라키어스가 나직이 이름을 불렀다.

— 사흘 전에 출발했더라도 늦어.

사흘째 집에 못 들어가고 있는 상황이니까 라키어스의 말이 딱히 틀린 건 아니었다.

엘리제도 펜트하우스로 돌아가고 싶었다. 사실의 침대가 아무리 푹신하다고 해도 일터에서 자는 느낌을 지울 수가 없었다.

어쩌다 이 꼴이 되었지, 라고 중얼거리자 라키어스는 헛웃음을 흘어 냈다.

— 정말 '어쩌다가' 그리됐는지 모르겠어?

이어서 들리는 소리는 서늘한 원한이 가득 느껴지는 욕설이었다.

— 빌어먹을 프리메이어.

리오네의 성이다.

— 죽거나 감옥에 간 전임자들까지 포함해서, 우리 중 리더직이 가장 어울리는 자는 현재 문화부 리더 한 명뿐이야. 도덕심, 실력, 평판. 다 갖췄지.

여기엔 엘리제도 이견이 없었다.

— 그럼 그냥 혼자 하든가. 왜, 쓸데없이, 안목 따위를, 발휘해서.

갑자기 문장이 또각또각 끊어졌다. 사람이 이를 지그시 악문 채 힘주어 발음하면 지금의 라키어스와 비슷한 소리가 난다.

— 너까지 끌어들였느냔 말이지.

"뭐, 그렇게 따지면 거절하지 않고 받아들인 내 책임도······."

— 다 죽었으면 좋겠어.

라키어스가 간만에 진심을 뱉어 냈다.

— 다 터뜨려 버리고 떠날까, 엘리제?

"우선 진정하시고요, 리더."

혹시 도움 필요한 일이 생기면 언제든지 연락하라는 비서의 메시지가 모니터 하단에 떴다. 엘리제는 통화모드를 스피커폰으로 바꾼 뒤, 짤막한 답장을 보냈다.

타이핑하는 소리가 들렸나 보다. 수화기 너머 한숨인지 욕설인지 모를 소리가 이어졌다.

어쩌면 둘 다 했을 수도 있다. 그럴 가능성이 높다.

— 아까 내게 토라졌냐고 물었지?

엘리제는 메신저 창을 끄고 다시 작업창을 띄웠다.

— 네게 단어의 차이점에 대해 설명하게 되는 날이 올 줄 몰랐어. 엘, 난 토라진 게 아니야.

잠깐의 시간 차를 두고 라키어스가 말을 이었다.

— 버림받은 거지.

"저기요."

— 달리 말하면 순위에서 밀려났지. 빌어먹을 에데니카. 빌어먹을 녹턴. 처음부터 마음에 드는 것 하나 없던 곳이었어. 그리고 이젠 내게서 너까지 앗아 가고 있다고.

남편을 달래야 할 시간이 된 걸까.

엘리제는 제 비서와는 또 다른 의미로 위험한 폭주기관차를 막아 보고자 자세를 고쳐 앉았다. 이러다가 에데니카 전체가 크리스마스 불꽃놀이처럼 펑펑 터져 버릴지도 모른다.

한데 갑작스런 사고가 일어났다.

"……어?"

— 무슨 일이지?

엘리제의 외마디에 라키어스가 반응했다. 당장에 목소리 톤이 달라졌다.

"정전됐어."

당혹스러움을 감출 수가 없었다. 방금 전까지만 해도 대낮처럼 환하던 집무실이 어두컴컴해졌다. 엘리제는 황망한 눈으로 모니터를 쳐다보았다.

일해야 되는데! 갑자기 정전이라니!

물론 자동 저장 기능이 있으니까 작업하던 데까지는 살아 있겠지만, 이 다음부터 어떻게 해야 할지 막막했다. 일단 휴대폰 플래시로 발밑을 비추며 창가로 이동했다.

블라인드를 걷어 올리자 통유리 창 너머로 도시의 불빛이 스며들어 왔다. 조명을 켰을 때처럼 환하지는 않아도 어쨌든 이것으로 대충 어둠을 면했다.

"컴퓨터도 꺼지고, 불도 다 나갔어……. 이럴 땐 어디 전화해야 되지? 전력 공사에 물어야 되나?"

라키어스가 우선 통제실에 연락해 보라고 알려 주었다.

"가만있자. 통제실 내선번호가……."

전화기를 집어 든 엘리제에게서 이해할 수 없다는 듯한 소리가 흘러나왔다.

"뭐야."

— 왜 그래? 전화를 안 받아?

"아니. 신호 자체가 안 가. 전화도 먹통이 됐어."

— 저런.

"어떻게 이러지?"

시티타워는 정전이 발생해도 비상전력이 가동되는 시스템이었다.

내선전화까지 불통이 되는 건 이상했다. 1층 통제실까지 걸어 내려가 봐야 하려나.

그때 집무실 문이 열렸다.

— 어쩌면 방치당한 연인의 저주가 아닐까?

"……."

— 그거라면 가능하다고 생각해.

엘리제는 어이없는 눈으로 상대를 쳐다보다가 통화 종료 버튼을 눌렀다. 그러자 집무실에 들어선 이후에도 뻔뻔하게 수화기에 대고 말을 하던 라키어스가 폰을 집어넣었다.

가만히 앉아서 통화하는 것 같지는 않았다. 거실이라도 천천히 걸어 다니는 중인가 싶었더니, 실은 시티타워 안에 있던 거였다.

"……아까 퇴근하지 않았어?"

"누가 그래?"

"내선전화 걸어 보니까 아무도 안 받던데."

"그럼 퇴근한 거야?"

기분 탓만은 아니겠지. 남편님께선 은근히 시비조로 말씀을 이어 가셨다.

"엘리제."

라키어스가 고개를 슬쩍 옆으로 기울였다.

"너도 알다시피 내 집무실은 45층. 여기 네 집무실과는 불과 6층 거리야. 그리고 시티타워엔 청소 팀이 매일 쾌적한 상태로 관리하는 엘리베이터가 건물 좌우로 6개씩 있지."

한 번쯤은 올라와서 들여다볼 수 있지 않느냐는 말을 라키어스 녹턴만의 문법으로 전하는 중이셨다. 그럼 이쯤 돼서 질문을 아니 할 수가 없다.

엘리제는 가슴 앞으로 팔짱을 끼며 눈을 가늘게 흘겼다.

"정전. 네가 한 짓이야?"

라키어스가 느릿하게 걸어왔다. 엘리제 가까이 다가오고 나서야 뒤에 감추고 있던 무언가를 꺼내 보였다. 바구니에 담겨 있는 것은 향초와 와인, 크리스마스 케이크.

"외로워."

라키어스가 표정 하나 바꾸지 않고 앓는 소리를 냈다.

"네가 필요해, 엘리제."

그는 엘리제가 시티타워 정문을 나서기 전에 전기가 다시 들어오는 일은 없을 거라고 했다.

"아주 감금 전문가가 되셨어. 시작이 어렵지. 한 번 해 보니까 두 번째는 일도 아닌가 봐. 왜, 이번에도 구속구까지 채워 보지 그래?"

"너무 야한 말을 하네."

유리 테이블 위에 와인과 둥근 잔을 내려놓으며 라키어스가 대꾸했다. 향초를 켜는 데 라이터는 따로 필요하지 않았다. 케이크는 엘리제가 가장 좋아하는 베이커리의 예약 주문품이었다.

"그런 스타일이 취향이었던 거야?"

"스타일은 무슨."

"플레이라는 말이 더 적합하려나."

라키어스가 통 유리창을 등진 위치의 소파를 옆으로 밀어냈다. 그러자 남은 소파와 통유리창 사이에는 바구니 속 물건을 늘어놓은 테이블밖에 존재하지 않게 되었다.

"앉아, 엘리제."

엘리제가 미련 가득한 눈으로 컴퓨터 쪽을 쳐다보았다.

"어림도 없어."

"진짜 조금만 더 하면 되는데."

"얼른."

엘리제는 한숨을 내쉬었다. 이렇게 된 이상 별수 없다. 여기서 넘어가 주지 않으면 라키어스의 위협은 컴퓨터의 목숨을 운운하는 데까지 번질 것이다. 게다가 엘리제 스스로가 느끼기에도 일이 과했던 것 같았다.

사흘이나 달렸는데 쉬어도 되겠지. 그냥 계획보다 아주 조금 빨리 쉬게 된 거라고 생각하자.

소파로 다가가 털썩 주저앉자, 라키어스의 입가에 미소가 걸렸다. 잔을 건네주기에 와인을 받아 마셨다. 와인은 쿨러 안에 미리 넣어 둔 터라 시원하고도 달았다. 살짝 새콤한 맛까지 일품이었다.

엘리제의 입술 사이로 나른한 소리가 새어 나왔다.

피곤으로 절은 몸에 맛있는 와인이라니, 분할 정도로 좋았다. 이렇게 좋아하는 티를 내면 라키어스의 우쭐함이 심해지지 않을까 싶을 만큼 굉장한 효과였다.

반 잔만 마셔도 해롱해롱 취하겠는걸.

"으으."

근육이 뭉친 등을 곧게 펴며, 신고 있던 구두를 저 멀리 벗어 던졌다. 만족의 수위가 더욱 올라갔다.

라키어스가 잘라 준 케이크를 한 입 먹자, 정전된 집무실에서 보는 도시의 전경도 나쁘지 않다는 생각마저 들었다.

"넌 말이야. 내 버릇을 너무 나쁘게 들여."

와인을 한 모금 더 마셨다.

"그럼에도 불구하고 이 정도 균형을 잡아 가는 난 정말 대단한 것 같아. 누구보다 일을 열심히 하지, 열심히 한 일의 성과도 좋지, 최소한 리더가 된 후부턴 사람들과 관계를 이어 나가는 것도 괜찮잖아?"

진심으로 하늘이 내린 인재라니까.

그런 의미에서 녹턴은 바보멍청이라고 떠들었다. 진짜 인재도 몰라보는 자격 미달의 설계자 같으니.

살살 올라오는 술기운이 입을 느슨하게 만든 것일까. 엘리제가 기분 좋은 얼굴로 재잘거리기 시작했다.

라키어스는 어째 자신을 타박하던 이야기가 엘리제 녹턴 찬양으로 흘러가느냐며 웃음을 삼켰다. 그러고는 소파 위에 귀엽게 늘어져 있는 엘리제를 바라보았다.

'예뻐 죽겠는데 어쩌지?'

엘리제의 기분이 좋은 틈을 타 머리카락으로 손을 뻗었다. 까만 실크 같은 머리카락을 손가락 사이로 느끼다가 귀 뒤로 넘겨 주었다.

그러면서 살짝 귓불을 건드린 행동이 실수였느냐면, 대답은 '아니오'다. 100%의 고의성이 다분한 손짓이었다. 귀를 뚫지 않은 말랑한 귓불이 라키어스의 손끝에서 모양을 달리했다. 만지작대는 손길이 점점 느려지고, 짙어졌다.

한동안 라키어스의 행동을 제지하지 않던 엘리제였다.

가지런한 손톱 끝을 세워, 귓바퀴를 역으로 거슬러 올라가는 행동에 엘리제가 눈을 흘겼다.

"간지러워."

"그것 말고 다른 건 안 느껴져?"

어디 네 술수에 넘어갈까 보냐.

엘리제는 그런 생각을 하고 있는 듯 보였다. 붉고 도톰한 입술을 고집스럽게 오므렸다.

"엄, 청, 나, 게 간지러워."

"이런."

라키어스가 손가락을 멈췄다.

"큰일이군."

짐짓 심각한 표정으로 운을 뗐다. 솔직히 말해서 완전히 틀린 표현도 아니었다.

큰일은 큰일이니까.

한창 서로에게 몰입해야 할 신혼에, 아내는 집에도 들어오지 않고 일에만 파묻혀 있다.

라키어스가 몇 가지 일을 대신 처리해 주겠다는 의사를 밝혔다. 그러자 네 부서 일도 아닌데 왜 네가 도우려 하느냐며 거절했다.

일이란 건 희한하다. 적어도 라키어스 눈에 복지부의 일은 그러했다.

A를 처리한다고 해도 B로 넘어가기까지 잠깐 휴식할 틈이 생기는 게 아니라, A-1, A-2, A-3이 발굴되는 식이었다. 이 때문에 점심시간에도 간신히 얼굴을 볼 수 있을까 말까. 거기다 워커홀릭 비서는 상사와 한 몸이기라도 한지 때와 장소를 가리지 않고 메시지를 보냈다.

엘리제 녹턴은 제 사람에게 무르다. 눈을 도르르 굴리고 한숨 쉬면서도, 매번 비서의 메시지에 늦지 않은 답장을 해 주었다.

'그러는 동안 남편은 건너편 자리에서 아내의 애정을 갈구하지. 검푸른 시선이 다시 제게로 돌아오길 바라면서.'

하지만 엘리제는 번번이 자신의 애처로운 기대를 저버렸다. 도무지 일과 생활 사이의 균형을 잡지 못했다. 에데니카엔 좋은 일이지만, 녹턴 가정엔 이보다 큰 불행이 없다.

결국 라키어스 녹턴의 인내심은 한계에 이르렀다.

'내가 왜 결혼이라는 서약으로 너를 묶었다고 생각하니, 엘리제? 우린 이미 같은 집에서, 많은 시간을 공유하며 살고 있었는데 말이야.'

라키어스는 잠시 멈췄던 손가락을 다시 움직이기 시작했다.

'그건 너와 조금이라도 더 가까워지고 싶어서였어. 어떤 면에서든 완전하게. 우리 사이에 아주 작은 틈조차 존재하지 않도록. 너와 나 사이에 무의미해 보였던 결혼은 사실, 그런 의미를 갖고 있었던 거야.'

이번에는 천천히 아래로 내려갔다. 귓불을 지나 목을 타고 동그란 어깨까지 손끝으로 따라 그렸다. 하얀 셔츠 소매로 감싸인 팔뚝에다 엘리제의 이름 철자를 썼다.

그러자 이건 진짜 간지럽다면서 웃음을 터뜨렸다. 엘리제가 팔을 빼려고 했다.

'한데 이런 결말이라니 곤란하지.'

라키어스는 한 손으로 그 팔을 잡아 제게로 당겼다.

더는 버텨 줄 수가 없었다.

"피고 엘리제 녹턴의 죄상을 밝히도록 하겠습니다. 피고는 원고이자 남편인 라키어스 녹턴을 장기간 방치함으로써 배우자를 깊은 슬픔에 빠뜨린 점."

가볍게 키스했다. 입술 사이로 자신이 사 온 와인 향이 풍겨 났다.

"동시에 배우자가 피고만을 위해 갈고 닦아 온 스킬을 녹슬게 한 점."

"스킬?"

엘리제가 무슨 뜻인지 모르겠다는 양 두 눈을 앙큼하게 깜빡였다.

"그런 게 있었던가?"

"……라는 말을 할 정도로 오랫동안 내버려 둔 점."

"죄목 중복이야."

"인정합니다."

아까보다 깊게 키스했다. 와인 잔을 쥔 엘리제의 손이 허공에서 갈 곳을 잃고 헤매었다.

라키어스는 제 역할을 다한 물건을 받아 들어 테이블 위에 내려 뒀다. 조급함에 미간이 구겨졌다. 두 사람 다 옷을 너무 많이 입고 있었다.

"잠깐, 라키어스…… 잠깐만. 여기, 창문 앞이잖아."

"그래서?"

잠시도 떨어지기 싫었다. 엘리제를 꼭 끌어안았다. 따스한 목덜미에 얼굴을 파묻고, 조금 응석을 부리듯 입술을 비볐다.

엘리제가 난감한 눈으로 통유리창을 쳐다봤다.

맞은편 고층빌딩도, 그 옆의 빌딩도 조명이 꺼진 상태. 크리스마스 휴가 전날 밤이니 당연히 모든 사람들이 퇴근한 뒤였다. 이 시간까지 집무실에 남아 있는 엘리제가 특이한 경우다.

그런데도 신경이 쓰이는 모양이었다.

"누가 보면 어떡해."

"아무도 안 본다니까. 볼 사람이 없어."

"하지만."

"네 집무실의 불은 꺼져 있는걸. 그리고 여긴 고층이지. 건너편에서든, 길에서든 일부러 망원경을 들이대지 않는 이상 모를 거야. 한데 이성적으로 생각해 봐, 엘. 그런 사람이 누가 있겠어?"

"틀린 말은 아닌데……."

"이렇게까지 말했는데도 밖에서 들어오는 이 희미한 불빛이 신경 쓰이는 거라면."

라키어스의 눈매가 잔혹한 곡선을 그렸다.

"최대한 움직이지 마."

무슨 의미냐고 되물을 틈 따윈 주어지지 않았다. 엘리제가 뒤로 떠밀렸다. 털썩 누운 몸 위로 라키어스가 올라왔다.

언젠가 라키어스 자신은 한 번에 여러 가지를 처리하길 좋아한다고 엘리제에게 밝힌 바 있다. 아마 엘리제가 한창 복수심에 불타오를 때였을 것이다. 엘리제 본인은 한 번에 한 가지밖에 몰입할 수 없다며, 라키어스를 밀어내려 했을 때였을 거다.

다행히 라키어스는 반대였다. 엘리제에게 있어서는 특히나, 더더욱.

여러 가지를 하고 싶어진다.

"엘리제."

달콤한 한숨이 새어 나왔다.

라키어스는 거친 손길로 재킷을 벗어 던졌다. 다음엔 넥타이 차례. 이어서 셔츠 단추를 세 개 풀었다. 바로 입술을 겹치며 손을 움직이자 엘리제가 소리를 참았다.

"또 밖을 보지?"

다른 데 신경 쓸 여유가 있다는 게 약 올랐다. 자신은 이토록 갈급하고 애가 타는데. 당장이라도 온몸이 터질 것처럼 엘리제가 고픈데 말이다.

역시 딴생각할 틈을 주지 말자.

"라키……어스, 너무……."

"너무, 뭐?"

벗겨 낸 회색 슬랙스와 속옷을 테이블 위에 아무렇게나 올려 두며 대꾸했다. 손가락으로 아직 젖지 않은 틈을 쓸어내리자 엘리제가 움찔거렸다.

빨리 달아오르게 하려면 입으로 해 주는 편이 좋지만, 그러면 나중에 키스를 할 수가 없다.

엘리제는 자신의 아래를 핥던 혀로 입 맞추는 것을 싫어했다. 위쪽이든 아래쪽이든 달콤하긴 매한가지인데 본인 생각은 다른 모양이었다.

일단 손바닥으로 전체를 감싼 뒤 힘을 주어 문질렀다. 처음부터 노골적으로 아래를 자극하는 행동에 엘리제가 눈썹을 찡그렸다. 엉덩이를 빼려고 해도 라키어스와 소파 사이에 갇혔으니 옴짝달싹하지 못했다.

둔덕 전체를 문지르며 압박하다가 틈새를 손톱으로 가볍게 긁었더니 아, 하고 예쁜 신음이 새어 나왔다.

오랜만에 몸을 겹칠 때의 유일하게 좋은 점이다.

빠른 반응.

더는 참기 힘들어 키스하자 엘리제가 제 안으로 파고드는 혀를 힘껏 깨물었다. 통증에 가까운 자극은 그렇잖아도 뜨거운 라키어스의 몸에 기름을 들이부었다.

"만져 줘."

벨트를 풀었다. 꼭 맞게 재단된 바지를 엉덩이까지만 끌어내린 뒤 엘리제의 손을 그쪽으로 가져갔다. 라키어스가 헐떡이며 재차 요청했다.

"날 완전히 끝내 버려."

말이 떨어지기 무섭게 다시금 겹쳐 드는 입술에 엘리제가 항의 비슷한 소릴 냈다. 하지만 아까도 말했듯이, 그녀는 제 사람에게 무르다. 게다가 피로가 쌓인 몸은 배출구를 강하게 원하고 있었다.

라키어스는 그녀를 재촉하듯이 손가락을 움직였다. 살짝 젖기 시작한 틈을 가르고 중지를 밀어 넣자 엘리제의 안에서 야릇한 감각이 치고 올라왔다.

"으, 흐응……."

내벽을 부드럽게 긁어내리는 손가락에 신음이 짙어졌다. 금세 물기가 배어 나오기 시작했다. 특정 지점을 누르지 않고 주변만 배회하는 까닭은 라키어스 나름대로 보채는 중이기 때문이었다.

나를 만져 달라고. 조금만 그 손길을 나눠 달라고.

결국 엘리제는 그의 요구에 응해 주었다. 하얀 손이 브리프 틈을 비집고 들어가 팽팽하게 솟은 성기를 움켜쥐었다. 그저 감싸 쥔 것뿐인데도 라키어스가 짧은 호흡을 끊어 내며 떨었다.

"엘리제……."

"안 되겠어. 손이 불편해."

"웃."

엘리제가 한 손에 다 쥐어지지 않는 기둥을 잡아 꺼냈다. 이미 끝에 묽은 액이 맺혀 있는 그것을 빠르게 훑어 내리자 라키어스의 키스가 깊어졌다. 뜨거운 살덩이는 공들여 주무르지 않아도 엘리제의 손등을 적실만큼

진한 체액을 흘려보냈다.

한계였다. 중지에 이어 두 번째 손가락을 밀어 넣던 라키어스가 속삭였다. 도톰하게 부푼 엘리제의 입술 위에 애타는 숨결이 흩어졌다.

"지금은 어때? 응?"

들어가도 되냐는 물음이었다. 평소보다 전희가 짧았지만 둘 다 몸이 빠르게 달았다. 엘리제가 고개를 끄덕였다.

거기까지만 하면 좋았는데.

마지막까지 창밖을 힐끗 살피는 모습에 라키어스의 눈이 어둡게 번득였다. 성기를 감싸고 있던 손을 치우고, 무릎을 세우게 했다. 좁은 틈을 가르고 단번에 꽂아 넣자 엘리제가 날카로운 신음을 터뜨렸다.

"움직이지 마. 밖에서 보면 어떡해?"

"아깐 안 보인다고……. 으, 흑!"

"그렇긴 한데."

라키어스가 허리를 거칠게 움직였다. 젖은 살끼리 닿아서 처덕거리는 소리가 났다. 그는 일부러 보란 듯이 하체만 들썩이고 있었다. 엘리제를 소파와 자신 사이에 가둔 뒤, 내벽의 제일 민감한 지점을 집요하게 찔렀다. 유리창으로 스며드는 도시의 불빛에 노골적인 움직임이 드러났다.

라키어스가 억눌린 신음 소리와 함께 말을 이었다.

"넌 신경 쓰이잖아. 그렇지?"

"아, 으읏!"

"그러니까 움직이는 건…… 내가 할게."

키스와 삽입을 반복했다. 라키어스는 진하게 혀를 빨고 입술을 핥으면서도 안쪽을 박아 대는 것을 잠시도 멈추지 않았다.

이에 엘리제의 머릿속이 새하얗게 비어 갔다. 안쪽이 뜨겁게 달궈지다 못해 녹아 흐르는 기분이었다. 라키어스의 것은 매번 가장 깊은 곳까지 파고들었다.

이는 차곡차곡 누적되는 쾌감과는 달랐다. 도망칠 곳 없이 몰아세워진 다음 마구 쑤셔진다. 헉, 하고 올라간 감각의 수위가 제자리로 돌아오기도 전에 재차 떠밀려 올라가는 것이다. 그렇게 엘리제 안의 쾌감은 점점 몸집을 부풀리기만 했다.

금방이라도 터질 것 같은데.

이제, 곧.

짧게 끊어지는 숨소리와 신음을 구별하는 일은 무의미하게 됐다. 빠르게 차오르는 쾌감에 엘리제가 몸을 뒤틀었다. 녹아내릴 듯한 신음이 공기 중 온도를 높였다. 갈수록 키스를 받는 것조차 버거워하기에 다리로 제 허리를 감게 했다.

자극되는 지점이 깊어졌는지 엘리제가 울음 비슷한 소리를 터뜨렸다. 기둥에 달라붙은 내벽이 촘촘한 경련을 일으켰다.

너무 심한 쾌감은 두려움을 동반한다. 이 흐름에 올라타도 괜찮을까. 어딘가 잘못되는 건 아닐까. 몸이 통제를 벗어나는 느낌이란 그렇다.

그때 묵직한 살덩이가 엘리제의 안을 거칠게 휘저었다. 주저하는 몸을 확 밀어 절정으로 떨어뜨렸다.

"아……!"

엘리제의 입술이 방만하게 벌어졌다. 호흡이 가쁘기 때문이다. 절정을 맞아 혈색이 확 피어난 얼굴이 미치도록 예뻤다. 그 광경을 지켜보는 것만으로도 몇 번이나 갈 수 있을 정도로.

아래가 쥐어짜이는 감각에 라키어스 역시 끝을 맞았다. 그는 엘리제의 젖은 눈가를 길게 핥으며 모든 것을 쏟아 냈다.

"정말이지."

폭풍이 한차례 지나간 다음, 엘리제가 투덜거렸다. 뒤늦게야 사실의 침대를 떠올린 것이다.

"이럴 줄 알았으면 안에 들어가는 건데."

"그럼 우린 휴가가 끝나고서야 이 건물을 나설 수 있었을걸. 사실이 아늑하긴 하지만, 크리스마스 휴가를 보낼 정도로 좋은 곳은 아니잖아?"

말을 말아야지.

엘리제는 힘이 제대로 들어가지 않는 다리를 움직였다. 어디 가느냐 질문이 들려왔다.

"갈 땐 가더라도 좀 씻게."

"아…… 그런 거라면."

어느새 다가온 라키어스의 품에 달랑 들려 안겼다.

"집에 가서 씻어."

엘리제의 눈썹에 살짝 내려앉는 입술.

"오붓하게."

밀어낼 힘도 없었다. 좋을 대로 하라는 듯 내버려 두자 다시금 자잘한 키스를 흩뿌렸다.

10분 뒤.

두 사람이 탄 차가 지하주차장을 빠져나가자마자 시티타워에 불이 들어왔다. 뒤를 흘깃 돌아본 엘리제는 어이없는 실소를 삼켰다.

커다란 트리를 세워 둔 로비에서 통제실 보안 요원들이 맥주 파티를 벌이고 있었다. 염력으로 일으킨 정전인 줄 알았는데, 사실은 재력이었던 거였나.

엘리제가 허탈하게 웃는 이유를 알아챘나 보다. 라키어스가 뻔뻔한 얼굴로 말했다.

"크리스마스잖아."

이러다 산타 할아버지가 찾아와서 '이놈!' 한다고 대꾸해 줄까.

라키어스가 본인에게 꾸중하는 무단 침입자를 불태워 버리지만 않으면 다행이라는 생각이 들었다. 때마침 라디오에서 귀에 익은 캐럴이 흘러나왔다.

❖

다음 날 정오.

두 사람은 드레스룸의 전신거울 앞에서 서로의 복장을 체크했다. 터져 나오는 웃음을 참을 수가 없었다.

"우리 완전 꽁꽁 싸맸네."

엘리제는 자신의 모자 끝에 달린 방울을 이리저리 흔들었다.

"배우들의 비밀 데이트도 아니고, 너무 웃겨."

"사람들 속에 파묻혀서 스케이트를 타는 것도 재밌을 거야. 평소엔 못 하던 거니까 새롭겠지."

"그러고 보니 마지막으로 같이 스케이트 탔던 때가……."

"너 열여섯 살이던 해. 신년 화보 찍을 때."

"맞다."

엘리제가 기억났다는 듯 고개를 치켜들었다.

"그럼 진짜 오랜만인 거네."

"오늘도 내가 진저리 나게 싫다는 표정을 지을 건가?"

거울 속에서 두 시선이 마주쳤다. 엘리제가 라키어스를 향해 눈웃음을 지었다.

"봐서?"

"못된 까마귀."

서로를 놀리고 받아치던 방금 전이 무색하게, 두 사람은 장갑 낀 손을 맞잡고 현관을 나섰다. 하지만 이때만 해도 엘리제는 알지 못했다. 라키어 스조차 몰랐을 것이다.

모자와 마스크로 위장한 채 소소하게 즐기려던 크리스마스이브 데이트가 '그런 일'을 초래할 줄은 두 사람 중 누구도 예상치 못했다.

결과만 말하자면 이는 라키어스 녹턴 버전 '크리스마스의 악몽'이었다.

오랫동안 억눌려 온 그의 불끈불끈 에너지와 엘리제를 향한 독점욕이 눈치 없이 끼어드는 질투 유발자를 만나면 어떻게 될까.

훗날 엘리제는 트리를 볼 때마다 낯 뜨거운 기억이 되살아난다고 당시를 회상했다.

❖

일찍 나왔다고 생각했는데 오산이었다. 실외 스케이트장엔 사람들이 제법 많았다. 먹구름 낀 듯 흐린 하늘은 사람들의 기분에 영향을 미치지 못했다. 오히려 밤사이 눈이 오지 않을까 하는 기대감을 불어넣기에 충분했다.

스케이트화로 먼저 갈아 신은 라키어스는 보란 듯이 휴대폰을 꺼내어 전원을 꺼 버렸다. 그러고는 엘리제 자신을 빤히 쳐다보았다.

"나도 끄라고?"

"연휴잖아."

"연휴랑 폰이 무슨 상관이야?"

"못 알아들은 척하지 말고."

라키어스가 마치 원수의 이름을 입에 올리듯이 낮게 으르렁댔다.

"네 비서."

"……에이, 가족들이랑 시간 보내는 중일 텐데 나한테까지 연락을 하겠어? 급한 일은 다 끝내 놨어."

"결혼 이후로 줄곧 바빴던 사람이 하는 말이라 신용 제로야."

엘리제는 머릿속으로, 비서가 연휴 중에 연락을 해 올 가능성을 계산해 보았다.

사정하다시피 해서 돌려보냈건만, 무슨 일 생기면 연휴 중에라도 언제든 연락 달라던 비서였다. 그 반대의 경우도 일어나지 않으리란 법은 없다.

하지만 완전히 전원을 끄는 건 뭔가 불안한데.

결국 엘리제는 협상을 시도했다.

"끄는 건 좀 그래. 대신 무음으로 돌려놓을게."

"엘."

"협상 완료. 끝!"

라키어스가 보는 앞에서 휴대폰 모드를 바꾸었다. 진동이 무음으로 바뀌는 것을 보여 주었다. 개운치 않은 표정으로 쳐다보는 라키어스를 돌려세웠다. 반박할 틈을 주지 않는 게 포인트였다. 너른 등을 콩콩 두드리며 어서 입장하자고 재촉했다.

그는 엷은 한숨과 함께 고개를 내젓더니 엘리제의 손을 잡았다. 그러고는 단 한 번도 마주 잡은 손을 놓지 않았다.

"언제까지 뒤로 탈 거야? 여긴 신년 화보 찍었던 그때처럼 우리가 전세 낸 곳이 아니야. 사람들 엄청 많다고."

"우리가 입장한 지 20분 정도 됐지. 그동안 내가 누구한테 부딪쳤나?"

"그래서 계속 나만 보면서 타시겠다?"

라키어스가 웃자 검은색 마스크 위로 보이는 두 눈이 부드럽게 휘어졌다.

"그럼 난 언제 네 손 놓고 탈 수 있어? 아기도 아니고……. 혼자 쌩쌩 나가고 싶단 말이야."

"혼자 앞뒤 안 살피고 폭주해서 우리 신혼이 슬픔의 늪으로 접어든 거 알고 있지?"

또 자기 내버려 두고 일만 많이 한다는 타박이었다.

어젯밤부터 내내 붙어 있는 데다, 오늘은 폰까지 무음으로 돌린 채 데이트 중인데도 라키어스의 원망은 쉽게 가라앉지 않을 모양이었다.

하긴 좀 오래 방치하긴 했지. 그래도 '슬픔의 늪'이라니, 과장이 너무 심한 거 아냐?

엘리제는 20분째 제 손을 놓지 않고 있는 라키어스의 손을 내려다보았다. 꽉 잡고 아래위로 흔들어 주었다.

"혼자 탈래애애."

짐짓 엄격한 표정을 짓고 있던 라키어스였다. 한데 엘리제가 말끝을 늘이자마자 눈가가 살짝 떨렸다.

'요거 봐라. 슬슬 반응이 오는데?'

역시 라키어스의 기분을 움직이는 데 있어, 엘리제는 백발백중의 실력자였다.

무엇을, 어떻게 하면 되는지 직감적으로 알았다.

"나 혼자 잠깐만 놀게. 이거 놔줘."

"놓으세요, 라고 정중히 부탁해야지."

"놓으세요."

"놓아주십시오."

"놓아주십시오."

라키어스가 선창하는 대로 따라 말했다.

엘리제의 순순한 반응에 라키어스의 얼굴이 만족스러운 기색을 띠었다. 웃음을 눌러 참고 있는지, 검은 마스크가 연신 움직였다.

"그럼 질문. 엘리제 녹턴이 세상에서 제일 좋아하는 사람은 누구지?"

"그럼 질문."

"틀렸잖아."

오늘 파트너분이 은근히 깐깐하시네.

장난 두 번 쳤다가는 사람들 오가는 스케이트장 한복판에서 사고 칠 수도 있겠다. 엘리제가 눈을 깜빡이며 고개를 갸우뚱거렸다.

"틀렸잖아."

어디까지 버틸지 조금 시험해 볼까.

엘리제 녹턴의 깜찍한 모험심이 발동되는 순간이었다. 아니나 다를까, 라키어스가 엘리제를 흘겨보았다.

"왜 자꾸 날 자극하는 쪽으로 가려 하지? 내가 반응하는 게 재밌어?"

"왜 자꾸 널 자극하는 쪽으로 가려 할까? 아마…… 네 반응이 재밌어서?"

"이래 봤자 밤에 우는 건 너야."

"싫다면?"

엘리제가 라키어스를 잡고 있는 손에 지그시 힘을 넣었다.

"생각해 봤는데, 이제 슬슬 네가 우는 것도 색다를 것 같아."

라키어스가 우뚝 멈춰 섰다. 손잡고 이끌어 주던 사람이 멈췄으니, 엘리제가 앞사람 품에 얼굴을 박는 건 예정된 수순이었다. 겨울에 쓰기엔 조금 차가운 계열의 향기가 느껴졌다.

"……들어갈까?"

마스크 너머 들리는 목소리가 묘하게 잠겨 있었다.

"연휴 동안 그냥 집에 있자. 춥잖아."

라키어스가 커다란 양손으로 엘리제의 뺨을 감싸며 속삭였다.

언제는 남들처럼 평범한 데이트를 해 보자 하더니, 바로 말을 싹 바꾸는 거 봐라.

요 정도 조그만 도발에도 동요하는 남편님 되시겠다.

"그래? 난 별로 안 추운데."

"추울 거야. 장갑 껴도 손끝이 시릴 거고, TV 보면서 마시는 따뜻한 코코아가 갑자기 끌릴 거야. 잘 생각해 봐."

"우리 여기 온 지 얼마 안 됐거든?"

"너무 오래됐어."

엘리제가 하는 말마다 기다렸다는 듯 반박했다. 자신이 먼저 시작한 장난임에도, 어이없는 웃음이 나오려 했다.

"엘리제…… 응?"

"네가 사람이면 양심이란 걸 좀 갖추세요."

엘리제가 발끝을 세워 키를 높였다. 이마로 라키어스의 턱을 콩 찍었다.

"내 몸에 담쟁이넝쿨처럼 감겨 있던 네가 두 발로 걷기 시작한 게 고작 3시간 전이야. 아직 해는 우리 머리 위에 걸려 있지. 그런데도 벌써 집에 들어가자고 해?"

"네 제안이 충격적이게 유혹적이라서 그래."

사람들은 빙판 위에 멈춰 있는 두 사람을 둘러 갔다. 계속 움직여야 하는 스케이트장 안에서 이대로 멈춰 선 채 속살거릴 순 없는 노릇이었다.

엘리제가 번잡한 중심부에서 멀어졌다. 그러자 라키어스는 상대가 생각을 바꾼 줄 알고 즉시 따라붙었다. 크리스마스트리처럼 거대하게 부푼 기대를, 1분도 안 돼서 깨뜨리자니 가슴이 조금 아팠다.

하늘색 눈동자가 실망으로 가라앉았다.

"하지만 코코아 이야기는 잘 꺼냈어. 그 말 들으니까 따뜻한 음료가 마시고 싶어졌거든."

상대에게 귀가 의사가 없음을 확실히 깨달은 라키어스는 쓸쓸한 한숨으로 미련을 떨쳐 냈다.

마침 두 사람 옆을 스쳐 지나가는 사람이 밀크티를 들고 있었다. 한 모금 맛본 표정이 썩 괜찮아 보였다. 엘리제의 눈짓에 라키어스가 매점으로 떠났다.

엘리제는 스케이트장 가장자리까지 따라가다가, 라키어스가 멀어진 것을 확인한 뒤 주머니에서 폰을 꺼냈다. 비서로부터의 연락은 없었다. 대신 리오네와 전투대 녀석 몇몇에게서 연휴 잘 보내라는 인사가 와 있었다.

다시금 매점 쪽을 힐끗하고 답장을 보냈다. 마지막 사람에게 메시지를 발송하자마자 누군가 엘리제를 향해 말을 걸었다.

처음엔 안전요원인 줄 알았다. 폰을 오래 사용해야 한다면 스케이트장 밖으로 나가 달라고 요청하는 건가 보다 했다.

한데 상대 남자는 안전요원 띠를 두르고 있지도 않았고, 필요 이상으로 멋을 부린 느낌이었다. 물론 패션에 관심 있는 안전요원도 있겠으나, 엘리제 눈앞의 남자는 다른 직종의 사람이었다.

왜냐면 그의 뒤에 서 있는 동행이 묵직한 카메라를 들고 있었기 때문이다.

카메라 측면에 선명한 방송국 로고.

"안녕하세요. 제가 멀리서 지켜봤는데요. 혹시 짧은 인터뷰 가능할까요?"

엘리제가 미처 대답하기도 전에 남자가 두 손을 모아 싹싹 비는 시늉을 했다.

"저 좀 살려 주세요. 진짜 잠깐이면 돼요."

엘리제는 제 남편이 실망하고 토라진 줄 알겠지.

하지만 라키어스는 그러지 않았다. 물론 지금 당장이라도 엘리제가 마음을 바꿔 집으로 돌아가자고 하면, 라키어스는 주저 없이 스케이트장을 떠날 것이다.

펜트하우스 현관 비밀번호를 누르는 손가락이 기대로 떨릴지도 모른다. 문이 채 닫히기도 전에 엘리제를 끌어안을 가능성이 농후했다.

하나 엘리제의 대답은 'NO' 였다. 짓궂은 까마귀가 장난을 쳐 본 거다. 상대의 열렬한 반응에 재미있어 하며 작은 도발을 즐겼다.

그걸로 끝. 벌써 귀가할 의사는 없다.

엘리제가 끝이라면 이 문제는 라키어스에게도 끝이었다.

'무엇보다 이런 데이트도 좋으니까.'

사람들이 있는 데서 마음껏 엘리제를 끌어안고, 볼을 어루만지고, 비록 마스크 위라 할지라도 입을 맞추는 게 좋았다.

엘리제가 들었다면 어이없는 표정을 지을 것이다. 네가 언제 남들 시선 신경 써 가며 애정표현을 자제했느냐고, 그 커다란 눈을 더 커다랗게 뜨며 되물을 터다.

그녀는 아직도 남편의 독점욕이 어느 정도인지 감을 잡지 못한다. 엘리제 하나만을 애타게 원하며 견뎌 온 밤이 얼마나 무수한지도 모른다.

그렇게 누적된 갈망은 고백과 결혼이라는 일련의 과정을 통해 해소되기는커녕, 오히려 깊어지고 심해졌다. 퍼내고 퍼내도 이내 새로운 물이 차고 마는 샘물처럼 끊임없이 솟아났다.

'내가 평소에 얼마나 자제하는지 알면 넌 틀림없이 경악할 거야.'

주문한 밀크티 두 잔이 나왔다. 라키어스는 묵묵히 컵홀더를 끼우고 스케이트장으로 돌아왔다.

엘리제를 향한 열기가 언제쯤 덜해질지는 스스로도 의문이었다. 과연 그런 날이 오긴 할까 모르겠다. 자신은 자각한 순간부터 지금까지 줄곧 엘리제를 앓아 왔으니.

차분하고 정제된 애정으로 엘리제를 대하는 삶이 어떤 형태인지 짐작조차 할 수 없었다.

'불공평하다고 여기지는 않아. 난 그저…….'

스케이트장을 쳐다보는 라키어스의 눈빛이 일시에 변했다.

모자와 마스크로 얼굴을 가렸어도, 드러난 부분으로 이미 호감 어린 시선을 끌고 있던 그였다. 촉촉한 물기를 머금은 부드러운 눈매가 그토록 싸늘하게 변할 줄은 아무도 예상치 못했을 것이다.

감히 말 한 마디 걸어 볼 수조차 없었다.

'난 그저 너와 함께 있을 수만 있다면 그걸로 족할 뿐인데.'

집착도, 갈망도 자신의 몫이다. 엘리제가 처음부터 모든 부담을 떠안을 필요는 없다. 자신은 엘리제가 힘든 것을 원치 않았다.

엘리제 스스로 라키어스와의 새로운 관계가 너무 힘들다는 생각을 할 수도 있다. 만약 그리되면 엘리제는 언제라도 떠나갈지 모른다는 불안이, 라키어스 안에 자리하고 있었다.

프러포즈 링을 내밀 당시엔 날아가도 된다고 했었다. 다시 돌아와 주기만 하면 자긴 괜찮다고 했다. 당연히 괜찮을 리 없지만 그냥 그렇게 말한 거다.

도망간다면, 세상 끝까지 쫓아가 그 발치에 몸을 던질 것이다.

시키는 건 뭐든지 할 테니 다시 나를 받아 달라고.

예전처럼 안아 달라고.

"저 개자식은 뭐지……?"

재수 없는 면상의 젊은 놈이 엘리제 앞에서 수작을 부리고 있었다. 엘리제가 난감한 웃음을 흘리며 손을 저었다. 행여 그 손을 잡기라도 했으면 당장 놈의 모가지를 부러뜨렸을 텐데, 놈은 카메라를 가리키며 연신 사정하기만 했다.

"카메라가 있군."

그때까지는 근처에 보이지 않던 웬 스태프가 달려와 알록달록한 패널 따위를 건넸다. 엘리제의 사양에도 어째 판이 점점 커지는 모양새였다.

《내가 죽이기 전에 알아서 꺼지라고 해.》

간만에 전언(傳言)을 쓰자 저만치 떨어져 있던 엘리제가 흠칫 놀랐다. 그 자리에 없는 사람의 목소리가 귓가에 바로 울린 느낌일 테니, 놀라는 것도 당연했다.

휙 고개를 돌려 이쪽을 쳐다봤다. 목소리를 내기엔 다소 애매한 거리였다. 엘리제의 눈초리가 날카로워졌다.

넌 멀리 떨어진 남의 귀에 말소리를 꽂아 넣을 수 있을지 몰라도, 난 아니거든?

이런 생각을 하고 있는 듯 보였다.

그때 엘리제가 남자의 말을 귓등으로 흘리며 폰을 또닥였다.

짚이는 바가 있어 제 폰의 전원을 켜자, '까악'으로부터의 메시지가 도착했다.

[방송 나가고 싶지 않다고 말했는데 너무 간절하게 매달려. 계속 우리 노는 거 봤대. 마스크 안 벗어도 된다고 하는데…… 아무 대답이나 해 주고 치울까?]

《내가 처리할게.》

갑자기 엘리제의 타이핑 속도가 빨라졌다.

[오지 마.]

라키어스가 확인하지 않는 걸 보더니, 더 빠른 속도로 다음 메시지를 보냈다.

[죽이려고?]

[여기 공공장소야. 에데니카 안이라고.]

[진짜 죽이진 않을 거지?]

[여기까지 네 살기가 느껴지거든? 괜히 시민들 보는 데서 맞붙었다가 대외 이미지 훼손하지 말자, 응?]

[왜 폰을 확인 안 해?]

[저기요?]

"남자 친구 오셨구나! 그럼 바로 시작할게요!"

저쪽에서 다른 커플 인터뷰를 마치고 온 웬 여자가 끼어들더니 생중계를 시작했다.

단체로 죽고 싶은 걸까?

언제 바로 뒤까지 다가왔느냐며 놀라던 엘리제는 얼른 복화술의 달인에 빙의하였다.

"크리스마스 연인 특집 프로그램이래. 질문 듣고 자기들이 준비한 선택지에서 답 고르면 된대. 빨리 끝날 것 같아. 대충 하고 보내 버리자."

"지금이라도 그냥 자리 피하면 돼. 여기 커플이 우리 둘뿐도 아닌데, 설마 끝까지 쫓아오진 않을 거 아냐."

구질구질하게.

그렇잖아도 중저음의 목소리가 내핵까지 파고들 만큼 낮게 깔렸다.

어두운 밤, 복도에서 듣게 된다면 다리 힘이 쭉 풀릴 만큼 음산한 기운으로 가득했다. 아마 엘리제가 말한 살기 때문일 거다. 그리고 엘리제는 남편을 정확히 봤다.

지금 그는 모처럼의 소중한 데이트를 망치려는 작자들을 폭죽처럼 터뜨려 버리고 싶은 심정이니까.

그럼 하얀 빙판이 붉게 물들겠지. 잘된 거 아닌가? 원래 크리스마스를 대표하는 색깔은 빨간색이잖아.

엘리제의 눈매가 대번에 날카롭게 변했다.

"거절하고, 따라붙고, 언성 높이던 와중에 신분 드러나면 어떡해? 네 지지율은 변함없겠지. 이 설계자 인증마크 획득자야……!"

녹턴이 공표한 후계자라는 뜻인 것 같은데, 어째 묘하게 욕처럼 들렸다.

"화를 내고도 애처가라는 둥 좋은 소리만 듣겠지. 하지만 난 아니거든? 난 복지부를 대표하는 리더고, 향후 우리 부서에서 발표할 정책들과 내 지지율을 별개로 생각할 순 없어."

엘리제는 잔뜩 낮춘 목소리로, 엘리제의 비서와 복지부 공무원들이 좋아할 말을 이어 갔다.

이런 순간에조차 지지율과 대외 이미지에 신경 쓰다니. 타타발루가 한 수 배워야 할 전문성이랄까.

무슨 뜻인지 이해는 가는데, 썩 기쁜 마음으로 받아들이긴 힘들었다.

"나보다 네가 이 직책에 어울리는 것 같군."

"……이제 알았어?"

평소였다면 미디어를 제 손바닥 위에서 주무르는 라키어스건만, 지금은 카메라의 빨간 불만 봐도 짜증이 치밀었다.

애초에 평범한 데이트 따위 계획하는 게 아니었다. 따뜻한 집에 틀어박혀 나오지 말걸. 아니면 신혼여행지인 숲속의 펜션을 다시 방문하는 것도 좋았을 텐데.

사람들이 없는 곳에서 엘리제를 오롯이 독점하고 싶었다. 하지만 현실은 원치도 않는 방송 출연이었다.

"네, 다시 현장입니다! 들어 보니 스튜디오의 의견이 분분한 것 같은데요. 지금 스튜디오에서 이야기를 나누는 중에도, 서로에게서 눈을 떼지 못하는 커플이 있습니다. 감기 때문에 마스크를 썼다고 하는데요. 어유, 두 분 모두 비주얼이 너무 훌륭하세요!"

두 진행자 중 선배로 보이는 쪽은 여자였다. 속사포처럼 쏟아 내는 멘트가 멀쩡하던 사람의 정신도 흐트러 놓는 것 같았다. 실제로 라키어스와 엘리제 전에도, 네 커플이 얼떨결에 촬영에 응하도록 만들었다.

여자는 남자 진행자에게 선택지가 적힌 패널을 들도록 시켰다.

"자, 그럼 두 분은 사귄 지가……?"

"반년 정도 됐네요."

대답한 쪽은 엘리제였다.

라키어스가 녹턴의 죽음에 얽힌 진실을 밝히고, 엘리제가 펜트하우스로 찾아와 마음을 받아들인 때부터 계산하면 대강 그 정도가 맞는 듯했다.

한데 어째서 기분이 이상한 걸까?

역시 '신상 커플'이라 눈빛이 그토록 뜨거웠던 거라며, 다 아는 척 구는 여자의 태도가 거슬렸다. 필요 이상으로 객관적인 정보를 제공하는 엘리제도 흘겨 주고 싶은 마음이었다.

커플은 무슨. 결혼했다고 밝혀. 시민등록정보에 떡하니 '기혼'이라고 표기되어 있는 거 보여 주란 말이야.

결혼한 지 1시간이 지났어도 부부는 부부였다. 두 사람은 신혼 100일 차니까, 라키어스의 셈법에 따르면 거의 반평생을 함께해 온 거나 다름없었다.

"알고 지낸 지는 더 오래됐습니다."

도저히 끼어들지 않고 버틸 재간이 없었다. 진행자들이 눈을 빛내며 호들갑을 떨었다. 라키어스의 반응을 끌어낼 수 있으리라곤 기대하지 않았던 것 같다.

"어머, 어머, 그럼 학창 시절 친구인가요? 아니면 그보다 더 오래된 소꿉친구? 또는 옆집 오빠?"

그냥 오빠였다고 말하면 어떤 반응을 보일지 순간 궁금했다. 아버지가 같았다고, 성씨가 같았다고 말하면 짜증 날 정도로 떠들어 대는 상대의 입을 다물게 할 수 있지 않을까.

"아하하, 옆집 오빠요."

엘리제가 얼른 안전한 선택지를 낚아챘다.

《자기, 말은 똑바로 해야지?》

진행자를 향한 엘리제의 웃음이 더욱 활짝 피었다.

《조만간 안면 근육에 경련 일어나겠어.》

엘리제가 라키어스의 발등을 밟으려다가, 빙판 위임을 깨닫고 조용히 두 발을 모았다.

진행자는 이렇게 세상이 불공평하다며, 어릴 적 자신의 옆집에는 성미 고약한 할아버지가 살았다고 말했다.

"네, 좋습니다! 그럼 사적인 질문은 요 정도로 해 두고요. 바로 커플 질문 들어갑니다."

"자, 두 분 모두 동시에 대답해 주세요. 3초 이상 머뭇거리시면 안 됩니다."

"그럼 첫 번째 질문! 나는 작년 크리스마스를 지금 애인이 아닌 다른 사람과 보냈다. 하나, 둘, 셋!"

재미도, 감동도 없는 OX퀴즈였다. 최소한 라키어스가 보기엔 그랬다. 대충 대답해 주고 빨리 보내자던 엘리제의 의견에 동의했다. 한창 놀던 중에 방해를 받으니, 초반에 볼일 보고 헤어지는 쪽이 나았다.

근데 이상하게도 질문이 진행될수록 몰입하는 쪽은 라키어스였다.

'질문이 왜 하나같이 이따위야?'

연인 특집이라더니, 실은 연인 사이를 파괴하는 특집인 걸까. 아주 미묘하게 거슬리는 무언가가 라키어스의 뱃속을 살살 긁고 있었다.

그것은 분명, 질투심이었다.

"나는 아직도 작년 크리스마스를 함께 보낸 사람의 연락처를 갖고 있다?"

엘리제의 상대는 전투대원들이었다. 그중 대다수가 목숨을 잃긴 했으나, 비안카, 비하르트, 실바노 등은 아직도 엘리제와 긴밀한 관계를 유지하고 있었다. 그러니 엘리제의 대답은 당연히 '그렇다'이다.

그래. 그저 갖고 있다 뿐이겠어?

아까 자신을 매점에 보내 놓고 슬쩍 폰 확인하는 거 못 봤을 줄 아나.

라키어스 녹턴의 폰으로 메시지가 오진 않았으니, 그 외의 다른 사람에게 보냈다는 뜻이 된다.

짜증 난다.

"나는 오늘의 데이트를 위해서 특별한 속옷을 준비했다?"

"나는 사실 크리스마스 챙기는 게 귀찮다?"

"상대에겐 내가 절대 용납할 수 없는 버릇이 있다?"

"나는 겨우살이 장식(Mistletoe) 아래서 키스해 본 적이 있다?"

계속 엑스(X) 라고 대답하던 엘리제가 겨우살이 질문에 애매하게 웃었다. 그러더니 라키어스를 힐끔 쳐다보고는 진행자가 겨우 알아볼 수 있을만큼만 고개를 끄덕였다.

라키어스의 대답은 계속 엑스였다.

진행자들은 커플의 대답이 어긋날 때마다 심히 즐거워하며 박수치고 까르르 웃었다.

질문 상태가 엿 같은 것도 어떻게든 참아 넘겨 줄 수 있다.

왜 굳이 지금 애인에 한정된 질문이 아니라는 뒷말을 붙이는 건가.

크리스마스 때 겨우살이 장식 아래에서 마주치는 이들끼리 키스하는 풍습은 많은 사람들이 알고 있는 이야기였다. 좋아하는 소년이 겨우살이 장식 아래를 지나길 기다렸다가 폴짝 튀어 나가는 소녀의 귀여운 이야기와 그 반대 경우가 영상물로 자주 소개되었다.

그래. 풍습 좋지. 알겠어. 알겠다고.

근데 말이야, 엘리제.

그때 너와 키스했던 놈이 아직 살아 있어?

아, 이건 그냥 별 의미 없이 물어보는 거야. 그러니까 그 갈가리 찢어 죽이고 싶은 놈의 숨이 아직 붙어 있느냐고.

에데니카 안에 있는 놈인가?

지금 촬영을 할 때가 아니었다. 라키어스는 이제껏 단 한 번도 엘리제의 겨우살이 키스에 대해 듣지 못했다. 모든 것에 대해 알고 있다고 생각했는데, 뒷목이 뻐근해지는 충격이다. 반드시 짚고 넘어가야 하는 부분이라는 생각이 들었다.

'잠깐······.'

라키어스가 열심히 옛 기억을 파헤쳤다. 그 결과, 엘리제에게 묻기 전에 답을 얻어 냈다.

'녹턴.'

세 사람이 저택에 살 때였다.

겨우살이 키스 풍습을 아주 그럴싸한 구실이라고 여긴 엘리제는 미리 준비한 장식 아래서 녹턴의 뺨에 입을 맞췄다.

그러고는 행여 라키어스와 키스할까 봐 파티장 곳곳에 걸린 장식을 무슨 지뢰 피하듯이 피해 다녔다.

거기에 얼마나 많은 장식이 걸려 있었는데.

손님들의 호평이 쏟아진 디저트를 가지러 가는 길목에도, 파티장 외부로 나가는 길목에도 걸려 있던 장식이었다. 다들 한 번씩은 겨우살이 밑을 지나가도록 되어 있었다.

심지어 자딘조차 말론의 뺨에 두 차례 입술을 갖다 댔을 정도였다.

하지만 엘리제, 우리의 영악한 아가씨께선 본인이 필요한 것만 쏙 취한 다음 화장실에도 가지 않고, 맛있는 디저트도 먹지 않고 버텼다.

디저트 정도는 남들에게 대신 가져와 달라고 부탁할 수도 있었을 텐데, 그마저 하지 않겠다는 의지가 엿보여서 약 올랐다.

'그렇군. 그러고 보니…… 녹턴이었군.'

불행인지 다행인지, 상대는 죽은 놈이었다. 그것도 꽤 오래전에 죽은 놈.

"너무 흥미로운데요? 그럼 마지막 질문 할게요. 이제까지 겨우살이 장식 아래서 키스한 사람은 총 몇 명?"

심지어 이건 OX도 아니잖아.

종이컵이 우그러지지 않을 수 있었던 건, 라키어스 안에 남아 있는 최후의 인내심 덕분이었다.

'빨리 대답해, 엘리제. 빨리 한 명이라고 말해. 그리고 얼른 이 거지같은 곳을 떠나는 거야.'

"어…… 여든한 명이요."

"꺄악! 정말이에요? 세상에, 세상에, 오늘 이 질문에 대답한 사람 중 최고 기록이에요!"

"어쩌면 작년 기록까지 합쳐서 최고요!"

너무 인기 많으신 게 아니냐며 또다시 웃는 진행자를, 어떤 방식으로 죽여야 잘 죽였다고 소문날까?

여든한 명.

상당히 익숙한 숫자였다. 녹턴 한 명을 빼면 정확히 전투대원 머릿수다.

진행자들이 요란한 멘트와 함께 스튜디오로 순서를 돌렸다. 카메라맨의 어깨에서 묵직한 장비가 내려갔다. 이제 정말 모든 게 끝난 모양인데, 엘리제를 향한 진행자들의 관심은 수그러들지 않은 모양이었다.

"진짜 여든한 명이에요?"

"여든 명이면 여든 명이지 여든한 명은 또 뭐야."

"카메라도 꺼졌는데 마스크 살짝 내려 줄 수 있어요? 보통 미모가 아닐 것 같아서 그래."

"되게 어려 보이는데 키스 선배셨네. 키스 장인이네. 그걸 다 기억하는 것도 신기하고요."

개소리는 여기까지다.

라키어스는 부드러운 눈웃음을 지으면서 두 진행자에게 음료를 권했다.

"저희 마시려고 사긴 했는데, 두 분이 고생 많으신 것 같아서요."

"어머…… 방금 전엔 카메라 앞이라서 긴장했나 봐요? 갑자기 너무 스윗하다."

"정말 저희 마셔도 돼요?"

엘리제가 왜 이러느냐는 듯이 쳐다보았다. 의심으로 가득한 눈길이었다.

괘씸한 아가씨의 시선은 잠깐 무시하기로 한다.

라키어스는 진행자들에게 거듭 밀크티를 권했다. 너무 잘 마시겠다는 인사를 뒤로하고 엘리제와 자리를 떠났다.

"무슨 꿍꿍이야?"

엘리제의 말이 끝나기 무섭게,

"앗, 뜨뜨뜨!"

"어멋!"

뒤에서 소스라치는 소리가 들려왔다. 연신 엘리제에게 깐족거리던 남자는 급기야 종이컵을 놓친 모양이었다.

"아니, 대체 왜 이렇게 뜨거워?"

그 말을 하는데, 혀를 덴 나머지 발음이 부정확했다.

아마 연휴 끝날 때까지 고생하지 않을까? 크리스마스 만찬을 제대로 못 씹어 삼킬 테지. 입에 뭔가를 넣지 않아도 쓰라릴 것이다.

그러니까 작작 했어야지.

"와⋯⋯."

엘리제는 아직도 난리법석 떨고 있는 두 진행자에게서 시선을 거두었다.

끝내 네 성질을 이기지 못했구나, 라는 식으로 말하기만 해 봐. 내 머릿속엔 괘씸한 연인에게 어울리는 벌이 몇 백 가지나 있으니까.

벼르고 벼르는 라키어스였다.

"우리 남편 다 컸네. 장하네. 대견해 죽겠어."

엘리제가 진심인지 조롱인지 모를 소리를 하였다.

"사람을 끓이는 게 아니라, 차를 끓여서 줬어? 나 방금 감격했어. 뒤늦게 인간이 되기도 하는구나⋯⋯."

"감동 포인트가 상당히 이상한데."

"잘 참았어, 정말."

라키어스가 엘리제를 빤히 쳐다보았다. 여든한 명이라는 대답을 잊기 어려울 것 같았다.

필사적으로 겨우살이 장식을 피하던 엘리제의 얄미운 얼굴도.

"응? 우리 어디 가?"

"밥 먹으러."

"아하."

라키어스가 엘리제의 손을 잡고 스케이트장을 나섰다. 몇 백 가지의 벌을 다 실행하긴 힘들겠지만, 신중하게 엄선한 몇 가지는 연휴가 끝나기 전에 해 볼 수 있을 것 같았다.

귀엽고 사악한 엘리제 녹턴.

무엇으로 여든한 가지를 채울지, 어디 한번 고민해 봐야겠다.

"밥 먹으러 간다더니 에데니카 밖으로 나갈 기세네. 어디까지 가는 거야?"

"예약한 식당이 좀 멀리 있어."

"그새 예약까지 했어? 그걸 언제 했데……."

라키어스는 말없이 운전에 집중했다. 조수석에 앉은 엘리제를 사랑스러워 견딜 수 없다는 눈으로 쳐다보지 않았다. 달콤한 말을 하지도 않았다. 너무 집요하게 군 나머지, 엘리제로부터 '지분거린다.'는 말까지 들은 손길도 없었다.

질문에 대답은 하되 나머지는 일체 중지. 오로지 운전에만 집중했다.

그것이 바로 사건의 전조였는데 그때 알아차렸어야 했다.

한편으로는 그때 알아차렸다 한들 뭐가 달라졌을까 하는 생각도 들지만, 이 모든 것은 며칠 뒤의 엘리제 녹턴이나 가능한 후회다.

라키어스가 무엇을 계획했는지에 대해 까맣게 모르는 '현재의 엘리제'는 이내 창밖으로 시선을 돌렸다.

오랜만에 외곽도로를 탄다는 생각이나 하면서.

"다 왔어."

아무래도 연휴 시작일이라 그런지 오는 동안 길이 좀 막혔다. 라디오에서 들려오는 노래에 고개를 끄덕거리다가 스르르 눈을 감았던 기억이 났다.

라키어스의 목소리에 눈을 뜬 엘리제는 본능적으로 시계부터 확인했다. 그렇게 오래 자지는 않은 것 같다. 기지개를 켠 뒤, 차에서 내린 엘리제는 눈에 익은 건물에 멈칫했다.

"여긴 우리 신혼여행 왔던 펜션이잖아."

"들어가자."

라키어스가 묘하게 건조한 표정으로 문을 열었다. 영문 모를 얼굴로 따라 들어간 엘리제는, 넓은 식탁 위에 차려진 요리에 눈을 휘둥그레 떴다.

놀라운 것은 그뿐만이 아니었다. 고작 100여일 전에 다녀간 펜션은 그새 내부 분위기가 완전히 바뀌어 있었다. 이전의 인테리어가 무채색 위주의 모던한 스타일이었다면, 지금은 다소 위험한 취향을 지닌 부자의 개인 별장 같다 할까.

무엇이 엘리제에게 그런 생각을 들게 하는지 스스로도 의문이었다.

간간이 눈에 띄는 붉은색 때문인가?

거실 한구석을 차지하고 있는 크리스마스트리도 신기하긴 마찬가지였다. 일반적인 오너먼트 대신 접착메모지 크기의 카드가 걸려 있었다. 카드가 오너먼트를 대신하나 보다.

은은한 광택이 도는 짙은 붉은색, 은색, 금색의 카드는 충분히 장식적인 효과를 냈다.

'신기하네. 소원나무 같기도 하고.'

이 카드 안에도 소원나무처럼 내용이 적혀 있나 하는 궁금증이 들었다.

그밖엔 별생각이 없었다.

마침 눈높이에 걸린 카드를 향해 손을 뻗었을 때,

"엘리제."

바로 뒤에서 낮은 목소리가 들려왔다. 다시 부드러운 말투로 돌아온 라키어스의 목소리.

아까도 이렇게 허스키했었나?

"지금 네가 딴짓하는 이 순간에도 맛있는 요리가 식고 있어."

라키어스는 다정한 손길로 엘리제의 어깨를 감쌌다. 그녀를 식탁으로 이끌었다.

지나치게 공교로운 타이밍에 뭐라 설명할 수 없는 위화감이 들었지만, 이는 말 그대로 '설명할 수 없는' 모호한 느낌에 불과했다.

반면 식탁 위에 차려진 호화로운 크리스마스 요리는 오감을 자극하는 실체였다.

두 사람은 아침을 간단히 먹고 나왔다. 그리고 엘리제는 다음 식사를 하기까지의 간격이 이만큼 벌어질 줄 몰랐다. 꽤 배가 고팠던 터다. 사양할 것 없이 바로 식사를 시작했다.

"진짜 맛있어."

엘리제의 얼굴에 만족감이 번졌다.

모든 접시의 모든 요리에 손을 댔다. 이것저것 한 번씩 먹어 본 다음에는, 더 먹고 싶은 것만 골라서 자신만의 엄선된 조합을 만들기도 했다.

최고였다. 이런 연휴라면 언제든 환영이다.

매일매일이 연휴였으면 좋겠다는 바람이 엘리제 안에서 부풀다가 말았다.

'매일은 좀 심하지. 그리고 매일 쉬는 건 연휴가 아니라 그냥 백수잖아.'

잔소리 대장이자 엘리제의 어미 닭, 진실의 입 트릭시가 봤으면, 언제부터 이렇게 철이 들었느냐고 놀랐을 것이다. 저 생각 없는 비안카 뮬러와 더불어, 전투대 안에서 제일 노는 것을 좋아하는 대장이 아니었냐며. 심지어 비안카처럼 열과 성을 다해 노는 것도 아니고, 소파에 축 늘어져서 노닥거리는 나무늘보 타입이지 않았느냐 입을 대겠지.

트릭시. 네가 에데니카로 돌아오면 놀랄 일이 정말 많단다.

한 명은 2기 전투대를 이끄는 대장이 되고, 나무늘보는 신혼의 남편을 방치하는 워커홀릭 리더가 되었으니.

엘리제의 입가에 작은 웃음이 걸렸다. 이를 본 라키어스가 웃음의 의미에 대해 물었다.

"그냥. 다 좋아서."

엘리제를 지그시 쳐다보던 라키어스가 자신도 똑같은 기분이라고 대답하였다.

식사가 절반 정도 진행되었을 무렵이었다. 급한 배고픔을 해결한 엘리제는 비로소 라키어스가 이 모든 것을 준비한 배경에 대해 궁금해하기 시작했다.

"언제부터 나 몰래 준비한 거야?"

"너 몰래, 라고 할 것도 없어. 너랑 같이 있는 시간이 많았으면, 당연히 네 눈치를 살펴 가며 준비했을 텐데."

"아……."

잘못 물어봤다.

"애초에 내가 혼자 있는 시간이 너무, 너무, 너무 많았으니까."

거기 있는지조차 몰랐던 함정이었다. 엘리제는 애써 헤헤 웃었다.

"하지만 너 몰래 준비한 게 맞긴 맞아. 스케이트장을 빠져나오기 직전에 떠올렸고, 네가 화장실 다녀오는 사이에 전화로 주문했고, 여기로 오는 동안 메시지로 진행 상황 보고받았으니까."

"……."

"감격했구나? 귀엽게."

"지금 내가 귀여운 게 문제가 아니야……."

라키어스의 말인 즉, 지금 펜션에 준비된 모든 것들이 즉흥적인 아이디어에서 나왔다는 뜻이었다.

아무리 공용화장실 줄이 길었다지만, 자신이 거기서 몇 시간을 보내지는 않았다. 그냥 줄 서서 기다리고, 볼일 보고, 손 씻고 나왔는데.

"음식이랑 거실의 트리 같은 것만 준비한 거지? 설마…… 펜션 내부까지 건드린 건 아니지?"

"벌써 다 먹었어?"

"아니, 아직 덜 먹었어."

"그럼 어서 먹어. 우선 배부터 채워야지, 엘."

뭐가 더 준비되어 있기에 '배부터' 채워야 한다는 건가.

차마 그 뒤에 숨겨진 무언가에 대해 묻기가 두려웠다. 단순히 한적한 곳에서 맛있는 밥을 먹고 쉬다 가는 게 아닌가 보다.

'뭐야, 그러고 보니 여기 인적도 드물어. 해지면 곰 나올까 무서울 정도로 깜깜한데…….'

사람의 발길이 닿지 않는 별장, 내부에 감도는 위험한 분위기, 수상하리만큼 친절한 상대.

함께 온 이가 라키어스만 아니었다면 공포영화의 무난한 시작이라고 여김직한 요소였다.

'아니면, 라키어스라서 더 긴장해야 하는 걸까?

엘리제는 영 꺼림칙한 기분으로 남은 요리를 먹었다.

펜션을 자세히 구경하려고 돌아다니다가 침실 문손잡이에 손을 올렸을 때, 라키어스가 조용히 막아선 것도 이상했다. 못 알아들은 척하며 손잡이를 잡은 손에 힘을 주었는데, 손잡이가 내려가지 않았다.

잠겨 있어?

'대체 안에 뭐가 있는 거야……'

아직 잠들기엔 너무 이른 시간이 아니냐며, 라키어스가 엘리제를 돌려 세웠다. 거실에서 영화를 보며 늘어져 있자고 유혹했다.

아무리 엘리제가 축 늘어져 있는 걸 좋아한다지만, 지금은 남편의 유혹이 마냥 반갑지만은 않았다.

이 펜션에 있는 모든 것이 수상했다.

영화는 재미있었다. 꼭 보러 가겠다고 눈여겨 둔 영화였는데, 일에 치이다 보니 개봉 시기를 놓쳤다. 그 뒤로는 집에서 결제할 수 있기를 기다렸는데, 이쪽에 오픈된 지도 벌써 2주 가까이 되었다고 한다.

시간이 왜 이렇게 빨리 지났지?

'내가 일에 파묻혀 살긴 했었나 봐.'

라키어스가 들었으면 어이없다는 듯 코웃음을 쳤을 소리였다.

그래서 엘리제는 입 밖으로 소리 내어 말하지 않았다. 혼자 속으로 삼키기만 하였다. 그 정도 분별은 있는 워커홀릭이시다.

"아, 너무 좋다아아."

엘리제는 폭신한 카펫 위에서 굴러다니며 만족감을 표했다. 재밌는 영화가 엘리제의 경계심을 낮춰 놓았다. 소파에 비스듬히 기댄 채 TV 채널을 돌리던 라키어스가, 그런 엘리제를 내려다보며 연하게 웃었다.

문득 엘리제의 시선이 크리스마스트리에 가 닿았다.

"궁금해?"

라키어스가 물었다. 엘리제가 고개를 끄덕였다. 카드를 봐도 되냐고, 언제 볼 수 있냐고, 왜 못 보게 하느냐는 질문을 연달아 쏘아 대자 그가 쿡쿡 소리 죽여 웃었다.

"그럼 하나만 가져와 봐."

"……왜 하나만이야?"

"두 개를 동시에 하기엔 힘들 테니까. 저번에 말했잖아, 엘. 네 입으로 말했던 거 기억 안 나?"

"난 한 번에 하나밖에 집중 못 한다고."

"그렇지."

라키어스가 샴페인 잔을 기울였다. 향기로운 금색 술이 라키어스의 붉은 입술 사이로 사라졌다.

"널 배려하는 거야."

점점 더 수상해지는걸.

엘리제가 카펫 위에서 파닥거리던 것을 멈추고 라키어스를 흘겨보았다.

"나쁜 거지?"

"전혀."

"방금 거짓말했지?"

"응."

이렇게 대답하면 어느 쪽을 믿으라는 건지 모르겠다. 엘리제의 눈이 세모꼴이 되자, 라키어스가 그리 겁낼 필요는 없다고 말해 주었다.

"설마 내가 네게 나쁜 짓을 하겠어? 그냥 재미있자고 준비한 거야. 네 마음에 드는 카드 하나만 가져와. 안에 열어 보진 말고."

이 말이 엘리제를 벌떡 일어나게 만들었다.

겁을 내? 웃겨서 정말. 엘리제 녹턴이 겁을 낸다고? 시시한 카드 나부랭이를? 보나마나 유치한 내용이 적혀 있겠지.

사실 전투대에 있을 때도 이와 비슷한 게임을 한 적 있다. 그러니까 벌칙 같은 거였다. 게임을 하다가 걸린 사람이 통에 든 쪽지 하나를 뽑아서 거기 적힌 벌칙을 수행하는 거.

오른쪽에 앉은 사람이랑 뽀뽀하기, 또는 왼쪽에 앉은 사람 뺨 때리기는 무난한 축이었다. 불 다 꺼진 훈련장을 알몸으로 세 바퀴 달리는 것도 있었다.

누군가 그걸 뽑자마자 '저질.'이라는 야유가 쏟아졌던 게 기억난다. 지금 말할 수 있는 건, 그 쪽지를 뽑은 이는 엘리제가 아니었다는 사실뿐이다. 그렇다고 해서 그 벌칙을 생각해 낸 사람도 아니었다. 생존자 중에 해당 벌칙을 수행한 사람이 있다, 정도로만 말해 두자.

어쨌든 엘리제가 하고 싶은 말은 '헛소리 하지 마.'였다. 전투대 게임 때와 비슷한 내용이 적혀 있을 것이다. 안 봐도 빤하다.

"흐음."

거대한 트리 앞에 선 엘리제는 눈으로 슥 카드들을 훑었다. 라키어스가 소파에서 흥미로운 시선으로 지켜보고 있음이 느껴졌다.

호기롭게 걸어왔음에도 막상 아무 카드나 집지 못하는 데엔 이유가 있었다.

'분명히 야한 짓과 관련됐을 거야. 그것만은 분명해. 내가 라키어스를 안 지가 얼마나 오래됐는데, 그 정도도 파악 못 할까.'

문제는 수위다. 항상 그렇다.

과연 엘리제의 상식이 받아들일 수 있을 정도일 것인가.

'금색으로 할까? 금색…… 지금 마시고 있는 샴페인이 금색이야. 샴페인으로 뭘 하려는 거지? 그럼 패스. 아니면 은색? 왠지 아까부터 애 혼자 비뚤게 걸려 있는 게 눈에 띄었어. 빨간색은 아무래도 음산하잖아. 너무 대놓고 위험한 색깔이니까.'

엘리제의 머릿속에서 치열한 접전이 벌어졌다.

"아직 고르는 중이야? 이러다 밤새우겠어, 엘리제."

라키어스가 말을 걸어 왔다. 숨길 수 없는 즐거움이 배어나는 목소리였다.

엘리제는 결국 아까부터 눈에 띄었던 은색 카드를 빼서 라키어스에게 가져다주었다. 소파로 오는 동안 슬쩍 열어 보려고 했는데, 종잇장 주제에 꿈쩍도 하지 않았다.

망할 염력을 여기에도 쓰냐고.

"염력이 아니라 접착제란다."

라키어스가 환히 웃으며, 붙어 있던 카드를 개봉했다. 마치 엘리제 머릿속을 들여다보기라도 한 듯한 표정이 심히 기분에 거슬렸다.

"아주 귀엽겠는데……."

"무슨 벌칙이야?"

"여기서 더 귀여운 게 가능하려나."

라키어스가 어디론가 사라지더니 커다란 상자를 들고 왔다. 열어 보라고 했다. 그러고는 안에 든 옷으로 갈아입으라고.

"흥, 옷이었어?"

엘리제가 보란 듯이 상자를 개봉했다. 라키어스 본인 취향의 야릇한 속옷, 뭐 그런 것이겠거니 하면서.

30초 뒤.

엘리제는 아연한 눈으로 상자 속을 쳐다보았다. 제 예상이 빗나갔다. 라키어스 녹턴은 엘리제의 생각보다 훨씬 더 심한 변태였던 것이다.

"저기요."

엘리제가 엄지와 중지로 코스튬을 집어 올렸다.

하얀 솜털 달린 탑, 짧은 스커트까지는 알겠는데 고양이 꼬리와 고양이 발을 닮은 장갑은 뭐냐고.

하지만 무엇보다 충격적인 것은,

"이것도 써야 돼?"

놀이공원에서나 볼 법한 인형 탈이었다.

라키어스가 생긋 웃었다. 말없이 서로의 얼굴만 쳐다보는 시간이 흘러

갔다. 침묵을 먼저 깬 쪽은 엘리제였다.

"나 저거 다 확인해 볼래."

"안 돼."

"이게 시작이란 생각이 머릿속을 떠나지 않아. 이게 제일 무난한 거라는, 아주 소름 돋는 예감이⋯⋯."

엘리제가 라키어스를 휙 돌아보았다.

"안 풀어?"

"무슨 소린지 모르겠네."

"염력."

"흐음."

엘리제의 눈매가 매섭게 변했다.

"그렇게 노려보다니 귀여워, 엘."

"좀 평범한 취향을 가질 순 없어? 그리고 당장 이거 풀어."

"내가 아주 끔찍한 짓이라도 저지른 듯이 말하네. 고작 특이한 옷으로 갈아입는 것뿐이잖아."

라키어스는 오히려 엘리제에게 실망스럽다는 표정을 지었다. 그게 엘리제 안의 무언가를 건드렸다.

이름하야 라키어스 녹턴에게만 발동되는 경쟁심.

이젠 그에게 날을 세울 일이 없는데도, 발끈하는 경쟁심은 엘리제 안에서 사라지지 않았다. 다른 사람들에겐 일부러 져 주기도 하는 엘리제가 되었지만, 라키어스에게만은 곤두선 신경이 수그러들지 않았다.

하다못해 휴일에 둘이서 보드게임을 할 때조차 그랬다. 한 번의 승리에 만족한 엘리제가 판을 접으려고 한다. 하지만 라키어스는 한 번 더 놀고 싶다.

그럼 라키어스가 엘리제를 쳐다보며 엷은 미소를 짓는 거다.

「다음 판 질까 봐 몸 사리는 거야?」

「아니거든?」

「우리 아가씨, 예전 같지가 않네. 아주 말랑해졌어.」

「……한 번 더.」

분이 치밀지만 어쩔 수 없다. 라키어스는 엘리제를 자극하는 포인트를 정확히 알았고, 엘리제 또한 그 사실을 아는데도 거부할 수가 없었다.

본능이 반응했다.

결국 엘리제는 분한 얼굴로 옷을 갈아입고 나왔다.

인형 탈은 눈, 코, 입이 뚫려 있어서 보기보다 그리 답답하지 않았다. 그저 기분 문제다. 상대는 평범한 브이넥 티셔츠에 바지 차림인데, 자신은 거대한 고양이 탈을 쓰고 있다는 데서 오는 기분 문제.

"나만 카드 뽑는 거 아니지? 그건 불공평하잖아. 너도 해. 너도 한 장 골라 오란 말이야."

"정 그러시다면."

서슴없이 트리로 향하는 라키어스를 보자 아차 싶었다.

혹시 저 녀석이 아직 내게 공개하지 않은 능력이 있던가? 투시는 못하겠지?

설령 카드 속 벌칙이 다 본인 머리에서 나온 거라고 해도, 위치까지 외우긴 힘들 거야. 이벤트 회사 직원들이 무작위로 걸어 놓은 것일 테니까.

거대한 탈 안에서, 엘리제가 입술을 깨물었다.

근데 왜 저렇게 거침없이 가는 거냐고.

"여기."

라키어스가 엘리제에게 카드를 내밀었다. 그가 뽑아 온 카드는 붉은색이었다.

엘리제가 선뜻 고르기 주저했던, 몹시 짙은 붉은색.

엘리제가 그의 손에서 카드를 낚아챘다. 지금 기분 같아선 아주 우스꽝스러운 벌칙에 걸렸으면 좋겠다.

"허."

라키어스가 순진한 눈으로 물어 왔다.

"난 뭘 하면 돼?"

"……1시간 동안 벗고 있기."

"쉽네."

이 제정신이 아닌 분아.

한 명은 고양이 탈 쓰고 있고, 다른 한 명은 전라로 펜션을 돌아다닌다고?

이게 정말 네가 원하는 크리스마스의 모습이야?

이 와중에 다행인 것은, 엘리제 자신이 빨간 카드를 뽑지 않았다는 점이었다. 비록 고양이 탈이 좀 웃기지만 톱에 치마까지 입고 멀쩡하게 아래위를 가리고 있으니까 말이다.

"1시간마다 한 장씩 뽑는 거야?"

"사실 상관없어. 네 맘대로 해도 돼."

앞사람의 시선을 너무 강탈하는 외양의 라키어스가 트리를 흘끗 보았다.

"카드는 많으니까."

"그럼 바로 다음 거 뽑을래."

"용감하구나."

부추기는 건지, 놀리는 건지 모르겠다.

엘리제는 인형 탈을 쓴 사람이 발산할 수 있는 최대한의 분노를 담아 라키어스를 노려보았다. 그래 봤자 고양이지만.

'이번에는 금색.'

역시 붉은색은 좋지 않다는 선례를 확보했으니, 바보가 아닌 이상 붉은 카드를 택할 리 없었다. 엘리제는 금색이 상중하 중에서 '하'에 해당하길 바라며 카드 하나를 골라냈다.

'손이…… 고양이 손이잖아!'

끙끙대며 장갑을 벗으려 하자 전라의 남자가 다가와 카드를 대신 빼 주었다.

안에 적힌 내용을 확인한 엘리제는 상대방이 쥐고 있는 카드를 홱 쳐냈다. 그러고는 바닥에 떨어진 카드를 마구 밟았다.

"이런, 우리 사나운 아기 고양이."

"집어 치워! 이따위 놀이!"

"빨리 네 발로 기어 다니렴."

"다음 거 뽑을래!"

라키어스가 트리 앞을 우뚝하게 막아섰다.

"카드를 뽑은 이상 적어도 한 번은 따라야 돼."

엘리제가 바르르 떨었다. 다음 순간, 아무도 찾아올 일 없는 펜션의 현관 벨이 울렸다.

엘리제는 지금 상황을 용납할 수 없었다. 누군가는 나가서 벨을 누른 사람을 맞아야 했다. 무슨 일이냐고 물어봐야 한다. 이토록 훌륭한 펜션의 인터폰에 카메라 기능이 없다는 게 당혹스러웠다.

"빨리 네 거 뽑아!"

라키어스가 웃음 섞인 한숨을 내쉬며 또다시 붉은색 카드를 뽑으려 했다. 괜히 은색을 고르라고 지시했다.

"말도 안 돼!"

라키어스의 카드에는 다음과 같이 적혀 있었다.

지체 말고 침대로 가서 가장 섹시한 포즈로 상대를 기다릴 것.

상대를 기다릴 것.

상대를 기다릴 것.

그러니까 현관에 나가서 방문객을 맞아야 하는 사람은 엘리제라는 뜻이었다.

"안에 계세요?"

초인종 사이로 낯선 여자의 목소리가 들렸다.

"계시면 빨리 좀 열어 주세요! 오늘 배달이 밀려서요!"

엘리제가 문을 열었다. 바깥에 서 있는 이는 피자배달부였다. 파트타임하는 대학생 정도로 보이는 아가씨는 주문서를 들여다보며 상대를 확인했다.

"큐티섹시베이비 엘님?"

"……네."

앞에 붙은 수식어가 괴이한 것은 신경 쓰지 말자. 인적 드문 펜션까지 와서 '엘'을 찾는 배달부의 '엘'은 엘리제의 '엘'이 틀림없을 테니까.

"더블 페퍼로니 피자에 올리브 추가, 라지 사이즈 시키셨죠? 치즈 가루는 두 개, 핫소스는 필요 없고요?"

"……네."

엘리제가 좋아하는 조합이었다.

"돈은."

"카드결제 하셨네요? 따로 내실 필요 없어요. 피자 받으시고요. 뜨거우니까 조심하세요."

여기까지 매우 사무적으로 응대하던 배달부가 엘리제를 슬쩍 쳐다보았다. 그리고는 아름답게 꾸며진 펜션 내부를 일별했다. 마침 시선이 닿는 곳에, 라키어스가 벗어 놓은 옷이 있었다.

평소에는 양말 한 짝 허투루 두는 법이 없더니 어째서 오늘은 바닥에 허물 벗듯이 던져둔 건지.

너무 이해가 바로 되었다.

너무.

"그럼…… 좋은 시간 보내세요."

배달부가 어색한 웃음을 흘리며 거대한 고양이 탈을 향해 인사했다.

피자박스를 든 엘리제의 온몸이 가늘게 떨렸다. 현관문을 통해 들어오는 겨울바람 때문만은 아니었다.

엘리제는 침실 문을 열었다. 아까 전까지는 꼼짝도 안 하던 손잡이가 부드럽게 내려갔다.

복도를 지나 침실 앞까지 오는 동안 생각해 봤는데, 크리스마스는 남편의 목숨을 끊기에 괜찮은 날인 것 같았다.

"악!"

살벌한 에너지를 발산하며 침실로 들어가려던 엘리제가 짧은 비명을 내질렀다. 제 머리가 차지하는 면적을 염두에 두지 않은 결과였다.

이놈의 고양이 탈.

분노에 차 벗어 던지자 침대에 누워 있던 라키어스가 낮게 웃었다.

"야옹아, 괜찮니? 다친 덴 없고?"

"넌 오늘 죽었어."

"되게 설렌다."

"……."

변태의 뻔뻔한 반응에 실소조차 나오지 않았다. 무기가 될 만한 것을 눈으로 훑던 엘리제는, 그제야 침실 상태를 확인하고 입을 벌렸다.

정녕 미친 게 틀림없었다.

에데니카에 존재하는 겨우살이 장식을 다 갖다 부어도, 지금 엘리제가 발들인 침실에 있는 것보다 적을 듯 보였다.

해명을 바라는 눈으로 라키어스를 보았다. 그가 아무렇지 않게 말했다.

"여든한 명이라니, 엘리제. 나빴어."

"……."

"녹턴까지는 어떻게든 참아 보려 했어. 딱 거기까지가 내가 아는 수준이었거든. 사실 녹턴 그…… 빌어먹을 개자식도 용서하기 힘들지만 말이야. 내가 어떻게든 넘어가 보려 했다고."

한데, 하고 라키어스가 말을 이었다. 어째서인지 이야기가 계속될수록 남편의 미소가 섬뜩해지는 느낌이었다.

"여든한 명이라."

"그냥 전투대 안에서 흔한 일이야. 밥 먹듯이 일어나는 일이었다고."

"밥 먹듯이?"

나, 뭔가 말실수한 걸까.

라키어스가 어깨를 떨며 웃었다. 즐겁다는 듯이 웃고 있는데, 웃음기가 하늘색 눈가까지 닿지는 않았다.

"보통 하루에 밥을 세 번 먹어."

"비유가 그렇다는 말이야."

"그래, 비유."

라키어스가 고개를 끄덕였다.

"그렇겠지."

엘리제는 이쯤에서 안전한 화제로 넘어가 보고자 했다. 피자가 식기 전에 저녁을 먹자고 회유를 시도했다.

쾅, 하고 침실 문이 닫혔다.

라키어스가 엘리제를 향해 손을 뻗었다.

"이리 와."

분명히 변태 남편을 죽이고자 들어왔건만, 어째서 일이 이런 식으로 흘러가는 것일까.

엘리제는 최대한 침실 문에 딱 붙어 움직이지 않기로 했다.

"내가 힘쓰게 하지 마, 엘리제."

경고를 무시했더니 상대는 깊은 한숨을 내쉬었다. 그와 동시에 엘리제는 강한 힘에 떠밀려 침대로 쓰러졌다. 침대 헤드를 밝히는 작은 불빛 아래 라키어스가 미소했다.

조금 무서운 느낌으로.

"라키어스……?"

"쉿."

그가 부드러운 손길로 엘리제의 뺨을 쓸었다. 한입거리 먹잇감을 꿀꺽 삼키기 전에 달래듯이.

라키어스의 입술 사이로 스며나는 숨결마저 달았다.

"피자는 오늘 먹으려고 시킨 게 아니야."

하지만 오늘이 지나기 전까지는 아직 4시간이 남았는데?

엘리제의 눈동자가 혼란스럽게 흔들렸다. 설마, 하는 생각을 지워 주려는 양 라키어스가 고개를 끄덕였다.

"어디 침대를 한번 부숴 볼까?"

엘리제가 입술을 달싹거렸다. 아무 말이라도 해야 되는데 목소리가 나오지 않았다. 간신히 고개를 내젓자 라키어스가 귀엽다는 듯 웃었다.

"그냥 비유 들어 본 거였어."

그건 비유가 아니잖아, 변태 남편아.

하지만 입술이 짓눌린 엘리제는 그 어떤 반박도 할 수 없었다. 라키어스는 평소보다 오싹한 분위기를 풍겼다. 같이 스케이트를 탈 때만 해도 행복한 표정이었던 게 기억났다. 그렇다면 역시 방송국 인터뷰가 전환점이었던 거다.

겨우살이 장식 아래 여든한 명과의 키스.

사실 키스라고 해 봤자 진짜 제대로 된 키스도 아니고 뺨에다 입을 맞추는 풍습일 뿐인데. 라키어스가 여기에 버튼이 눌릴 줄은 몰랐다.

그는 진심으로 열이 뻗친 상태였다. 그걸 침대에서 갚으려는 중이고.

엘리제는 벌을 내리는 듯한 키스가 어떤 것인지 오늘 이 순간 깨달았다.

라키어스는 엘리제의 약한 부분만 골라서 자극하며 빨리 달아오르기를 재촉했다. 먼저 망가지라고 떠미는 것만 같았다. 원래대로라면 서로를 충분히 느끼면서 차곡차곡 쌓아 갈 쾌감을 엘리제 한쪽에만 퍼부었다.

도톰한 혀의 옆 부분이 쓸리자마자 아래가 강하게 조여들었다.

직격이었다.

"아…… 아흣."

장난감 같은 코스튬은 순식간에 벗겨졌다. 어느새 웃음기 거둔 얼굴로 입술을 뗀 그가 엘리제의 머리카락을 쓸어 넘겼다. 머리카락을 넘긴 손은 귓불을 건드리고 내려가 매끄러운 목덜미에 닿았다.

손바닥으로 목을 감싼 채 가만히 내려다보는 눈길이 어두웠다.

그대로 힘이 가해지나 싶었더니, 손이 물러난 자리에 입술이 따라붙었다. 민감한 피부에 입술을 비비자 온몸의 솜털이 바짝 곤두서는 느낌이었다. 그렇게 문질러지고 깨물리는 내내 라키어스의 것이 입구 주변을 쿡쿡 찔렀다.

"저번에 날 올라타니까 좋았다고 했지?"

목덜미에 대고 속삭이는 목소리가 낮게 가라앉아 있었다.

"그래, 그날 네가 유난히 예민했던 것 같아."

그는 언제인지 기억도 안 나는 일을 들먹였다. 앗, 하는 사이에 위치가 뒤바뀌었다. 방금 전까지 깔려 있던 몸이 위로 올라갔다.

라키어스의 손가락이 무언가를 확인하려는 듯 엘리제의 다리 사이를 파고들었다. 아래를 두어 번 문지른 손끝에 윤기가 돌았다. 이만하면 됐다고 판단한 모양이었다. 라키어스는 그대로 엘리제를 내려앉히려 했다.

"저, 잠깐. 너무 빠르잖아."

허벅지에 힘을 주고 버티자 라키어스가 픽 웃었다.

"빠르다고?"

라키어스의 양손이 엘리제의 엉덩이를 움켜잡았다. 완전히 기립한 성기 끝을 틈에 맞춘 채 당장이라도 들어갈 듯 입구를 쑤셨다. 두꺼운 선단이 엘리제의 안을 벌리다가 말길 반복했다.

채워지지 않는 쾌감이 간지러웠다.

"우리가 지금까지 몇 번을 했는데. 언제 네게 들어가야 하는지 정도는 알아."

그러고는 다정하게 웃기에 드디어 응어리가 풀린 줄 알았다. 하나 엘리제만의 착각이었다.

"웃⋯⋯!"

예고 같은 건 없었다. 단단한 기둥이 그대로 젖은 틈새를 갈랐다. 즈윽, 밀고 들어오는 압박감에 엘리제의 입술이 소리 없이 벌어졌다. 라키어스는 끝까지 삽입한 것으로도 모자라 엘리제의 허리를 잡아 내려앉게 했다.

이번에야말로 신음이 터졌다.

"하⋯⋯ 이것 봐."

라키어스의 미간이 쾌감으로 일그러졌다.

"기다렸다는 듯이 달라붙잖아. 아주 촉촉하고 부드러워."

"아, 윽⋯⋯."

"느껴져? 내가 따로 움직이지 않아도 네 안쪽이 반응하는 게?"

엘리제는 아랫입술을 깨물었다. 이제 고작 삽입했을 뿐인데, 자신을 올려다보는 라키어스의 얼굴은 이미 절정에 이른 사람의 것이었다. 만족감으로 몽롱해진 표정이 몹시도 음란했다. 단물 마시듯 침을 삼키자 툭 불거진 목울대가 움직였다.

그 모습을 보고 있자니 엘리제의 입안도 마르는 기분이었다.

"네가 움직일래? 아니면 내가 할까?"

대답을 하기도 전에 라키어스가 허리를 강하게 밀어 올렸다. 엘리제는 하마터면 매트리스 위로 떨어질 뻔했다.

"미안."

"전혀 안 미안한 얼굴로…… 아!"

"돌겠어, 엘리제. 아래가 녹아서 달라붙을 것 같아."

"그런 말…… 그만해! 아, 흐윽!"

그는 안을 쑤시는 걸로도 부족했는지 손가락으로 통통하게 부푼 정점을 문지르기 시작했다. 가볍게 튕기다가 짓이기듯이 비비자 젖은 내부가 진동했다. 아찔한 감각에 엘리제의 등줄기가 곧게 펴졌다. 울컥거리며 새어 나온 점액에 결합부가 흠뻑 젖어 들었다.

언젠가부터 라키어스의 눈길은 아래쪽에 고정되어 있었다. 그는 자극을 줄 때마다 움찔거리는 정점을 쳐다보며 제 입술을 핥았다. 손가락으로 건드리고 있는 자리를 혀로 대신하고 싶다는 듯, 탁하게 잠긴 눈빛에서 아쉬움이 뚝뚝 떨어졌다.

안팎으로 퍼부어지는 쾌감에 엘리제가 고개를 젖혔다. 흐느끼는 신음이 닿자 하얀 엉덩이를 쥔 라키어스의 손에 힘이 들어갔다.

'분명 자국이 남고 말 거야.'

꼼짝도 못 하게 만드는 힘이 라키어스의 완력인지 염력인지 분간이 안 갔다. 그리고 침대를 부수겠다던 아까 전의 말도 그저 비유일 뿐이었는지 확신이 서지 않았다.

라키어스가 있는 힘껏 허리를 쳐올릴 때마다 침대 위에 달린 겨우살이 장식이 흔들렸다.

이미 다섯 개가 바닥으로 떨어졌고, 두 개는 쿠션과 매트리스 사이에 짓눌려 부서진 뒤였다.

"나쁘니까."

한계까지 벌리고 들어오는 감각에 엘리제가 몸서리를 쳤다. 겨우살이 장식 한 개가 또 바닥으로 떨어졌다.

"넌 모두의 사랑을 받는 엘리제였고, 난 네가 손아귀로 떨어질 날만을 음흉하게 기다리던 놈이었으니까."

"아."

"이러고 있는 거야."

엘리제는 차마 말을 잇지 못했다.

"엘리제."

"흐윽, 앗! ……그, 그만."

"사랑해."

"이 나쁜……."

"너도 날 사랑하지? 응? 사랑한다고 말해 줘."

엘리제는 그를 날카롭게 쏘아보려 애썼다. 하지만 현실은 녹록지 않았다. 가장 민감한 지점만 찔러 올리는 라키어스 때문에 몸을 가누는 것조차 힘들었다.

원하는 말을 듣진 못했지만, 꽉 조여드는 내벽을 답 대신으로 치기로 한 듯.

라키어스의 입가에 만족스러운 미소가 번져 나갔다.

"솔직히 말해. 너 이거 오늘 낮에 계획한 거 아니지? 즉석에서 생각해 낸 거…… 아니지?"

"어째서 그런 결말에 이른 거야?"

"그야 당연히…… 흑, 으으. 좀, 그만……!"

"네가 뭔가 착각하고 있는 게 있는데, 엘리제."

라키어스는 엘리제의 팔을 잡아끌어 제 몸 위에 겹쳤다. 눈가에 가벼운 키스가 흩뿌려졌다. 그다음은 뺨, 마지막은 입술이었다.

"난 잠깐 열 받은 일 때문에 이런 것들을 실행에 옮길 만큼 미친놈이 맞아."

"이, 이……."

"평소에도 얼마나 많은 것들을 상상하며 산다고."

"미친."

"네게만 미친놈이지."

키스가 다시금 깊어졌다. 숨이 넘어갈 때까지 아래를 파고드는 움직임도 계속되었다. 결과적으로, 라키어스의 말은 현실이 되었다.

피자는 그날 저녁으로 먹기 위해 시킨 것이 아니었고, 엘리제는 여든한 명과 나눈 키스보다 더 많은 키스를 단 한 사람과 나눠야 했다.

메리 크리스마스, 엘리제.

그리고 해피 뉴 이어.

외전7 베이비

내 이름은 릴리 클레어 녹턴.

도시의 두 리더 엘리제 녹턴과 라키어스 녹턴이 내 부모님이다.

갑자기 왜 이런 식으로 이야기를 전달하느냐고 물으면 커다란 머리를 갸우뚱거리며 대답할 수밖에 없다.

'난 아직 태어나지도 않았거든.'

일주일 뒤가 출산 예정일이다.

내 방은 에데니카에서 최고로 멋진 경치를 자랑하는 펜트하우스 어딘가에 마련되었다. 정확히 어딘지는 모른다. 하지만 엄마 아빠와 침실을 함께 쓰지 않을 거란 사실만은 확실하다.

섭섭하지 않느냐고?

무슨 소리. 요 쪼그만 두 손 두 발 들고 환영이다.

사실 환영 정도가 아니지.

모빌이 달린 귀여운 침대와 마음껏 물고 빨 수 있는 장난감, 햇볕 냄새가 나는 아기 옷, 몇 개월 뒤에나 가능할 테지만 어쨌든 신나게 기어 다닐 수 있는 넓고 깨끗한 바닥이 내 것이 된다니 이보다 감지덕지한 일이 어디 있을까.

왜냐면 8개월하고 2주 전의 나로서는 상상도 못할 일이기 때문이다.

나, 릴리 클레어 녹턴은 공기처럼 사라질 위기를 두 차례 넘겼다.

한 번은 아빠의 슈퍼 울트라 정자.

그리고 또 한 번은 트릭시 이모의 절규와 분노로 가득한 출산 때문이었다.

에데니카라는 이름의 이 도시는 할아버지의 철저한 계획하에 만들어졌다고 한다.

솔직히 부모님이 할아버지 이야기를 할 때, 나의 우수하고 깜찍한 머리는 잠시 혼란을 겪었다.

"우리 성 녹턴은 할아버지 이름을 딴 거야. 본인 이름을 자녀 성으로 삼은 사람은 할아버지가 유일해. 원래부터 성이 있거나 적당히 새로 지어 등록하거나. 보통 둘 중 하나였거든."

가족의 역사를 알려 주는 시간이었다. 여기까지 잘 설명하던 엄마가 갑자기 '흐음.' 같은 소릴 내더니 머리카락을 꼬았다.

"나 스스로 엄마라고 부르는 것도 이상한 기분이지만…… 녹턴을 할아버지라고 부르다니 진짜, 진짜, 진짜 이상하네."

할아버지를 할아버지라고 부르지 못할 이유라도 있는 건가?

이때만 해도 나는 아무것도 몰랐다. 엄마의 바로 다음 말이 내 귀에 꽂히기 전까지는 말이다.

"녹턴은 내 양아버지이자 시아버지이자 첫사랑이었거든."

내 미간에 주름이 늘었다. 방금 들은 정보를 처리하기엔 두뇌가 덜 발달한 건가 싶었다.

"시아버지가 되기 전에 죽었으니까 그건 뺄까?"

엄마가 아이스티를 쪽 빨았다.

본인은 이게 별문제가 아니라고 여기나 본데, 딸 입장에서는 좀 당황스럽습니다만?

이 무슨 개족보야.

"어쨌든 아름다운 사람이었어. 잔잔한 달빛 같은 사람이랄까. 처음 본 순간 정신이 아득해질 정도였지. 소네트를 읊조리듯 나직한 목소리는 또 어떻고. 아, 이건 순전히 외모만 말한 거야."

엄마가 다시 아이스티로 목을 축였다.

"실은 성격파탄자였거든."

나는 그 어떤 말도 할 수 없었다. 이건 목소리를 내고 말고의 문제가 아니었다.

"본인이 세상에서 제일 우월하다고 믿는 사람이었지. 머리로만 따지면 딱히 틀린 말은 아닌데, 그 상대를 가리지 않는 독설과 자만 때문에 여러 명이 피해를 봤거든. 지금은 죽고 없는 자딘이란 자도 그렇고, 감옥에서 노역 중인 타타발루라는 자도 그렇고. 그들이 나락으로 떨어지는 데 녹턴 공이 크긴 했어."

이쯤에서 엄마가 어깨를 으쓱했다.

"그렇다고 놈들이 결백하다는 뜻은 아니야. 하여튼 엄마 기억 속에서 녹턴은 영원히 아름다운 첫사랑이란 말이지. 그런 남자를 할아버지라는 단어로 지칭하니까 기분이 좀 이상해."

"……개자식 이야기 중인가?"

갑작스레 그윽한 음색이 끼어들었다. 아빠였다.

아빠가 할아버지를 싫어한다는 사실은 알고 있다. 모든 부모자식이 친밀한 관계여야 하는 건 아니니까 이해할 수 있다.

다만 내 표정이 이상해지는 이유는,

"오빠가 아빠 됐다는 이야기도 해 주지 그래."

이런 말이 들려왔기 때문이다.

그래. 할아버지가 엄마의 양아버지였다면, 아빠는 확실히 엄마의 오빠였다. 논리적으로는 그렇지.

나, 어떤 집안에서 태어나는 거냐.

"막 하려고 했어."

엄마가 끼어들지 말라는 듯이 인위적인 미소를 지었다.

"그리고 녹턴은 개자식이 맞지만."

엄마와 아빠의 거리가 좁혀졌다. 하루에도 수백 번 하는 가벼운 키스.

"나만 욕할 거야."

아빠가 '들여다보고 있으면 온몸이 잠겨 드는 기분'이라고 표현한 엄마의 눈이 곱게 휘었다.

"아기 앞에서 부인의 첫사랑을 깎아내리는 옹졸한 모습을 보여서야 되겠어?"

"태어나면 녹턴 사진부터 보여 줄 거야."

"엄마 아빠를 만나게 한 바로 그 사람이라 알려 주려고?"

"사격 연습은 무조건 녹턴 사진 걸어 놓고 할 예정이니까, 그리 알아."

"세상에나. 릴리."

엄마가 하나도 놀라지 않은 말투로 내게 말을 걸었다.

"정말 굉장한 집안이지?"

네. 엄청. 아까부터 무슨 반응을 보여야 할지 혼란스럽네요.

내가 얼마나 어이없었냐면, 아기의 가장 무난한 반응인 발차기조차 깜빡할 정도였다.

하지만 더 큰 놀라움은 아직 시작되지도 않았다. 이어진 부모님의 대화에서 나는 출생의 비밀을 알게 됐다.

다시 할아버지의 시스템 이야기로 돌아간다. 어쩔 수 없다. 에데니카에서의 임신과 할아버지의 시스템은 불가분 관계이기 때문이다.

어쨌든 할아버지의 설계에 따라 전 시민은 몸에 칩을 삽입하게 되어 있다. 이는 너무 어린 나이의 임신, 특정 계층의 인구수 증가 등을 방지하기 위해서라는데, 자세한 설명은 넘어가도록 하자.

중요한 건 누구도 임의로 칩을 제거할 순 없다는 사실이며, 특수한 경우를 제외하면 보통 혼인신고를 완료한 커플만이 제거 시술을 받을 수 있다. 출산이 끝나면 의료센터에서 다시 칩을 넣어 준다. 다음 임신을 계획했을 때 재방문하여 시술을 받으면 된다.

당연히 부모님의 몸에도 칩이 들어 있었다.

원로원이라는 자들은 애당초 부모님의 결혼을 마땅찮게 생각했기 때문에 은근히 이혼을 기대했다고 한다. 그들은 엄마가 뭘 질색하는지 잘 알고 있었고, 신혼여행이 끝나자마자 녹턴가의 후계를 이으라고 쪼아 댔다.

'라키어스의 아내'가 얼마나 중요한 자리인지 모르냐고.

도시의 번영과 안녕을 위해 하루라도 빨리 아이를 가져야 한다고 압박했다. 안 그래도 리더 일로 바쁜 엄마는 스트레스가 쌓이고, 아빠에게 자주 짜증을 내고, 결국 골이 깊어져 두 사람은 헤어지게 된다.

이게 소위 보수파 원로원의 계획이었다.

"그래요? 가지지 뭐."

엄마가 1초 만에 수락할 줄은 꿈에도 몰랐을 거다.

으으, 그때 다들 어떤 표정을 지었을까?

당시 밉상들 얼굴이 어떻게 일그러지는지 내 눈으로 보지 못한 게 아쉬울 뿐이다. 여하튼 엄마는 상대의 맥이 탁 풀릴 만큼 빠르게 수락했다.

그렇게 3년을 보냈다.

"너무 바빠서 의료센터 가는 걸 깜빡했네요. 아시죠? 제 망할 전임자가 인수인계도 없이 감옥 간 거요."

"무슨 일이 해도 해도 끝나질 않아."

"얼마나 해 처먹은 거야."

"씨를 발라 버렸어야 했는데."

"아, 오해하지 마세요. 방금 말은 어제 저녁 디저트로 먹은 망고 이야기였어요."

엄마는 스트레스를 받기는커녕 원로원을 다양하게 놀려먹는 수단으로 썼다고 한다. 그래도 3년 동안 똑같은 소릴 들으면 대단하신 엘리제 녹턴이라도 신물이 날 만하다.

이 과정에서 아빠는 뭘 했느냐고?

원로원을 죽이려고 했다. 아빤 만날 그 사람들 죽이려고 한다고, 이후에 엄마가 말해 줬다. 엄마와 리오네 이모가 제정신인 것은 원로원에게 다행임이 틀림없다.

안 그랬으면 오래전에 흔적도 없이 죽었을 텐데.

어쨌든 3년이 지났고, 엄마는 매우 정치적인 목적으로 임신을 계획했다.

하샤즈라는 사람의 출소가 계기였다. 어떤 의미에서 '죄 많은 남자'인 아빠의 비틀린 본성을 일깨워 버린 범죄자라고 들었다.

"하샤즈는 언론을 다루는 데 능숙해. 게다가 근사한 사연도 갖고 있지. 조만간 감옥의 창살도 막지 못한 연인이니 하는 뉴스가 잇따를 거야."

하샤즈의 결혼보다 큰 이슈를 만들어 내야 한다는 게 엄마의 결론이었다.

아빠는 뭘 했느냐고? 이쯤 되면 눈치챌 법도 한데.

엄마가 제안하면 아빠는 동의한다. 엄마가 당장 내일부터 리더직 때려치우자고 말하면 아빠는 따를 것이다. 골치 아픈 원로원 죽이자고 해도 따를 것이고, 한여름에 눈이 내리게 해 달라면 어떻게든 방법을 찾아낼 것이다.

그리하여 계획된 임신이었다.

뭔가 섭섭하지 않느냐고 물으면 난 이상한 눈으로 상대를 쳐다볼 수밖에 없다.

뭐가 섭섭해야 한다는 거지? 우리 엄마 완전 최곤데. 자신이 가진 패를 제대로 이용하는 거 아닌가 말이다.

난 예나 지금이나 여기에 아무런 이의도 없다는 입장이다.

먼저 제거 시술을 받고 온 쪽은 아빠였다. 원래는 두 사람이 함께 가려했으나 엄마 일정이 꼬이는 바람에 아빠부터 칩을 제거하고 왔다.

그로부터 보름 뒤, 엄마의 시술 날짜가 다가왔을 때 당사자 마음이 바뀌었다.

"힘들겠지? 낳을 때도 그렇지만, 낳은 다음에도 장난 아니겠지?"

막상 닥치니까 생각이 달라졌나 보다. 충분히 있을 수 있는 일이었다. 그래서 엄마는 생각할 시간을 좀 더 갖기로 했다.

몇 주가 지났다. 엄마는 납득이 가지 않는 표정으로 임신 테스트기를 사 왔다.

그럴 리가 없는데, 라고 중얼거리면서 테스트기를 확인한 순간.

새빨간 두 줄!

"불량이네."

엄마는 일말의 미련도 없이 테스트기를 버렸다. 그러고는 다시 중얼거렸다.

"그럴 리가 없는데."

의심과 불안을 끝내 준 것은 의사의 선언이었다.

"임신이 확실합니다."

엄마는 얼굴을 일그러뜨린 뒤, 벽에 걸린 의사의 졸업장과 전문의 자격증을 확인했다고 한다. 연회색 벽에 당당히 걸어 놓은 수석졸업장이 묘하게 신경을 긁었다.

엄마는 매우 터프하게 의사의 멱살을 잡았다.

"확실해? 확실하냐고?"

"큽, 의심의 여지없이 확실……."

"틀릴 수도 있잖아요."

"검사 결과는 거짓말을 하지……."

"난 칩을 제거 안 했다니까요? 라키어스만 시술받았다고. 원래 한쪽만 제거 안 해도 임신 안 되는 거 아니에요?"

의사가 눈을 도르르 굴렸다. 아니다. 땀을 훔쳤다고 했던가?

"원래는 그렇습니다만…… 아무래도 라키어스 님의 유전자가 월등히 우수한 데다 생존력이 지나치게 남다르다 보니."

엄마의 얼굴이 점점 굳어 갔다. 간호사는 어느새 출입문 가까이로 몸을 피한 다음이었다. 진한 땀방울이 의사의 턱 끝에서 똑 떨어진 순간, 엄마는 진료실을 박차고 나가 곧장 시티타워로 향했다.

"머리 우수해. 능력 우수해. 외모 우수해. 체력 괴물이야."

검푸른 눈동자가 분노로 불타올랐다.

"그럼 됐지."

45층 집무실로 향하는 걸음걸음 놓인 그 타일. 사뿐히 지르밟고 문을 여셨다.

"정자까지 특수하게 뛰어날 필요는 없잖아?"

"엘?"

"이 정자왕아."

"갑자기 무슨……."

엄마가 문 옆의 장식물을 집어 던졌다. 시원한 속도로 날아가던 장식물은 책상까지 가기도 전에 허공에서 멈췄다.

엄마가 물건을 날리는 족족 아빠는 그것을 멈춰 세웠고, 심지어 제자리에 돌려놓기까지 했다. 엄마의 분노가 더욱 거세졌다.

"뭐가 널 이렇게 화나게 만든 거지?"

"뭐 때문에 화가 났냐고?"

엄마가 아빠에게 달려가 주먹으로 가슴팍을 때렸다. 그래 봤자 엄마 주먹만 아플 텐데.

아니나 다를까, 아빠는 자기 맞은 건 안중에도 없고 엄마에게만 신경이 쏠렸다.

"이 슈퍼 울트라 유전자야! 나한테 꿀이라도 발린 양 달라붙을 때부터 자제시켰어야 했는데. 짜증 나."

엄마가 아빠 가슴팍을 재차 때렸다.

"임신했다고 하잖아!"

심상찮은 분위기에 조심스레 집무실 안으로 고개를 들이밀었던 비서 아저씨가 화들짝 놀라 문을 도로 닫았다.

아빠의 얼굴에 당황한 기색이 번졌다. 이는 1년 중 한 번 있을까 말까 한 일이다.

"그게…… 가능한가?"

"원래는 불가능한데, 넌 가능하대."

"하지만 넌 아직."

"칩을 제거하지 않았지만 네가 울트라 파워맨이라서 내 결계를 뚫었대. 이 무슨 비극이야."

아기는 5개월부터 소리를 들을 수 있다고 한다.

다행이지 뭐야.

내가 아무리 차가운 지성과 합리성으로 이름을 떨칠 예정이더라도, 비극이란 말을 직접 들었으면 슬펐을 테니까. 큰 충격까지는 아니고 '힝.' 하고 시무룩해지는 정도?

엄마. 나 끝내주게 똑똑할 거란 말이에요. 하샤즈고, 원로원이고, 다 발라 줄 만큼 든든한 아군이 될 텐데!

하나 당시의 난 겉보기엔 티도 안 날 씨앗에 불과했기 때문에 얌전히 모친의 처분을 기다리는 수밖에 없었다.

　사실 뭐 기억조차 없다.

　파워가 넘친 나머지 죄인이 된 아빠의 사죄. 만삭이던 트릭시 이모의 행복으로 가득한 증언이 엄마 마음을 다잡았다는 것만 알 뿐이다.

　그리고 열흘 뒤.

　트릭시 이모는 가족분만실이 떠나가도록 곤 삼촌을 저주했다. 할아버지 욕도 했다고 한다.

　아빠 욕도 했겠지?

　엄마가 또 얼굴이 일그러진 채 펜트하우스로 돌아왔다.

　"트릭시가 그렇게 분노했다는 게 무슨 뜻인 줄 알아?"

　엄마에게 불을 다루는 능력이 있었다면 아빠를 산채로 태웠을 것이고, 물을 다룰 수 있었다면 아빠는 혈관이 얼어붙어 죽었을 것이다.

　엄마의 충격과 분노는 그 정도였다.

　"난 트릭시가 괴생물체를 낳는 줄 알았어. 괴생물체가 트릭시 배를 찢고 나와 점액질을 뿜어냈다고 해도 놀라지 않았을 거라고."

　정자왕께선 주방 스툴에 걸터앉아 사랑하는 아내의 말을 경청 중이셨다.

　"진짜 끔찍했다니까?"

　"저런."

　"트릭시가 어떤 인물이야? 엄청난 부상을 입고도, 대원 다섯 명을 데리고 게이트 밖에서 몇 달을 생존해 낸 인물이야. 그런 트릭시가! 차라리 게이트 밖에서 살겠다고 했어. 의식 되찾은 곤을 보며 펑펑 울었던 트릭시가! 죽일 놈, 살릴 놈, 씹어 먹을 놈, 온갖 욕을 했다니까."

엄마가 자신의 배를 내려다보았다. 날씬함을 넘어 근육이 곧게 새겨진 배를.

"다시 생각해 봐야 될 것 같아."

"그래."

아빠 1초의 망설임도 없이 대답했다. 쪼끔은 고민하는 척을 했어야 하는 게 아닐까.

아니나 다를까, 방금 전만 해도 재고하겠다던 엄마의 눈초리가 변했다. 썩 마음에 들지 않는다는 분위기를 발산하며 '흐음.' 소리를 냈다.

"정말?"

"난 네 의사를 100퍼센트 존중해."

"게다가 죄인은 입이 두 개라도 할 말이 없지?"

"그렇기도 하고."

"흐음."

엄마의 기분이 상당히 복잡 미묘하게 변했다. 이후로 불만스러운 눈 흘김은 몇 분이나 계속되었다.

"여러 모로."

엄마가 말을 이었다.

"다시 생각해 봐야겠어."

이번에는 배를 내려다보지 않았다. 엄마는 아빠를 보고 있었다.

"100퍼센트가 아니면 가지지 않는다는 입장을 취해 왔지만…… 이번 존중만큼은 뭔가 야릇하네."

"뭐가 문제인 거지?"

엄마가 볼을 부풀렸다가 바람 빠지는 소리를 냈다.

"1초의 주저함도 없는 게 좀 거슬려."

"그야 널 존중하니까."

"그렇다고 해서 기다렸다는 듯 대답할 필요는 없었어."

"……3초 정도는 기다렸어야 했나."

엄마가 코웃음을 쳤다. 아무리 내면은 황무지보다 메말랐다고 하나, 문제없이 대외활동을 하는 아빠였다. 다들 아빠의 배려 넘치는 모습에 속고 있기를 20년째라고 했다.

그런 아빠가 적절한 시간 차 두기에 실패했다는 건, 애초에 중요히 생각하지 않는다는 뜻이었다. 겉치레할 필요성조차 못 느끼는 거지. 엄마는 그걸 아는 거고. 그래서 슬그머니 기분이 상한 거였다.

"네 반짝반짝 빛나는 훌륭한 정자가 끈질긴 생명력의 상징인 나, 엘리제 녹턴의 난자와 만나 짠! 하고 수정된 지 몇 주는 됐는데……. 날 존중하는 것과는 별개로 조금은 신경이 쓰여야 하지 않아?"

와. 이러니까 나 되게 멋진 존재 같다. 뭔가 유전자의 요정 같아.

어쨌든 아빠는 바보가 아니기에 엄마가 말하고자 하는 바를 알아차렸다. 아빠는 들고 있던 와인 잔을 내려놓은 뒤, 엄마에게 다가와 부드러우면서도 그윽한 눈길로 바라보았다.

엄마는 이걸 미인계라고 부른다.

"거짓말은 하지 않을게."

"무슨 말이 나올지 예상되는걸."

"너 아닌 다른 누구에게도 관심 없어. 난 내 정…… 유전자가 그렇게 비정상적으로 활약할 줄 몰랐기 때문에, 네가 병원을 다녀온 날 당혹스러웠어. 네가 원치 않는 짓을 저지른 기분이었거든."

엄마는 아빠가 그런 적이 어디 한두 번이냐며 중얼거렸다.

"네가 아픈 게 싫어."

아빠의 목소리가 아련하게 잠겨 들었다. 괴로움마저 느껴지는 목소리로 속삭였다.

"네가 고통스러워하는 동안 난 무력하게 서서 시간이 지나기만을 기다려야 하겠지. 하지만 참아야 한다고 생각했어. 그게 네가 바라는 거라면."

"……."

"내 삶은 엘리제 널 원하는 순간으로 가득해. 네가 날 증오할 때나, 날 받아들였을 때나 한순간도 변함없었어. 결혼이 끝이었을까? 아니. 그건 우리가 거치는 과정에 불과했어. 네가 '나의 녹턴'이 되었다고 해서 너만을 원하는 마음이 줄어들 리 없거든. 더 커지면 커졌지."

"난데없이 웬 고백이야……."

어이없다는 듯 투덜대던 엄마가 돌연 아빠를 향해 의심의 눈길을 보냈다.

"그래서 아기한텐 관심 없다고 밑밥 까는 거지, 이거?"

아빠가 입을 다물 차례였다.

촉촉이 흐려진 하늘색 눈동자가 다른 곳을 향했다가 제자리로 돌아왔다.

"진심인데."

"진심인 건 알겠어. 밑밥인 것도 맞지?"

"……사랑해, 엘."

아빠가 엄마를 꼭 끌어안았다. 커다란 몸을 굽혀 엄마의 목덜미에 얼굴을 묻고 향긋한 냄새를 들이마셨다.

엄마는 좀 전의 퉁명스러웠던 태도와 달리 아빠를 밀어내지 않았다.

아, 제발. 이 닭살 돋는 이야기는 언제 끝나요?

"네가 원하는 대로 해. 난 네 결정을 따를게. 우리 사이에 아기가 필요하다는 생각을 해 본 적은 없지만, 만약 태어난다면 다정히 굴도록 노력해 볼게."

황송해서 몸 둘 바를 모르겠다.

"그러니까 내 태도에 너무 마음 상하지 않았으면 좋겠어. 조금이라도 네 미움을 받는 건 견딜 수가 없어."

"딱히 미워하진 않았거든."

내 소중한 날개. 검푸른 새벽하늘. 달콤한 나의, 나만의 엘리제.

"노력할게."

"진짜…… 말이나 못하면."

이후로도 엄마의 고민은 계속되었다. 트릭시 이모의 '미친 콩깍지'가 시작된 것도 이때부터다. 트릭시 이모는 아기 사진을 찍고 또 찍었다.

아기 입매가 곧 삼촌을 빼닮았다는 둥 이모 눈에만 보이는 매력 포인트를 늘어놓았다. 비하르트 삼촌은 하루에도 수십 번 단체 채팅방 탈출을 시도했으나 번번이 검거되었다.

결국 삼촌은 트릭시 이모를 차단했다.

가여운 삼촌.

어쨌든 엄마는 '새빨간…… 아기 괴생물체 같은데.'라고 혼잣말을 중얼거리면서도, 매번 트릭시 이모의 메시지에 반응해 주었다.

보다 보니 꼬물거리는 존재에 정이 들어 버린 걸까.

아니면 매일 아기 사진 100만 장 찍는 이모를 보며 '저렇게나 좋을까.' 하다가 세뇌당한 걸까.

그것도 아니면, 시간이 지날수록 흐릿해져 가는 인간의 기억력 때문이려나.

엄마는 날 낳기로 결정했다.

다행이지 뭐야.

여기까지가 엄마의 파란만장한 임신 초기 에피소드가 되겠다.

다시 현재로 돌아오자.

그사이 시간은 더 지나 출산 예정일 5일 전이 되었다.

햇살 따사로운 어느 휴일 오후. 아빠는 다리가 자주 붓는 엄마를 위해 아로마 오일로 마사지를 해 주고 있었다. 싱그러운 향기가 공기 중에 퍼져 나갔다.

아빠랑 대화를 나누던 엄마는 어느새 낮잠에 빠져들었다. 그러나 난 멀쩡하게 깨어 있는 상태였다. 둥글게 부푼 엄마의 배 위로 길고 곧은 손가락이 내려앉았다.

피아노 건반을 두드리듯 아주 천천히 움직이는 손가락. 이건 아빠의 오랜 습관이다.

"꼬마."

아빠가 내게 말을 걸었다.

웬일이래?

"예정일이 가까워지는 걸 너도 알고 있겠지. 최대한 빨리 나와야 된다. 엘리제를 오래 아프게 하면 재미없을 거야."

와, 아빠가 나 협박한다. 동네 사람들. 친애하는 시민 여러분. 아빠가 배 속의 절 협박하고 있어요.

그리고 뭐? 엘리제를 오래 아프게 하면 재미없을 거야?

되게 거리감 있게 말씀하시는데, 그 엘리제가 제 엄마거든요? 이쯤에서 또 알려 드려야 하나요. 전 당신 딸이에요. 부성애 같은 건 애당초 기대하지 않을 테니까, 가족끼리 데면데면하게만 굴지 맙시다. 네?

휴, 아무리 내가 특별한 존재라지만 생성된 지 10개월밖에 되지 않았는데 친부와 타협을 봐야 하다니.

엄마가 일상생활 중에 입버릇처럼 내뱉는 말이 떠오른다.

진짜 못해 먹겠네.

"널 돌봐 줄 사람이 아주 많아. 물론 나도 그중의 한 명이겠지. 아기를 가까이해 본 적은 없지만……."

아빠가 갑자기 입을 다물었다. 기억을 더듬는 중인 듯했다.

"몇 번 있긴 한데 모두 사진촬영을 위한 거였어."

예, 뭐, 그러시겠죠.

난 떨떠름하게 동조했다.

아빠는 도시에 들어온 이후로 사람들의 관심 어린 시선에서 벗어난 적이 없었다. 아빠가 빛나고, 흔들리고, 추락하고, 다시 눈부시게 떠오르는 매 순간을 카메라가 함께했다.

그러니 온화한 리더 라키어스 녹턴이 아기와 사진촬영을 몇 번 했다고 해서 놀랄 일은 아니었다. 오히려 아빠와 사진을 찍지 않은 아기가 드물지 않을까. 아빤 어딜 가든 인기 만발이니까.

다들 까맣게 속고 있는 거예요. 쯧쯧.

"네가 날 닮을지, 아니면 엘을 닮을지 모르겠어. 날 닮으면 주변사람이 편하긴 하겠지. 혼자 생각하고 말할 수 있는 순간부터 모든 걸 알아서 하려 들 테니까. 그리고 실수도 없을 테지."

은근히 자기 자랑 하는 건가?

"하지만 날 닮진 않았으면 해."

아닌가 보다.

"오로지 한 사람만 바라보는 생은…… 망가지기 쉽거든. 조금 더 여유 있게 대해야지. 조급해 말아야지. 꼴사납게 질투하지 않을 거라고 다짐을 거듭하다가도, 상대의 눈길이 잠시 다른 곳을 향하는 순간 가슴이 조여들어."

이분이 엄마가 자니까 배 속의 딸에다 대고 고백을 하고 있다.

이 지긋지긋한 사랑꾼.

한데 이상한 일이지? 아빠의 목소리엔 묘한 울림이 있었다. 그건 아마도 진심이 담겨 있어서가 아닐까. 나는 어쩌면 엄마도 아직 듣지 못한 아빠의 속내를 듣는 중일지도 모른다.

아스라이 흩어지는 한숨에 괴로움이 묻어났다.

"엘이 받아 주지 않았다면 난 어떻게 됐을까. 자딘, 타타발루와는 비교 불가한 괴물이 되었을지도 모르지. 사실 지금도 조금 위태로워. 나는 정말 언제나 엘에게 목말라 있기 때문에……."

아빠가 엄마의 뺨을 부드러이 어루만지는 게 느껴졌다.

"고통스러워."

동시에 숨 막힐 듯 행복하다고 했다.

"난 다행히 엘리제를 만났고, 받아들여졌지. 엘리제가 세상을 보는 눈으로 내 균형을 맞춰. 하지만 나 같은 이가 엘리제 같은 운명을 만나지 못한다면 그보다 더한 비극은 없을 거다."

그러니까, 하고 아빠가 말을 이었다.

"날 닮지 말렴, 릴리."

아빠의 목소리가 살짝 가라앉았다.

"더 좋은 사람을 닮아."

다시금 이어지는 부드러운 손길.

"네 엄마를 닮아."

아빠의 목소리가 덧입혀져 들리는 내 이름은, 초록빛 나뭇잎 사이로 비치는 햇살처럼 반짝이는 한편 아련했다. 너무 아름다워서 슬프다는 뜻이 뭔지 알게 된 순간이었다.

무슨 말을 해야 할까.

예기치 않게 '완벽한 라키어스 녹턴'의 부서질 듯한 내면을 들여다보고만 나는 엄마의 배를 뻥 차 버렸다. 그토록 세게 찰 생각은 없었건만, 나도 모르게 힘 조절에 실패해 버렸다.

"으응……."

엄마가 미간을 찌푸리며 눈을 떴다.

"릴리가 발로 찼어."

잠기운이 묻어나는 눈으로 아빠를 쳐다봤다.

"뭐라고 한 거야? 애 협박했어?"

굉장하다. 엄만 천재야. 나는 속으로 키득키득 웃었다.

"그냥 부녀의 일상적인 대화였어."

"완전 세게 찼는데? 배 뚫고 나오는 줄 알았어."

"씩씩하네, 우리 딸."

아빠가 입에 침도 안 바르고 다정히 말했다. 그러고는 엄마에게로 다가왔다. 자잘한 뽀뽀가 계속되더니 끝내 키스까지 이르셨다.

두 입술이 떨어질 즈음, 엄마는 이미 다그칠 마음을 접은 뒤였다.

늘 이런 식이라니깐? 대체 아빠가 어떻게 생겼기에 엄마의 웬만한 화는 스르르 풀리고, 하샤즈란 사람은 범죄까지 손을 댄 거지?

내가 조만간 제대로 확인할 거야.

"아⋯⋯."

갑자기 엄마가 인상을 일그러뜨렸다.

"배가."

"왜 그래? 아파?"

"으응."

엄마가 벽시계를 쳐다봤다.

"아침부터 이러더니 점점 짧아지네."

몸을 움직여 본 즉시 굳어 버린 엄마는 다음 순간 엄청난 욕을 뱉었다. 첫 음절만 들어도 눈이 휘둥그레질 욕이었다.

나 진짜 빨리 나가야겠네.

의료센터 도착하자마자 미사일처럼 튀어 나가야겠어. 무서워서 어디 살 수가 있나.

하, 대단하신 릴리 클레어 녹턴이 어쩌다 이런 시기를 보내고 있지.

이래 봬도 천재 과학도로 성장하여 열일곱 살에 도시 밖 괴생물체가 할아버지의 작품임을 밝혀 낼 몸인데 말이다.

언제 생겨났는지, 왜 생겨났는지 아무도 모르는 괴생물체.

그건 바로 시스템에 불만을 품는 무리가 생겨도, 감히 탈주할 엄두를 못 내게 하는 목적으로 만들어진 존재다. 심지어 8년 주기로 자체 업데이트가 되는 골치 아픈 물건이라고!

근데 아무도 이 사실을 모른단 말이지!

엄마 아빠의 우수한 유전자를 물려받은 이 몸이 해결하기 전까지는 미스터리로 남아 있을지니!

뭐, 우수한 유전자가 죄다 머리로 쏠려서 운동신경은 꽝인 데다가, 사교활동보다는 연구실에 틀어박히길 좋아하고, 두꺼운 보안경 너머로 배시시 웃는 미친 과학자(Mad scientist) 이미지로 유명세를 타는 게 먼저겠지만.

"날 닮지 말라고 했더니, 우리 둘 중 누구도 닮지 않았구나."

아빠로부터 이런 소리를 듣게 되겠지만.

그건 십 수 년도 더 지나야 겪을 일이고, 나는 엄마의 몸 밖으로 나감과 동시에 모든 걸 새하얗게 잊을 운명이다. 그럼 슬슬 시동을 걸어 볼까?

안녕, 에데니카.

지금 만나러 갈게!

『너라는 이름의 세계』 완결

작가 후기

　안녕하세요. 밀밭 작가입니다. 〈서녘이 밝아오면〉 이후로 종이책은 2년 만이네요. 이미 몇 권이나 출간했건만, 종이책은 낼 때마다 감회가 새롭습니다. 동시에 '난 끝까지 종이책을 놓지는 못하겠구나.' 싶은 생각이 들어요.

　〈너라는 이름의 세계〉는 제가 처음으로 도전한 현대 로맨스 판타지였습니다. 그것도 흔치 않은 포스트 아포칼립스 세계관이었지요.
　어느 날, 바이크를 타고 황무지를 질주하는 검은 머리카락의 아웃사이더와 풍요로운 도시의 이미지가 겹쳐서 떠올랐습니다. 그녀의 증오를 한 몸에 받는 아름다운 권력자의 모습도 떠올랐고요. 불시의 기습에 쓰러져 가는 전투대도, 모든 고난을 딛고 일어난 엘리제가 떠오르는 아침 해를 바라보며 리더로서의 다짐을 공고히 하는 장면도 기다렸다는 듯 생각났어요. 그리고 보면 이 작품은 상당히 많은 '이미지'로 이루어진 이야기입니다.

그래서였는지, 처음엔 이걸 TL로 쓰려 했어요. 중간에 생각을 고쳐먹고 장편 연재로 전환하길 잘한 것 같습니다.

〈너라는 이름의 세계〉 주인공은 엘리제와 라키어스이지만, 전투대원 각자의 스토리 또한 중요합니다. 리오네의 마음이 변하게 되는 계기도 빼놓을 수 없죠. 등장인물 모두가 스스로의 전환점을 맞이하고, 향후 진로를 결정하게 돼요.

저는 어떠한 인물이 인생의 선택을 하는 과정을 보여드리고 싶었던 듯합니다. A와 B는 똑같은 복수심을 품고 시작했는데 이야기의 끝에선 전혀 다른 모습을 하고 있지요. 시티타워 꼭대기에서 진범과 대치할 때 엘리제의 머릿속에 떠오른 생각은, 저 역시 늘 품고 있는 것이기도 해요.

연재 준비를 하는 동안 건강이 바닥을 찍었습니다만, 종이책 작업을 하는 지금은 평화롭기만 하군요. 이래서 인간은 망각의 동물이고 같은 실수를 반복한다고 하나 봅니다.

네, 저는 또 장편 연재를 준비하게 되었다는 말을 하고 있습니다.

허허허. 이번에는 몰살, 복수와는 거리가 먼 밝은 이야기를 쓰기로 했어요. 엘리제가 고통받을 때 작가 또한 힘들었으므로⋯⋯. 라키어스의 고통은 제 알 바가 아닙니다. 엘리제에게 빠져 버린 본인 잘못이죠. (笑)

예원의 대들보이자 저의 전우, 힘든 과정을 함께 이겨 내신 박수희 실장님께 무한한 감사를 바칩니다. 종이책 과정을 꼼꼼하게 이끌어 주신 주승아 편집자님께도 감사드립니다.

그리고 다 함께 문도윤 작가의 신작 출간을 응원해 주세요. 매번 시놉을 풀 때마다 경청해 주는 베프 새롬, 민아에게도 하트를 보냅니다. 언제나 사랑하는 가족과 독자님들도 건강하시길.

적당한 시기에, 새로운 이야기로 찾아뵙겠습니다.

감사합니다.

— 2018년 8월, 밀밭 드림